U0086373

滄海叢刊
語文類

文學原理

趙滋蕃 著

東大圖書公司

國家圖書館出版品預行編目資料

文學原理／趙滋蕃著.－－重印二版一刷.－－臺北市；東大，2003
面；　公分

ISBN 957-19-0596-8　(精裝)
ISBN 957-19-0597-6　(平裝)

1. 文學－哲學，原理

810　　92003301

網路書店位址　http://www.sanmin.com.tw

© 文學原理

著作人　趙滋蕃
發行人　劉仲文
著作財產權人　東大圖書股份有限公司
臺北市復興北路386號
發行所　東大圖書股份有限公司
地址／臺北市復興北路386號
電話／(02)25006600
郵撥／0107175-0
印刷所　東大圖書股份有限公司
門市部　復北店／臺北市復興北路386號
重南店／臺北市重慶南路一段61號
初版一刷　1988年3月
初版二刷　2001年10月
重印二版一刷　2003年5月
編　號　E 81051-0
基本定價　玖元捌角
行政院新聞局登記證局版臺業字第○一九七號

ISBN　957-19-0597-6　(平裝)

緒論

詢問的沈思（代序）

對文學作周延的思考，詢問的沈思，越來越發現在此一博大、高明、悠久的研究傳統與創造性活藝術領域之內，存在的問題著實不少，待決的問題也著實很多。

這些問題又經常互相糾纏在一起，單線展開，未免顧此失彼；多中取一，選擇上又未免左右為難。大系統的解釋，需要強大的思想組織力；寬角度的掃描，需要整體觀察的心理習慣，以及通識通觀的有機體哲學基礎。剛剛碰到我們這個時代，學術分工導致學術格子化，導致專家主義橫行，已達空前壯觀的程度。大家的抱負看來都有限，部分解釋的分析法一枝獨秀，通體相關的綜合法久已遭受到過時的威脅。結果是：許多熱心文學的人和看輕文學的人擠在一起，爭著給這一代的文學算命。其中有毀有譽，但彼此都不尊重相反的客觀證據，都不想在可見的範圍以內，把事實的真相弄明白。文學天地之日趨式微，文學理論自本世紀四十年代以後，幾乎成為絕響，豈是偶然？

文學，是文化的有效組成因子，也是文化的主要象徵。它跟人類的日常生活，社會結構，文明進展，時代潮流，這一切經驗的層面，都必然發生實質關係。研究起來，經緯萬端；探索起來，既可以思接萬載，也可以視通萬里。不過，一旦落實到待決的問題上，卻往往有束手無策，茫無所措之感。我們慣於以一隅之解，擬萬端之變。我們的文學心量與識量，有愧後來者聖。

在詢問的沈思中，心靈的靈視焦點，出現了如下一系列問題：㈠世紀末的迷惘。㈡當代文學的困境。㈢科技陰影下的文學。㈣人口爆炸與社會變遷下的文學心態。㈤文學復興的四大精神支柱。㈥文學理論何以必要。本緒論，就依此順序逐次展開。

第一節　世紀末的迷惘

此刻距離二十一世紀不到十五個年頭。世紀末的疲軟、焦慮、不安、空虛感、無力感，以及大禍臨頭感，隨處可見。屈指數數層積在普世人類頭上的烏雲，就有人口爆發，知識爆發，資訊爆發；核子大戰陰影，經濟蕭條陰影，軍備競賽陰影，秘密外交陰影，社會達爾文主義陰影；能源危機，饑饉危機，污染危機，環境生態危機，心靈疾病蔓延危機等等。我們在地球上生存和活動，空間愈來愈有限，精神也愈來愈侷促緊張。我們形成環境，同時也受環境所形成。我們寧願相信：「今天的滿足，就是明天的災禍。」這麼一種標明臨界點的自制性行為法則。

許多有趣而易記的片語（catch phrases），從其流行廣遠觀察，似乎是世紀末現象的閃爍與折射。如人類的困境，迷失的一代，疲弱的一代，無根的新生代；絕望的情緒，混亂的思想，生活的割據化，沒有明天的人，尋找靈魂的人；以及不安感、疏離感、失落感、罪惡感、挫折感、空虛感、無力感；還有焦慮、憂鬱、冷漠、幻滅、絕望、失調、暴力等等，幾乎成為我們這一代的口頭禪。言為心聲。這種超越國界的大眾偏好，不是世紀末現象又是什麼?

像任何一個錯綜複雜的歷史階段，二十世紀是一個差異鮮明，對比尖銳，愛唱反調，崇尚創造性反叛，不自然且自相矛盾的世紀。此刻的反常現象是：智者多惑；仁者多憂；勇者多懼。要突破這層籠天罩地的世紀末迷霧，單靠仁者的憂患意識是不夠的，必須智慧加上勇敢，強化我們的信心，始克有濟。我們別忘了，能夠增添智力的動力因素，讓我們大膽突破世紀末困阨與難關的，畢竟還是要仰賴勇敢。而剛健、勇敢，乃強者道德的主要德目。

放眼世界，分門別類的系統知識，造就了一批又一批守學術格子的專家。他們在格子之內，橫行無阻，一旦逾越格子，最易失察闖禍。他們把專精知識，釘牢在一組又一組的學術術語以及抽象公式裏邊，把人人能夠了解的常識，弄成只有專家能懂的知識。於是，我們日用的飲食，變成了營養專家嘴裏的卡路里、維他命、膽固醇。我們的七情六慾，變成生理專家口頭上的血液狀態與腺分泌。我們似懂非懂地相信，沒有副腎，我們無法發怒；沒有適度的甲狀腺，我們就是白癡一條。我們的理性，在行為派心理學專家的公式中，原只是刺激的分析和反應的綜合。我們的思想，不過是剛剛開始的行動而已。色情的想像是由生理成熟所引起的；世界上一半的詩歌，是由於間質細胞 (interestiul cells) 所引起的。人們恥於贊同信不過的意見，但專家的權威，外行人只好膽怯地接受。

我們面對著當代這些數不清的白癡的天才（idiot genius），使我們兒時的科學觀念，青年時的社會觀念，竟發生雙重的失落。我們後天所習得的一些東西，短短數十寒暑之內，被連根拔除。無根的一代，難道是自己詛咒自己不成？有位諷刺作家，說過一句不算諷刺的話：憑藉信心，你總可以做一點點事情；但一點點信心也沒有，你一事無成。我們的無根，應該跟我們信心的喪失，密切相關。而這一世紀末現象，此刻正嚴重地消沈我們的意志，萎縮我們精神的遊蕩活力。好像《攸力西斯》裏邊的布隆夫婦（Mr. & Mrs. Leobold Bloom），竟化成億萬男女化身，在我們眼前活動。人們整天無事忙，既怯於前瞻，又懶於回顧，而忙的又是些沖茶、餵貓、拿煙灰缸、上一號、撕報紙揩屁股之類的糗事。至於布隆太太更妙，她是個歌手，喜歡躺在床上看書、抽菸、思索、回想、胡搞，更形無事忙。無怪乎卡繆叫這個世界為「荒謬」，沙特說它為「多餘」，貝克特稱它叫做「空無」——人在此「空無」中瞎摸瞎掏一輩子，茫然等待「不知」，結果呢，「不知」竟永不光臨；這團稀奇古怪的混亂，可能就叫做世紀末的迷惘吧。

另一方面，遍佈各處的機械運轉，迷糊了人類整個遠景，使大部分的產品，以同量等質為品管標準。使大部分的事物，烙上了世界化的烙印。我們正在外太空和內太空活動，我們夠資格宣稱：人類正由平面的動物逐步發展而成立體的動物。雲霄和海底可以任意遨遊。數以百萬計的標準化產品，確曾使價格一度低廉，但在藝術上卻永遠低賤。法朗士曾半開玩笑半認真地說：「人之所以異於禽獸者，就是說謊與文學。」動物當然不會說謊。而人類，爾虞我詐成習，說謊也相習成風。簡直成為社會達爾文主義——粗鄙者生存——的自衛本能。說謊是非理性的，但在劇烈的生存競爭中卻是不得已的。文學的媒體是語文，動物當然也不會文學。但當代，藝術在工業之前逐步消失，人性在機械之前逐步消失，這跟品質在數量之前逐步消失，性格在財富之前逐步消失相似。當一流的作家群，反諷自己為爬格子的動物時，也許，大化流行，生生不已，承先啟後，繼往開來，持續千古的文學，說不定真會在一代之間消失；值得留下的只是電腦、電子、光電、雷射、聚化物、機器人、自動化、按鈕和開關，以及諸如此類能滿足人類物質生活的東西。

世紀末現象加濃了當代人瞳孔裏的寒意與暮色，也加深了當代人心靈中的愛、憐、淒切的歷史感情。理性與非理性的二重奏，使我們時而清醒時而迷糊，時而推理時而衝動，時而剛直時而軟弱。現代人侷促的神經緊張，現代人智力安全感的喪失，以及我們面對當代世界時，許多價值觀念的互相抵觸，未始不是這持續反覆的二重奏所引起。而當代人的兩大迷信：神聖的就是神秘的；而神秘的也就是神聖的。曖昧的就是迷人的；而迷人的也就是曖昧的。何嘗不是這二重奏的神話化？

結果，我們喪失的，是文學傳統上的「高貴單純，寧靜偉大」。我們獲得的，是充滿噪音、競爭和難關的精神緊張，是大量滋生的精神分裂，我們的精神分析專家，就叫它做早發性癡呆症。另外，我們還獲得一個無所不在，無所不包的大眾傳播系統，它亦師亦友亦顧問，以「社會即教育」為指導原則，勉力負起「社會責任」。於是，靠內心指引我們活動的時代告終，由他人指引我們生活的時代開始。一個自己的行動由自己負責的完整個人，分裂成自己的行動由別人負責的現代人。現代人類有很多的閒暇和一個高度的生活標準，但持續的警覺與確實的步步為營，淹沒了我們的自我性質。我們樂於以電視和錄影帶代替電影，以電影代替戲劇，以公寓代替家庭，以電線桿代替樹木，以水泥建築物代替森林，以政客代替政治家，他們最後放棄文學上的個性、天才、氣質與原創力，又有何值得驚異之處？

這一代文化的無根，首先從現代人智力生活的雜亂無章開始。而智力生活的雜亂無章，卻源於我們生活沒有明確目標，無法遂行我們多中取一的選擇，致陷入左右為難的困境。我們生活上不能確定目標，選擇手段，原因中的原因，莫過於現代人信心的喪失。沒有信心，也沒有價值取向；沒有價值取向，生命的意義也無從談起了。

當代人大抵還相信知識即權力。但權力即知識卻是當代的怪現象。專精知識使我們陶醉於我們的權力；而災禍臨頭感，卻預示了我們的知識正在毀滅我們。為爭取世界霸權而鼓吹的科學技術，為掌握政權而鼓動的階級鬥爭，不獨加深了我們知識的危險，以及我們文化的膚淺無根，同時也使人類自身成為笑柄。另一方面，我們都變成了沒有明天的人。遍佈的緊張，棲息在人類心靈深處的空虛感與無力感，大概可以詮釋為世紀末的精神凹陷。今天，最苦惱納悶之事，莫過於我們不能確定我們的生活目標，喪失我們自由選擇的能力，而且在合理的基礎上，無力堅持我們生命的理想。此之謂生命的「物化」。大家都淪為整部社會機器中的小零件。而人的尊嚴和人的價值，於一代之間，幾乎化成泡影。技術社會，特別重視經濟導向，重利而輕義，重利害關係而輕是非觀念，有社會的仁慈而只有稀少的人間正義。由此可以看出：經濟導向跟文學發展的目標不合。技術社會不獨跟文學發展的目標不合，而且也迫使我們的生活疏離自然。在世紀末的迷惘中，自然一詞，已夠詩意的了。到處都是人造的文明，到處都是不自然的人造物，嚮往自然，回歸自然，讓當代人欣賞自然的韻律感與生命，讓自然充分顯露它的無限活力，以及變化無窮的秩序，那該多寫意？我們行嗎？

今天，面對技術社會逼成的加速度社會變遷，已無人敢就生命的整體，探討人生；面對著五花八門、錯綜複雜的社會生活，已無人真能把握住它們的一致性和重要性，對人類未來加以熟視和沈思。

在這混亂的情勢裏，人類整個遠景，似乎漂浮在世紀末的陰霾迷霧裏，能見度非常有限。但人類得救的呼聲來自智慧。沒有智慧，我們將無從得救。而文學所傳承的寬容的智慧，卻是所有智慧中最大的智慧，最接近宗教精神的智慧。所以說：今天的世紀末現象，搏聚成兩個透視焦點，一即信心勇氣兩缺，一即智慧短淺。這兩個圓心，共同構成的，是當代文學式微的一個橢圓。

第二節　當代文學的困境

當代的文學，本質上仍屬人的藝術，文學即人學的基礎依然未變。

但當代文學，受科技文明刻意求新求變，以及民主浪潮「價值削平」的結果，卻過於追求形式的新奇多變、內容的煩瑣平凡。文學類型的藝術特徵和結構特徵，差距越來越大。我們幾乎看不到文學發展的空間統一性原則。然後是傳統文學與現代文學之間，幾乎陷入斷絕的狀態。我們又幾乎失落了文學發展的時間連續性原則。如果說：記憶是個體人格的基礎，傳統是民族集體人格的基礎，那麼，我們的生活應該與記憶共存，人因為記憶才得以活下去。事實上，我們都活在歷史之中，人都是歷史的動物。然而不幸的是，這一代是個歷史斷絕的時代。

當代人在持續不斷的掙扎中追求進步。而進步的衝擊必然引發文化失調與社會失衡等各方面的問題，也必然引進某些前所未有的病痛，我們統名之曰文明病。人，據說是具有推理能力的理性動物，這種理性的說法，維持人類的共識有好幾千年。但當代非理性的說法是：人是一種情緒的或感情的動物。也許，人之所以異於禽獸者，在乎他有感情，而不是有理性。當科技文明把我們「物化」，把我們定位為整部社會機械的螺絲釘時，當代的文學活動，就經常被迫脫離了「人的藝術」的軌道；我們樂於以「物學」代替「人學」。

分析言之：本世紀人們的努力，因為過分傾注精力於改造物質生活，致新知識和新力量，大部分屬於最易遭受過時威脅的科學技術。物質層面膨脹，精神層面萎縮，混亂的情勢因兩者失衡而越來越嚴重。舊本能和舊習慣已無法適應新刺激。我們看到的是一個潮退潮湧、消長疊現、變化莫測、日新月異的怪時代。此一世代中，文明泛濫，文雅消失；教育普及，禮貌消失；群眾與起，個人消失；都市擴展，田園消失；交通發達，地方色彩消失。哀哀無告的人群渴求萬能的政府，卻意外地製造了萬能的政客。人們渴求化混亂情勢為統一智慧的力量，卻受時空的局限，看不到人類生活的遠景，也看不到整體的生活。國際間相互依存關係，因國際分工而成為必要。但文學的現實卻不是這樣：它一方面要適應當代的大潮流，另一方面，卻要保存原初的民族性格，在普遍中求取獨特性，要在分崩離析的局面下，堅持人類團結的理想，要在喫苦受難的人群中，發抒我們的終極關懷。而且還要在忙迫、緊張、刻板的生活情調裏，減輕生活的壓力，增添人與人之間的善意。我們堅持萬變不離其宗，是中國人的作品就要有中國風格；是日本人的作品就有東洋風格，是西洋人的作品就保持西洋風格。

本世紀文學上的真正困境，有文學自身的原因，也有外部的壓力。文學本身的原因，第一要數文學人才的轉移，使文學的開來工作，啟後工作，有後繼無人之感。今天，一流人才傾注心力於科技、醫藥，以及賺錢的行業者多，傾注心力於文學創造與研究者少。人們服膺現實原則，高尚理想不容易打動人們的心。而普及各國的經濟導向，看輕人文學的研究發展，重視科技的研究發展，遂成為各國政客的一種歧視政策。人文學在各國欲振乏力，文學淪為世紀末的代罪羔羊，不能不算是進步疾病之一。

大凡一項學術研究，若無進取的精神，便欠缺吸引人的力量。而本世紀一項流傳廣遠的明智勸告，乃是參加一項新科學研究之誕生，其次，躋身尖端技術的行列。因個人的興趣，進入文學，培養需要，作這樣勸告的人，看來就越來越少了。

生活割據化的結果，作家雖一下歐洲、美洲，一下亞洲、非洲，碧海藍天之上高來高去，但真心行過萬里路、讀破萬卷書的人，實在罕見。而藝術即經驗。沒有豐富的現實生活，何來文學藝術？沒有那分流浪漢氣質，又何能突破生活的割據化？保留在文學家、藝術家心靈裏邊的印象，絕大部分是些具體、鮮明、完整、獨特的印象，有所感受，也有所感動，所以這些經驗才叫做美感經驗。一無反應的替代性日常經驗，對文學家而言，只是一片空無。然而不幸的是：此刻我們好少接觸到原始經驗與美感經驗，多的是替代性經驗。於是題材不重要，作法才重要之說，甚囂塵上，遂進一步增加了當代文學的困境。

二十世紀在文學上是個崇尚創造性反叛、創意求新、喜歡唱反調的世代。對現實的不滿情緒，加上刻意求新的科技心態，就把「歷史的事實」配置在「過時的」位置上，把「新的」和「真的」神秘地混在一塊。最偏激的唱反調者，居然鄙視博物館為殯儀館！許多新奇的前衛作品，很少例外地都得到權威批評家的鼓勵與肯定。使這一代的文學作品，其所以能遠近馳名，發出流星的光芒，並不是由於內容感人，而是由於形式炫目。

於是，這一世紀出色的文學作品，大半以技巧的擴張，來填補內容的縮減。喜歡用唱反調的批評態度，來實證文學的「智性」遠較文學的「感性」重要。羅森伯格（Harold Rosenberg）就曾指出：「喬哀思的作品是小說的批評，龐德的詩是詩的批評，畢卡索的畫，是畫的批評。現代藝術也批評當前的文化。」這就叫做「高度智性的文學」。我們盡量創造嶄新的表達技巧和新奇的藝術形式，以取代飽滿充實、具強大感染力的文學內容。因此，文學所要求的真摯情感不見了，所不必要求的真實事實，反而成為當代的評鑑標準。因此，文學的真摯性所產生的感染力，遂被新造詞彙的廣泛流行而弄得粗俗和野蠻。我們經歷過許多短暫的實驗，這些實驗包括由其他藝術領域接枝過來的文學流派，也包括文學本身的薪火相傳。前者如未來派的開山者瑪莉奈蒂的詩

——〈戰爭〉，單詞片語組成意象群，形式古怪，就是把詩當作畫幅一般展開的。而西莫涅諦的〈火車〉，把詩寫成了音樂，他模仿火車的聲音，用tu, tilik, talak等音來表示，高音則字體大，低音則字體小。又如達達派的阿哈剛(Aragon)，他寫〈死亡〉，全詩只有二十六個字母，別無他字。而未來派的戲劇如《槍聲》、《祇有一條狗》，舞臺上什麼對話也沒有，槍聲一響或狗走過舞臺裝置的街頭，就立刻閉幕。簡直比後起的生活劇更生活、荒謬劇更荒謬。

後者如由亨利·詹姆士的《奉使記》所開啟的意識流小說，光大而成《攸力西斯》、《芬尼根守夜》等意識流小說。有由佛洛伊德的《釋夢》(*Die Traumdeutung*)提出「潛意識為人們動機的基礎」，「夢是通往潛意識的唯一途徑」，以「願望達成」及「性壓抑」為文學創作主導的理論。以及佛氏同時代的神經生理學家格瑞辛格(Wilheim Gresinger)，對夢的狀態與精神錯亂狀態所作的深入比較研究，使本世紀的文學，深入潛意識而創作的風氣洞開。而分析心理學派的雍格，以「原始經驗」為主導的文學創作理論，人文心理學派羅洛梅，以「原始生命力」為主導的文學創作理論，又復推波助瀾。受精神分析學影響的作家群，如普魯斯特、吳爾芙夫人、湯瑪士·曼、卡夫卡、皮藍德婁、奧尼爾、威廉斯等。一系列比較出色的作品，如湯瑪士·曼的《魔山》、《魂斷威尼斯》，卡夫卡的《審判》、《城堡》，皮藍德婁的《一個、零個、或十萬個》。心靈的分裂，反映在文學作品裏邊，映現出的現代曖昧心態和不滿意情緒，也是驚人的。

履霜而堅冰至。文學的「創造性反叛」(Carpenter語)刻意求新，致技巧擴張，內容萎縮，終於導致當代文學在三方面陷入困境。這就是湯恩比所指稱的「創造性報應」。

現代小說家比任何歷史時期的寫實傾向更為寫實，也比任何歷史時期更以怪誕的表現取勝。大部分的現代詩人、小說家、戲劇家，喜歡以心靈的撿破爛者自居；對現實的批評，保持「事實標準」是他們心靈上撿破爛的原因之原因。因此，在現代小說、戲劇中，性格決定事件，事件例證性格的連鎖關係幾乎看不見了；按照時間順序說故事，或通過舞臺，表現故事的方式，使故事有計畫進行，最後達到一定的結局的作品，已目為過時而不真實。所以貝婁（Saul Bellow，一九七二年諾貝爾文學獎得主）於納悶之餘，慨歎：「小說只有過去，沒有未來，我們走到了這條路的盡頭！」「我們宣布這個時代是個可怖的世紀！」

一九二四年，維琴尼亞・吳爾夫（Virginia Woolf，立體派現代小說*Jacob's Room*的作家）講過一個故事：大概是一九一〇年十二月左右，在克拉夫頓美術館舉行過一次後期印象派繪畫展覽會。參展的作品，包括馬奈的舊作，梵谷、高更、馬蒂斯、畢卡索的力作，而且還有塞尚的作品，當大家看到畢卡索的畫時，縱聲大笑不止；其中只有一個人不笑，他就是班尼特（Enoch Arnold Bennette, 1867–1931）。他說：「要是將這些畫家所畫的，改由作家用文字表現出來，那該是什麼情形呢？這是有趣的。」

諸藝術通體相關。當有趣的變成了文學創作實踐的，文學觀念確實有了突破。過去，形式與內容有機結合，是共識。當代，重形式表現而輕內容表達，卻是新潮。過去，文學與藝術崇尚抒情的表現；當代，卻變為「智性」比「感性」重要。他們喊出的口號是：當完美的人和完滿的事隨著急遽變遷的世界而消失之際，只有人的抵抗能力和批評權利，依舊是支持今後文學藝術活動的兩大活力之源。

隨之而來的是：作家的表現手法決定藝術，而不是題材決定藝術。當代文學中，有意義的是作法（structure），而不是題材（materials）。因為當代作家以心靈上的撿破爛者自居，題材已沒有莊嚴與庸俗的區別，也無所謂重要的題材與平凡的題材之不同。當警鐘、漂木、碎玻璃片、抹布、月經帶等等，已成為不朽繪畫的合適題材時，小人物口袋裏的雜物、垃圾箱、叫春的貓、流浪的狗，為什麼不是當代文學的有用題材？

這些唱反調者，越來越走火入魔。小說變為非小說，戲劇變為非戲劇，詩變為非詩。以想像與虛構為原動力的文學，留下的是以真人實事為基礎，把想像與虛構作用壓縮到最低限度的新聞文學。不過，現代文學要繼續發揮人的藝術之功能，仍然需要尋求新方法，纔能完整的描繪人生；仍然需要新理念，深入日常生活去發掘題材，而非發明題材；也仍然需要不斷刷新紀錄，整理經驗，評估價值，釋放創作活力，導向生命的源頭，深入原始經驗，激發原始生命力，注目賦予生命的事物。可惜當代文學距離這些目標，卻越來越遠了。文學心靈的凹陷，創作活力的疲軟，生命銳氣的老化，乃至文學上唱反調者的誤導，集合起來，乃成為當代文學的真正困境。

第三節　科技陰影下的文學

當代人從基本科學和應用科學的基礎訓練中，發展出一個檢驗真理的「事實標準」，他們崇尚實事求是。他們就叫這種事實標準為「理性根源」或「實驗精神」。科學精神與文學精神有本質上的不同。文學上，從自然主義到寫實主義，亟力遷就科學的發展，馴致出現文學上「智性」比「感性」重要，標榜當代文學乃智性的文學。但自然科學面對的是物的世界，文學面對的是人的世界。物理現象跟人文現象大不相同。人學與物學也不一樣。軟心腸的文學家，跟硬心腸的科學家，個性與氣質上也經常扞格不入。

科學家指斥文學家的抒情表現，遠離了理性根源。指斥文學語言為情緒語言，華而不實；又有那麼多的意象詞、隱喻、象徵與神話，誇張而晦澀。指斥文學家喜愛新奇，耽於幻想，標榜原始，醉心感受，讚許熱情、想像與虛構，潛心探討心靈的奧秘，重視愛與死勝於科技工業，這些都具體說明了童年期的軟弱心智，使一切都沾染了神話色彩與祖型重現。不過，另一種相反的陳述，也不宜忽視。「那些研究和描述生物的人，正著手找出驅除生命的方式。」(Goethe's *Faust*, p. 87)

而科學，在近四百年的發展中，初期，用常識打倒胡說，近代，則遠遠超越常識。例如近代物理學曾帶給我們一個與感覺相衝突的世界；當代物理學，則正帶給我們一個跟想像相衝突的世界。自然界的構造，最後將是我們的思考過程不能充分和它相應，以致我們不能思考它。我們在科學認識的極限上，無限而有邊，大宇宙之外還有宇宙，突然跟神話相融。所以，原是數學家的斯賓格勒，就亟力指出：「在當代廣博而紊亂的思想中，科學一詞已失去其完美的特質，淪為玩世而具幻滅性。而一切科學都是神話，它以『電』、『位能』、『力』和『定律』，代替神仙鬼怪。

有設計力的智識分子，把實際人生壓抑為數學和機械學的形式。因此，清除這種膚淺的因果關係，就是二十世紀的特有工作。」（斯賓格勒語，見《西方的沒落》）事實上，任何偉大的科學家，深深入夢時就在潛意識中虛構神話。有時在個人潛意識層面，自由地組合印象內容，這種心靈能力，就是文學家的想像。有時在集體潛意識層面，重現遠古遺留下來的心靈圖象，雍格將這些構成集體潛意識的材料，叫做原型（archetype），原型是人類心靈的基礎結構，比有史的人類還要古老。原型可說是人類普遍的象徵。這些象徵反覆出現於時空相距遙遠，彼此沒有過接觸或歷史影響的神話、寓言、傳說之中，這些都是文學家的神話。而且，為了調劑科學家枯淡寂寞生活，科學家比誰都愛看卡通——卡通，說穿了不過是當代人睜開眼睛津津有味欣賞的神話。朝深一層看，科學家必然排斥神話，可能嗎？

追求進步的新時代，科技工業顯佔上風。科學家肯定他們所使用的方法，精確、客觀、合理而有效。因為它是實證的、理性的。而實證科學是非個人的、客觀的、可見範圍內的，以及可以計量的事物。所以科學的「真」，要勝過文學的「美」。

不過，當科學家用一組一組的計量公式，把大宇宙可怕地抽象化的今天，人性與自然的疏離應算是一種可悲的錯誤；而治療這種心理上的疏離感，文學和藝術就具特效。當數以百萬計的工業產品，加上規格和品管，給全世界穿上制服，使「同量等質」倒盡了品鑑較高者的胃口時，對情意的直覺所閃現的個別而具體的事物，賦予新鮮、突出，以及和諧意義的傾向，是不能被其他傾向所取代的。觀賞者對觀賞事物的情感傾注，所產生的移情作用，所激起的萬物有靈論，是不能用科學的真去分析的。美學有超級特性（Transcendentals），所以它能引起某種直觀性的認識，某種品嘗性的意願之共鳴。美學，不獨抗拒科學實證、理性精神，同時也反對哲學的分析。美不美，當下即是，用不著哲學的懷疑。但美可以讓人們從世界苦（Weltschmerz）中得救。自叔本華，經杜斯妥也夫斯基到索忍尼辛，信心一直持續著。

科技文明以加速度推動力，挾排山倒海之勢，瓦解我們的社會組織，轉變我們的價值觀念，動搖我們的生活根基，使我們在個人、心理，及社會諸方面，都受到影響。我們生活在人類史最緊張的時代裏。因為，此刻，未來的衝擊已不是一種長期的潛伏性危機，越來越多的人深受其苦。而變動的加速度推展，其重要性，有時甚至超過變動方向。物質層面的壓迫力，造成精神層面萎縮的危機。換言之，物質盲目的發展，深深摧殘了人類的精神活動。人類發展的目標被手段所取代，變動洪流中遂現出暫時性（使人類的狀況不斷改變的因素），新奇性（使人類喪失傳統，而面臨一變再變的陌生情況），與多樣性（使人類面臨選擇過多的危機，而感到無所適從），三者的循環論證。

暫時性的狀況刺激了新奇性事態的出現；但暫時性的訊息也不斷騷擾人類的感覺。新奇性事態的發展，擴展了多樣性的選擇；但新奇性的事態，卻不斷擠壓人類的認知能力。多樣性與新奇性，又不斷製造暫時性，但多樣性的選擇，又不斷擾亂人類的判斷能力。三者包圍著未來世界，而影響最深遠者，首推暫時性（transience）。在這種瞬息萬變，萬花筒式的社會環境下，文學與藝術，遂表現深沈的絕望。此所以本世紀有識之士，如 Max Weber, Tynbee A. Huxuley, Spingler,

Marcuses, Feches Ellul，莫不異口同聲痛斥技術社會所造成的經濟導向，使世界均質化制服化之可悲。

暫時性、新奇性、多樣性，乃技術社會普遍存在的現象，也是技術社會的特徵。此三大特徵顯然跟文學所要求的原始主義（primativism），呈鮮明對比。蓋文學要求歸真返璞，要求體任自然，故崇尚原始經驗與原始創造力，並以之為文學的可大可久之基。所以科技陰影對文學創作與文學理論，都有些負面的影響。

能吸引潛力深厚的基本科學人才與應用科學人才，基於個人的興趣而參與科幻文學的工作，很可能是成敗的關鍵。我就不大相信硬心腸的科技人員沒有文學藝術細胞；軟心腸的文學家、藝術家沒有科技細胞這種武斷的話。不信，請看看達文奇與哥德如何？

不過，石壓筍旁出，岩懸花倒開。文學的寬容性以及頑強的生命力，也大有可能把當代科技，轉化為科幻文學，進一步把我們疑慮的科技與文學的對立，統一為未來世紀的新型文學。

科幻小說，由艾德嘉·愛倫坡開其先河。H·G·威爾斯的《宇宙戰爭》、《地球末日記》、《時光機器》、《隱形人》與《現代烏托邦》，踵事增華。後雖一度中落，但將智性的科技與感性的文學，這兩種對抗性的矛盾統一起來，拓展科幻文學之路，使科學家工程師投入文學的行列，增加文學界的新血輪，使科幻文學成為「未來學」的前奏，仍是條可以大步邁進的道路。問題是：如何使科學技術新知，正確地通俗化；如何使科幻文學，具有娛樂性之外，還有它們的思想性和藝術性，卻是這條道路的基礎工程。

第四節　人口爆炸與社會變遷下的文學心態

文學是人的藝術。故偉大的文學作品，都以社會與人生為重心，都以人的生活與人的生命為透視焦點，都以人的尊嚴與價值，人的悲歡離合，人的喜樂哀怨作為抒寫的對象。而這種人的藝術，除表現時能寫得簡樸、自然、生動、真摯外，還要盡可能反映時代精神，把個人理想作前瞻性的投射，以及能彌補時代意識的缺陷。而文學即人學。未來學(futurology)就不僅可以劃入科幻小說與烏托邦的領域，同時也是屬於人口學的。

人口成長是普遍存在，有目共睹的事實。馬爾薩斯的人口增殖與資源匱乏的緊張關係，一直是人類危機的一項預警。而我們，生存在本世紀八十年代中期，恰恰面臨突破五十億大關的人口浪潮高峰。

本世紀人口爆炸是這樣的：三十年代，二十億；六十年代，三十億；七十年代初期，三十六億九千萬；一九七五年，四十億；一九八〇年，四十五億；一九九〇年，五十三億；二〇〇〇年，六十三億五千萬。

人口爆炸引發的全球性問題有：饑餓、過度擁擠、環境污染、空氣污染、資源貧乏，日益影響我們地球人類的生活。甚至有人預測，到了二〇〇〇年，那時的世界，將比我們現在生活其中的世界，更為擁擠，更為污染，在環境生態方面，更不穩定，更易陷入混亂。一句話，我們的地球更不適合人類的生活。

開發中國家的人民，大部分生存於絕對貧窮之中，低於最低的生活水準。開發中貧窮人口總數，竟然跟一九七五年全世界人口總數相頡頏，多達四十億。文學其所以興起，一方面由於大眾的需要；另一方面卻由於社會財富的累積，和生活上多閒暇。就人口爆炸的趨勢而言，未來人類受冷酷的生存競爭影響，貧窮人口，餬口已屬不易，財富的累積更難；閒暇則尤屬奢望，已不再帶有文化創造的意味。大眾的需要，很可能專注在安全感的保持上，而不在文學藝術的創作上。一句話，人口的爆炸，其中並未包含文學人口的比例增加。反之，貧窮人口追求生活的安全感，社會達爾文主義，逼成了粗鄙者生存，各有一技之長，各有可以安身立命之所，遂成大眾的需要。只有少數特立獨行，具別才別趣的人，去持續文學的香火。他們仍秉持文窮而後工的信念。不過，此窮已非貧窮之窮，乃是窮理盡思之窮。這就是開發中國家的現實。無可抗拒的人口問題，就變成了我們必須冷酷面對，必須時刻憂心的大問題。

各國政府面對著這頭痛的大問題，為了穩定政治結構與社會結構的正常運轉，製造個人充分就業機會，遏止跨國移民的浪潮，它們的主要行政措施，就是如何克服這人口爆炸所引發的史無前例的失業。

而應付這股洶湧而至的人潮，各國政府心力交瘁，但一籌莫展。可能的情況是，頭痛醫頭，腳痛醫腳，到了醫藥鍼灸失靈時，就採取區域自保的最原始辦法。例如，最初應付人口結構的變動，就大量增加退休給付與教育費用；實行都市化與城鎮計畫，付出人口變動的經濟代價；然後是國內人口分布與少數民族問題，然後發展成國與國之間的地理政治平衡問題，然後會出現人口壓力所造成的國際間人口遷移。這是二十一世紀初期出現的一系列人口問題。二十一世紀中期各國還希望在減輕人口壓力上作些衝刺。於是，可能遂行五項略相牴觸的綜合性策略。其中包括加速度發展的都市化；加速度發展的現代化；區域發展；分散的都市化；以及鄉村發展整合。而鄉村發展整合，在未來世界中，勢將成為技術社會之後的新重點。

各國政府施展全力應付史無前例的失業浪潮，固可以暫時緩和開發中國家人民的絕對貧窮狀態，但空前的社會控制政策，以及嚴重的人權問題，也由此引發。這情形，斯賓格勒曾轉引哥德的話，予以描述：「一個人只要宣稱他是自由的，他就覺得頓時受到限制。但如果他有勇氣宣稱他受到限制，那麼他將感到是自由的。」——文學在這方面，可能幫助突破瓶頸。

人口危機委員會執行秘書皮奧特羅（Phllis T. Piotrow）用了許多描述性的形容詞，來界定開發中國家的新生代，是「新的，更稠密的，更具發揮性的，無根的與失業的年輕人」。他們無人權保障，無自由，乃普遍的現象。其情形，一如喬治．奧維爾的《一九八四年》，以及赫胥黎（Aldous Huxley）的《美麗新世界》（*Brave New World*, 1931）。前者描繪極權主義下把人「物化」，在政治、經濟、文化、思想諸方面，遭受嚴格控制，把人變成整部國家機器中的小螺絲釘。這兒產生的現象，是「同量等質」的現象。這兒產生的危機，是「劃一性」的危機。

《一九八四年》的那個極權政府，由一個無所不在的老大哥（Big Brother）統治著，共分四個部。其中和平部，掌理戰爭；愛情部，掌理法律和秩序，實即公安部；豐盈部，掌理荒歉；真理部，掌理宣傳。因此，高達三百公尺的真理部大廈的白色牆壁上，就鐫刻著三句標語：

戰爭即和平。自由即奴役。無知即力量。

能辯證地深入思考這三句標語的妙用者，對本世紀的「語文魔術」，大概思過半矣。這三句標語，對鐵幕世界的反諷，可謂入木三分。也對我們專唱反調的文學心態，有所滋養。《美麗新世界》以及《重訪美麗新世界》(*Brave New World Revisited*, 1958) 均為阿杜思・赫胥黎的作品。前者諷刺希特勒、墨索里尼國家社會主義烏托邦，後者以布爾什維克的擴張為背景而寫作。赫氏以人口過剩與組織過分膨脹，指出「美麗新世界」中，人類將被迫從事二者擇一的選擇：無政府狀態或集體主義獨裁制。而以「獨裁意慾者」之培養成功為契機。

其實，「美麗新世界」乃一反諷語，它與「悲慘世界」異名同質。當自然科學發展到極限，人們都成為它的奴隸，人的價值與尊嚴，喪失殆盡。人不再是從母體中生下來的胎生動物，而是按照統治者的實際需要而培養出來的試管嬰兒。因而這個悲慘世界的人民，在未出生之前，即予以生物學處理，依從職業上的適當分配在智能與肉體上予以制約區分。制約就是巴甫洛夫的條件反射。出生之後，為了免除對自己所屬階級的懷疑與反抗，仍繼續予以系統化的制約。

為了證明本世紀的文學心態，受人口壓力與社會變遷的雙重扭曲，變成不正常的文學心態，卡繆的《異鄉人》，皮藍德婁的《一個、零個、或十萬個》，也值得在這兒一提。表面看來，這兩部小說，也是曖昧心境和不滿意情緒的發洩；骨子裏卻反映了本世紀理性與非理性之間的爭吵；實證了現代人智力生活的雜亂無章，以及我們這一代文化的無根。

《異鄉人》在自我層面中，深刻描繪本我與自我的疏離，個體與社會的疏離。在在指出，我們的社會結構，使「人」變「物」的可怕。而物質層面的盲目發展，深深地摧殘人類精神層面的活動。首當其衝的是：能使我們生活和諧、恬靜、自適的文化不見了，使我們生活緊張不已的文明，卻一天天增加強度。而個性在財富之前消失，同樣，文學也會在機械之前消失，人類發展的生活目標，也會被生活手段所取代。我們樂意過「做天和尚撞天鐘」的生活，我們樂意變成「空洞的人」。我們應付目前的這個「技術社會」，我們就以一技之長謀生，因此，這一代的文學心態，在透視中是帶悲觀色彩的。

而《一個、零個、或十萬個》裏的英雄人物莫斯加大，其所以被迫走上早發性癡呆症，精神分裂，瘋瘋癲癲，就是他無力去徹底明白他的「自我」，不能夠正確了解他發現生活和社會，希望他扮演的角色，以及不由分說推擠到他身上的角色，到底是一個呢？或者是一個都沒有呢？還是為數眾多的十萬個？這情形，頗有點像精神官能症患者霍德林（Friedrich Höldelin）所說的：「如果你有腦筋（指理性）與心腸（指情感），那麼，你只要表現兩者之一就好了；如果你同時表現兩者，則兩者都會詛咒你。」也許，這正是此刻兩面受氣的文學心態之寫實。

樣。

第五節 文學復興的四大精神支柱

當確實之事漸趨幻滅；合而為一的感覺，漸趨消失之際，我們一方面正痛苦地為全球性的「生活割據化」作證，另一方面卻快樂地認定，幻滅是智慧的開端，正如同懷疑為哲學的開始一樣。

支撐文學大業承先啟後、繼往開來的精神支柱，灼然可見者凡四。即：㈠靈魂的喫苦受難，使文學成為必要。㈡文學的最高理想、最後使命，合而為文學對人類的終極關懷，那就是使各有陣容、四分五裂的人類，合為一體。我們永不放棄，全球人類兄弟般和平共處的理想。而文學與藝術，卻是能充分運用的手段。㈢文學就其本質而言，是種抒情的表現，所以它可以減輕當代生活的忙迫緊張，也可以增加人與人之間的善意與情趣。文學的普遍性與永久性，就奠基於此。㈣文學所傳承的智慧為寬容的智慧，故帶宗教感情，具持續的生命力。

當二〇〇〇年來臨時，我們預估人口總數到達六十三億五千萬至六十三億九千萬。那時開發中國家的人口，就達一九七五年人口總數四十億。除將近十億人口為文盲外，三十億的人在殘酷的生存競爭壓力之下，生活在極度貧窮之中，果腹為難。而擁有一技之長，遠較窮年累月學習文學容易，致往後的歲月，越來越只有少數的特立獨行之士，具真正的個人興趣，纔會走上文學的研究與文學的創造的道路。這一點在理性上是可以理解的。

除人口增殖與社會變遷的壓力，所造成的文學式微外，還有科技文明所逼成的人類社會加速變動，在個人、社會、心理、文化以及新生代之間，產生的強大影響力。此即所謂未來的衝擊。未來的衝擊，導源於各種不同層面的文化變動，不能取得平衡。然後，環境變動的步調，不能跟個人反應的有限步調之間，取得平衡。這些，都可歸之於文學未來發展的負面因素。但這些負面因素，並不能淹沒文學的四大精神支柱。

需要產生人類活動的原始動力。大眾的需要，卻使人類的活動持續進行，不虞衰竭。未來的文學，跟大眾的需要，密切相關者，第一就是用語文為媒體，以抒情的方式，表達人類靈魂的吃苦受難。二十一世紀的地球，在大多數持悲觀論調的專家們的論述中，已是個不大適於人類生活的地球。人類肉體上的吃苦受難，今甚於昔；人類心靈上的吃苦受難，也今甚於昔。即將臨頭的災害，有失業、饑餓與基本人權之越來越無法維持。這三者構成二十一世紀的循環論證。而沒有自由抉擇的基本能力，勢必造成「人到矮簷下，怎敢不低頭」的悲慘命運。人的尊嚴與人的權利，從何談起？人在合理的範圍內，所硜硜信守的作人原則，因而彰顯出人的價值者，又從何談起？

靈魂的吃苦受難，何以比肉體的吃苦受難，來得更為嚴重？換句話說，心靈的創傷，或我們的心理過程所經驗的心理事實，這種經由個人可意識到的主觀事實，雖有人僅視之為非理性的經驗，但它究竟是思想與意志等精神活動的根源。這種心靈的創傷比起肉體的創傷來，就遠為深刻。我們在意識界，可以把這種心靈或靈魂的創傷，予以潛抑，但一旦我們的意識鬆弛下來，像夢中、醉中、發高燒時，這些創傷往事，就會浮現出來。有時是直接重現，有時是化裝表演。可見心靈的創傷，或靈魂的吃苦受難，在我們一生的經驗裏邊，屬原始經驗，而不是替代性經驗；那兒存在著我們的原始生命力，可以誘發為文學的原創力，它比我們的想像力，應該更具文學的創造活力。

為什麼靈魂的吃苦受難，使文學成為必要？另一詮釋是：文學映現現實人生。而現實人生可區分為兩個部分。外面可以精密觀察，能予以分析與綜合的部分，叫做人的生活。人的生活也謂之人生。此一部分包括形體的活動，肉體的刺激與反應，本能的動作，以及人與人之間的共同行為。這些活動可能有重複，也可能有矛盾，但對觀察者而言，卻大部是視而可見，感而可覺的。作文學生糙的素材有餘，作文學精細的題材卻顯不足。因為，它在一般題材中，難於有均衡中的突出；它不像生命的題材，有那麼多意象、隱喻、象徵、神話，可資運用。它在我們一生中，往往只出現過一次，以後永遠不再重複，所以用為文學表現，則完整、清晰、鮮明而突出。它在意識的深度上，則可以由有限的文學，深入到無限的宇宙人生。所以，靈魂的吃苦受難經驗，乃是偏重人的生命的經驗，跟人的生活描寫，在層次上大為不同。我們把靈魂的吃苦受難，使文學成為必要，看作是今後文學的第一根精神支柱，道理說穿了原是如此。

其次，文學在備受科技與社會變遷的夾擊之後，它應該像天空中的老鷹，遠翮高翔，飛出一條自己的道路來。那條道路就是使人類再行結為一體，完成我們對人類的終極關懷。列夫·托爾斯泰寫他的《藝術論》，對如何使全人類有手足之情，對如何使全人類由分裂中合而為一，曾再三致意，真摯情懷，令人感奮。雖然，現代人追求的方向，卻是對有限的物質層面，心嚮往之；

對無限的精神層面，卻望望然去之。致文學在當代人的心眼中，變成了可有可無的個人消遣玩意。

流風所扇，放眼全球，把文學當作強化國家霸權工具者有之，把文學當作階級鬥爭的宣傳工具者有之，把文學批評當作黨紀的工具者有之，一句話，文學淪為分裂人類的幫兇，加深人群與人群之間的深仇大恨，又比比皆是。假如文學只是某些野心政客的工具，那麼，文學之被創造，必然是服從政治號召，去趕任務，一點自由創造的意味也不存在，半點真正的自我性質也必然消失。而自我性質的消失，是人的悲哀，也正是文學式微的鮮明訊息。蓋無個性，即無文學。故反其道而行，在團結人類再行合而為一的努力中，否定文學家是應聲蟲，肯定文學家具有人文、人道、人權崇高理想的獨立特行之士。

國別文學，藉比較文學之助，先行組織而成較大的文學社區，敞開胸襟，接納外來的影響，在影響研究與類比研究之下，完成國別文學與普遍文學之間的溝通管道與初步聯繫，然後進一步發揮文學的普遍性與永久性，共同為團結人類而努力，為人類和平理想而努力。只要我們把各民族語文的不同看得比較輕，把保持各民族的特性看得比較重，則民族性的保持依然可以補償各民族各文化語文的差異。我們在文學作品中所宣揚的「四海之內皆兄弟也」的主張，依舊是今後文學創作的一條康莊大道。

第三，文學可減輕社會生活的忙迫緊張，可增添人與人間的善意。各世族、各世代、各文化系統，都有它們自身的困境和問題，解釋與判斷時，也都有它們自身的利害與觀點。今天我們的社會生活，普遍的精神緊張，到處可見。這種精神緊張，正代表著當代的文明。而技術社會夠多的機械運轉，是不可能減輕社會生活的忙迫緊張的。大自然跟我們的疏離，使我們對大自然既不可望，也不可即。人們徜徉山崖水溪，賞受大自然的風景，呼吸大自然的新鮮空氣，觀察大自然的變化與韻律感，都成為奢侈的願望。我們高品質的生活標準，有閒暇，卻無輕鬆。一張一弛的生活節奏，為精神緊張的僵化。

當代的生活，有過多的專家們代為設計。而衣食住行育樂，在專家設計中都朝向一個目標：方便、省時、快速。好像我們都生活在追求效率的大洪流中。也許這就是當代人把文明解釋為精神緊張的道理。問題出在無盡止的精神緊張，必然會產生生理和心理的疲勞；疲勞而得不到應有的鬆弛，足以能成世紀性的群眾大病，我們就暫且名之曰心靈凹陷症候群。其中包括生理的彈性疲勞，心理的冷漠反應，心靈的煩躁不安，以及對現實環境與現實事物的褪色作用。

文學在緊張忙迫的生活中，本已無情趣可言，無工作可做。但文學家如果能擺脫緊張忙迫的生活，集中注意力於創作，則現實生活的張力與壓力，即可暫時解除。創作活力亦可暫時恢復。讀者群如果能擺脫緊張忙迫的生活，浸潤於文學作品的欣賞，分享到作家所傳達的真摯感情，進入作家所開啟的想像世界，偷得浮生半日閒的結果，必然也減輕了現實生活的壓力。就是這樣，一張一弛的生命節奏，得以正常運行；生命中的韻律感，亦可以在反覆持續中恢復。故文學可以減輕當代生活的忙迫緊張，應該是合理的。

人與人之間的善意，來自人與人之間同情的了解，適度的關切。把別人視同陌路，當然談不上惡意善意。人把周遭的人老是看不順眼，更談不上善意。當代，我們的前瞻是：學術越來越格子化，知識上的共識基礎也因此越來越狹窄。知識各有專精，文化上的差距亦各有不同。生活越來越割據化。彼此之間的生活經驗也大為不同。人與人間產生善意的管道，首推宗教。可惜宗教的力量已渙散無力。次推團體生活。可惜團體生活早經厭倦。而新興的社區生活，雖有它的潛力，惜利害關係的矛盾又往往抵消了社區中人們的善意。此中只有文學的閱讀，文學的創作，可以把分散的個人，在同一目標下進行無聲的集合與無聲的溝通，讀同一本書，產生善意的共識。也可以把分散的讀者，在不同層次的了解上，產生不同層次的理想。了解產生忠誠，了解也可以產生善意。所以文學能增添人與人之間的善意，端賴文學有它的普遍性，而無格子化的毛病。文學有它的永久性，寫作的對象是人，是人性，也是人的情趣。只要文學就是人的藝術，文學就是人學，沒有離開這樣的基礎，文學能產生正面的影響，增加人與人之間的善意，畢竟是可能的。

最後，文學傳承寬容的智慧。這一點，我們並不諱言：文學的理想，最後將無限趨近宗教的精神。寬容的智慧，肇始於設身處地，為他人著想；然後推己及人，推己及物，才會發現眾生之中皆有佛性，眾生皆平等，萬物各有其位分。我們懂得欣賞自己，也懂得欣賞別人；懂得尊重自己，也懂得尊重別人。我們絕不會想到肥豬是為了我們午餐的享受品；萬物其所以存在，是為了我們生活方便的。把利害兩忘，剩下的只有謝意與欣賞。理解事物，判斷事物，把本位觀點挪開，把全局觀點觀照全面，則寬容的智慧，就會從開放的心靈中油然而生。真正的文學，不提倡恨，而提倡愛；不倡導分裂，而倡導團結，就在乎文學應傳承寬容的智慧這一古今中外最偉大的傳統。

第六節　文學理論何以必要

文學理論所使用的方法，不崇尚科學的分析法，而是通識通觀、通體相關的哲學綜合法。我們寧願取法整體觀察的心理習慣，走懷海德「有機體哲學」的路子。我們仍願相信，產生文學理論的途徑，不外兩途：㈠解釋產生理論；㈡歷史產生理論。此兩者，合則兩利，分則兩害。

文學理論的全領域，理應涵蓋兩個大組。

第一組，按文學普遍性適應大小而言，有「國別文學」，如中國文學、英國文學、印度文學等是。故國別文學跟國家文學、民族文學異名而同質。有「比較文學」，在兩國或兩國以上，兩種語文或兩種語文以上，所進行的跨國研究。我們把文化上有淵源關係兩者之間的比較研究，名之為影響研究；把文化上沒有淵源關係的兩者之間之比較研究，名之曰類比研究。比較文學在追求文學的一般化或普遍化，追求由國別文學到世界文學的全過程中，以有組織的國際文學社區，作為文學團結全人類為一體的偉大目標與終極關懷的一座橋樑。有一般文學或普遍文學，在文學研究者壓抑故國和鄉土的感情，歷史的美好聯想，以及語文的差異性，而只就文學談文學。而且解除部分解釋的習慣，把當代人的有限抱負，擴充為無限而有邊的相對論式的解釋，把文學理論量化為文學「場論」(Field Theory)。我們盡可能以地球球面為文學理論的「場」。這樣一來，我們的文學理論，雖然密度不夠大，但涵蓋面與適應面卻因之大為擴展。

所以文學學術研究，或文學理論的第一個大組，包括國別文學、比較文學與普遍文學。而文學學術研究，或文學理論的第二個大組，則包括文學原理、文學批評與文學史。

文學原理是文學理論的重點，而解釋「何謂文學」？則是文學理論的核心問題。本能的觀念，曾支配著歷代的活動。何以歷代的文學，會持續不斷為反抗定義而作戰？我們談文學原理，勢必把各民族各地域所創造的傑出作品，予以分析與綜合，作有秩序的系統探索，發現這些傑出作品之中，都具有動人的迷人的共同因素存在，事實上，集合這些動人的迷人的共同因素，就是契訶夫（Anton Chekhov）所論的文學原理。所以談文學理論，離開了這些個別的、具體的傑作，是不可思議的。

而我們為了確認這些作品是些傑作，我們就得研究它們的評估基準（standards or criteria），基準的討論，正是解釋產生理論之源。我們還得研究它們的類屬區分，這種類型（Categories）的問題，一以確立文類的藝術特徵與結構特徵，一以區分文學與非文學。擺脫我們在解答「何謂文學」上的許多困惑與牽扯。

文學批評，乃就個別的作品，作靜態的分析研究。旨在精確而充分地解釋批評對象優劣長短。故文學批評兼具詮釋、領悟、說明與判斷，乃慧敏心靈對單一作品所作的有思想、組織力之反應。以強大的思想概括見長。

文學史，乃就一系列作品，作動態的綜合研究。旨在就歷史的縱的關係中，找出文學發展的遷流衍變之跡；就社會的橫的關係中，說明文學發展的類型結構繁衍之源。然文學原理、文學批評與文學史，關係密切，猶之乎國別文學、比較文學與一般文學，互相牽連。它們都以個別的、具體的文學作品為研究的起點，都以解釋「何謂文學」告終。

文學理論在解釋文學，作文學研究時，主要是把文學的創作經驗，調換成「經過界定的」文學術語；故文學研究，可達成文學的共識。如果把這種文學的共識，運用到文學的創作實踐上，則能達成指導文學創作的目的。職是之故，文學理論並非徒託空言，遊談無根之論。事實上，任何文學的創作實踐必繫於一些先已有之的條件，如感情傳達的真摯性，藝術表達的簡樸、自然、生動等等。我們不大相信，毫無理論的實踐是可以成立的，正如同我們不大相信，單憑意識之流，或單憑潛意識的活動，可以完成一件傑作似的。

文學的解釋創造文學理論；文學的歷史也產生文學理論。但我們從文學的整體觀察中所獲致的對文學的純粹知識，因我們周延的思考（speculation）與詢問的沈思（meditation），使我們的注意力集中，進一步增強了我們認識對象的深度與廣度。

前面說過，文學理論始自具體的個別的文學作品之研讀，而終於回答出「何謂文學」這麼一個問題。雖然本能的觀念，支配著歷代的活動；但歷代的文學，卻帶有為反抗定義而作戰的特質。一代之所重，很可能是另一代之所輕；一代之困阨與難關，也很可能是另一代挑戰與回應的焦點。

文學理論的探討，與文學的比較研究，不獨彼此密切相關，而且也極富啟迪作用。贊成此一說法者，有杜立新、佛克馬等，只贊成影響研究，譏諷類門研究為「異常天真」者有懷斯坦。

但柯勒在《符號的追尋》裏，呼籲傳統的「英美文學研究所」大力革新，加強理論探討，突破閉關自守的教學範疇，嘗試科際整合（interdisciplinary）的方法，讓文學研究跟精神分析學、哲學、語言學等溝通，或可為我們的文學研究注入新生命。未始不值得我們予以同情的考慮。

當然，文學與文學研究本質上有其相異處。文學，屬藝術範疇，乃是創造性活動。我們經常名之曰「創造的文學」。文學研究，屬學術研究範疇，乃是一種解釋性活動。我們經常名之曰「解釋的文學」。但如何在文學研究中進行科際整合？使：一、我們的文學理論成為系統的，具廣闊概括性的基本觀念。二、我們對文學原理的歷史經驗，提出一個首尾一貫，通體相符的解釋。三、我們從歸納中獲得的文學的原理原則，靈活運用它們，使繁多的文學現象，顯露合而為一的終極意義。如果說文學研究也有其連貫的邏輯系統，則秩序，應是文學事件的實質特性；關聯，則是一切文學類型，一切文學事物的本質。談文學理論的人，也不能撇開文學的秩序和關聯。而定則的觀念，原是某種慣常的、持續的或者重複的尺度觀念，是一種實質的要素。對應用科學、方法論、學識和脈絡而言，都是一種驅策力。對文學而言，卻是一種頓悟。

文學理論的解釋原則，要求系統化、普遍化，以及一貫化。但為了思想的明晰和一貫，可驗和適當，會偶爾有效，有時不免用直覺取代分析。

「觀念，支配世界；如其不然，就是混淆世界。」而凡經傑出創設，精湛沈思，謹慎用心錘鍊過的文學觀念，都將留下思想上的影響力，在人類文化中留下文化的痕跡。對我們的理智和精神，均具啟發性。

因為觀念就是理論，同時就是多中取一的選擇，是理想，也是計畫。它們無可否認的，不只是我們認知的事實，還是文學之所以為文學的綱目，以及文學對人的價值感。我們始終承認文學即人學。文學是人的藝術。文學離開了人，根本無價值可言。

把文學理論設想成一種有系統的計畫。而不是本世紀那些各依其文學癖好，而寫成的文學論文集。「有系統的計畫」其所以顯得特別重要，就是在文學理論展開之後，能始終保持住部分與全體的和諧關係。凡有論列，至少能作到簡而不錯；凡有誌明，也至少能作到疏而不漏。

文學原理目次

·卷二· 文學的美學

·卷三· 文學與意識（作品分析）

·卷四·　小說的敘述本質

第二部 文學批評

‧卷一‧ 文學批評

・卷二・ 作家研究——論寒山子

附錄　文學與時代

第一部　文學原理

卷一　何謂文學

第一章 何謂文學

何謂文學？最後完成的只是有關文學的一個定義。然而在研究過程中逐次展開的，卻包括文學的本質，文學的類型，文學的範圍，以及文學的解釋等等；它牽涉到的，縱閱歷史，橫閱社會，中間還存在著歷代人物的有意義的活動，有價值的思想，有深度的情感表現。所以這麼簡簡單單的一問，實際上可以起動文學理論的全部精髓。

我們的詩詞歌賦當然是文學。荷馬的史詩、莎士比亞的戲劇、托爾斯泰的小說，也當然是文學。我們就憑藉這些以語言文字為表現媒介的心靈創造活動，來減輕生活的壓力，增添人與人間的了解和善意，提昇感官文化為理念文化。我們把諸如此類的文學活動，叫做創造的文學。我們把這類beautiful writing（美文），有時管它作belles-lettres（純文學），又有時管它作literary art（文學的藝術），或稱之為imaginative literature（想像的文學）。不過，有關文學的學術研究活動，究竟算不算文學活動呢？答案是肯定的。我們把這類活動名之為解釋的文學。

假如我們要靈活地了解文學，並且對文學有整體觀察的心理習慣和系統說明的內心要求，我們可能會首先承認一個近代觀念——關係是最基本的存在。它對逐次展開的文學原理的探討，將是實際有效的觀念。

真理常棲息於針鋒相對的兩造之間。而現在卻是過去的關鍵。文學既尊重傳統，也珍惜個人才智。現在應接受過去的指導，同時，過去應為現在所改變。它們的重要性就存乎相互關係之中。我們也只有從過去與現在的密切關係上，才能深刻了解文學。

我們雅不欲厚古薄今，以繁徵博引鳴高。蓋述而不作，信而好古，勢必削弱我們的原創力；因為單純地排比故實，摭拾陳言，組織材料，把心靈透視的焦點推向過去，很容易跟我們的時代精神，現實生活，生存環境，與大眾需要脫節，既無補於實際創作經驗之獲致，也無補於對當代文學潮流之省察。

我們也雅不欲厚今薄古，忽視過去，侈言創新。這樣做容易絞斷文學發展的歷史線索。執一隅之解，擬萬端之變，片面而孤立地理解問題。我們深知：無歷史即無理論。此一歸納事象，在文學原理上尤其顯豁。

「不薄今人愛古人」，從當代找問題，從過去求答案，將是我們探討文學原理的具體作法之一。

追求精確度較高，適應性較廣的創作經驗和法則，歸納而成文學原理，將是我們的具體作法之二。

古今中外的文學家，寄身於翰墨，見意於篇籍，咸能垂空文以自見。他們其所以不假良史之辭，不託飛馳之勢，而聲名自傳於後者，因有作品流傳。故文學作品表現了作家的心靈秘密；而文學史可以看做作家心靈活動的秘史。惜談論文學原理的人，或拘於虛，或囿於時，或束於教，或蔽於識，凡所徵引，不是哲學家的高談，就是歷史家的闊論，乃至許多對文學本身並無精到體認者的即興之作——流暢而無甚意義，博大而無所專指；彷彿文學家對文學問題不配發言似的。我們今天來談文學原理，將一反積習，以文學家對文學發表的見解，為主要材料。把文學家以外的識見與議論，列為次要材料。

從無可減約的基本假定出發，從最簡明最淺近的基本理論起步，依循邏輯秩序，逐漸深入，將是我們的具體作法之三。

理論家跟語錄家最大的分別，在乎前者借用別人的東西少；而後者借用別人的東西多。理論家跟編纂家顯著的不同，在乎前者立一本而展露萬殊，作大系統的說明之際，有形式的完整和內容的和諧與統一。既能首尾一貫，又能通體相符。後者則百家並列，繁花雜陳，抓到籃裏就是菜，不明主次，不辨精粗，不識好歹，無法使自個兒成為權衡眾說的尺度。若我們對文學真有創見和創意，且這些創見和創意一旦通過創作實踐，能轉化為成功的表現，則今日的理論，很可能就是明日的信仰。

一部活的文學原理，將以上述三條件為基本建構。以下，讓我們提出一個又古老又笨拙的問題。

第一節 什麼叫做文學

什麼叫做文學?或文學是什麼?

這是個老問題，卻經得起追索。這是個笨問題，但在沈思靜慮中，能不斷爆出智慧的火花，湧現新意義和新價值觀念。這是個各有專注也各有所偏蔽的問題，有許多值得耐心尊重的答案，卻很難找到讓多數人滿意的定義。我們面對著這樣一個又古老又笨拙的問題，我們確實需要寬容的智慧和古典的寧靜。

什麼叫做文學?

列夫・托爾斯泰（Lef Tolstoy, 1828–1910）在《什麼叫做藝術》一書裏，曾綜合作答。

溫徹斯特（C. T. Winchester）在《文學評論之原理》第二章中，曾闢專章予以討論。

尚・保羅・沙特（Jean-Paul Sartre, 1905–1980）曾寫專書予以解釋。而這本《什麼叫做文學》的大書，在艾士卡比（Robert Escarpit）的《文學社會學》（*The Sociology of Literature*, 1969）裏邊，曾被稱許為可以當作文學理論的里程碑來考慮的論著。

托爾斯泰從藝術哲學的觀點來回答什麼叫做文學。

他指出：人們用語言互相傳達自己的思想；而人們用藝術互相表達自己的感情。因此傳達出人們的思想和經驗的語言，是人們結為一體的手段；藝術的作用正是這樣。——一切藝術活動建立在人們能夠接受別人感情的感染這一基礎之上。

他進一步分析：藝術起源於一個人為了要把自己體驗過的感情傳達給別人，於是在自己心裏重新喚起這種感情，並且用某種外在的標幟把它表達出來。只要它們能感染觀眾、聽眾或讀者，就都是藝術的對象。作者所體驗過的感情，感染了觀眾、聽眾或讀者，這就是藝術。在自己心裏喚起曾經一度體驗過的感情，在喚起這種感情之後，用動作、線條、色彩、聲音，以及言詞所表達的形象，來傳達這種感情，使別人也同樣能體驗到這種感情，這就是藝術活動。換言之，藝術是這樣一項人類活動：一個人用某種外在的標幟，有意識地把自己體驗過的感情傳達給別人；而別人受這種感情所感染，也體驗到這種感情，則藝術活動的能事已盡。

由此推論出，文學是用言詞為外在標幟，表達作者的感情，並能感染讀者的一種藝術。這個推論出來的界說，雖符合「定義必須提示被界定事物的本質或特質」的要求，卻有悖於「定義必須簡明」的要件。而且托爾斯泰的研究對象廣及藝術全領域，並非單獨為文學而發。有內行人的成熟，同時也有內行人的偏執。精確度高，適應性並不太廣。因此，我們把目光移向溫徹斯特教授。

溫氏以文學的要素為主導觀念，藉以探索一簡明正確，可直接應用，且為大眾公認的文學定義。他指出文學為不朽的盛事。而不朽的觀念，並非指作品中含蘊了永久的真理，或永久的價值，乃指作品中含蘊了永久適合人心的興趣。而永久的興趣是他判別文學作品與非文學作品的第一個要素。

他進一步闡述，純文學作品必表現作家的人格，映現作家的個性，且因為訴諸感情之力，使作品有百讀不厭的興趣。——訴諸感情之力，即是文學的特質。它使倏忽的感情，凝固為永久的興趣，它使作品萬古常新。故記載一事，確如其事，必非文學；表現一事，而附以情，且寓作家的人格於作品中者，才叫做文學。故訴諸感情之力，乃成為他判別文學作品與非文學作品的第二個要素。

第三，文學其所以有鼓舞感情的魔力，在乎文學作品能表現人生，解釋人生，批評人生。故文學作品，乃發抒作者的感情而感動讀者於須臾，確實是深沈真摯的人生記載。不過，訴諸感情之力，必然以具體形象，來間接表現人物的動作。此種自由地組合印象內容的心靈能力，就叫做想像。因此，想像和感情，同為文學的要素。尤其是在抒情文體中，想像格外重要。蓋無想像，感情難於喚起。職是之故，感情和想像的強弱大小，是他判別文學作品和非文學作品的第三個要素。

最後，溫氏指出：文學之具有不朽的魔力，多半憑藉表現的方法。文學作品的表現，能感動讀者，使作品具常新之勢，半由於形式的優美，半由於思想的高妙。形式是表現思想與感情的工具；思想則為各種藝術的根據。

細味溫徹斯特的論旨，他同樣承認感情為文學的特質，且居於文學四要素之首。因此，他心目中的文學，乃指能表現作者的人格與個性，具感情、想像、思想與形式四要素，以訴諸感情之力，使作品具有永久的興趣，且能表現、解釋、批評人生者。

我們承認這位文學批評家，有思想的組織力和判斷力，並企圖對文學概念，作大系統的解釋和發展。可惜這位文學教授，基本上欠缺實際創作經驗。因此，他竟然會忽略文學作品其所以令人感到興趣，大部分由於新奇。世界上，永恆的新奇大概是不存在的。那麼，永久的興趣能存在嗎？而且，從大處著眼時，他忽略了文學在藝術中的適當地位（文學只是諸藝術之一）。討論藝術必然兼論文學。而從藝術的角度和路線趨近文學，畢竟能見其全，能見其整體跟部分有秩序的和諧關係。從小處著眼時，他忽略了語言文字在文學中的媒介功能，及其表情達意的作用。他的長篇大論，我們仍不能滿意。我們不能不把眼光轉向沙特，研究他在〈什麼叫做文學〉一文裏邊，到底說了些什麼？

這篇論文寫於一九四八年。表面看來，理念十分單純，不過是站在作者和讀者的相互關係上說話。他確認文學作品係精神的創作，而筆錄下來的東西。——當其為人所閱讀時，它本身才算存在；因為寫作而無人閱讀，毫無意義可言。一本無人閱讀的書，不過是一束弄髒了的紙。由此一前提出發，可以作出下面的推論：文學現象與其說是藝術作品的本身，毋寧說是兩種自由行動的會合與衝突，其一為製作，另一為消費，在道德上和社會關係上運用它們的全部影響力和側面影響力，使作者與讀者團結起來。——在文學活動中，人的存在是相對的，作者為讀者而存在，讀者為作者而存在。

從存在主義的角度理解文學，沙特為文學提供了一種社會學的觀點。所以《文學社會學》的作者艾士卡比，才用「文學理論的里程碑」來稱許它。而此文從作者與讀者，道德與社會，製作與消費等「關係」上，著手解釋文學現象，文學活動，以及文學的社會功能，自有其卓越處。反過來說，我們如果唸過宋巴特（Werner Sombart, 1863–1941）那本《論人——一種精神科學的人類學之研究》（1938），在〈論文化的形成〉一章裏邊，有關「被約束的精神」與「活的精神」的討論，則知沙特的論點，多由宋巴特的理論胎息而來，原創性並不太高。且這些解釋，涉及文學內涵者極其有限，我們對它也無法表示十分贊同。

由此看來，上述三家的解釋雖詳略繁簡不同，其不能盡如人意則一。然本能的觀念支配著歷代的活動。各時代都有人傻傻地提出「什麼叫做文學」這個問題，各時代也都有聰明秀異之士，各就其自認為最好的思想，最深刻的認識，且深信不疑者作答。惜仍言人人殊，莫衷一是。也許蒲瑞恰（R. H. Pritchard）氏的說法真有幾分道理：「文學好像生命一樣，是無從下界說的。」因為，「當我們一想到我們已發現了圓滿的定義時，說不定就會有一個突兀的，但也無從否認的例外，弄得我們迷惑起來。文學抵制規矩繩墨。凡想把它當作準科學來處理的任何嘗試，註定都非失敗不可。」（《文學鑑賞論》〈序〉）

不過，就是這樣一大段反調裏邊，仍然有反調的反調可唱。因為任何偉大的表現總歸是嬗變的，在藝術的領域裏尤然。因為，「創造的反叛」（creative treason）一詞，雖是本世紀六十年代興起的一個文學術語，然對當代文學潮流的省察，對當代文學精神的了解，仍然是一個關鍵性的觀點。

必須指出：文學和文學研究，不論就對象、範疇、特徵、活動等而言，均有顯著差別。蓋文學注重創造，屬藝術的範疇，一般稱為創造的文學（creative literature）。文學研究重在解釋，其主要特徵及活動，乃以知識的傳達教人，跟創造的文學以感情的傳達感人者，各異其趣，故屬學術研究的範疇。縱然我們不便直指文學研究為科學，但就使用的方法和態度而言，已十分趨近科學領域，一般稱為解釋的文學（interpretative literature）。用科學方法和科學態度來對待創造的文學，固然非失敗不可；用科學方法和科學態度來處理解釋的文學，卻不盡然。所以蒲瑞恰的話，只對了一半。

何況，文學是什麼這麼一個傻傻的問題後邊，必然出現一連串高妙的定義。如文學是人心的歷史；文學是人生的批評；文學是最佳思想的記載；文學是語言的藝術；文學是文字的藝術；文學是剪裁的藝術；文學是宣傳；文學是苦悶的象徵；文學是社會生活的表現；文學是精神活動的歷程和結果；文學是聰明男女思想感情的紀錄；文學是被保留在文字上的學問、知識及想像的結果等等。這些定義，既然都包括下界說者精心的觀察和匠心獨運的闡述，縱有分歧，理應受到我們同情的了解和適度的關切。它們可能使我們產生精神的深刻內省，讓我們知道從來人類的認識，都不過是真理的大洋中，浮現的許多孤島。孤島有大有小，位置有遠有近，排列有疏有密，大抵憑藉觀察者的心量與識量，憑藉觀察者的思想組織力，彈性地調整他們的能見度。而內心的需要、觀察的角度，特別是時代思潮的影響，往往使同一研究對象，呈現差異甚大的面貌。所謂時運交移，質文代變；所謂文變染乎世情，興廢繫乎時序，原始以要終，雖百世可知，都可以影響我們對文學的解釋。然也幸而有此，使我們懂得珍惜自由傳統與獨立思考的好處，不自以為是，不被先入為主的成見所左右；欣賞不同的說法，尊重相反的論據，而且讓我們深切懂得研究的過程，跟獲致結論的過程，同等重要。——不成熟的結論大半由於倉卒論斷而來，這是相當危險的一種研究態度。為什麼我們不能傻傻的把問題窮追下去？

由於文學的界說難下，連帶使我們憬悟到文學的範圍太廣，研究的對象太多；展望茫無涯涘，著手頭緒紛繁。它們的本質和特徵，捕捉不易；而許多次要的因素和偶然的性質，諸如「富有詩意」、「具現實性」、「精采動人」、「非常有趣」以及「逗人歡喜」之類，被一般人當作文學的本質胡亂引進文學的領域裏來，使原本已經十分複雜的問題，更形複雜。然而也正由於文學的界說難下，使我們亟力要求由博返約，撇開枝節，抓緊要領。以精到見長，而不以包羅萬有炫目。好歹文學是說不盡的，揀選切合實際需要的談談，也許較一無重點、隨意漫談的方式，收效要大些。

切合實際需要的文學原理，既非空洞的概念，也非機械的公式，它往往從一系列作品中歸納而來，再演繹到創作活動中去。我們知道：文化程度較高的各時代各地域，都曾不斷湧現具代表性的優異作品，用歸納法提取並集合那些作品裏的普遍而必要的因素，那些能決定文學作品的藝術價值的共同東西，那些能決定作品的魅力或迷人之處的條件，我們將會發現那些不朽的與眾不同的作品裏邊，原隱藏著許多普遍的東西。而普遍的也就是必要的，它乃文學法則或文學原理的真實基礎。在此一基礎上，我們當然有辦法進一步探討文學的本質和特性；它的心理基礎和社會功能；它的時代精神和民族精神；它的美學意義和藝術內涵；它的縱的歷史發展關係和橫的類型結構法則；它的形式之美與感情效果；它的密度與效果集中；它的形式的完整性與內容的有機性；它跟其他各學科的關聯；文學理論、文學批評與文學史的精確分工，密切合作；以及它如何確定支配文學作品的法則等。這些都將成為文學原理的主要內容。

第二節　由嘴上到筆下

文學到底是什麼？

由於古今中外對文學觀念的不穩定性（instability），增加了我們想欲追蹤歷史線索，歸納說明文學這個詞兒的困難。更由於我們對文學解釋的多度空間性（multidimensionality），使我們從任何一個角度，從任何一個觀點（例如藝術、社會、心理、宗教、歷史、哲學、道德、性等觀點），都可以對文學產生相異的甚至是相反的解釋。它既非一成不變，又非單一因素所能決定。它既在演化過程中漸趨明確，同時仍保留著若干原始的晦澀。而千奇百怪，各具重點的文學定義，遂點綴著各時代的心靈活動。

自來界定文學範圍者，有廣義有狹義之別。廣義的文學包括一切的印刷品和書寫品。狹義的文學則指純文學（belles-lettres）。此乃文學界說的兩極。但也有更廣義的詮釋，如亨利・赫蘭（Henry Hallam, 1777–1859）那個說了等於沒說的文學定義——文學是總括一切的東西。在此一主導觀念指引之下，他寫的《十五十六十七世紀文學史概要》，就老實不客氣討論到神學、倫理學、法學，以及數學等著作；惟一令人遺憾的是，他把有關歷史材料的書籍未列入文學範圍裏邊，致有滄海遺珠之感。

這個定義，比孔門四科中的文學一科，以子游子夏為文章博學的代表人物，更具涵蓋性。因文章博學，文即是學，學不離文，仍主書本裏邊的一切學問，偏於學術方面，較赫蘭的文學定義狹窄。

這個定義，也比王充《論衡》中的文學定義廣泛。《書解篇》謂：「聖人之情見乎辭，出口為言，集札為文。」雖把寫在紙上的都叫做文學，卻無法概括口傳的文學（oral literature）在內。——口傳的文學時代，必遠較寫定的文學（written literature）時代悠久。即以我國為例，周口店北京人的出現，距今約五十萬年；而商代甲骨文的應用，距今不到四千年。其間若干萬年的時間，均為口傳文學時期。就人類文學活動的歷程而言，寫定的文學實不能與口傳的文學一較短長。

這個不成定義的定義，甚至比章炳麟的文學定義，更言簡意賅。《國故論衡》〈文學總略〉謂：「文學者，以其有文字著於竹帛，故謂之文；論其法式，謂之文學。——凡文理、文字、文辭皆稱文。」他在《國學概論》中作了進一步的分析：「文者，包絡一切著於竹帛者而言。有成句讀文，有不成句讀文。成句讀者，分有韻無韻；不成句讀者，凡表譜、簿錄、算草、地圖皆屬之。應列之於專門，不為論及。」因為即令是這樣一個可笑的文學定義，以一切印刷品與書寫品為文學，到底只能適應短短數千年來的人類文學活動，對若干萬年來口頭傳述的文學活動，依然無能為力。

當然，章氏的文學定義，雖稍嫌大而無當，然也不乏同調。除前述赫蘭氏的界說外，馬修・安諾德（Matthew Arnold, 1822–1888）在其名著《批評論集》裏邊，也認定「文學是個大類名，它包括一切文字所寫就，以及用活字所印刷的全部」。故「文學為經著錄的智識的總稱。如歐幾里得的幾何，牛頓的物理，皆可目之為文學」。而一切印刷品皆可定義為文學，也並非章氏的天才發明。在歐洲，十四世紀的醫學，中古初期的行星運動，乃至英國的新舊魔術研究，皆屬文學。這些都有確鑿記載可憑，絕非臆測。

就文學的範圍而言，章氏所例舉的文學內容，跟格林勞（Edwin Greenlaw）在《文學史的領域》中所言「文學的範圍，包括整部文明史」相較，亦有異曲同工之妙。「因為，不論文學為美文，為印本或手抄本，都可以使人在其中體認出那個時代和那種文明。所以我們要發揚文學，使它在文化歷史上有更大貢獻。」

不過，前述那些廣義解釋的文學定義，就大處言，仍看落了若干萬年來活在人類口頭上，單憑語言從事創作和傳述的文學活動。就文學界說的精確度而言，畢竟漫汗而無所確指，不免有些大而無當。

到此為止，我們對文學的認識，仍然面對著古希臘神話裏的那個斯芬克斯之謎（Riddles of Sphinx）。如果我們憑藉創造的想像力，把我們自己放置到幽邃而洪荒的歷史年代裏邊，以最後一個穴居人（Troglodyte）的心緒與感情，來對待悠邈的口傳文學，來追懷那個在空無中運轉的萬古如長夜的時代，我們將會發現，口傳時代的文學，確實代表了人類心智活動的全部；文學活動的範圍，跟人類的文明進展，同一步調，且同其遼闊。

當生物學家從覓偶動物的歌舞，以及牠們為了加強愛情季節中的色彩和形體的效果，而盡量表現自己時，他們的腦幕上開始閃現，藝術起源之際的模糊遠景。藝術史家，則以第一個野蠻人開始紋身以吸引別人的注目，作為人類審美經驗和藝術起源的標幟。而文學史家，卻確認文學活動跟語言的發生，同其悠久。因為有了語言必然有了思想。當我們能說出某一事物時，同時我們也想到了某一事物。故語言和思想一體兩面，是使人類從自然境界，提昇到靈性境界，或使人類別於禽獸的鮮明標幟。運用語言和思想，表達自己體驗過的感情，宣洩自個兒心靈的秘密，使別人也受到同樣的感動，文學活動即告開始。我們此刻雖無法懸揣那種洪荒時代的傳奇氣氛，但可以想像口傳文學的初現，確是人類歷史上最甜美的一刻。——那些簡樸、生動、無所依傍、富象徵意義，具音樂性和自然節奏感的語言裏邊，正凝聚著當時人的世界想像力的焦點，正建築起一座連接過去與未來的心橋，正洋溢著勇敢生命的動人韻律，它象徵了人類精神的勝利。在文學上一如在愛情上，最初的也就是最美好的，最原始的活動也許就是我們的終極理想。

正因為如此，我們雖體驗不到口傳時代文學的醇樸風味，但我們仍可由三九五篇古代詩歌中，依稀遙想前《詩經》時代的文學活動盛況。在古希臘，行吟盲詩人的歌唱和他們的七弦琴伴奏，雖早已音沈響絕，可是，《伊利雅德》和《奧德賽》這兩大史詩，卻代表了口傳時代文學的遺跡。在古印度，用樂器伴奏的口唱短歌，經過一個世紀又一個世紀的口口相傳，終於流傳融匯成《摩訶婆羅多》和《羅摩耶那》這兩大史詩。它們代表了口傳時代文學，集體創作的偉大成就。

退而求其次，德意志的《尼伯龍根歌》，法蘭西的《羅蘭之歌》等，都是由口傳的文學擺渡到寫定的文學的例子。它們的超絕精力和驚人的預示，以及它們在文學上展現的美和高度成就，千古無人能及。

關於文學的起源，不論是遊戲說也好，模倣說也好，乃至宗教說或勞動說也好，畢竟跟愛、跟宗教活動有密切關係。人類為求個體的生存與群體的綿延，必然要覓食，也必然要求偶。因此食色遂成為人類從動物時代保留下來的兩大本能。

愛因兩性間的互相需要而產生。真情摯意的需要就含蘊著美的可能性。愛激發天才，燃燒熱情，從甜蜜而又苦悶的渴望中使心靈加速成熟，留下脈脈柔情和沈思的印象，或將最初的眼淚轉化為最後的悲哀。這種感情是普遍的，然每個人都保有獨特的經驗。這種人生的悲劇或喜劇是亙古如一的，但無人完全雷同。因此，那些富於感染魔力的情歌乃成為口傳文學的主要組構部分之一。

宗教活動對文學發展的貢獻，僅次於愛。宗教的神聖感來自大自然的無可抗拒的威力，所以宗教感情常與敬畏、恐懼、疑慮等情緒共棲。宗教的崇高感，來自大自然的深不可測，高不可攀，喜怒無常，新奇多變。因此，啟蒙的心智在追求靈性生活，探索未來意義或未知之境時，就以則天法地為謳歌讚頌的對象。這種神聖感與崇高感，使口傳文學輝閃著神秘和幽異色彩。同時也使口傳文學具備所謂「原始的卓越」（尼采語）。而那些比較莊嚴穩定的宗教頌歌，也成為口傳文學的主要組構部分。即以近代涵義來論文學，我們也不能不承認：文學總歸是從原始的歌舞和宗教儀式等文化總體中蛻化出來的東西。

唱和說，乃口傳文學的兩大類型。唱包括謠諺、頌讚和歌舞；說包括神話、故事和寓言。《爾雅》譯謠為徒歌，歌以述情。演進到寫定的文學階段，即為抒情詩。《說文》釋諺為傳言，言以道事。演進到寫定的文學階段，即成諺語。蓋前者重在表達感情，後者重在傳遞經驗。如早黃雨，夜黃晴；有雨四方亮，無雨亮頂上；或七蔥、八蒜、九胡、十麥、冬菜子之類。頌讚源於宗教需要，然後一變而成歌頌部落酋長的英勇事跡，進入寫定的文學階段，遂為英雄史詩之所本。歌舞時有獨唱、有合唱、有輪唱，形式不一，大抵隨當時的情緒和環境而變動，而舞蹈的內容，以戲擬人物的動作和姿態為主。一旦進入寫定的文學階段，遂慢慢蛻變成劇詩與戲劇的雛型。然初民的語言尚未充分發展，比較樸實單純，為了易記易誦，便於在口頭上流傳，其謠諺、頌讚和歌舞，必簡短而富自然的音響節奏，且皆具自然聲韻。

古希臘文Mytho（神話）一詞含二義——寓言與故事。其目的，在造成一種市民的宗教（civic religion）。大抵神話皆有一種異常廣泛的事實基礎，不過其根據十分薄弱。想像力（特別是解釋的想像）極其豐富，故象徵意義也極其鮮明。因口述神話的人，驚異於大自然的神秘，恆存敬畏之心。又為好奇心所驅使，憧憬未知之境，故於自然現象之上，自出心裁，以一般生活中的理念予以臆測解釋，於是神話乃成為各民族文明初啟時的偉大心智活動。

口傳的文學，有優點也有缺點。

一人倡之，多人和之，眾人傳之；使一首歌，一個故事，在輾轉相傳的過程中，不斷得到刪添修改的機會，擁有全部落的原創力和集體智慧，應是口傳文學的優點之一。富有彈性，能容納別人的心智、情感、想像，參加共同工作，點點滴滴的增加，生生不息的成長，創作者、欣賞者與傳述者，構成三位一體，密切合作無間。欣賞者即創作者，傳述者也就是欣賞者，因此口傳文學的傳述期就是它的成長期，它的內容和形式雖不穩定，但卻概括了當時人類的心靈活動，和其文化意義的全部內涵，應是第二大優點。跟實際生活，生存環境異常接近，覓食的艱辛和喜樂，求偶的興奮和奇妙的渴望，山林沼澤，雷電風雨、地震大火的恐怖、幽異，乃至他們對人生的看法，對歷史、政治、宗教、哲學等的素樸想法，都一一見諸吟詠，活在神話傳說之中。使口傳的文學，兼具表達感情傳達經驗的功能。這是口傳文學的第三大優點。我國歷史上曾有采詩之官，從民俗歌謠中窺探民風國運，政教興替；而采風觀樂，即使到了春秋時代，仍是一個重要的政典，可以遙想當年口傳文學的盛況。

當然，口傳文學也有其顯著缺點：

純靠記憶保存，純由口誦流傳，而無客觀的外在標幟為之記載，其可靠性究竟有限，其影響力也不如寫定的文學來得久遠。故文學活動由嘴上轉移到筆下，以目代耳，乃是伴隨文明進展而來的必然趨勢。此其一。

若以文明進展為座標，則古今時間觀念，顯然不同。文明未啟之前，時間流轉緩慢，萬古如長夜。而那時，經驗即知識。經驗的累積、交換與傳播，在文字尚未出現時，原極簡單，單靠嘴上講唱，大抵夠用。文明既啟之後，時間越來越快速，知識的累積和觀念的吸收，逐漸成為改善生存環境，改進生活方式與生產方法所必需，單靠嘴上講唱來累積經驗，傳遞知識，已不夠用。故由口傳的文學過渡到寫定的文學，乃現實需要所促成。亦因此暴露了口傳文學的基本缺點——不能適應較快速的文明進展和較繁複的文化內容。此其二。

我們今天把語言文字聯用，並簡稱為語文或言詞，係基於一個假定：語言是有聲的文字，文字是無聲的語言。其實，當語言文字並不一致時，文學活動由嘴上轉移到筆下必然出現一些流弊。因為，文字對不識字的人而言，即是一重障礙。用文字寫定的文學，必然使文學淪為受過寫讀訓練者的專利品，它區分了文人和文盲。它使大多數人再也無法欣賞文學，創造文學。它逐漸跟民眾疏遠，不再搏聚民眾的心智與思想，而且也不再是全民族的精神槓桿。

由口傳的文學階段演進到寫定的文學階段，個性的創造和個人才具逐步抬頭，文學也不免窄狹化、傳統化、形式化和僵硬化。這時的文學已不能從廣大民眾的生活中汲取力量，吸取滋養，其小圈子作風隔絕了佔絕大多數的不能寫讀的人。因此，文學一變而為文化的點綴，再變而為生活中的奢侈品，文學成為全民生活所必需的時代，已一去不復返了。

第三節　文學觀念的演進

然則文學到底是什麼？

古今中外的文學家、文學理論家、文學批評家與文學史家，回答這個問題的人已屈指難窮。

惜問題仍懸而未決。最大的困難，在乎文學觀念隨時代而變，隨文學潮流而遷，隨社會風尚而異，略語則闕，詳說則繁，變動不居，莫衷一是。劉勰所謂：「近代之論文者多矣。至於魏文述《典》，陳思序〈書〉，應瑒〈文論〉，陸機〈文賦〉，仲洽流別，宏範翰林，各照隅隙，鮮觀衢路。」（〈序志篇〉）已能具體道出我們對文學觀念之領悟，各是其所是，而各非其所非，勢若盲人摸象。

文學觀念的演進，其途徑凡四：

㈠由廣義的解釋趨於狹義的解釋。

㈡由模糊的觀念趨於明確的觀念。

㈢由籠統的內容趨於精純的內容。

㈣由知識的範圍趨於藝術的範圍。

凡此皆由文學本身，從嘴上趨於筆下，從語言的運用趨於文字的運用以後的事情。

文學觀念的不穩定性，跟文學內容的由博返約，跟文學研究的具體分工，也跟文學領域的由寬返窄，有其相互變動的函數關係。故每一歷史階段有它們相應的文學觀念。每一不同的民族，都有相激相盪的兩種文學觀念互相吸收、適應與融合。一為該民族所固有的，一為外來的。此乃文學觀念演進的原動力。而每一不同的社會結構及其相異的風尚，就孕育每一社會的文學觀念。故參伍以為變，因革以為功。墨守成規，抱殘守闕，就無法適應當時社會的需要。

文學由廣義的解釋趨於狹義的解釋，其主要契機，在乎我們能逐步排除文學中的偶然性質(accidental properties)，且能逐步掌握其本質或特質，區分文學與非文學之後的事。認一切印刷品和手稿，只要跟人類文化史與文明史有關者皆可進入文學領域，乃廣義的解釋之準據。其後純文學的觀念代起，始將具有顯著的文學形式或表現之著作，名之為文學。此刻區分的標準，或為該著作具單獨的美學價值，或為該著作具共同的美學價值，而與一般知識特徵相混者。諸如抒情詩、戲劇、小說之類，其偉大與否，皆有其美學根據作為優劣判斷。而將廣義的解釋加以條件限制，後來條件限制越來越嚴格，準據越來越明確，文學跟其它學術的歧異也越來越擴大，狹義解釋的文學，在歷史的長流中終於出現。故由廣義解釋的文學漸漸向狹義解釋的文學轉移，乃文學觀念必然的演化途徑。

例如：約翰·穆立（John Morley）在《文學研究法》一書中指出：「文學是由一切書本所組成。然所有的書本並非全是文學。必須是雄奇瑰偉，善載真道，深契人情的書本，才叫做文學。」這個定義中的雄奇瑰偉，善載真道，深契人情，即為條件限制。而條件限制越精確，越嚴格，則越能彰顯文學的本質。

又如聖·佩甫（Saint Beuve）在《何謂名著》中說：「文學包括一切名著而言。讀者可於此等名著中，洞見道德的真諦，千古不易的摯情；而情致雄偉盡善盡美的文章，具巧思特見，能推廣人類的見聞，能開拓人類的胸襟，下筆能自由抒發而不悖於古，卓絕萬世而不朽。這才叫做名著。」其條件限制之嚴，較穆立的界說，已不能相提並論。

再如布魯克斯（Stepford Brooks）在《古代英國文學》一書中謂：「我們所謂文學，意指慧敏男女的思想和感情的紀錄，用文字表達出來，且排列得能使讀者發生快感者。」此定義的條件限制既包括文字紀錄，又限於慧敏男女的思想感情，且必須以形式之美使讀者感到愉快。因此，依循這些條件限制推論下去，才會得出「散文不是文學，除非它具有風格和個性，而且是特別用心的寫作」的結論。

廣義解釋的文學，產生模糊的觀念；狹義解釋的文學，往往能獲致明確的觀念。兩者為一體兩面，有其邏輯的關聯。

大抵文學活動初起之時，在觀念上總是模糊的，越到後來越趨明確。這也是觀念演化的常態，非獨文學觀念為然。但在演化過程中如碰到強力干擾，仍有再趨於模糊籠統的可能。

茲以我國文學觀念的演進為例，作一歷史的觀察與闡述。我國文學的演進，可粗分為四期。先秦為第一期，其時文學觀念兼有文章與博學。如果我們把「文」看作寫在竹帛上的東西，「學」指傳授和學習，則先秦的文學觀念，可以引申成書本的知識；或直譯為書本知識的傳授和學習。我國早期文學觀念模糊，也就夠瞧的了。

兩漢為第二期。先秦時期的文學觀念，至兩漢而逐漸把「文」與「學」分開，在觀念上有了「文學」與「文章」的區別。用單字則「文」與「學」殊途；用連詞則「文章」與「文學」有別。雖然漢代的「文學」一詞，仍含有學術的意義，跟先秦異代接武，去古意未遠；而「文章」則專指詞章，疏離先秦傳統，跟我們的「文學」含義，反而比較近。因此，兩漢的「文學」「文章」的區分，實在是我們的文學觀念由模糊到明確的一個重要關鍵。它具有承先啟後的積極意義。

魏晉南北朝是我國文學觀念演進分化的第三期。「文學」從學術整體中分化出來，獨立於學術之外，在觀念上已具備近代文學的雛型。而且，那時的人已隱約見到形式的優美和感情的效果在文學上的重要性，故於美而動人的文章中，進一步有「文」與「筆」的區分。「文」以情為主，「筆」以知為主；「文」重在美感，「筆」重在應用。近代的「純文學」和「雜文學」的觀念，那時已有了類似的認識。

由隋唐到北宋，應列為第四期。六朝的駢體文，因過於注意形式，言詞也過於纖麗淫巧浮濫，束縛了文字的表情達意功能，於是引起了隋唐時代的文人的根本懷疑。文以立意為宗，不以舞文弄墨為本的素樸觀念，逐漸形成。因此，他們要求文學的表現，應回復到先秦兩漢，因其自然而不必矯揉造作。而韓愈柳宗元所提倡的散文運動，確含有「創造的反叛」(creative treason)的原始精神。在《韓昌黎集》裏邊，散文被指稱為古文，開新與復古同時並存，表面看來有些矛盾，其實兩者是同義字，精神完全是一貫的。就反抗六朝駢文的精神而言，他喜歡把他倡導的「文從字順各識職」的散文，叫做古文。因為這正是先秦兩漢六經子史的本色。就反抗六朝駢文的形式而言，他喜歡叫這種文以立意為宗，不以能文為本的散文為古文。故唐代的散文運動，一方面開新，一方面又是復古。在文學觀念的演化初期，只形成一種復古的傾向，以及從文學的形式體認文學的面貌，所以文學觀念尚有緩慢的演進痕跡。唐人論文僅以古聖先賢的著作為標準，以「上規姚姒」為準據，雖主明道，而終偏於文。唐人李漢，序《韓昌黎集》，僅云：「文者貫道之器也。」較之北宋周敦頤《通書》：「文所以載道也。」一字之差，則分為文以貫道與文以載道兩大文學潮流。也正是這一字之差，使我國文學觀念，受到強烈干擾，復歸模糊籠統達千年之久。

因為文以貫道，文與道仍分立，通其理，識其事的「道」，必藉「文」而始顯，因文以見道，顯然有輕重的分別。所以說：文學觀念復古初期，仍存在若干演進的痕跡。

由殘唐五代進入北宋之後，從外形的認識演化為內質的辨別，覺得有將漫無標準的文學觀念，再重新確定的必要，於是宋人論文，以古聖賢的思想為標準，一下把「藉文而顯」的貫道觀念，改為「因道而成」的載道觀念。而文學遂成為道學的附庸。道學家論文，止於載道之具，偏重於道而只以文章為工具，已愈益顯明。兩漢「文學」與「文章」的歧趨，至是遭道學家的強力干擾而捏合為一。承唐宋八大家薪傳的古文家論文，又誤於以「筆」為「文」，把應用的文章羼合到抒情的文章裏邊去，於是六朝「文」「筆」之分，又被淆混。漸趨明確的文學觀念，終於向模糊的觀念，籠統的內容上倒退。使我們的文學觀念恢復了原始的晦澀達千年之久，想來不覺憮然。

至於文學觀念由知識的範圍演進到藝術的範圍，東西雙方都是近代之事。文學觀念初期，總是以描述「社會文化的事實為主」，並非是一審美的問題。

拉丁文littera一詞，包括八種不同的解釋，諸如文字或寫下的符號，成列的字母，字的連綴，可讀的或可寫的形象，書寫的技術，用以記載事情的東西，一句話或一行詩，一個個的字等，都跟社會文化的事實相關聯，談不上有什麼美學觀念。而《韋伯斯特大辭典》中的literature，主要意義也不過是寫在紙上的字句；特具意義的辭章，著作或書本知識，文化的表現等。即使在十八世紀，經常使用literature或littérature這個時髦詞兒的，在英法兩國，依然只限於讀書人（literati）

那一社會階層。把文學當作社會文化來使用的情形，直到十九世紀末葉，仍不時發生。明乎此，像安諾德、布魯克斯、坡斯奈諸人，那些大而無當的文學定義，也就不足為怪了。

德國的情形亦復如此。雖然早在一七五〇年包姆嘉登（A. G. Baumgarten, 1714–1762）從萊布尼茲和佛爾夫那兒得到靈感，把Aisthetikos這個令人臉紅的希臘詞兒，引到「美的哲學」裏邊去，開始完成其近代美學的開山之作，接著有建築師溫克爾曼與戲劇家勒辛崛起，為德國的啟蒙運動效力。其中我要特別提到勒辛（Gothold Epraim Lessing, 1729–1781）。因為這位戲劇家兼批評家，不獨跟《實驗心理學》的作者佛爾夫齊名，同為唯理派的代表；而且他在美學上、文學上、造形藝術上的許多理論，經由史勒格爾與史兌爾夫人的傳播，大為影響了十九世紀法國的文學批評。

勒辛的戲劇創作豐富，且有三本文評專著。其《雷阿科翁》（*Laokoon*, 1766）一書，討論詩的功能兼及造形藝術，尤其值得注意。他從人類心靈活動分析寫作，引申出文學的客觀意向，即在寫作中表現作家思想的技藝。但即使是這樣一位有成就的評論家，對文學的體認，仍認為文學的社會文化意義，遠較文學的藝術為大。因為，他從某作家一序列作品的整體中，探索到的只是作家的思想，並未涉及作品欣賞所獲致的愉悅。而這些作品的創作與印行，也只是在某一確定的社區之中進行的社會文化活動，不是什麼藝術活動。另一方面，我們也永遠不能使文學現象跟社會環境分離，致脫離時空片面而孤立地了解文學。總之，勒辛心目中的文學觀，仍滯留在社會文化的領域，尚未接觸到藝術的領域。

此種情形一直持續到十八世紀末葉。法國大革命爆發，拿破崙崛起，橫掃歐陸，史兌爾夫人（Madame de Staël, 1766–1814）從巴黎流亡到日內瓦湖畔之科貝，一個以德人史勒格爾、奧古斯都、威廉兄弟，英人康士坦第，以及法人史兌爾夫人等為組織中心的國際性文學小團體，開始活躍起來。他們鑑於文學在救亡圖存上的重要作用，將文學現實跟文學價值強力地聯繫起來，復活了勒辛所創導的時代精神（Zeitgeist）與民族精神（Volksgeist），擴大了文學的內涵，注入了文學的新意義。乃文學從文化範圍向藝術範圍轉化的第一個訊號。

為什麼文學擺脫社會文化的羈絆，竟如此困難？又為什麼文學向藝術領域演化，竟如此姍姍來遲？我們必須指出：藝術一詞，在十八世紀以前，也是個非常模糊籠統的詞兒。在希臘文*Τεχνη*與古拉丁文Ars的原意，均指異乎尋常或與眾不同的東西，亦惟精巧而細緻的伎藝與技術是尚，跟我國古代視百工雜伎，奇技淫巧之事為藝術，東西雙方，可謂不謀而合。我們今天所指稱的藝術，在古希臘羅馬人的心目中，也不過是些出眾的伎藝罷了。例如，詩人在我們心目中，自有其崇高地位，可是古希臘人也只叫他們為詩匠，跟出類拔萃的木匠、鐵匠、石匠等，同一地位，由此可以思過半矣。

中古時代的歐洲，把「藝術」一詞轉用於從書本中所獲得的特殊訓練，如文法或邏輯，魔術或占星術之類。文藝復興前期諸藝術大師，仍恪遵古義，自稱藝匠（Craftsman），並非謙詞。迄十七世紀，伎藝與技術方始分家。十八世紀後期，美術與實用藝術方涇渭有別；其中所指稱的美術，並非指高度技巧的藝術，而係專稱美的藝術，故Beautiful arts, les beaux arts, le belle arti, die schöne Kunst等，才廣泛出現於十八世紀談論美術的書籍中。而那時的所謂美術，跟我國乾嘉以前編纂的《古今圖書集成》〈藝術典〉所載，以醫、卜、星、相、堪輿、巫覡、乞丐、娼妓，括入奇技淫巧者相較，固顯進步；然與我們常用的fine arts一詞，總括繪畫、雕刻、建築、音樂與詩等而言之美術，仍有一大段距離。藝術活動跟審美經驗深相結合，藝術鑑賞以美學為基礎，終至藝術哲學跟美的哲學融合，近代藝術觀念才正式確立。然此已是十九世紀後半紀的事兒了。

文學觀念逐漸由社會文化的觀念中游離出來，其所以如此困難；文學向藝術範圍的演化，其所以如此遲，我們從藝術觀念之不穩定性中，探討其原因。此所以巴爾札克（Honoré de Balzac, 1799–1850）替文學下定義時，只說「文學是人心的歷史」，而未言及藝術的道理所在。而小說家兼詩人的史迪文孫（Robert Louis Stevenson, 1850–1894），雖給文學下過一個裁縫師也能適用的定義——文學是剪裁的藝術，但這定義值得耐心尊重之處，就是把藝術兩個字直接應用到文學的界說裏邊來。由此可見世運推移，時代思潮給予文學研究的影響。

總之，我們由廣義的解釋趨於狹義的解釋。由模糊的觀念趨於明確的觀念，由籠統的內容趨於精純的內容，由知識的範圍趨於藝術的範圍，來論證文學觀念在歷史上的演進，縱有遺漏，然大致不差。不過，追索到這兒為止，文學到底是什麼的問題，尚未得到一個水落石出的答案。既然從大而無當的文學定義，到小而無適的文學定義，都不能滿足當代人的需要，是不是可以在全新的基礎上，提出一個精確度更高，適應性更廣的定義，來作正面發揮呢？

第四節　文學是人的藝術

答案是積極的、肯定的，不妨讓我們來試試。

這是個極其簡單的定義：文學是人的藝術。然而極簡單並不一定等於極明白。它需要詳加解釋。它同時也需要運用客觀寧靜的態度，予以分析和比較。

文學是人的藝術，顯然包括三項要素：㈠人；㈡人的；㈢藝術。它含蘊著人是藝術性的文學的材料；而作家，只有依靠活的材料，依靠人而工作，因此，托爾斯泰才特別強調：他在文學裏的主要表現，是人在行動裏邊的精神生活。因此，亞理斯多德的《詩論》(*Poetics*) 裏邊，一開頭即力言：詩人和劇作家，以描寫「人」(特別是描寫「行動的人」) 為主。詩藝和劇藝的真正內容，不是自然，而是人生。亞理斯多德論藝術，雖主摹倣說，跟柏拉圖的靈感說大異其趣，然對於詩人和劇作家以描寫「人」為主，卻理念一致。人的描寫居於文學的首要地位；而人生，勢必成為文學表現的主要對象，或文學表現的核心問題。換言之作家只有通過人的描寫，才能彰顯整個的生活。也只有通過人的描寫，才能刻劃人生的明面和暗影，動態和靜態，深度和廣度。

然而最常見的事物是最不容易下界說的。所以有人問聖奧古斯丁：「時間究竟是什麼？」他沈思有頃，坦率作答：「你不問我，我本來很清楚地知道它是什麼；你問我，我反而感到茫然了。」這樣的例子多得不勝枚舉。「人」究竟是什麼，就是最頭痛的一例。然而，如果我們對「人」作一番比較深入的研究，對「人」的精神現象和心靈活動作一番合理的省察，我們將會發現，只有文學活動，才是人所獨有的。其它藝術活動，往往人跟動物共享。所以不拘禮儀的法朗士，才有那麼一句謔而近虐的怪話：「人之所以異於禽獸者，是說謊和文學。」（見J. J. Brousson, *Anatole France en Pantoufles*, p. 134）

例如音樂，是西方藝術家認為一切藝術精神的表率，仍然跟動物共享，並非人所獨有的藝術。樂聖貝多芬就曾懇摯地指出：四周樹上的金翅鳥、鶉鳥、夜鶯和杜鵑，是和我在一塊共同作曲的。可是無人能真切地體認，鸚鵡跟我們在一塊共同吟詩，或猩猩跟我們在一塊共同作賦。個中最主要的原因，是音樂藝術所憑藉的表現媒介，是憑直覺可以感受的，故動物能與人共享。這跟文學的表現媒介，必須通過感受者的聯想作用，方顯言詞的意義者，截然不同。所以藹理斯從動物園中各種動物表演樂器的實驗獲致結論：除了有些海豹外，沒有動物不感受音樂的影響，所有動物都覺得噪音討厭。一隻虎，聽到提琴聲顯然得到慰藉；而高音笛卻使牠激怒。大多數的動物都喜愛提琴和橫笛。藹理斯的狗聽到蕭邦的夢幻曲則大吠，聽到一支愉快的曲子，就安然睡去。可見音樂藝術並非人所獨有的，它跟動物共享。然任何一首震鑠千古的好詩，或任何一篇不朽的美文，我們讀來雖可心花怒放或情深於淚；動物聽來，總歸是漠然無動於衷的。因此，我們說文學是人的藝術，也就是說，只有「人」才有此精神的創作，心靈的活動，也只有「人」才能感受文學，欣賞文學，創造文學。換言之，文學是人所獨有的，此點無可置疑。

又如建築藝術，據達爾文氏的研究，若干鳥裝飾牠們的窩，用的是色彩鮮豔的樹葉、貝殼、石塊、羽毛，以及人們住宅中可見的布片或絲帶。而澳洲椋鳥為牠的伴侶建築特別的香巢，覆以短枝，鋪以叢草；牠們從附近的小河啄拾瑩白的石子，像藝術家一般分兩側擺放，牠們以明亮的羽毛、紅漿果和漂亮物品裝飾巢壁；最後，牠們用蠔貝和發光的石頭美化出入口。這就是澳洲椋鳥為牠的愛人建築的宮殿。牠們是最原始的建築師之一。牠們那些小小的腦袋不獨懂得建築和室內裝飾，而且我們也無法否認牠懂得欣賞美。那麼，建築藝術也是人跟其他動物所共有的，並非是人所獨有的，不是很顯著嗎？

至於繪畫藝術，目前抽象畫派所崇尚的潛意識活動，以其不受意識的剪裁，虛實相參，真幻莫辨，最富象徵性，也最接近自然情趣。故猩猩畫家、驢子畫家，常見於西方的新聞報導之中。不過，當代西方的文學流派，其光怪陸離，新得離譜之處，雖不亞於當代繪畫諸流派，然猩猩作家或驢子作家，究竟無法產生。何以故？文學是人所獨有的藝術。

最後我要談到舞蹈藝術。據羅倫茲博士（Dr. Korad Lorenz）的名著《所羅門王的指環》（*King Solomon's Ring*）一書：對熱帶鬥魚求偶時的舞蹈，有一段極其精確的描述。原來鬥魚只有在「洞房」（一堆空氣泡泡黏在一起，漂浮在水面上）造成之後，才會留意物色「新娘」，對性感到興趣。如果這時有雌鬥魚游近，雄鬥魚就像閃電一樣發著光，閃到她的面前停住。萬一雌鬥魚也看上了他，她的淺棕色的皮膚就會呈現一條條淺灰色的紋。而且她會將鰭收縮，慢慢朝新郎游去。他立刻興奮得發抖起來，魚鰭張開，彷彿就要裂開似的。只見他滴溜溜一轉，把身體最華麗、最動人、最寬闊的一面，正好對正新娘。這樣自我炫耀一番之後，他就會朝著「洞房」的方向游去。——

就是第一次看到的人，也會馬上領會到這是一種招呼式的游法，凡是他身上可以引起視覺效果的顏色和線條，似乎突然之間都放大了。無論他腰肢的擺動或尾鰭的搖擺，都不是為了加快速度才做出來的。他不但游得不快不急，反而頻頻回首，含情脈脈看望他那跟在後面的羞怯怯的新娘子。雌鬥魚就是這樣給帶進「洞房」。緊跟著上演了一場愛的嬉戲。其動作的細緻、優雅，像在跳小步舞。風格之新異美妙，只有峇里島上的祭神舞差可比擬。其中每一個步子都是經過不知多少年代沿習下來的。新郎永遠把他最華麗的一面對著新娘。新娘永遠在新郎的右側。一旦到了洞房之下，新郎就開始圍著新娘打轉，新娘也永遠把頭部對準新郎，就這樣牠們的圈子愈跳愈小，顏色愈來愈亮，動作也越來越瘋狂。……事實上，我們的舞蹈動作，模做動物的動作，較模做人物的動作為多。所以說，舞蹈藝術，是人和動物所共有的，不是人所獨有的。明乎此，我們可以進一步探討何謂人的藝術。

這兒所指稱的「人的」，原可以解釋為異於禽獸，而為人所獨有的。如語言文字，以及運用語言文字來表情達意，來交換思想，形成觀念，就是徹頭徹尾屬於「人的」。文學的外在標幟，或文學的表現媒介，恰恰就是語言文字，它是「人的」，毋庸置疑。

而文學內容，雖展露萬殊；文學形式，雖千差萬別；若從根本處予以綜合觀察，其實也不過是情、理、事、態的排列組合而已。必須嚴正地指出：抒情、說理、敘事、描態，動物永遠無此能耐，必然是人所獨有的。

人有人性。人性包括三種天賦的能力：㈠對外在世界的觀照能力；㈡對自我本身或內在世界的省察能力；㈢抽象或概念形成的能力。由此產生理性、智性、悟性與靈性；乃人性的基本因素，也正是文學活動所必須具備的精神素質。

人有生活。各種錯綜複雜的生活，融匯交織而成人生。故文學中的形象，來自人生。文學創作的主要目標，在乎描繪整幅人生的圖畫。人對其行為，有理性的約束，有合理的反省，故文學乃成為表現人生，解釋人生，批評人生的藝術。所以就文學定義的容納量而言，就其精確度與適應性而言，文學是人的藝術，勢必較其他界說更能兼容並包。例如，除了赫蘭那個說了等於沒說的定義外，很少有一定義，能總括口傳文學和寫定文學這兩個長達萬年的歷史階段，而文學是人的藝術，卻完全可以辦到。

從無可減約的基本假定出發，從最簡明最淺近的基本理論起步，我們絕不能安於「大致可以」，或止於「浮光掠影」，我們當然要求逐步深入。職是之故，對文學是人的藝術，作大系統的解釋與說明，確有此必要。我們想運用鍥而不捨的精神，把文學是什麼這個老問題，窮追到底！

接下去，將改換一個題目，詳盡而具體地討論人的藝術。福克納（William Faulkner, 1897-1962）在一九四九年度諾貝爾獎頒獎典禮上演說：「我相信人將不會只是忍受，他遲早總有勝利的一天。人是不會死亡的，這不僅因為人在一切生物中，聲音永不竭盡，而是因為人有一個靈魂，能夠同情，犧牲與忍受。」

這一段引文，可以暫作本節的結束語，同時，又將成為「論人的藝術」的開端語。

第五節　文學與語言

文學用語當然要跟遣詞命句發生千絲萬縷的聯繫。所以此處所指稱的語言，姑且假定語言與文字完全一致，把文字當作無聲的語言，把語言當作有聲的文字；均為作家表情達意，從事思維，形成概念，突出風格的符號或工具；它實際上包括了文字。雖然訴諸聽覺的語言，跟訴諸視覺的文字，到底有點小小的區別，不過此處暫時存而不論。

為達成效果集中，此文不擬旁涉語意學、語言學、文法學、語言史，以及各別語言的特徵等。在解析文學用語時，偏重於實際應用方面，只略為談一談文學用語的節奏（rhythm）、聲韻（rhyme）、心象（imagery）、詩思（poetic thought）、情調（feeling）、語法或句法（diction）等。雖然後者在近代文學批評上，對文學用語的分析和把握，有其特殊價值。

閒話交代明白。我們且看看詩人與作家們，選擇文學用語的苦況，以及他們如何為文學用語著魔。所謂「兩句三年得，一吟雙淚流」，非過來人不知有此艱辛；「吟成幾個字，撚斷數根鬚」，非深具創作經驗者，恐怕不能如此中肯地描述出箇中苦況。

文學用語使作家著魔

話說一七四二年，伏爾泰刊行其劇本《瑪奧美》（*Mahomet ou le Fanatismé*）之後，又撰寫了另一舞臺劇《邁羅普》(*Mérope*)。並親自導演《邁羅普》。女主角杜邁密兒小姐，始終未曾抓緊該劇的精神，無法表現悲劇的頂點。伏爾泰不厭其詳，多方開導。她埋怨說：「如果要我裝成像您所要求的那種狂熱，那我就得像著了魔似的。」伏爾泰回答說：「你說得對極了！如果你想在任何一門藝術上真要有所成就，你就必須像著了魔似的。」

文學家對文學用語的選擇與創造，其嚴格的程度，其踰越常情常理的情形，正可以為這個故事下注腳。文章千古事，得失寸心知。一名之立，一語之微，往往絞盡作家的腦汁。或終夜不寐，繞室徬徨；或飯不思，茶不想，旬日躊躇；其反常的情況，簡直像邪魔附身。我們試閉目想想，像歐陽修那句「逸馬傷人於道」，由幾百字精鍊成寥寥六字，且不失簡樸、自然、生動之致，該下何等工夫？他的〈醉翁亭記〉，劈頭第一句「環滁皆山也」，在底稿上到底經過了多少次的修改，纔有此劈空挺立，顯豁有力的開篇語？相傳他在編訂自己的文集時，苦苦推敲，眠食兩忘。他的夫人還嘲笑他：「又不是去考老童生，何必如此認真？」然而文學家為文學用語著魔，卻是此心同，此理同，古今中外莫不皆然。精神分析學家認為卓然有所成就的歷史人物都不是常人，多具病態，而且不得不是病人。文學家對文學用語過分認真的反常態度，適足以彰顯其誠意，有時甚至是病態的。但「我病愈深，我藝愈進」。梵谷的話卻透露了文學藝術的無盡止深處的秘密。

文學，就其廣義言，乃「人心的歷史」（巴爾札克語）；就其狹義言，本是語言文字的藝術。文學用語是作家的表現媒介、基本材料與工具，故語言文字為文學的第一要素。文學家必須熟悉他的用語，纔能表達自個兒的經驗、情感、情緒和思想；纔能描繪個性，突出整體人生的圖畫。

語言文字之於文學，猶之乎色彩、線條、動作、音響之於別種藝術。不過，文學的美，來自我們對文學用語的聯想，必藉助於概念，注重其內容，纔能在我們心中間接產生美感經驗，故為「有依賴的美」(dependent beauty)；跟以藝術形式直接打動感官，並純粹由感官直接感受的「純粹的美」(pure beauty)，如音樂、繪畫之類有別。所以文學在表現的鮮明具體上，不如其它藝術；但在把握生活的能力上，卻遠遠地超越了它們。語言能廣泛而深入地觸及一切思想所能觸到的地方，而思想則包括了整體的生活，形成了作家的宇宙觀、社會觀與人生觀，因此文學也成為包羅萬有的藝術。因為語言的過程，無異於思想的過程；因為思想與語言，同屬一體，語言是思想的必要條件。所以文學家必須熟悉他的用語，有駕馭文學用語的驚人能耐，纔能將他所想的，用精妙的語言說出來，用簡樸生動的文字寫下來。

語言貫連著有力的思想主旨。一個作家的每一句話，都必須經過深思熟慮，才找得到表現此種思想的適當語句。相傳福樓拜曾傳一字心法於莫泊桑。後來莫泊桑在〈論小說〉時寫道：「不論作家要說的是什麼，祇有一個字可以表現它，一個動詞可以使它生動，一個形容詞可以限定它的性質時，我們就得覃思冥索，耐心尋求，直到發現了這名詞，這動詞或這形容詞為止。絕不要安於『大致可以』，絕不要為了躲避困難而求助於一些似是而非，模稜兩可的詐偽的字句——即使是巧妙的詐偽也不行！」這可說是作家對文學用語嚴格要求的一個範例。對滿紙陳腔濫調，連篇發高燒的囈語，以詐偽的字句作填充料的「油條」作者，應該有啟蒙的作用。

而福樓拜對文學用語的過分講究，對文字的認真推敲，確已到了著魔的程度。他同時代的一位新聞記者——杜・康（Maxime Du Camp, 1822–1894），就曾坦率批評過他對文體的過分推敲和純粹主義，不過是神經質的病態而已。然而作家對文字的推敲能力，必然以他在文字上的湛深研究，對各類語言的知識，以及他對於語言的微妙涵義的敏感為前提條件。有三項記載可以幫助我們了解到這些。

左拉在〈人道主義的自然主義者〉中描述：

「有一次，我碰到一個典型的場面——屠格涅夫讓福樓拜向他解釋，為什麼梅里美（Prosper Merimée）是一個壞作家；要知道，屠格涅夫一直是崇拜和熟識梅里美的。福樓拜翻閱著梅里美的一本書，在每一行上停下來，對que這個連接詞加以譏誚，對陳腐的表達，不調和的音調，同一字音的重複，沒有落在詩行行尾上的句尾，不正確的標點——對這一切都表示不滿。他看得這麼清楚。屠格涅夫瞠目而視，困惑地說：『沒有一個作家在任何語言上，能有這樣精微的辨識力。』」

一八四六年，福樓拜寫給露意絲・克麗的信，也時時流露出他對文學用語的著魔。雖吉光片羽，但有參考價值：

「有些晚上，文句在我腦中像羅馬皇帝的輦車一樣輾過去，我就被它們的振動和轟響的聲音所驚醒……」

「即使在游泳的時候，我也不由自主地斟酌著字句。」

「有些句子在我腦中黏著，像是樂章似地跟著我，令人又是痛苦又是喜愛它們。」

「轉折的地方，只有八行……卻耗費了我三個整天的工夫。」

「已經快一個月了，我在耐心尋找那恰當的四五句話。」

我們看到前輩作家用心最深，用力最勤的地方，該作何感想？作家對待文學用語，怎好掉以輕心，率爾操觚啊！

第三項記載，出現於法格（E. Faguet, 1847–1916）的《福樓拜評傳》：「他常常花上八天工夫，不懈地工作，結果寫出一頁來。」該書曾轉引福樓拜的外甥女高蒙維爾夫人的話，說：「他能夠朗誦他剛剛寫成的文句時，他是樂不可支的。我常常默無一語，看他異常費力地寫著一字一句。突然，他唸唸有詞，調門開始上揚，終於叫喊起來；原來他已找到所尋索的字句，於是把它反覆地唸出來。這時候他就要離開原處，大踏步在室內走來走去，一邊走一邊在嘴裏貫連文句，露出滿意的樣子。」

另一位對文學用語著魔的作家，應數列夫・托爾斯泰。他那種披沙揀金，創造、挑選並珍惜文學用語的精神，不亞於居里夫人在成噸的鈾原素中提煉鐳。他說作家最大的痛苦，就是從無數個可能的字眼裏，挑選出那個令人滿意的恰切的字。它比從一整籮玻璃屑中，找到一小顆鑽石還要艱難。──「語不驚人死不休」，「筆落驚風雨，詩成泣鬼神」，許多震鑠古今的傑作，就是在此耐心挑揀、精心創作下，逐漸完成的。他跟我們的詩聖杜甫，在珍惜語言，熱愛語言，嚴格要求文學用語上，後先輝映。

校稿付郵之後，為了一個字或一句話，便打電報去改正，是托爾斯泰常有的事。而他的親校稿，往往弄得黑麻麻的，改了又改，添了又添，結果是一塌糊塗，只好重抄。他的女兒的回憶錄上，就記載過一些他認真推敲用語的趣事。當那些校對記號，遺落的字句，標點符號，整句整句加添上去的話，以及在要緊處加的黑槓，把整頁校樣塗得髒兮兮的，無法送出去重排時，只好請他的夫人整夜伏案為他謄清。天亮時，他又把謄正的底稿拿過來，不憚其煩地修改、補充、加工，字斟句酌，樂此不疲。黃昏時，那份謄正稿大概又遭受到校樣的同一命運，不得不請他的夫人再次漏夜趕抄。

我總覺得托爾斯泰這種耗竭精力，力求文學用語的精確、簡樸、生動、自然，真有幾分值得尊敬的反常。他對表現媒介的特別重視，孜孜矻矻，止於至善的精神，正是他對語言文字著魔的力證。

文學創作的過程，畢竟是不斷修改、不斷刪添的過程。作家們當然也有注意力高度集中，靈氣往來於胸臆，文思泉湧於毫端，下筆萬言，倚馬可待的時候；但也有文思蹇滯，裏急內重，注意力渙散的時候。前者靈光閃爍，出語尖新，其病在毛毛草草，粗獷而不細緻。後者則無話找話說，出語窘迫板滯，遠違慢工出細貨之旨。因此，事後的改寫、加工，乃任何一位真有成就的作家，悉力以赴之事。出門不認貨的急就章，很可能把一位有希望的作家，貶抑為多產而一無是處的文匠。作家異常珍視他們的用語，使作品的表達方式，無懈可擊，應屬天經地義。用語不當，寫得不好，原是作家的罪過。他們為文學用語著魔的深度，往往決定了他們在文學上成就的高度。此調今人不彈已久，然而最基本的東西總歸是最有用的東西。重心過高容易傾倒。當我們還沒有輕身快邁的走路能力時，何必上氣不接下氣，緊躡在大多數轉瞬即歸幻滅的「前衛藝術」的後邊窮嚷？又何必把那些一知半解，不成熟的東西，當作「皇帝的新衣」，遮眼的扇子毯子，來嚇唬別人？

道不遠人。如果我們要從事文學理論的建設，從根子上談起，從每個寫作的人天天能夠接觸到，並且天天為它苦惱焦慮的問題談起，可能要比順手牽羊，從外來語中拾取一個名詞，一個片語，或一個命題，強調它的重要性，擴大到適應文學全領域的地位，要受用得多。

文學用語在文學中所佔的比重

梁昭明太子蕭統於《文選》序中，對文學說了句要緊的話：「事出於沈思，義歸乎翰藻。」這是他編選我國古代文學作品的基準，同時也透露了文學用語在文學作品中所佔的比重。蓋一語新奇萬古存，鉛華落盡見天真（金元好問詩）！我們的先人對文學用語的珍視，對表現媒介的考究，到底也是殫精竭力，精益求精的。他們就深懂「翰藻」是文學之所以為文學的充分兼必要條件。

豐富的語彙，是作家艱苦鍛鍊，長久蓄積，努力不懈的堅定目標之一。作家藉語言之助，纔能作合理的思維；作家只有通過語言，纔能完成思想的連鎖：注意、認識、回憶與吸收；由此而後有精神的統一和完整。它不獨幫助我們形成一般概念，築構起屬於作家自己的世界觀；而且因言與思一致，使作品豐富而多樣。語彙不夠的作家，往往是精神貧乏，思想浮淺的作家。

語言文字，不獨是作家的表現媒介，同時也是作家跟讀者、批評者與編者之間的心靈紐帶。此乃語言的社會功能。——一切文學活動，皆建立在這樣一個假設上邊：心的構造大體相同，人的感受大體一致，而一個人的所思、所感，藉語言文字之助，同樣也可以使別人明白，使別人受到感染。語言本起源於人與人間的交通，它乃人類社會共同生活、共同工作、共同思想、共同感覺的心靈紐帶；而文學，通過語言文字的媒介，增長了人與人間的合作與善意，減輕了社會的緊張與不安，進一步強化了語言的社會功能，肩負起人類社會的使命和人類歷史的使命。文學的終極目標是團結人類全體。

職是之故，不具社會功能的表現方式，是最壞的表現方式；只有作家一個人能懂，或連作家自個兒也不懂的表現媒介，是最壞的表現媒介。文學到底不是張天師的符籙，或祖師爺的令牌，它的真正價值，還在能感染別人，使別人通過文學用語的聯想，了解其意義，受到作家同樣的感動。故離開了文學用語，讀者無法欣賞作品，編者無法選擇作品，批評者無法分析作品。

批評家進行作品分析時，往往循形式、內容、思想、主題、個性、結構、情節，逐次展開，而最後纔輪到文學用語的分析。想來這到底是種普遍的錯覺。語言的分析，應該列為第一項，不論是欣賞也好，鑑賞也好，各式各樣的批評也好，均不應例外。假如一位批評家對語言文字，沒有下過苦工夫，沒有超乎一般人的湛深研究，對作品語言的內在和諧與音樂性，一點也不敏感，對文學用語的語法或句法，節奏或韻律，情調或情緒，心象與詩思，乃至明喻、暗喻、隱喻，感覺遲鈍，他就無法真正了解該作品的內容，欣賞它的形式，抓不住它的思想——主題，弄不清它的結構和情節，縱然天南地北說上一大堆，究竟全是門外話。所以，文學的第一要素是語言文字。語言文字不獨是文學創作的工具，也是文學欣賞和文學批評的先決條件。

文學用語是文學的核心。它所佔的比重，遠過於其它要素。文學既然不是無字天書，其重要性是無可置疑的。

文學用語的來源

文學用語的來源，大致可以析分為三方面：㈠活在民眾嘴巴上的口語；㈡存在書籍中的活語言；㈢作家別出心裁創造的語言。古今傑作，都是用經過加工的活語言寫成的。似通非通，酸澀費解的「文藝腔」，只能寫不中不西的甕菜文章，寫不出像樣的文學作品。

記錄民眾日常生活的口語，是作家的生活習慣與必要的工作。具體化與形象化是文學用語的基本特徵之一，而口語往往是富於具體形象的。「擡槓」比「爭辯」更具體。「長尾巴」比小孩子過生日更形象化。「敲竹槓」比詐人錢財更明白有力。含蓄是文學用語的基本特徵之二，而口語中諺語極多，符合含蓄的條件。語彙豐富，曲曲傳神，是文學用語的基本特徵之三，口語也最能符合此一條件。文學家無常師，跟眾人學，向生活學，該是最好的良師益友。

從典籍中獵取活語言，是文學用語的主要來源之二。只要它們仍然活在當代人的口頭上，文言白話都沒有關係。即使具有之乎也者矣焉哉的歇語詞，仍可不失為活潑有生氣的口語。「不亦樂乎」、「心不在焉」，雖是孔夫子時代的口語，但今人仍普遍掛在嘴巴上，它就是活語言。「何苦來哉」、「等閒視之」，運用得恰到好處，仍栩栩傳神。至於「發思古之幽情」，是班孟堅〈西都賦〉裏邊的話；「今朝有酒今朝醉」，原是晚唐羅隱的詩句，只要它們仍活在民眾的口頭上，它們還是活語言。當然，此類口語最大的源泉，多存於通俗文學作品中間。古典小說、戲曲、諸宮調、陶真、彈詞、道情中，蘊藏豐富，只要我們肯下苦工夫，我們能運用的文學語言，將大大地充實。

作家自己創造的語言，是文學用語的主要來源之三。創造的語言，須符合正確、簡潔、明快、優美的要件，不要違反字眼的集合慣性，使大家聽來順耳，看來悅目。創造的語言，仍須吻合說話的口氣，才不致像從字典裏摘錄湊合起來的。

語言是作家長久不變的努力目標，是作家下苦工磨琢研究的對象。欲說的話，當然還有許多，惟限於篇幅，暫時粗枝大葉地談到這兒為止。

第二章　文學的類與型

文學是全人類的精神遺產。它穿透一切時代，流佈一切區域。刺刀擋不住，國界隔不開，它黏合了「過去」、「遙遠」和「現在」。凡第一流的作品，經過輾轉迻譯，都是全人類能夠欣賞的作品。作品之偉大，首先必然撤消區域的限制，進一步團結全人類。所謂「國家的天才」，那只是十九世紀以來「國家神話」的副產物。而事實上，天才往往是不見容於故國和鄉土的。

文學是運用文字為藝術媒介，從感情和思想的傳達中形象地映現生活的一種藝術形式。比較文學是文學研究的方法之一；它涉及各地區域出現的主要作品，從縱的關係和橫的關係上，比較研究這些作品應佔的位置，應有的評價，以及一系列性質相近的作品，在那個歷史時代中所產生的影響與相互的作用。——所謂「縱的關係」，是指文學在發展過程中的歷史法則。它必然接觸到文學潮流，文體流變，文章風格，以及當代人喜歡標榜的這種主義，那種主義之類的問題。所謂「橫的關係」，是指文學在發展過程中類型結構的法則。它也必然接觸到作品的語言，結構，情節，分析方法，文學類型等諸如此類的問題。

我們可以把各時代各地域最優秀的作品集合在一道，用歸納法提取那些作品裏邊的普遍的，共同的，和決定它們價值的東西：這「普遍的」與「共同的」，將成為文學原理的主要來源。換句話說，它將成為法則。

在我們稱為不朽的作品中，有很多普遍的東西存在。如果作品沒有它們，便喪失了它的價值和迷人處。這意會著「普遍的」就是「必要的」。我們既然選擇文學來接受專門訓練，試想，咱們總得在比較堅實的基礎上起步纔行。

我們欲從事比較文學的研究工作，在技術上，應該有三種起碼的準備。第一是作品分類，第二是作品分析，第三是文學史的基本修養。這是比較文學入門前的三塊基石，缺一不可。單位不同，無法比較。我們既不能以牛比馬，也不能以羊易牛。所以作品的分類，實際上是進入研究的第一塊基石，以下，我們來談文學分類的一般原則。

第一節　文學分類的一般原則

文學類型論，由亞理斯多德（384–322 B.C.）開出先河。他的《詩論》（*Poetics*），迄今仍為文學批評界所珍視。亞氏為一哲學家，同時又是一生物學者，所以一談到文學分類的問題，往往使人聯想到生物學所使用的方法。我們把生物學上的「界、門、綱、目、科、屬、種」的分類方法，接枝到文學裏邊來，就成為文學的「類、型、屬」的分類方法。

亞氏《詩論》共分為五部分：㈠詩的分類；㈡悲劇；㈢史詩；㈣關於批評的駁議和解答駁議的原則；㈤論悲劇優於史詩。在「詩的分類」中，亞理斯多德列舉了史詩、悲劇、喜劇、頌神詩、聖歌、樂曲等等。其中史詩可以單獨成為一類。悲劇和喜劇可以括進戲劇類。頌神詩、聖歌、樂曲等等，可以括進抒情詩類。這是文學分類的雛型，也是文學分類的三大骨幹。如果我們再加上兩大變體：「抒情－史詩類」與「文學－歷史類」，則古今中外一切純文學製作，大概都可以兼容並包，條分縷析，裝進這一整套分類方法中去了。

亞氏對文學分類的另一貢獻，在乎他是第一個提出依據「結構特徵」，作為文學分類標準的人。他用敘述模倣和呈現模倣，最初區分了史詩與戲劇這兩大文學形式。敘述模倣指史詩；呈現模倣指戲劇。

因為，按照希臘文的字義來說，史詩一詞，就是希臘文的「字」。史詩總是以敘述為主的。

戲劇一詞，希臘文原義為「動作」，以人物在劇幕中的直接行動為主。戲劇沒有敘述人的語言，跟史詩之有代言人描情繪景，論長道短，截然不同。十九世紀以前歐洲的舞臺劇，雖流行旁白和獨白，但仍不算是敘述人的語言，因為它必須憑藉人物在幕前幕後唸出來。何況到了近代，連「旁白」和「獨白」也嚴格刪除了。

戲劇是沒有中間人的。戲劇裏的人物獨立在舞臺上行動，讓觀眾在劇情的開展中，依據直接觀察到的情感和行為，作出自己的結論。戲劇兼具史詩和抒情詩的特性，可是在舞臺上找不出劇作家自個兒的位分。

「抒情詩」希臘文原義為「七弦琴」，因為最初的抒情詩歌，都是以七弦琴伴奏，而歌唱出來的。抒情詩描寫人的內心世界。抒情詩人藉助於他自個兒的感受，思想與感情，通過個性狀態的描繪，來映現生活，映現人生。同時，因此也反映了生活對於人的特殊的折射。

抒情詩與史詩的分類標準，仍然是「結構特徵」。

㈠抒情詩描寫個性的單獨標準狀態，描寫他的具體感受。史詩則藉助於故事的開展，以行動來描繪個性。則個性的單獨狀態是不可能的，不描繪外在的事件是不行的。

㈡抒情詩的描寫是透過主觀的，以切身感受為描寫的對象。史詩抒寫外在的事件，不必要求事事都有切身的感受。

㈢抒情詩的感受是個體化的。它的藝術媒介是最富情感的語言，這構成了它的語言結構的特徵。史詩則否。

這是將文學中的三大類——史詩、戲劇與抒情詩，粗枝大葉的區分方法。

以下，我們來詳細談談文學的「類」和「型」。

第二節　文學的類與型

我們通常把文學分為五類，即：史詩、戲劇、抒情詩、「抒情—史詩類」與「文學—歷史類」。

我們以各種不同的文學形式之結構特徵，為分類的標準。

作品的結構組織叫做文學的「類」。每一類都有特殊的結構形式，名之為「結構特徵」。

史詩以敘述各種複雜程度不同的人生為結構特徵。一般分為大型史詩，中型史詩與小型史詩。將「類」區分為「型」時，即成長篇小說、中篇小說、短篇小說。我們通常把「類」以下的區分，叫做文學的「型」。「型」以下，我們還可以按作品的主要內容，細分為「屬」。所以我們在詩「類」，小說「型」之下，可細分為言情小說、家庭倫理小說、偵探小說、武俠小說、歷史小說、神怪小說、社會小說、社會問題小說等「屬」。

又如抒情詩「類」，包括了絕句、律詩、詞、聖歌、樂曲、銘箴、祝盟等。區分為「型」時，即成散文「型」。再區分為「屬」時，則為小品、隨筆、遊記、日記、書翰、誄碑、哀弔等「屬」。

戲劇「類」通常包括歌劇、話劇與啞劇。區分為「型」時，則為多幕劇或獨幕劇「型」。細分為「屬」時，則為悲劇、喜劇、悲喜劇、歌舞劇、舞蹈劇、諷刺劇、諧趣劇、笑劇、鬧劇、神怪劇等「屬」。

此外，抒情—史詩「類」，歌謠「型」中，還可以細分為敘事詩、敘事民歌、寓言詩、頌詩、民歌、兒謠、楚辭、漢賦、樂府（特別指相和歌辭與雜曲歌辭）等「屬」。

文學—歷史「類」，報告文學「型」中，也可以細分為素描、文學回憶錄、文學傳記、詩話、詞話、曲話等「屬」。

在文學原理上，史詩類的結構特徵，是以故事情節的展開來描繪個性的。它敘述了人的生活道路，它描繪了人的行為和思想，感覺與情緒；它指出了人物與人物之間的關係，以及人物共同參加過的事件。

小型史詩在形式上的結構特徵是：描寫生活中的一個斷片，描寫人生中的單獨事件，或表現人生中的一個插曲，它可能以一些次要的事件為前奏；但這些次要的事件能夠和主要的事件共同組成一個插曲。我國古代的「話本小說」，遺留下來的「入話」，可以說是最典型的例子。

在小型史詩的形式下，人物的數目當然不會太多，作品的容量當然也不可能太大。這種小型的史詩形式，我們通常稱為「短篇小說」或「故事」。例如馮夢龍選輯的《三言》——《醒世恆言》、《喻世明言》與《警世通言》；凌濛初的《兩拍》——《初刻拍案驚奇》與《二刻拍案驚奇》，以及蒲松齡的《聊齋誌異》等等，都可以供我們參考。至於莫泊桑的短篇，契訶夫的短篇，奧．亨利的短篇，更不在話下了。

中型史詩的形式通常叫做中篇小說。中篇小說跟短篇小說或長篇小說的真正區分，不在字數的多寡，而在「結構特徵」。

中篇小說圍繞某一基本人物，以及組成該人物的一段生活時期，鋪排出一連串插曲。因此，中篇小說有較大的容量和更廣泛的一圈人物。中篇小說的佈局、終結和頂點，都包括更為發展的事件；和故事主角起相互作用的一些角色，也得到更多的描寫。此處，以馮夢龍增補過的《三遂平妖傳》為例，略加申論。

《平妖傳》共四十回。前二十回或傳羅貫中編次，後二十回傳為馮夢龍增補。但依據情節發展與小說結構來下判斷，前二十回止〈胡浩怒燒如意冊，永兒夜赴相國寺〉，若於此處中斷，即成一糊塗公案，不近情理。大抵此書先由一人一手寫就，再由旁人潤飾增刪，成一較完整的中篇小說。《平妖傳》雜綴民間傳說如燈花婆婆、聖姑姑、胡永兒（即胡媚兒）、嚴三點、張七聖、彈子和尚、張鸞、卜吉與左黜、道流、狐鬼、猿仙、術士的傳說為枝葉，而結穴於貝州王則的叛亂。文彥博任招討破貝州擒王則，彈子和尚變化的諸葛遂智，打更軍士馬遂與掘子軍管帶李遂居首功，故名《三遂平妖傳》。

在結構特徵上，《平妖傳》有形成胡媚兒性格發展的一連串插曲，又有貝州事件為故事發展的頂點；但在虛構的故事中展開的那個歷史時代，情節的線索和故事的糾葛，乃至生活現象的複雜程度，既不如短篇小說之簡單，又不如長篇小說之繁複。如果把《三遂平妖傳》作「個案處理」，應該是中型史詩「類」，中篇小說「型」，神怪小說「屬」。

大型史詩的形式通常叫做長篇小說。長篇小說的「結構特徵」是很複雜的。每一章都像一個短篇，但情節並不能完全獨立。長篇小說交織了不同人物的特點和描寫，敘述著在作品事件發生以前他們的情況，在事件進行和結束後他們的處境。因此，長篇小說必然有各式各樣的「破題」。

在語言特徵上，長篇小說包括了不同樣式的語言結構，如人物的獨白，旁白，對話；不同樣式的敘述人的語言，如插入語，人物素描，自然風景的描寫等等。這一切，成為表現錯綜複雜生活的大型史詩形式的特點。施耐庵的《水滸傳》和曹雪芹的《紅樓夢》，提供了我們兩種不同方式的語言特徵，然而卻同為長篇小說的範例。

長篇小說必須多方面表現人物，多方面映現生活，兩者共同構成一幅異常複雜的人生圖畫；從許多人物的交錯關係中展開衝突，發展情節。因此，長篇小說描繪的生活現象是複雜的，人物的表現也是多方面的。長篇小說的基本人物顯示了互相糾纏的情節線索，它要求語言的豐富多姿，它必然具備廣大的容量。

長篇小說主人公，永遠是一個重要的人物（如蒲松齡《醒世姻緣》中的薛素姐），或一組關係十分密切的人物（如蘭陵笑笑生《金瓶梅詞話》中的西門慶、潘金蓮、春梅與李瓶兒），他跟很多的人物，事件和現象，發生聯繫和接觸；必須能夠環繞他描繪他所屬的整個時代。長篇小說不能只寫出幾個特徵，幾個斷片和插曲，而要包括整個時代。長篇小說的主人公，必須能夠按照當時人類的思想，信念，和意識的樣式去行動，因而廣大的世界都為這個或這組主人公照耀起來。

長篇小說有許多變體。有用許多短篇綴連起來成為一個長篇的，如吳敬梓的《儒林外史》。有將零散故事用一個共同的主人公串起來的，如吳沃堯的《二十年目睹之怪現狀》。有時，長篇小說裏邊插進了一些可以獨立的短篇，如塞萬提斯的《唐·吉訶德》。長篇小說也可能形成更複雜的結構，幾部長篇小說可能有共同的人物，因而形成二部曲、三部曲、四部曲等等。還有，在一整套的作品中，出現共同的人物，如左拉的《羅貢·麥加爾》，巴爾札克的《人間喜劇》。

以字數的多寡，來區別短篇、中篇與長篇，是一種望文生義的說法。一般人積非成是，自以為是，謬誤觀念遂廣泛流行。文學是無法數量化的。文學的「類」和「型」，既不能決定於算盤，當然也不可能決定於電子計算機。任何一類文學作品，都有它們的特殊結構形式，結構的特徵纔是區分作品的真正標準。小說的分類標準，斷乎不可能自外於此。如其不然，照一般人的見解，以五萬字以下為短篇，五至十五萬字之間為中篇，十五萬字以上為長篇，約定俗成，簡單明瞭，豈不一了百了？不過，我得請教這班文學立法者：這個分類標準的普遍妥當性在什麼地方呢？

短篇小說到底要短成個什麼樣子，纔合乎起碼標準？五千字起碼嗎？或者，五百字行不行？恐怕言人人殊，莫衷一是。據我所知，梭羅古勃有篇相當生動風趣的短篇小說，名叫〈大魚與小魚〉，用最拖沓的文體譯出來，仍然不會超過六十個字。然其為短篇小說，無人置疑。另一方面，果戈里的《塔拉斯・布爾巴》——曾經好萊塢改編成為電影劇本，前不久在香港等地上映過，是一部描寫十五世紀哥薩克人對波蘭貴族作戰，終於壯烈犧牲的歷史小說。——若照字數計算，老早逾越了中篇小說的字數標準，但果戈里仍把它收進短篇小說集中，一般人也深信不疑。因為它所描寫的只是一個主要的插曲，圍繞著一個主要事件，其結構的特徵仍然是小型史詩式的，切取人生中的單獨事件進入小說。至於作家在「開端」時寫這位烏克蘭的哥薩克首領的日常生活，寫他的大兒子奧斯大普與幼子安得萊在基輔神學院的幾個插曲，無非是刻劃父子三人的內心生活或衝突，描寫他們的心理的一個過程，它們共同組成人生的一個插曲，而且不再向前發展了，所以字數雖多，我們仍認它為短篇。

戲劇的基本特徵跟史詩與抒情詩不同，在於它不僅藉助語言的媒介，還憑著舞臺而存在。作家以文字描摹事物、動作和聲音，使讀者從文字中想見他所抒寫的一切。戲劇家卻依靠演員的動作、聲音、外貌，利用佈景、實物、音響、燈光，使形象具體化，使劇作家的意象直接呈現在舞臺之上，活躍在觀眾面前。戲劇只能活在舞臺上。「舞臺性」是戲劇形象所特有的；戲劇因為有了「舞臺」而異常擴展了具體化的可能性。另一方面，如果把戲劇的形象和史詩與抒情詩的形象對比，也能夠看出戲劇受了舞臺性的限制。它只能把形之於外的東西，用動作、物體和人物的對白具體表現出來，它決無史詩和抒情詩那麼自由，能夠充分展露內心生活的細微末節。並且，在結構特徵上，戲劇還為舞臺所限制。劇作家不能跟長篇小說一樣，描寫很多的角色；不能表現人物之間的複雜糾葛，也無法不受限制地展開生活中的較長時間。戲劇的形象比史詩的更為具體，但戲劇的形象也顯得更為狹隘。——只有在舞臺的表演中，戲劇的虛構才獲得充分而完整的形式。

戲劇的另一結構特徵，是沒有敘述人的語言。史詩和抒情詩都有代言人；而戲劇是沒有代言人的。

抒情詩的基本特徵是：簡潔地表現個人的感受。小說的故事包括有頭有尾的一段時間，告訴我們，在某個時期裏邊，在某個地方某些人物所做的一些事情，有開頭，也有結束。而且整個故事有內在的完整性。抒情詩則相反。

抒情詩通過個人的感受，所寫出的一切好像就發生在現在，它直接把個性呈現在我們眼前。因此抒情詩中沒有起訖的事件，沒有個性之間的相互關係，沒有人物的發展。抒情詩不需要情節組織，它抒寫的不過是個人的感受，和內心生活的獨立斷片，它用不著有什麼結局的。

唐人絕句與唐人傳奇，在我國文學史上允稱雙絕。為什麼我國文學的抒情傳統重心偏於詩，敘事傳統重心偏於文，致抒情詩特別發達，敘事詩相形之下不怎麼可觀？為什麼我國的敘事詩，無法恢宏樂府「雜曲」的氣象，發展成大型史詩或中型史詩？絕句與傳奇，在一個時代斷面上同時出現，兩者在藝術特徵上有沒有共通之處？——大哉問，恐怕一文寫不完。先集中回答「絕句與傳奇」的問題。

德佬論詩，有一絕招。他們的Dich Tung（詩），實際上包括小說和戲劇。而Der Dichter（詩人），實際上也可以稱呼小說家和戲劇家。此種情形跟英語世界把小說叫做敘述的說部（narrative novel），把戲劇叫做扮演的說部（enacted novel），差堪類比。大抵西方那些信而好古的典雅之士，心態上也跟我們差不多。亞理斯多德的《詩論》，既論史詩又論劇詩，卻少談抒情詩，史詩說穿了就是小說，劇詩說穿了就是戲劇，他們溯本追源，愛發點高雅之論，我們也奈何他們不得。而「唐傳奇」實即唐代的短篇小說，跟元、明兩代以傳奇指稱戲曲者就不太一樣。「唐樂府」較大型者仍保留古樂府「雜曲」遺意，乃唐代的敘事詩。它可以襲取原題而另創新聲，太白之擬古樂府是也；它也可以敘事為主抒情為副，老杜的「三吏、三別」，白居易的〈新豐折臂翁〉、〈賣炭翁〉是也；它還可以敘事抒情並重，發展為歌行，如〈長恨歌〉、〈琵琶行〉是也。而「唐樂府」最小型者，乃從齊、梁詩演進的五言七言絕句。蓋當時旗亭酒館所廣為傳唱者，頗多這類抒情短章，實為唐代的新樂府。然「唐樂府」跟元、明兩代以樂府稱戲曲者又不大一樣。由此可見，我國文學史上時移名異，同名而異實者，也比比皆是。而詩、小說、戲劇，在悠邈的歷史縱深之中，相依互涵的史跡仍然可以找到。

絕句與傳奇，在藝術特徵上，有相同處，但也有相異處。唐人絕句並非近體，六朝早有試作。齊、梁體詩即其明證。絕句的藝術特徵，在乎透過抒情短章的小巧形式，裝載詩人的淡遠情感與精純印象，詩材或擷取內心生活的獨立片斷，或來自心靈對外界事物的折射所獲印象，簡潔地表現個人的主觀感受。故寫萬里之景，如在目下；狀千載之情，如在眼前。而傳奇的藝術特徵，不過是敘說一個單純印象的戲劇性故事而已。故就產生藝術的單一效果（Single effect）而言，兩者有相通處。但因為絕句受形式的限制，只能寫出個人的感受，無法容納起訖的事件，也無法寫出人物個性的發展，以及人物與人物個性之間的相互作用，所以也用不上情節組織。這些地方顯然可以看出，傳奇與絕句在藝術特徵上的相異處。王昌齡〈從軍行〉五首之四：「秦時明月漢時關，萬里長征人未還；縱使龍城飛將在，不教胡馬度陰山。」在沉思的回味中，可以判別絕句與傳奇的藝術特徵了。

抒情—史詩類，是將抒情詩和史詩交織在一起，既通過主觀的感覺，又通過情節和完整的個性，來映現生活。這樣，就把抒情詩和史詩的原則結合起來了。這種結合，賦予作品以一種特殊的性質，使它有了特殊的結構組織，特殊的描繪個性的方法。換言之，抒情—史詩類的結構特徵是雙重地描繪人物。所有情節，又有使敘述人發生特別作用的抒情的渲染；既通過人物的行動，又通過他對敘述人所喚起的感覺。敘事詩，故事詩等，就是這一類常見的樣本。

研究我國樂府詩的學者，把那些不能入樂的詩，統統歸類為「雜曲」，劃到研究範圍以外，採取存而不論的態度。這對豐富我國的文學遺產而言，不能不算是一大損失。蓋「雜曲」中有些本可以發展為較大型史詩者，如〈孔雀東南飛〉、〈上山採蘼蕪〉之類，有些實開我國敘事詩的先河，如〈木蘭辭〉、〈孤兒行〉之類。可惜歷代詩人，多以他們才情氣分個性所近者，挑選既抒情又敘事的歌行體，單線相承，致史詩的發展，沒入歷史縱深之中，隱而不彰。終為民間曲藝，如彈詞等所取代，致一流詩人不願把生命的銳氣和智慧性創造，投入史詩的創作。這很可能是我們的文學史上，抒情傳統賽過敘事傳統，樂府「雜曲」不能發展成大型史詩或中型史詩的主因。

這兒留下的一個問題是，按照字典的意義，epic 或 Epos 既叫做史詩，又叫做敘事詩，只要是描敘英雄事跡的長詩就行。看來史詩和敘事詩好像是個可以互用的同義字。其實不然。當代的文學類型論，在類上作藝術特徵（artnotes）的標舉時，史詩屬於「史詩類」，而敘事詩屬於「抒情—史詩類」；本質上應當區分為兩個大類，根本無法混為一談。不論是大型史詩、中型史詩、小型史詩，今人早已無意於此。但薪盡火傳，創作長篇小說、中篇小說、短篇小說者，仍大有人在。「類」蛻變為「型」，即成史詩「類」小說「型」。主要的藝術特徵，乃以情節的開展描繪人物的個性。其形式，均與人生活動的樣式相對應。或描寫單獨的生活片段（短篇），或描寫生活上的一段時期（中篇），或描寫跟其他一系列生活過程的交織（長篇）。

而敘事詩，是抒情原則和史詩原則的結合。抒情詩人在表現上，崇尚「自我扮演」；史詩作者則讓詩中的人物自行活動自行說話。把兩者結合之後，則一方面通過人物的個性與故事的情節去描寫生活；另一方面又有權去跟情節發生關聯的，屬詩人自己的純主觀感覺。這樣一來，詩人可以把他自己的感覺，來替代情節的連鎖和人物的行動。此所以〈桃源行〉、〈琵琶行〉、〈長恨歌〉、〈圓圓曲〉等等，只見敘事詩體態，不具史詩規模。道理說穿了也不過如此而已。

文學—歷史類，是指虛構作用比較小的一些作品。這類作品，如文學傳記，文學回憶錄之類，好像力求複製現實的事實，並且力求盡可能地寫出這些事實。一般文學傳記有選擇地映現生活，節錄生活現象的原來面貌，在素描性的生動描寫中看到真有其人，實有其事。它是以歷史上真正發生過的事實為基礎的。這一類作品的結構特徵，介乎調查報告與小說之間。

以上五大文學的「類」和「型」，是近代文學分類的概略，區分的原則在乎「結構特徵」。這個分類方法比起劉勰的「文類」、「筆類」與「文筆雜類」來，似乎要合用得多了。

卷二　文學的美學

第一章 文學的美學

第一節 何謂美學

淺談

顯而易見的事物，最不容易下界說。美、美感、審美經驗等等，大家都耳熟能詳，且有許多絕對論調和論證為之卵翼，但卻缺少確當的事實基礎。

例如有人認定，烹調藝術能用動物的屍體做出非常美味的食品，就算是美學上的一項成就。因為這符合味覺藝術的基本原則，體現並且適應了某項美的觀念。我承認克拉利克有說笑話的天才。但只要一想到我們的胃袋裏，裝的是那些動物的屍體，簡直噁心得欲作嘔，那兒還談得上一丁點美感！

例如有人概括指出，壯美使人神經緊張，柔美使人神經鬆弛。我想貝爾克若生活在今天的臺北市，親眼目睹那些機車騎士對準小孩的血肉之軀直撞過去，此情此景確夠人神經緊張，可是說什麼也無法產生壯美的感覺。妙齡女郎，輕顰淺笑，秋波流慧，弱體增嬌，如果不引發軟酥酥的柔美的感覺，則未免不近人情。然而就是這同一少女，一旦使我們重溫柳下惠的那種情況，不血脈僨興，神經緊張者，恐怕要去請教神經科大夫。當然，柳下惠是聖人，又當別論。不過柔美使人神經鬆弛之說，仍然缺少確當的事實基礎。

例如有人確鑿指證，真正的美源於完滿，外形的美源於外形的完滿。想必佛爾夫的《實驗心理學》是有事實基礎的。可惜他老夫子大概沒有仔細觀察過蟑螂。蟑螂無論如何是「完滿」的。因為生物學家還拿不出辦法，把牠們分到「個體性不完滿的動物」那一類，跟螞蝗、海盤車、水螅等同列。但蟑螂的「完滿」，並不能使我們產生真正的美感；牠們外形的「完滿」也無法使我們認定那就是外形的美。我們在這種「完滿」中，所激起的本能和情緒，卻想用腳去踩，用蒼蠅拍去打。

諸如此類的美學論點，一口氣舉上一百個，想必不難。面對著這樣一片混淆的理論，這樣一些自以為是，持之有故，言之成理的絕對論調，米扎爾特就該有足夠的理由，寫他的《美之謎》（*Rätsel des Schönen*）！而法朗士纔能神氣活現地嚷：「我相信，我們永遠不能確切了解，為什麼某種東西是美的。」

普遍的審美經驗

然而，儘管美是主觀的，不大合理的，但它畢竟是具體化的快樂，我們在原始的晦澀中，仍然有辦法用感覺予以捕捉。儘管哲學家、美學家、心理學家，聚訟紛紜，用玄學的空想支配美學，用一大堆討厭的哲學名詞裝扮美學，用各種分歧、矛盾的解釋割裂美學，但美究竟為一般人所感知。我們的主觀需要，就含蘊著美的可能性。俗話說：「當兵三年，老母豬變貂蟬。」是主觀的需要纔能有此一「變」。「情人眼裏出西施」，是主觀的需要纔能有此一「出」。吉訶德先生的愛人雖身型矮胖如冬瓜，還有一付扁扁的南瓜臉，然而只要他相信她是風采絕代的美人，無人能憑其三寸不爛妙舌，將他駁倒。不過，吉訶德先生也不必披堅執銳，自跨瘦驢，擋住要路，一定要強迫過往客商，承認他的愛人是世界第一美人。這樣做似乎也過於霸道，因為夕陽煙靄裏的客商，饑餓疲倦，他們同樣有主觀的需要，把粗糲當作珍饈，把臭蟲縱橫的硬木板床，當作遊仙窟的寶床。饑餓疲倦，能使美感遲鈍、消失，假如一定要他們承認吉訶德先生的愛人，是世界第一美人，那他們在長矛逼迫之下，承認的可能只是冬瓜和南瓜！因為那是可吃的。因為那能滿足主觀的需要。

美的感覺和審美經驗，半來自遠古本能的遺傳，半來自文明的進展。前者證明動物和人類，同樣具有美感；後者證明了美的標準，美的讚賞，和對美麗的事物所作的種種解釋，可以隨時代、地域、種族、歷史文化傳統、社會風尚、文明程度等，而發生相對的變動。也許，克拉利克教授的那本日耳曼誠拙氣息十分濃厚的偉著，一點也不能幫助我們了解美和發生美感，但書名卻使我們對美拓展了廣大的視野——《世界的美，普遍的審美經驗》——*Weltschoheit, Versuch einer all-*

gemeinen Aesthetik。是的，美是世界性的，審美經驗也確實是非常普遍的。它不獨適用於古今中外一切人類的活動，同時也可以擴展到走獸飛禽。凡有心靈活動的生靈，都能聽到美的召喚，不過很少人願意花冤枉腦筋，去推究其真實原因而已。

譬如東風輦路，凍水初柔。草木發芽滋長，空氣中越來越加濃了青草味和溫暖。萬象都帶有一種生氣，萬物都具有一種愉快的預示，不論老弱婦孺智愚賢不肖，全可以感到美麗的春天到了。甚至貓兒叫春，狗兒發情，也該作如是觀。他們雖不能認知美的性質，解釋美的奧秘力量，但他們的感覺，跟美學家無殊，這點至少可以肯定。說美是世界性的，審美經驗是非常普遍的，似乎也不過分。

美在最原始階段，就是一種感覺。達爾文曾力持此說。由此推論出：美感不僅為人類所特有，也是動物所固有的。狗以鼻子的美妙顫動，來表達甜蜜而柔和的感情，以尾巴的搖動，來表達內心的喜悅。猴子看到賞心悅目的事物時，從不忘記抓耳撓腮。差不多所有的脊椎動物都討厭噪音。老虎聽到高音笛促成激怒，聽到和悅的小提琴則感到慰藉。大多數動物都喜愛提琴和橫笛。蕭邦的夢幻曲曾使藹里斯的狗大聲嗥叫；而另一支愉快的曲子，卻使牠安然入睡。根據伊利安的記載，利比亞的母馬，因音樂而興奮地交尾。他並且以此奉勸年輕的貴婦，還是少涉足歌劇場為妙。也許這些隨手拈來的例子，還不夠具體，不夠系統化，那我們不妨看看達爾文的記錄吧。

若干鳥類用色彩艷麗的樹葉、貝殼、石子、羽毛，以及人類使用過的布片和絲帶，裝飾自己的巢。例如澳洲的椋鳥，為牠的伴侶建築特別的巢，覆以短枝，鋪以青草，從附近的小河啄拾白石子，像藝術家一般擺放。牠以明亮的羽毛、紅漿果和其他漂亮物品裝飾巢壁，用蠔貝和發光的石頭美化出入口；這是澳洲產的椋鳥為牠的愛人建築的香巢。凡見到過這種香巢的人，便會深信這種椋鳥的小小腦袋是愛美的。

有些鳥常被發現，在鏡子面前顧盼。用一小塊反射陽光的鏡子，可以抓到大批雲雀，這種鳥不顧殺傷力強的槍彈，向鏡子衝去。喜鵲、烏鴉等偷藏發光物、銀器、首飾，究竟是為了虛榮、好奇、貪婪、審美，誰知道呢？但是，大多數的動物，就我們所能判斷的範圍而言，愛好美是為了吸引異性。牠們在配偶之間珍視「美」。美對結婚起著影響。美包含著各種性質的概念。音樂藝術就起源於雄鳥招引雌鳥時，所發出的鳴叫。

由此可以歸納證明：飛禽走獸、原始人、野蠻人和文明人，都同樣具有美感和審美經驗。但在審美能力的高低、深淺、精粗、強弱，有程度上的差別。為什麼我們面對著普遍存在的、十分具體的美，卻顯得如此陌生，如此茫然呢？大概有三種因素，使我們的慧敏感受，變得既遲鈍又冷淡。

第一、是我們對美學的研究方法和表述方法之不當。沙斯勒的《美學批判史》強力指出：在哲學的任何一個領域中，都未必能找到美學領域中那種分歧而互相矛盾的研究方法和表述方法。一方面有一種華而不實的空談趨勢，毫無內容，往往只是一種極其片面的膚淺理論；另一方面，雖然確實有深刻的研究和豐富的內容，但卻有一大堆討厭的哲學名詞，使人讀起來極感不便。這些難讀的哲學名詞給最簡單的東西，穿上了抽象的科學的外衣，好像這樣纔能使這些簡單的東西，有資格進入美學體系的輝煌宮殿似的。最後，介乎這兩種研究方法和表述方法之間，還有第三種折衷主義的方法，它彷彿是第一種方法對第二種方法的過渡，它有時以華而不實的空談來炫示一番，有時卻來一套迂腐的科學理論。……至於那種用清楚而通俗的哲學語言，表達重大意義的，言之有物的表述方法（它並不歸入上述三種錯誤方法的任何一種），則在美學領域中比其他任何領域中都罕見。(Schassler, *Kritshe Gechichte der Aesthetik* S. 13)。

第二、是用幻想和神秘，蒙蔽了我們對美的感受。維隆就看出了此點。他說：從來沒有一種科學，像美學那樣為形而上學的空想所支配。從柏拉圖的時代開始，直到現代那些一般公認的學說為止，人們經常把藝術作為一種奇怪的混合物，其中含蘊著對事物本質的幻想和超經驗的神秘。這種幻想和神秘卻徹底表現於「美」此一絕對概念之中。——他們把「美」視為對現實所抱的不變的神奇的理想。(Véron, *Lésthétique*, p. 5)

第三、近代美學的開山者包姆嘉登（Alexander Gottlies Baumgarten, 1714–1762），當他把美的性質認作獨立探究的對象時，因為過於遷就萊布尼茲的傳統（經天緯地，無所不包的傳統），又從理性主義啟蒙運動的代表人物佛爾夫那兒，學到了有關「完滿」的美學理論（其實該理論掛一漏萬，一點也不「完滿」），等於把一位二八年華的妙齡女郎，披掛著整套中古騎士的重盔重甲。其滑稽的神情，想想就要令人噴飯。

道不遠人，美學也是如此。其所以我們把美學看成一門偏枯冷漠的學問，把美學看成一門變幻莫測，無可極究的學問，上述三重障礙，應該是顯而易見的因素。以下，讓我們來討論包姆嘉登的「美學」，並想指出這種包羅萬有的美學遊戲，為以後兩個世紀的美學論戰，留下了太多的喜劇素材。

何謂「美學」

包姆嘉登是近代美學史上的第一位名人。他是把"aisthetikos"這可怕的希臘詞兒，復活到十八世紀「美的哲學」裏邊來的人。據說，他曾為了把「美學」這麼一個不體面的名詞，列入哲學的範疇，表示過衷心的歉意。他害怕在「美學」這卑俗的詞兒背後，仍不免會使讀者們想到雕像和美人，他為此曾感到臉紅。

包姆嘉登在美學史上雖享有很大聲名，但他對「美學」卻只有微乎其微的積極貢獻。他不過綜合了前人的意見，就所知的範圍予以體系化；此外，就是他第一個使用了Aesthetik這個使他臉紅的名詞。我們從名實不相稱的罅隙中，似乎可以管窺到一個思想家，能不能震鑠當代，影響後世，冥冥之中好像也有運氣存在。包姆嘉登可說是在思想領域和精神事業中走運的人。他從佛爾夫那兒學到 die Vollkommenheit（相當於英文的Perfection）一詞，居然能夠以此詞為結合中心，把真善美銲接為三位一體。此等綜合的才能，也應使他再紅一次臉才對。他的理論貌似博大精深，其實大而無當，粗糙淺薄。但影響深遠，近代美學之迷惘，可說從他開其端緒。

他認為：理論知識的對象是「真」；美學知識（感性知識）的對象是「美」。「美」是用感覺認識的「完滿」。「真」是用理智認識的「完滿」。「善」是用道德意志獲得的「完滿」。美就是各部分相互之間以及它們跟整體之間的秩序。美的目的則在於使人愉快，和引起人的欲望。——後人真善美三位一體的議論，這三個「完滿」可說是始作俑者。一位妙齡女郎，必須頂戴鐵盔鐵甲，也以此為濫觴。想來想去，真不是味道。

為了比較通透地了解包姆嘉登的理論，簡明地敘述一下萊布尼茲和佛爾夫的美學見解，也有其必要。

萊布尼茲（Gottfried Wilhelm von Leibniz, 1646–1716）一六四六年生於萊比錫，乃世界上少數卓越的智者之一。少年時靈氣秀發，多才多藝，二十歲已獲得雅特多爾夫大學的教授職位。他是哲學家，也是數學家。他在哲學上創立的「單子論」，在數學上開微積分學之先河，他的博學淵源，似可追亞理斯多德。這一「大綜合」的哲學傳統，也強有力的影響了包姆嘉登的「美學」著述。今天我們其所以要在美學研究上吃那麼多的冤枉苦頭，拜這位大天才之賜不少。由此證明，亦步亦趨，踵武前修，也應該度德量力才對。如其不然，東施效顰，恐怕只能徒增其醜。

萊布尼茲對「美」的論斷不多，我們只能在其論文集——《學問、真理、理念沈思錄》和其神學著作《神義論》中找到一鱗半爪，都不是非常出色的思想。例如他在《神義論》中談到過「詩」。他認為詩的目的必須以舉例的方式：教導小心謹慎和道德，就不算什麼高明的見解。例如他在《學問、真理、理念沈思錄》中指出：一個語意曖昧或含混不清的理念，為一無法充分滿足其認知對象的理念。因此，當我們自信能清晰了解某事，但又不能逐一列舉其特徵，藉以辨別此事跟其它事物確有所不同時，則所謂了解，仍可能發生感覺上的混淆不清，或知識上的井然有別。諸如此類的論斷，在美學上所佔的分量不大。但他的研究領域和思想組織力所構成的「大綜合」傳統，影響德國哲學甚大。包姆嘉登其所以要把真善美拼湊在一起，顯然受了萊布尼茲的傳統的支配。其實美與真善，並無必然的內在有機的關聯，大可以分開來單獨地談，使美學問題單一化。——在任何問題上，學者專家的看法，總是深入的，值得尊敬的。不過，倘若學者的議論，只能把簡單的東西複雜化，而且以讓別人不懂為目標；倘若專家的著述，只能鑽牛角尖，關在黑屋子裏邊努力捉黑貓，可惜那隻黑貓又不在黑屋子中，那麼，我們寧可犧牲學術上的精確性，追求清晰而生動的理論。

現在讓我們來看看佛爾夫（Baron Christian von Wolff, 1679–1764）。這位心理學家在德國的啟蒙運動上，跟戲劇家勒辛齊名，同為唯理派的代表。他的《實驗心理學》，在談到美醜問題時，曾直接影響包姆嘉登和康德，因此有其歷史上的重要性。他對於「美」的看法，可析分為下列四點：

一、凡能使我們滿足的事物，就叫做美的事物；凡不能使我們滿足的事物，就叫做醜的事物。

二、美存乎一事物的完滿之中，此僅就該事物係易於在我們中產生愉快而言。

三、美可能界定為一種能愉悅我們的「適當」，或是一種顯而易見的「完滿」。

四、真正的美源於完滿。外形的美源於外形的完滿。

近代美學開山者的富麗堂皇的美學宮殿，其基本建築材料和藍圖，就是從萊布尼茲和佛爾夫來的。包姆嘉登為使「美」成為獨立探究的對象，使美學轉趨周密，並曾影響過康德的《判斷力批判》。雖然包姆嘉登認為美的目的，在乎使人愉快和引起人的欲望（Wohlgefallan und Erregung eines verlangens）；而康德心目中的美感基礎即判斷力。此種判斷力不通過理解而作出判斷，不通過欲望而產生快樂（Urtheil ohne Begriff und Vergnügen ohne Begehren），兩人的看法，幾乎是截然相反的。

今天，哲學在式微中。分門別類的學科逐步攘奪了哲學的領域。人們把最難解決最棘手的問題遺留給哲學，因此，善惡、美醜、生死、對錯、有神無神、自由與秩序等，纔成為當代哲學探討的主要對象。其中，美醜的問題最含糊混沌，最捉摸不定。包姆嘉登一開始就把「美學」這位妙齡女郎，披掛著全副的盔甲，確實增加了我們對美的本質理解之困難。如果我們把真善美三者分開來談，對美的認識和欣賞，可能有些幫助。如果我們拿掉妙齡女郎的騎士盔甲，讓美學恢復風華絕代的美女儀態，這樣也許對夾纏不清的流行觀念，有些小小的澄清作用。

第二節 美學和真理

人類「求真」的活動

忙迫的機械文明，緊張的都市生活，麻木而迷惘的心靈感受，使我們產生了兩大錯覺。其一是誤認財富等於幸福；其二是誤認刺激等於享受。究其實，金錢購買不到真正的幸福，有時「財多累己」，反而成為諸般煩惱的淵藪。雖然，經濟發展的奮鬥；一個必須耗竭其全部精力來維持一家溫飽的人，不僅永遠不能發揮其獨特的創作潛力，並且也很難證明其真正的價值和真正的幸福。其次，單純的感官感覺上的刺激，不獨最易發生心理上的厭倦感，而且也常具副作用。如，烈酒、興奮劑之類，刺激過後，常疲憊不堪，且容易上癮，故刺激絕對不是真正的享受。然而此兩大錯覺，卻是使當代人的美感，逐漸遲鈍，消失之源。蓋前者使人庸俗；而後者使人喪失寧靜的智慧。

而人類求真的活動，或人類對真理的追求，對於藝術之欣賞，多無實質上的幫助。換句話說：人類求真的活動，跟人類求美的活動，是可以殊途的。我們讀一冊注釋詳明的詩集，往往反不如讀未加注解的詩集有更多的感受。例如白居易〈琵琶行〉：「感我此言良久立，卻坐促絃絃轉急；淒淒不似向前聲，滿座重聞皆掩泣。座中泣下誰最多？江州司馬青衫濕！」唸畢全詩，已夠感人了。若要打爛沙鍋問到底，明瞭唐代的職官服色，知道白居易是由御史臺諫的紫袍，降為江州司馬的青衫；而左遷的最大原因，卻因為乃母落井而死，賦詩賈禍，則讀者對於詩人的同情與關切，必然大打折扣；而美感也因求真的活動，弄成興會索然。因此我們可以這麼說：人類求真的活動，並不等於人類求美的活動。把真和美勉強湊合在一道，徒滋紛擾，不如把兩者劈開，更直截了當、更簡單明白。

我國古代思想中，認真與偽相反。《漢書》「使真偽毋相亂」，即為明證。真與誠相同，儒者言誠，釋者言真，其實是同義字。莊子所謂「真者，精誠之至也」，即為真誠聯綿使用之濫觴。

當代人討論真理，常決定於下列四原則：

㈠真理之首尾一貫原則（coherence theory of truth）

㈡真理之通體相符原則（correspondence theory of truth）

㈢真理之實事求是原則（performatic theory of truth）

㈣真理之實用主義原則（pragmatic theory of truth）

此四者，乃人類求真活動的歷程中，所設立的四大基準。而此四者，對人類求美的活動，卻產生了相當嚴重的阻隔作用。在沒有展開論證之前，我想先回顧一下古今哲學家對真理的爭辯。因為沒有歷史，就很難出現真正的理論。

什麼是真理？或真實的道理是什麼？大概從文化的曙光投射到人類心靈開始，此一古老而永恆的問題，即在各世代各地域各民族之間，用各種方式提出來。其中最著名的是羅馬駐耶路撒冷總督，顢頇的本丟．彼拉多。他的故事記載於《新約》〈約翰福音〉第十八章第三十三節到三十八節：

彼拉多又進了衙門，叫耶穌來，對他說：「你是猶太人的王麼？」耶穌回答說：「這話是你自己說的，還是別人論我對你說的呢？」彼拉多說：「我豈是猶太人呢？你本國的人和祭司長，把你交給我。你作了什麼事呢？」耶穌回答說：「我的國不屬這世界。我的國若屬這世界，我的臣僕必要爭戰，使我不至於被交給猶太人。只是我的國不屬這世界！」彼拉多就對他說：「這樣，你是王麼？」耶穌回答說：「你說我是王。我為此而生，為此來到世間，特為真理作見證。凡屬真理的人，就聽我的話。」彼拉多說：「真理是什麼呢？」說了這話，又出來到猶太人那裏，對他們說：「我查不出他有什麼罪來！」……

尼采因此挑戰地嚷：「在整本《新約聖經》裏邊，祇有一人值得尊敬，那就是審判耶穌的羅馬總督彼拉多……他是一位屢遭嘲笑譏諷的高貴的羅馬人，他毫無顧忌地愚弄『真理』這個詞兒，他說了一句在《新約》中惟一有價值的話——『真理是什麼呢？』」這個關涉到人類求知活動的嚴重問題，有多少人肯下功夫，認真而嚴肅地去想一想呢？」

首先將「真理」建築在感覺基礎上的人，是希臘的詭辯派學者。他們肯定感覺乃考驗真理的試金石；而一切知識皆從感覺而來。離開了各人所嚐、所觸、所嗅、所聽、所見，別無真理可言。因此，真理建築在感覺基礎上，必然顯得搖擺不定，千差萬別，出現了三大難題：㈠感官感覺最易愚弄人。如李白〈古朗月行〉：「小時不識月，呼作白玉盤；又疑瑤臺鏡，飛在青雲端」之類。把月光比作玉盤、圓鏡，或把星星看作青天上的銅釘，在感覺上並無不合，事實上卻大謬不然。這一點是無可爭辯的。㈡就人與人的關係言，真理必須是共同一致的感受。但感覺言人人殊，可能有相對的共同，很難有絕對的一致。別人用眼睛所見，用手指所觸，用耳朵所聽的東西，很可能跟自己的感覺相反。這種無客觀標準的感覺，到底是非常不確定的。作為真理的基準，當然漏洞百出。㈢就時間關係而言，真理必須是永久一致的感受。但感覺既受本能和情緒的支配，又受理性和心智的約束，此點尤其辦不到。職是之故，詭辯派的真理論，很難符合首尾一貫，通體一致，實事求是，以及效能觀念的標準。因此跟人類求真的活動有相當大的距離，跟人類求美的活動卻十分接近。真與美分家，這應該是基本論點之一。

柏拉圖反對人人皆為真理的量度標準的說法。他確信理智是真理的休止處；理智的觀念和感覺的報告，可以把一團混亂的感覺，調整為井然有序的真知。亞理斯多德進一步創立簡潔而理智的三段論法，把邏輯學另立門戶。人們因此對理智大加推崇，並熱烈歡迎演繹的理性，因為這種推理可從有界限而肯定的信條中，產生一套合乎邏輯的世界系統。他們認定概念比感覺到的東西，具有更大的實在。——被感覺之物有開始，有終結，而一般概念是不朽的。故人的概念比任何個人要真實些，美的概念比任何一朵鮮花要真實些。笛卡兒踵武前修，甚至要求每一位哲學家拋棄感覺的證據，並確認除了清晰的思想外，沒有其他東西是可靠的。而萊布尼茲、康德和黑格爾，卻贊成理性為感覺的報告之裁決者。雖然霍布士、洛克和穆勒宣稱：膽敢在感覺的範圍之外尋求真理的理性，毫無意義可言。

我們在理性論者、觀念論者的邏輯中，同樣也發現許多不能自圓其說的地方。他們把意義與存在混而為一，他們認定如果沒有眼睛去看樹，樹就不會是綠色。其實，未被我們認知的對象可能是沒有意義的，然而它們卻是結結實實存在的。心靈創造世界，不過是個美麗的神仙故事。您在寫稿時知覺到的稿紙、鋼筆，乃至書齋，並非當您離開時，即化為一股輕煙，隨風而逝！您的夫人，也並非因喊您去吃飯，進入您的感知範圍纔是存在的。您絕對不能因感知而創造了她！而且，觀念的形成，可能來自理性，也可能來自本能。本能的觀念往往支配歷代的活動。此所以各時代、各地域、各民族，都有那麼多荒謬可笑的成見和經驗。還有，依近代精神分析學家的分析，證明理性畢竟是膚淺的，它只以堂皇冠冕的論調，去掩飾肉慾的自私目標；而大部分的理性，說穿了也不過是情欲的合理化而已。事實上，生命比三段論法更偉大、更確切、更深邃、更生動而多變化。理性在開始時拒絕承認，而最後不得不予以認可的東西，仍然是不計其數的。知識的尋求，真理的確認，以及生活的智慧，遠非邏輯所能包舉囊括。人類求美的活動，就落在邏輯學之外。真與美分家，這應該是主要論點之一。

理性在人類求真的活動中扮演的角色，不過使感受成為觀念，使觀念成為知識，使知識成為智慧，使目的成為人格，使個體集合為社會。但離開立即感受的每一步推理，都潛藏著降低我們的真理的可能性。故感受是真理的測驗者，理性卻是真理的發現者。假如我們的生命是美的，何必需要智慧？假如我們的生命是智慧的，那就要努力去追求美了！

美與真分家

包桑葵（Bernard Bosanquet）的《美學史》（*A History of Aesthetics*, 1957）指出：古今來美學觀念的演進，乃由「多樣中的統一」，進而為「意味深長」，「富於表現」。雖然盧梭曾痛咒沈思的狀態違反自然，思想的人是墮落的動物！但我掩卷深思，仍認為美學觀念演進的原動力，不外真者幻之，實者虛之這八個大字。

真者幻之，實者虛之，是人類審美經驗的結晶，同時也是人類求美活動的歸納說明。可惜這八個字跟真理的追求，拉不上一丁點兒關係，甚而至於是完全相反的。方東美先生於〈生命情調與美感〉一文中，曾確鑿指證：「實者虛之，最為吾民族心智之特性，據此靈性以玄覽萬象，真乃詞人所謂：『酒美春濃花世界，得意人人千萬態』矣。中國人託身空間，天與多情，萬緒縈心，笙歌散夢，其意趣妙如歐陽永叔所云：『楚王臺上一神仙，眼色相看意已傳；見了又休還似夢，坐來雖近遠如天。』」對「實者虛之」的道理，此詩最為傳神。而此一「實者虛之」的審美態度，對求真活動的兩大傳統原則——真理之首尾一貫原則，與真理之通體相符原則，幾乎處於針鋒相對的地位。

真理的首尾一貫原則，曾為萊布尼茲、斯賓挪莎、黑格爾與布雷德萊等所辛勤締造，亦受某些邏輯實證論者，如紐拉斯（Neurath）與韓培爾（Hempel）等所歡迎。該學說深受純數學與理論物理學之影響，意謂某一陳述之真假判斷，必須跟其它之陳述系統前後一貫，若前言不搭後語或前後不能統一，即可判斷該陳述為假；若前後相符，而邏輯推理無誤，則可判斷該陳述為真。所謂真理之通體相符原則，用羅素的話來解釋是：真理由合乎信仰與事實之間的若干一致的形式所組成。而 Correspondence 一詞的原始意義，常意味著介乎思想與現實之間的關係，在該關係中，組構成思想的真理。自柏拉圖、亞理斯多德、阿奎那以還，多持此說。至二十世紀，由摩爾（G. E. Moore）繼其遺緒，羅素集其大成，藍姆賽（F. P. Ramsey）、維根斯坦（Wittgenstein）與塔斯基（A. Tarski）揚其清芬，儼然成為人類追求真理的大道。不過，理性的方式必須再事調整，以對付本能、直覺、神秘主義，以及不可理解的信仰之掩襲。因為，觀念論從理智出發，曾展開對感覺的攻擊；而以靜止的，充滿不變的真理的邏輯學，來徹底探討生命的究竟之前，我們必須面對神秘主義從情欲出發，對理性展開的攻擊。當理性反對一個人時，那個人不久將反對理性；如果思想不能使意欲合理化，力求吻合首尾一貫、通體相符的邏輯外貌，則意欲很可能在最後關頭，全盤推翻思想的權威。人在不斷失望中抱著希望活下去。希望有時是非常缺乏理性的！它可以幻假成真，以虛為實；它也可以真者幻之，實者虛之。所謂「假作真時真亦假；無為有處有還無」者是也。它可以把理性遠遠地拋諸腦後，它迫切期待的，不過是一種能使夢想合理化的邏輯而已。

一個以希望和夢想為基礎的生命，求真的活動與求美的活動，固屬並行不悖，然兩者決計不容相混。因為求真的活動，必須首尾一貫，通體相符，真假虛實，判然有別；而求美的活動，往往如禪如夢，以自身為量度萬事萬物之標準，可以真者幻之，實者虛之；它不必考慮到邏輯的外貌，它也可以於意象言表之外，別具會心。例如劉禹錫的〈竹枝詞〉：「楊柳青青江水平，聞郎江上唱歌聲；東邊日出西邊雨，道是無晴卻有晴。」因晴情諧音，讀者所能欣賞到的，卻是一首道道地地的情歌。求真的態度在這兒如何用得上？又如王建的〈望夫石〉：「望夫處，江悠悠，化為石，不回頭！山頭日日風復雨，行人歸來石應語！」通篇化幻為真，以虛代實，又如何用求真的態度去實證？

而真理之實事求是原則，原植根於經驗論，認所有知識均以感覺為其來源及考驗。故「實行時最有效的規則，在理論上亦最為實在」（培根語）。而效用是一切的考驗。真理來自實踐，真理就是效能。此一實事求是原則，到了威廉·詹姆士手裏，拼上皮爾士的理論，用美國生意人習用的語彙，如現值（cash value）、效果（results）與利潤（profits）等表達出來，遂成實用主義。他直認真理就是意念的「現值」。真理是在意念中發生的一個過程；而事實就是明證。實用主義只問意念的結果而不問其從何而來，或其前提為何；它將重點轉移，而只向前看；它就是一種態度，不看起始、原則、範疇、假定之需要，而只看最後的成效、結果，以及事實。此種求真的態度，如何能與求美的態度相提並論？馮延巳的〈謁金門〉：「風乍起，吹皺一池春水，閑引鴛鴦香徑裏，手挼紅杏蕊……」是寫景，也是抒情，在求美的活動中，可說美不勝收。偏偏碰到那個欠缺審美態度的後唐莊宗，要認真地去追問：「吹皺一池春水，干卿何事？」此種求真的態度，真大殺風景！

真者幻之，實者虛之，乃藝術家美感之源，也是墨客騷人擴大境界的不二法門，一落言筌，一求實用，一付諸實踐，頓然詞語塵下，俗不堪耐。方東美先生說：「近水平波，其境至湫隘也，詞人對之，遂覺『行雲卻在行舟下，空水澄鮮，俯仰留連，疑是湖中別有天』。候館溪橋，其境至易遮斷也，詞人臨之，便感『離愁漸遠漸無窮，迢迢不斷如春水』。危闌坐倚，其地至偪促也，詞人居之，乃想『平蕪盡處是春山，行人更在春山外』。關山極目，其程至易盡也，詞人眺之，轉歎『迢遞望極關山，波穿千里，度日如歲難到』。」真幻虛實互變之消息，在引文中已有極概括的說明，特徵引以為此文作結。

第三節 美學和文學

美與醜

早在一七三五年，包姆嘉登寫《有關詩的內容之哲思》一書時，他就使用了aisthetikos這個不夠體面的希臘字。這個希臘詞兒，一名兼二義——藉感官而了解，以及美感的研究。由感官感覺獲得的知識，叫做感性知識，在知識領域中似乎是比較低級的知識，所以包姆嘉登一提到這個詞兒，就不免有點臉紅。

他指出：凡通過我們的低級認識才能而獲得的觀念，統名之曰審美性的觀念。凡能引動美感的觀念，既含糊又清晰；往往心裏明白，嘴上說不清楚。他特別標舉：能明白表述，並且是豐富而完整的觀念，都非審美性的觀念。當他於一七三九年寫《形而上學》時，他仍然堅持：「一個不清晰的觀念，才叫做審美性的觀念。」

由此使我聯想到，聖奧古斯丁的一個小故事。有人問他：「時間究竟是什麼？」他回答道：「你不問我，我本來很清楚地知道它是什麼；你問我，我反而感到茫然了。」這種習見周知的東西，似乎心裏明白，可是一旦要打破沙鍋問到底，往往嘴上說不清楚，陷入無從作答的窘況，幾乎俯拾皆是。例如時間、空間、真理、正義、生命、死亡、善惡、美醜、自由、秩序等，心裏明白，嘴上又能說得清楚，且能簡明扼要把握其特點的人，恐怕不多。我們開口閉口談美，我們每天都不斷應用「美」這個字，本來不覺得它有什麼深奧難懂的地方，但是經過哲學家和藝術家摸索了幾千年，也爭辯了幾千年，而且迄今尚無定論，就知道這種訴諸感官感覺的「美」，雖一目了然，但也確實難於說清楚。若問「什麼叫做美?」可能跟我們談到少婦的嫵媚，美人的意態一樣，同樣心知肚明，也同樣不容易解釋。——意態由來畫不成，當時枉殺毛延壽！王荊公到底沒有強作解人！

一七五〇年，包姆嘉登的《美學》問世。這是近代美學的開山之作，但粗糙而無新意。他開宗明義即界定「美學乃審美經驗的科學」。其具體內容可析分為四：㈠美術原理；㈡較低級的知識原理；㈢綺思的技藝；㈣類推的技藝。當時之所謂美術，包括繪畫、雕刻、建築、詩、音樂等，跟我們所指稱的藝術相當。由此可以看出，包氏當年對美學的構想，確實有點雜亂無章，大而無當。

這本《美學》有兩大文字遊戲：其一是從佛爾夫那兒襲用了「完滿」(die Vollkommenheit)一詞，實行真善美三結合。認定理論知識的對象是「真」；美學知識(感性知識)的對象是「美」。「美」是用感覺認識的「完滿」。「真」是用理智認識的「完滿」。「善」是用道德意志獲得的「完滿」。美就是各部分相互之間以及它們整體之間的秩序。美的目的則在於使人愉快，和引起人的欲望。這場文字遊戲一開了頭，經由蘇爾哲的整理爬梳，孟德爾松的補充說明，乃成一影響深遠廣大的文字遊戲。語須通俗方行遠，話不投機半句多，人類到底是種善於玩觀念遊戲的動物。蘇爾哲把道德觀念導入美感經驗。——只有含蘊著善的東西，才可以被認為是美的。因為，人類整個生活的目的，是社會生活的幸福，這種幸福是靠培養道德獲得的，藝術應該服從於這一目的。凡引起和培養這種感覺的，就是美。美學家代替倫理學家發言，頗予人以狗拿耗子的觀感。孟德爾松更露骨。他力證：藝術是模糊地感覺到「美」向真和善的發展。藝術的目的，則是道德的完滿。只有美的身體裏邊才寓有美的靈魂。真善美融合為一。哦哦，這麼多的美麗而空洞的名詞，想想也教人心醉哩！不過，最討好我們的哲學最應受到懷疑。今天我們所需要的，誠如羅素所說：「不是信仰的意志，而是去尋找真象的願望。後者正好是前者的相對。」(B. Russell, *Sceptical Essays*, p. 157)

另一文字遊戲，是包姆嘉登對美和醜的粗糙的論斷。例如完滿的外觀是美；不完滿的外觀是醜。使觀賞者快意的東西是美；使觀賞者討厭的事物是醜。完滿就是美；缺陷就是醜。醜的東西，可能在一種美的方式中予以思量；美的東西，也可能在一種醜的方式中予以細想。這些文字遊戲，原無甚深意，也談不上有什麼創見，可以一筆帶過。

美和醜，迄今仍然是一個懸而未決的大問題。我們既未為美下過精確而為一般所公認的定義，同樣，我們也難明白「醜」的性質。這是問題的一面。問題的另一面是：美和醜之間，尚存在著若干層次。比方說，「美」的反義字是「不美」；而「不美」卻未見得就是醜。「醜」的反義字是「不醜」，同理，「不醜」也不一定就是「美」。許多的事物，既不能使我們快意，又不能令我們討厭，我們對它們往往熟視無睹，漠不關心。我們對不美也不醜的東西，很難引起我們的好惡感。比方說：達文奇認為最美的人之臉，應與其身材的長度成一與十之比。雖然這是他的藝術奧秘之一，是他深信的美感條件。然而，破壞了一與十之比的馬臉或黃瓜臉，如笑話書裏邊，嘲笑東坡先生的長臉，竟有「去年兩行相思淚，今日方流到嘴邊」。然而我看到他的畫相，卻也生氣勃勃，清癯有趣，一點也不醜。我們到底把它歸入醜這一類呢？還是把它歸入美這一類？或把它歸入不美不醜的一類？真大費周章。

又如柏拉圖以為最美的線形是圓和曲線；畫家霍嘉斯則認為波動的曲線最美。最美與美之間又顯然分了層次，順得哥情失嫂意，真叫人左右為難。

何況，藝術的美醜和自然的美醜本是兩回事。藝術的美醜也不是從模倣自然的美醜而來。俗人往往以為現實界中他們所公認為醜的東西，都不是藝術的材料。他們想禁止藝術家和文學家表現他們所不歡喜的自然事物。其實這是大錯。在自然中一般人以為醜的東西，在藝術裏邊往往可以變成極美。人以為醜的人物，不外是殘廢、羸弱，令人聯想到疾病，不合健康原則等。例如侏儒、跛子、破爛的窮人、惡人、罪人、不道德的人，以及擾亂社會秩序的病態人物，弒親者、叛國者，和不問良心的野心家等，都是不道德的，也並未含蘊著善的東西；似乎這種藝術的目的，也無法達成道德的完滿。而且，這些人物只能撞災惹禍，大家給他們一個罪名，把他們歸入「醜人」那一類，當然很合理。但是古今中外的大藝術家和大文學家對於這些醜人，仍津津樂道，一律採用不誤。他們彷彿有魔術家的魔杖，能化醜為美。這就是藝術的點金術，藝術的靈丹妙藥。不過，這麼一來，我們對於美醜問題討論，勢必會越弄越糊塗了。

加之哲學家和美學家，對美和醜的詮釋，可以說玄之又玄，眾妙之門。菲希特認為，美的意識是這樣產生的：自然界有兩方面，一方面它是我們的局限性的產物；另一方面它又是我們的自由理想活動的產物。就第一種意義來說，世界是受限制的；就第二種意義來說，它是自由的。就第一種意義來說，每一件物體受限制、被歪曲、遭擠壓、受拘束，於是我們看見了「醜」。就第二種意義來說，我們看見了內在的完滿、生氣、復興，於是我們看見了「美」。因此，物體的醜或美，是憑觀察者的觀點決定的。所以美不存在於自然界，而存在於美的靈魂之中。藝術就是這美的靈魂的表現。藝術的目的是教育。它不僅是智的教育，因為這是學者的事；它不僅是心的教育，因為這是佈道人的事；藝術的教育是整個人的教育。因此美的標誌，並不在乎某種外在的東西，而在乎藝術家是否具有美的靈魂。

克羅齊的解釋比較簡單，然而製造了問題而沒有解決問題。他認為美是成功的表現，醜是不成功的表現。

藹理斯從性心理學出發，指出凡能刺激和激發有機體的東西便是「美」的。故光輝、韻律和輕觸是美的。「醜」減低我們的活力，擾亂我們的消化系統和神經系統；它能使我們嘔吐、躁急，似乎可以另成一格。

包桑葵卻說：情感表現於形相於是有美。一件事物與美相衝突，或產生一種跟美的影響恰恰相反的影響——這就是我們所謂的醜。醜可能是有表現性的形相，也可能是沒有表現性的形相。如果它是沒有表現性的形相，那麼，就美感而言，它就沒有什麼意義。如果它是有表現性的形相，那麼，它就寓有一種情感，就落到美的範圍以內了。

此外，還有人歸納出美和醜的意義，認定：

(一)使人發生快感的，是「美」；使人發生不快感的，是「醜」。

(二)美是事物的常態。醜是事物的變態。

我們在這些美醜之辨的高見中，惟一想起的是老子《道德經》第二章：「天下皆知美之為美，斯惡已。皆知善之為善，斯不善已。故有無相生，難易相成，長短相較，高下相傾，音聲相和，前後相隨。是以聖人處無為之事，行不言之教。」美醜之難辨，就在觀察者不能按照事物的原有樣子予以觀察。保持常態，使主觀和客觀結合，無意識和有意識結合，不必著粉施朱，也不必增長減短。而美醜之間有一判別的標準，那就是「恰到好處」。凡離開「恰到好處」這一標準點越遠者，越趨向「醜」，凡無限趨近於此一標準點者，越接近美。萬物靜觀皆自得，四時佳興與人同。這兒是由「有限」通往「無限」的美學之門。

文學中美的描寫與醜的描寫

就狹義言，文學是語言的藝術。文學的表現媒介是語文，它其所以能激發強烈情感，必須依靠語文的描寫藉以喚起讀者的聯想，因而產生美感。換言之：我們在文學作品中發現的美，是有依賴的美，而不是純粹的美。「有依賴的美」於形式之外別具意義，多少總夾雜著目的、效用等實用的觀念在內。「純粹的美」則只出現於顏色、線條、音響諸原素的諧和的組合中。當這種美的對象完全是一種不具意義的模式時，心靈的活動最自由，不受真、善、效用、目的種種觀念的限制。這個二分法是康德創立的。

康德在闡釋因聯想所生的情感跟審美經驗的關係時，比較偏重形式而忽視內容。他強調：在事物中具有審美意義的，僅僅是形式；而內容並不影響美的印象。因為內容沒有任何的審美意義，並且在感受美的時候，內容是不被注意的。因為美的感受是一種本能的直覺，純粹的趣味判斷，它沒有概念或沒有認識的性質，也不帶利害關係和目的。

雖然聯想作用在康德的形式美學中位置不高，因聯想而見到的美，乃有依賴的美，比不上純粹的美，但聯想究竟是知覺和想像的基礎。無論是文學創作或文學欣賞，知覺和想像都必須有高度的活動。例如詩，完全屬於「聯想的思想」，和夢極其相似。詩境往往是夢境。在這種境界中，詩人愈能扔掉日常「有意旨的思想」，愈信任聯想，則想像愈自由，愈豐富。如果丟開聯想，不但詩人無從創作詩，讀者也無從欣賞詩了。——雖然近代實驗美學的實驗報告顯示，聯想最豐富的人大半欣賞力也最低。

談到文學和美學的關係時，我想徵引黑格爾的兩句話，作為轉移論點的論據：「美學的對象是美的廣闊領域；而美學的目標是藝術。」

文學是藝術之一。文學的基本概念包含在藝術的概念之中。文學以人世為對象，以人為主體，以批評人生，探求人生的理想為主要目標。文學的主體是人。文學乃人的藝術。因此哥德說：「藝術中的美即理想。它和實際生活相對立，雖然它是從實際生活中滋生出來的。」因此斯賓格勒才能斷言：「今後任何文學作品，倘若毫不關涉人生問題，則決不能稱之為偉大。」換句話說：藝術的目的是理想。文學中真正的美也是理想。第一流的文學作品，在乎對人生理想的無限追求。

在此一意義上，我們可以這麼說：理想即是實際生活現象在其最和諧最完善的發展中，所能達到的極限。是人生的一切可能性或潛能，在實際生活中自由的體現。它是實際存在的。它使我們直接感受到生活中必須追求的東西。

我們閱讀文學作品時所體驗的美感，所喚起的真摯而強烈的情感，以及所獲得的感染，這一切都直接跟美的概念相關。

一文學作品其所以能喚起我們的美感，是因為該文學作品的具體性和文學家的想像力，通過我們的聯想作用，使我們感受到生活的完滿、和諧、黎明的光影，青春的活力，愉快的預示，以及我們所欲追求的東西。簡言之，美在文學中，是使我們具體地感到生活中的基本價值的東西。美喚起我們對價值的觀念。美摶聚了我們的理想，並以之評價生活，就好像那種生活已經實現了一樣。

文學中的理想，從實際生活中提煉出來，而為我們所意識到的東西。哥德說：「在自然界，只有為自然律所證明為真的東西，才是美的。在雕刻、繪畫中，美是自然的各種精緻、優雅現象的集合。真正的美是存在的，不過它分散在世界各地，感受、採集、比較、選擇——這些都是在藝術中顯示那理想的美之程序。美的規律是存乎自然界的。」而文學作品的產生，就是因為文學家想以不屈不撓的意志，堅忍不拔的毅力，力圖有所表白，展露內心的秘密，想在生活中實現他們最美好的夢想、希望、計畫、理想,以及生活裏邊最具基本價值的東西。文學家為了實現這些,才創造了藝術美的形象和典型,藉以向讀者示範。文學教人對實際生活採取批評的態度和價值的觀點,並且具體指出:應該追求什麼目標,和怎樣達到這目標的途徑,道理說穿了也不過如此。

但話得說回來,文學作品有時也可以偏離美學的目標,並不喚起美感。它可以使我們心花怒放,也可以使我們義憤填膺;可以使我們情緒激昂,也可以使我們淚承於睫;可以使我們掩卷低徊,也可以使我們張脈僨興;可以使我們發生高尚情操,也可以使我們發生厭惡之感。文學作品可以描寫美好的事,也可以描寫醜惡的事。但不論是美的描寫也好,醜的描寫也好,它們同具美學價值。因為美的描寫屬於表現對象的美;醜的描寫屬於表現目的的美。前者乃美的美學的範疇;後者乃醜的美學的範疇。

作品中美的描寫,使我們感受到生活中的完滿和光明,內心的和諧與寧靜;藉以表達真摯的情感和深邃的思想與人類共享。其終極的目標,在乎減輕社會的緊張,助長人與人間的和平與善意。

作品中醜的描寫,使我們感受到生活中的缺陷和陰暗,內心的急躁和衝突;激起讀者的反感,在含淚的嘲笑中,鎮定意志的狂熱,並恢復正常的自我平衡(self-poise)。因為讀者在閱讀這些醜的描寫時,他們明明知道作家是站在反對的方面下筆的。他們明明知道作家跟讀者的主觀意願,契合無間,和諧一致的。對於麻木的心靈,反面的諷刺往往強於正面的規勸。這也許是文學作品中,大量容許醜的描寫的原因之一。例如莎士比亞《威尼斯商人》中的歇洛克,莫里哀《偽善者》中的泰杜夫,雨果《笑面人》中的巴基爾費特羅,狄更斯《大衛·高柏菲爾》中的烏利亞·

喜卜和默德斯東，果戈里《死魂靈》中的乞乞科夫，以及《巡按使》中的那麼多烏稀巴糟的角色。他們都有一副醜惡的面貌和醜惡的靈魂。然而這些醜的描寫跟美的描寫一樣，同具美學價值。

果戈里在《巡按使》序言中說：「我很抱歉，沒有人能在我的戲劇中找得到可敬的人物。可是，有一個可敬的、高貴的人，卻在劇幕中從頭到尾出現。這個可敬的高貴的人就是『嘲笑』。它是從人的光明品格中跳出來的。」因此，一本在內容上描寫醜的作品，只要廣大的讀者親切地感覺到，作家是支持他的反面的；只要作家筆下所暴露的醜惡，能使讀者發生反感，它就具備美學價值。人的弱點的描寫，人的錯誤和愚昧可笑的描寫，人的靈肉衝突和社會黑暗面的描寫，並不構成道德的問題。因為，解剖並不等於謀殺！因為，「醜的東西，可能在一種美的方式中予以思量；美的東西，也可能在一種醜的方式中予以細想。」包姆嘉登這一句話，只有在此情況下，才能彰顯其特殊的意義。

總之，假如文學家在描寫生活的陰暗面時，他確實是站在這些污濁現象的另一面，以冷嘲熱諷的態度揭開現實生活的瘡疤，並且不惜帶血擠膿，那他的描寫就能激發讀者的理想。美的描寫和醜的描寫，在藝術效果上並無軒輊。職是之故，文學作品既可以描寫莊嚴壯偉的歷史性大事，也可以描寫渺不足道的日常生活小事；既容許敘述英雄事跡，也容許刻劃庸言庸行；既能歌頌光明，也能詛咒黑暗；既可以塑造真誠、高貴、善良的人物典型，也可以描繪虛偽、卑鄙、醜惡的人物性格。美的描寫和醜的描寫同具美學價值。問題在乎文學家有沒有真正的理想，有沒有藝術良心和誠意，有沒有對待人生問題的嚴正態度。而美學和文學的關係，就在提供理想，喚起我們的審美經驗和價值觀念，並以此理想來評價生活。

效果集中

泰納（Hippolyte Taine）《藝術哲學》一書之精粹，不在其藉自然科學之歸納法與演繹法，將文藝理論過渡到社會科學的見地，以完成其「環境論」之論證。因為，我們在黑格爾、孔德、穆勒、邊沁等的著作裏，同樣可以見到這些論點。泰納不過是融匯眾流，組織成為體系而已。甚至他那有關藝術哲學的兩大著名原則——獨特性原則與批評的「幾何化」；民族性、社會風尚與時機三種力量對於藝術作品的決定影響，一如遺傳、氣候土壤、與地形地勢對於生物的影響——也無特別動人之處。因為我們在自然主義諸大師的論文裏，同樣可以找到。

那麼，泰納《藝術哲學》的精粹，究竟在什麼地方呢？

在乎該書的最後一章：〈論藝術的效果集中〉以及他那語重心長的兩句話，「整個藝術將其生命繫於一句話上：集中而表現之。」

藝術的效果集中的程度，指明了該作品的位置，為測定藝術價值的基本要素之一。

泰納將藝術分為五類：雕刻、繪畫、詩歌、建築與音樂。因此，他說，不論是一幅畫、一具雕像、一首詩、一座建築物，或一曲交響樂，所有的效果都應當集中起來。

戲劇、史詩和小說，藉情節的開展而描繪個性；藉重疊交叉的效果，形成一個「人」，而人的形成，是文學的要素之一。戲劇給活動的靈魂以特定的空間——舞臺；史詩和小說給活動的靈魂以「活動的圈子」；三者必須將重疊交叉的效果，逐次加強，在藝術上纔能整個地突起。一個靈魂的精神性的素質，是與肉體性的體質相結合的。當我們使幾個靈魂展露其特殊面；使同一性格，突出幾個不同部分；使不同的面向和力量互補而非互消時，則集中程度與強烈明朗的個性共現。

一個人物典型之被創造，並非先有精描。乃是從一言一行、態度、想像、觀念、語氣、談話癖性等等，一點一滴集中起來，藉窺其內心之全部，以及過去、現在、未來的精神徵候。所以，此重疊交叉的效果，指示出人的形成。

其次，乃場景與事件的效果集中。人們以某種效果（如感覺效果、情緒效果、理性效果等）為目的，將一個場面的某些部分聚集起來。藉全體的性質與持續的場景之集中，一面將進行中的糾葛漸次加強，越旋越緊；一面將結局導入決定性的勝利或最後的粉碎。整個事件的本質，就在此一效果集中裏邊彰顯出來。

外面而可見者，為風格。風格為文學的第三要素。

風格的一切形式，決定了心理狀態，如弛緩或緊張，激昂或恬淡，興奮或無為，透澈或混濁等。因之，性格與景況的效果，是伴隨著風格的效果，向著同一方向或反對方向而逐次增減之物。故風格與藝術的各種因素相適應，以之為最後的集中。由於格調的選擇，變形和適應，必然使虛構的人物較現實的人物更能說話，更能適合欲表現的典型性格，故藝術仍比「自然」為優美。

文學家藉文字為藝術媒介，集中了「風格的力」，「筆下氛圍或情況」，以及「精神的性質」，此三種效果之集中，給作品的性質，作品的主題與思想，以整個的突起。

藝術家在其作品中愈能識別有效果的因素，並且集中著愈多有效果的因素，則其所欲彰顯的光明的性質，也就愈成為重要之物。如果藝術的效果集中是完全的，則我們將窺見一種可感歎的和諧，存在於作品裏邊，平衡著性格、格調與行動，使作品的全部集中表現於一點，並用盡全力，走向一個惟一的目的。藝術如花。每一花瓣必須成為一個整體。而最小的要素的最小部分，也應當為全體而存在而凸現。

由藝術的效果集中，而導致藝術品的優越性與從屬性原理。我們可以歸納成為四點：

㈠藝術的目的，是由於全體的集合而將某種顯著的性質集中發現出來。故一作品的性質在該作品中愈顯著，同時，也愈含支配性，則該作品也愈為優越。

㈡藝術家使用其作品的一切要素，而將其一切效果集中時，則該作品的性質將取得一極強烈的突出。

㈢獨特性與歧異性並存。譬如「山上層層桃李花」，共同展露的是個爛漫的春天。譬如魯斯本的「教區慶祝日」的畫面，並不模倣普通的均衡，為了表示放蕩形骸，縱情享樂，故意將人物的腹部放大、臀部加肥、扭腰、散髮、衣著鮮明、喧囂鼓噪、激動、擁吻、暴食、打破小瓶、弄翻桌子，從刷筆下集中表現了人類的動物性的可驚的勝利。

㈣若含支配性的性質在作品中普遍地被表現著，則該作品的藝術價值，應予以較高的評價。所謂傑作，不過是集中了全部藝術效果，用最大之力，完成了最大的發展的作品。

第二章　陽剛與陰柔

燈下讀朱古微輯《宋詞三百首》，有兩首風格迥異而感染力特強的作品，在沉思的回味中，竟然觸發了一個美學的問題。

其一是柳耆卿寫離情別緒之作——〈雨霖鈴〉。原詞是這樣的：

寒蟬淒切，對長亭晚，驟雨初歇。都門帳飲無緒。留戀處，蘭舟催發，執手相看淚眼，竟無語凝噎！念去去千里烟波，暮靄沈沈楚天闊。

多情自古傷離別，更那堪、冷落清秋節，今宵酒醒何處？楊柳岸，曉風殘月。此去經年，應是良辰好景虛設。便縱有、千種風情，更與何人說？

其二是蘇子瞻寫的赤壁懷古——〈念奴嬌〉，原詞徵引如下：

大江東去，浪淘盡千古風流人物。故壘西邊人道是，三國周郎赤壁。亂石崩雲，驚濤裂岸，捲起千堆雪。江山如畫，一時多少豪傑！

遙想公瑾當年，小喬初嫁了，雄姿英發，羽扇綸巾談笑間，強虜灰飛烟滅！故國神遊，多情應笑我早生華髮。人間如夢，一尊還酹江月。

我們於千載之下萬里之外（舉其成數，少不了有點誇張），透過詞語的聯想，和意象辭的組合，依稀尚能重現柳永當年「都門帳飲」的悒鬱心境，和蘇軾赤壁遨遊之際的豪放心境。心象重組時當然需要虛構作用和想像作用。依個性的差別與反應水平的高低，當然會在我們的腦幕上出現程度互異的人生圖畫。但固定下來的印象總歸相差不遠。

藝術的本質畢竟是抒情的。文學也是如此。而藝術，是建築在個人的情感也能感染別人這一基本事實之上的。一個人的情感，無論怎麼獨特，總歸有部分跟別人相同；這樣藝術的傳達，才有可能。——談美學傳達論的人，認為經驗全同，則不必傳達；經驗全異，則不能傳達。故文學作品之有普遍性和永久性，就因為它們的本質是抒情的。即以前舉〈雨霖鈴〉與〈念奴嬌〉兩詞為例。

〈雨霖鈴〉以眼前景，抒心底情，即事而發。具濃郁的感傷情味，表現的是神韻，讀來有秀雅柔婉的風致。我們管這樣的美叫陰柔之美。用象徵式的說法，叫做杏花春雨江南式的秀美。〈念奴嬌〉把眼前景，配置在幽邈的歷史縱深之中，激發心底的熱情，具濃郁的浪漫情懷，表現的卻是氣概，讀來卻有雄健莊嚴的氣象。這種駿馬秋風冀北式的壯美，我們叫做陽剛之美。

當我們放歌「大江東去，浪淘盡千古風流人物」時，我們的情感就被激動起來。當我們淺唱低吟「今宵酒醒何處？楊柳岸，曉風殘月」時，我們的態度就會進入「中和」的安逸狀態。故壯美經常來自動態的欣賞；而秀美經常來自靜態的欣賞——對孤立絕緣的事物，利害兩忘，所下的靜心的工夫。由此可知，當年詞人的情緒表現，仍能在我們的神經系統上產生影響；當年詞人的情感與意象的直覺，也仍能提供我們許多感性原料。這種掃除時間和空間的隔閡，使只屬於「我的」心靈的歷史，能跟大家共享；這種運用語文的情緒表現，使作家和讀者的想像力同樣活躍起來的技巧，在諸藝術類型中，恐怕只有文學能獨當大任。

第一節　歷史的縱深

有關陽剛之美與陰柔之美的離合關係，我們傳統的區分標準很多，但簡明易行、合理有效的區分標準，卻付闕如。

我國談論陽剛之美與陰柔之美的文章，莫不以《周易》卷九〈說卦〉為原始立論的根據。那就是：

> 昔者聖人之作易也，將以順性命之理。是以立天之道，曰陰與陽；立地之道，曰柔與剛；立人之道，曰仁與義。兼三才而兩之。

這幾句話其所以值得徵引，一方面它概括地說明了聖人作易的若干原則。二方面它概述了我們的宇宙觀，且奇妙地形成了我們民族的思想綜合方式。把天、地、人統合為一自然哲學體系，並產生三種對應的關係，即陰陽、剛柔與仁義。這種寓玄遠之思於日用常行之內的思想方式，可以深窺我們文化的平實本質，不重來世，只重今生；沒有天堂，也無地獄；把握今生，就盡到了人的位分；乃成穩健而合理的生活態度。第三方面，它以「兼三才而兩之」，把天與地合而為自然，然後輕巧靈活地把一個天地人「三才」的三分法，改為自然與人的二分法。使人不獨可以生活於自然之中，而且還可以生活於自然之旁，自然之外；把人的尊嚴和人的位分，提昇到跟自然相對立的地位，此即所謂立人極。故幾千年來，我們的談文論藝之作，其論點與論據，莫不隱含著這項道理。雖然直接標舉「陽與剛之美」，「陰與柔之美」，一直要等到桐城姚姬傳，復信給新城魯士驥的時候。

姚鼐〈復魯絜非書〉，見《惜抱軒文集》卷六。信末具「七月朔日」，據原信「相知恨少，晚遇先生」揣測，或在十八世紀末，與康德《判斷力批判》刊行之年——一七九〇年，似相差不遠。承百代之長流，東方與西方的美感心靈，在歷史的橫切面上，幾乎同時完成了兩個自成體系又可互相比較參證的美的二分法；這一歷史的事實，應該不算巧合，而且還是相當有趣的。蓋成熟需要時間，故過程重於結論。而歷史發展之探索可以鎔鑄理論，正如同解釋可以產生理論一樣。

可惜姚鼐區分陽剛與陰柔，出之以「寓理於象」的象徵手法，對於需要執簡馭繁的人，缺少實質上的幫助。他說：

> 其得於陽與剛之美者，則其文如霆，如電，如長風之出谷，如崇山峻嶺，如決大川，如奔騏驥。其光也，如杲日，如火，如金鏐鐵。其於人也，如憑高視遠，如君而朝萬眾，如鼓萬勇士而戰之。其得於陰與柔之美者，則其文如升初日，如清風，如雲，如霞，如烟，如幽林曲澗，如淪，如漾，如珠玉之輝，如鴻鵠之鳴而入寥廓。其於人也，漻乎其如歎，邈乎其有思，暵乎其如喜，愀乎其如悲。觀其文，諷其音，則為文者之性情形狀，舉以殊焉。

〈復魯絜非書〉其所以是我國美學思想與文評思想上的重要文獻，就在乎它把經驗的直覺裏邊久已發生的觀念，用陽與剛之美，陰與柔之美，明確地固定下來。自晚周到清代二千餘年的思想潛流，至此變成了一組可以互相傳達的文評術語。雖然，姚鼐只提到兩種美的現象，用的是比況之辭，象徵的手法，其情形跟康德早期的一篇論文——〈論秀麗與雄偉的感覺〉，頗為接近。該文指出：秀麗使人欣喜而生歡笑，雄偉使人感動而生肅穆。前者如花塢、日景、女子、拉丁民族；後者如高山、暴風雨、男子、條頓民族。然姚鼐提出的區分標準，一如康德這篇論文所提出的區分標準，同樣是不十分有效的。試問：觀其文，從如霆，如電；到如霞，如煙；萬象紛呈，各具象徵的意義，各有解釋的想像，已違執簡馭繁，當下即是的旨要。諷其音，由長風出谷，決大川，奔騏驥，到如鴻鵠之鳴而入寥廓，如歎，如喜，如悲，情景亦與「觀其文」不相上下。我們如何直覺地捕捉到這些變化多端的現象並加以明確區分？即以前面例舉的〈雨霖鈴〉、〈念奴嬌〉兩詞為證。〈雨霖鈴〉富陰柔之美，但「念去去千里烟波，暮靄沈沈楚天闊」，文則雄健莊嚴，音則沈著痛快，與陽剛之美比鄰。〈念奴嬌〉富陽剛之美，但「遙想公瑾當年，小喬初嫁了，雄姿英發」，文則秀雅明麗，音則柔婉低徊，仍不免具陰柔之美的遺韻與風致。這就反證運用比況之辭，象徵的解釋，不容易明確地區分「為文者之性情形狀」。近代心態，是不太接納「只可意會，不可言傳」的「傳統假設」的。當代人對說不清楚的東西，便該默爾而息。因為說不清楚就證明沒有真懂。這是維根斯坦的信念，我們也有。

遠祧〈說卦〉，近宗〈復魯絜非書〉的，有湘鄉曾國藩。他的〈聖哲畫像記〉（見《曾文正公文集》卷三），談到兩漢文章時，居然來上這麼一段：

> 西漢文章，如子雲、相如之雄偉，此天地遒勁之氣，得於陽與剛之美者也；此天地之義氣也。劉向、匡衡之淵懿，此天地溫厚之氣，得於陰與柔之美者也；此天地之仁氣也。東漢以還，淹博無慚於古；而風骨少隤矣。韓、柳有作，盡取揚、馬之雄奇萬變，而內之於薄物小篇之中，豈不詭哉？歐陽氏、曾氏皆法韓公，而體質於匡、劉為近。文章之變，莫可窮詰；要之，不出此二途，雖百世可知也。

此番議論，比較姚姬傳的象徵說明，要具體一些，簡要一些。他指出陽與剛之美，是屬於雄偉、遒勁之美；而雄奇多變（動態的），乃其表象。陰與柔之美，則屬淵懿、溫厚之美；惜他沒有確指靜態的雅麗柔婉，為其表象。然漏述的地方，我們還可以推論出來。

大概曾國藩的區分標準，還是不能使人得其要領，在實際運用上發生了困難，他在寫給兒子的家書裏邊，就曾說過這樣的話：

> 陽剛者，氣勢浩瀚；陰柔者，韻味深入。浩瀚者噴薄而出之；深入者吞吐而出之。

這兒以詩文的氣勢區分陽剛，以詩文的韻味區分陰柔；並以噴薄而出與吞吐而出，鑑定作品的風格，似更趨簡要，但仍屬經驗的直覺——Empirische Anschauung，係一種經由感覺的途徑，而直接認識對象的活動。對陽剛之美與陰柔之美的區分，並不比前面兩個區分標準，更切實有效。因為氣勢或韻味，究係未經解析的抽象名詞；而噴薄出之或吞吐出之，依個人的反應水平，可能也有相當大的出入。

也許，我們傳統的思想方式，多偏向詩的邏輯。我們創造了一組又一組的文學批評術語，卻大半未在本質上予以界定。我們經常把研究對象停滯在「表象」（Vorstellung，對象入於感官而生表象）和「現象」（Erscheinung，經驗直覺之不限定對象者，叫做現象）上。譬如作夢，我們提出的往往是謎面，很少觸及謎底。這種好讀書不求甚解的態度，雖可以表現我們的灑脫與輕靈，但也可能是只可意會，不可言傳的本源。我們在文學研究上所吃的啞巴虧，所走的冤枉路，循環論證而無所確指，很可能是我們的文評術語不怎麼精確所致。例如翁方綱的《復初齋文集》卷八裏邊，載有〈神韻論〉上中下三篇，對新城王漁洋的神韻說有所闡釋。吃虧就在王士禎本人對神韻一詞並無本質上的界定，翁覃溪論來論去，只能以「此其所以然，在善學者自領之，本不必講也」作結。我們對此會作何感想？又如近人傅庚生寫《中國文學欣賞舉隅》，其第二十一章，將「巧拙」與「剛柔」對舉。並例舉李煜的〈相見歡〉兩首，〈虞美人〉兩首，以說明他自個兒區分陽剛之美與陰柔之美的標準。

他認為具陽剛之美的〈相見歡〉是：

> 林花謝了春紅，太匆匆，無奈朝來寒雨、晚來風。臙脂淚，相留醉。幾時重？自是人生長恨水長東！

他認為具陰柔之美的〈相見歡〉是：

> 無言獨上西樓，月如鉤，寂寞梧桐深院、鎖清秋。剪不斷，理還亂，是離愁；別是一般滋味在心頭。

他認為具陽剛之美的〈虞美人〉是：

春花秋月何時了，往事知多少？小樓昨夜又東風，故國不堪回首月明中！
雕闌玉砌應猶在，只是朱顏改。問君還有幾多愁？恰似一江春水向東流！

他認為具陰柔之美的〈虞美人〉是：

風回小院庭蕪綠，柳眼春相續。憑闌半日獨無言，依舊竹聲新月似當年。
笙歌未散尊罍在，池面冰初解。燭明香暗畫樓深，滿鬢清霜殘雪思難禁。

此一誤解的來源，是傅先生把巧拙的問題與剛柔的問題混為一談，其實兩個問題根本是兩碼子事。巧拙的問題屬表現技法的精粗，落進了修辭學的範疇；剛柔的問題乃觀賞對象在我們神經系統上所產生的影響，落進了美學的範疇。兩者的對應關係究竟是淡薄的。因此之故，他只好把陽剛與陰柔的區分標準，放置在「細揣其哀愁之利滯，詞意之曲直，字句之疾徐，音韻之洪細，當易得其髣髴也」四大標準之上了。（一八六頁）而這些話頭，很容易讓人誤會，不懂裝懂，砌詞掩飾的！而上舉兩首〈相見歡〉，兩首〈虞美人〉，風格一如李煜其人，都具現了秀雅柔婉的風致；既能引起我們的同情，又不露費力的痕跡；同屬秀美的風格。故讀來都在我們的神經系統上，產生輕鬆而安逸的感覺。憑他自己設置的四個區分標準，來區分陽剛之美與陰柔之美，恐怕又是只可意會，不可言傳的胡猜。

由此可見，我們在幽邈的歷史縱深裏邊，確實源遠流長地提出了陽剛之美與陰柔之美的問題，雖大家都有這種經驗的直覺，但止於表象與現象的敘述，也許進一步解決陽剛之美與陰柔之美的區分標準問題，應在全新的基礎上起步。

第二節 問題的提出

遠在 Narcissus 清溪顧影自憐，終於化為水仙花這一哀婉美麗的希臘神話廣為流傳之先，人類的美感經驗與藝術活動，早已開始。藝術史家如格羅斯，甚至把人類第一道紋面的瘢痕，當作人類的藝術活動與美感經驗的萌芽。因為，用皮肉之苦來換取「趣味判斷」（指不通過理解而作出判斷，不通過欲望而產生快樂的心靈能力），是動物辦不到的。

但我也並不完全同意，美的欣賞為人所特有，為人類知識、道德與文化的淵源，如席勒在〈藝術家〉一詩中所讚頌歌唱的。從十九世紀的達爾文到當代的羅倫茲，生物學家們蒐集了一系列動物的美感之事實，經得起分析，通得過驗證，證明美是一種生命的作用，動物愛好美只是為了吸引異性。動物愛美，只是一種本能的直覺，很可能跟物質與形式無關。美學似另有生物學的基礎。

迄今為止，美學仍保留著若干原始的晦澀；美學的領域，依然像任何活的研究領域一樣，層出不窮的問題，繼續在擴展中，變遷中。我們也深切認識到：美學問題由許多難題所構成，一個問題的解決，往往要引發另一組新的問題。在美學問題的爭辯中，出現的絕對論調很多，卻只有很少的事實根據；而我們的美感，經常被證實，當適應範圍擴大時，卻輕而易舉被否定。因為我們的審美經驗，主觀的、非理性的成分，實遠多於客觀的、理性的成分。正因為如此，所以最高明的美學家，應認自個兒所珍惜所尊重的美學理論，只算半真理；把另外一半，留作迎接別人的理論之用。說得更謙遜一點，在相對的基礎上談美學，過程應重於結論。

美學在今天，仍然是一種過程，而非成品；只是一種探索，而非日曆。它乃是競爭的諸理念之間的相互交流，是諸理念的互相衝刺，好在真摯誠懇的心靈上，作出論點，並彼此改變其觀點，以求互相補充適應。也許，老蘇格拉底的想法是比較合理的——美學只是一種真摯的心靈與真摯的心靈之間的交談。

話雖如此說，美畢竟普遍存在著。它在歷代人類易感的心靈中，展開召喚，激起回響。古中國人在和諧、適度與靜觀中發現美；古希臘人在音樂的節奏，雕刻的對稱、均衡中發現美，他們認為秩序、對稱與節制，組構成美的要素；古羅馬人則在秩序、崇高和權力中發現美。文藝復興時代的人在彩色中發現美；現代人則在音樂、舞蹈、流線型、動感中發現美。人們努力去尋找心靈與物象的和諧關係，他們甚至不惜犧牲生命去尋求。而美，在人體中，在自然中，在藝術中坦然展露著，但須易感的心靈予以神秘捕捉。我們以心靈捕捉美。我們的眼睛在形象的直觀中，原只是心靈的一部分。我們的耳朵在音象的現形時，也是如此。愛因斯坦說：「我們所能經驗到的最美麗的東西，就是神秘。它是所有真正藝術和科學的泉源。任何人對於不知的事物，不感到徘徊，不感到驚異，那麼，他的心雖生猶死，他的眼雖明如瞎。」

幽邈而奇妙的希臘神話，在沈思的回味中，經常讓我們馳騁著文化、藝術與美的遐思。日神所孕育的阿波羅精神，代表了明麗、和諧與形式，具有寧靜的智慧，這兒呈現著陰柔之美；酒神所孕育的地奧尼蘇士精神，代表了激情、沈醉和爆發的生命力，具有醉狂的力量，這兒呈現著陽剛之美。這兩種精神相激相盪的辯證過程，乃有尼采《悲劇自音樂精神中誕生》（一八七〇）的宏論；也有女詩人胡哈（Ricarda Huch）寫的《浪漫主義的興盛期》（一八九九）與《浪漫主義的擴張與衰亡》（一九〇二）。她以希臘特質與德意志特質之綜合，對浪漫精神的本質，作深刻而通盤考察的張本。而阿波羅精神，流注到文學與藝術之中，則以古典風格偏勝；地奧尼蘇士精神，則以浪漫風格偏勝。前者簡樸而具明朗的形式，近陰柔之美。後者激情而具不明確的形式，近陽剛之美。王維、孟浩然的詩，歐陽修、曾鞏的文，姜夔、柳永的詞，趙孟頫的字，南派的畫，均偏向陰柔一路；李白、杜甫的詩，韓愈、柳宗元的文，蘇軾、辛棄疾的詞，柳公權的字，北派的畫，均偏向陽剛一路。

而美，坦然展露著。陽剛與陰柔這個美的二分法，在各民族，各地域，各歷史文化背境中，也坦然展露著。這是公開的秘密。在人類易感的心靈中，久已有經驗的直覺。

就人體美而言：女子的秀雅明麗，嬌小溫柔，展露了陰柔之美。男子的英俊挺拔，精力飽滿，展露了陽剛之美。女子的巧笑倩兮，美目盼兮，在愛的甜蜜喜悅中發出的溫柔低語，象徵了陰柔之美；男子的剛毅果敢沈著，在充滿驚異的勇敢中，發出有鬍鬚的雄壯的聲音，象徵了陽剛之美。故人體美是基本美。女子的秀美是美的最高形式，是其他所有形狀的美之化身，源泉與標準。試想我們對圓的、光滑的、曲線的東西，那麼容易引起美感，那麼容易取悅我們，使我們賞心悅目，心曠神怡，難道跟女性的聯想，不發生神秘的對應關係嗎？法朗士的小說《泰綺思》，寫那位走火入魔的洋和尚帕夫紐斯的心靈幻覺，泰綺思的幻影對準這位「聖僧」的耳朵低聲絮聒：「我就是婦人的美，蠢傢伙，你以為能擺脫我嗎？你將在花之光輝中，棕櫚的孤高中，鴿鳥的飛翔中，羚羊的跳躍中，河溪的漣漪中，月亮的柔光中，發現我的形相。如果你閉上眼，你將發現我就在你的身體裏邊。」月印萬川，人人心目中所有的，原只是這麼一個「太極」！

在自然美中，美，坦然展露著。雖然大自然容許變異，而一片美麗的自然風景，原只是觀賞者的心境。

山路雨添花，花動一山春色，我們面對這樣一片自然風景，心境是單純的，而且立刻覺得愉快，我們叫它為陰柔之美；陸機〈文賦〉所謂「喜柔條於芳春」，正是這種自然而親切的感情之流露。而楓葉荻花秋瑟瑟，不免興發「悲落葉於勁秋」的複雜而有變化的心緒，驚喜交集之際，心靈中就迴盪著雄偉、高遠、莊嚴、肅穆的意象。這兒蘊藏著陽剛之美。清溪曲澗，綠漾青浮的山光水色，清風明月安謐之夜，固具現了陰柔之美；巍巍高山，峻崖懸瀑，蒼松鷙鷹，以及電閃雷鳴，風狂雨驟，表現了驚心動魄的氣勢，因而也具現了陽剛之美。雜花生樹，群鶯亂飛，好一幅陰柔之美的自然圖畫；天勢圍平野，河流入斷山，好一派陽剛之美的壯闊氣象。

美，在藝術中坦然展露著。哲學家謙遜地研究美。藝術家則以崇敬的專注與忘我的沈醉再創造美。於是，美燦現於藝術天才的靈光一閃中，在愛的親密關係中，在甜蜜聲音的低沈私語中，在夕陽斜照沙漠寂然的金字塔的美好力量中，在雕刻品的情慾光輝中，在色彩的溫暖中，在語言的音樂中，藝術認識了美。美的追求過程中，就返照著自然與人生。但因藝術家的氣質個性不同，表現於作品中的風格也不同。

在雕刻與繪畫上，米開朗基羅的作品如「摩西」、「大衛」的塑像，以氣勢逼人，叫我們驚喜交集；達文奇的作品，如「蒙娜麗莎」，文靜秀美，使我們心生喜悅，心境單純，始終如一。這兒有陽剛之美與陰柔之美的強烈對照。

霍嘉思的畫，以貼切、變化與規律性為美的三要素，他崇尚曲線，將曲線叫做優美的線條。他的美感經驗偏向形狀小巧，表面光滑，輪廓纖弱而為曲線，色彩明柔的事物，故霍氏以秀美偏勝；蒲萊士的畫風，則以粗硬與突變這兩種對立的性質，結合而成的不規則，為「怪麗」的畫風。故蒲氏的畫，以壯美偏勝。

當然，例舉總歸有漏洞的。我的用意不在例舉的周全；而在證明陽剛之美與陰柔之美的經驗直覺，是古今中外普遍存在的。世界上最大的秘密，莫過於最公開的秘密，我們對待秀美與壯美，正是這樣。

萬象森羅，而美，坦然展露著。歷代易感的心靈，無休無止地從事這場剎那即永恆的遊戲，我們的觀賞態度本是無所為而為的。可是，我們的美感心情一旦捕捉到美，我們的情緒就會在喜、怒、哀、樂中起伏，我們的態度就會有親切愛慕、尊敬崇拜與傷感縈迴的變化。它們有時使我們感到驚喜交集，使我們的神經處於激動狀態；又有時使我們感到賞心悅目，使我們的神經處於輕鬆和安逸的狀態。於是，我們親切地感受到陽剛之美與陰柔之美。換言之，我們的美感經驗，就在我們神經的張弛二重奏中運轉；故興奮之後的寧靜，涵蓋著一切的美感經驗。凡不能在我們的神經系統上發生作用的欣賞對象，此物對我們的神經系統而言，在審美上是沒有意義的。在美的欣賞中，目之於色有同好焉，舌之於味有同嗜焉，只是一種可笑的傳統的假設。當世界在我們感官裏流動，帶著這些感官的性質呈現於我們眼前，這種顏色，這種形狀，這種味道，這種香氣，這種性質；這些感官感覺捕捉到的剎那的經驗，就是「真實」的世界。我們對於它們的知覺，便成「本質的發現」。——我們當信任我們的本能直覺。

第三節 問題的解決

當我們對秀美與壯美，作了一番歷史縱深的探索，並且予以寬角度的掃描之後，我想回頭再談談柳永的〈雨霖鈴〉，和蘇軾的〈念奴嬌〉。主要的用意，也無非試圖找出陰柔之美與陽剛之美的簡明有效的區分標準來。

我們低誦〈雨霖鈴〉，寒蟬淒切的初秋黃昏，帶醉詞人淚眼裏的離情別緒，就在我們腦幕上閃爍。我們的感受既不類旭日初昇，也不類清風雲霞煙霧；既無幽林曲澗的恬靜，又無珠玉之輝的燦然，無論是象徵、明喻、暗喻乃至巧喻都不貼切。我們也找不到淵懿溫厚的仁氣，以及「吞吐而出之」的韻味。而細揣其哀愁之利滯，詞意之曲直，字句之疾徐，音韻之洪細，確也近乎玄遠，不易直覺地捕捉到陰柔之美的特質。那麼，我們不得不懷疑姚姬傳、曾滌生與傅庚生等諸先生關於「陰與柔之美」理論的妥當性與適應性。換言之，假如這些理論是真的，那麼它在實際應用上具有「現值」，能夠按照票面不折不扣地兌現，可是這些美麗的言詞看來好像只是空頭支票。

事實上，如前所述，美的主觀成分與非理性成分，實遠多於客觀成分與理性成分。我們的美感經驗，來自我們面對欣賞對象，所生的心理活動；而這種心理活動係直覺的生命衝動之反應，當下即是，不需通過分析與推理而能直接認知對象的本質。因此，要直接認知陰柔之美與陽剛之美，在比況之辭以外，可能還要在心理與生理的基礎上另闢蹊徑。

我們低誦〈雨霖鈴〉，我們會直覺到這首詞的風格和韻味是輕巧的、親切的。它是輕巧的，因為它在柳永的筆下，好像是自然流露，不費什麼力氣的樣子。而我們重讀這首詞，在心理上我們的單純心境，是始終一致的，具有輕盈、嬌柔與靈巧的感受。在神經系統上，確實會出現輕鬆狀態，節省了我們許多精力。這是陰柔之美的藝術特徵之一。

另一方面，它又是親切的。詞人表現的那種蜜意柔情，那種帶醉的黃昏與低沈的輕語，那分寂寞的淚和更寂寞的心，不獨能引起我們的同情，而且易位相處，我們也會感同身受。這種親切感就具有情感的淨化作用，既能預示快樂，又能具體還原為快樂。故陰柔之美使我們覺得快樂；感受到自然而親切。它使我們的神經系統趨於安逸的狀態。這是陰柔之美的藝術特徵之二。

所以說，陰柔之美係由輕巧與親切這兩種藝術特徵所組成，都能滿足我們的情感。我們把握了這兩種特徵，就能簡明有效地把它積極肯定下來，固不必把問題弄得如此複雜、模糊。

現在，讓我們回過頭來朗誦〈念奴嬌〉。

歷史的雙重聯想，在我們心靈上有著雙重的特殊折射。第一重歷史的聯想是詞人一舟容與之際，對赤壁之役的聯想。此聯想由「故壘西邊人道是，三國周郎赤壁」而起興，直到「遙想公瑾當年」平生最得意的兩椿快事，新婚兼大勝。由這重聯想在詞人心靈中產生了特殊的折射，激起了詞人偉大心靈的迴響，創作了這首千古馳名的詞。雖然它有些地方是一種素樸的思想，但一旦受激情所鼓舞，就有形成偉大觀念與高雅辭藻的能力，遂使此詞格調雄偉。第二重歷史的聯想是讀者遙想蘇軾赤壁遨遊時的親見親聞，所思所感。即景生情，因情起興，表現了莊嚴肅穆的氣象。這氣象經我們心靈的特殊折射，遂使此詞格調高遠。故陽剛之美的風格與韻味，實以雄偉與高遠為其兩大藝術特徵。雄偉指行文的浩瀚氣勢與情感的強度，指向氣魄；高遠指表現的廣闊與思想的深度，指向氣象。前者能激動我們的神經，後者能興奮我們的神經。而且，不管雄偉也好，高遠也好，也都能滿足我們的情感。而具陽剛之美的事物與作品，首先總給人以短暫的驚奇，當緊張的神經鬆弛下來之後，才會出現泰然的喜悅，這種驚喜交集的情緒反應，使陽剛之美帶有動態的本質和迴避的態度。我們的心境是複雜的，有變化的。這跟我們欣賞陰柔之美時，心境是單純的，始終一致的，也大不相同。

然而我們對陽剛之美的傳統理論，卻是比較博而寡要，模糊籠統的，欠缺簡明、合理、有效的判別要素。姚姬傳狀「陽與剛之美」，一連用了十二個比喻，理論初創，未遑成熟，固可以原諒；而「如憑高視遠」，已逼近陽剛之美的藝術特徵，尤其難得。曾國藩則以雄偉、遒勁的義氣，「噴薄而出之」的氣勢，形容陽剛之美，也得了另一藝術特徵。這可以看出，經驗的直覺有時也可以看入幽深，直透本質。而傅庚生不在前人的基礎上，綜合而成一整體，另立四個區分標準，何嘗「得其彷彿也」。

西方論陽剛之美者，始於郎齋諾士（Longinus，西元一世紀左右寄居羅馬的希臘修辭學家），以後英之阿迪遜（Joseph Addison, 1672–1719）與柏爾克（Edmund Burke, 1729–1797），繼起有作，至德之康德（Immanuel Kant, 1724–1804）而集其大成。其美學著作《判斷力批判》成於一七九〇年，曾將壯美（das Erhebene）與秀美（das Schöne）的區分，有過學術式的對照說明：

壯美與秀美相同的地方，同為情感之滿足。

壯美與秀美相異的地方凡五：㈠壯美是一種強烈的情感，基於意志力，表現道德方面的情緒；秀美則源於幽雅的情感，基於理想性，而表現快樂方面的情感。㈡壯美表現的形式，壯闊而無限；秀美表現的形式，則確定而有限。㈢壯美只存於我們的思想裏邊，不存於自然界。因壯美之觀察物象，憑強烈情感，可感覺其為無窮大，亦可感覺其為無窮小；秀美則見於形相的直觀中，存於實際的自然界。㈣壯美見於不確定的形相之對象中，故為無窮；秀美則涉及對象的形式，表示為確定而有限。㈤壯美滿足我們的情感，跟適用範圍相結合；秀美滿足我們的情感，則與美的性質相結合。

然此種區分標準，仍不免有若干原始的晦澀存在。一般人應用起來，也未見得簡明而有效。不若以輕巧感、親切感區分秀美；以雄偉感、高遠感區分壯美，更能收到執簡馭繁的實效。

如果我們覺得這種區分辦法還不易領悟，那麼，柏爾克在一七五六年寫的那本書——《吾人對雄偉與美麗觀念之起源的一種哲學探討》，卻更簡明有效，更容易把握。他說：「雄偉的事物會激動神經；而美麗的事物，則使神經處於輕鬆和安逸的狀態。」我們可以憑本能的直覺，在神經的張弛中區分陽剛之美與陰柔之美。別小看這麼一條判別法則，當年康德就在他的《判斷力批判》第一三六、一三七頁，對這條心理學和生理學的區分法則，大加讚許哩。簡樸近真，它本身就是一種天才的表現。這是一把解決問題的鑰匙，對於古今中外易惑的心靈，有廣大的適應性。德人心態，對於可知者則窮究到底；對於不可知者則心存敬畏。這個森林民族走的路子，就以陽剛之美偏勝。

卷三　文學與意識

（作品分析）

第一章　文學與意識

第一節　文學史家的修養

一九八四年八月，華正版《校訂本中國文學發展史》第四五〇頁上，劉先生有段修改過的文字，是這樣的：「他（按：指王維）自已也說過：『凡畫山水，意在筆先。』（〈畫學秘訣〉）『意在筆先』是他繪畫的秘訣，也就是他作詩的秘訣。意就是一種形象思惟，使讀者觀者可以在他的作品中通過欣賞，得到契合，也就是所謂神悟。這一派的手法，同寫實派的手法不同。他有〈雪中芭蕉〉一幀，極負盛名，這正證明他的藝術是著重於意境的象徵，而不著重於飾繪。他的詩的特色，也就在這一點。」凡作者鄭重修訂再版的地方，總歸是不慊於心，企盼止於至善之處。就上引文字為例，是在解釋「意在筆先」之「意」。但已把「意就是一種意象或境界」，修訂為「意就是一種形象思惟」；把「在他的作品中得到一種神悟的情味」，修訂為「在他的作品中通過欣賞，得到契合，也就是所謂神悟」；把「他的藝術是著重於意境的象徵，而不是刻劃的寫實」，修訂為「他的藝術是著重於意境的象徵，而不著重於飾繪」。三處修訂，對劉先生的兩個基本論點：㈠王維繪畫的秘訣就是他作詩的秘訣；㈡王維的藝術著重於意境的象徵，他的詩的特色，也就是在這一點；卻原封未動。而其成問題的，就是這兩個基本論點。因為單有論點，缺乏論據，則屬空論；有論點、論據而缺乏論證，則陷於獨斷。劉先生的詮釋，可謂二者兼具。

不過，話說回來，我個人對劉先生活到老學到老的精神，由衷敬佩；可惜他不從根子上學，有些話似是而非，不免憮然。《中國文學發展史》享譽士林半個世紀，校訂本算是最後定本。而作者對他的錯中之錯，似無自知之明，此點尤費思量。解為意境的象徵，如應用於王維〈華子岡〉、〈鹿柴〉、〈北垞〉、〈竹里館〉，乃至〈送別〉、〈紅牡丹〉、〈笑孟浩然〉諸作，他的論斷是對的。但以之應用於王維詩的許多名篇，如〈西施詠〉、〈李陵詠〉、〈桃源行〉、〈洛陽女兒行〉、〈隴頭吟〉等，這些以敘事為主，非以抒情為主的詩，「意境的象徵」這種空靈特色，如何發揮？難道像〈冬日遊覽〉之類的詩：「步出城東門，試騁千里目；青山橫蒼林，赤日團平陸。渭北走邯鄲，關東出幽谷；秦地萬方會，來朝九州牧。雞鳴咸陽市，冠蓋相追逐；丞相過列侯，群公餞光祿；相如方老病，獨歸茂陵宿。」交代了一幅地圖之後，加上一段歷史的聯想，究竟有何「意境的象徵」？又如他的〈偶然作六首〉云云，宋洪邁輯的《萬首唐人絕句》曾截取中間四句，改詩題為〈題輞川圖〉：「老來懶賦詩，惟有老相隨。宿世謬詞客，前身應畫師，不能捨餘習，偶被世人知。名字本皆是，此心還不知。」（《全唐詩》第二函第八冊卷一）偶感而偶書，不避重韻，固無煩藻飾，但究竟有何意境的象徵？言有盡而意無窮，具有詩的無限性，不獨乃意境的象徵之源，而意境的象徵，「必能狀難寫之景，如在目前」；尤其要「含不盡之意，見於言外」。則王維名篇，如〈九月九日憶山東兄弟〉，如〈送元二使安西〉諸七絕，也不能算以意境的象徵，為王維詩特色的確證。五律如〈山居秋暝〉、〈歸嵩山作〉、〈歸輞川作〉、〈山居即事〉；七律如〈積雨輞川莊作〉、〈酌酒與裴迪〉；也看不出意境的象徵之特色。

這種以偏概全的毛病，也見於文學史家以田園派與邊塞派的二分法，概括王維。田園派以王維、孟浩然為代表；邊塞派以高適、岑參為代表。毛病看來仍然出在未讀盡原作品上。就以王維為例證，他的五言詩，儘多田園山居之作，但他的七絕詩，如〈少年行〉四首、〈送韋評事〉，七律如〈出塞作〉，七古如〈老將行〉、〈隴頭吟〉，五古如〈隴西行〉、〈從軍行〉等，寫得都很威猛，並非恬適之作。可見詩人的詩，原是詩人自己的天才、個性與經驗，三者交光相網的綜合表現。詩人的藝術氣質，都擺脫不掉天真、癡、狂；而詩人的詩作，是詩人自己加上他的環境的反映與投射。詩人樂於將其難忘的生活經驗，呈顯於其意識之中，也樂於把整體人生的片段，選擇較完整、突出、新奇、具沈思回味的經驗，表現在他的作品之中。文學是人的藝術。這種藝術，把我們心靈的歷史，用語文形諸篇章。這種藝術憑藉過去生活的經驗脈絡，用思想的組織力把它們集中表現出來。這種藝術，用有限度的語文，抒寫無限度的整體人生。所以任意的割裂，是很冒險的。文學史家也需要通識通觀，也需要從一件一件文學作品中，展開動態的綜合研究。這也許是文學史家面對綜合的文學歷史成為年齡的函數；以及面對他直接遭遇的自己的生活，由外在世界獲得觀念，由內心世界產生信念，從而使未來加速變化。這種人與環境的不可分割性，及作家的天才、個性、活力之源，也是作家的藝術氣質，天真、癡、狂之本。畢竟，文學活動不能在實驗室進行，作家的培養也不能離開環境的交光相網而獲致。

另一方面，文學不獨是一種藝術，而且還是一種人的藝術。文學的主體是人。人是文學創作的活材料。文學縱關歷史，橫關社會，人本與人文並重。人的文學活動，照明了宇宙、人生、社會。而文學，其終極意義，不過是運用有限度的語文，抒情地表現無限度的整體人生。就深遠處觀察，文學是「人心的歷史」（巴爾札克《人間喜劇》序）；就本質上分析，文學就是人的藝術。現在，我們面對著雙重困境：為文學這種藝術寫心靈的歷史，一方面要恰如其分地排定文學作品群的位置與秩序，一方面就其整體而言，完成一民族心靈的歷史，談何容易。

而傳統的文學史編纂法，所集合的文學史料，不外乎作家傳記集，各別作品的賞析評論集，以及文學中反映的社會、政治、經濟情況等等，這或許就是世人把文學史跟文獻學（philology）等量齊觀的原因吧。

事實上，文學史屬文學學術研究的有效成分之一。它跟文學理論、文學批評，三者相攝互涵，有機結合，成一通體相關的文學學術研究整體。我們別忘了古今中外出色的文學史，都斷然包含著文學理論史與文學批評史；而能經驗，能自行發現問題，找出方向，求得答案，予以精確、合理、有效解釋的地方。否則，只有靠若干傳統的假設武斷而行了。

文學史家是為文學寫歷史的學者。他寫下的文學史，大而至於以全人類的文學活動為範圍，以成就其世界文學史；中而至於以一民族一國家的文學活動為範圍，如中國文學史、印度文學史之類；小而至於以一個時代、一個空間、一個文學目標、人的文學活動為範圍，如十九世紀歐洲的浪漫主義文學運動、三十年代普羅文學始末之類。所以，文學史家寫下的文學史，理應指涉文學且密切關聯文學；而形式上它畢竟是一本歷史。

不過，寫文學史遠難於寫天文學史、物理學史、化學史，因為這些自然科學都尊重事實，尊重觀測數據，它們隨歷史的長流而發展，只是在現象的解釋上放寬或收窄範圍而已。而寫文學史實際上也比寫哲學史、史學史艱難。主要的原因是：文學是一種藝術。這種藝術跟人的存在密切相關，一方面，作家是他自己加上他的環境之和。而「觀念是人們了解事物的器官」。作家周遭的現實，即是環境，它形成了作家的另一半——天性之外的另一半。沒有他的環境，作家就無法成為完整的人。「我就是我自己加上我的環境」，是西班牙哲學家奧德嘉・賈塞特在《唐吉訶德》中的警句。沒有他的環境，作家就無法積聚他過去的經驗，發動他現在的潛能與活力，讓他的智慧作到寬角度的掃描，大系統的解釋的文學理論，也必須包括文學批評理論與文學史的理論；由此可以思過半矣。

文學史家假如欠缺文學理論的素養，則對文學的原理，文學的範疇，文學的類型結構及標準，乃至什麼叫做文學，都只能談些肥肥胖胖的空話，且往往似是而非。對文學現象的歷史重組，對文學的事實以及文學史的事件，也不能遂行系統的解釋，普遍的解釋，一貫的解釋。

而文學史家解釋文學的生發現象，就不得不把一系列依年代秩序而排列的作品群，在文學發展的歷史縱深中，拉成一個連續的過程，藉明其遷流衍變之跡；同理，文學史家解釋文學的類型結構現象，就不得不把大眾的需要，社會的風尚，文化與文明的層創遞進加進去，藉明文體代變及新增文學類型的基因。凡此種種，都應該有文學理論的素養不為功。

假如文學史家欠缺文學批評的素養，他對浩如煙海的文學作品群，所作的動態綜合研究，在研究方法上，就不能跟文學批評以單一作品的靜態分析研究合套，文學史的選樣與舉證工作，就會陷入兩難的困境，他頂多作到輾轉相鈔，人云亦云的地步，很難有獨具隻眼的明確主張。

職是之故，文學史、文學批評與文學理論，三者密切結合，在方法上聯合應用，乃文學學術研究的常態；梁劉勰的《文心雕龍》究文體之源流而評其工拙，正是這樣。文學史、文學批評與文學理論，各個分立，在方法上單獨應用，無法有機地結合成一整體，則屬文學學術研究的變態；梁鍾嶸《詩品》第作品之甲乙而溯厥師承，可為例證。《詩品》論崇《毛詩》《楚辭》，而列謝靈運於上品，源出曹植，雜有景陽之體（《詩品》卷上。張協字景陽，源出王粲，以詠史詩、雜詩見長）。而鍾嶸已見出謝客兒的詩，「頗以繁富為累」。理論上他是看重「剪裁」的。若非如此，他稱許陶詩簡樸自然，所謂「文體省淨，殆無長語。篤意真古，辭興婉愜；每觀其文，想見其文德」（《詩品》卷中）。就不會這樣深中竅要。不過，鍾嶸仍居陶淵明於中品，「源出應璩，又協左思風力」，故理論、事實、評斷，互不相關。此一傳統的假設，經後世文學史家調和折衷的結果，遂陶謝並稱。充其實，謝客兒在文學上的成就，如何能與陶潛並肩？所以文學史家如果要具有屬於自己的史識與史法，他「必須是個批評家，縱使他只想作個歷史家，也該如此」(Rorman Forster, *The American Scholar*, p. 36)。

傳統的文學學術研究，都力主文學史、文學批評與文學理論各個分立，因此三者研究上各有焦點，應用上各有照明。文學史旨在展示甲作品源於乙作品，運用考據之學於文學事實的考證；文學批評旨在宣示甲作品優於乙作品，運用客觀標準或主觀印象所作的優劣判斷（參考 F. W. Bateson, *Correspondence, Scrutiny*, IV, 1935, pp. 181–185）；文學理論旨在揭櫫文學觀念或文學理想，它如何慎用選擇原則，如何經過縝密的計畫原理，以成一家之言。我們可以這樣說：傳統的三分法，奠基在各個獨立「非此即彼」的思想方式上；而當代的三合法，卻奠基於統一運用的「彼此兼顧」的思想方式上。十九世紀以前，文學史家有足夠的自信，不必懂什麼文學批評與文學理論，也不必要什麼文學史的史識與史法，只要能把堆積的文學史料，不論精粗好壞有用無用，對史料的解釋，也不必要求系統、普遍與一貫，不必選樣也不必舉證，能按時代順序排列成書的就叫做文學史。在當代，這種三分法顯然是徹底錯誤的。

從事文學學術研究的學者，因為有文學史的素養，當我們對文學作系統、普遍、一貫的解釋時，就有原作品可供舉證，就可以論從原作品出，不必單憑臆測，也不必瞎猜瞎說。當我們對文學作詢問的沈思，周延的思考時，我們至少可以避免時代錯置的謬誤，把現代人的想法，通通加到前人的頭上；而那些想法，又確實是前人作夢都沒有想到的。——我們別忘了，一個區別歷史時代與當代的基本看法：速度改變，一切將隨之而變。

事實上，文學史家對文學材料的取捨，就顯示了他的價值判斷，他已經開始了文學批評的工作。進一步說，如果文學史家欠缺一貫的批評原理，則他既不能有效地分析文學作品，又無法合理地探索文學作品的特色，精確地品評作品，他如何排定文學作品群的位置？那我們又何貴乎有這樣的文學史？更進一步說，如果文學史家全然不懂或僅略知一二文學理論，則就研究方法的應用，對文學解釋的系統化與客觀化，就很難符合文學學術研究的標準。文學史家缺乏整體觀察的心理習慣，也缺少思想的組織力，在詮釋文學史的生發與類型結構時，如何能守住首尾一貫，通體相符，切合實際這三原則呢？博聞強記的工夫，能彌補得了嗎？劉大杰先生的《中國文學發展史》的缺失，第一個層次的分析，就是文學史、文學批評與文學理論，各個分上，在方法上不能聯合運用，在研究上不能通識通觀的缺失。

第二節 文學與意識

劉先生解釋「意在筆先」的「意」，起用了意象、境界與形象思惟。解釋「意在筆先」卻孳乳成兩大論點：㈠意在筆先，是王維繪畫的秘訣，也就是他作詩的秘訣。㈡王維的藝術著重於意境的象徵，他的詩的特色，也就是在這一點。

我們的民族性，偏重綜合，比較不喜分析，所以「三絕詩書畫」，或「詩書畫三絕」，便成我們稱許文人雅士的口頭禪。而東坡「味摩詰之詩，詩中有畫；摩詰之畫，畫中有詩。」這句頗有語病的名言，也成我們論證詩畫用質的論據。宋趙孟瀠的〈畫論〉：「詩為有聲之畫，畫為無聲之詩。」把兩種藝術，融合為一整體的概念結構，我們尤其欣賞。而在希臘詩人 Siwonides 論畫，幾乎與趙孟濼一字不差。Horace 的口吻：「詩如此，畫亦然。」(ut, picture, possis) 似乎是劉大杰先生的同調。道理原本簡單，詩是情感、意象的複合 (Poetry is the complexity of feeling and image.)，此語出自克羅齊；繪畫，也是如此。就其綜合處觀之，詩與畫同為藝術，而藝術總是情意的直覺，是情趣的意象化或意象的情趣化。徒有情趣不能成詩，徒有意象也不能成畫。情趣與意象互相錯綜複雜契合融化，詩從此出，畫也從此出。可惜，文人雅士的整體藝術活動，原可以分離成三個部分的。三絕固可以證明該藝術家的天才、氣質與個性，距此三種藝術相近，但有人寫字繪畫很好，作詩卻很蹩腳。有人作詩字字皆出色，繪畫卻類塗鴨。顯然是，詩與畫這兩種姐妹藝術，不必捏合在一起。理由有四：其一是，詩與畫，使用的媒材不同，各有各的限制，各有各的特殊功用，何必一定要把姐妹的親密關係，看成一個人才算過癮？這兩種藝術，因感官運用不同，詩雖可「觀」而畫卻不能「聽」。——畫用形、色、線條直接呈顯，感受器官是眼；詩用文字為符號間接呈顯形色，感受器官眼耳並重。其二是，用線條、顏色、形相為媒材的畫，不管怎麼複雜，也不管畫幅尺寸多麼懸殊，它總得有多樣中的統一，或寓繁複於整齊；它也經得可作形相的直觀，涉目成趣，毋待外求。我們畢竟可以直接認知，一覽盡收眼底。而直觀，是生命衝力的純粹表現。詩，以語文為媒材，只能憑文字的預想才能知道它抒了什麼情，寫了什麼景，敘了些什麼事？第一流的好詩如果碰到不識字的讀者，連望文生義都辦不到，對他有啥意義？其三是，一幅畫，經常用「存於空間的形色」為媒材，用物體 (body) 和它們的看得見的屬性，為特殊題材，所以畫是宜於描繪靜物。靜物部分在空間同時並存，而畫所用的形色也是如此。所以它們呈顯的，是具連貫性整體的藝術作品。憑直觀，一眼可以看光，我們眼睛的亮度即有所判斷。憑直覺，我們臉上的表情即有所判斷。而詩，卻只宜於敘述動作。因為動作在時間直線（綿延）上先後相承續，對所用的語言文字也是如此。我們很難把詩看成是連貫性整體的藝術作品。我們最低限度必須認識那科語文，才有資格研讀了解那首詩。而研讀與了解壓根兒就不是直覺或直觀的。它不能瞬間形成，必須經過一段時間的醞釀。畫家打好腹稿之餘，滿紙如雲煙，頃刻揮灑成幅。詩家則兩句三年得，一吟雙淚流者有之。吟成幾個字，撚斷數莖鬚者有之。作詩似具一種緩慢的演進（a gradual transition），不乏由簡單的敘述，演進成高度組織，密度奇大的詩。記得溥心畬先生，用賈島「獨行潭底影，數見樹邊身」為畫題，畫上十幾幅畫，只畫出一些「潭底影」和「樹邊身」，而「獨行」的「獨」和「數見」的「數」的意味，始終表達不出來，可以反證詩畫是不同的。其四是，畫不宜於表現極強烈的情緒，或故事中最緊張的局面。勒辛（Lessing）說：「藝術家在變動不居的自然中抓住某一時刻。尤其是畫家，他只能從某一觀點運用這一頃刻。他的作品卻不是過眼雲煙、一縱即逝，須使人長久反覆玩味。」因此畫不宜於表現一個故事的高潮，就因為讀者的想像無法再前進。他主張詩不宜於描寫物體，要描寫物體也必定採敘述動作的方式。詩是化靜為動，化描為述，化美為媚（charm），乃流動的美（beauty in motion）。你看：手如柔荑，膚如凝脂，頸如蝤蠐，齒如瓠犀，螓首蛾眉；該多平板枯燥。巧笑倩兮，美目盼兮（《詩經》〈王風〉），畫人的姿態與神情，就把生動渲染出來。因此歷敘物體屬性，畫事也；化靜為動，化美為媚，詩事也。

由於以上四點分析，我們可以發現，詩與畫雖同為藝術，可是，卻屬性質不同的兩種藝術。我們不大能同意古代人詩畫同質說。也正因為如此，我們把寫字繪畫歸類為性質相近的藝術活動；我們把作詩作文，又歸類為性質相近的藝術活動。所以王羲之〈題衛夫人題筆陣圖後〉，把「意在筆先，然後作字」直接詮釋為「預想」而已。歐陽詢〈法書救應〉：書法所謂「意在筆先，文而後思」，指的是落筆揮毫之際，預想字形如何救應，結裹。這種用志不紛，乃凝於神的全神貫注，只是一種單一的貫注，這兒用不上複雜現象在意識中的呈顯和思想的組織力。而顧愷之人物畫，王摩詰山水畫，所謂「意存筆先」，只是寫真時預先存有人物的icon，畫山水時預先有大自然的影子或摹本，而預存其美感經驗中，也只是一種單一的貫注。

書畫同源，乃六書文字象形為先的必然結果。故古人談意在筆先（歐陽詢）、意在筆前（王羲之），或意存筆先（《歷代名畫記》），最初皆指稱寫字與繪畫的藝術活動。此時藝術家的構思，其意識中心出現高度的精神集中狀態，意象十分明晰。而文學創作的構思，其心靈活動，意識之流流動不居，有時在意識中心。當精神渙散時，意識邊緣，有想像、有象徵，也有多數比喻的表現。有時從意識閾逸至個人潛意識層面，成為夢。雖然意象一詞，見於六朝《文心雕龍》卷六〈神思〉第二十六：「然後使元解之宰，尋聲律而定墨；獨照之匠，闚意象而運斤。」此處，闚意象而運斤的意象，是：㈠事物的呈顯，並不在感官感覺，因為它們並不存在於眼前；㈡事物的呈顯，透過我們的軀體與記憶，把過去經驗過的事物，再度呈顯於我們的意識之中，乃成意象。而把涉及感官者的直覺，能感覺的東西或訴諸感覺的東西，叫做形象。形象都帶有在感官感覺中直接呈現，且適於對象的特殊性，故美學上有形象的直覺。意象呈能呈顯，絕對不能為感官所感覺，意象並不是這個東西的本身，意象充其量只是一種近似的東西，跟形象相比，它比較模糊，比較不確定，同時我們稱意象為事物的摹本或影子。劉勰的用法是文學的，也是心理學的，並無不當。

而意在筆先的意，用於寫字或繪畫，是指意象而言，把它當作記憶中事物的影子，具相似而不相同的想像的特性，固無不可。不過，此處的「意」若解釋為構思，則未始不可以擴展為意識。

唐張彥遠《法書要錄》，轉引晉王羲之〈題衛夫人題筆陣圖後〉：「夫欲書者，先行研墨，凝神靜立。預想字形大小、偃仰、平直、擴動，今筋脈相連，意在筆前，然後作字。」意在筆先，意在筆前，均指構思在落筆之前。問題是，構思與意象是否等同？意象與意識是否合一？我們該如何理解顧愷之之畫？「意存筆先，畫畫意至，所以全神氣也。」（《歷代名畫記》卷二）

歐陽詢〈法書救應〉：「凡作字，一筆才落，便當見第二、三筆，如何救應，如何結裹，書法所謂意在筆先，文而後思是也。」

構思是我們的思想活動。思想活動有四特徵：㈠凡思想都是有對象的。否則就是幻想。㈡凡思想都是有組織力的，故真正的思想，都具邏輯的關聯性，我們稱思想的組織力為構思。㈢思想在經驗中扮演知識功能的角色，知識則是各種經驗相互採納的一種特殊方式（William James, *Essays in Radical Empiricism*, London, 1912, p. 9）。㈣我們的構思，是對語言進行的思考。我們就面臨到「創造的語言」與「接受的語言」之間的張力。人們並不自虛無中創造，而是從他被接受為母語的語言中，重新創造自己的世界。所以構思分成兩方面：一方面他被塑形，另一方面他自己也形製這個世界。

由此可見，意在筆先，意存筆先，或意在筆前，古人的用法，限於寫字、繪畫；而繪畫、作詩通用，則來自把意在筆先之意，詮解為意象或境界（意境），再詮釋為「形象的顯現」的結果。我們忘了，構思是我們的思想活動。而人是一種會思想的動物（Man is an animal who thinks.）。所以人類發展中的唯一優先，是跟生命相關的事物，我們所有的才具與潛能，都效勞於這個迫切的需要，以求致個體的保存，種族的綿延。而思想，懷海德（Whitehead）把它解釋為精神。思想是人類的一種精神活動，主要的精神活動；而這種活動顯然是跟意識有關的一種狀況。因為，就一般用語而言，我們不可能在無意識的狀況下思想。引起我們對思想的自覺需要的，卻是對生命的關注。換句話說，人類對生命無限的關注，決定了意識藉以呈現的心理現象。結束了本世紀哲學對心理學之間的鬥爭，肯定了這兩者之間的內在關聯。讓我們從過去「經驗」的記憶之庫中，一再呈現地提取有意義和了解的部分，舉一反三，廣為應用。以之對未來作臆測，以之對事貌作想像，以之引發心靈的反映與投射，以之作行動意識、事物意識、主體意識與反省意識的諸般活動。而反省意識，正是提升我們精神文化的電源。

構思是我們的思想活動。思想活動既非意象或意境，也不是形象顯現。因為意象與形象都是文學創作上比喻的表現，意境的象徵也是如此，無非想把抽象的事物通過具體事物的類比，使它寫得更清楚更明白。所以文學的表現有六：㈠比喻的表現（非敘述的表現），㈡具體的表現（非抽象的表現），㈢象徵的表現（非代用符號的表現），㈣虛構的表現，㈤創造的表現，㈥韻律的表現（構思在文學裏最高度的形式表現）。所以文學以直觀或直覺為出發點，而無法適用科學的方法與歷史的方法。十九世紀機械論者的科學，是瞎了一隻眼的科學，機械論者的自然，是獨眼龍的自然。他們只看到死的自然的一面，而看不到活的自然的另一面。歷史的方法，只屬於事實的陳述，所謂史如其時，史如其事，只想把部分的、特殊變化的歷史事實，非線狀的線路製成圖表，想憑過去時代積累的垃圾堆，找出歷史發展的線索；而遺忘了遠程目標，該是對歷史事件的解釋，該是對歷史發展過程的通識通觀。

第二章　形象與意象

第一節　常識層面的幾句話

形象或形相，古已有之，不必把它看作外來語。

形象或形相，在古典文學作品中頻繁出現，有時作動詞用，意指「相看」或「打量」，看來跟我們此處所論列的「形象」，扯不上多少關係。如曹唐〈小遊僊詩九十八首〉之二一：

上元元日豁明堂，五帝望空拜玉皇；
萬樹琪花千圃藥，心知不敢輒形相。❶

又如溫庭筠〈南歌子〉：

手裏金鸚鵡，胸前繡鳳凰。偷眼暗形相，不如從嫁與，作鴛鴦。❷

---

❶ 宋洪邁輯：《萬首唐人絕句》，卷六十一，長歌。

❷ 清張宗橚輯：《詞林紀事》，一卷，木鐸。

此處的「心知不敢輒形相」、「偷眼暗形相」，只是「相看」或「打量」之意。聊備一格，我們原可以存而不論。

但形象作名詞用時，卻跟時下我們的日常口語，如國家的形象、社會的形象、學者的形象、老師的形象等等，意義一致。跟俗語「樣子」，語意十分接近。

如蒲松齡《聊齋誌異》卷四〈羅剎海市〉：（馬龍媒被颶風吹入羅剎，居民率相驚異。）「馬問其相駭之故。答曰：『嘗聞祖父言，西去二萬六千里，有中國，其人民形象率詭異，但耳食之，今始信。』」❸文中的「其人民『形象』率詭異」，也只是說中國老百姓的「樣子」，大抵是怪怪的而已。

同書，卷九〈劉夫人〉：「嗚呼！『貪』字之點畫形象，甚近乎『貧』。如玉卿者，可以鑒矣！」❹作者指出，貪與貧這兩個字的點畫字形，「樣子」十分接近。故因貧而起貪心，因貪而始終擺脫不了貧境。也只是把「形象」詮釋為「樣子」罷了。

王阮亭評陳子龍〈浣溪沙〉，有「不著形相，詠物神境」之語。欲知評語切當不切當，得先看原作品：「百尺章臺撩亂飛，重重簾幕弄春暉，憐他漂泊奈他飛。淡日滾殘花影下，軟風吹送玉樓西，天涯心事少人知！」詞人以眼前風絮，抒天涯心事，故「形象顯現」跟「具體意象」相

---

❸ 蒲松齡《聊齋誌異》會校會注會評本，里仁，頁四五五。

❹ 同書，頁一二九五。

連，心靈上出現一幅生動而落寞的生活圖畫。但全詞並沒有把風柳飛絮的暮春景色具體描摹下來，詞人的描寫，只突出漫天飛絮下的心境。因此，這種樣子的欣賞，雖屬形相（form）的直觀，而這種方式的表現，卻屬情意的直覺。詠物空靈而不呆滯，較一般實境實描的寫生畫，來得更自然些，更生動活潑些。

而雍正甲辰（一七二四年），錢鑾為《詳註分類詠物詩選》寫序：「拾香草於詞間，燦新花於紙上。珍禽奇獸，俱著品題；春蚓秋蛇，曲摹形象。」其中「形象」一詞，還是可以詮釋為「樣子」。跟英語中的appearance，德語中的 Schein 相當。但直截了當的解釋，莫過於「字詁誤不成形象」❺一語，這兒的「形象」就是「樣子」，已毋煩注釋了。

由此可以實證，形象一詞，古已有之，並非外來語。那麼，意象一詞又何如呢？

就在錢鑾那篇〈序〉裏邊：「思公子而不見，宛轉傳神；望美人兮未來，娉婷現影。」這兒所指稱的「傳神」與「現影」，都是指經由記憶或「聯想的想像」途徑，把思念中人物的影像再現於心靈之上，故心理學把意象又叫做心象（mental image），甚至把意象名之曰心靈的再生作用（mental reproduction）。因此，意象是心理學與文學共用的詞兒，而文學的意象解釋，仍擺脫不掉心理學的解釋。那就是：我們談意象，有一充分的兼必要的條件，那些再生的人、事、景、物的影像，並不是出現在我們的眼面前，只重現於追憶或聯想之中。

---

❺同書，卷十二，〈公孫夏〉，頁一六六一。

是不是我國古代，沒有「意象」一詞？那又不盡然。

姜白石〈念奴嬌〉詞序，於夜泛西湖之際，追憶武陵作客勝況，有「予與二三友，日蕩舟其間，薄荷花而飲；意象幽閒，不類人境。」這兒詞人使用的「意象」，分別是人、事、景、物，不在眼前，係在記憶中而再生者。

最妙的是蒲松齡。他寫〈抽腸〉：「萊陽氏某晝臥。見一男子與婦人握手入。婦黃腫，腰粗欲仰，意象愁苦。」❻睡午覺時，所見的男子與婦人剖肚抽腸活動，顯然是夢中所見，乃潛意識活動的化裝表演。蒲留仙就把這種心象的呈現，寫成「意象愁苦」，並未寫成「形象愁苦」，可見我們的古人，在區分形象與意象上邊，早有了簡而不錯的標準。我們的古人，以人、事、景、物在不在眼面前，區分形象與意象。在眼前者，屬形象；不在眼前者，屬意象。

必須指出：古人這種常識層面的區分標準，跟其他的語言世界也是相通的。同樣是「一個像」(an image 或 ein Bild) 如出現於我們眼面前，我們就叫它為形象。如《舊約》〈約伯記〉四章十六節「我看見眼面前有某種形象」，英譯作 an image was before my eyes，德譯作 Da stand ein Bild vor meien ungen，跟我們古人的用法，並無出入。我們甚至可以這麼說，古代人類這種常識層面的共識，也許正是我們作深層探索的著眼點。

總之，就常識層面而言，我們通常可以把「形象」詮釋為「樣子」，把「意象」詮釋為「影

---

❻ 同書，卷九，頁一二六二。

像」。換句話說，我們把眼前的人、事、景、物，所顯現的那些個樣子，叫做形象；鐵幕世界以唯物論為宗，他們的文學理論，就大談「形象論」。而我們把不在眼前的人、事、景、物，僅僅經由記憶與聯想的心理運作，在心靈上重現過去感覺的遺跡，或重現過去經驗的影像，我們把這種再生的心象，就叫做意象。自由世界卻以感性（Sinnlichkeit，一譯感覺力）所獲取的資料，過於生硬粗糙，且不容易自由組合印象內容，發揮我們的想像力；以之作為藝術的語言，不如經過想像力揉合的「意象」來得生動自然。故自由世界的文學理論，大談意象而鮮談形象。

究其實，形象構成或意象構想的能力，均言人人殊，各各不同。故形象構成或意象構想能力的大小，跟我們才情個性的高低強弱具對應關係。此所以對同一廬山景物，能「橫看成嶺側成峰，遠近高低各不同」（蘇軾〈東林題壁〉）的主要原因。

不過，就常識層面勉強區分：形象構成較意象構想，在圖畫顯現上比較穩定、清晰，就好比我們觀賞一幅畫或一尊雕塑一樣。如王涯〈遊春曲〉二首之一：

萬樹江邊杏，新開一夜風；
滿園深淺色，照在綠波中。❼

詩人取眼前景，組構成一幅人生圖畫。這種形象的構成是外現的圖畫，故視野較小而明晰度較大，頗類寫生畫。

---

❼ 洪邁輯：《萬首唐人絕句》，卷十二。

反過來說，意象構想卻是經由記憶或聯想，把過去經驗所獲得的印象內容，自由組合之後，再現於我們心靈之中，而成另一種樣式的人生圖畫。這種圖畫只出現於我們的內心，我們可以叫它為「心畫」，因為觀照的對象並不在眼面前，所以意象的構想視野較大而明晰度較小，頗類寫意畫。例如白居易〈望江南〉：

江南好，風景舊曾諳。日出江花紅勝火，春來江水綠如藍，能不憶江南？（其一）

江南憶，最憶是杭州。山寺月中尋桂子，郡亭枕上看潮頭，何日更重遊？（其二）

江南六省地區遼闊，景象萬千，既不止於鶯飛草長，雜花生樹；當然也不止於江花、江水、錢塘潮。任何人寫江南景物，都只能拈取印象最完整、最突出、最鮮明的景物，對作者曾具美感經驗者，寫進他的作品。所謂弱水三千，只取一瓢飲，就是這樣。故意象構想，一方面需要較大的想像力，另一方面，又更需要美感心靈的綜合作用（aesthetic spiritual synthesis）為之剪裁、鎔鑄，所以視野較大，而明晰度較小。

而援用意象辭（bildhafte sprache）入文學作品，有時難免顯現追憶焦點，因此出現第三種「類型」。當我們碰到「思公子而不見，宛轉傳神；望美人兮未來，娉婷現影」情境時，我們的視野，也會隨畫幅的縮小而縮小，但寫下來的作品，卻因移情作用而顯得更形活潑生動，更具朦朧的美。如韋莊〈浣溪沙〉：

惆悵夢餘山月斜。孤燈照壁背窗紗。小樓高閣謝娘家。

暗想玉容何所似？一枝春雪凍梅花，滿身香霧簇朝霞。

既然如此，〈論意象〉一文中界定意象，「即是詩人內在之意訴之於外在之象，讀者再根據這外在之象試圖還原為詩人當初的內在之意。」就常識層面而言，已嫌嚕囌而缺乏實效。如果我們碰到作品中的「連結意象」（tied-image）固可「試圖還原」；如果碰到作品中的「自由意象」我們該怎麼辦？譬如說：「滄海月明珠有淚，藍田日暖玉生煙。」詩人的外在之象表現得很正確，但詩人的內在之意卻千載纏訟不休。當初詩人使用的原是自由意象，可以隨讀者性分高低而作種種猜讀，那又何必強作解人？更進一步，作品中的字面意象（literal image）固可找到對應關係，但作品中的象徵意象（figurative image）在試圖還原時可讓我們頭大囉。

第二節　談形象顯現

離開常識的層面，把形象與意象問題擺進美學裏邊作深一層探索，就會發現形象顯現這種「橫看成嶺側成峰，遠近高低各不同」的原始認知活動，內跟想像力相連，外跟直覺或直觀相通。我們睜眼見出「形象顯現」，閉眼現出「具體意象」。故形象顯現可能只是外現的混沌形象，可以原始到知形式而不知其意義，也叫不出它的名稱，如同幼兒觀看周遭事物的情形。這種直接認知，或立即了解的方式，我們叫它為直觀或直覺（intuition）。而「形象的直觀」（intuition of form）本質上仍偏重美感經驗，並未偏重認知活動。故「小時不識月，呼作白玉盤；又疑瑤臺鏡，飛在青雲端」（李白〈古朗月行〉），由形象直觀中見美，認知活動則幾乎談不上。另一方面，形象顯現也可能只是呈現於內心的具體意象，是由我們的想像力所發動，所形成的。這兒平行擺著兩條路，「外現的」或「呈現於內心的」；「形象顯現」或「具體意象」。此中就蘊含著形象轉化為意象的契機。

形象顯現（Vorstellung）一譯「表象」。是把一個觀賞對象，擺在心眼前靜心觀照，好讓我們的想像力，在既不涉及利害計較，又無偏私的自由心境下，組合印象內容，而浮現這個對象的形象，這就叫做形象顯現。它一方面是我們面對觀賞對象所產生的心理活動，故畢竟是一種美感經驗。不過，認知的對象止於具體的個別的事物，不作經驗的聯想，也無法作邏輯的推論；認知的方式是直覺的或美感的，而不是邏輯的。所以形象顯現在認知活動中，屬於最單純最原始的活動。而形象顯現所認知的，也只是些粗糙的感覺資料，充其量只是些低層次的知識，簡直跟浮泛粗淺的印象（impression）沒有什麼兩樣。總而言之，形象顯現如果也算作知識的話，那只能是直覺的知識，是經由我們的想像作用而獲得的知識，係形象的產物。認知對象是個別的具體事物的外形，不涉及它們的內容，也不涉及諸個別事物之間的關係。但形象顯現也有一特徵，那就是飄忽而不固定。

何以形象顯現是飄忽而不固定的？何以形象顯現跟具體的意象（concrete idea）這個帶矛盾意味的詞兒，會糾纏在一起，弄得難解難分？而同是廬山，何以會橫看成嶺側看成峰？何以會隨遠近高低而顯現各種不同的形象？而同是白雲，何以某甲見白雲為蒼狗，某乙見白雲為冰穀，某丙見白雲為孤鶩，而某丁卻見白雲為蘆花？何以若干位畫家，對同一風景進行寫生，完成的作品卻是若干幅不同的畫？何以同一事物對多少人就能顯現多少種形象？大抵物的意蘊深淺跟觀賞者的性分深淺，具對應關係且呈函數變動，而作不同的形象顯現。主要的原因是：形象的顯現來自直觀；而直觀就得憑自己的想像力，突然在事物中見出形相。這種靈光一閃的觀照，其實只是我們心靈的創造作用，在心靈上再生出事物的影像而已。

但何以形象顯現有時是外現的，有時卻只是存在心裏的呢？何以形象顯現跟具體意象，會密接到如此不可分的程度，讓我們把兩者等同起來呢？

當外物通過我們的感官感覺，而作形象顯現時，它就叫外現的形象。當外物通過我們的記憶與聯想，而作影像的重現時，它就叫內心的意象。外現的形相由我們的感覺力或感性提供感覺材料，使我們獲得有關觀賞對象的印象。故「外現的形象」的主要竅孔是視覺，其次是聽覺和嗅覺，然後是味覺和觸覺。因此，我們就把接受各種對象的形象顯現能力，叫感覺力或感性。也正因為如此，人們形容形象，一則曰感性形象，再則曰個別形象，三則曰個別事物的形象，四則曰個別的具體的感性形象。這跟我們從感官感覺接受外物的印象，到底是分不開的。

必須指出：「外現的形象」之竅孔（loophole），可以隨時打開，也可以隨時關閉。當竅孔打開時，我們的觀賞活動和認知活動，屬於感官感覺的生理活動，故睜眼所見的外物，乃外現的形象。當竅孔關閉時，憑想像力閉眼所憶的外物，屬心靈運作的心理活動，這時心眼中所出現的憶影，就算內心的具體意象了。開眼閉眼，事屬尋常；而這種由感官感覺的生理活動，向記憶聯想的心理活動轉化，應當算作第一層次的轉化。康德就曾指出：「由想像力所造成的這種形象顯現，就可以叫做意象。」❽這話雖稍嫌含混，但在德語世界，形象顯現與具體意象等同起來，當以此為昉始。

一旦外現的形象，能引發我們的「類似聯想」，把我們的情感投射到這形象上邊去，因而產生移情作用時，這時我們內心的具體意象，遂有了第二層次的轉化，呈現具體而又鮮活的內心意象了。如果這些外現的形象，經過我們的理解力或悟性（Verstand）的組織整理，通過我們美感心靈的綜合作用，把那些零落錯亂的印象，裁剪鎔合而為統一的有機體，終於出現了一幅完整而又突出的心靈圖畫，讓我們不獨覺得美，而且在剎那之間能霸佔住我們的全意識，吸引我們聚精會神地觀賞它、領略它，把紛紜世事暫時都置諸腦後。但我們的這種心靈活動的特徵，到底離不開想像力；所以「藝術家的心靈特徵，就在乎受想像力的支配；而意象，便是想像力獨有的『寶藏』」❾。於是，我們的內心，就有了第三層次的轉化，外現的形象轉化為內心的意象，我們說我們的心靈，有了構想意象的能力。克羅齊指出：「美是屬於內心的意象。……而莎士比亞跟我們不同之處，不在意象的表現，而在內心構想意象的能力。」❿

這樣一來，本世紀初期美國寫象派詩人 Ezra Pound 把形象類比為繪畫式表現（pictorial repre-

❽ Immanuel Kant, *Kritik der Utheilskraft,* 1790, Der Abschnitt 49, S. 201.

❾ Benedetto Croce, *Breviario di Esterica,* Bari, 1913, p. 47.

❿ Ibid., p. 31.

sentation），而把意象界定為「智力與情緒的瞬間複合表現」，以及「諸乖離觀念之統一」[11]，後者顯心理運作，而前者顯感性特徵，應該是可以考慮的一種區分方式。

關於意象的研究，哥爾頓（Francis Golton）於一八八〇年所作的視覺意象的心理實驗，研究我們憑視覺所獲致的印象，能夠在記憶中留存多久，開始有了實驗的基礎。但此項實驗，曾使人們把視覺意象（visual images）誤解為主要的意象，甚至批評家如T. S. Eliot以但丁的視覺意象，勝過密爾頓的聽覺意象（auditory images）。其實，既談意象，就不必如此重視它的感性來源，吾人對味覺與嗅覺所引起的感覺，在我們的記憶中留存的久暫，也可以作味覺意象（gustatory images）與嗅覺意象（olfactory images）的心理實驗。而這些實驗，跟文學作品裏邊，以文字表現的意象，關係並不那麼密切。

所以，在本世紀四十年代以前，人們把文學的意象，放置在靜態意象（static imagery）與動態意象（dynamic or kinetic imagery）的上邊。這兩種意象的感覺特性是：靜態意象乃具有平衡感覺的意象；動態意象乃具有活動感覺的意象。到了本世紀五十年代以後，人們卻把意象研究的重心，偏轉到連結意象（tied image）與自由意象（free image）、字面意象（literal image）與象徵意象（figurative image）上邊。因為後者跟文學的關係更密切。

連結意象雖有人指出，是屬於聽覺的與筋肉的意象[12]，其實也不盡然。因為一種意象能在讀

[11] René Wellek & Austin Warren, *Theory of Literature*, N.Y. & London, 1977, p. 187.

者群中引發某種明確意義者，都可以叫做連結意象，原不必拘泥於聽覺的與筋肉的。如由「太陽」聯想「光明」；「海洋」暗示「永恆」之類。如「雨中衰菊病中身」[13]，「雨中衰菊」這一意象，明確地跟「病中身」相連結，能引發某種明確意義，都可以叫做連結意象[14]。自由意象也有人指出是視覺的以及其他種種，反應因人而異。實則文學作品中運用自由意象時，其意義或價值可以大幅度變更，隨讀者的認識高低與性分深淺而出現各種不同的想像，故謂之自由意象。如我們把鮮花象徵為少女，也可以想像為青春、黎明，還可以直覺為純潔、天真。而李商隱的〈錦瑟〉，其所以箋註家千古纏訟而迄無定論，就因為詩人使用的是自由意象，讀者群又只能憑藉自個兒的想像力與直覺，去捕捉詩中的意象群（image-clusters），所以「外部之象」與「內部之意」，就很難求得一致了。

跟文學發生密切關係的意象群還有字面意象(literal image)與象徵意象(figurative image)[15]。字面意象是指毋須變更字義，只通過文字的聯想，而能描繪出作者的情緒與感覺者。如吳文英〈唐多令〉：「何處合成愁？離人心上秋。縱芭蕉，不雨也颼颼。」象徵意象又叫轉用意象，當我們

---

[12] Ibid., pp. 186–187.

[13] 司空圖〈青龍師安上人〉：「災曜偏臨許國人，雨中衰菊病中身；清香一炷知師意，應為昭陵惜老臣。」

[14] William Flint Thrall & Addison Hibbard, *A Handbook to Literature,* N.Y., 1970, pp. 232–233.

[15] Harrg Shaw, *Dictionary of Literary Terms,* N.Y., 1972, p. 235.

用比喻的方式轉用該等意象時，其字面的基本意義有所改變者。如唐褚載〈長城〉：「秦築長城比鐵牢，蕃戎不敢過臨洮。焉知萬里連雲色，不及堯階三尺高。」詩中的「萬里長城」轉用為「堯階三尺」時，字面的基本意義，已由「尚力」改變成「尚德」了。而「長城」在詩中是一個可感覺的記號，代表力量；「德治」卻是個超感覺的事實，代表理想。當兩者出現類比關係時，即成象徵。故象徵意象在作比喻式轉用時，字面的基本意義當然不同。而比喻的方式包括明喻與隱喻。如用類比的方式來運用比喻，則象徵意象遂成隱喻。如蘇軾〈水龍吟〉：「細看來不是楊花，點點是離人淚。」一句話，意象、象徵、明喻、隱喻，都是組成意象（imagery）的有效成分。有時我們率性稱這種用文字表現感覺與情緒的意象，叫意象詞（bildhafte sprache）。另外，還須補充一句，imagery在當代文評術語中，乃指文學作品中「意象的集合」而言。更明白點說，它是一種「比喻的表現」，甚至乃「比喻」（trope）的同義字。作家在創作時對語言的選擇，以能挑起感覺印象，引發情緒反應與心智反應者為上選。此三者乃區分「藝術語言」品質高低的試金石。故文學的形象表現與文學的意象表現，在作品中都算藝術的主要表現，能使抽象的文字表現，具象如畫；並不如十九世紀的文論家所認定的，只算裝飾品而已。不過，這話也理應有所保留。因為許多第一流的作品，卻成於白描，未必使用形象或意象。如李白〈靜夜思〉：「牀前明月光，疑是地上霜；舉頭望明月，低頭思故鄉。」如〈獨坐敬亭山〉：「眾鳥高飛盡，孤雲去獨閒。相看兩不厭，只有敬亭山。」又如〈觀放白鷹〉：「八月邊風高，胡鷹白錦毛；孤飛一片雪，百里見秋毫。」再如〈綠水曲〉：「綠水明秋月，南湖采白蘋；荷花嬌若語，愁殺蕩舟人。」這些詩讀起來保證百讀不厭，背起來又保證百誦不倦，這些詩誰說不是第一流的？

第三節　談形象構成

形象構成植根於我們的想像力。意象構想也植根於我們的想像力。兩者都必須運用我們的心靈能力，去自由組合印象內容。雖然形象構成，組合而成的一整幅人生圖畫，使我們好像面對著一幅帶詩意的畫。基本上，這畫是可以外現的。而意象構想，組合而成的一整幅人生圖畫，卻是浮現在心靈上邊的帶畫意的詩，這詩我們只能憑回憶與聯想而重現，我們無法面對，它是屬於內心的。但文學中的形象，是在文字中形成的形象；文學中的意象，亦復如此。形象或意象的文字化，都必須通過藝術心靈的運作，都必須有藝術的想像作用與藝術的虛構作用為之去取揉合，這一整幅人生的圖畫，才會變成具美感意義的圖畫。故由文字所形成的形象與意象，實具「二重性」。難怪康德把「由想像力所造成的這種形象顯現，可以叫做意象」這句話用在把形象或意象文字化上，越發真切。也難怪黑格爾把美界定為「理性觀念的感性顯現」。這句話用在文學上，實比用在其他諸種藝術上，更適合也更需要功力。

文學中的形象，既然是在文字中形成的形象。形象構成（image-making）就是集合富有個體性與綜合性的人、事、景、物，用文字凸現一幅具體的生活圖畫，以之映現人生。故形象構成，實際上須克服雙重難關。它是文字的表現，故無法作形象的直觀，先要識字，然後才能對字面作聯想的想像，這層難關叫文字障。此其一。而文字本身，就是一種抽象符號，具有「通向一般」的傾向，引起訴諸理解力（Verstand，或譯悟性）的概念。而形象的表現，必須表現具體的個別事物，以適應我們的感官感覺。這樣一來，文字把欲表現的一切，盡量擺在理解力的面前；詩人卻應把一切帶到想像力（die Phantasie）的面前，以求表現。詩所要求的是觀照，止於對形象的感覺；而文字卻只提供概念。如果要使詩的表現，成為自由的，詩人就必須憑他的藝術的偉大，去克服文字符號「通向一般」的傾向⑯。這層難關叫做文字魔。此其二。因此之故，形象地映現生活，雖為文學的特質之一，但形象構成，必須運用藝術的想像作用與虛構作用，必須具備選取個別形象的主題意識，才能把零碎印象，自由組合起來。

有關文學的形象（form），狹義的解釋是文學作品裏的具體描寫，或文學作品裏的美麗辭藻、關鍵語、警句等等，廣義的解釋是：形象是用文字寫成的整幅人生圖畫，兼具個體性與綜合性，由虛構作用與想像作用而完成，且帶有美學意義者，如其不然，形象構成跟作夢無異，這幅人生的圖畫也就不值得費神探討了。

當然，要談形象構成的基本條件，首先要談的是作家想描寫些什麼？在最複雜的人生現象中，他所醉心的是什麼？所注目的是什麼？在形象構成之際，他的主題意識是什麼？文學表現的對象是人生，文學的描寫，跟我們的生活經驗息息相關。我們甚至可以這麼說，文學即經驗。故

⑯ Friedrich von Schiller, *Briefe über die aesthotische Erziehung des Menschen*, 1793–1794, Briefe 5.

作家所醉心的，乃生命的理想；作家所注目的，是整體的生活，包括生活的明面和暗影，它的動態和靜態，它的綜合觀察和分析觀察，它的深度和廣度。但文學表現的中心是人，人是文學表現的「特殊媒介」，作家以「人的描寫」為工具。文學的特質，在乎通過人的感覺描摹一切事物。作家在作品中展露複雜的人際關係，且都是透過感性去表現它們，因此也離不開具體形象。如果我們說形象是人生的圖畫，那麼，我們可以解析成兩方面：形象是描繪人生的圖畫；而映現人生也得藉助於形象。

形象映現人的生活，通常分為二途：保留住形象和實際生活裏的個體特徵，顯著地突出所描繪事物的個體色彩，具體呈現生活現象，這就是形象映現生活的個體性。這兒有兩幅人生的圖畫，顯現了兩種個性。其一是柳宗元的〈江雪〉：「千山鳥飛絕，萬徑人蹤滅。孤舟簑笠翁，獨釣寒江雪。」「綜合性」廣大背景，但「絕滅」景象充滿嚴寒肅殺之氣。而孤舟獨釣，「孤獨」中卻保留住畫面的個體特徵與個體色彩，因而在形象的描繪中也突出了詩人的倔強個性。其二是清丁煒的〈漁歌子〉：「坐對沙鷗香餌垂。一竿春水碧琉璃。風澹澹，日遲遲，閒看蜻蜓立釣絲。」這幅人生的圖畫，也出現了孤獨，但這種孤獨是春風駘蕩中的孤獨，突出的是詞人怡情適性，自了漢的個性。兩作品皆有形象的描寫，皆出現了藝術的個體化，因此，我們欣賞作品裏邊的這些具體描寫，也常常使我們有身歷其境的感覺。

第二條路是：超越生活的個別事實，並有效集合生活現象中的特徵，給予某種綜合，這就是形象映現生活的綜合性。想來人類最偉大的綜合，莫過於康尼斯堡（Königsberg）康德墓碑上鐫刻的那兩行，摘自《實踐理性之批判》（*Kritik der praktischen Vernunft,* 1788）的一句話：Der bestirnte Himmel über mir und des moralishe Gesetz im mir.（在我頭上者，群星的天宇；在我心中者，道德的律則。）這兒的第一個「我」，實際上代表了古今中外人類全體。因為到此刻為止，還無人敢說，頭上並沒有群星的天宇。此一偉大的綜合，當然包括所有的人；但「在我心中者」，則言人人殊，必然千差萬別，隨每人的個性而有他自己的重點選擇。康德可以重點選擇「道德的律則」，詩人可以重點選擇「詩的甜蜜」，愛物質享受者當然會選擇「鈔票」，談戀愛者卻會選擇「愛情」。因為，個性的差異就可以見出形象映現生活的個體性之差異。但綜合性與個體性合套，遂成就了某一個人的典型。故「在我頭上者，群星的天宇；在我心中者，道德的律則」。大綜合與小個體相襯，這幅人生的圖畫裏邊，就突出了「哲人的典型」。

而偉大的詩人談到「我」時，情境亦復如此。如：「棄我去者，昨日之日不可留；亂我心者，今日之日多煩憂。長風萬里送秋雁，對此可以酣高樓。」（李白〈登仲宣樓餞別叔雲校書〉）昨日已棄我而去，無人能挽留得住。這個偉大的綜合沒有例外，所以第一個「我」實際上代表了古今中外一切的人。第二個「我」則為帶個體色彩與個體特徵的我，因個性的不同而不同。作家形象地映現生活，其所以同中有異，異中有同，跟形象映現生活的個體性與綜合性，發生密切的關聯。

而形象構成的基本條件，跟藝術的想像作用與虛構作用，也發生密切的關聯。前面說過，文學創作離不開人生經驗。主要的原因是：我們把迎面而來的事物，在我們的感官感覺中留下的印象，叫做經驗。凡經驗總是感性的。故經驗把感性資料提供給我們，然後經由我們的悟性，把這些感性資料予以理解，遂成知識。換句話說，我們對事物的認知，實際上是我們的感性與悟性，或我們的感覺力與理解力合作無間的結果。不過，我們的生活中有某些經驗，因為出現頻繁，印象散漫而零亂，有時甚至達到了視而不見，聽而不聞的程度，我們把這一類熟視無睹的經驗，管它作「替代性經驗」。後一個印象替代了前一個印象，千百種印象紛至沓來，最後留存下來的，一無所有。我們乘坐公車時看大街上招牌的經驗，其情形就大致如此。我們一生裏邊所面對的經驗，也以替代性經驗佔絕大多數。

另外有一種經驗，叫做「美感經驗」，它是經驗中的經驗。給人的印象，新鮮、完整、突出，有實獲我心之感，所以能一下吸引我們的心眼，留下深刻的印象。文學作品裏邊所運用的經驗，應該是這種美感經驗。我們的想像力，就在美感經驗上開始工作。當我們在「類似聯想」上加工時，我們就說想像作用是一種相似而不相同的心靈活動。當我們在「印象內容」上進行組合時，我們就說想像作用是一種自由地組合印象內容的心靈能力。其中當然包括創造的想像，聯想的想像與解釋的想像。而虛構作用，一般是指在生活的實底子上，所進行的想像。所以虛構作用，本質上乃作家的「生活經驗的集中」。一句話：藝術的想像作用與虛構作用，都以感性經驗作基礎，故寫下來的作品，也以具體的感性形象表現，為具有高度藝術性的文學作品之必要條件。

追根究底說來，文學的藝術孕育於想像，文學家如無創造的想像力，個體與綜合的調和，就不可能。而個體性與綜合性既無法調和，形象也無法構成，一整幅人生的圖畫，就無法出現。所以說，沒有藝術的想像作用，文學作品很難寫成。而文學創作，就是把許多細節組合在一個相當完整的形式中。要組合得自然而不牽強，有實感而不虛浮，作家就得以自個兒的生活經驗，作為藝術虛構的基礎。這樣，作品中所出現的世界，纔是讀者們信以為真的世界。作品中所出現的事件，纔是讀者們極有理由相信，在現實生活中經常發生的事件。作家以虛構為手段，憑此選擇那對於生活最具代表性的東西。所以虛構不是別的，主要是作家憑主題意識所選擇材料的綜合。因為虛構作用跟實際生活緊密關聯，所以沒有體驗過的東西，就很難到作家的筆下來，而作家下筆時，必須在心眼裏邊看得見所要描寫的對象，這樣纔有如見其人，如聞其聲的形象描寫出現。

任何才華耀目的作家、靈氣充盈的詩人，都擅長以語文為媒介，用語文寫畫者；雖然他盡可能訴諸所有的感官感覺，而不像畫家那樣，過分依賴視覺⑰。用語文為工具，從事文字的繪畫，應該算作形象構成的一個恰切比喻。如果更深一層探究，我們也可以把形象構成換喻為我們的題畫活動。元遺山題〈雪谷蚤行圖〉二章：

其一

雪擁雲橫下筆難，爭教萬景入荒寒。
詩翁自有無聲句，畫裏憑君細覓看。

其二

畫到天機古亦難，遺山詩境更高寒。

⑰ *Dictionary of Literary Terms*, p. 235.

貞元朝士今誰在?莫厭明窗百過看。⑱

第四節 談意象構想

克羅齊（Benedetto Croce, 1866–1952）這位德國化的義大利美學家，經常把「藝術」、「直覺」、「表現」、「創造」，當作同義字來互相交換使用。所以他說：「一切直覺，一切表現，一切情感，都是藝術品。而直覺之所以為直覺，因其代表情感，發乎情感，依恃情感而出現。」⑲他把那遠近馳名的公式，「直覺即表現」，一變而為「藝術即表現」，再變而為「藝術即抒情的表現」。

這位玄學味很濃的美學家，談藝術活動的許多怪論，對我們討論的「意象構想」具啟發性。「藝術活動只是直覺，藝術作品只是意象。」此其一。「一個人未思維之前，只要開始想像，就立刻成為藝術家。」此其二。「美感活動的要素，在乎藝術家構想完整意象時所下的靜心工夫。藝術的奇蹟在乎一個人是否有觀念（按：觀念乃形象思維的概括），而不在乎這個觀念的表現，因為表現僅僅是一種手工和機械的技巧。」此其三。「美是屬於內心的意象，而不是屬於把它具體化的外現形象。莎士比亞跟我們不同之處，不在意象的表現，而在內心構想意象的能力。」此

⑱《元遺山詩集箋注》，卷十四。

⑲ Benedetto Croce, *Breviario di Estetica*, Bari, 1913, p. 30.

其四。「藝術活動的特徵是：想像先於思想，但想像亦為思想所必需。」此其五。其中，內心的意象，內心構想意象的能力，以及構想完整意象時所下的靜心工夫，實際上都由我們的想像力所發動，經由回憶與聯想的心理運作，把具美感經驗的事物，或留有深刻印象的事物，在我們心靈之上重現它的影像。這無論對於創造美的藝術家，或對於觀照美的鑑賞家而言，美感的秘密，胥視能否生發具有表現能力的意象而定；而藝術的創造，也胥視這種構想意象的能力而定。

意象構想全屬內心的活動。它以文字為工具，通過心理的歷程，特別是美感心靈的綜合作用，把經驗過的印象內容，剪裁、組合、融會而成心靈的圖畫，遂成文學的具體表現方式之一。因此，我們甚至可以把「意象」簡稱為「心畫」。

但這幅「心畫」由何而生？它如何由意象群（the image-clusters），意象型（image patterns），以及主題意象（the matic imagery）組合而成這一整幅人生的心畫？構想意象的能力之源究竟是什麼？一連串的問題都遶著意象構想而展開。

理性的邏輯推論只能找出事物與事物之間的關係，能產生概念知識，不能產生心畫。只有我們的心靈受想像力的支配，把印象內容自由組合起來，才會產生心畫。而能夠再生的印象，大半屬於美感的經驗；而美感的經驗又經常跟直覺的經驗相通，故直接認知的直覺方式，或立即了解的頓悟方式，也可以產生心畫。「意象的集合」而成意象群，如前述的動態意象與靜態意象，視覺意象與聽覺意象，連結意象與自由意象，字面意象與象徵意象等等。這些都是意象構想的有效成分。而意象型，依「想像活動的特性與等級」，曾被威爾斯排列為裝飾的意象、沈潛的意象，牽強的或浮誇的印象、基本的意象、強調的意象、擴張的意象，與補足的意象。其中裝飾的與牽強的意象，實即人工製作的庸俗的隱喻。而強調的意象，強調的本是意象清楚，應屬視覺意象。補足的意象，不過是牽強的幻想；強調的意象，也不過是裝飾的幻想，看來都有點巧立，而沈潛的、基本的、擴充的這三種意象，它們的文學特性，在乎反抗繪畫式的視覺化，以隱喻的思想為它們的內涵。所以沈潛的意象，僅用暗示而固定的影射以鎔裁感覺。基本意象，卻在隱喻式的傳達手段中，並不羼雜情緒的聯想，它是屬於散文而「非詩的」（unpoetic） 意象。擴張的意象，是在字義上拓展廣大視野的意象，具暗示的特徵與感覺的具體性，乃擴張的隱喻中，最豐富的一種意象。上述這七種意象，見一九二四年，威爾斯（Henry Wells）寫的《詩之意象》（*Poetic Imagery*）⑳。然而，這樣的分類標準，以及這樣的排列秩序，能適應具目的性的定點研究，未見得對大系統的解釋派上多少用場。

因此，我們不得不把注意力，移轉到主題意象上邊來。因為意象構想，有它的集合中心，也有它的剪裁取捨標準。合乎此中心與標準者，方能如磁石之聚鐵，排列就序之後即成心畫。流星在隱沒時，光芒最耀目，事物在喪失之後，最繫人懷思。當我們永憶的，已不再存在，當我們永懷的，只餘泡影。而在我們的一生裏邊，只出現過一次，以後永遠不再重複的經驗，留下的印象也最深刻。諸如此類的人、事、物，在意象構想時，均能優先進入我們的記憶。而主題意象，在

⑳ 轉引自 *Theory of Literature*, pp. 200–203.

意象構想之前，能定出情緒基調。快感與不快感，苦與樂，已在情緒基調中有所區分。而我們的情感投射，因特別珍惜這些可以引發「類似聯想」的經驗，也特別偏愛這些感覺的遺跡，情感也會突然變得特別強烈起來。此所以萊蒙托夫追憶初戀，用的是「最初的眼淚，最後的悲哀」。而元稹悼亡，用的是「惟將終夜長開眼，報答平生未展眉。」這樣的激情文字。

既然我們把意象簡化成心畫，那麼，意象構想就是把這幅心靈的圖畫，如何在內心世界寫成的合理而有效的方法。正如同形象構成是把一幅人生的圖畫，如何在外在世界寫成的合理而有效的方法一樣。必須指出：心靈的圖畫裏邊也含蘊著理性內容，也必須從個別的具體的感性形象去獲取素材。所以哥德在一八二三年九月十八日跟艾克曼的談話，就曾經指出：凡是沒有從藝術裏邊獲得感性經驗的人，最好不要去跟藝術打交道。誰若是不會面對感官把話說清楚，誰也就不能面對心智把話說清楚[21]。因為作品對於感官是明白易曉的，愉快的，可愛的，而且具有一種溫靜的魔力，使人感到非有它不可。內行人說心坎兒上要說的話，就值得珍惜。例如：

「風」有聲而無形。如果要用文字描寫這幅「心畫」，使它映現在回憶與想像之中，必然要化聽覺意象為視覺意象。而李嶠詠「風」，就以風為「主題意象」，集合具代表性視而可見的印象，剪裁組合而成心靈的圖畫，此之謂意象構想。故「解落三秋葉，能開二月花。過江千尺浪，入竹萬竿斜」。把不可見之物而擬諸形容，繪影而兼繪聲，取個別的感性形象為「心畫」的有效組成

---

[21] Goethe's Gedeukensgabe der Werk, *Briefes und Gespraohe* 24vul, Zurich, 1848, vol. 21.

因子，完成意象的描繪。這首詩其所以不算人生的圖畫，只算心靈的圖畫；不算形象的描寫，只算意象的描寫；解析其理由是：又落葉、又開花的景象，在大自然中不是普遍的、必然的景象，不能當作眼面前的實景，只能當作回憶與想像的虛景而存在。所以這首詩是一首意象構想的詩。其遶著「風」這一主題意象而進行組合，所以我們說這詩切題。

又如杜荀鶴〈旅館遇雨〉：「月華星采坐來收，嶽色江聲暗結愁。半夜燈前十年事，一時隨雨到心頭。」這詩的意象構想，以「夜雨」為主題意象，夜色昏暗，一燈獨明，而多少年來的依稀往事，只要跟此情此景相似或相鄰者，咸能生發類似的聯想與鄰接的聯想，乃經由回憶與想像而出現的意象，所以這幅「心畫」是由意象構想而成的。這兒必須指出：有些意象可作裝飾與描寫之用，有些意象又可當作隱喻。有些意象並不能像圖畫那樣清晰地再現，而有些意象詞卻帶有抒情的內容，且多半能轉用為象徵的意象。大抵這些不能清晰再現的「心畫」，詩人的意象經常就是詩人的自我表露。換句話說，詩人的意象，是用來表現詩人自己的。

這兒有兩組詩，可以實證此一論點。第一組是：

潮去潮來洲渚春，山花如繡草如茵；嚴陵臺下桐江水，解釣鱸魚有幾人？（許渾〈寄桐江隱者〉）

中都九鼎動英髦，漁釣牛蓑且遯逃。世祖升遐天子死，原陵不及釣臺高。（羅隱〈嚴陵灘〉）

第二組是：

青草池邊土一邱，千年埋骨不埋羞；丁寧囑向人間婦，自古糟糠合到頭。（方孝孺〈題朱

買臣妻墓〉）

千錘萬擊出深山，烈火焚燒若等閒；粉骨碎身全不顧，要留清白在人間。（于謙〈石灰〉）

上面徵引的四首詩，都是用意象詞來表現詩人自己，且大致跟詩人的個性與價值取向將埒。它們雖然不能清晰地表現心靈的圖畫，但把抒情的方式，轉用為抽象的隱喻（abstrakte metaphor），有時甚至以「不算譬喻的譬喻」（unbildliche bildlichkeit）來抒發情感，顯露他對人生意義與價值的抉擇。如「解釣鱸魚有幾人」，如「原陵不及釣臺高」，如「自古糟糠合到頭」，如「要留清白在人間」分別由情景交融而用意象詞突出詩人的心意。我國的詩人對此甚為擅長。以此造成言有盡而意無窮的效果，成就了詩的「無限性」（Unendlichkeit）。這點是不容忽視的。

第五節　轉化與區分

談完形象轉化為意象，形象與意象的區分以後，本文即將告個結束。「常恨言語淺，不如人意深。今朝兩相視，脈脈萬重心。」（劉禹錫〈視刀環歌〉）詩人的感觸，看來也正是我談形象與意象的感觸。

而同是一「象」，因「比」而混沌初分。所以「水國輝華別，詩家比象難」（鄭谷〈府試殘月如新月〉）。詩中的「象」，就兼具形象與意象。這些「象」，在文學作品裏邊出現，彷彿就是用文字寫的「畫」。而文字表現的繪畫化，也正是使文學作品免於概念化以及流於空洞理念的有效手段之一。文學不同於哲學、史學，不同於自然科學、社會科學，它是抒情的表現，它還用文字寫畫，應該算作兩大特徵。

用文字寫畫，也可以有寫生畫與寫意畫之分。由感官感覺中外現的人生圖畫，屬寫生畫；如唐鄭一準〈雲〉：「片片飛采靜又閒，樓頭江上後山前；飄零盡日不歸去，貼破清光萬里天。」元黃庚〈暮虹〉：「浮雲開合晚風輕，白鳥飛邊落照明。一曲彩虹橫界斷，南山雷雨北山晴。」實景實描，自然景物在詩人的心眼之前而凸現，故屬外現的人生圖畫。詩題就是形象構成的主題意識所在。由記憶或聯想中重現的心靈圖畫，屬寫意畫。如盧照鄰〈易水送人〉：「此地別燕丹，壯髮上衝冠；昔時人已沒，今日水猶寒。」杜甫〈武侯廟〉：「遺廟丹青落，空山草亦長。猶聞辭後主，不復臥南陽。」兩詩皆有歷史的聯想，憶念中都帶有深厚的情感，雖然它們缺視覺化的必要條件，不足以構成外現的畫面；但用心靈之眼予以透視，卻有比眼見更深入的憶影存在。因此這兩幅「心畫」，就帶有獨特的文學性質。詩人意象構想時的主題意象，在乎憶現「行動中人物的精神面貌」。

而用文字寫畫，有的作直接而外在的生活描寫，只要我們透過文字的聯想，畫面就好像出現在我們的眼前。有的以構成抒情詩內容的生活經驗，組構成另一種畫面，也只要我們透過文字的聯想，畫面也依稀可見。此兩種情境，同屬以形象寫畫。畫面好像出現在我們的面前的例子，如唐韋莊〈鄜州寒食〉：「滿街楊柳綠絲煙，畫出清明二月天。好是隔簾花樹動，女郎撩亂送鞦韆。」金呂中孚〈春夜〉：「柳塘漠漠暗啼鴉，一鏡晴飛玉有華。好是夜闌人不寐，半庭疏影在梨花。」

兩詩其所以不完全算複製自然景物，因都有人物的活動存在。

畫面依稀可見的例子，如杜牧〈贈別〉：「多情卻似總無情，唯覺樽前笑不成。蠟燭有心還惜別，替人垂淚到天明。」如杜甫〈歸雁〉：「東方萬里客，亂定幾年歸。腸斷江城雁，高高正北飛。」這些以抒情詩內容的生活經驗，組構成的畫面，雖不太清晰，但究竟依稀可見。仍屬以形象寫畫的範疇。

另外有些畫，只出現於想像中，或只重現於追憶中，我們叫這些畫為「心畫」，這是以意象寫成的畫。劉禹錫〈金陵五題〉之二——〈烏衣巷〉，是幅憑意象群的戲劇性結合，與創造的想像，而寫成的「心畫」：「朱雀橋邊野草花，烏衣巷口夕陽斜。舊時王謝堂前燕，飛入尋常百姓家。」詩人的意象構想，全以「由久觀暫」為主題意象，故集合而成的畫面，隱喻著歷史的興衰，人世的無常。詩人以含淚的微笑，寫下了這幅心畫。而吳融〈秋色〉：「染不成乾畫未消，霏霏拂拂又迢迢。曾從建業城邊過，蔓草高煙鎮六朝。」則是從追憶中重現的一幅「心畫」。其中也帶有歷史的聯想與興亡的感慨。

全唐二千二百餘位詩人，四萬八千九百餘首詩，張若虛共留下兩首。其一是〈春江花月夜〉，其二是〈代答閨夢還〉。

〈春江花月夜〉伸展了我們的視界，開拓了我們的心胸，讓想像力獲得充分的自由，讓生命深處的寂寥，獲得樂音與美的滋潤。這首詩是天才的創作。因為它不接受陳規和範例的指導。其中的春、江、花、月、夜，五個集合中心，圓連著鈞天的韻律，自然的節奏。而「江月」卻是中心裏邊的中心，籠罩著全詩。用形象寫外現的圖畫時，春、江、花、月、夜，就是形象構成的主題意識。我們透過文字的聯想，畫面視而可見，彷彿它就在眼面前。用意象寫內心的圖畫時，春、江、花、月、夜，就是意象構想的主體意象，透過文字的聯想，心畫宛然，雖然我們直覺到它並不在我們眼面前。而開眼見出形象，閉眼現出意象，竅孔的旋開旋閉，形象意象的轉化，就存乎其中。

原詩是這樣的：

春江潮水連海平，海上明月共潮生。
灩灩隨波千萬里，何處春江無月明。
江流宛轉遶芳甸，月照花林皆似霰；
空裏流霜不覺飛，江上白沙看不見。
江天一色無纖塵，皎皎空中孤月輪。
江畔何人初見月？江月何時初照人？
人生代代無窮已，江月年年秪相似。
不知江月待何人？但見長江送流水。
白雲一片去悠悠，青楓浦上不勝愁；
誰家今夜扁舟子？何處相思明月樓？
可憐樓上月徘徊，應照離人妝鏡臺。

玉戶簾中捲不去，擣衣砧上拂還來。
此時相望不相聞，願逐月華流照君；
鴻雁長飛光不度，魚龍潛躍水成紋。
昨夜閑潭夢落花，可憐春半不還家；
江水流春去欲盡，江潭落月復西斜。
斜月沈沈藏海霧，碣石瀟湘無限路；
不知乘月幾人歸，落月搖情滿江樹。

本詩一開始，就出現一幅春江海月的浩瀚無際，廣大無邊的綜合性圖畫。其中的海上明月、春江明月、灩灩波流，使壯偉的畫面光采奪目。所以首四句是用形象寫成的畫。這幅畫我們透過詩句的聯想，是可以目擊的。第二個四句，亟寫皓月當空的夜色。也是一幅用形象寫成的畫。第三個四句，由對皎月這一孤立絕緣景物的靜心觀照，突然出現類似的聯想，有了「江畔何人初見月？江月何時初照人？」沈思。於是外現的圖畫轉變為內心的圖畫。景畫變成心畫，形象遂轉化為意象。從「人生代代無窮已」，到「但見長江送流水」，是幅意象構想的「心畫」；而「江月」，卻是這幅「心畫」的主題意象。然後是「白雲一片去悠悠」到「何處相思明月樓」；從「可憐樓上月徘徊」到「擣衣砧上拂還來」；以及「此時相望不相聞」到「魚龍潛躍水成紋」，接連出現富浪漫氣息，以帶抒情詩內容的生活經驗寫成的「景畫」。畫面雖然此後朦朧，但究屬依稀可見，仍算形象構成。末後「昨夜閑潭夢落花」，到「江潭落月復西斜」；從「斜月沈沈藏海霧」，到「落月搖情滿江樹」，則是兩幅用意象詞寫成的「心畫」。富詩的擴散性，同時也富詩的無限性。所以這兩幅「心畫」雖無法具象呈現，但透過心靈之眼予以透視，它斷然比我們眼見的更深入；它挑動的情感與感覺，是我們生命最裏層的寂寥。——這或許就是純詩之所以為純吧！

第三章　論隱喻

第一節　比附之法

比附之法，就是一種運用比喻來表情達意的方法。而運用比附之法產生的比況之辭，我們就叫它為意象語（imagery）。從最簡單的象喻開始，到用事用典打止，其中包括明喻（如：急得像熱鍋上的螞蟻）、隱喻（如：上帝是我的堡壘）、換喻、借喻等，統稱之曰比喻的表現（figures of speech）。當然，比喻的表現也不只比附一端，意象與象徵也屬比喻的表現。擴大範圍來說，比喻的表現還包括修辭學上的換置法、轉置法、誇張法與逆序法等。蓋任何才華耀目的作家，特別是詩人，都善於運用語文，把抽象的思想具象化，把飄忽的情感凝固下來，而組構成人生的圖畫。換句話說，作家是擅長運用具體形象，表達抽象思維和飄忽情感的藝術家。而比喻的表現，乃形象表現的方式之一。作家正是以語文為表現媒介的畫家。

為什麼作家醉心於此？為什麼作家要捨棄精確合理的邏輯推論，而採取比況之辭，用類比或類推的方式作比喻的表現？這跟文學要求普遍性發生密切關聯。故文學上的比附之法，一方面既是形象的表現，另一方面又可把較深奧的人、物、事、理，表達得較淺顯明白，讓反應水平較低的人也有所領悟。這兒有個典型的小故事：民國十八年中原大會戰時，馮玉祥統率的西北軍在戰場上最怕飛機轟炸。當部隊後調潼關整補時，馮召集兩個師的殘兵講話。他並沒有直指飛機不可怕，只用比附之法為士兵打氣。他問士兵們：「天上的飛鳥多呢？還是天上的飛機多？」士兵們一致回答：「天上的飛鳥多。」他繼續問：「誰人的軍帽上，有飛鳥下過鳥糞？捱過鳥糞的請舉手！」問了三遍，無人舉手。他繼續說：「所以飛機下炸彈到頭上，實在少之又少！」這下大兵們可全懂了。——這小故事裏邊，就包含著比附之法的妙用。他為穩定軍心，從未說飛機轟炸不可怕的話頭，可是，飛鳥與飛機的類比裏邊，已隱喻了不可怕也不必怕的道理。雖然，用比附之法時，易懂不易懂是一回事，對不對又是另外一回事，二者原不必混為一談。

所以，單就比附之法而言，我真看不出它跟隱喻性質相近，跟明喻性質相遠的地方。例如駱賓王〈翫初月〉：「忌滿光恆缺，乘昏影暫流；自能明似鏡，何用曲如鉤？」是明喻，也是隱喻，簡直能把兩者合而為一。難怪莫利（J. M. Murry）要把兩者合併為修辭學的「形式分類」，而概括於「意象」一詞之中。不過，此處惟一可以指陳的是：在我國的《詩經》時代，由聯想與類比的關係產生的比喻的表現，是隱喻多於明喻的。例如「有女同車，顏如舜華」；「言念君子，溫其如玉」；「蜉蝣掘閱，麻衣如雪」；「執轡如組，兩驂如舞」之類的明喻，畢竟只是屬於少數而已。但這種《詩經》時代比較少的明喻，依然要寫物以附意，颺言以切事，畢竟還是屬於比喻的表現。連劉彥和都承認「若斯之類，皆比類者也」。

第二節　談明喻

所謂明喻（simile），係就相異的兩事物之間，運用某方面或某些方面的相似，進行比較，並且在相似點上加上「如」、「似」、「恰像」或「好像」之類的符號，以為表達的一種比喻方式。明喻當然算作比喻的表現之一。也是「比」的有效組成因子之一。這是毋庸置疑的。為什麼我們在日常用語或文學用語中，一眼就可以看出這是明喻？道理全在加上了上述的識別記號。

一句話：明喻就是在兩種性質或兩種事物之間，作直接的比較，藉以指出它們的性質、情況或意義的相似之處。所以，福如東海，壽比南山是明喻；光陰似箭，日月如梭也是明喻。豔如桃李，冷若冰霜是明喻；靜如處子，動如脫兔還是明喻。「車如流水馬如龍，花月正春風」；「芙蓉如面柳如眉，對此如何不淚垂？往事總成空，還如一夢中」；「人生若夢，為歡幾何？譬如朝露，去日苦多」也全屬於明喻。甚至像艾雷士穆斯《傻瓜頌》裏邊，經常捅出的那句反諷語：「這道理就明白得恰像你閣下臉上的鼻子」，也一眼可以看出這是明喻。就明喻的性質而言，它不過把兩件東西比附在一起，比附時只要求某方面的相似，充其量也不過是某幾方面的相似而已，它究竟擺脫不了「以偏概全」、「以小喻大」、「以實譬虛」、「以象比理」的常軌。因此，柏拉圖才會下這樣的論斷：「比喻是容易滑失的。」此論斷，無論是對人、對事、對理三方面而言，莫不皆然。

我們其所以直觀到這就是明喻，就因為使用明喻時，首先我們必須找出相比附事物兩者之間的「相似點」(the point of likeness)；然後再在兩者之間，明顯地加上如、似、恰像之類的記號，使明喻定型為 A as B; A like B; A as if B 的形式。使我們能一目了然。不必憑什麼暗示，就可以產生聯想；也不必有什麼猜疑，就可以產生想像的比較。這就是明喻這種比喻的表現，常見而不易弄錯的道理。例如《世說新語》中郭林宗讚黃叔度：「叔度汪汪，如萬頃之陂；澄之不清，擾之不濁，其器深廣，難測量也。」一眼看出使用的是明喻。盧仝〈憶酒寄劉侍郎〉：「愛酒如偷蜜，憎醒如見刀；君為麴糵主，酒醒莫辭勞。」詩人使用明喻，也可以一眼看出。再如羅鄴〈歎別〉：「北來南去幾時休，人在光陰似箭流；直待江山盡無路，始應拋得別離愁。」當然也在使用明喻。不過，最有趣的是：「光陰似箭」這四個字，從詩語轉化成口語後，竟然在人們的口頭上活了悠悠千載！口語的頑強生命力，是耐人尋味的。

隱喻(metaphor)也是組成「比」的有效因子。本質上，它也是一種比喻的表現。隱喻屬借喻之一，以意義的轉換轉注出本義為主。換言之，使用隱喻時，有一特點，那就是在並不相似的兩事物之間進行間接比較；這點顯然跟明喻不一樣。如以深秋或殘冬隱喻老年，旅程隱喻生命，沙漠之舟隱喻駱駝之類。當作家用單詞或片語，對人、物、事、理進行以偏概全，以小喻大，以實譬虛，以象比理的活動時，他想像地認同的類比關係，其實也只是把它當作相似關係而已。他設想出來的轉義，事實上也難逃曲解之嫌。而「比」，實兼明喻與隱喻，這跟我國歷代的文論家注疏家的見解，有所歧異。

東漢開封鄭眾（經學家尊稱為「先鄭」），注《周禮》「太師」：用「比者，比方於物也；興者，託事於物也。」大套子解釋，大體上總還過得去。到了孔穎達〈詩大序疏〉：執著於「比顯而興隱」，在「比方於物」後，疏上這麼一句：「諸言如者，皆比辭也。」在「託事於物」後，又疏上「……詩文諸舉草、木、鳥、獸以見意者，皆興辭也」。孔氏更進一步簡化：詩文諸言「如」者，為比辭；不言「如」者，為興辭。這恐怕就是某些平調子，把比叫做「明喻」，把興叫做「隱喻」的歷史根據。如此一來，比興的研究，遺漏了象徵。而後世作手，欲從比與興的表現技巧中求空靈蘊藉，遂成偏枯；致彥和認比、興之要，在乎調音、著色，美化文辭，增益文采，凸顯聲貌或體貌。這就未免把比興看小了。

因此，必須指出：隱喻的天地甚寬，前人比方於物，或比物切類的解釋，應該擴大適應範圍。因為，比附之法，固屬詩人寫詩時追求的空靈蘊藉之法，但同時也潛藏在民眾日常用語裏，特別在俗語和流行的成語裏，更是俯拾即是。

所以，當我們把「比」的座標系統放大，我們就可以發現這種比方於物，或在不同事物間進行間接比較的隱喻，除用之於詩文創作外，還可以見之於日常生活之中。當比興體把我們弄得頭大時，不妨看看我們在日常生活裏邊，如何運用「隱喻」。

屬於測字格的淺近猜謎遊戲，既可以增加我們的生活情趣，又可以加深我們理解事物的深度，和獲致對事物鮮明的印象，屬於日常的隱喻活動之一。例如：《世說新語》〈捷悟第十一〉，曹操跟楊脩的三個小故事，都算「隱喻」。

其一

楊德祖為魏武主簿。時作相國門，始構榱桷，魏武自出看，使人題門作「活」字，便去。楊見，即令壞之。既竟，曰：「門中『活』，『闊』字，王正嫌門大也。」

門上題一活字，正是譬於事而擬於心。能作到智者發意，慧者會心，這種隱喻活動，當然不算刻鵠類鶩了。

其二

人餉魏武一桮酪，魏武噉少許，蓋頭上題為「合」字以示眾；眾莫能解。次至楊脩，脩便噉，曰：「公教人噉一口，復何疑？」

這種把「合」字拆為「人一口」的淺近猜謎遊戲，乃隱喻而不是象徵。出謎示眾者固屬欣然，猜中謎底者尤屬可喜。故日常生活中的隱喻活動，可培養生活情趣。比類雖繁，以切至為貴。謎面謎底，畢竟有線索可尋。

其三

魏武嘗過曹娥碑下，楊脩從，碑背上題作「黃絹、幼婦、外孫、齏臼」八字。魏武謂脩：「卿解不？」答曰：「解。」魏武曰：「卿未可言，待我思之。」行三十里，魏武乃曰：「吾已得。」令脩別記所知。脩曰：「黃絹，色絲也，於字為『絕』；幼婦，少女也，於字為『妙』；外孫，女子也，於字為『好』；齏臼，受辛也，於字為『辤』；所謂『絕妙好辤』也。」魏武亦記之，與脩同；乃歎曰：「我才不如卿，乃覺三十里！」

這故事兩兩相比，顯然是隱喻活動，而不是象徵活動。把比、興看作明喻與隱喻，而且由為解說，未見得是種合理的態度。

第二類，用成語以為比附，雖取類不常，也未見得是切類以指事，但即景生情，或因情生義，喻於聲而譬於事，卻是另一類的隱喻活動。

例如劉義慶《世說新語》〈文學第四〉：「鄭玄家奴婢皆讀書。嘗使一婢，不稱旨，將撻之，方自陳說；玄怒，使人曳著泥中。須臾，復有一婢來，問曰：『胡為乎泥中？』答曰：『薄言往愬，逢彼之怒。』」

兩婢一問一答，把俏皮話隱藏在《詩經》詩句裏邊。問者用〈衛風〉〈式微〉中的「泥中」（衛邑名），跟眼前實景，有部分的類比關係，即景生情，問她罰站在泥地上幹啥？另一婢也半斤八兩，用〈邶風〉〈柏舟〉中的兩句詩回敬。這種借用並不相干的成語，作間接的比較，來表達眼前景、心底情的方式，叫做借喻。古時登高能賦的能手，往往是進行著這類隱喻活動。

跟「胡為乎泥中」類似的俏皮話，活在民眾口頭上的更多。外甥打燈籠，隱喻照舅（舊）；和尚打傘，隱喻無髮（法）無天。甚至有人把「妙不可言」，說成「妙不可醬油」。言鹽諧聲，借換成醬油，平頭百姓也樂於使用這類隱喻或俏皮話。還有人把「莫名其妙」，說成「莫名其土地堂」，妙廟諧聲，借換成土地堂，平頭百姓用起來輕鬆愉快。這一類不登大雅之堂的口語，難道就不算隱喻活動？

所以說：明喻固不算文人學士的專利品，隱喻也不算文人學士的專利品。「比」也是如此。

成語和俗語裏邊的例子，比比皆是。杯弓蛇影、空穴來風、對牛彈琴、有眼無珠這類的成語，一旦借喻成別的意義，都包含著隱喻。太歲頭上動土、十三點、三八、鈎凱子這一類的俗話，也只要借喻成別的意義，也都包含著隱喻。這斷然不是「違章建築」——「亂蓋」的！

當我們不說「大怒」而說「大發雷霆」時，不說「使人上當」而說「趕鴨子上架」時；不直斥別人「玩假」而指他「掛羊頭賣狗肉」時，不揭穿別人「挑是撥非」而說某人喜歡「添油加醋」時；不說某人「輕信謠言」，而說某人「見了風就是雨」，或「撿了封皮就是信」，甚至說「捧了紅棗當火吹」時，這一類的借喻活動，全可當作活在民眾口頭上的隱喻活動。它們看來並不能算作文人學士的專利品，雖然運用活語言入詩文，有時也用得上這些隱喻。

活躍在民眾口頭上的歇後語，如果只講前一半，隱藏後一半，又正是名符其實的隱喻。我們不妨把它們歸納為詩文之外的第三類隱喻。例如：

四川歇後語：耗子爬秤鈎——自稱自。

湖南歇後語：土地廟冒煙——神氣。

湖北歇後語：神仙放屁——不同凡響。

貴州歇後語：狗咬豬尿脬——一場空歡喜。

北方歇後語：反穿皮統子——裝羊（佯）。

作夢啃豬頭——淨想好事。

臺灣歇後語：雞婆帶鴨仔——白費氣力。

水仙不開花——裝蒜。

江西歇後語：電線桿上綁雞毛——好大的膽（撣）子。

孕婦過獨木橋——鋌而走險。

這兒可以看出，我國的比與興，西方的隱喻與象徵，在運用上都有一個廣大的範圍，都跟大眾的需要相關，都不是作家、詩人的專利品。而我們探討學術的時候，片面的愚蠢，永遠抵不上整體的智慧。要使我們的心智趨於成熟，整體觀察的心理習慣，看來是不可缺少的。

第三節 杜詩的比

大人者，是不失其赤子之心的人。詩人也理應如此。而詩人用「比」或「隱喻」，至少他們默認了，用天真無邪的赤子之心來作比喻的表現，要比使用冷硬的科學實證的思想方式，更為稱心如意。至少他們肯定了，當詩人真正受到感動，有話非說不可時，要不就是至情無文，僅使用單純而無藻飾的白描，作抒情的表現；例如〈箜篌引〉：「公無渡河，公竟渡河；墮河而死，其奈公何！」又如張祜〈何滿子〉：「故國三千里，深宮二十年。一聲何滿子，雙淚落君前。」要不就使用譬喻來講說，把眼前景、心底情用類比方式曲曲表達。例如杜少陵〈題鄭縣亭子〉與〈野老〉。少陵詩用比體者不少，此不過管中窺豹，近見一斑而已。

鄭縣亭子澗之濱，戶牖憑高發興新。雲斷岳蓮臨大路，天清宮柳暗長春。巢邊野雀群欺燕，

花底山蜂遠趁人。更欲題詩滿青竹，晚來幽獨恐傷神。（〈題鄭縣亭子〉）

鄭縣亭子即西溪亭，而華州倚郭為鄭縣。此詩首聯用賦體，開門見山，實話實說。只說西溪亭建築在溪畔，登臨四眺有許多感慨。頷聯實景實寫，用西岳華山的蓮花峰，標示出西溪亭的相對位置，以及遠眺中的景物特色。仍用賦體。頸聯「巢邊野雀群欺燕，花底山蜂遠趁人」，表面上好像是近景特寫，其實顯然是比體。隱喻著㈠群小妒賢；㈡舊人不容新人。此一頸聯無法看作興體，因為我們既不能憑藉野雀欺燕，山蜂趁人這些可感覺的天然記號，象徵出某些超感覺的事實；何況野雀欺燕，僅屬詩人的幻想，在天然實景中是並不存在的；又不能憑藉聯想與暗示，象徵出另外的事。沒有暗示，我們不容易找到聯想點。而取類不常的比附之法，經常是不需要任何暗示的。所以末聯「更欲題詩滿青竹，晚來幽獨恐傷神」。依舊凸現的是詩人個性的單獨狀態，並未對群小妒賢，舊不容新，有任何暗示。這兒我對隱喻的深層心理分析，另外有些看法，使我對東漢高密鄭玄（經學家尊稱為「後鄭」）的比興觀，也另外有不同的評估。但我們先得再看——

野老籬邊江岸迴，柴門不正逐江開。漁人網集澄潭下，賈客船隨返照來。長路關心悲劍閣，片雲何意傍琴臺？王師未報收東郡，城闕秋生畫角哀。（〈野老〉）

少陵以野老自況，集中所在多有。如「杜陵野老吞聲哭，春日潛行曲江曲」之類是也。此詩作於天寶年間，安史之亂未已，史思明尚據東郡（滑州），詩人感時撫事，仍有四郊多壘，城闕畫角，戎馬關山之歎。而「野老」亦直抒詩人身在江湖，心存魏闕，關心國事的情懷。故首聯、頷聯、末聯均止於賦體，即景生情。惟頸聯「長路關心悲劍閣，片雲何意傍琴臺」，則用比體。

蓋「物雖胡越，合則肝膽」正是李恰慈（I. A. Richards）《修辭學原理》第一一七至一一八面所解說的「極大的距離，可以合為隱喻」之意。蓋長路關心，片雲何意此一頸聯，正隱喻著㈠世亂未靖，㈡閒適難安。故此類比喻的表現，只是比，不算興。

劉彥和解釋比興，實兼先鄭與後鄭之說。黃侃《文心雕龍札記》，認彥和妙得先鄭之意。揚《周禮》「太師」先鄭注：「比者，比方於物也；興者，託事於物也。」而抑《周禮》「太師」後鄭注：「比，見今之失，不敢斥言，取比類以言之。興，見今之美，嫌於媚諛，取善事以喻勸之。」所以黃季剛下一案語：「後鄭以善惡分比興，不如先鄭注誼之確。」今人多依承之。而看落了《文心雕龍》裏邊「比則畜憤以斥言」這樣一句關鍵語。實則，畜憤以斥言，即詩人積忿難宣而指物為言，正是隱喻所由生的原始心理根源。蓋人類文明越原始，越相信萬物有靈論，故風有風師，雨有雨伯，雷公閃母獸神鳥仙樹怪花妖之類，充斥萬神廟中。而這些精靈的投射，乃成為隱喻的基本要素之一。也因此，隱喻經常跟神話、傳說、寓言相混；隱喻又經常在民族的原始印象中，烙有禁忌（tabu或taboo）的基型，潛抑在民族的集體潛意識之中，跟民族文化傳統相終始。

不獨如此，原始人的思想方式，作興具體思考，缺乏邏輯推論的能耐，所以只好用具象的類比方式，進行粗率的類推。而類比或比附，正是附理者切類以指事的表達方式，故可說是隱喻的第二個基本要素。另外，用比喻法間接地表情達意，產生的幻想往往是雙重的，應算作隱喻的第三個基本要素。而「擬容取心，斷辭必敢」的結果，使類比關係中所啟示的事物，又不免經常逾越了我們的感官感覺範圍，使我們往往有無從直接感知之苦，這又構成了隱喻的第四個基本要素。

現在，先看「巢邊野雀群欺燕，花底山蜂遠趁人」，談談杜甫用比時，何以要「畜憤以斥言」？什麼地方使詩人不便明言？何以要以隱喻的方式出之？詩人心靈中的禁忌何在？這兩句詩，隱喻著一群小人嫉妒賢人，舊人結黨排斥新人；前一句，詩人以燕子自況，是一重幻想；詩人以巢邊野雀，比喻肅宗身邊的倖臣，是第二重幻想，所以說，隱喻經常為雙重幻想所組成。後一句，詩人自視為正人君子，群小則取譬為花底山蜂。也具雙重幻想的特性。而「比則畜憤以斥言」，如畜憤過強，斥言過當，則近謗。謗是詩人的「禁忌」。還有，群小得勢，等閒招惹不起，與其明白道出，不如取比類以言之，這是詩人的「顧忌」。有所顧忌，就不如以隱喻曲曲達意。由此可見，後鄭「見今之失，不敢斥言，取比類以言之」，也並非遠離事實。

至於「長路關心悲劍閣，片雲何意傍琴臺」，詩人關心的是干戈未息，劍閣未通；詩人遺憾的是天下多事，而己身卻投閒置散，沒有機會戮力王室。這都關涉到朝廷之失。有畜憤而不願直言，出之以長路、片雲的隱喻，擺脫了譏評國是的「顧忌」，避免了譭謗朝廷的「禁忌」；既能維持詩人的溫柔敦厚，又能使詩的表現空靈蘊藉，看來這正是比體的妙用。

另外，詩人還有一種「禁忌」，那就是在詩篇裏邊自吹自擂。雖非見今之失，卻有損謙謙君子的形象，故經常以比體的隱喻方式表現之。例如李義山〈題小松〉：「憐君孤秀植庭中，細葉輕陰滿座風。桃李盛時雖寂寞，雪霜多後始青葱。一年幾變枯榮事，百尺方資柱石功。為謝西園車馬客，定悲搖落盡成空。」小松隱喻詩人自己。頷聯與頸聯用比體稱許小松之處，也是詩人用比喻法（tropology）稱許自己，包括他的個性，他的遭遇。可看作比體的另一格。

第四節 借喻成「比」

借喻（trope）可大別為鄰接的比喻與相似的比喻兩類。而鄰接的比喻，其所以能於切類指事中附之以理，完成比體的充分兼必要條件，就因為有換喻（metonymy）在互比中找到詩人隱喻之理。有提喻（synecdoche），提示出比喻事物的兩者之間，有內在關係存在，在提示中找到詩人隱喻之理。子蘭〈城中吟〉：「古塚密於草，新墳侵古道；城外無閒地，城中人已老。」古塚、新墳，城外、城中，不斷變換比喻，成一連接的思想線索，隱喻著「死無葬身之地」，是比體之一。杜秋娘〈金縷衣〉：「勸君莫惜金縷衣，勸君惜取少年時；花開堪折直須折，莫待無花空折枝。」漂亮的絲衣，美好的少年時光，折花，折技，由不斷提示著彼此之間的內在關係，成一可以探索的思想線索，隱喻著行樂須及時，也是比體之一。

而相似的比喻，雖取類不常，但以切至為貴。太白〈清平調〉，以牡丹和妃子相類比，描繪牡丹的國色天香，也隱喻著貴妃的風華絕代。其一：「雲想衣裳花想容，春風拂檻露華濃。若非群玉山頭見，會向瑤臺月下逢。」其二：「一枝紅豔露凝香，雲雨巫山枉斷腸。借問漢宮誰得似？可憐飛燕倚新粧。」其三：「名花傾國兩相歡，常得君王帶笑看。解釋春風無限恨，沈香亭北倚欄干。」

這類相似的比喻，以方於貌而擬於心為主，不獨極自然生動之能事；而且自由地組合印象內容，可以發揮詩人的想像力到最高的程度。落筆如天馬行空，一無阻滯窒礙；全篇一氣呵成，看不出半點斧鑿痕跡。三詩聯章，名花名妃對舉而對比，遂至名花傾國相歡相忘。寫花就是寫妃子，寫妃子也就是寫花。此一雙重的幻想，使「對妃子，賞名花」，此一人間少有的實境，終於暈化成真正的隱喻。

詩人的異常豐富的想像力，自由運轉，看似無所拘束，其實切事附意，一歸於「切至」。既有群玉山頭，又有瑤臺月下，還有雲雨巫山，神話世界與傳說世界紛陳。用事則漢宮飛燕，寫實則沈香亭北。而意象群則名花與名妃混，莫辨一枝紅豔在春風裏的嫵媚嬌姿，露華濃與露凝香的晶瑩剔透，兩兩互比，究不知誰能佔到上風？這一項名花名妃的類比，也終於比成了真正的隱喻。〈清平調〉三詩聯章，以相似的比喻一氣呵成。那即景，原是人間罕見之景；那快樂之情，原是詩人一生裏邊可以碰到一次，以後永遠無法重複之情；故此景美，此情尤美。而詩人以飽和的快樂情趣，加上飽和的鮮活意象下筆，原不必有什麼顧忌，尤其沒有什麼禁忌成為心靈的陰影，下筆時筆酣墨飽，表現時簡樸、生動、自然，遂成千古名篇。

必須指出：用鄰接的比喻如〈城中吟〉與〈金縷衣〉，或用相似的比喻，如〈清平調〉，跟「畜憤以斥言」，有所顧忌有所禁忌的比體，在本質上應有區別。因為它們只是純技巧性的，使作品顯得更為突出，更富感染力而已。雖然，「借問漢宮誰得似？可憐飛燕倚新粧。」乃高力士向楊貴妃進讒的把柄，太白也因此落拓江湖。看來好像仍有禁忌存在。不過，太白集中提到漢宮飛燕的地方，為數不少，可見這項禁忌是小人故意找碴子挑撥，詩人心中壓根兒就沒有飛燕的壞印象存在。

第五節　比興合稱

比與興，有密切處，我們就把比體與興體合稱為比興體。西方的隱喻與象徵，也有密切處，他們解釋為語意上的詞意重複，在文論上也是經常可以互用的。蓋象徵與隱喻，均係比喻的表現；均不外乎憑藉比較、暗示與意含，來擴大字面的意義；均有某種類比的關係存在，也均須在相似點上進行聯想的活動。但話雖如此說，象徵自象徵，隱喻自隱喻，各有詩文之外的適用天地，且兩者的天地均甚廣大。所以西方無法把隱喻與象徵，連綴為隱喻象徵體。

我們追求詩文的空靈蘊藉，作法上我們提出比與興這兩種體裁，我們推崇這比體與興體，致有「欲觀於詩，必先知比興」（宋蘇子由〈詩論〉），以及「詩無比興，非詩也；讀詩者不知比興所存，非知詩也」（清馮舒《默庵遺稿》）。但也有比較持平之論：詩文「若專用比興，患在意深，意深則詞躓；若但用賦體，患在意浮，意浮則文散」（梁鍾嶸〈詩品序〉）。惜我們把比與興誤為明喻與隱喻，鬧了個傳統的集體笑話於前；又因為分析的能耐不夠，解析時比與興混，率性來個比興體以為不求甚解者找遯詞。由比興合稱到比興合體，具見懶人的懶法子。

而這懶法子也是由古及今傳承下來的。下面選取三例，以為佐證：

㈠後漢王逸（叔師）〈楚辭章句離騷序〉：「〈離騷〉之文，依詩取興，引類譬喻。故善鳥香草以配忠貞，惡禽臭物以比讒佞；靈脩美人以媲於君，宓妃佚女以譬賢臣；虬龍鸞鳳以託君子，飄風雲霓以喻小人。」而劉勰《文心雕龍》〈辨騷第五〉，就直截了當說它「虬龍以喻君子，雲霓以譬讒邪，比興之義也」。他解釋這諷兼比興，理由也不過比事託物，二者兼而有之而已。但此一由類比方式組構成的雙重幻想，既可見萬物精靈的投射，又可見個體潛意識層面的顧忌，集體潛意識層面的禁忌，畢竟只是「隱喻」，只是「比」。劉勰把它比興合稱，不免增加了我們的第一層困惑。

㈡宋王應麟（厚齋）《困學紀聞》卷三，引鶴林吳泳論詩：「興之體足以感發人之善心。毛氏自〈關雎〉而下，總百六十篇，首繫之興。〈風〉七十，〈小雅〉四十，〈大雅〉四，〈頌〉二。注曰興也；而比賦不稱焉。蓋謂賦直而興微，比顯而興隱也。朱氏又於其間增補十九篇，而摘其不合於興者四十八條。且曰：〈關雎〉，興詩也；而兼於比。〈綠衣〉，比詩也；而兼於興。〈頍弁〉一詩，而比興賦兼之，則析義愈精矣。李仲蒙曰：敘物以言情，謂之賦；情屬物也。索物以託情，謂之比；情附物也。觸物以起情，謂之興；物動情也。」

大抵值得徵引之文，多為作者信得過的話頭。平情酌理而論，吳泳「興之體足以感發人之善心」，有經學味但也僅止於皮相。李仲蒙釋「比」，以比方為體，故索物以託情，而情附物乃顯。釋「興」，以取義為體，故觸物以起情，而情因物而動。沾到了一點兒邊，但仍擺不脫模糊籠統的積習。先賢們沒有為比興設置明確的判別標準，兩千年間大家輾轉相抄的結果，就只有比興合稱的比興體了。這又不免進一步加添了我們的困惑。

㈢近人屈萬里《詩經釋義》：「毛傳於賦、比兩體都不注明，而獨標興體。但是，毛傳鄭箋，實際上都把興體講成了比體。那就是興體詩開頭的一二句，多半和詩人要詠的本事無關，而毛傳鄭箋，卻一定要把這開頭的話和本事拉上關係，於是穿鑿附會，不一而足。鄭樵《六經奧論》說：『凡興者，所見在此，所得在彼，不可以事類推，不可以義理求也。』朱子《詩集傳》也說：『興者，先言他物，以引其所詠之辭也。』這都是明達之論。可是朱子《詩集傳》遇到興體詩時，也仍然『以事類推，以義理求』，講來講去，和比體簡直沒什麼分別。」屈先生這段話，透露出比興合稱為比興體的事實真相。——用「什麼者，什麼也」的訓詁方法，有時也難免失靈；除非我們愛談神話，要不然，萬應靈丹本是世界上找不到的！我們今天日益加強的困惑，也許跟我們所使用的方法之不當——迷信集合許多空話就可以實際解決問題，發生某種程度的關聯。

我們的文論裏邊，比興合稱，經學家解文學，致積重難返，是在源頭上設置的第一重霧障。以後，凡以「比物託事」來區分比與興的，莫不落進此一過分簡單化的圈套，國人之不能擺脫此一圈套者，幾近兩千年。而東漢鄭眾注《周禮》「太師」：「比者，比方於物也。興者，託事於物也。」即為矯矢。東漢鄭玄注《周禮》「太師」：離比物託事常軌，而以政教善惡為言，故曰：「風，言聖賢治道之遺化也；賦之言鋪，直鋪陳今之政教善惡。比，見今之失，不敢斥言，取比類以言之。興，見今之善，嫌於媚諛，取善事以喻勸之。」用當代眼光來看，這段解釋有得也有失。比則畜憤以斥言，實指積忿難宣時用打譬喻的方式而指物為言，至少是我們要運用「隱喻」

或「比」的一種心理根源，這點，確有所得；而見今之美的一段話頭，則開興體足以感發人之善心的先河，這點，又確有所失。這可看作比興的正反兩面。而劉彥和分論比興：比為附理以斥言，比物則須切類；興為起情以環譬，託事則出依微。故比顯而興隱。其論比與興之歧異處，除比切附而興依微外，還有比意直而興意婉，比義狹而興義廣。所以〈比興第三十六〉，實承兩鄭之餘緒，而歸納正反兩面而為合。我們承認他具文論家慧業，有深造之得。惜其仍拘於虛、囿於時，束於教而限於識，仍不能突破「比物託事」的傳統解釋，故留下千餘年來的紛紜聚訟。讓大家在字眼裏爭翻觔斗。

然後，梁鍾嶸〈詩品序〉：「文已盡而意有餘，興也；因物喻意，比也。」然後，隋虞世南《北堂書鈔》引《釋名》：「比物而作謂之興；事類相似謂之比。」然後，唐皎然《詩式》，用物象與物義分比興：「取象曰比，取義曰興。」然後，宋朱熹《詩集傳》：「比者，以彼物比此物也。興者，先言他物，以引其所詠之辭也。」遶來遶去，仍在「比物託事」這個小圈圈裏邊原地踏步。「蕭條異代不同時」，這裏邊該有多少值得珍惜的生命和智慧，因方法之不當而浪費！而比與興的問題，依舊懸而未決。甚至，我們的文論家，解釋〈古詩十九首〉〈涉江采芙蓉〉時，以「知音難覓之感」，派定該詩為「興」；解釋〈庭中有奇樹〉時，以「世有失賢之傷」，派定該詩又是興。

文學理論的研究，態度上總歸是無限趨近科學的。而所謂科學態度，說穿了也不過是：在可見的範圍以內，把事實的真象弄明白而已。例如：「涉江采芙蓉，蘭澤多芳草。采之欲遺誰？所思在遠道。還顧望舊鄉，長路漫浩浩。同心而離居，憂傷以終老。」我們的文論家為什麼要理解為整首詩都是「興」知音難覓之感？而不可以理解為懷鄉懷人的抒情之作？假如拿「託事於物」為興的既設標準，那麼「涉江」「采芙蓉」這兩個動態意象，在「託事於物」上，究竟會成為一個什麼樣子的「可感覺的記號」？究竟它要表明的，除知音難覓之感外，還有沒有些別的？什麼地方構成全詩的聯想點？它的暗示之處何在？如果我們不用分析的方法，而一味盲從「傳統的假設」，就認定它是興體詩，將會有什麼後果？

又例如：「庭中有奇樹，綠葉發華滋。攀條折其榮，將以遺所思。馨香盈懷袖，路遠莫致之。此物何足貴，但感別經時。」我們的文論家，何以要指為這是一首興體詩？何以這首詩所象徵的，就是「世有失賢之傷」？整首詩的比喻的表現何在？所託之事，攀條，遺所思，而路遠莫致，如何依微擬義，會聯想到「失賢之傷」？難怪那些這也「后妃之德」，那也「后妃之德」的注疏家，至今還有人相信哩！

第六節 大系統的解釋

本論文將以試圖解析比與興實質上的不同告終。但我們雅不欲局限在「比物託事」這一「傳統的假設」上邊，複述比顯而興隱，比切附而興依微，比意直而興意婉，以及比義狹而興義廣，繞著此四個論點，安排論據，進行論證。蓋千餘年間，論者已多，而陳陳相因，並未加添新意。何況，意直、意婉，義狹、義廣之間，也很難說。故寬角度的掃描，大系統的解釋，究不可少。

我們談比與興，西方談隱喻與象徵，各自發展成套，但用比較法來研究，卻可以看出東西雙方，在文論與文評上，焦點可不一樣。《文心雕龍》一開篇就說：「詩文弘奧，包韞六義，毛公述傳，獨標興體。」而西方，亞理斯多德的《詩論》及其《修辭學》，獨標的卻是隱喻。我們把興體象徵的幽微、婉約、廣大，看作評詩論文的最高審美標準。西方則以「隱喻為詩的靈魂」，為詩的比喻表現之基礎。自亞氏珍惜並尊重隱喻的自由使用，一直到當代批評家（特別是新批評），咸認有效運用隱喻，乃詩人才氣的最高標幟。東方，以比物託事，區分比與興，故託事言理，興高而比低；據事比物，則比詳而興略。又因為「用比者歷久而不傷晦昧，用興者說絕而互致辯爭。當其覽古，知興義之難明；及其自為，遂疏興義而希用，此興之所以浸微浸滅也」（黃侃《文心雕龍札記》）。再因為興之為義過高，為用過美，賦家難其用。故興亡而比傳，乃西漢以降之實跡。除「深廢淺售」外，興之用不如比廣，也是主要原因。

不過，在我們傳統的文論中，確認「但有一端之相似，即可取以為興」。所以興體隨處皆是。西方文論中，廣義的一面，認把某些事當作、或視為另外某些事物的代表者，即為象徵。若用之於詩文，則指單詞、片語或其他的表現方式，均應有聯想意義的複合。故凡象徵，必以相似為基礎，以暗示為導向，才會由某些事聯想到另外的某些事。才會由可以感覺的記號，表明超感覺的事實。由物質世界的存在，象徵出精神世界的博大精深。這跟我們取一端之相似以為興，或託事於物就是興，繁簡詳略不同，方法的精確、合理、有效程度，也有較大的差別。

而比，我們始終執著於比附或比方於物的解釋。又因為我們的比，只及西方的明喻，只要求在相似兩事物之間，從事直接的比較，而遺漏了隱喻也是種比喻的表現；而隱喻卻要在不相似的兩事物之間，從事間接的比較，故隱喻的基本素質，應包括㈠類比的；㈡雙重幻想的；㈢精靈投射的；㈣啟示著無從感知的官能意象的這樣四類。此四者也可說是隱喻的一般概念或共相。也因此，隱喻實際上包括兩個有效因子，由兩部分所組成。被表現出來的部分叫做隱喻的要旨；用之於傳達思想感情的部分，叫做隱喻的媒介物。在李恰慈《修辭學原理》中，前者名曰tenor，後者名曰vehicle。所以隱喻與象徵，或比與興，雖然十分接近，但實質上還是有些區分的。此處，我們縮小範圍，單從詩文的應用上作比較。

用在詩文上，我們得出比顯而興隱，以及切附與依微，意直與意婉，義狹與義廣之區別。然賦之比跟三百篇之比也有差別。辭賦之比，多為名、物、事、象，簡略顯直，為聲影之形容，多明喻。三百篇之比，廣而深，顯而曲，非徒聲影之擬，類隱喻，而西方的隱喻與象徵，雖同來自借喻。隱喻，則由轉換隱義而獲致原意。象徵的借喻，則兼具語文的性質與感覺的性質；而此兩種性質，又都有抽象的或暗示的樣子可循。故文學的象徵有兩種類型。㈠具體表現為普遍意義的暗示。㈡從特殊的作品中，求得暗示的真意。故象徵需要聯想與暗示。而某種相似的關係，也不可少。隱喻則在類比的關係上，或從事雙重的幻想，或接受精靈的投射，或從超感知覺上獲得啟示。所以象徵裏邊出現的天然景物，都可以作為象徵的天然記號；象徵裏邊出現的約定事物，也都可以作為象徵的約定記號。而隱喻中出現的景物與事物，大部分來自詩人或作家心靈的臆造。既不屬於真正的天然景物，又不屬於真正的約定事物。「巢邊野雀群欺燕」，隱喻著群小妒賢，這皃沒有暗示，也不需要聯想，最要緊的，是自然界並無此一現象存在。詩人只是要用比體，來畜憤以斥言，他用雙重幻想臆造的此一比喻的表現，正說明「隱喻」或「比」，在某些場合，是有深層心理上的需要的。同理，「片雲何意傍琴臺」，隱喻著天下多事，而自己卻投閒置散，也是比體，而不是興體，因為我們從片雲與琴臺這兩種毫不相似的兩物之間，間接比較得來的只是畜憤以斥言的隱喻，而不是環譬以託諷的象徵。主要的也是，自然界並無此一現象存在。

象徵裏邊，構成聯想點之處，經常存在著暗示。而隱喻卻由要旨與媒介物這兩大部分所組成。不過聯想點與暗示，與要旨與媒介物之間，並無對應關係存在。那就是說，被表現出來的要旨，不能相當於象徵裏邊的聯想點；傳達思想感情的媒介物，也不能相當於暗示。如李約〈過華清宮〉：「君王遊樂萬機輕，一曲霓裳四海兵！玉輦升天人已盡，故宮猶有樹長生。」是首由相反的聯想構成的聯想點，暗示著物極必反，樂極生悲。象徵著命運的鐵面無私，只有布景沒有演員的悲劇。而劉長卿〈江州重別薛六柳八二員外〉：「生涯豈料成優詔，世事空知學醉歌。江上月明胡雁過，淮南木落楚山多。寄身且喜滄洲近，顧影無如白髮何！今日龍鍾人共棄，愧君猶遣慎風波。」被表現出來的要旨是人到老年無妨裝傻裝糊塗，所謂「世事空知學醉歌」是也。傳達思想感情的部分，卻包括白髮而承優渥；龍鍾而有人叮嚀慎風波。至於江上月明，淮南木落，也只是深秋景物換喻成的老年情懷。這些都是詩的媒介物，由「學醉歌」的主旨，隱喻著老境無常，小心為上。全詩既寫物以附意，颺言以切事，又圖狀山川，影寫雲物，故為比體。

以上數事，可視為有關比與興的四大論點之外的補充說明。卑之無甚高論，尚望高明指教。

第四章　論象徵

Symbol 源於希臘文動詞 symballein：而 symballein 也不過「丟在一塊」而已，原無甚深意。後來孳乳成把破碎的事物密合起來，將密合處的識別記號就管它作 symbol。故 symbol 含三義：記號、符號與象徵。三者名異而實同。所以要了解人類的象徵活動，勢必從記號與符號說起。

由已知的事物，導引我們認識未知的事物，在認識過程中，這個已知的事物我們通常叫它為記號。故記號跟所表示的事物之間，必須有某種可以認識的關係存在，象徵活動方屬有效。所謂可以認識的關係，係指相似而不相同的關係；這樣，就把我們的象徵活動，植根於聯想的想像之中。讓我們在自由組合印象內容時，能夠直覺捕捉到跟記號相對應的事物。這兒也指出：象徵的性質，是用甲來表明乙，而不是用甲來替代乙。象徵永遠是表明性的，而不是替代性的。

記號可以粗分為天然記號與約定記號兩個大類。天然記號是我們能用直覺方式直接認知的記號。如嬰兒啼哭是痛苦的天然記號，燕子飛臨是春天的天然記號，蟬聲初唱是夏天的天然記號之類。不過，如果記號及其表示之物兩者之間的關係，是人為的，只有同一歷史文化背景；同一社會風習的人們才能意會言傳，就叫做約定記號，語言文字是我們使用得最普遍的約定記號。用語言文字表情達意，作人際溝通，實際上就是全人類無可減約的象徵活動。而用櫻花來象徵武士，這個約定記號只能通用於日本；用梅花來象徵國魂，這個約定記號也只能通用於中國；因為約定俗成，畢竟是人為的。

我們把語言文字這些使用得最普遍的記號，經常叫它為語文記號；而語文記號加上一些全人類習見習用的符號，如＋－×÷＞＜＝π$之類，就成為符號系統。所以我們把語文記號，又叫做語文符號。凡語文皆屬象徵。我們以語文表情達意，就在運用象徵。特別是我們中國人的六書文字，格外富於依象起義，借象明理的象徵作用，想來比其他的文字符號，更能讓我們對文字符號的象徵運用，有深層的領悟。我們別忘了，文學上的象徵，應居於天然記號與語文記號之間，這樣一個預設條件的上面。

黑格爾曾經概括古今來藝術的發展，把它區分為象徵時期、古典時期、浪漫時期。他大概看漏了一項事實：把抽象觀念作具體解答；或運用可以感覺的記號，去表明超感覺的事實，太空時代的人比石器時代的人縱有差異，但相差也極其有限。赫塞離開他的農舍故居，踏上流浪者的征途時，曾慨乎言之：我認為我們所愛的只是象徵。當我們的愛太過執著於一種事物，一種信仰，一種觀念的時候，我會變成懷疑不安。大概他也忘了，象徵是普泛性的，我們確實愛不了那麼多。而當代人的焦慮感與不安感，卻跟象徵拉不上密切的關係。因為，古今來人類依然生活在象徵裏邊。因為，人類到今天打止，依然是惟一會使用記號或符號，來從事象徵活動的動物。

商標是某種形式的象徵，招牌是另一種形式的象徵。聖人畫八卦象徵天地萬物之變，固屬象徵活動，頑皮的小學生給同學取小名，叫綽號，是一種象徵活動；軍、警、憲、學生、公務人員、醫護人員穿制服，也是一種象徵活動。就大處言，全球各國有國旗與國歌，這國旗與國歌就是國家的象徵。上帝的愛，我們看不見，但十字架就是象徵。民族靈魂我們看不見，但各國的國花就是象徵。統治者的權威我們看不見，但皇冠與權杖就是象徵。再推而廣之，黑色象徵悲哀，紅色象徵熱情，藍色象徵寧靜，白色象徵純潔，幾乎是全人類的。鴿子象徵和平，獅子象徵勇猛，羔羊象徵善良，狐狸象徵狡猾，又幾乎是全人類的。＋－×÷象徵數的集合關係，語言文字象徵思想感情，也幾乎是全人類的。還有，遠古的象徵活動，有些可以一直傳承到今天，如新舊石器時代的圖騰，一變而為國旗，再變而為黨旗（如大笨象與驢子之於民主共和兩黨），三變而為社團的會徽（如扶輪社、崇他社、青年會、紅十字會等），四變而為帽徽。所以說，不論古今中外，我們全生活在象徵之中。

第一節　四首唐詩起興

我國的文論，把西方文論裏邊的隱喻與象徵，叫做比與興。其中比相當於隱喻，興相當於象徵。為了說明它們之間的對應關係，請看：㈠朱慶餘〈近試上張水部〉；㈡駱賓王〈在獄詠蟬〉；㈢顧況〈歸山〉；以及㈣薛濤〈詠八十一顆〉。旨在用我國古典文學作品為例證，具體詮釋 symbol。

話說朱慶餘科考之後，連同溫卷詩文與科場文字，送請水部郎中張籍過目，並附〈近試上張水部〉七絕一首寓意：「洞房昨夜停紅燭，待曉堂前拜舅姑；妝罷低聲問夫婿，畫眉深淺入時無？」詩裏邊表面上談的盡是新婚之事，無片言隻字涉及科考；骨子裏卻把重點全擺在打探考試的中與不中上邊。他不實寫科考之事，也不徑達有沒有考取希望的疑問；而以有類比關係或相似關係的事（畫眉）為隱喻，使張籍在這種情境下，不致語意直尋，而聯想到另外的事（科考）。就是這樣，言在此而意在彼，「畫眉深淺入時無？」一問，正象徵著「科場文字合不合試官的胃口？」這種以某種可以比擬的重要關係為聯想點，使我們由一事聯想到另一事的心靈活動，乃是我們經常採取的象徵活動有效途徑之一。所以凡象徵皆有類似的關係存在。

新娘畫眉跟士子應試確屬兩碼子事。兩者也無可取代。詩中借畫眉之事喻意，而借事喻意的表達方式卻屬隱喻的方式之一。隱喻相當於《詩經》裏邊的「比」。——劉勰《文心雕龍》〈比興第三十六〉，「比者，附也。——附理者切類以指事」。借用畫眉深淺這樁事，比附科考中式另一樁事，就叫做隱喻。而全詩曲曲達意，言在此而意在彼，把潛藏在詩人心靈深處的東西顯露出來，這就相當於《詩經》裏邊的「興」。而「興」，正是當代文學理論中的「象徵」。所以說：「興者，起也。……起情者依微以擬議。起情故興體以立；附理故比例以生。」又因為隱喻的美感特質，是用換喻法予以間接講述，使心中之事，經過逐一比喻，而能獲得貼切本意的某種心象。感情的互譯植根於互比，故比較顯明。而象徵的美感特質卻植根於直觀或頓悟，故比較隱晦。所以劉彥和才指出：「比顯而興隱。」究其實，比與興，或隱喻與象徵，在語意學上是詞意重複的。在文學理論上也是經常可以互用的。因為兩者均具備美感特質，兩者同為感覺的與審美的連續體；這樣就使詩近乎音樂和圖畫，也使詩遠離哲學和科學。

再說駱賓王助徐敬業討武則天失敗，因他曾草〈討武曌檄〉，因此繫獄。有〈在獄詠蟬〉五律一首志慨：「西陸蟬聲唱，南冠客思深。那堪玄鬢影，來對白頭吟！露重飛難進，風多響易沈。無人信高潔，誰為表予心？」

詩中的秋蟬聲，淒切而幽異，是個可以感覺的記號，或者只是個聽覺意象。而夕照陰沈，獄中枯寂的場景感；老來坎坷，心中的幽憂不平之氣，卻是些不可徑達之情，不可名言之理。假如情理直寫，可以言言，可以解解，則他寫的是文而不是詩。如今他以秋蟬聲這個可以感覺的記號起興，來抒寫「情沿物應，哀弱羽之飄零；道要人知，憫人聲之寂寞」（〈在獄詠蟬〉原序）。哀蟬亦自哀，露重風多亦對應詩人心靈裏層的寂寥，故在某種類比關係上進行的象徵活動，乃象徵的第二條有效途徑：運用可以感覺的記號，去表明超感覺的事實。詩中秋蟬淒切，這個記號我們可以用耳捕捉，用直覺去直接認知；而記號所要表明的事實，如國事蜩螗，人事無常，生命短促，君子道消，小人道長之類，都是些超感覺的抽象事物。它們不屬於能感覺到的物質世界，而屬於超感覺的精神世界，根本無法使用直覺或直觀的。由此我們對象徵，可獲得一種更明白的說法：所謂象徵，是指：用可以感覺的事物作為記號，去闡明那些本身只能用抽象思想把握住的精神事物。在文學上，我們用具體形象，來表達抽象思維，借物質世界可感覺的事物，表達精神世界超感覺的事實，就是運用了象徵。分析言之：以可見者表達不可見者；以部分表達全體；以有限表達無限；以具體事物表達抽象概念；以瞬間表達永恆，都叫做象徵。

的確，象徵無法像概念思想一樣，施展類比手法表達出超感覺事物的本身；但卻有一點斷然優於概念思想。因為象徵必帶暗示性，這種暗示手法更足以顯示出精神世界的博大精深，更足以避免例舉之不能周全，比喻之容易滑失；因此，也更易增加我們的情趣與想像，直接打動我們的心弦。

要進一步說明這些，無妨看看顧況的六言詩〈歸山〉：「心事數莖白髮，生涯一片春山。空林有雪相待，古路無人獨還。」以及薛濤的六言詩〈詠八十一顆〉：「色比丹霞朝日，形如合浦圓璫；開時九九知數，見處雙雙頡頏。」

六言詩節奏緩慢平穩，宋洪邁《萬首唐人絕句》五絕之後，第二十六卷蒐集的全是六言詩。而上面例舉的這兩首詩，運用有限的幾種藝術形象，如白髮、春山、空林、古路，映現於象徵的光輝之中，使我們讀來，有言在耳目之內，情寄八荒之表的妙趣。其中以可見的白髮表達不可見的心事；無盡的憂患意識就輝閃在此一象徵之中。以具體的一片春山表達抽象的生涯，退休閒適之情就在此一象徵中呈現。而空林有雪，古路無人，則象徵著老境寂寞。這兒寫的是詩人個性的單獨狀態。但整首詩折射在我們心靈上的，卻是人生這一場痛苦的遊戲，在遲暮之年所存有的，只剩痛苦，已經沒有遊戲了。人生這一場緊張的戰鬥，在遲暮之年，不得不由功利的回歸到藝術的，那麼，精神的鬆弛和閒散，就象徵著老年人的一條「獨還」之路。

〈詠八十一顆〉是見花起興，寓理於象。先以明喻的方式，描述花色與花形。接下去，則以「九九」象徵圓成完滿；以「雙雙」象徵恩愛幸福。卻是以有限表無限，以瞬間表永恆，這類象徵方式在文學上的具體運用。清初葉燮《原詩》：「可言之理，人人能言之，安在詩人言之？可徵之事，人人能述之，又安在詩人之述之？必有不可言之理，不可述之事，遇之於默會意象之表，而理與事無不燦然於前者也。」這段話，可謂搔著了象徵的癢處。

第二節　禪趣與象徵

中國幾千年來的文學傳統，以為好詩不在冗長的敘述，而在空靈與蘊藉，比興方法，就在發揮這兩大特色。惟其如此，詩才耐人尋味，百讀不厭。也惟其如此，嚴滄浪才以禪喻詩，得別才別趣。而比與興在我國文論中區別不大，如「比顯而興隱」之類，後人就率性合稱為比興。此情形，跟西方文論中把隱喻與象徵，幾乎看成同義字，看來又有類同之處。我國文論其所以比興合稱，就因為過於執著：比附即比喻，明喻、隱喻、借喻等皆屬之。起興即觸景聯想的「起頭」，藉自然景物做敘事抒情的「開端」。故「比興」的表現方式，局限於以自然比人事，或以人事比人事，有的抒情，有的寓理而已。我們談的偏重在具有相似基礎，能生聯想的兩事物之間的「互比」；我們忽視的，卻是對個別事物作形相直觀時所生的頓悟。當下即得，原不必依循邏輯推理而找到兩者之間的關係。故把比興的美感特質經常看落了。

理趣禪味，使詩家之境，可望而不可置於眉睫之間。使詩家之語，情至、事至、理至而無跡可求。所以沈德潛（歸愚）說：「詩貴有理趣，不貴有理語。」紀昀（曉嵐）也說：「詩宜參禪味，不宜下禪語。」他們就看出：把抽象的思想用直敘法表出，到頭來只是談哲學而不是寫詩。把抽象的哲理寄寓於具體景物中，是運用象徵的方式寫詩而不是寫哲學，所以哥德也有兩段話，說明這個意思。其一是：詩中不能沒有哲學，但詩中應把哲學隱藏起來。其二是：心思細密，用意周至的偉大詩人，應求取形式、內容與意義三者之間的圓融統合。——詩中一涉及理語、禪語，就顯得生澀而不能圓融了。

明末澹歸和尚的〈十六字令〉：「鉛。淚結如珠顆顆圓。移時驗，不曾一顆真。」詞以李長吉的詩「憶君清淚如鉛水」起興。所談的只是眼淚這個可以感覺的記號，用象徵方式表明的，卻是法相宗的緣起觀，以及三論宗的性空觀，這緣起性空，卻是超感覺的宇宙現象。蓋法相宗的觀點，認眾緣和合，乃有生滅；緣合則生，緣散則滅，故曰緣起觀。三論宗則認宇宙萬物皆無固定存在的本質，即所謂無自性，無自性曰空，所以叫做性空觀。不過，緣起性原是一體的兩面。顆顆圓的淚珠，既緣於情；到頭來又歸結到悲歡離合總無情，所以淚珠所象徵的，賅括了緣起性空的哲理。其妙處，有理趣與禪味，而無理語與禪語，寓理於象，不猛掉書袋，也正是運用象徵的妙處。

憶掛孤帆東海畔，咫尺神山，海上年年見。幾度天風吹棹轉，望中樓閣陰晴變。金闕荒涼瑤草短，到得蓬萊，又值蓬萊淺。衹恐飛塵滄海滿，人間精衛知何限！（王國維〈蝶戀花〉）

他採用《漢書》〈郊祀志〉蓬萊、文丈、瀛洲三島三神山起興：「三神山者，相傳在渤海中，望之如雲；及至三神山，反居水下，水臨之，患且至；則風輒引船而去，終莫能至云。」而後半首詞，看似實事直敘，實情直抒，究其實，仍然是幽渺以為理，想像以為事，惝恍以為情，要用象徵的方式表達他悲觀的意境。點出人生景象，宜遠觀不宜近視。此所以叔本華把人生比擬為粗陋的木刻畫的道理。凡是想把自己所渴望的東西攫弄到手的，其結果拆穿來看，也不過只是虛幻罷了。而人生的慾望無窮，年歲有限，苦苦追求的結果不外兩種：追求到了手，日久生厭倦；追求不到手，日久生痛苦。人生如鐘擺，在厭倦和痛苦的二重奏中擺來擺去。此一雙層的寓意，正是〈蝶戀花〉一詞的象徵。

第三節　從〈錦瑟〉到〈無題〉

詩無達詁。特別是對於象徵詩我們要有寬容的智慧，而不必輕易下全稱命題，作獨斷論調。蓋象徵詩如夢，當詩人的精神層次接近原始思考程序時，詩語、意象與幻想，出沒在心靈裏，均沾滿了情緒；而原始的思考程序為了滿足情緒上的許多需求，不得不把多方面的關係凝聚在一個象徵事物上。這時，字與意象合意豐富，使詩在意象事物上顯現它特具的朦朧性與曖昧性。藉以滿足詩人與讀者的多種情緒需求。而隱喻和象徵就是原始思考程序的工具。這兒存在著詩的闡釋難題，以及讀者在詩裏再創造的可能性。

詩人運用了某種程度的意識來控制來自潛意識的意象，隱喻、象徵與神話，使我們體認到夢是個人的神話，而神話卻是民族的夢這一道理。不過，詩人的意識如果控制太少，則詩會流於無可理解;如果控制太多,則顯得過分訴諸理性;兩非所宜。而夢的特徵也正是象徵的特徵,能夠在不同意象之間找出它們類似的共通點,也能夠激起類似的情緒反應。故隱喻與象徵擴展了詩的曖昧性,同時它們又加濃了詩的空靈與蘊藉。

為了說明上述各點,我們先看李商隱那首「苦恨無人作鄭箋」的〈錦瑟〉:「錦瑟無端五十絃,一絃一柱思華年。莊生曉夢迷蝴蝶,望帝春心託杜鵑;滄海月明珠有淚,藍田日暖玉生煙。此情可待成追憶,只是當時已惘然。」

此詩的結構中心是「追憶」,全詩的轉動軸也是「追憶」。而追憶之情,在事件發生的當時,只是朦朧曖昧的一些事象,來自詩人的潛意識思想歷程,這裏邊浮現出充滿意義的象徵來。如莊生曉夢,望帝春心的寓意,滄海月明,藍田日暖的情境,詩裏文字與意象,跟潛意識根源保持著不即不離,使我們在情感的「互比」與「直覺」上,能進行雙線交流。

就這樣,潛意識活動突破樊籠進入意識界,詩人以外在現象的方式讓讀者神秘偷窺到詩中的隱喻與象徵。但此等隱喻與象徵,大半跟性象徵相關,把它們明白道出,或為社會道德所不許,或為個人羞於啟齒,只好用醉語夢話象徵表達。於是,這樣的一首好詩,遂在可解與不可解之間,成為千古一謎。

所以,當精神層次接近原始思考程序時,當「本我」與「自我」產生對抗矛盾,把許多不便明言,不便抒寫的念頭,要藉超我的仲裁而進行潛抑活動時,詩人只好出之以象徵手法為之。這當然算是象徵的另一種用途。深層心理學認象徵跟性的關係密切,雖不免有以偏概全之嫌,但多少還是有點道理的。

謂予不信，請看李義山〈無題〉：「颯颯東風細雨來，芙蓉塘外有輕雷。金蟾嚙鎖燒香入，玉虎牽絲汲井迴。賈氏窺簾韓掾少，宓妃留枕魏王才。春心莫共花爭發，一寸相思一寸灰！」另一〈無題〉：「相見時難別亦難，東風無力百花殘。春蠶到死絲方盡，蠟炬成灰淚始乾。曉鏡但愁雲鬢改，夜吟應覺月光寒。蓬萊此去無多路，青鳥殷勤為探看。」再一〈無題〉：「來是空言去絕蹤，月斜樓上五更風。夢為遠別啼難喚，書被催成墨未濃。蠟照半籠金翡翠，麝熏微度繡芙蓉。劉郎已恨蓬山遠，更隔蓬山一萬重。」

這些〈無題〉詩裏邊的象徵表現，可以寧空毋實，寧醉毋醒八字盡之。然凡象徵必具暗示性，詩中或以颯颯東風起興，或以東風無力開端，或以五更風起頭，這可感覺的自然記號，對超感覺的事實進行的暗示，幾乎都可以令人聯想到春風一度的象徵意義。所以義山的〈無題〉詩，十有八九，都是由「風」引起暈化的象徵，朦朧而曖昧，可也真令讀者產生沈思的回味，捉摸不定的心理距離。例如：「昨夜星辰昨夜風，畫樓西畔桂堂東。身無綵鳳雙飛翼，心有靈犀一點通。隔座送鉤春酒暖，分曹射覆蠟燈紅。嗟余聽鼓應官去，走馬蘭臺類轉蓬！」還不又是那「風」引起的「無題」嗎？但為什麼詩人老是用「風」起興呢？這正是〈無題〉詩耐人尋味之處！

當然，風的隱喻，風的象徵，在飽受詩無邪，以及溫柔敦厚詩教的讀者群看來，原無想入非非的心理準備。所以箋注為難，考證不易。而字面上的解釋，對詩中所顯示的象徵，實質上的幫助並不大。這就造成每一〈無題〉都是一謎的結果。至少，〈無題〉詩中所運用的象徵，就沒有

「浮雲遊子意，落日故人情」（李白〈送友人〉），或「淮南一葉下，自覺洞庭波」（許渾〈早秋〉），或「雨中黃葉樹，燈下白頭人」（司空曙〈喜外弟盧綸見宿〉）那麼好懂，除非我們能究破詩教的偏執，直覺到詩裏邊存在著性象徵。碰巧這一類的象徵，是我們不願承認，也不願說出口的。

用浮雲來象徵遊子的心意，用落日來象徵故人的情懷，雖然前者可見，後者超感覺。前者是單純的自然景物，後者是複雜的心理狀態。但浮雲與流浪漢之間，落日與老朋友之間，究竟有差堪比擬的相似關係存在，我們不難由前者聯想到後者，所以好懂。而「滄海月明珠有淚，藍田日暖玉生煙」，究竟隱喻著什麼？又象徵著什麼？豈是字面的解釋能夠真正達詁？像戴叔倫那種說法：「詩家之境，如藍田日暖，良玉生煙，可望而不可置於眉睫之間。」究竟有幾分可靠？

淮南一葉下，自覺洞庭波。原只是從早秋所見的景物，直覺到萬物通體相關之理。言近指遠，由小見大，一葉落而知秋，西風起而洞庭波。仍不脫依微以擬議的軌跡。故以一葉初落，洞庭始波，象徵早秋，至少容易為讀者所領悟。但「金蟾嚙鎖燒香入，玉虎牽絲汲井迴」其象徵所在，卻耐人尋思了。本詩開端處的暗示，有颯颯東風，輕雷細雨，富象徵性，卻在我們民族的歷史文化，以及社會道德標準中，等閒找不著「互比」的對象，縱加上賈氏窺簾，宓妃留枕，再補以春心與相思，我們要找此詩頸聯的象徵意義，仍願依循字面的解釋，仍願憑藉訓詁考據的幫助，強作解人。說它夠香豔也夠含蓄而已。透過意象與情趣的複合，進行形象直觀，語意直尋的人，若非指斥為誣枉，便被駭異為怪誕。若干定於一尊的傳統詮解方法，就經常以此類獨斷論調誤人。而涉及潛抑作用之象徵，遂聚訟紛紜，成打不破的啞謎。其實，深藏在潛意識裏邊的東西，一旦當我們的意識作用薄弱，在夢中，則以化了裝的形象現形；在醉中，則以迷狂狀態顯現。所以詩人於透徹人情物理之外，最大的能耐，卻在能夢能醉。夢中情醉中語，多醒時道不出者。〈無題〉詩的迷人處，在不可名言的地方盡情傾吐自己心靈裏邊的秘密。不過，盡情傾吐時詩人運用象徵，來予以化裝，顯現謎面而亟力隱藏謎底。這正是愛情心理的常態。誠如李爾克（R. M. Rilke）所言：真摯的愛是「兩個孤獨的人努力要保護，愛撫與慰問對方」。我們且再引用一首〈無題〉，好印證李爾克的話：「重幃深下莫愁堂，臥後清宵細細長。神女生涯原是夢，小姑居處本無郎。風波不信菱枝弱，月露誰教桂葉香？直道相思了無益，未妨惆悵是清狂。」

而雨中黃葉樹，燈下白頭人。在現實人生中，濕冷枯寂，情何以堪？象徵的卻是晚境。此一感覺世界的至醜景象，一旦組合而成詩，組合而成人生的圖畫，卻昇華為精神世界的至美景象，晚景淒涼的苦樂感情，藉雨中燈下，黃葉樹白頭人的換喻互比，象徵地見出。而晚景淒涼，原只是一種概念，具普遍性，必須在個別事物中顯現，才有真實性；才有動人的力量。故概念顯現於現象，叫做「外化」（Entausserung），外化往往是象徵的基礎。

但雨中黃葉樹，燈下白頭人，象徵意義易懂。正如同春蠶到死絲方盡，蠟炬成灰淚始乾，象徵意義易懂一樣。不過，許多〈無題〉詩裏邊，那些閃爍的意象，淒迷的隱喻，以及幽異的象徵與神話，如果不從性象徵著手予以詮釋，卻有曖昧難明的晦澀之苦。

這兒，如果以審美的觀點來說：藝術美高於自然美。因為藝術美是由心靈產生和再生的美。心靈跟它的產品比自然跟它的現象高多少，藝術美也就比自然美高多少（黑格爾《美學講義》第一卷〈導論〉）。〈無題〉詩裏邊出現的許多幻想與幻象，既然都經過了詩人的頭腦，可以見出詩人的心靈活動，且是心靈自由的產物，它就比任何自然的產品要高些。其次，這些古怪的幻想與幻象，雖是稍縱即逝的，偶然的，一旦用文字符號把它凝固下來，卻象徵著心靈世界幽渺之理，想像之事，惝恍之情，飄忽之景。使一切生滅相，都成永恆和無盡的象徵。而這種高級象徵，可以憑直覺意會，憑頓悟密切，但不可以用機械道理強為組合。我們面對〈無題〉詩，反應水平的高低，將決定我們象徵式領悟力的強弱。

結　語

上文介紹了兩種有效的象徵運用方式。其一是屬於文學的：在相似的關係上進行聯想活動。說得更明白些，所謂象徵，是用某種可以比擬的關係為聯想點，使我們由一事聯想到另一事的心靈活動。其二是屬於哲學的。那就是運用可以感覺的記號，來表明超感覺的事實，曰象徵。不過，此兩種運用方式，雖各具重心，但兩者仍可以互相通用。因為我們的想像活動並不簡單，我們的聯想活動，也相當複雜。若強為分割，往往徒亂人意。

想像作用與虛構作用，是一切文學與藝術的共同基礎。我們甚至可以這麼說：沒有想像與虛構，就沒有純文藝。而想像，是指自由地組合印象內容的心靈能力。虛構，是指在生活經驗的實底子上，所從事的想像，因此，虛構也就是過去經驗的集中。想像，一般區分為創造的想像、聯想的想像，與解釋的想像三種。其中解釋的想像，經常就是文學上的象徵。如〈近試上張水部〉

之類。

而聯想的想像，依亞理斯多德的聯想三律（近似律，連接律與相反律），也可以區分為三種。即：相似的聯想，連接的聯想，與相反的聯想。從相似點發生聯想，或從鄰近點發生聯想，是我們運用換喻法寓象於理的常用象徵方式，這兒姑且存而不論。但從相反律導致的聯想活動，卻是很出色的象徵。此點值得特別提出來談一談：

宋洪邁《萬首唐人絕句》卷二十一，李約〈過華清宮〉：「君王遊樂萬機輕，一曲〈霓裳〉四海兵！玉輦升天人已盡，故宮猶有樹長生。」此詩粗粗看來，帶濃濃的譴責味。詩人要傾吐的，乃是勤儉興邦，奢佚喪國的盛衰之理；而顯現於詩篇中的，乃是由耽於逸樂，發展到〈霓裳〉之曲，〈羽衣〉之舞，已過治亂循環的「臨界點」。行遊樂歌舞，原本是賞心悅目，象徵四海昇平。過臨界點後，最好的事往往突變為最壞的事。反過來卻成了荏荏滿地，四海干戈的紛紛亂世。此詩的表現其所以空靈蘊藉，全把這些煩瑣的敘述予以剪裁，只從寥寥二事開端。從君王遊樂相反地聯想到國事廢弛；從一曲〈霓裳〉相反地聯想到四海干戈擾攘。而歷史舞臺上那些帝王將相，如今都沒入後臺，致舞臺中心空空如也，又相反地聯想到華清空樹的鬱鬱青青，供後人憑弔的，不再是舞臺上活動的人物，只是舞臺的布景而已。這兒湧現出三層次的象徵意義：㈠面對著鐵面無私的命運，證明逃避之無效。㈡象徵著物極必反的物理，樂極生悲的人情。㈢象徵著人類的愚蠢和權力擴張的欲望，是人類悲劇的永恆的原動力。因此，〈過華清宮〉應當算作論象徵裏邊的「變數」，故特別點出來以為全文的終結。

第五章　論反諷

反諷一譯反語法。可以是指著和尚罵禿驢；也可以是表面讚賞，其實譏誚；或表面譏誚，其實讚賞。作者在作品裏邊說出跟本意相反的言辭，又能引發讀者群或觀眾苦樂相間的情緒效果，這一類譏不露刺，使他們發出會心微笑的俏皮話，都可以叫做反諷。故正面發意，反面會心，本意宜於語調或筆調之中求之的語意技巧，跟我們有無幽默感是大有關係的。而且，反諷的對象不完全是別人，也包括自己在內，故自嘲有時也算反諷的一種。如劉老老在賈母史太君的盛筵上唸唸有詞：「老劉老劉，食量大如牛，喫個老母豬不抬頭。」反諷的對象就是自己。還有豬八戒老愛說他「身子狼犺，走路扛風」。孫悟空在扯起「齊天大聖」杏黃旗之前，自封為「天生聖人」。也是如此。

第一節　先說兩個笑話

我們民族，老早已經注意到說笑話、猜謎語，是兩種可以促進生活情趣的精神活動。我們的古典文學作品中，對此兩種精神活動作系統化詮釋的，首推劉勰的《文心雕龍》。

該書卷三〈諧隱第十五〉，詮釋「諧」：「諧之言皆也。辭淺會俗，皆悅笑也。」究其實，「諧」跟今人所謂說笑話無殊。說笑話擺脫不了嘲笑人生世相的缺陷，當然也包括用反語法說俏皮話在內。例如：

> 人有問殷中軍：「何以將得位而夢棺器？將得財而夢矢穢？」殷曰：「官本是臭腐，所以將得而夢棺屍；財本是糞土，所以將得而夢穢污。」時人以為名通。（劉義慶《世說新語》〈文學第四〉）

而「隱」，則以捉迷藏的遊戲態度，把某事藏頭露尾，讓別人依循露出的線索，可以猜中所隱藏的是什麼。故「隱者，隱也；遯辭以隱意，譎譬以指事也」。隱，就是今人所謂的猜謎語。

諧與隱同具文字遊戲的性質，都需運用我們的想像力和第六感，在事象的尋常關係中找出特殊的類比關係。不過，說笑話跟猜謎語有時能夠結合在一塊，共同嘲笑人生世相裏的缺陷，此時，諧與隱吻合。有時卻諧與隱分開。使探索隱射對象的「射覆」與嘲笑人生世相的「諧謔」，呈兩種找樂子的不同精神活動。當諧與隱吻合時，我們也可以在隱喻中發現反諷。如古諺：「少所見，多所怪；見駱駝，言馬腫背。」臺灣歇後語：「雞婆帶鴨仔——白費氣力。」四川歇後語：「耗子爬秤鉤——自稱自。」

不過，話得說回來。我們的民族性格基本上仍屬農業民族的性格。我們重莊言也比較不重諧語。認為某些正言反說的俏皮話容易流於輕佻。所以劉彥和才說：「會義適時，頗益諷誡。空戲滑稽，德音大壞。」也正因為如此，我們的古典文學作品裏邊，就很難找出一部像艾雷士穆斯

（Erasmus）寫的《傻瓜頌》（*Encomium Moriae*），整部書譏誚蠢人蠢事，卻總結為一句話：「你好聰明囉！」那類道道地地的反諷作品。而我們的古典文學作家群中，也很難找到可以跟艾斯奇魯士、沙字克里士、攸利比提士、亞里斯多芬尼士、莎士比亞、斯惠夫特、塞萬提斯、莫里哀、果戈里與杜斯妥也夫斯基等相頡頏而以反諷見長的作家。也許，劉伶的〈酒德頌〉，是可以進入我們笑談的少數例子之一。惜讀來心癢而未必鼻酸，仍不算上乘的反諷之作。可見反語法雖富文化和文學的意義，但也跟民族性相關，未必是各民族所共有的。我們要在古典文學作品裏邊找反諷的例證，經常會碰到可遇而不可求的窘境。

但話雖如此說，中副的「趣譚」裏邊，就不乏反諷之作。我們在那些短小精悍的幽默故事中，有時不獨能找到言辭的反諷例子，而且有時還能找到場景的反諷例子，事件的反諷例子。它們能引發讀者群苦樂相間的情緒反應，使我們發出會心的微笑，增添了生活的情趣和生命的活力，效果應該跟古典作品一樣。惜已逸出了本文設定的範圍，只好從《笑林廣記》裏邊選取兩例：

有姐妹二人，姐適巴姓，家甚貧；妹適同邑富室鄒氏。妹常以富驕姐。姐以反諷詩作答：

誰道鄒氏富？巴家十倍鄒！池中羅水馬，堦下列蝸牛。
燕麥儲無數，榆錢散不收。夜來添驟富，新月掛銀鉤。

此詩之妙，不獨妙在窮得徹底，窮得心安理得；而且寓飽和的情趣於尖新的意象之中，情景契合無間。讀來不免使人含淚微笑。而此詩情勝於理，詼諧百出，故與譏刺（satire）不一樣。而此詩模稜兩可，啼笑皆非，故與挖苦（sarcasm）也不一樣。這種面對難堪的逆境，而以說笑話、開玩笑的態度處之，就比心存怨懟，直率道出，更能搔癢我們的胕端骨（funny bone）。至少，我們讀「不稼不穡，胡取禾三百廛兮？不狩不獵，胡瞻爾庭有懟貆兮？」（〈魏風〉〈伐檀〉）就沒有這樣心癢鼻酸過！

說不定心癢鼻酸，才屬於反諷的生理反應。想必詩才中就有一種叫做諧趣的東西，在模稜兩可的節骨眼裏，逗得你啼笑皆非，醜中見美，失意中卻饒得意狀，淚中見寬慰，既可以拿來輕鬆難堪的處境，又可以解脫悲情與忿恚。而反諷，正是諧趣的具體表現之一。

第二個笑話，看來雖像言辭的反諷（verbal irony），但語氣並不怎麼尖酸；可是就事論事，此情此景卻顯得滑稽，故稍帶著場景反諷（situational irony）的意味，至少它跟事件反諷（irony of events）接近。話說某宿儒過一村塾。該村塾老師乃一深度近視眼者，誤把「郁郁乎文哉」唸成「都都平丈我」，遂隨口改正之。學童全駭散。宿儒題詩一首諷之，「都都平丈我，學童滿座座；郁郁乎文哉，學童都不來！」詩當然是首打油詩。不過，記事誌慨，特別是對世俗積非成是的慣性，有溫和的反諷。

大抵我們的民族性，在萬般無奈時，仍偏於菩薩低眉，以開玩笑的態度來對待被嘲笑的對象，從寬容中顯示個性的寬厚。我們不太欣賞金剛怒目。非萬不得已，我們不輕易下「時日曷喪，予及女偕亡！」那類咬牙切齒的詛咒。所以儘管某詩人的生活，一年不如一年，但他的自嘲詩，依然不脫溫文儒雅的本色：「書畫琴棋詩酒花，當年件件不離他；而今七字都更變，柴米油鹽醬醋茶！」一副開玩笑的德性躍然紙上，讀來心癢鼻酸，可以為自我反諷（self irony）加添一例。

第二節 反諷三型

不是所有的藝術裏邊，都存在著反諷的。像反諷的建築，反諷的風景畫，反諷的田園交響樂等等，事實上，沒有法子表現出來；理論上，都屬高山滾鼓——不通不通！即使在文學作品之中，除了那些既可意會，又可言傳的作品，偶爾可以發現反諷外，其他大部分的作品，均不含反諷。例如，用單一觀點寫成的作品；論證嚴謹，邏輯秩序井然的作品，便無反諷的可能。而作家一心一意直陳某件事物時，就無法出現反諷。作家下筆時，精神處於高度集中狀態，靈感煥發，心無二用，一般也跟反諷扯不上關係。

然則，什麼叫做反諷或反語法？為什麼我們會從啼笑皆非，模稜兩可，心中發癢，鼻子發酸裏邊，找到反諷？

先看《世說新語》〈排調第二十五〉：

元帝皇子生，普賜群臣。殷洪喬謝曰：「皇子誕育，普天同慶。臣無勳焉，而猥頒厚賚。」中宗笑曰：「正事豈可使卿有勳耶？」

這是個言辭反諷的例子。就中宗的行為方式而言，喜氣內蘊，態度和藹可親。故縱有反諷，究屬溫和的反諷；縱開玩笑，也究屬善意的開玩笑。它產生的反諷效果，就棲息在苦樂相間，啼笑皆非的夾縫中。

蓋反諷經常歸之於實事跟表象相歧異的情景。故柏拉圖《理想國》裏邊所指稱的 Eiruneia（反諷），乃運用某些圓滑、斯文的手段，以哄騙他人為目的者，反而不如亞理斯多德《詩論》裏邊用的 Peripeteia（情境的驟然倒置），更接近當代的基本概念。而言辭的反諷，是反諷之中的一個主要的型。當說話者或寫作者，把他們的實際內容用語言文字表達出來時，卻帶有相反的意義。它的主要功能包括：㈠當作修辭的技巧來運用。㈡當作嚴肅的愚弄來處理。㈢當作一種諷刺的武器。

我們的古典文學作品裏邊，當作諷刺武器的言辭反諷例子不少。如：

㈠劉安《淮南子》卷十七〈說林訓〉：屠者藿羹，車者步行，陶人用缺盆，匠人處狹廬。——為者不得用，用者不肯為。

㈡《全唐詩》第十二函第八冊〈諺類〉：赤腳人趁兔，著褲人喫肉。

㈢梅聖俞《宛陵先生集》〈陶者〉：陶盡門前土，屋上無片瓦；十指不沾泥，鱗鱗居大廈。

反諷的第二個主要的型，應數場景的反諷。情景的驟然倒置，可能是此種反諷的條件之一。表象與事實之間的相反或不相稱，可能是此種反諷的條件之二。表象與事實之間對比越明顯，反諷也越明顯，可能是此種反諷的條件之三。所以李恰慈（I. A. Richards）在《文學批評原理》第二五〇面上，把反諷界定為：「兩種相反而相輔的慾望之湊合，用以達成某種平衡狀態者。」這顯然比德人菲特烈·施勒格爾（Friedrich Schlegel）所謂「反諷是種矛盾的形式」，來得煩瑣，但卻是型構批評文評術語的基本概念。精神分析學裏邊，由於潛意識作用而產生「舌誤」，說話者本想說這番話，事實上卻說了全然不同的話，他表面情況和真實情況顛倒過來，而他自己卻泰然自若，扮演著天真的無知角色。此情此景，跟場景的反諷卻極其類似。一句話：凡通過超然的與世故的觀照，加強表象與事實之間的差異者，皆叫場景的反諷。（C. H. Holman 語）

例如宋王邁《臞軒集》〈讀渡江諸將傳〉：

讀到諸賢傳，令人淚灑衣。功高成怨府，權盛是危機；
勇似韓彭有，心如廉藺希。中原豈天上？尺土不能歸！

又如宋蕭立之《蕭冰崖詩集拾遺》〈偶成〉：

雨妬游人故作難，禁持閒了下湖船。
城中豈識農耕好，卻恨慳晴放紙鳶。

又如劉義慶《世說新語》〈政事第三〉：

王（濛）、劉（惔）與林公（支遁）共看何驃騎（充），驃騎看文書不顧之。王謂何曰：「我今故與林公來相看，望卿擺撥常務，應對玄言，那得方低頭看此耶？」何曰：「我不看此，卿等何以得存？」諸人以為佳。

場景的反諷跟言辭的反諷，簡明的區別在於：前者是指某種被當作反諷的情況或事件。後者指反諷家自行造作的反諷。

反諷的第三個主要的型，叫做戲劇反諷（Dramatic Irony）。此種反諷，可以從戲劇，也可以從小說中找到。塞吉威克（Sedgewick）認為劇中人物由於「不自覺」而造成反諷情景，就叫做

「一般性戲劇反諷」。他說：「劇場的本身我以為就是一種反諷的慣例。在這兒，觀賞者彷彿在現實世界佔有一席之地，能深入觀察一個幻想的世界，因而得以憑高望遠觀察到人生的全局，劉克雷夏斯與培根認為此時的快感實無可比擬。以前寫教科書的人常不厭其煩地把舞臺形容為四面圍堵的房間。猶如陳腐的意象一樣，其間或許有漏洞，但人們在裏面起居生活，絲毫不知有外人窺伺；更甚者是窺視者對這些劇中人的了解居然遠甚於他們對自己的了解。所以在劇場上的特殊感是：我們正在觀賞一個生命現象，我們不但不會介入，反而我們運用知識，可以完全掌握住生命。此種景象，不論是引起我們的快感或注意力，我們都不會以優越或傲態觀之，而是用一種矛盾的同情態度觀之。同情心與超然的客觀態度同在。總之，興趣盎然的觀賞者，其整個態度是反諷的，因為他是這種樣子的旁觀者，必然也是一個反諷者。」

湯瑪斯．曼在談小說的藝術時指出：「小說與一切事物有段距離，因其性質使然；它一方面翱翔眷顧在事件上，另方面則撒下蛛網，將讀者、聽者纏繞其間。史詩的藝術是屬於美學術語上所謂阿波羅藝術；因為阿波羅是遠距離的射手，是超然而客觀之神，也就是反諷之神。客觀是反諷的本質，而史詩藝術的精神就是反諷的精神。」

戲劇反諷當然也可以區分成喜劇的反諷與悲劇的反諷兩種類型。論理，反諷經常帶有喜劇的成分，也同時具備令人心頭發癢（喜樂）和鼻子發酸（難過）的效果。此種效果由事實與表象的對比，以及喜劇人物天真的無知所引起，故具喜劇功能，叫喜劇反諷（comic irony）。它能逗引讀者或觀眾作大聲狂笑或中等聲笑。不若悲劇反諷令人作含淚微笑那麼深沈。德人菲特烈．施勒格爾曾把《李爾王》一劇稱之為 Tragische Ironic（悲劇反諷），惜未作申論。古希臘崇尚命運悲劇，以情景的驟然倒置，顯示命運之無常，使觀眾從悲憫交集中見到悲劇反諷。莎氏時代崇尚性格悲劇，近代則崇尚環境悲劇，悲劇反諷往往跟事件反諷極為接近。蓋悲劇人物運用臺詞，表面上敘述某事，骨子裏卻講全然不同的另一事；而該人物雖明知他自個兒的處境，卻用超然而客觀的態度，假裝不知情。這樣，人物之道貌岸然的嚴肅面孔，才會在觀眾的臉上迫換成笑臉。此之謂悲劇反諷（tragic irony）。而所謂戲劇反諷，簡言之，當一個人所看到的表面情況跟實際情況相反，而他自己又懵然無知時，我們就管它為戲劇反諷。戲劇反諷一般不限於戲劇，也包括小說，甚至包括其他文學作品在裏邊。

吳敬梓《儒林外史》第十二回與第十三回，就有一個很像樣子的戲劇反諷：

> 話說婁通政的三公子婁玉亭，四公子婁瑟亭，謙恭誠敬，專意結交海內名士與俠客。四月中旬，乃有「名士大宴鶯脰湖」。參加鶯脰湖遊船上文酒之會的是：「婁玉亭三公子，婁瑟亭四公子，蘧公孫芜夫，牛高士布衣，楊司訓執中，權高士潛齋，張俠客鐵臂，陳山人和甫，魯編修請了不曾到。席間八位名士，帶挈楊執中的蠢兒子楊老六也在船上，共合九人之數。當下牛布衣吟詩，張鐵臂擊劍，陳和甫打鬨說笑，伴著兩公子的雍容爾雅，蘧公孫的俊俏風流，楊執中古貌古心，權勿用怪模怪樣，真乃一時勝會。……兩邊岸上的人，望若神仙，誰人不羨？」
>
> 過了數日，兩公子秉了一枝燭，對坐談話。「忽聽房上瓦一片聲的響，一個人從屋簷上掉

下來，滿身血污，手裏提了一個革囊。兩公子燭下一看，便是張鐵臂。兩公子大驚道：「張兄，你怎麼半夜裏走進我的內室？是何緣故？這革囊裏是什麼物件？」張鐵臂道：「二位老爺請坐，容我細稟。我生平一個恩人，一個仇人。這仇人已銜恨十年，無從下手……今日得便，已被我取了他首級在此。這革囊裏面是血淋淋的一顆人頭。但我那恩人已在這十里以外，須五百兩銀子去報了他的大恩。自今以後，我的心事已了，便可以捨身為知己者用了。我想可以措辦此事，只有二位老爺；外此，那能有此等胸襟？所以冒昧黑夜來求。如不蒙相救，即從此遠遁，不能再相見矣。」遂提了革囊要走。兩公子此時已嚇得心膽皆碎，忙攔住道：「張兄且休慌。五百金小事，何足介意？但此物作何處置？」張鐵臂笑道：「這有何難？我略施劍術，即滅其跡。但倉卒不能施行。候將五百金付去之後，我不過兩個時辰，即便回來，取出囊中之物，加上我的藥末，頃刻化為水，毛髮不存矣。二位老爺可備了筵席，看我施為此事。」

就是這個張鐵臂，騙走五百兩銀子，走得無影無蹤。而婁府兩位公子，卻對著革囊內血淋淋一個人頭丟在內房階下，還天真地相信「張鐵臂，他做俠客的人，斷不肯失信於我。我們卻不可做俗人。我們竟辦幾席酒，把幾位知心朋友，都請到了，等他來時開了革囊，果然用藥化為水，也是不容易看見之事。我們就同諸友做一個『人頭會』有何不可？」

於是，天一亮，兩公子就吩咐辦酒席，請朋友。從上午一直等到日中，由日中直等到天晚，兩公子心裏焦躁，不知「這人頭竟往何處發落」？而俠客張鐵臂騙走了五百兩銀子之後，始終未再露面。此時，「革囊臭了出來，家裏太太聞見，不放心，打發人出來請兩位老爺先看。二位老爺沒奈何，纔硬著膽開了革囊；一看，那裏是什麼人頭，只有六七斤一個豬頭在裏面！」

在此小說情節裏，表面情況是：張鐵臂行俠仗義，取了仇人首級，盛於革囊；送五百兩銀子給恩人報恩。實際情況是：革囊裏盛的是個六七斤重的肥豬頭，用為騙五百兩銀子的手段。妙就妙在婁玉亭與婁琵亭這兩位一心一意結交四海名士與俠客的公子，不獨執迷不悟，而且還要不可做俗人，備下酒筵，邀約高士，同諸友做一個「人頭會」。這對活寶貝的懵然無知，對騙子深信不疑，可說達到了極點。故此故事中不獨含蘊著無知的要素，出現一種從容而很有自信的無知心情；而且事實和表象間的對比是如此清晰，反諷的受害者（婁氏兄弟）的態度，又如此輕鬆而溫厚，處處表露超然而客觀的見解，滿心要在俠客面前不再做俗人。這就特別加濃了故事的喜劇要素。而整個故事娓娓道來，用最低的誇飾造成最高的效果，因此，它也具備了美感要素。也許，這就是我們把這個故事，當作戲劇反諷的例子的真正原因了。

結語

反諷經常使我們的面容起變化，使我們在苦樂相間之中出現會心的微笑。而這種微笑的趣味是理智的、是超然客觀的，並沒有深厚的情感存在；如其不然，若伴隨著哀憐憎惡同時浮現，你就絕對笑不出來。而這種微笑實質上也是無關痛癢的，跟強烈的情緒也牽扯不上。故林升〈西湖〉：「山外青山樓外樓，西湖歌舞幾時休？煖風薰得游人醉，直把杭州作汴州。」有反諷意味，可沒有強烈的情緒。曹植〈七步詩〉：「煮豆持作羹，漉菽以為汁。萁在釜下燃，豆在釜中泣。本自同根生，相煎何太急？」因情緒過於強烈，反諷意味就顯得淡薄了。我們讀《漢書》〈淮南王傳〉：「一尺布，尚可縫；一斗米，尚可舂；兄弟二人不相容。」就很難有心中發癢，鼻子發酸的生理變化，看來已逾超了反諷的範圍了。

卷四　小說的敘述本質

第一章　小說創作的美學基礎

一位有耐心肯下工夫的研究者或讀者，可以把各時代最優異的小說作品集合起來，從事有趣的比較研究；最後他將發現，這些第一流的作品裏邊，確實有普遍的，共同的，以及決定它們價值的東西存在。提取這些普遍的，共同的，有價值的東西，配置到文學慧眼的透視焦點上，一經思想的組織力之排列組合，即成為小說原理或法則。在我們稱為不朽的小說作品中有很多普遍的東西，如果作品沒有它們，便會喪失其價值和迷人處。這意味著「普遍的」就是「必要的」。美，美感，審美經驗等，就是這些普遍而必要的藝術原素之一。

美，美感，審美經驗，雖隨歷史文化，社會風尚，文明進展，種族和個人的主觀判斷而呈現顯著的歧異，但「美」究竟是一種普遍的存在；「美感」和「審美經驗」也是一種共同的心理活動。假如我們的生活是「美」的，我們沒有智慧都無多大關係，大可視若等閒；假如我們的生活只是智慧的，我們一定要對「美」作無限的追求。宋陳后山詩所謂「春風漠漠野人居，若使能詩我不如」，正可以為上邊的幾句話下注腳。

因此，有位幽默的藝術史家曾經肯定，當第一抹文明的曙色開始照耀在原始人的塗著顏色的臉上，或第一個紋身者的臍孔裏時，人類的美感和審美經驗，即告開始。美的觀照，藝術的活動，即告萌芽。時不論古今，地無分中外，第一個慧敏的心靈都聽到過美的召喚，每一地區的人們都受過某種美的感動，而且各時代都曾犧牲許多生命去尋求美。原始人在自然色素和漿液的混合塗料中炫示美。野蠻人在厚唇和青疤中看到美。古中國人在適度、溫婉和文靜中體認美。古希臘人在競技場上發現了青春和活力的動美；在雕刻與建築的匀稱和安詳中發現了靜美。羅馬人在秩序、崇高和權力中彰顯美。文藝復興時代的歐洲人在彩色中表現美。現代人在音樂、舞蹈和性的象徵中品味美。因此，藹里斯不得不從性心理學出發，認定凡能刺激和激發有機體的東西便是「美」的。故光輝，韻律和輕觸是「美」的；嘔吐，躁急是「醜」的。因為醜減低了我們的活力，擾亂了我們的消化系統和神經系統。而「泛性論」的鼻祖佛洛伊德在《釋夢》一書中，確認原始人最富於象徵思想。夢中的思想正是初民時期的回歸。所以夢之利用象徵，乃當然之事。而近代人以水所從出之物為象徵，以可拉長之物為象徵，以違反地心吸力高舉直豎之物為象徵，因而獲致快感，正如以一切有空間性和容納性之物為象徵，因而獲致美感相同。故蘋果、桃子、森林、叢竹等，在夢中均富性的象徵意義，且同為現代人快感與美感之源。

由此看來，美既然是一種普遍的存在；美感和審美經驗既然是一種共同的心理活動，則作為「人的藝術」的小說，當然不能忽視美學基礎。

第一節　古人審美觀點與中國小說傳統

古希臘文 Aisthetikos 一詞兼二義：藉感官而了解，以及美感的研究。這本是個不夠體面的詞兒，一提到它不免聯想到裸體雕刻和醇酒美人。所以柏拉圖為了阻遏人民的頹廢，聲言要把詩人逐出「理想國」；而且刻意使美與善結合，把藝術納入倫理學的範疇，把藝術的位置貶抑到最低限度，甚至跟技藝等量齊觀。在我國的情形，亦復如此。

孔夫子為了「未見好德如好色者」，而浩然興歎。他老人家見過南子，引起了子路的不高興，且發出怨言，弄得老先生指天發誓。孔夫子除力避怪、力、亂、神的談話外，美也是比較罕言的談資。從比例，對稱，並且從統一的整體與各部分有組織的秩序中發現「美」之存在的，或從部分與全體的和諧配合，感到心靈愉快的，應首推老子。《道德經》第二章裏邊，有幾句話，實在可以算作我國美學的泉源：

> 天下皆知美之為美，斯惡已。皆知善之為善，斯不善已。故有無相生，難易相成，長短相較，高下相傾，音聲相和，前後相隨。是以聖人處無為之事，行不言之教。

如果說：最原始的哲學，是最好的哲學（桑塔耶那語）；猶之乎最新的科學，是最好的科學；則此一從統一的整體相互對稱中，觀察各部分的和諧配合，發現各部分的有組織的秩序，確屬智慧的透視。「美」的觀照，總宜保持常態，使主觀和客觀結合，使無意識和有意識結合，使形相的直觀和移情作用結合，而以「恰到好處」為美與美感的基準。這是《老子》的不可企及處。而「適度」跟「恰到好處」相通，這是我們的古代哲學家，對「美學」所作的原始努力。雖然那些議論仍保留著原始的晦澀，但「美」究竟是難於描述的。一落言筌，便成糟粕。而且，誠如法朗士所言：「我相信，我們永遠不能確切地了解，為什麼某種東西是美的。」

以「適度」為觀察點，我們可以發現我國古人的審美觀之一面。宋玉〈登徒子好色賦〉：「天下之佳人，莫若楚國；楚國之麗者，莫若臣里；臣里之美者，莫若臣東家之子。東家之子增之一分則太長，減之一分則太短；著粉則太白，施朱則太赤。眉如翠羽，肌如白雪，腰如束素，齒如含貝，嫣然一笑，惑陽城，迷下蔡。」不正是指「適度」或「恰到好處」嗎？我們的古人，能從整體的和諧，部分跟全體的適度配合中發現美，想來是很有審美眼光的。

以「溫婉」和「文靜」為觀察點，我們可以發現我國古人的審美觀之另一面。如曹子建〈洛神賦〉，描述其心目中的典型美人之外型為：「其形也，翩若驚鴻，婉若遊龍，榮曜秋菊，華茂春松。髣髴兮若輕雲之蔽月，飄颻兮若流風之迴雪。遠而望之，皎若太陽升朝霞；迫而察之，灼若芙蕖出淥波。穠纖得衷，脩短合度，肩若削成，腰如約素。延頸秀項，皓質呈露，芳澤無加，鉛華弗御。雲髻峨峨，修眉聯娟，丹唇外朗，皓齒內鮮，明眸善睞，靨輔承權。」各部分的和諧配合，如此密切，如此相稱，可以想見曹植的審美眼光，十分超卓。但秀外慧中，富於含蓄的美，卻構成了曹植心目中的「淑美」。這種「淑美」是由「瓌姿豔逸，儀靜體閑，柔情綽態，媚於語言」而來的。

宋玉〈神女賦〉裏邊的人體美，如「貌豐盈以莊姝兮，苞溫潤之玉顏」，如「體閑」，「幽靜」，如「性沈詳而不煩」等標準，也足以補充說明溫婉和文靜，是我國古人的審美標準之一。

極大部分的美是主觀的，所以情人眼裏纔會出現西施。美也是不容易分析的，所以審美的情感常伴著愛的本能；圓的、光滑的、曲線的東西，常使我們聯想到異性的胴體；而溫柔的聲音是婦女的瓌寶，它的吸引力超過形象的美，粗嗄的聲音則打消了最神聖的人體美的一半。我們的先人就深懂此理，能從通識通觀中發現美。李義山〈詠柳〉：「傾國宜通體，誰來獨賞眉？」真是開悟之言。但話雖如此說，在種族和個人的主觀判斷之外，離開觀察者而獨立的客觀美，依然存在。此由世界上大多數種族同具美感，有相似的審美經驗和審美愛好，可以證明。如其不然，世界小姐的選舉，就會缺乏理論和事實的基礎。而且，美感到底跟需要有關。凡投合我們天性的基本需要的任何事物，就具有美的可能性。事物因被需要方顯其美。此中含蘊著審美者主觀的折射和若干合乎意願的選擇。故桑塔耶那直認「美是主觀的，非理性的，但它是具體化的快樂」（*The Sense of Beauty*, p. 52）。斯湯達爾卻坦承：「美是快樂的預示。」看樣子，通達美學的途徑雖然十分幽邃曲折，但依然有路可通。

總之，我們的先賢從人體美和自然美的綜合觀照中，發現了適度。從人體美中，發現了溫婉與文靜。這就構成了我們的審美標準，彰顯了我們的審美態度和審美內容。我們的美學思想以能保持欣賞者的內心寧靜，自我平衡為主，所追求者乃物我兩忘的恬適境界。反映在繪畫上，遂成多視心構圖的平面開展；反映在音樂上，遂成五聲音階的舒徐悠揚節奏；反映在戲曲上，遂成不太注重戲劇性瞬間也不太強調尖銳衝突的歌舞劇；反映在小說上，遂成平鋪直敘，按時間順序綿延，不刻意講究藝術效果集中的「散體結構」的章回小說，話本小說，與擬話本小說。——章回小說大率為長篇或中篇小說，話本與擬話本小說大率為短篇小說。這就構成了我國古典小說的傳統。而這傳統卻深植於我國的美學思想之中。若問我國古典小說，為什麼節奏緩慢？為什麼情節開展不明快？為什麼罕見場景、人物、故事情節與衝突的重疊交叉，藝術效果逐次增強？為什麼對小說的構成，如此稀鬆？這些都跟我們的美學傳統，發生千絲萬縷的聯繫。優秀的文化總宜成套。在整體觀察中我們的小說傳統自顯其民族特性，自有其特殊風格和歷史意義。雖然在世界性藝術潮流沖擊底下我們要變，要接納許許多多外來的影響，但能夠使人保持內心寧靜，自我平衡，化解社會生活的緊張，維護人間的和平與善意的藝術理想，卻仍待珍惜，且應發揚光大。

藝術的終極目標，到底是團結全人類的！

第二節　小說的結構特徵與美學

小說是人的藝術。人是小說的焦點。人也是小說結構的核心。人物的活動，他的感受，他的思想和行動，他的情緒和情感，他的交遊，他跟別人的關係，他的生活環境和活動的圈子，他的教育程度、職業，對社會和人生所持的觀察角度，這一切構成了小說的情節和情節組織；從開端、破題、糾葛與衝突、頂點、到尾聲，貫串了一小說的全脈絡。故小說的主體是人。小說的結構特徵，往往決定於人物描寫的方式。甚而至於我們可以作出粗糙結論：小說的結構特徵即人物描寫的方式。

一切稱為不朽的小說，必然創造了不朽的人物典型，也必然把主要的人物寫活了。沒有把人物寫活的小說，也不夠長久流傳的條件。西方批評家最高的評價，莫過於說某小說的某幾個人物，可以進入文學畫廊。事實上，《三國演義》並不能算作第一流歷史小說，但在羅貫中的筆下，寫活了關羽，寫活了諸葛亮，也寫活了曹操。演義家把關羽和孔明描寫得比歷史上的實際人物高，把曹操醜化得比歷史上的實際人物低，然而《三國演義》之不朽，就因為寫活了一連串主要人物。小人物只要寫得生氣勃勃，同樣可以造成藝術的強大效果。如蘭陵笑笑生《金瓶梅詞話》裏邊的武大郎武植，鄆哥和王婆。塞萬提斯《唐·吉訶德》的跟班桑科，托爾斯泰《戰爭與和平》中出現的卜拉東，雨果《笑面人》中創造的窩蘇斯與巴基爾費特羅。在小說家筆下，固然可以創造像黑旋風李逵、行者武松、花和尚魯智深那樣的粗線條英雄人物，也可出現像林黛玉、賈寶玉那樣的才子佳人，但同樣可以創造像西門慶、李瓶兒、潘金蓮、春梅式的市井猥瑣人物。有時，小說家筆下會出現卞福汝主教那樣的聖者，郭文與西默爾登那樣的光明磊落的革命家，朗德納克侯爵那樣的富貴族氣質的人物，同樣也可以出現像乞乞科夫、唐·吉訶德、烏利亞·喜卜等可笑的人物。甚至，小說家有權創造非現實的，全不像人的人物。只要他有能耐賦給該等人物以生命，把他們創造得完美無缺，照樣可以成為不朽。吳承恩筆下的孫悟空，火眼金睛，毛手毛腳，孤拐臉，雷公嘴，慣於抓耳撓腮，仍然是一副活生生的猴相。豬八戒更絕。豬嘴和蒲扇耳朵尚未變化成人形，然而在《西遊記》中，孫悟空和豬八戒到底是活的。《西遊記》之不朽，難道是偶然的嗎？一切的例舉方式，總歸是有漏洞的。暫時只好在這兒打住。以下，我們來研究小說的結構特徵，及其跟美學的關聯性。

研究文學作品分類標準的理論，我們通稱為文學類型論（Theory of literary type）。文學類型論者，把作品的結構組織叫做文學的「類」。將「類」以下的區分，叫做文學的「型」。「型」以下，按照作品的主要內容，可細分為「屬」。故文學類型論實際上是用生物學「界、門、綱、目、科、屬、種」的分類方法，變形轉用到文學作品分類中的一種方法。——每一類文學作品，都有其特殊的結構形式，名之為「結構特徵」。小說既然是人的藝術，因此在小說中，其結構特徵必然跟人物描寫的方式息息相關。

依照文學類型論，小說屬於史詩「類」，小說「型」。因為史詩分大型史詩、中型史詩和小型史詩，所以小說也有長篇小說、中篇小說、短篇小說的區別。

在文學原理上，史詩類的結構特徵，是以故事情節的開展來描繪人物個性的。它敘述了人的生活道路，它描繪了人的行為和思想，感覺與情緒；它指出了人物與人物之間的關係，以及眾多人物共同參加過的事件。

短篇小說有人直截了當稱為「故事」。其結構形式是：描寫生活中的一個斷片，描寫人生中的單獨事件，或表現人生中的一個插曲。它可能以一些次要的事件為前奏；但這些次要的事件能夠跟主要的事件共同組成一個組曲。明末的「話本小說」與「擬話本小說」，如馮夢龍選輯的《醒世恆言》、《喻世明言》、《警世通言》，以及凌濛初的《初刻拍案驚奇》、《二刻拍案驚奇》，所遺留下來的「入話」，可以說是後者最具代表性的例子。短篇小說的人物數量不會太多，作品的容量當然也不會太大，它因為只切取生活中的一個斷片，組構而成故事，故人物描寫的方式，著墨不多，形成性格發展的事件，比較單純；供讀者追問「以後呢」的故事，不會太曲折，而引導故事發展的結構，也不會複雜。故事發展之前的人物狀況，以及故事結束之後的人物處境，都可以輕輕帶過，或絕口不談。這些人物描寫的方式，乃成為短篇小說的結構特徵。

中篇小說跟短篇小說或長篇小說的真正區分，不在字數的多寡，而在「結構特徵」。

中篇小說圍繞著某一主要人物，或跟主要人物發生密切關係的少數基本人物，組構成一段較長的生活時期，鋪排出一連串插曲。因此，中篇小說有較大的容量和更廣泛的一圈人物。中篇小說的佈局、頂點和終結，都包括著更為發展的事件；跟故事主角起相互作用的一些角色，也得到更多的描寫。小說家可以用「敘述者」的身分，夾敘夾議，有更多的機會代言。這些人物描寫的方式，遂凸現了中篇小說的結構特徵。

長篇小說的結構特徵是很複雜的。每一章都像一個短篇，但情節並不能完全獨立。長篇小說交織了不同人物的個性和描寫，敘述著事件發生以前他們的情況，事件進行中和結束後他們的處境。在「語言特徵」上，長篇小說包括了不同樣式的語言結構，和人物的獨白，對話，敘述者的旁白，用作說明、解釋、判斷的插入語，以及人物素描、自然風景與人物活動環境的描寫等。

長篇小說必須多方面表現人物，多方面映現生活，兩者共同構成一整幅異常複雜的人生圖畫；從許多人物的錯綜複雜的關係中展開衝突，發展情節。因此，長篇小說描繪的生活現象是複雜的，人物的描寫方式也是多方面的。長篇小說的主要人物不論是描寫一人——如托爾斯泰的《安娜．卡列尼娜》，羅曼羅蘭的《約翰．克里斯多夫》，小仲馬的《茶花女》，福樓拜的《包法利夫人》，和蒲松齡《醒世姻緣》的薛素姐等——或描寫一組關係十分密切的人物（如托爾斯泰《復活》中的聶黑流道夫、瑪斯若娃；雷馬克《凱旋門》中的雷維克與瓊恩．曼陀；曹雪芹《紅樓夢》中的林黛玉、賈寶玉與薛寶釵等），他跟很多的人物、事件和現象，發生聯繫和接觸；必須能夠環遶他描繪出他所屬的整個時代。長篇小說不能只寫出幾個特徵，幾個具代表意義，具象徵性的斷片和插曲，它要求生活細節的描述，它要求包括故事發生時代的橫剖面和縱剖面。長篇小說的主人公，必須能夠按照當時人類的思想方式、生活方式和意識方式去行動、去生活，因而廣大的世界和某一歷史階段，都為這個或這組主人公照耀起來。

為什麼小說的結構特徵，跟美學發生關聯呢？

沒有歷史，就很難出現理論。我們先看看包桑葵（Bernard Bosanquet）的《美學史》（*A History of Aesthetics*）。此書出版於十九世紀末，一九五七年重印。它指出古今來美學觀念的演進，由「繁複中的統一」開其端，由「意味深長」繼其緒，而以「富於表現」終篇。材料雖局限於歐洲，但歸納得來的結論，仍然有相當大的適應性。古今來的小說創作，多如恆河沙數。所表現的形式與內容，則繽紛盈目，千差萬別。但從繁多複雜的人物描寫方式，從語言特徵，從情節和情節組織，從故事發展的節奏中，追求形式與內容的統一，追求意味深長的沈思，追求恰到好處的表現，卻是有其共同點的。

小說（此處特指長篇）的節奏，十九世紀以前，大抵莊嚴穩定，像C大調奏鳴曲。十九世紀以後，節奏輕靈明快有如快板樂章；有的更快速如狂板樂章。前者如《戰爭與和平》的節奏，摹做者有蕭洛霍夫的《靜靜的頓河》。後者如帕斯捷爾納克的《齊瓦哥醫生》，把抒情詩的節奏放置到大型史詩之中，使一個古典的形式脫胎成全新的內容。而喬伊斯的《攸力西斯》，其節奏卻如狂板樂章。我國章回體古典小說，其節奏很少是不類慢板樂章的。但他們追求繁複中的統一，使內容和形式血肉相連，中外古今的第一流作手，莫不皆然。

一切有藝術深度和思想內涵的小說，均植根於兩大基礎上。其一是形式的完整性；其二是內容的有機性。前者要求首尾一貫（coherence）；後者要求通體相符（correspondence）。人的行為有其慣性，所謂君子有常容。我們有時受環境的影響，致心隨境變；有時又受本能的干擾，情緒的波動，感情的扭曲，致知、情、意三者喪失平衡，導致反常的行為。小說中的人物，當然也有正常的活動和反常的活動。當其依循行為慣性從事正常活動時，一般讀者當然可以理解；當其偏離行為慣性而從事反常活動時，小說家當有所說明和暗示。因此，以故事情節的開展來描繪個性，乃成為從繁複中求統一的主要方式之一。設非如此，則心理的轉變，思想的發酵，人物行為的反常，都成為一團古怪的混亂，一些毫沒來由的胡鬧，或一些永無謎底的啞謎。職是之故，美學觀念上的繁複中求統一的原則，也是小說創作中的基本原則。

其次，我們來談「意味深長」跟小說創作的關係。

在美學上，有人偏重形式，如康德。但小說家所要表現的，到底還是內容，表現來自生命的躍動。故吾人當精力過剩時，從事運動；運動場即為生命的舞臺之一。當吾人感受過剩時，從事創作；白紙黑字之上亦為生命的舞臺之一。柏格森認藝術即表現；而表現總是以內容為主的。至於整頓形式，運用材料，不過是表現意義內容的一種手段，或使所欲表現的內容更形突出，更能效果集中而已。

小說既然是人的藝術，其題材取捨，大抵以描繪人生圖畫為美的內容。它在再現人生，複製過去，表達心靈的秘史上，其繁複的程度，較諸表現自然風貌，完全不能相提並論。而且，就心理學來說，美的內容可粗分為知的內容和情的內容兩大類。知的內容包括直接內容與間接內容。直接內容可讓欣賞者作形相的直觀，如繪畫、雕塑等，一眼掃過去便能「不通過思維即能作出判斷；不通過慾望即能產生快樂」（康德語），屬於純粹的美。而間接內容，則為藝術裏面所含蘊的意義，價值判斷與理想，為作品所間接表達的情趣、精神，且必須通過聯想作用，對審美對象予以補充和量化，纔能領略作品中的不甚明確的性質。故屬於有依賴的美。小說當然屬於後者。

托爾斯泰的《藝術論》：認藝術的主要功能在傳達感情，其次纔輪到表達思想。他斷然以藝術感染力之強弱，判定作品藝術成就的高低。由此可以看出，在審美活動中，情的內容所佔的位置該何等重要。感情總是主觀的。故審美中思維的活動和意志的作用，必然跟感情密切結合，而且也顯然帶有感情的性質，主觀的色彩。因此，托氏認為一切對美的客觀欣賞，最後必然轉化為主觀的感情。而感情移入或移情作用，即將感情投入對象之中，乃美學上爭辯不休的大問題。小說家在創作時流淚創作，讀者在閱讀小說時有心靈的共感和共鳴，出現「流淚眼看流淚眼，斷腸人對斷腸人」的情景，也是實際的情形。又如福樓拜寫到包法利夫人服毒自殺時，他自個兒的嘴裏也瀰漫著砒霜味，有經驗的小說家對此也不會陌生。

故小說中最美的部分是理想，最能表現「意味深長」的地方也是理想。由此導出小說家心靈中所醞釀的問題，他對社會對人生的觀察角度。問題總是先作品而存在的。也由此導出小說人物的活動圈子，小說家筆下所架構的世界，以及小說家憑虛構作用與創造的想像力所安排的人物活動細節，好讓讀者將感情移入。讓讀者神遊其中，留連忘返，不忍釋手。讀者將會發現，有些獨特的生活經驗，是他們完全沒有接觸過的；有些生活經驗，社會現象，是他們天天看到，卻熟視無睹的；有些東西，是他們留意過，但觀察得並不如此深刻的；有些事物，是他們原本以為無甚意義，無甚價值，但一經小說家大筆點醒，纔恍然大悟，始認為是非常有意義和價值的。他們把小說讀完，留下了沈思的印象，使小說家的理想，變成自己的理想，使小說中人物的行動，變成自個兒行為的範例。這就是小說作品「意味深長」的粗淺的解釋。因此，「意味深長」纔成為小說創作的另一個美學基礎。

第三，我們要談到「富於表現」跟小說創作的關係。

小說家在創作時，必藉助於語言文字的媒介，纔會出現可供讀者閱讀的作品。在構思醞釀的過程中，小說家在意象中浮現的只是一本無字天書。無字天書無人能識，除作家一人外，也無人受感染，無人受感動。他必須一個字一個字寫下來，累積成作品，方始予讀者以完整的印象。

小說家為了表現的清晰，在小說用語上，力求富於具體形象的語言，力避抽象的概念性的詞兒。小說家為了表現得有力，表現得恰到好處，故在言談、敘事、描情、寫景方面，力求用語的簡樸、自然、生動。克羅齊認為美是成功的表現，醜是不成功的表現，此話雖有反駁的餘地，但對小說家而言，到底還是有用的。

前面曾經提到，一小說中的人物沒有活，該作品也活不了。為了表現人物的活力，為了表現創造的人物虎虎有生氣，必然要先使該人物成為一切活動的「共軛焦點」。使他成為小說中發生的眾多事件之總和。小說家為了創造活生生的人物典型，不得不起用一切可資運用的表現手段。從獨白中表現人物的內心活動，從對話中表現人物的個性、教養、交遊、職業、專長，從情節開展中表現人物的活動和理想。當這一切的表現還不能達到藝術的目的時，小說家乃以「敘述者」的身分，運用「敘述人的語言」介入小說，代替人物發言。

總之：美學的對象是美的廣闊領域；而美學的目標是藝術。小說是藝術之一。故小說的基本概念包含在藝術的概念之中。因此，我們在創作小說時所體驗的美感，所喚起的真摯而強烈的感情，所獲得的深刻感受，所體驗到的生活中的基本價值觀念，以及摶聚成的理想，這一切都直接跟美的概念相關。作家們在從事小說創作時，能夠有較深厚的美學基礎，有較廣闊的美學視野，想來並不是一件多餘的事。

第三節　小說要不要思想傾向

小說應不應該帶有思想的傾向？小說是不是表達思想的工具之一？或者，小說要不要傳播生活的知識？自來聚訟紛紜，莫衷一是。在藝術哲學中，大致可以歸納成四種不同的解釋。前兩者是哲學家的見解；後二者是文學家的看法。

第一派人以康德為首。他於一七九〇年寫《判斷力批判》（*Kritik der Urtheilskraft*）時，曾力言人認識自身以外的自然界，並在自然界中認識自身。人，在自然界中尋找「真」，在自身尋找「善」。——前者是純理性的，後者是實踐理性，或自由意志的，但「判斷力」乃另一種認識的工具。這種判斷力不經過理解，而能作出判斷；不通過欲望，而能產生快樂。這種能力，乃美感的泉源。

就主觀意義來說：「美」是既不通過理解又無實際利益，而使人感到愉快的東西。就客觀意義來說：「美」是一件合宜的物件之外形；而這一物件被人認識時，絲毫不帶「目的」與「概念」。他力主藝術與知識的傳播，分道揚鑣。文學作品的主要內容，不在傳播知識，而在傳達真摯的感情。如果把討論的範圍收窄，康德是不主張作品中帶有思想傾向的。

第二派人以黑格爾為首。他斷言「只有一定範圍和一定程度的真理，纔能在藝術作品的形式裏邊表現出來」。因為「美」只是觀念的表現。所謂「一定範圍和一定程度」，乃特指精神方面的東西。

黑格爾以為：上帝以「美」的形式，顯現於自然界和藝術之中。上帝有雙重表現：客觀和主體，亦即自然界和心靈。只有心靈跟與心靈有關的一切，纔是真正「美」的東西。因此，自然界的「美」，只是心靈所固有的「美」之反映。換言之：美的東西只有精神方面的內容。但是，精神方面的東西必須通過感覺而顯示；而精神的感覺上的顯示，只是外觀（Schein）。這種外觀纔是「美」的惟一現實的一面。因此，藝術乃觀念的外觀之體現。它和宗教、哲學等一樣，都是把人類的艱深問題，和精神的最高真理，接引到意識之中，並傾訴出來的手段。

總之：黑格爾主張文學可以用為表達思想的工具，或者說，作品中可以容許帶有思想的傾向，但應局限於純粹的精神方面。逾越此一範圍，即認為不當。

第三派屬反對派，以雨果為首。他主張藝術應該有思想、有目的、有用處。他斷言：「藝術的主要目的，是為了人類的未來。而每一個世紀都有它的使命。這個世紀完成的是公民工作，下一個世紀完成的是人道工作。」

他又說：「藝術多一種用處就多一種美。……文學的目的是為了普通老百姓——文明需要平民文學。」

貫串於其主要作品中的，諸如《鐘樓怪人》（一八三一）、《悲慘世界》（一八六二）、《笑面人》（一八六六）、《一七九三》（一八七四）等等，都帶有很強烈的思想傾向，為宏揚「自由的精神，平等的觀念，博愛的心情」而努力。他的作品夾敘夾議，雖然作家隱藏在作品的後面，但作家的個性，無時無地莫不躍然紙上。

第四派以托爾斯泰為首，屬折衷派。

他於一八九八年完成《什麼叫做藝術》一書。此書對於托爾斯泰的藝術觀點之了解，大有幫助；雖然論點稍嫌偏頗，而且有些地方頗為意氣用事。

在該書中，他力言藝術的主要目的，在傳達真摯的感情，重現獨有的新奇的生活經驗。而只有「當作品中表達的思想，被證明具有原創性時，纔能承認作品具有思維性」。他要求的思想標準是相當高的。古今作家中，不乏輾轉相抄的例子，也不乏拾人牙慧，沾沾自喜之輩，真能具備思想上的原創力的，並不多見。因此托氏的折衷意見，仍然偏重在康德與黑格爾那一方面。

我贊成雨果的看法。

如此緊張的局勢，如此嚴重的時代，假如作家們還不能愛憎分明，在作品中出現新的號召，那麼，這個時代，實在太寂寞了。「戰鬥文藝」一開始就必然帶有思想傾向。它強烈要求肯定什麼，否定什麼；強調什麼，鄙棄什麼。它以連根拔起「世紀末情調」開其端，而以「必須喚起民眾」繼其後。這是時代的真正要求，作家們不必也不應自外於此。

就歷史的觀察而言：古代的神話和史詩，一開始就帶有某種目的，某種用處和某種思想傾向。比方說：盤古開天闢地，夸父追日，共工氏觸不周之山，魯陽揮戈返日等等神話，原不必有歷史上的證明和合理的根據，只求引起群眾的想像力為能事。但它畢竟具有團結全民、鼓舞鬥志的思想傾向。希臘文「神話」一詞含兩義——寓言與小說。其目的，在造成一種「市民的宗教」

(civic religion)，慢慢演變成為希臘民族精神上的統治槓桿，和政府的重要工具。史家甚至指出：假若荷馬的《奧德賽》與《伊利雅德》這兩大史詩，不廣泛在民間輾轉傳抄，行吟歌唱；假若希臘人的頭腦中，沒有托洛亞戰爭這個傳統的痕跡，則希臘各城邦也決不至於聯合一致，抵抗波斯人的入侵。由此可以說，文學作品不帶思想傾向，不帶目的和用處，就歷史觀察而言，是說不通的。

從作家對待生活的態度來觀察：文學作品往往是作家對生活的評價。其中不但表現了作家自己對生活的態度，他對社會現象所持的觀察角度，同時也表現了生活本身。其中必然包括了作家對生活的認識與理解。由此可知：作品不帶任何的思想傾向，也是說不過去的。

而且，作家對待作品，並不能完全採取無我的態度，使小說成為完整無缺的人生紀錄，如實地再現人生。小說之反映生活，也無法像一面鏡子，絲毫不會走樣，完全準確無誤地複製生活裏邊存在的東西。作家必須揀選拼湊剪接生活的素材，其中必然羼雜作家的思想與意識。在揀選拼湊剪接過程中，勢必帶有一定的思想傾向。既然如此，為什麼我們要諱疾忌醫，絕口不提小說的思想傾向呢？難道小說除了娛樂讀者之外，就別無用處了嗎？

第二章　談人物刻畫

小說的構成要素，因小說家的藝術觀點不盡相同，頗有出入；但人物與情節，卻是大家一致公認的。而小說裏邊人物的刻畫，依我個人的創作經驗，不獨是小說創作的入門工夫，而且是小說家有沒有創作潛力的試金石。我們似可作這樣的認定：小說家表現的成功或失敗，筆力的老到或稚嫩，在他的人物刻畫上幾乎能看清眉目。

批評家從事小說批評，第一樁要問的事，就是該小說裏邊的人物寫活了還是沒有寫活？一小說如果沒有寫活人物，縱令故事再花描，情節再曲折，批評家終必淡然恝置，認為這種小說只算故事書，寫小說的人也只算一個會講故事的人，根本沒有達到「起評點」。讀者閱讀小說的時候，如果發現小說裏邊的人物只像牽絲傀儡，打開書本，他們毫無生氣地棲息在字裏行間，拉一拉才動一動；闔上書本，人物活動消失，不再在腦幕上留下任何印象。讀者們對小說中的傀儡人物群，既不同情，也無反感，簡直漠不關心，最後，他們對這種一丁點兒感染力也沒有的小說，只好「不忍卒睹」，認為浪費了寶貴的時間與精力。

而小說的藝術特徵，是通過情節的開展來刻畫人物，建立人物的個性；通過故事中人物的感覺，來描繪景物，建立故事的時空背景。小說家在下筆之前，必先找到值得一寫的「人」，然後為他們安排情節和對話，藉以突出人物在各種境遇中的殊異情緒反應，以及活動裏邊的精神生活。這樣寫成的小說，才能具有感染力，才會感動讀者；讓他們哭，讓他們笑，讓他們焦灼等待。這樣的小說，才算真小說。反過來說，小說家在下筆之前，找到的僅是個值得一寫的故事，然後挖空心思，為這個故事去安排表演的角色；而且為了增加故事的趣味與曲折，大量加插許多可有可無的偶然因素，以滿足「磚頭書」的要求；結果破壞了作品形式的完整，內容的有機統一，這樣的小說，只算變相的新聞特寫，不算真小說。前者如施耐庵的《水滸傳》，曹雪芹的《紅樓夢》，是先有值得一寫的人物，後有故事的作品。後者如南亭亭長李伯元的《官場現形記》，我佛山人吳沃堯的《二十年目睹之怪現狀》，是先有值得一寫的故事，然後安排角色去講述的作品。其藝術價值的高低，真不可以同日而語了。

當然，上面這番議論難免有其歷史的局限性。對小說發展的萌芽期，如唐「傳奇」與唐「俗講」時代，宋「平話」時代，阿拉伯《天方夜譚》時代，歐洲文藝復興《十日談》時代，說故事者在故事裏邊就沒有著意刻畫人物的必要。因為在那個時期，故事中人物的真實性，極易為讀者或聽眾所肯定，就像我們今日閱讀新聞報導一樣，總認為故事中的人物，是實有其人，確有其事的。但小說的發展越到近代，藝術的虛構作用與想像作用之重要性，越被讀者群所普遍接受，小說家必須同時肩負起「說故事者」與「演員」的雙重任務，乃成為不爭的事實。因此，小說家同情地了解別人，使自己和別人打成一片，有觀察入微的心靈能力或第六感，乃小說家情感上的大稟賦。非如此，你筆下的人物就缺乏生動之致和虎虎生氣；非如此，你就無法深入人物的內心世界，描摹他的言談舉止聲音笑貌和姿態；非如此，你就無法設身處地，寫出在他們那種情境中可能出現的情緒反應，和可能有的感受。一句話，現代小說要求它的人物富有生命。現代小說把人物刻畫當作小說家的頭等任務。

第一節　何謂人物刻畫

什麼叫做「人物刻畫」（characterization）？

在小說中，character一名兼二義。一即「人物」，二為「性格」，二者的密切關係由此可知。實際上，作家刻畫人物就是創造人物的性格。而人物刻畫乃作家通過生理的、心理的、社會的因素，通過人物的思緒與活動、情節與對話，建立起該人物的與眾不同性格之技法。故「人物刻畫」又叫做「性格描寫」。

如何寫「活」人物，原是小說家筆下見高低的關鍵。人物必須首先活在小說家的心裏；然後移植到字裏行間，活在小說裏邊；但最終的目的，要活在讀者的心靈之上，記憶之中。只有寫活了的人物，才能引起讀者對他們的各式各樣遭遇的關心。讀者此一關心的情緒，應該是其他一切情緒的基礎。如其不然，讀者縱然自命為多愁善感，自作多情，但面對著漠不關心的人物，斷然不會產生同情、悲憫、喜愛、厭惡、期盼、焦急等等情緒反應的。

對於直認寫小說等於講故事的作手，或情節比人物更重要的讀者，我樂意多說幾句話。

人物先故事而存在。是人物的活動，人物與人物之間的相互關係，人物對外來的某些刺激或人物的遭遇，發生了特殊的反應，始形成故事。故事屬小說的結構形式之一。它不過是依照時間順序，而安排的一連串事件之敘述，好讓富有好奇心的讀者繼續追問：「以後呢？」所以我國的章回體小說，應該是講故事的高手，而「欲知後事如何？且聽下回分解」乃是一個約定的記號。所以E．M佛斯特才會以半開玩笑的口吻說：「皇帝死了，然後皇后也死了。」就叫做故事。當然，任何具可讀性的小說都應有一個引人入勝的故事。而且該故事應該緊湊動人，有開頭，有中段和結尾。更進一步說：好故事的結尾應該是開頭的自然結果。中段發生的故事，至少要有可能性，或至少是可能發生之事。此非僅藉以發揮主題，而且也暗示好故事不應如野馬脫韁，離題太遠。

其次，在小說術語中，還有個詞兒也是一名兼二義的，那就是plot。它既是「情節」，又是「結構」。故simple plot既可譯為簡單情節，又可譯為簡單結構。intricate plot既可譯為複雜情節，又可譯為複雜結構。餘以此類推，胥視上下文之語意而定。為什麼有此現象？因為小說的結構，係指小說作品的複雜組織或構成而言。而情節，本質上也屬於小說的另一種結構形式。當小說家把實際內容表現於小說人物的生活事件中，且藉人物的活動而彰顯人物的個性時，結果我們就看見了情節。故情節與結構的關係，一如人物與性格的關係，都是非常密切的。不過，在理論上，人們依然承認結構大於情節。主要的理由是：結構包括情節組織與非情節組織。如《雙城記》第一卷一開頭，那篇題名為「復活」的「開場白」，即係非情節組織。它不從屬於任何情節，但它卻屬於整部小說的有效構成部分。

前面講過，情節屬於小說的結構形式之一。正如同故事也是屬於小說的另一種結構形式一樣。粗略言之，情節像包裝好了的故事；而故事，卻像未經包裝的鬆散情節。此處所謂包裝，是指對一序列事件，予以有效安排、調整、剪裁與貫連之意。關於情節，我同意兩種解釋：㈠亞理斯多德把情節詮釋為衝突和解決；㈡佛斯特把情節詮釋為按照因果關係，而安排的「事件群」之敘述。所以他該諧地例舉：「皇帝死了，然後皇后也死了。」就叫做情節。好讓既富好奇心又富智慧的讀者繼續追問「為什麼？」

但這兩種解釋，表面上看來似乎互不相關。亞理斯多德講的是情節構成的基本要件，以及一張一弛節奏感的形成，指向內容。佛斯特講的是情節構成的基本方式，「事件群」集合的客觀規律，指向形式。其實這兩種解釋，在理論上是可通的。而且就回答讀者們繼續追問「為什麼？」而言，可以看出兩種詮釋實際上是殊途同歸的。因為，在虛構性小說作品之中，一個具有戲劇性的情節，必先始於衝突的產生，這樣才能引起讀者的好奇心，才能引起他們的探索興趣；也必然終於衝突的解決，這樣才能滿足讀者，讓他們知悉事件的來龍去脈及其底蘊之後，釋然於心，解答了蟠踞心底的「為什麼」的疑惑，聚精會神屏聲靜氣看完之後，終於獲得「原來如此」的快感。這跟按照因果關係，集合並敘述事件群，以回答讀者「為什麼」的要求，實質上也並無二致。而且，兩條道路所構成的情節，時間順序依然保存著，不過，表面上為衝突與解決，或因果關係所掩蓋而已。

因此，我們也可以這樣說：是人物賦予情節以生命和意義。情節從屬於人物。人物比情節更重要。小說中的事件只有能影響到人物的生活時，才是必要的。除非小說家筆下的人物，通過自然而生動的筆觸，有令人置信的刻畫，能予讀者以「實感」，或予讀者以「真實的幻覺」時，才能使讀者同休戚、共哀樂，才能引起讀者的濃厚興趣。如其不然，不管是什麼樣子的戲劇性故事，也不管是如何新鮮和離奇的情節，都無濟於事。總之，小說的情節就建立在人物的處境上，表現他對於衝突的反應，以及衝突解決之後，對於該人物性格的影響。其實，對衝突的反應是「因」，對性格的影響是「果」，兩種解釋說法雖異，畢竟互通。

試回想我們讀過的小說：留下鮮明印象的是「人物」呢？還是「故事」與「情節」？當你對某小說的人物感到濃厚興趣，記憶始終不衰，你對該小說的若干主要情節，也總該有脈絡可尋，記得個七七八八。若你對某小說裏邊的人物印象模糊，甚至無法追索，那麼，該小說裏邊的故事和情節，絕大部分已成一片空白，不復記憶。譬如說：狄更斯的《雙城記》，只要你對十八載冤獄沈淪的亞歷山大·曼耐德醫生，保持同情與關切，那麼你對這位可敬可愛的醫生，一再沈湎於製作皮鞋的古怪行徑，巴士底獄北邊高樓一〇五號的陰森景象，他用鏽鐵絲蘸著煙囪裏刮下來的煤炱和炭屑，混和著自己的鮮血時作時輟長期寫成的那捲憂鬱的文件及其內容，你就忘不到哪兒去。而跟曼耐德醫生有關的人物，和女兒露西、女婿達爾南、酒鬼助理律師卡爾登、德法奇夫婦，乃至女管家普羅士小姐等，都可能聯翩浮現，故事和情節的線索，你就有了聯想的基礎。

同理，你對托爾斯泰的《復活》，你記得最親切也最關心的，是那清秀柔婉、皮膚蒼白如地窖裏的薯芽，用低低的斜視的目光瞧人的馬斯諾娃呢？還是從監獄到法庭，再從法庭到監獄，一再重複的無聊透頂的審訊過程呢？為什麼你對那麼天真無邪的少女，一旦失身於闊大少聶黑流道夫，成孕之後被攆出她的姑母家之門，然後墮落為流鶯，過著「煙、酒和咖啡：咖啡、煙和酒」的暗無天日的生活，你會心情激動？為什麼你對她的犯罪，會忿忿不平？你對站在犯人席上應審的馬斯諾娃，和對坐在陪審員席上的聶黑流道夫，心理轉變過程和不同的情緒反應，為什麼會記憶猶新？這一切，就說明了你記得的小說情節，原不過來自你對人物的關心啊！你還記得《戰爭與和平》裏邊那個又矮又瘦、純樸善良勤儉的農夫卜拉東．卡那耶夫嗎？這個小人物在托翁的筆下著墨不多，但淡淡刻畫幾筆，就讓你忘不了。他除了主禱文，什麼都背不出來；說話時，一開了口，便不知道如何收場。人家送了他一些碎布，他感謝了老半天，說這可以做挺好的裹腿布。然而，你只要記得起卜拉東，《戰爭與和平》裏邊的「中心人物群」之一——彼埃爾，在拿破崙的部隊攻陷莫斯科之後，所經歷的俘虜營生活細節，就會閃爍在你的腦幕上。

另一更具體的例子，我可以列舉卡繆的《異鄉人》。假如你對該小說的中心人物（自始至終展開故事，促進衝突的人物）莫爾騷，不感到關切，對他的疏離感與孤寂感，不能同情地了解，那麼你對莫爾騷在馬蘭哥養老院奔母喪時的那些怪異表現，出殯途中他昏沈麻木，卻獨對其母的情夫裴瑞茲抄近路的欣賞態度，以及後來莫名其妙地為龜公林夢殺死阿拉伯人，以及後來更莫名其妙地在法庭上拒絕為自己辯護，終於判處死刑，這一切都只能當作過眼煙雲，不留下任何印象。

時至今日，寫小說斷然不等於講故事。人物的重要性也斷然超越故事的情節。所以R．史密斯那本《小說作法》，雖未可盡信，但底下這幾句卻是可信的：「一個作家，可以沈悶如德萊塞，自成一格如海明威，自覺如史坦倍克，多情如狄更斯，偏狹如吉卜齡，只要他們使他的人物，看來栩栩如生，他就能抓住許多讀者，並且滿足他們。」

第二節　人的藝術

現在，我們得認真地繼續追問：何以人物刻畫或性格描寫，在小說創作中會佔如此重要的地位？指向核心的回答只有一個──小說是人的藝術。但為了證明這不純屬於我自個兒的強調，擬作三層次的解析。

就常識層面言：藝術的本質原是抒情的，藝術的表現以抒情的表現為主。故一切藝術都應該能夠引發觀賞者的情緒反應，否則就不成其為藝術了；小說這門藝術當然也無法例外。小說只在能夠感動讀者，使讀者產生情感作用時，才會有娛樂價值、美感經驗、教育意義可言，如其不然，讀者捧讀這本小說，讀得味同嚼蠟，漠然無動於衷，縱令他修養到家，耐著性子硬起頭皮讀完，結果是書歸書，讀者歸讀者，互不相涉，那麼，什麼都甭談啦！他們對這種小說的反映，只能裝出一副很有修養的樣子，搖頭苦笑著說：「這破玩意我吃不進去。」究其實，吃不進去的主要原因，是讀者直覺到你小說裏邊的人物是假的，根本不能讓他產生實感。讀者對你小說中的「傀儡」，不感興趣，甚至厭煩；對「傀儡」的遭遇與處境，心如止水，漠不關心；想來是自然而合理的事。

而小說其所以有娛樂價值，證明讀者已感同身受；有美感經驗，證明讀者起了情緒波動；有教育意義，證明讀者出現了心靈的內省。此三者，又斷然跟讀者對人物的關心程度發生內在的聯繫。讀者憑什麼要對你小說裏邊的「傀儡」歌哭無端，同情或焦慮，愛或恨，歡樂或痛苦，捏一把冷汗為他們提心弔膽？一句話：你寫不活人物，你就無法感動讀者。而缺少感染力的小說，跟變相的新聞特寫何異？

其次，從「野史」的角度看人物的重要性。我國先賢們有一創造的直覺，反應慧敏，他們把「小說」叫做「野史」。這一稱謂實比romance高明。因它不獨指出了歷史和小說的密切關係，同時也點明了人物在小說裏邊的重要性。不過，天下事經常利害相參，我們的傳統小說，受史家紀傳體的影響，在人物刻畫上偏重「直接刻畫」，不太注意「間接刻畫」，使我們對人物所獲得的印象，多半是由作者說給我們聽的；而不是讓人物在小說中自行表演給我們看的。仔細思量，這種人物刻畫的方式其原因尚不止於一端，在唐人以紀傳體寫「傳奇」時，唐代寺廟裏的「俗講僧」，已開始了說故事娛樂聽眾的活動，現殘存的《敦煌變文》，應該是「俗講僧」說故事的底本。此一民間文藝活動，至兩宋未衰。宋代的說話人有四家數，他們的「說話」底本，叫話本。殘闕的《京本通俗小說》可略窺端倪。而明清兩代文人的「擬話本」，保留了宋「平話」的遺意，分明是用筆寫下的短篇小說，仍然要以說給聽眾聽為要務。馮夢龍的《三言》，淩濛初的《兩拍》，可為佐證。東方與西方小說發展的歷程，有這些相異的歷史與文化因素羼雜其中，創作出來的作品，就難免同異互見了。

關於歷史家與小說家的關係，粗略來說，歷史家記載，小說家創造。記載務求翔實；而創造很難擺脫虛構與想像。故歷史「記載」已經發生過的事，如史家無法確證，則以信傳信，以疑傳疑，史法始終崇尚客觀。小說「創造」可能發生之事。雖不必實證，但敘述的首尾一貫，通體相符，具內在的邏輯關聯卻有其必要。因非這樣不足以在讀者心靈之中產生實感。而古今中外歷代小說家所追求的形式完整與內容有機，即是「實感」的主要來源之一。

事實上，任何人都有外表行為和內心活動。外表行為無論是舉手投足顰笑點頭，都是灼然可見的。我們大致可以推論出他的精神狀態，這種活動經常屬於歷史的範圍。人，畢竟是歷史的動物，人，必然生活在歷史裏邊。保里斯・帕斯契爾納克在《齊瓦哥醫生》裏邊的論斷，大致是可信的。內心活動是無法透視的，如夢想、沈思，如激情、哀慟、喜樂、憂鬱和焦慮，如一些在「自我」的理性活動之內，不便出口或羞於啟齒的內省活動，假如沒有形之於外，應該都屬小說的範圍。因為我們純靠臆測捕風捉影，並無實質的東西可資憑藉。所以，從深一層著眼，歷史和小說的區分，似可歸結到外表和內心活動的區分。所以批評家阿倫（Alain）才會說：「小說中的虛構部分，不在故事，而在乎使觀念與思想發展成外在活動的方法。這種方法在日常生活之中，是永不會發生的。……歷史，由於只注重外在活動的來龍去脈，局面有限。小說則不然，一切以人性為本，而其主導情感是把一切人物的動機和意願表明出來，甚至熱情、罪惡、悲慘都是如此。」

雨果的《一七九三》，被認為是描述法國大革命的傑作之一，跟《雙城記》雙峰對峙。而旺岱戰役，乃整部小說的頂點。朗德納克侯爵率領的保皇軍，跟葛文領導的民軍，「族祖」與「侄孫」在這兒進行了最後一場殊死決戰。戰鬥開始時，雨果曾以夾敘夾議的口吻，發表了下述一番議論：

> 歷史有真實性，小說也有真實性。小說的真實和歷史的真實在性質上是不同的，小說的真實是在虛構中去反映現實。但，歷史和小說卻有相同的地方：利用暫時的人來描繪永久的人。
>
> 要徹底了解旺岱，只有用小說來補充歷史。了解全面需要歷史，了解細節需要小說。

利用暫時的人來描繪永久的人，這是歷史的本質，也是小說的本質。它彰顯了人物刻畫在小說中的重要性；同時也彰顯了小說與歷史的內在關聯，以及何以古人管「小說」叫「野史」的理由。不同的是：歷史上的人物，都是父母所生的，不論其行徑如何怪誕，如何不近情理，只要歷史家記載無誤，就可入人於信。因為他們老早已經存在過並且生活過了。因為歷史家只要不扯謊，就斷然無可反駁，它是以實有其人，確有其事為前提條件的。而小說中的人物，卻是作家筆下創造出來的。如果不加以刻畫，使他們的活動首尾一貫，通體相符，使他們的怪異行徑與行為動機相合，就難以讓讀者產生實感，信以為真；並且對小說人物的命運表示關切，產生濃厚的興趣。而小說的人物刻畫，畢竟是以活人做材料，在精密觀察的實底子上，所作的主觀選擇。選擇什麼？選擇他的主要性格，他的情緒反應方式、思想方式、生活方式，他的生理特徵與心理特徵等等。所以亞理斯多德把「人物」跟「選擇」對等起來，大體上是不錯的。事實上，小說家創造人物，畢竟是在被選中的原型人物身上，集合了他人近似的性格，最後完成的，才是你筆下出現的「似曾相識的陌生人」（屠格涅夫語）。這種從單一的人過渡到集合的人，就叫做從原型過渡到典型；這種人物，一般叫做典型人物。

不獨小說家有此認識，數學家J・布羅諾斯基，在《陡坡上的人》中，也有類似的見解。他在該書結尾處曾深沈言之：「歷史不是事件，而是人群。歷史並不止於人們在記憶過去，而是把人們的過去，以行動與生活帶到現在來。」必須指出：小說這門藝術幹的笨事，正是這個。小說的主要精神，也不過如此。

我們姑且拋開《一九八四年》、《中午的黑暗》、《美麗新世界》、《他們》，以及各式各樣的科學幻想小說不談，一般的小說，總是在過去時代的背景上，展開的「人」的活動與「人」的故事，它把人們的過去帶到現在。雖然，歷史的中心課題，指向人群的活動；而小說的中心課題，則指向人心的歷史。兩者實實在在都離不開「人」，都以「人」為重心。即令在童話或寓言故事裏邊，也不例外。例如《敦煌變文》裏邊收錄的〈燕子賦〉與〈茶酒論〉，黃雀佔燕子的巢，燕子向鳳凰告狀，鳳凰派鴝鵒調查，黃雀受到應有的處罰，整篇童話全是人言人語，充滿著人的基本需要與人的基本情緒，這在創作上叫做「擬人化」。反過來說，不能「擬人化」的童話，性質上究竟屬於自然科學的範圍，跟小說無關。而〈茶酒論〉這篇寓言故事也許更極端，其中的三個「人物」，茶、酒與水，既非含生之倫，更非具體形象，但「茶」和「酒」互相辯論，「水」最後下總評予以調和，不是擬人化又是什麼？

另外，進入小說的人物，有時難免也有歷史人物，如《三國演義》、《東周列國志》、《隋唐演義》之類的歷史小說；但絕大部分是作家創造出來的人物。這些小人物一旦刻畫成功，雖然他們縱不關乎歷史文化，橫也不一定關乎社會生活，但我們只要能如見其人，如聞其聲，我們便能產生「真實的幻覺」，願意相信他們為真人實事。這些地方，歷史人物與小說人物都很逼近。故把「小說」叫做「野史」，畢竟把握到問題的本質部分。

而小說是人的藝術，卻把人物刻畫的重要性，推到了無可減約的事實基礎上。

小說是人的藝術，這句話至少包含著五個重點：

人物的活動，是故事和情節之源。也只有人物的活動，才能賦予故事與情節以意義和價值。而人物刻畫，不獨能使讀者產生實感，同時也能使讀者產生關切之情。有些小說，如雷馬克的《凱旋門》，詹姆士・喬伊斯的《攸力西斯》，他們都採用了第三人稱人物的觀點，那就是說，這兩部小說裏頭，都有「觀點人物」來敘述整個故事。觀點人物在場，故事繼續發展；觀點人物不在場，故事中斷。雖然《凱旋門》裏的雷維克，有時也偶爾逸出主結構線；故只能叫做「第三人稱人物觀點」。而《攸力西斯》裏的伯克・麻利根，則始終在主結構線上，故稱之為「第三人稱限制的人物觀點」，意識流小說大體皆然。然而兩位作家對這兩個觀點人物的處理與刻畫，手法就很不凡。當雷維克帶領瓊恩・曼陀入室之後，他走進浴室，旋開龍頭，水便直沖入盆。他把領帶解掉，不知不覺地在鏡子裏窺瞧著自己。一對深陷成窩的傲慢的眼睛；一張狹長的臉，疲憊得要死，只有那雙眼睛還顯出些活力，嘴唇太輭，人中也顯得模糊了——在右眼上面，給頭髮遮蓋的，尚有一道很長的鋸齒形的疤痕。而《攸力西斯》一開始，雄赳赳、肥腯腯的麻利根，從梯口踱下來，下巴上塗著半圈肥皂泡，黃睡袍的帶子沒有繫上，在柔和的晨風裏輕颺著。而當他憑欄遠眺都柏林海灣時，他那頭整潔的橡白色髮絲微微顫動著。小說中的人物，已經用他的行為舉止，表演給讀者看了，這叫做間接刻畫或動態描寫。奇怪的是，多年前唸過的東西，最易從飄渺無著的追憶中抓回來的印象，依然是人物的刻畫和人物的形相。

其次，小說是人的藝術，係確指小說藝術的表現焦點是人。人與人的相對活動，不獨是故事與情節的源泉，而人也是社會諸關係的總和。人的外表行為，人的內心活動，人的所思所感、一言一行，使他從各方面跟環繞他的世界相關聯。這樣一來，作家的視野才能籠罩整個的生活。作家才能由人物組成的小社會，複製著整個社會。它的明面和暗影，它的實體和幻象，它的動態和靜態，它的綜合觀察和分析觀察，它的深度和廣度。一句話，人的描寫，必然居於小說藝術的首位；而人的問題，也必然是小說表現的核心問題。

第三，小說是人的藝術，指明了「人」是小說的活材料，小說家是依賴這些活材料，依賴活人而工作的藝術家。故小說家必須觀察許多類似的人，才能建立一個類似的典型(托爾斯泰語)。小說家必須永遠把自已的人物提升到典型上去。偉大的天才跟常人不同的特徵即在乎：他有綜合和創造的能力，他能結合一系列人物的性格，創造出某一典型（福樓拜語）。正因為如此，海明威才斷然宣稱：「把一件複雜熱鬧的事寫得很清楚，而沒有創造出『人』來，那頂多只算一篇優秀的報告，不能稱之為小說。」也正因為如此，屠格涅夫才坦率地說：「就我而言，我承認我所創造的人物，不是單憑想像而是有活人作為模型的。我一定要有這樣的基礎，方能使我下筆時感到平穩妥貼。」

第四，小說是人的藝術，在表現上重點地提出：外表行為方面是人在行動裏邊的精神面貌；內心生活方面是人的心靈的歷史；在生活經驗方面，肯定了藝術即經驗。是人的經驗創造了小說；而直接、獨特、豐富的人生經驗，才是小說家最珍惜的第一等素材。所以亨利．詹姆士曾用輕鬆的語調說：「一位妙齡女郎坐在桌前支頤沈思，就可以發展成一篇好小說。」而窗外飄著濛濛的細雨，七分寫景三分言情的篇章，很難成為出色的小說。道理只有一個，前者從人的活動著手，後者卻只著重故事的講述。

末了，小說是人的藝術，還指出另一個重點，那就是小說以語文為表現媒介；而語言和文字，是人所獨有的。猩猩能言，不離走獸；鸚鵡能言，不離飛禽。主要的是牠們的語言活動，是在無意識的界域內所作的本能活動，而人則把語言和文字，當作約定的記號，是種表情達意的有效工具。為什麼小說家要把活語言的蓄集工作，列為終生努力的工作之一？由此可以思過半矣。

也正因為有這麼些原因，所以，當代的小說創作，盡可以把小說中故事與情節的一連串事件，蛻化為一連串的瞬間；而打破傳統小說有頭有尾或有起有結的形式。事件不一定有計畫進行，它們的安排與其說是順序的，毋寧說是任意的。傳統小說往往包括「行動」和「反應」的結構方式，所以故事也確有結局。當代小說則往往沒有這種結局。傳統小說注意情節發展的連續性，內容的有機性，著重將經驗材料加以新整合，當代小說則以對人生進行探索為主，而潛意識的活動較意識活動更重要。然而，不管當代小說反這樣、反那樣，假如沒有人物的活動，假如人物未加刻畫而不能予讀者以實感，其他的一切開新的努力，終屬徒然。此所以小說是人的藝術，其涵蓋性與適應性要比其他的界說，來得堅實、合理而有效。

第三節　如何刻畫人物

人物刻畫，依作家觀察的精粗、認識的深淺、才情資稟的大小、反應水平的高低，有千差萬別的表現。有的著墨不多，略經勾勒，栩栩如生。有的從頭描到腳，蠢氣往下落，依然是個紙剪的人物。有的在故事裏邊活靈活現，顰眉蹙額舉手投足之間，如見其人，如聞其聲，如觸其體（例如狄更斯的《塊肉餘生錄》，大衛．高柏菲爾初次跟烏里亞．喜卜握手，就有濕冷像握一條蛇的感覺。這種由觸覺產生的感覺效果，可以讓讀者有如觸其體的感覺）。有的在字裏行間出沒，來無影，去無蹤，在讀者們的印象裏，始終只是幽靈式的人物。不過，歸納起來說，刻畫人物的方式，可以大別為兩種。一種是動態的間接刻畫；一種是靜態的直接刻畫。

何以間接刻畫是動態的？因為間接刻畫是把人物放置在故事的場景裏邊，讓他們在可見的範圍內，用動作、談吐、情緒反應及表情，面臨嚴重抉擇時的態度等等，自行「表演」給讀者「看」的一種刻畫方式。作家在小說裏所提供的只是若干活動的事實；而讀者看到這些事實後，卻可自行推斷該人物的個性。職是之故，間接刻畫又稱為動態描寫。亨利．詹姆士說得好：「一個真正使人忘不了的人物，必須刻畫得色彩鮮明，外表跟心靈一致。他們在小說中流動，一如電磁在磁場裏流動似的。」

那麼，何以直接刻畫是靜態的？因為所謂直接刻畫，是作家跳進故事裏頭去，指手劃腳，直接「告訴」讀者，那是什麼樣子的人物。換言之，直接刻畫是站在作家的立場，把有關人物的姓名、性別、身分、高矮、肥瘦、年齡、相貌、職業、服飾、嗜好、習慣姿勢、習慣表情等，「講」給讀者「聽」的一種刻畫方式。一般不涉及人物的動作。因此它是靜態的。它使用說明、敘述與分析，來描寫人物，故又名靜態描寫。例如果戈里《死魂靈》的中心人物乞乞科夫。果戈里對這「可憐的」大騙子之直接刻畫是：「六等官保甫爾・伊凡諾維支・乞乞科夫，中流紳士，不很漂亮，卻也不難看；不太肥，可也不太瘦；說他上了年紀是不行的，然而他又並不怎麼年輕了。在談吐上，他總稍帶著一種認真的調子。說得不太響，也不太低，正是適得其當。總而言之：無論從那一方面看，從頭到腳，是一位好紳士。」

直接刻畫與間接刻畫，互有長短。但一般而論，間接刻畫讓讀者覺得有自行推斷的自由，有自身參與的機會，他不一定按照作者所提示的去想像，更能引起讀者的興趣。且間接刻畫讓人物在故事裏邊自行表演，只要合乎人物的行為動機，新奇怪異無妨。這樣，人物的刻畫，就不易流於板滯、沈悶，就顯得自然而生動。必須指出，當作家直接刻畫人物時，故事的進展便趨於停頓。如果你硬要打斷故事的發展，強迫讀者聽你指手劃腳，張三長、李四短的一篇流水賬，結果會讓讀者拉長一張苦瓜臉，不耐煩地進行跳讀的。此點，間接刻畫就沒有直接刻畫那麼呆板，在人物刻畫的同時，故事依然保持著「半進展」的狀態。現在，仍以《死魂靈》為例。地主羅士特來夫是個中等身材的漢子，面頰通紅，牙齒雪白爍亮，蓄著漆黑的鬍子，喜歡縱聲大笑，而且有一種奇特的嗜好，喜歡無緣無故，對身邊的人淋上一大桶熱情的壞話。當乞乞科夫提到要他讓送「死魂靈」（按：新死的農奴，尚未到縣衙門去辦理死亡登記者），羅士特來夫迸出一種洪大而響亮的笑，彷彿炸雷轟響著，反問乞乞科夫是不是開窮玩笑，發神經病，或乾脆的說謊？底下的人物刻畫是這樣的：

「不，真的，這回是連這樣一丁點兒謊也沒有的，」乞乞科夫說著，用拇指頭在小指尖上劃出一塊極小的地方來。

當羅士特來夫率直而無情地鑿穿了這個謊言，並且張大了嘴巴，臉上的筋肉都在抖動的時候，乞乞科夫出現了兩種情緒反應。

第一是解釋與妥協。——「一切事情都有一個界限，」乞乞科夫儼然地說。「倘若你愛用這樣的語調，不如進兵營去。」——於是他又接下去說：「你不肯送，那麼，賣給我也可以的。」

第二是好漢不吃眼前虧，乘機開溜。——乞乞科夫感到一種恐怖，連心臟也掉到褲襠裏去了。一跨上馬車，連忙吩咐謝里方揚鞭。車子用了撒野的速率往前跑。羅士特來夫的莊子，已經隱在丘岡、田野、小山後面了，他總還是惴惴回顧，好像有什麼追兵要跳出來追他似的。他呼吸得很沈重，把手按在心上，就覺得是一隻籠子裏的鵪鶉。「我的上帝，真教我出了一身大汗，這東西！」於是他從羅士特來夫本身咒起，一直咒到他的祖宗！

這就是間接刻畫的例子，它具有讓人物把故事「演」出來的優點；而讀者的參與感與自行推斷，使我們對人物產生濃厚的興趣，且印象深刻，歷久難忘。

而直接刻畫也並非全無優點。三言兩語，把人物直接勾勒出來，快速摶成形象，明確交代個性，寫來簡樸，自有其經濟處。故短篇小說與小小說中常用之。蓋上述這兩種小說形式，篇幅有限，而用字的精簡與富暗示性，在在使人物刻畫偏向直接刻畫。其次，長篇小說和中篇小說之中，次要人物、關鍵人物與配境人物之必須給予「臉蛋」者，亦以直接刻畫為宜。節省筆墨之外，可以避免枝葉紛繁，主次不分明。

人物的直接刻畫有三忌：一忌平鋪直敘，沈悶有如流水賬。會刻畫者，抓住特徵，撇開枝節；不會刻畫者，從頭戴什麼，身穿什麼，到足蹬什麼，一派陳腔濫調。讀者不「跳讀」才怪。二忌臉譜化與類型化。實際人生中，美中有醜，善中有惡，真中有假，根本不能用紅臉、黑臉、白臉，或鼻子上搽白灰來象徵忠奸義烈。因為實際人生究竟不是舞臺。我們既然避免了頭如巴斗，眼似銅鈴，口若血盆，聲像洪鐘式的描繪，為什麼刻畫壞蛋，一定少不了那付三角眼，和嘴角叼的那根香煙呢？人物刻畫一旦有了定型的公式，就會乾巴巴的，懨懨無生趣。在現實生活裏，全好，全壞，樣樣可愛，處處可憎的兩極端人物，根本是不真實的。天使有醜惡的一面，魔鬼也有仁慈的一面，你幾時看到沒有陰影的人呢？而臉譜化與類型化的人物，你如何建立他的與眾不同的性格呢？三忌在直接刻畫中，沒有灌注生氣和活力。你哩哩啦啦說了一大堆，觀察既浮泛，選擇的細節，又沒有向讀者提示所欲刻畫的人物性格，因此，你的人物刻畫，挑動不了讀者的情緒。但我們別忘了，小說讀者是為了感受而閱讀的，既非為了鍛鍊邏輯思考，也非為了自討苦吃，而去明讀的。因此，任何人物刻畫的方式，都應盡量為讀者提供情緒價值，直接刻畫尤其如此。故簡明扼要，具體鮮明的直接刻畫中，就應洋溢著生氣和活力，並且充滿新穎的表現手法。

然則，我們除了這兩種刻畫方式外，如何進一步刻畫人物呢？

充分認識你筆下的人物，挑選你最感興趣的人物入小說，應該是人物刻畫的基點。

大部分小說帶自傳性質。筆下的人物除自己外，最感興趣的人往往成為作家的永恆祈禱對象。如貝亞德曾使但丁消瘦若干年。綠蒂曾使歌德神魂顛倒。故認識與挑選皆在強烈情感之催迫下而自然形成。非自傳性質的小說，則挑選工夫大費周章。例如吳承恩的《西遊記》，充滿了童話世界的組織力、想像力與感受性，不尚科學和邏輯基礎，而以類比的聯想發展為整體的故事，且居然寫活了孫悟空和豬八戒，這兩個全不像人的人物，使成為我們民族集體潛意識所貯藏的人物基型。他對人物的深刻了解和挑選就值得我們特別注意。蓋我們日常接觸的人成千上百，絕大部分只造成替代性的初級經驗，後一個印象替代前一個印象，雜亂無章，支離渙散，除了印象的生滅之外，並無完整、突出、自足的經驗可言。而完整、突出、自足的經驗，屬高級經驗，乃經驗的菁華，經驗中的經驗，我們一般叫它為美感經驗。吳承恩的《射陽先生存稿》卷之一〈陌上佳人賦〉中有幾句話，對人物的認識與挑選，可謂切中肯綮。他說：「吾今不暇悉其顏狀意態，風標儀形。但吾之始遇也，若見夫月華初吐，海市乍呈，魄動神奪，幡然獨驚。其少住也，則又似乎齅芳蘭於瑤砌，味甘露於金莖，忘言遺慮，心迷思凝。余欲去而之它，則又踟躇濡滯，百嬾千慵，身植木而難拔，足粘膠而憚行。迨彼逝而余歸也，則又似乎鈞天之夢初寤，霓裳之觀忽終，搖搖罔罔，蓋彌久而莫之寧也。」此四階段形成的美感經驗與情緒反應，大足以為我們挑選小說人物所取法。

而人物由充分認識到心靈醞釀成熟，在內心創造人物，乃人物刻畫的初步。整個過程頗類白日夢。而夢的形成過程，跟內心創造人物的過程，也相當接近。作家先同情的了解人物，在想像中你跟人物幾乎合為一體。你緊張而細緻地研究他們的生活，以致「感覺到自己的背上，有了他們襤褸的衣衫；在腳上，有了他們的破靴」（巴爾札克語）。事實上，這個白日夢是會逐步深化的。當作品在你腦子裏醞釀，你會親切地感覺到，人物糾纏著你，不令你安詳，他們一幕幕上演對手戲，同時你似乎可以聽見他們談話的片斷。然後，你會進一步覺得你的人物在你身邊活著、走著，吃飯時，他就坐在你對面；說話時，他想插嘴。就這樣，一個活的人物在你內心形成了。

人物的行為動機，情緒醞釀與對比設計，是人物刻畫的要件。當內心創造完成了人物之後，把他們移入小說，開始在字裏行間活躍之際，你可別忘了交代這些。

刻畫中的人物需要動機，就好比開行中的汽車需要汽油。它賦予你筆下的人物以有力的穩健的能力，它使故事的開展，顯得自然而合理；且節奏明快，絲毫不顯勉強和做作的痕跡。故具體、簡單、有力的動機之提示，實際上是你筆下刻畫的人物具「實感」而「可信」的保證。因為動機是人物行為的發動力，是一切活動的跳板，如果你在人物刻畫時不予以提示，他們忙來忙去都像「無事忙」，讀者會不斷追問：「這批白癡為什麼要這樣做呢？」「他們行動的理由何在呢？」這麼一來，你的小說可砸了。然而反之，當讀者了解人物的行為動機之後，就會釋然於懷，這些怪怪的行動，在他們的處境下，是理所當然的。他們這些作法，正合孤意。——兩者的差距，竟有如此之大。

而人物的情緒醞釀，其所以在人物刻畫中顯得重要，就因為作家藉人物情緒的表達以呈現人物的個性，並喚起讀者的情緒反應。小說中人物的情緒與讀者感受的情緒，原是兩道不同的「情緒流」。前者的情緒基調是鮮明強烈。後者的情緒基調是稱心如意。我們閱讀小說時經常可以發現，讀者的情緒很可能受人物的情緒所支配；而決定人物情緒的，又是他的主要特性。所以讀者對人物所建立的情感或關切，在根本上也可以說決定於人物的主要特性。因此，作家若要充分喚起讀者的情緒，首先應具有鮮明地呈現人物性格的能力。其次，作家有能力充分設計呈現其特性與情緒的事件與情勢。

至於對比設計，可以避免單調，保持興趣，也可以加強小說的效果。其作用，以人物刻畫為目標的對比設計，包括人物與環境的對比，人物與問題或情勢的對比，動機與行為的對比，情緒與行為的對比，同一人物內心活動特性的對比等，以之放大人物的特性。當然，也包括通過危險和安全的對比，佈置懸疑，製造緊張等。對比設計在性格描寫上，不啻是一面放大鏡，許多不容易覺察的細微末節，經局部放大之後，顯得活靈活現。對比設計在情節構成上，製造疏密遠近大小參差錯落的幻覺；賦予板滯的情節以生氣，賦予平整的結構以立體感。故小說家喜歡運用此一技法於小說創作中。

不論是動機處理也好，情緒醞釀對比設計也好，我們的曹雪芹就深通此理。《紅樓夢》的人物群，四百六十出頭，以大觀園為空間集合中心。中心人物群之外有次要人物，有關鍵性人物（如洩露寶玉寶釵結婚消息的珍珠和傻大姐之流），有小配角，卻在一個大單位中上演，各人的面貌、性格、年齡、身分、語言，都不一樣；曹雪芹處理他們，既不「攬線」，也不張冠李戴，這該具何等的組織力、想像力與觀察力？世界上第一流的文學傑作，不過是天才筆下所描寫的最熟悉的生活，也可以在此獲得印證。

《紅樓夢》鋪述的是情，結構中心是賈寶玉、林黛玉和薛寶釵之間的三角戀愛悲劇。其中有命運悲劇、境遇悲劇的成分，但性格悲劇的成分尤為顯豁。蓋寶玉嬌憨、率真而近迷糊，他心愛黛玉，始終不敢明言；黛玉多愁善妒，有嘴如刀卻無機心，秀外慧中卻深情如火，兩人的戀意從未明言，頂多止於心照。因此在苦苦互相探索之後，結果還是互相錯失而落空了。寶釵則事不干己不開口，一問搖頭三不知。善於迴避問題，善於「稀泥抹光牆」，也善於緘默。然而不言處卻妙在不言中。渾厚外表掩蓋著深藏不露的機心，頭腦冷靜，遂鑄成了這場情中之情，錯裏之錯的悲劇。

曹雪芹把三個中心人物，組合在大觀園這個舞臺面上。讓他們在悲歡離合之中，把具體、簡單、有力的行為動機提示出來。他筆下的人物許多不近情理的行為突然顯得合理而應該如此。而人物的情緒醞釀，跟他們的主要特性密切相關。故黛玉在怡紅院外，受了晴雯和碧痕的閒氣，隔院又聽到寶玉寶釵的笑語，心中越發動了氣。此一多愁善妒個性之進一步深化，乃有「埋香塚飛燕泣殘紅」，乃有〈葬花詞〉，乃有沁芳橋葬花的傻舉。迨寶玉因失玉而昏憒，王熙鳳出餿主意「掉包兒」，懸疑、緊張，危機四伏，情緒醞釀遂趨成熟。而千里來龍，事件、情勢與人物性格水乳交融，情節的發展一步緊似一步，但仍自然而合理。這場悲劇的頂點，卻由三組對比設計，放大了人物的特性，加強了小說的效果。讀者群的關切，幾乎全堆疊到了林黛玉的身上。人物的情緒與讀者感受的情緒合一，不由得不使你心酸落淚。此三組對比設計：㈠黛玉在沁芳橋聽到傻大姐哭訴寶二爺娶寶姑娘，進入賈母房中後，黛玉與寶玉見了面，兩個人也不問好，也不說話，也無推讓，只管對著眼傻笑起來。——情深於淚，哀溢於詞，這陣傻笑簡直讓讀者的脊椎骨一陣陣發冷打顫。㈡黛玉回來，紫鵑、秋紋扶進瀟湘館，黛玉吐血，惟求速死。到賈母探病，黛玉氣喘吁吁的說道：「老太太，你白疼我了。」人情冷暖，世態炎涼，都被此一對比設計「複製」出來了。㈢黛玉叫過雪雁，「我的詩本子」，又叫紫鵑取那塊題詩的舊帕，焚毀以斷癡情，人也漸入彌留狀態；而寶釵的大轎，直從大門進來，家裏細樂滲進去，十二對宮燈排著進來，倒也新鮮別致。……

這兒必須認真地指出：西方小說家所津津樂道的人物刻畫的要件，如動機處理、情緒醞釀與對比設計等，其實我們老早也會這一套。只是這一套被我們的板本、校讎、考據之學所掩蓋了，買櫝而還珠，說來未免可惜。

另外，有幾種有關人物刻畫的特殊技法，也一併在這兒作一交代。適當地運用描寫，是長、中、短篇中都可用的技法。但忌過分。暗示他是怎樣的人，輕點出他的人格和心靈，是第一步；設計某種情境，寫出人物在那種情勢下的反應和動作，讓人物在自行表演中實證他是怎樣的人，是第二步。在適當的情境裏，技巧地插入適當的對話，是常用的技法之一。直接暴露人物的思想，是常用的技法之三。恰如其分地穿插人物的夢與幻想，是常用的技法之四。運用其他人物的談話，對不在場人物予以讚揚、譏諷、批評，並說出他們對不在場人物的印象和看法，是常用的技法之五。不斷變換事件與情境，以多角度去刻畫人物，是常用的技法之六。

這些玩意，分別縷述，可以引申為萬語千言。但《水滸傳》第十二回〈急先鋒東郭爭功，青面獸北京鬪武〉，到第十五回〈楊志押送金銀擔，吳用智取生辰綱〉。幾乎全有。智者發意，慧者會心，我們的小說家，在創作技法上，應該可以「取則不遠」的。

如適當地運用描寫，插翅虎雷橫率領眾軍健夜巡靈官廟，火把下照見供桌上赤條條地睡著個大漢，天道又熱，那漢子把些破衣裳團做一塊枕在項下，齁齁的沈睡著了在供桌上，這是何等鮮明的形象。等到雷橫綁押那漢子進了東溪村晁蓋的莊子，晁保正酒肉款待之後，抽空推門一看時，只見高高吊起那漢子在裏面，露出一身黑肉，下面抓扎起黑魆魆毛腿，赤著一雙腳，晁蓋把燈炤那人臉時，紫黑闊臉，鬢邊一搭硃砂記，上面生一片黃色。在一問一答中，赤髮鬼劉唐的行為動機表明了。「如今有一套富貴，要與他（指晁蓋）說知，因此而來。」作者所暗示的此人將自行表演的是什麼，讀者已了然於胸了。第二種和第三種技法，眉清目秀，面白鬚長的智多星吳用，手掣兩條銅鍊，隔開雷橫與劉唐的惡鬥，他的勸解，他的尋思，他看出這個晁蓋的外甥，必有些蹊蹺等等，既技巧地插入了適當的對話，也直接暴露了人物的思想。而吳用在計謀劫取梁世傑中書的十萬貫金珠（六月十五日前往東京，作為他泰山蔡京的生日禮物），把想像中的步驟，當作現實的步驟；把可能發生的事件，當作必然發生的事件來處理。不正是穿插人物的夢與幻想嗎？

至於運用人物的談吐介紹不在場的人物，說出對這些人物的印象和看法，前者有吳學究說阮小二、阮小五、阮小七的入夥。後者有吳學究介紹白日鼠白勝擡籌。而不斷變換事件與情況，從多角度去刻畫人物，黃泥岡智取生辰綱的整個情節，便是最好的樣本。當楊志押送著十一擔金珠寶貝一行十五人在松林樹下睡倒時，晁蓋、吳用、公孫勝、劉唐、三阮裝扮成販棗子的濠州人，一字兒擺著七輛江州車兒，脫得赤條條的，在那兒乘涼。然後是劉唐舒頭探腦，引來楊志，證實他們是良民百姓，是第一層曲折。白勝挑白酒過岡，眾軍鼓噪要買酒解渴，楊志禁止，並與白勝口角，是第二層曲折。七個客人用兩個椰瓢輪替換著舀那酒喫，把棗子過口，引得楊志這邊的人口流涎水，是第三層曲折。一桶酒喫完。一個客人揭開另一桶蓋舀了一瓢，拿上便喫，實證了兩桶酒都無蒙汗藥，楊志的話不靈。當白勝追攆第一個漢子時，另一個人又拿第二個椰瓢舀了一瓢酒，正待要喝，被賣酒的漢子搶來劈手奪住，望桶裏一傾，蓋上桶蓋，並將椰瓢摜到地上。這是第四層曲折。而楊志這邊的人實在打熬不住了，商量買酒，那賣酒的漢子卻道：「不賣了！不賣了！這酒裏有蒙汗藥在裏頭！」明言當作反語，引誘眾軍健入彀，是第五層曲折。然後是販棗子客人推開賣酒的漢子，只顧將這桶酒提與眾軍漢去吃，酒登時喫盡，十五人連楊志在內，都中了吳用的計，一個個頭重腳輕倒下來，那漢子挑了空桶，依然唱著山歌，自下岡子去了，是第六層曲折。事件在不斷變化，情境在不斷逼近緊急關頭，而人物的刻畫也愈益鮮明深刻。這些層次分明的活動，使人物刻畫栩栩如生。

結語

為了解釋寫小說並不等於講故事；而人物刻畫比情節安排更重要，遂展開了上面這些說法。而小說是人的藝術，則是本文的主要論點，由此我們論證人物刻畫的重要性，以及何謂人物刻畫，如何刻畫人物。我們的論據，絕大部分來自古今中外的一些小說。幾十年來讀過的東西，類皆如過眼煙雲，不曾留下深刻的印象，惟獨我對曾經關心過的人物，尚能追憶出一個大概。也許，這是我個人的經驗，然即此已足以證明人物刻畫的重要了。

有一句話很實在：理性可以迷路，信仰可以錯置，而記憶經常不可靠。空手寫長篇大論，最宜戒慎恐懼的，恐怕以此病最大。寫這種樣子的論文不比寫高頭講章。必須用很多的實例把許多概念具體化。然病後健忘，且年深月久，記錯的地方勢所難免，我真心誠意等待讀者們的指教。

我始終直覺到吳承恩是人物刻畫的一流高手。他的《射陽先生存稿》卷之三，有一篇〈序伎贈寫真李山人〉的雜著，對人物刻畫頗饒卓識，錄下其中的一段話，作為全文之結：

……李子嘻曰：余非伎人也，而游於伎；余非習於伎也，而與伎偶。始余挾策讀書，出游於都邑，矗然與人群，見夫老少者異狀，肥瘠者異質，黔皙者異色，長短者異形，妍醜者異姿。余嗒然而神怡，春然而心融，少焉觸然而警中。是故余志其形體，余志其耳目口鼻，余志其鬚眉，余志其頷頤，余志其權，余志其輔。既而和墨配色，濡筆焉而加之素，恍然若覿斯人焉。故余貌之人也，十而失五六者鮮矣。

久之，余益與人習也，於是舍其格，遺其形，求之於俯仰，求之於瞻眺，求之於笑貌，求之於態，求之於情，吾心或若戚然其有諆，犂然其有酬，於是和墨配色，濡筆焉而加之素，若與斯人笑語謦欬徘徊焉。故余之貌人也，十而失三四者鮮矣。

今與貌人多矣，余不能為心矣，余忘余伎矣。有求余貌者，余不知其貌若是耶？態若是耶？但余隱几而坐，忽焉若覿斯人於素，又忽焉若見斯人矜色而待余，又忽焉若見紫氣於斯人眉宇之間，於是余急起而圖之，又不知孰使余起耶？……

作家的人物刻畫，跟畫家的畫相寫真，互通之處不在少數。故轉錄這段經驗之談於此，以具見我們民族的智慧，體大而思精，源遠而流長。

第三章 明天的中國小說

敘述過去遠比預測未來精確。不過，鑑諸往而知來者，而且以未來十年作掃描的目標，進行有限度的預測，應該具相對的準確性才對。

在未進行預測前，先把三個觀測點交代一下，想來是必要的。此即：㈠傳統與現代的關係；㈡科學與文學的對抗性矛盾；㈢現代小說的內涵。因為，欲破「社會主義的現實主義」這個圖騰，要回敬所謂「批判的現實主義」這個禁忌，我們實難故意忽略現代小說。因為前者報喜不報憂，專揀他們所喜聞樂見的題材入小說，就要用現代小說的真精神把這些吹得肥肥胖胖的汽球，予以鑿破不可。後者卻報憂不報喜，專挑社會黑暗面的題材入小說，也要用現代小說的真精神予以平衡，使光明面與黑暗面互見。而現代小說的真精神說來話長，下面兩句話卻富概括力：現代小說比任何歷史時期的寫實傾向更為寫實；一流的現代小說家，大部分是些在心靈上撿破爛的傑出小說家。對現實的批評，是他們在心靈上撿破爛的原因之原因。就是這樣，纔能把本世紀最大的一個迷信，誤認神秘的就是神聖的，從根子上把它拔除。所以，要談明天的中國小說，或多或少總得關涉到現代小說。

第一節 傳統與現代的關係

當代人從基本科學和應用科學的基礎訓練中，發展出一個檢驗真理的「事實標準」。他們就管它作「理性根源」或「實驗精神」。其中「歷史的事實」屬於傳統。不管怎麼樣，它們已經存在過，而且早已簡單定位。歷史只要不扯謊，事實總歸是事實，畢竟無可反駁。它們雖嫌過時，但比較精確。不過日久生厭，陳陳相因而推陳又難於出新，我們總不好意思老讓過去跋扈專橫，當代人刻意求新的科技心態，就把「歷史的事實」配置在次要的位置上。把「新的」和「真的」神秘地混在一塊。持最偏激的態度者，居然鄙視博物館為殯儀館！

其中「新的事實」屬於現代。它們出現了，但光度的強弱尚未測定；它們流行過，可是意義和價值尚飄浮靡定。它們雖嫌多變但比較合理。至少在解除當代人對「過時的威脅」上，有種安撫作用。所以當代心態就把「新的事實」配置在主要的位置上。一旦「新的事實」攀附上科技的驥尾，就往往增添威猛的魔力。於是，歷史的長流滔滔不絕，席捲著眾多的新舊事實莽盪而進，時代的擺錘就在傳統與現代的二重奏中擺動。雖然我們明知，任何傳統都曾一度成為現代；而任何現代，到頭來也必然淪為傳統。雖然我們明知，文明與時俱進，萬事日新月異，而速度的變動使一切頓然改觀。只求保留舊傳統而不求新適應，那根本是保不住的。雖然我們也明知，一味求新而毅然剪斷現代跟傳統的臍帶，走的只是條由無到無之路——我們永遠在「末路的開端」舉步，沒有過程，沒有暫時的歸宿，這旅程也未免太荒謬了！把「特殊的輕蔑」折射在「過時的事物」之上，看來原是當代人的一種特殊偏見。在調整傳統與現代的關係上，我寧願採取中和的態度。對我們小說的十年預測，這是設立的第一個觀測點。

第二節 科學與文學

其次，要談到科學與文學之間的矛盾。這問題對於一個從符號世界跳進語文世界的人而言，論理是可以說明白的。

寬容的智慧養成了我們同情了解與善意關切的心態，以及整體觀察的心理習慣。這樣，我們就不致跟在一般硬心腸的科技人員之後，指斥文學家的抒情表現遠離了理性根源；指斥文學語言為情緒語言，有那麼多的意象詞、隱喻、象徵與神話，誇張而晦澀；指斥文學家喜愛新奇、標榜原始，醉心感覺、熱情、想像與虛構，潛心探討心靈的奧秘，重視愛與死勝於科技工業，這些都具體說明了童年期的軟弱心智，使一切都沾染了神話色彩。而科學，在近四百年來的發展中，初期，用常識打倒胡說，讓人們可以在觀察的範圍以內，把事實的真相弄明白；但近代，則遠遠超越常識。例如近代物理學曾帶給我們一個跟感覺相衝突的世界，而當代物理學，卻正帶給我們一個跟想像力相衝突的世界。自然界的構造，最後將是一種我們的思考過程不能充分和它相應，以致我們不能思考它。我們在科學認識的極限上，突然跟神話相融。事實上，任何偉大的科學家，深深入夢時他就在潛意識中虛構神話。有時在個人潛意識層面，自由地組合印象內容而成夢（這就是文學家的想像）。有時在某體潛意識層面，重現遠古遺留的心靈圖象（這就是文學家的神話）。而且，為了調劑科學試驗室的枯淡寂寞生活，科學家比誰都愛看卡通，卡通說穿了就是當代人睜開眼睛津津有味欣賞的神話。朝深一層看，科學家必然排斥神話，可能嗎？

而在科技工業顯佔上風，專家主義橫行，學術格子化的今天，科學家當然有理由說他們所使用的方法精確、客觀、合理而有效；進步的新時代，就以實證科學與理性精神為兩大支柱；只有非個人的、客觀的、可見範圍內的，以及可以計量的事物，才是科學上的「真」。我能同情地了解這些。但似乎我也有資格為文學家說幾句公道話。

當科學把大宇宙可怕地抽象化的今天，人性與自然的隔絕應算是一種可悲的錯誤；而治療這種心理上的疏離感，藝術（包括文學）就具特效。當大規模的工業製造品，加上規格和品管，給全世界穿上制服，使「同量等質」倒盡了品鑑較高者的胃口時，對情意的直覺所閃現的個別而具體的事物，賦予和諧意義的傾向，是不能被其他傾向所取代的；觀賞者對觀賞事物情感的傾注，所產生的移情作用，是不能用科學的真去分析的。「美」具有超級特性（Transcendentals）所以它能引起某種直觀性的認識，以及某種品嘗性的意願之共鳴。「美學」不獨抗拒科學實證，同時也反對哲學探究。但美可以讓人們從「世界苦」（Weltschmerz）中得救，自叔本華開始，經杜斯妥也夫斯基到索忍尼辛，信心一直未衰。

此刻，層積在普世人類頭上的烏雲，就有人口爆炸、知識爆炸、資訊爆炸；核子大戰陰影、經濟蕭條陰影、軍備競賽陰影；能源危機、饑饉危機、污染危機；這些都通體相關。使我們從流行的、有趣而易記的片語（catch-phrase）中，勉強看出這個時代的特徵，如人類的困境，失落的一代，絕望的情緒，混亂的思想，以及不安感、疏離感、罪惡感、挫折感，還有焦慮、憂鬱、失調、暴力等等。那麼，要恢復心靈的和諧寧靜狀態，要調整人與人間的秩序和關係，文學的功效就超過科學。要減輕當代生活的特殊壓力，增添當代心靈的善意與情趣，要穩定當代人不安、焦慮、憂鬱、失望的集體情緒「症候群」，使當代人擺脫那些方便即文明，刺激即快樂，以及諸如此類的咖啡館哲學，使我們靈性煥發，心靈有視覺和聽覺，情感有共鳴，知識有悟性，且具利害兩忘的欣賞態度，這些地方都是科學無能為力的。所以我建立的第二個觀測點，是文學家對科學可以心存敬意，但不必心存討厭。當年艾德嘉．愛倫坡，科學素養有限，但真正的科幻小說，畢竟是他開的先河。法布爾是位出色的生物學家，他寫的《昆蟲世界》讓孩子們自我著迷的程度，賽過小說家。H．G威爾斯接受的基礎訓練是動物學。可是他寫科幻小說如《宇宙戰爭》、《地球末日記》、《時光機器》、《隱形人》，還寫《世界史綱》、《文明的故事》，也寫《討論小說》，也創作小說如《現代烏托邦》，把性問題導入小說。如《製造奇蹟的人》，讀來捧腹，允稱幽默傑作。如《自傳實驗》，把當代一個有文化意識的平頭百姓肖像，自卑情緒與心理緊張，青春期心情不調和的性強迫感，都赤裸裸地表現出來。如果我們要統一文學與科學之間的矛盾，這些例子仍然可資借鏡。而我的第二個觀測點，就朝此一方向建立起來。

第三節 現代小說的內涵

現在，我們面對著地球這艘小小的太空船，乘客四十四億，而且正生生不已。他們在有限空間裏邊生存和活動；他們形成環境，也受環境所形成。人人生而自由，人人生而平等，自己主宰自己的命運，管得最少的政府是最好的政府，使他們的生存活動環境裏邊瀰漫著民主氣氛，這是一半乘客的共同感覺。另一半乘客，卻在戰爭即和平，自由即奴役，無知即力量，權力即真理的壓制下，自覺到渺小的個人是不存在的。個體融於集體。那種嚴寒的生存環境似無解凍的希望。不過，全體乘客也滋生著某種共鳴性關切。他們自覺對全球性相互依存關係，此刻比歷史上任何時期都重要；他們相信「今天的滿足，就是明天的禍害」，這樣一種標明臨界點的行為法則。他們對生存環境的現狀深表憂慮。就在這些基本事實之前，嘗試談談現代小說的內涵。看來這跟本文的主旨——明天的中國小說，總該有點邏輯的關聯吧。

文評家羅素．奈伊（Russell Nye）曾經指出：「假如說當代小說的形式有一看得出的趨勢的話，它是趨向將小說的概念作為一連串的瞬間，而不是把它看作事件或故事有計畫的進行，最後達到一定的結局。現代小說家的傾向，與其說是把他們的素材加以整理與綜合，毋寧說是進行探索。而他們對情節的安排，與其說是連續的、順序的，毋寧說是隨意的、欠缺關聯性的。在較舊的傳統中，一篇小說應包含行動和反應的形式構造，而這些行動和對應動作在故事尾聲中結束，而故事也確有結局。現代小說則往往沒有這種終結。」——這就是本世紀偉大的現代小說家，如普魯斯特（Marcel Proust），喬伊斯（James Joyce），湯瑪士·曼（Thomas Mann），卡夫卡（Franz Kafka）等，已完成的傑作，絕大部分都是沒有結局的傑作之歸納說明。另外，這段引文中，還透露了有關現代小說的幾點消息。

㈠為什麼現代小說喪失情節的連續性，和主題的關聯性？為什麼現代小說只有開端，沒有終結？為什麼現代小說在結構上會偏離行動和反應的形式構造？一九八一年一月二十日隆納德·雷根總統的就職演說中，就代我們說了幾句祛疑解惑的話。雖然「我們有一切的權利作英雄式的夢」，但「那些說我們當前所處的時代，是一個沒有英雄的時代的人，我不知從何處著眼」。其實那些人的著眼點非常簡單。傳統的巨人式浪漫英雄跟當代的民主潮流根本不合。民主浪潮必淹沒雄心勃勃的有名英雄，卻普遍成長了那些敬業樂群，安分守己，肯負社會責任的男女無名英雄。那些無名英雄到處可見，就是不大有與眾不同的單一個性，也不大有引人注目的造型，而且腦袋像字紙簍，裏邊裝滿了現成的觀念，所以看來都不大起眼，大家有時幾乎視而不見。活動在現代小說字裏行間的，就是這批無名英雄！沒有歷史性的重大事件，沒有驚心動魄的題材，存有的只是庸俗平凡的日常生活。而這種太平萬年的沈悶日子，日復一日，年復一年挨下去，可不可以依照因果關係組構情節，已成問題，要求情節的連續性，更不用提了。生活中有沒有帶沈思回味的價值觀念出現，已屬可疑，侈談主題的關聯性幹啥？更進一步說：無名英雄們的活動，多半是見義勇為，當下即是的。他們在活動之先，原不必深謀遠慮，按「確定目標，選擇手段，區分步驟」

這三階段循序進行。他們的行為，可以是有了上梢沒有下梢的；也可以是即興而作沒有過程的，我們要從現代小說裏去找破題、開端、發展、頂點與終結，豈不是活見鬼？我們要從現代小說裏邊去找人物的行為動機，行動和反應的函數關係，豈不是自找麻煩？當然，人都有種懷舊的感情。第一次大戰時，魯登道夫元帥就不願用汽車代替他心儀的戰馬。當巨人式傳統英雄人物淹沒於民主浪潮之後，也難怪貝婁（Saul Bellow，一九七二年諾貝爾文學獎得主）有這樣的感慨：「小說只有過去，沒有未來，我們走到了這條路的盡頭！」

㈡當代世界的真相是這樣的：大部分的事物都烙上了世界化的烙印。舊本能和舊習慣已經證實無法適應新刺激。我們的世界，從物質層面到精神層面，混亂的情勢越來越嚴重。今天，無人敢就生命的整體去探討人生；我們所遺失的，是心靈的統一和生命的焦點。我們的新知識和新力量，過分傾注於改造物質世界的努力中，以致我們的文化仍不免膚淺，我們的知識，仍帶危險性，夠多的機械運轉，卻迷糊了人類整個遠景。於是，文明氾濫，文雅消失；教育普及，禮貌消失；群眾興起，個人消失；都市伸展，田園消失；交通發達，地方色彩消失。哀哀無告的人群渴求萬能政府，卻意外的製造了萬能的政客。人們渴求化混亂情勢為統一智慧的力量，然而卻受時空的局限，無法就整體加以熟視，顯示的是雞零狗碎的替代性經驗，離奇而缺少意義，清楚條貫的解釋，幾乎是不可能的。而活在這無法進行整體透視也沒有焦點的世界舞臺上的當代人，誰都是重要的，誰也都是不重要的。就像遼闊漆黑的顯示板上，明滅的亮點或光束，發光時是重要的，不發光時就不重要了。凡此種種，正是我們所面對的世界。因此，卡繆就叫這個世界為「荒謬」，沙特說它為「多餘」，貝克特把它喚作「空無」——人在此空無中瞎摸瞎掏一輩子，茫然等待「不知」，結果呢，「不知」竟永不光臨！而喬伊斯不獨宣告人造的文明使人的意志趨於萎縮，而且意志堅決的浪漫英雄業已在當代世界中絕跡 。目前這個時代 ，使每個人都變成一個渺小的布隆（Leopold Bloom，係*Ulysses*裏邊的那位無事忙老哥）。人們既怯於前瞻，又懶於回顧，這一人類的困境，就是戴達勒斯（Stephen Dedalas，該書另一位無事忙老哥）說的：「歷史嘛，正是我試圖從其中醒轉的夢魘。」（見*Ulysses*, p. 40）

㈢由於民主浪潮對人群進行「價值削平」的結果，社會中缺少特立獨行，果敢堅毅，服膺強者道德，個性鮮明的浪漫英雄，現代小說中，同樣也看不到有單一個性、有熱情、有雄心、有靈性和活力的中心人物或中心人物群。組構成傳統小說的基本要素，諸如人物、情節、對話、場景之類，卻被分散的個性描寫，模糊混雜的外形，破碎的說教，弄得統統泡了湯。主結構線和副結構線糾纏在一起，主次不分，有時甚至看不到結構線這一傳統的玩意存在。再沒有人像亨利．詹姆士（Henry James）那樣傻里瓜嘰地問：如果不是性格決定事件，那應該是什麼呢？如果不是事件做性格的例證，那麼還有什麼呢？按照時間順序說故事的方式，使故事有計畫地進行，最後達到一定的結局，在現代小說家的心目中，不獨過時，而且不真實。能離開小說世界而活在讀者群記憶中和嘴巴上的人物，如《水滸傳》裏的黑旋風李逵、花和尚魯智深、行者武松；如《紅樓夢》裏的賈寶玉、林黛玉、薛寶釵；《西遊記》裏的孫悟空、豬八戒；《金瓶梅》裏的西門慶、潘金蓮、李瓶兒；《死魂靈》裏的乞乞科夫；《悲慘世界》裏的尚萬近、卞福汝主教；《復活》

裏的馬斯諾娃、聶黑流道夫；《虛菜市》裏的謝普、艾萊莉；《飄》裏的郝思嘉、碧姬；乃至塞萬提斯筆下的《唐·吉訶德》，杜斯妥也夫斯基筆下的《卡拉馬助夫兄弟們》，狄更斯筆下的《大衛·高柏菲爾》，托爾斯泰筆下的《安娜·卡列尼娜》，巴爾札克筆下的《高老頭》、《邦斯舅舅》，福樓拜筆下的《包法利夫人》，左拉筆下的《娜娜》，等等等等，通通都離開了我們。難怪貝婁再次長吁短歎：「在納悶之時，人們可以這樣相信，小說只是一種織錦的手工藝術，看不見前途。我們宣布這個時代是個可怖的世紀！」

(四)現代小說家們，認為傳統小說裏邊那些因襲而統一的人物，並非真有；在現代文明人身上所強調的人格與個性，只是一種虛構的東西。不過，現代小說為了繼續發揮小說藝術的功能，仍然需要尋求新方法，纔能給予小說最完整的「人生」描繪。仍然需要新理念，深入日常生活去發掘題材，而非發明題材；也仍然需要不斷刷新紀錄，整理經驗，評估價值，釋放創作活力，導向生命的源頭，帶向賦予生命的事物。這些話說得也是。但做起來究竟如何呢？（請原諒我在解釋現代小說時，起用了小說家創作時慣用的「對比設計」）

諸藝術通體相關。雖然小說藝術本質上比較守舊。一九二四年，維琴尼亞·吳爾夫（Virginia Woolf，立體派現代小說*Jacob's Room*的作家）講過一個故事：大概是一九一〇年十二月左右，在克拉夫頓美術館舉行過一次後期印象派繪畫展覽會。參展的作品，包括馬奈的舊作，梵谷、高更、馬蒂斯、畢卡索的力作，而且還有塞尚的作品。當大家看到畢卡索的畫時，縱聲大笑不止；其中只有一個人不笑，他就是班尼特（Enoch Arnold Bennette, 1867–1931）。他說：「要是將這些畫家所畫的，改由作家用文字表現出來，那該是什麼情形呢？這是有趣的。」這個小故事，暫時可以歸納為近代小說的酵素之一。

一九〇〇年，佛洛伊德（Sigmund Freud）的《釋夢》（*Die Traumdeutung*），已提出「潛意識為人們動機的基礎」，以及「夢是通往潛意識的唯一途徑」等理論。他還提出文學家藝術家本質上為白日夢者；而夢，乃我們在白天尋求愉悅和美感得不到滿足時，而呈現的補償現象。這種精神分析學當時人們叫做新的心理學，一方面帶給現代小說家興奮中的興奮，一方面把潛意識的活動，如感覺、感情、思維、直覺，廣為運用於現代小說的寫作。致使因耕作過度而荒蕪，而黃塵滾滾的傳統小說園地，又開始湧現一片新綠。跟佛洛伊德同時代的一位神經生理學家格瑞辛格（Wilheim Gresinger），卻對夢的狀態與精神錯亂狀態，作了深入的比較研究，發現兩者均呈現智能的紛亂狀態；均反射我們對外在世界的影像，所產生的主觀反應和感覺印象，均可以把荒謬變成真實。故現實造成的挫折感消失了，願望得到滿足，而時間觀念也消失了。深入潛意識而創作之門因而洞開，受精神分析學影響的作家群，如普魯斯特，喬伊斯，布爾傑（Paul Bourger，他也是一位醫生），吳爾芙夫人，湯瑪士·曼，奧尼爾，威廉斯等等，暫時也可以歸納為現代小說的酵素之二。

世界性的人口增殖，引發了巨大的都市怪物和快速發展的畸形都市文化。人們面對著傳統文明的夕照而黯然神傷。於是，現代文學與藝術，就以象徵或隱喻的方式，朝向兩條路舉步。其一是非傳統下的文學和藝術，比歷代標榜的寫實主義更寫實。反傳統的文學家藝術家，欣然以心靈的撿破爛者自居。以之象徵當代文明的支離破碎。其二是，對當代文明的嚴正批評。故大部分的現代傑作，都是批評性的傑作。反映到小說藝術上，就認為陳述性的說故事方式已經過時，小說界同樣要求思想性的藝術家，他們喊出「高度智性的文學」的口號。於是，大概是羅森柏格（Harold Rosenberg）說的（恕我這高血壓兼糖尿病人恐怕忙中有錯）：「喬哀思的作品是小說的批評，龐德的詩是詩的批評，畢卡索的畫，是畫的批評。現代藝術也批評當前的文化。」一句話，對現代文學與藝術而言：「智性」較「感性」重要。當完美的人和完滿的物隨著變遷的世界而消失之際，只有人的抵抗能力和批評權利，纔是支持今後人類藝術活動的兩大活力之源。

現成的例子之一，是現代藝術對題材的選擇已不重視。題材只是Materials，它本身既不具備美學意義，也不具備審美效果。因此，題材上並沒有所謂莊嚴與庸俗的區別，因那純屬於傳統的偏見。同樣，也無所謂重要的題材與平凡的題材之不同，因為現代小說既無浪漫英雄，也無偉大主題。當警鐘、漂木、碎玻璃片、抹布、月經帶等等，已成為不朽繪畫的合適題材時，小人物（當代無名英雄）口袋裏的雜物、垃圾桶、叫春的貓、流浪的狗，跟傳統小說裏的愛情、義務、行為的社會標準，或人類的命運等問題，為什麼不可以等量齊觀？是作家的表現手法決定藝術，而不是題材決定藝術。小說中，有意義的是Structure（作法），而不是materials（題材）。

現成的例子之二，我還想概述《攸力西斯》裏邊的三條活寶貝——戴達勒斯，布隆以及布隆太太。布隆太太是個歌手。愛躺在床上看書、思索、回想、胡搞。前面這兩個浪子，就在一九〇四年六月的某個夜晚，在都柏林街頭閒蕩。浪子和蕩婦，看來沒有什麼值得令讀者發生沈思的回味之處。

而我們這位無事忙的布隆先生，某天的生活是這樣的：早晨第一件事便是沖茶。然後餵貓吃牛乳。到肉攤上買肉吃早餐。拿一個煙灰缸給他的太太。吃一個燒得微焦的腰子。帶報紙上一號。讀到一篇獲獎的小說時，肛門舒暢，頓覺輕鬆。撕下一頁報紙揩屁股。然後去參加狄格南的喪禮。……看來這位心靈上的撿破爛者，寫下的東西，沒有比這個更實際更寫實的了。

思想的整體透視，就包括社會的整體透視在裏邊。了解可以產生忠誠。我就在這三個觀測點上，對明天的中國小說，有限度地進行十年預測。

第四節　明天的中國小說

第一，貝婁預言，他們的小說，只有過去；我預言，我們的小說，仍有未來。今後十年的小說，是在傳統上起步，跨向現代。小說家不必討厭科學，也不必畏懼科學，而是有能耐把科技融入小說。主題的關聯性可以減弱，但小說表現的重點，依然完整地存在。而且，浪漫英雄式的中心人物或中心人物群，雖然難覓，但自由自在而活力充沛的無名英雄，以及他們所作各式各樣有益國家民族、社會人群、家庭個人的事，依然是我們的小說家今後下筆的方向。

秩序感是小說家的本能。對人的性格和行為特別好奇，是小說家共同的特質。人的面孔、思想、癖性、情緒反應、天賦，以及發生在他身邊的一切，都突出了該人物的獨特個性。而小說家自己，也由於他的特殊觀點，而彰顯出自個兒獨特的個性。

所以我們今後十年的小說，仍然會走新型寫實主義道路。把藝術即經驗，提升為藝術即超越的經驗。人們的生活無窮無盡，小說也可以從它的盡頭，跨向另一個新的堅實充盈的境地。

第二，有選擇的把現代小說的真精神，保留下來，未始不是寬容的智慧。現代小說，雖是對西方文明的反抗與批評，但何嘗不是對鐵幕世界極權奴役制度的剋星。大陸上的傷痕文學、控訴文學、反抗文學，如果運用心靈上撿破爛者的表現手法，集合許多亂七八糟的日常生活小事，成功地表現於小說之中，當有意想不到的效果。也可以給大陸文學增添銳氣和活力。再者，要破大陸「社會主義的現實主義」這個圖騰，鑿穿「歌德派」那些小說贗品，現代小說的若干技藝，靈活運用起來，仍具大威力。

蓋「社會主義的現實主義」，標榜的雖是寫實，但寫的卻是報喜不報憂的實。專挑統治者喜聞樂見的光明面下筆，縱然發生了暫時的困難，最後總歸是那些黨有、黨治、黨享的老爺們獲勝。所以，寫來寫去，是些肥肥胖胖的空話假話，以撿破爛的心靈，從事好的壞的、美的醜的、善的惡的、真的假的，不分材料大小輕重的「有效集合」，得以完整地描繪「人生」。如果我們平心靜氣地想到這一層，它對「社會主義的現實主義」，簡直有意想不到的破擊功能！

另外，那些確認「自由即奴役」（借用喬治．奧威爾《一九八四年》用語）的黨老爺們，愛用「樂觀的現實主義」，肯定他們自己的「社會主義的現實主義」；卻用「感傷的現實主義」，指稱十九世紀以來的自然主義與寫實主義。因為這一系列的小說作品，雖標榜小說要像一面鏡子，如實地反映社會與人生，但他們卻專揀社會黑暗面的題材著墨，寫出社會中各式各樣的悲慘景象，指陳一個不把人當人的社會，對人性、人道、人權的冒犯。黨老爺們就指斥這種過時的感傷的寫實主義為「反動」。而現代小說家，為給予小說最完整的「人生」描繪，去發掘題材，整理經驗的結果，卻可以客觀而公正地糾正他們的「偏執狂」。好中有壞，壞中也有好；光明中有黑暗，黑暗中也有光明，現代小說家的此種認識，是比較更接近理性根源和事實真相的。所以，有選擇地保留現代小說的精神和作法，對未來十年的中國小說，很可能起某種程度的醱酵作用。

第三，今後的小說，除適應世界潮流，向內心世界發掘之外，同時也應適應「能量相對擴大，時空相對縮小」的世界現勢，向廣闊遼遠的外在世界擴展。向內心世界挖掘時，我們有深度；向外在世界擴展時，我們有廣度。小說，內求深度，外求廣度，是一條可行之路。

第四，本世紀五十年代，大戰之後風靡一時的自傳體小說，到了六十年代，實戰場的故事發掘殆盡，不得不把「實戰場」轉移到「實戰床」。於是「床上」小說曾廣為流行。這兩個年代的風尚，確實蹧蹋過許多具有潛力的青年小說家，也濫用過他們更多的創作力。今後十年，當世界性風雲變換無常，個人式的英雄夢不斷之際（戰時不比平時，戰時渴望英雄人物，平時卻把他們視若等閒），具有統一心靈的小說家，將以人類的整個遠景為透視的焦點，寫下他的偉大作品。這兒要求強大的思想組織力，以及在過度豐富的資料累積下，產生的驚人悟性。這一類的小說，不是對人類文明憮然悵望，而是用智慧的勇氣，向人類未來前瞻。

第五，將科技與文學這兩種對抗性的矛盾統一起來，拓展科幻小說的路，使科幻小說成為「未來學」的前奏，仍是條可以大步邁進的道路。但如何使科幻新知，正確地通俗化；如何使科幻小說，具有娛樂性之外，還有它們的思想性和藝術性，卻是這條道路的基建工程。能吸引潛力深厚的基本科學人才與應用科學人才，基於個人的興趣而參與工作，很可能是成敗的關鍵。我就不大相信硬心腸的科技人員沒有文學藝術細胞；軟心腸的文學家藝術家沒有科技細胞這種武斷的話。不信，請看看達文奇與哥德吧。

第六，在小說藝術的領域裏，要具備創作的基本條件，仍然是對別人同情的了解，善意的關切，而且還要有真正的能耐，進入他們的心裏。因為，小說根本就是人的藝術。不管是傳統小說或現代小說，沒有人的活動，不通過人的活動圈子去描繪人生，去重現社會，以人物的小世界去複製大世界，到此刻打止，仍屬史無前例。不管說故事的技藝，此刻是重要或不重要，但今後十年的小說家對人們日常生活心理的研究，勢必大為增強；也不管他們標榜什麼，心理的描寫在今後小說上所佔的比重，也勢必加重。

第七，今後十年的中國小說，仍然可以發現以無名英雄為骨幹，個性比較鮮明，肯負社會責任，能為群倫表率的中心人物或中心人物群。因此，我們的小說，仍然有情節組織，也仍然可以看到主結構線和副結構線，所以從形式上觀察，多半還是屬於傳統的。但我們所處的時空背景，我們所擁有的歷史文化條件，以及小說家們的憂患意識與切身痛苦經驗，是全世界反極權奴役、反原始落後的共產制度的作家們，所沒有的。鐵幕世界的作家，雖不缺少那些背景、條件、意識與經驗，但在高壓下只能各自為戰，孤軍苦鬥，沒有自由中國這樣一個堅強的反共堡壘，摶聚自由創作的力量，不斷鼓舞文化出擊。自由世界的作家，對這場人類的浩劫與災難，只有隔岸觀火式的模糊認識，並沒有切身的遭遇，他們的內心要求，他們的情意直覺，根本就不會朝向這一方面。故自由世界的作家們，只是被要求維護藝術的獨立自主性，以及負起文學的社會責任；而我們，除負起藝術的獨立自主性和文學的社會責任外，還被要求負起繼續維護歷史文化的時代使命。

雙重的使命，逼出明天的中國小說家，創作出震驚一代，留傳後代的傑作。當西方小說家發現他們的小說創作之路，已走到盡頭；而我們，正擡頭挺胸，向「末路的開端」舉步。我們最明白，置身於「末路的開端」的人，都會緊張他全部的精力，發揮他最大的智力，在傳統形式的作品中注入一種最強烈的情緒和最飽滿的活力，並且裝進最現代的內容，開拓出一個意想不到的小說新天地。

第二部　文學批評

卷一　文學批評

第一章　談文學批評

第一節　談文學批評

文學和藝術，本質上都帶有為反抗定義而作戰的傾向；而文藝批評，不管走的是主觀批評或客觀批評的路子，多多少少總帶有導引正路，指點迷津的歷史責任；要公正置評，就少不了包龍圖那張黑面孔。正因為如此，創作與批評之間的齟齬，古今中外皆然。其中有的是外行人說公道話，卻也談言微中，如 Benjamin Disraeli（1804–1881），這位煊赫一時的英國首相，就認為文藝批評家都是些搞文學不成，搞藝術也不成的笨漢。其中有的是內行人說忿恚話，看來有點過火，但相信的人卻相當的多，如契訶夫（Anton Pavlovich Chekhov, 1860–1904），這位享有國際聲譽的俄國短篇小說家與戲劇家，就直斥批評家是寄生在文藝作品裏邊的寄生蟲，靠油腔滑調，一知半解討生活。其中還有的是美學家對想要創作與批評言而為一者的忠告，如克羅齊（Benedetto Croce, 1866–1952），這位影響本世紀甚為廣遠的義大利美學家，看出詩人一旦從事詩的批評，就不應以詩人自居了。因為批評來自冷靜的理性分析，創作來自抒情的情意綜合，兩者有本質上的不同。其中也有對文藝批評一往情深的誠樸之士所作的期許，如馬修・安諾德（Matthew Arnold, 1822-1888），他不獨確信十九世紀是一個批評的世紀，而且還亟力宣揚批評可以創造一個時代的認真氣氛。當然，遇事認真，把精神提振起來，集中注意力，一段時間一個空間只作一樁事情，別紛心旁騖，別鬆垮垮、軟綿綿的，想必也是我們這個時代所需要的。這種認真的氣氛假如能由嚴正的文藝批評催生出來，至少我個人願意列為有生之年的明確工作目標。

道不遠人。我們不妨從文藝批評如何創造這個時代的認真氣氛談起。

文學學術研究，一般以文學理論、文學批評與文學史，為三大有效構成成分。三者相輔相成，結成一有機的整體。偏偏碰到我們的文學傳統，只承認文學史的研究，乃天經地義的文學學術研究；而文學理論，因近年風氣漸開，在文學學術研究範疇內還可勉強湊上一腳；至於文學批評，這門自古跟美學共棲的學問，大家反而認為是送花籃、敲梆頭，套交情、立山頭的江湖玩意，可以高下由手，出入由心；一口咬定能率爾操觚，就能憑愛憎率爾置評。詮釋時不必有任何客觀基準，解析時又不必有任何學理依據，只要靈魂在傑作裏邊冒過險就成。假如把文藝批評簡單化到這種程度，我也會承認這裏邊是沒有東西可學的。我也會承認，「文藝批評家」跟《西遊記》裏的「天生聖人」是同義字，專業訓練與業餘訓練，都屬多餘。以之催生一個認真的時代，尤屬妄想。

不過，本世紀以來因為排印攝照技術的突飛猛進，印刷品的累積與傳播數量，跟十九世紀相較，何止百倍！十九世紀的人能夠大喊他們的世紀是批評的世紀；那麼我們說二十世紀是個批評的世紀，真能錯到哪兒去嗎？而且，因為整個時代渴望加強印刷品的淘汰率，就把批評家的任務，由作家與讀者之間的「中間人」地位，變更為應該擔負社會責任的「公證人」地位；嚴正的批評，在這樣的要求之下，當然是題內應有之義。所以我們這個時代的公證人，有幾樣東西應該是預設的條件：批評家應該有廣博的知識、批評家應比一般人有更慧敏的反應、批評家應該親身參與、批評家對批評對象應有深入的了解，如其不然，他的創作經驗就不容易轉化為批評術語。一個能負起公證人責任的近代批評家，在養成階段，也要確實做到以作品分析獲得批評的技術力量；以文學類型論深切了解一個作品的結構特徵與藝術特徵；應有文學史的素養，以作為具體的比較資料；應有文學理論的鍛鍊，這樣解釋出來的東西，才不會缺少共識。

今天衡量行之有效，影響深遠的文學批評標準，囿於一隅的批評，不如國際化的批評；無方法可從的批評，不如有路子可走的批評；能入乎其內，又能出乎其外的批評，比呆板的批評要強；有方案設計的批評，比興之所至的批評要強；能注意到民族特性的批評，比抹煞民族特性的批評要強。

有些心理習慣看來是小事，但對加強一個時代的認真氣氛卻無幫助；批評家應該學會將批評對象從第一個字看到最後一個字，再打上一個鉤；批評家的心理習慣是，有一句話沒看完，就說作品沒看完。批評家使用文字，總希望帶有簡明扼要的特性，過於囉嗦的循環論證，到頭來會變成稀里糊土一鍋粥。批評家運用思想組織力的時候，可以看出作品的漏洞；批評家從事搜尋與沈思的時候，也可以見出作品的精微之處；而最要緊的是，批評家確實受到該作品的感動，也就是說，作品的感染力感染了他，假如一個作品完全無法使他的感情波動，只能人云亦云，則他批評的作品，既看不出好處，也看不出壞處。

要進行嚴正的批評，讀完作品後，放置一段相當長的時間，三個星期，或兩個月，讓時間自然淘汰，把作品的精華顯露出來，能夠清晰記憶的，往往是重要的地方，記不得的，就是不重要的。所以嚴正的批評，不是要對著一本書來抄，抄出來的批評不會嚴正。經過相當的時日以後，能夠在方案中出現的好的部分或壞的部分，雖然只有一句話，但可以引導你一步一步的批評。今天的批評沒有萬應靈丹可以應用到底，批評應是在運用一組配置得當的方法，這方法有的是主要的，有的是次要的，但是要配置在一起，如心理學批評法，經常就能與神話基型批評法配在一起，社會文化批評法經常能與歷史批評法配在一起，型構批評法與結構主義批評法配在一起，運用之妙，存乎一心，但要配置時，必需看菜吃飯、相體裁衣，就其特性來配置方法。

當代從作品中抄錄幾段作為分析模型的方法，有好也有壞，大體說來，是壞多於好，因為錄幾段時，所代表的意義經常是偏的，這樣批評下來，會有只見樹木不見森林的遺憾。其次，要將抄錄的幾段連接起來，如不完全是牽強附會，也會流於機械。這種批評方式，我們並不那麼欣賞，假如作品分析是一種機械操作，那文學批評應該是藝術的，它不只看到作品的整體，也看到內在的生命；不但看到這樣的缺點、那樣的缺點，也看到作品中還有許多卓越的地方。當代文評有幾樣東西是顯然的缺點，使我們無法造成一個時代嚴肅氣氛的主要原因，第一是文評與商業性書評越來越接近，使一般人誤認為文評與商業廣告差不多，第二是文藝批評罕見真正的指導性質，人云亦云之外，還加上一些四個字的成語作為批評術語，第三是這時代的文評見事不透，以致下的評語不但經常是欠缺深度，而且有時帶有錯誤。另外一種問題是，有些批評家確實有不懂裝懂的現象，對批評對象要不是一無所知，就是說一些空空洞洞的長篇大論，這是當代批評失信於社會大眾的最大原因。

批評本身，不論是裁判批評也好，自由心證主觀批評也好，或客觀科學批評，倫理批評乃至鑑賞批評也好，總帶有法官判案，宣讀判決書時的那種權威態度。天地無私草木秋。批評家不得不遇事認真，以求錙銖悉稱，褒貶至當。他們慣於以「天地之心」來對待作品，好好壞壞，總還你一個本來面目。

必須指出：這是一種好習慣，好傳統。而在現階段我國行之，不免有用牛刀宰雞之嫌。愚見以為此時此地，我們的文藝批評制度，不妨以「父母之心」為出發點。批評家與其殺伐決斷，不若循循善誘；先求其有，然後再求其好；先求其遍地開花，然後再求其去蕪存良。我們今後的文藝批評工作，似應為造就一代文風而努力。

「寒隨窮律轉，春逐鳥聲開。」我們先要求創作界有這麼一片萬物資生，欣欣向榮的好景象。

好的批評，並不止於認清某一作品的實相，而是以該作品為新創作的出發點，指出新道路和新方向。好的批評家，也決不止於尋章摘句，吹毛求疵，餖飣為篇，而是使自己置身於作品之中，神遊於作品之中，總覺得有若干新發現，不吐不快。

批評家必須經常保持心平氣和，使接受作品印象的能力，其敏感的程度，一如地震儀之於地震。這樣一來，某一作品的感染力之大小強弱，乃斷然成為藝術價值的試金石。一點都不能感動心靈的作品，即為不值一顧的作品。批評家對待這樣的作品應當是無話可說的。搬一大堆套語——某兄力作，必然人手一冊，紙貴洛陽——來敷衍塞責，千萬使不得！

好的批評家，似乎要比作家更具有原創性。批評家跟語錄家勢必殊塗，纔能發人之所未發，言人之所不敢言。真知灼見，一語破的；既不浮誇，也不庸俗。而且，批評文字的本身，也是篇莊嚴壯麗的散文，詞句雋永，音調鏗鏘，命辭遣意，在在精當絕倫。這當然有賴於批評家的真感情、真經驗與真學養，投注在批評的對象之中。這樣寫下來的批評文字，庶幾與「權威的意見」接近。最好的例子，我想舉布蘭兌斯（George Morris Cohen Brandes, 1842–1927）。布蘭兌斯是近代丹麥的文學批評家，他以《十九世紀文學之主流》一書，贏得丹麥文學之父的尊稱。他的文學批評，除開觀察銳敏，解析入微，思想深邃，饒有創見創意以外，從無學究式的說教氣味，並且把文學批評變為有機的活藝術，乃其兩大特色。取法乎上，得乎其中，難道我們不值得留意嗎？

文學批評始於閱讀，止於寫書評。中間又可以細分為四個步驟，即：㈠分析，㈡解釋，㈢鑑賞，㈣裁判。在整個過程中，批評家的感情、經驗與學養，全用得上。

「嚴格地說，作品分析不應列入文學批評的範圍，它只是文學批評的前衛科學。就作品言作品，既不涉及傳聞（legend），也不論究其象徵意義。蓋傳聞可以異辭；象徵可以異義。不能當下即是，直證心源。作品分析的對象不過是可見的比較固定的部分。其作用，好比外科醫生的手術刀，不管「術式」如何，只要一開始引刀，高低深淺精粗巧拙立見。作品分析所接觸的，不外作品的內容、形式、描寫媒介、研究原則、思想與主題、個性、結構、情節與情節組織、文學作品的語言、敘述人的語言，以及作家對文字的態度等等。但對於某一作品的瞭解和優劣判斷，確實大有幫助。」

作品解釋包括作品之比較與作品之分類。雖然有人強調：「批評無非就是比較。」(Robertson)或「凡是真正的批評，都在乎兩種方法的比較」(Godkin)。但比較畢竟不能概括文學批評之全領域。當我們解釋作品時，不獨要了解該作品的「縱的關係」，而且還要了解該作品的「橫的關係」。前者關聯到文學史，後者關聯到文學的類型結構。因此作品解釋必然牽涉到作家的風格、文學潮流、流派、藝術方法、創作方式、文學的類與型、在文學發展過程中該作品所應佔的位置等等。

作品鑑賞將客觀評價轉化為主觀批評。它將分析整合為一全體。對作品整體進行欣賞玩味。它以無偏見無利害的審美態度，注意作品史詩性的和諧，調和性的寧靜；它的思想性和藝術性；它的完整性與多樣變化；藉以審知該作品的「實相」，明白地識別而且感知這個「實相」，再抽象為一整體的印象，根據它作出最後的「裁判」。

作品裁判是批評家對批評對象的提要鉤玄。也是他神遊作品之後，新發現之總結。裁判總是主觀的。不論怎麼客觀的評價，在進行裁判時，都會變成主觀的批評。無我的境界在此一過程中是不存在的。布倫退爾(Ferdinand Bruntiere, 1849–1906)批評泰納(Hippolyte Taine, 1828–1893)的客觀科學批評，有幾句話極為深刻：「如果使用化學家在實驗室裏邊的那種絲毫無動於衷的態度，去觀察恐怖時代九月的大屠殺，實在不是忠於科學，而是叛逆了人類！」

為什麼我主張，現階段我國的文藝批評，應以「父母之心」來替代「天地之心」呢？

這跟我國的文學批評傳統，也有密切關係。我們總是以恕道對待萬事萬物的，由此可以看出民族性之深厚。沒有歷史，就不大可能出現理論。歷史事實證明我國的文學批評傳統，是另成一套的。

自孔子以「興、觀、群、怨」為標準，建立其詩論開始，長長二千五百年，除考據、校讎、版本等「外在的研究」外，隨筆雜感，片言隻語的批評文字俯拾即是。但較有系統的文學批評論著，有曹丕《典論》、摯虞〈文章流別論〉、劉勰《文心雕龍》等；探討文學理論而備陳法律者，有皎然《詩式》，陳騤《文則》，周德清《中原音韻》之附錄、沈璟《南九宮譜》、王驥德《曲律》，李漁《閑情偶寄》、萬樹《詞律》等；品評作品者，有鍾嶸《詩品》、呂天成《曲品》、金喟《聖歎外書》等；旁採故實，體兼說部者，有孟棨〈本事詩〉、歐陽修《六一詩話》、魏慶之《詩人玉屑》、辛文房《唐才子傳》、計有功《唐詩紀事》、徐釚《本事詩》與《詞苑叢談》、厲鶚《宋詩紀事》、張維屏《清詩人徵略》、陳倩《金詩紀事》與《元詩紀事》等等，可以說代有能人，代有名世之作。凡有論列，總期去蕪存菁；表彰作品，不失溫柔敦厚；品第甲乙，具有藹然仁者襟懷。我承認此一傳統，對文學批評之趨近科學領域，並無太大的幫助。

第二節 文評導論

文學批評的入門，首須養成整體觀察的心理習慣與增進思想組織力，以「事豐辭約」為尚。

在文學發展上，十九世紀末期（一八九六、一八九七年），在文學理論的分類上把文學區分為解釋的文學（interpretative literature）與創造的文學（creative literature）兩種。到了二十世紀，解釋的文學慢慢變為文學學術的研究。因此，解釋文學的領域在十九世紀與二十世紀所努力的重點，顯著不同；學術上稱為「重點轉移」。十九世紀的文學學術研究有兩大重心：一曰考據之學，二乃把文學視為一種藝術。因此十九世紀對於形式、風格、作家的人格上已展開廣泛的討論。到二十世紀，文學學術的研究就轉為三類：文學理論、文學批評、文學史。此亦為當代文學研究三大有效的構成方式，是鼎足而立的三大重鎮。這個對文學研究的觀念，至少有二點意義。首先，文學批評已經由單一作品的優劣判斷，重心偏轉到對單一作品的靜態分析與研究，希望提高文學研究的水平，並同時希望一般大眾對文學有較深刻的了解。然後，現在的文學批評已非在讀者與作者之間扮演中間人的角色，就已指明當代文學批評已走向客觀批評的道路。一九〇〇年到一九七六年之間的發展，每一具有國際聲勢的文學批評流派都具有一種美學為基礎。同時在文學藝術化，還有心理學、社會學……為基礎，對文學家來說，便特別講究批評標準、作品分析、方案設計……等。因此，相對於十九世紀文學批評的業餘訓練，當代已不再依賴慢慢摸索，而講究專業訓練。

文學批評是對具體、單一的文學作品所從事的研究活動，因此今天的文學批評必然重現分析的技術——作品分析的基礎理論。首先有程式安排，分成單一分析程式、選樣分析程式、綜合分析三種，然後是實際操作。作品分析可說是為文學批評作基本預備條件。近代人實際批評時，注重分析的技術條件，其宗旨之一是判斷各種文學作品的好壞。

批評家通常包含三種：創作批評家（creative critics）即作家，業餘批評家（amateur critics），專業批評家（professional critics）。文學批評寫作，也花樣繁多，大部分的文題都可以作為文學批評之一。中國古代經常出現的文學批評經常在序跋上，或書信中、隨筆的方式（詩話、詞話），有的以專門著作方式出現，如《文心雕龍》。傳統的文學批評從未脫離過印象批評的籠罩，正如同中國的美學思想從未擺脫生活的範圍而作玄遠之思。另外以用詩詞來表達批評理念的如元好問（遺山）的〈論詩絕句〉或司空圖《詩品》，其實尋根溯源，真正開百代文學批評先河的，是《莊子》〈天下篇〉。中國的文學批評所缺乏的，乃西方人所謂純技術的（文評）作品（purely technical work）。其實西方的文學批評，寫作方式也無奇不有，散文（以表達思想為主的新體散文）、韻文，甚至在人物評介中雜置對作品的批評。但到近代，已發展至純技術的文評。另外西人在序言或導論中，也常發現許多妙不可言的文評，如雨果（Victor Hugo, 1802–1885），曾寫《克倫威爾》一劇，序言中談到浪漫主義及理念，在另一劇的序言中曾下結論：「所謂浪漫主義也不過是自由主義而已。」左拉（Emile Zola, 1840–1902）談自然主義的理念就在《莫加爾敦全集》中指出自然主義是人生的一面鏡子，自然主義的精確方式是如實地描繪人生。蕭伯納（George Bernard Shaw, 1856–1950）所寫序文的長度經常與書相等，而重要性亦然，例如《人和超人》（*Man and Superman*）序有一四七頁，《巴巴拉少校》（*Major Barbaral*）序有一五一頁。

古今中外的文評一本萬殊，批評的方式千變萬化，歸納而言，究竟只有兩種主要的批評類型：印象批評（impressionistic criticism）與客觀批評（objective criticism）。印象批評中，批評家只描述他閱讀過的作品，並且寫下他自個兒的印象及感受，因此印象批評的文學寫作，目的與其說是對批評對象作實質分析，毋寧說是傳達自個兒的印象判斷，在讀者與作家中作中間工作，把作品如何創造完成立刻告訴讀者，當下即是，不拐彎抹角，因此置評快速卻難以精確。客觀批評是根據客觀的批評基準所作出的好壞、優劣判斷，避免一己的偏執，約可粗分為三種方式。(a)比較批評的方式（比較方式）：十九世紀的人訓練不過是兩個作品的比較；而二十世紀初期仍有批評家在不同的類屬區分下，對藝術作品予以分類，而後把某一特定的作品（通常是指被批評的對象）跟同類的其他作品予以比較，以至確定該作品如何被人承認，他已經如實地表現了該藝術類型的可能性。(b)理論說明的方式：批評家企圖說明某一特定藝術的特徵及其所具有的特定條件。一個戲劇的批評家面對著兩劇本，他能夠根據理論指出那一個是書齋劇，只是看來過癮而不能拿來演的；那一個是舞臺腳本，看來平實無奇，演來成功叫好。(c)跟藝術哲學（philosophy of art）或美學（aesthetics）發生密切關係的客觀批評方式。他的眼光可從一個區域轉移到別的區域，從一個民族、時代轉移到其他的民族、時代，其眼光如海一樣的寬闊，他是拿整個的藝術作對象，有一本書——Arnold Hower, *The Social History of Art*——就是這種批評的代表。

批評家是討論並裁判各種藝術與各種類型文學的人，公正的批評家，集中心智，用力甚勤，分析、解釋他要批評的文學與藝術作品，發現它們的原理，且對各批評的作品予以裁判。他有熱情的期望，期望維持藝術作品的高度水平，並且能提供藝術作品的鑑賞能力，他經常是有豐富的藝術素養以及對文學慧敏的反應水平。批評家運用各種方法來撰寫各種實用的批評文字，好的批評家寫出好的批評文字，不過是他筆下寫出的正是一般讀者想說而說不出來的東西。a.十九世紀的批評家有一個觀念，認為十九世紀是批評的世紀，現在看起來，我們這個世紀比起十九世紀來無論在文評的數量、文評的功能、文評的比重來說，十九世紀根本是瞠乎其後，在十九世紀批評家的地位，不過是「中間人」的位置，他是在作家與讀者之間的角色；現在的批評家根本是「公證人」的位置，這樣子才有本事進入學術研究的領域。由中間人走向公證人的理由是：㈠今天的出版物是排山倒海而來，批評家站在公正的地位把應當淘汰的淘汰。㈡今天的文學批評確確實實已專業化。㈢因為學術的格子化，人們缺少心靈遊蕩的力量，當代教育面臨的一個問題，就是有最文明的野蠻人存在，所以二十一世紀文學會有復興的可能——它可能給浮躁的心靈以同情和慰藉；它能使受難的靈魂獲得鬆弛。因此將來各行各業有受文學批評家指導讀文學書籍的需要；因此將來的文學批評家有寫作的必要。b.承百代之長流，每一個時代的批評家都想為文學樹立客觀絕對的標準，這也是當代的學院派批評家所幹的傻事之一。假如批評家不置身參與，假如缺少思想組織力、寫作的概括力以及對文學藝術所具有的慧敏反應，縱然追求到了絕對的標準，也是一無是處。何況根本追求不到絕對客觀的標準，因此當代的批評家盡量避免確立其自己的絕對標準。而今天在各種報章雜誌上所出現的印象批評乃作者的批評。

作家的世界

Taine 說：「我們觀察一個貝殼，我們就直覺到貝殼裏曾經有過生命的活動，就像閱讀一本書，我們也會直覺到想到這本書背後一定有一個人。」因此，我們可以說沒有一本文學作品能夠完全脫離創作者而獨立存在，無論該作品是寫實或想像。如此一來，一個讀者或批評家為了獲得該作品的理解，勢必探索作家的世界。

作家的世界一般區分為外在世界 (outer world) 及內在世界 (inner world)。a. 作家的外在世界：任何一個作家都不會是在真空裏寫作的，作家的寫作依靠兩件事，一是自己的生活；二是自己的生命。尼采說：「只有用血寫下的書，才是書的精義。」假如作家的創作是真正的創作，必經跟自己發生血肉關係。其作品若有時代感、空間感、地域感，就會接受他所生存環境的一切影響，如此便決定了一作品要寫些什麼，及如何去寫。作家如何有這樣一些感受？何以有這樣一些情緒反應？他的情感與意象來自何處？假如該作家有所模倣，誰又是他的先驅者？他怎樣受別人風格的影響？他說什麼？如何說？……這一些都可自作家的外在世界找到一些線索。在文學中有許多貢獻，曾引起作家對他生存的社會情況的反應，例如 Martin Luther, John Cabisn 他們的寫作曾影響十六世紀新教徒改革運動，但是反而言之，新教徒的改革運動也影響了他們的寫作。

Byshe Shelly 是一個本身具有反叛血液的人，十九世紀早期的政治、社會、經濟的唯物化的傾向，都促長了 Shelly 的反叛思想。在中國便有蒲松齡，其外在世界看來一片漆黑，故其便寫出了神仙鬼怪的故事。另外吳承恩也是一個才氣很高的人，卻一輩子不得意，故而想出一個富有極高幻想力的《西遊記》來。b.作家的內心世界：一般包括作家的背景知識（background）、興趣性向（interests）、生理的（physical）狀況、心理、生理障礙，其家人、朋友、敵人等。這些加起來乃成為一個作家寫作的素材。他許多作品往往映現了其內心世界，〈江雪〉是一例，曹雪芹的《紅樓夢》也是一例，其中有一首詩：「浮生著甚苦奔忙，盛席華筵終散場；悲喜千般同幻渺，古今一夢盡荒唐。謾言紅袖啼痕重，偏有情痴惹恨長；字字看來都是血，十年辛苦不尋常。」也是反映其內心世界。c.作家的態度（writer's attitudes）：作家的態度有千種萬種，歸納說來也不過兩種，一是浪漫作家（romantic writer）和寫實作家（realistic writer），前者所寫的寫作對象是例外環境中的例外事件，後者所處理的寫作對象是典型環境中的典型事件。

批評眼

一個好的作家主要是調和並且平衡這些要素，以求創造統一的藝術作品，達成藝術哲學的要求——形式的完整與內容的有機性，讓二者恰如其分的結合起來，而一位批評家其著眼點也就在四個項目上：

1.人物或性格（character）在文學創作裏，作家需要描述活動與理念，因此他不得不描繪人物，當代人的文學理解集中在人的身上，所以說文學是人的藝術。一個作品經常有二部分組成，一是人（person），一是事（objects）；作家從人與事間選擇影響他的行動與觀念的東西，予以有效而集中的描繪。

人物的描繪至今依是戲劇與小說中的中心興趣，而小說中的結構特徵決定於人物描寫的方式，其他像在傳記文學與自傳中，人物的描述也佔了很大的比重，而且進一步說，在詩中也關涉到人物，史詩、敘事詩，當然有人物的活動，而且和小說中一樣重要。抒情詩中也有人物的活動，如「去年今日此門中，人面桃花相映紅，人面不知何處去，桃花依舊笑春風」中人物的活動也佔了很大的比例。即「向晚意不適，驅車登古原，夕陽無限好，只是近黃昏」也有很顯明的人物刻畫在其中。作家必須透徹的了解他筆下的人物，他必須對其筆下的人物在腦膜上浮動清晰的影象。除了人物，批評家還注重動機和賦予動機（motive and motivation），所謂賦予動機，就是賦予人物行動的理由，作家必須深切的了解人物行為的動機，這些動機清楚到什麼程度、合乎邏輯到什麼程度，都是批評家要問的動機，在文學中如同在生活中一樣。性格決定行為，馬克吐溫說「性格＝環境＋遺傳，行為＝性格＋環境」，因此我們把他的《湯姆歷險記》與狄更斯的《塊肉餘生錄》二個人物易地而處，《塊肉餘生錄》勢必成為另一種小說。

除了上述的以外，我們還要注意到人物的活動空間，人物身上所發生的故事必有一個發生的地點，文學作品中的人物與真實生活中的人物一樣，是不能單獨生存在空間的，因為人物與人物之間的反應是相關聯的，因此，背景（環境）是呈現人物性格的另外一種方式。假如湯姆生在英格蘭，而大衛生存在密士斯比，他們的行動環境及其生存環境相適合，故其所發生的事故也就必須改變了。

2.情節或結構（plot）：情節告訴我們人物在故事中所遭遇的事件。情節的基本構成是指環繞該人物所發生的一系列事件，而其中包含著一充分兼必要的條件，那就是發生在一段有限的時間之內，雖然事件的安排、事件的發展，以及事件的表現手法，並無一定的方法可循，然一些完整的情節必須包括三部分：開端、中部和結尾。用普通話來說，是作者引導我們經過其中一個地方（此時人物發生某種困難或問題），通過中腰（人物面對著其問題）而到達結局（人物解決了問題），因此亞理斯多德說情節＝衝突＋解決。假如我們將三部分連在一起，在小說中這個故事便有了一個說明。情節的複雜結構包括五部分：破題、開端、發展、高潮、結尾。通常的解釋：破題提示故事的背景與情況；開端進入人物的活動，提示題裁進一步創造懸疑暗示讀者所渴望了解的事；發展繞著人物所發生的一列事件；高潮通常是指興趣的最高點；結尾，結束了這個故事。所以批評家面對簡單結構的作品，是用三段式來批評，面對著複雜結構的作品，則用五段式來批評。

3.主題（theme or statement）：談作品分析時，關於主題部分是指表現在文學作品中的基本觀念。主題有兩個類型，一是情節主題，其表現方式是情節——主題，一是思想主題。主題是作品中作者必須要告訴讀者的話，主題經由人物與情節的相互作用而發展；一位傑出的作家經常努力，使作品表現真摯感，亦即意味著作家對於情感反應、情緒要求的重現，主題要能恰如其分地表達作者的感情理念、內心的感受，便是一個好的主題。

4.風格或作風（style）：是指運用語文與創作文學之路。所謂集字成句，要字字相關，集句成章，句句相貫，作家主要在運用語言文字為工具時，如何使最好的話出現在最要緊的地方，同時——如果我們不能欣賞作家的風格，我們就不能欣賞人物和情節。作家在作品中應當不斷地回答自己：我用什麼方法呈現我的情節，傳達我的情感呢？我的作品中的段落是長還是短？我作品中的節奏是快還是緩呢？這些實際都關聯到作品的風格問題。

作家表現他的題材或者此題材是誰（哪個人？）來敘述（故事被誰來說？）就出現了觀點問題，而這些都是牽涉到風格的問題，就是風格的另一面。人都有性格，具體、單獨的人都有個性，個性表現在作品中都變成風格。一個人的作品總有他獨特的語調，假如一個作品找不到其獨特的語調，則那個作品是模倣的作品，根本不值得批評。

Handson說：「我們都偶然發現一段文字，我們不知作者的姓名，而當我們看完之後，我們往往高呼這是誰寫的。」這就是風格代表他的人，因為我們往往發現文如其人，人如其文的一種直覺，而我們在上例中也發現有個性擴大的趨勢，因為如：字眼的變化、選擇；詞語的變化；句法的構造與連結關係，韻律與聲調，幾乎都不可思議地揚溢著作者的個性。故我們在與歷史的關係來說，Buffone說「風格是人」，Pope說「風格乃人的衣服」，Theador lipps說「人是風格」。

在文學訓練中沒有風格的作品通常指模倣的作品而言，個性與個體性在文評中是兩種不同的用法，個性（personality）、個體性（individuality），後者屬個人，前者乃個體性的綜合。

第三節　作品的外在標準與內在標準

作品的外在標準是形之於外，比較剴切著明的一些素質，我們一般稱之為作品的藝術性。我經常喜歡列舉簡樸（simplicity），自然（nature）與生動（vividness）為三個重點，藉以代替所謂真、善、美。

一作品既有外在標準，當然也會有內在標準。評價一作品的內在標準，我們通常叫做作品的思想性。可以歸納成為活力（vigour）與獨創（originality）兩個重點。在文學用語中，活力即作品的生命力。而獨創，包括真摯的感情，強烈的內心要求，與真實而獨特的生活經驗，所共同組構成的思想與主題。兩者共同賦予文學作品以實在的品質，綜括而為作品的內在標準。如果離開了它們，作品本身即貶抑為商品，作家即降格為出賣內心歡樂或憂鬱的商人。因此，該作品就無意義，無價值，沒有存在的必要。

欲精密而明確地解釋簡樸、自然、生動、活力與獨創這十個字，在這兒，因篇幅所限，恐怕是不大可能的。因為它們幾乎涉及藝術論的全部內容，和藝術哲學的大多數論點。我們只能粗枝大葉地談談。

一切藝術活動，皆建立在人們能接受別人感情的感染這一基礎上。人們以語言互相傳達自己的思想；以藝術互相表達自己的感情。職是之故，藝術纔成為人與人相互之間的交際手段之一，纔成為人類生活的條件之一，纔成為自娛娛人的工具之一。而藝術的終極目標，乃是團結人類全體。在當代，人類陷溺於兩大世界性災難之間，又遭受機械文明的浪潮所震撼、吞噬，藝術家必須為人類尊嚴與生活意義，進行兩面作戰。靈魂的受難，使藝術精神如精金百煉，重現人間，也使藝術成為必要。

而文學的主要功能，在表達作者真摯而獨特的感情，其次，纔輪到傳達作者深沈而富獨創的思想。故文學的最大效果，不獨是石破天驚，神傷魂斷；而且還要化醜惡為美好，化現實為理想，生死人而肉白骨。惟其如此，我們不得不拿簡樸、自然、生動做標準，藉以確定某一作品是否真有藝術價值。

惟簡樸能見其明快、清晰、剛健、有力。它決定了藝術感染力的大小。惟自然能見其生機、生命、雄辯、真摯。它決定了藝術感染力之強弱。惟生動能見其具體、精確、活潑、天真。它決定了藝術感染力之精粗。三者共同表現了作品的真誠與純樸。

當代文學之失，在乎以虛假的感情，憑空結撰一些拖泥帶水、疲軟無力，懨懨無生氣的作品。以矯揉造作，生硬曖昧鳴高；以標奇立異而自命不凡；以尋找新的形式來遮掩無話可說的窘態。作家因為缺少生活經驗的實底子，因為缺少深切而精確的觀察，故行文活搖活動，敘事曖昧模稜，說理含糊難解，描寫拖沓堆砌。文風之敗壞，難道真是沒有原因的嗎？

藝術最忌庸俗。而簡切與樸質，卻是擺脫庸俗的前提條件之一。靈光一閃，萬古不磨。必須從簡樸上下工夫。偏鋒旁出，枝蔓拖拉；游絲不斷，荏弱乏力；無病呻吟，滿紙夢囈；陳陳相因，輾轉抄襲；在藝術表現上，必然庸俗不堪，已落最下乘的窠臼。何有於敘述的明快清晰？何有於文體的剛健清新？何有於藝術感染力的大小？

目前臺灣的文壇，有一股極為嚴重的壞風氣，那就是文不能斷句，辭不能達意。以破詞折句掩飾空疏，以不通之詞抒寫模糊意念掩飾淺陋，以閃爍不定、不知所云掩飾「思想之組織力」的貧乏。雖創出種種怪腔怪調，雖襲取一二新名詞，但究屬望文生義，文過飾非，畢竟逃不脫明眼人之鑑賞。

大抵行文活搖活動，敘事曖昧模稜，說理含糊難解，描寫拖沓堆砌，均源於缺少生活經驗的實底子，缺少深刻而精確的觀察。「創作心理學」從觀察入門，我想是很有道理的。譬如西醫用藥，喜歡用單方；中醫用藥，喜歡用複方。只要真是對症下藥，又何必用許多不必要的東西作為陪襯？根據我自個兒的經驗：作家只有寫他所最熟悉的，纔是他寫得最精采的。作家只有寫他所仔細觀察過的，纔是他寫得最簡樸的。道理說穿了，也不過如此。

莫泊桑（Guy de Maupassant, 1850–1893）有幾句話，可以發人深省。他說：「必須非常專心並使用很長久的時間，去注視你所欲描寫的東西，纔能剝開從未為人看過和說過的那一面。在任何事物中都有尚未察覺到的東西。因為我們觀察事物，老習慣於想起前人對它的看法。任何瑣碎的事物裏邊都有什麼東西隱藏著。把它找出來吧。」如果我們找出這些東西來之後該怎麼辦？莫泊桑又說：「不論所描述的事情是什麼，如果祇有一個名詞可以表現它，一個動詞可以使它生動，一個形容詞可以限定它的性質，我們就得耐心尋求。直到發現這個名詞，這個動詞，這個形容詞為止。」修辭立其誠，而簡樸即為入門工夫。

其次論及「自然」與「生動」。

一般人以為「刻意經營」，不如「自然流露」。但真正的文學作品，卻是既刻意經營，而又無跡可求。這也許要牽涉到英國心理學家巴魯氏（Bullough）的「心理距離說」（theory of psychological distance）。蓋心理的距離可使作家超脫於物象言表之外，擯棄其實際的需要和目的。將實用價值觀念轉化為欣賞態度，跟宇宙萬象保持一種若即若離，不即不離的關係。心理的距離也使被觀賞的事物，孤立於觀賞者的眼前，歸真返璞，自由自在，不凝滯於物，不羼雜切身的利害，不使事物在實用範疇中扭曲變形。微雲淡月迷千樹，流水空山見一枝。別有會心而欣然自得，美感經驗就是這麼來的。

凡喪失生命力的東西必僵硬。凡不成熟的東西必酸澀。過猶不及，都不能做到恰到好處，都不能叫做「自然」。因此，「自然」在藝術論中，可以理解為「圓融」。

「自然」與「自如」在某種意義上是對等的。故「本該如此」乃斷然成為判別真假藝術的試金石。而無內心要求，無藝術衝動，「製造」出來的作品，一定是不自然的。

作品的表達方式真能做到體任自然，不加偽飾，則該作品必然蘊含著和諧、寧靜與真摯；該作品必然蓬勃著無限生機，洋溢著堅實生命。如其不然，一把鼻涕一把眼淚，讀者以為你歇斯底里大作，距離「自然」的境界可遠啦！

描寫的生動性，是自由的理想活動之產物。它一方面標示出感染力的高低，另一方面卻標示出自由的幅度。故文藝作品一旦遭受限制、歪曲、擠壓和教條的束縛，它首先喪失的是「自然」，最後喪失的是「生動」。前者使作品板滯而無生氣，後者使作品枯窘而無活力。

描寫的生動性，不獨可以看出作家的學養與經驗，而且可以看出作家的才情要氣分。有時顛倒一字，全句活了；有時略為點染數語，全篇被完整地結構起來。作家的真本領，幾乎全集中於描寫的生動性上邊。

「生動」與具體形象是分不開的。沒有具體形象，就不可能有栩栩欲活，精確而深刻的描繪。而形象愈鮮明，描寫也愈生動。兩者血肉相連，不可分割。

現在，我們來談談「活力」與「獨創」，藉以樹立評價一作品的「內在標準」。

一作品有沒有活力，與作家對社會人生的體驗同其深度；與作家對宇宙萬象之觀察同其廣度。換句話說：作家入世愈深，觀察愈敏銳，經驗愈豐富，他能把握到的生活內容，也愈為真切深刻。作家對宇宙萬象的了解愈廣遠，對宇宙萬象的綜合範圍愈擴大，則彰顯於其作品中者，也愈遒勁有力。

文藝作品力戒認識之概念化。概念化首先滌除了萬物的個體色彩，捲沒了特殊環境的獨特性格，最後必然喪失自我，使作品病態懨懨，鬼影幢幢，了無生氣。概念化的作品，必然是換湯不換藥，一個公式套到底，千篇一律的作品。讓生命的擺錘，在時裝七彩故事與古裝七彩故事之間擺來擺去，庸俗地浪費了有效的創作生命。必須指出：時裝七彩故事與古裝七彩故事，不過是一堆活僵屍和一堆死靈魂；在活僵屍與死靈魂夾峙的怪胡同裏，決計不會找到什麼活力的！

有活力的作品，必然是跟時代精神深相結合的作品。一作品如果真能以萬民的喜樂為喜樂，以萬民的哀怨為哀怨；慨然與時代精神同其脈搏，憫然與人類心靈同其休戚，浩然與歷史主流同其浮沈；則該作品必然筆酣墨飽，元氣淋漓；行文剛健，簡樸陡峭；靈光閃閃，才氣縱橫，精神充沛，生氣勃勃。這樣的作品，也必然實大聲宏，冠冕一代，有血有淚，感人至深。這樣的作家必然是靈才秀異，語語不矜張，步步不蹈空，夠資格代表時代發言，成為一時代之耀眼旆旗。

在藝術論中，活力即等於生命力。它代表了體力與心智發揮之強度。惟天才乃能盡氣，亦惟天才能隨時隨地集中注意力，構成生命的焦點。兩峰之間，距離最短。跨過去，需要長腿；躍過去，需要活力。而所謂「靈感」，也不過是長期創作過程中，活力的高度集中狀態。一作品如果不能內涵活力，即為無生機無生命的作品，不值一顧，我們對該作品的評價，也至為卑下低劣。

「獨創」源於作家真摯的感情，強烈的內心要求，與真實的生活經驗。

感情展露萬殊，隨心境而異，隨環境而變，隨個性而遷。因此，感情越真摯，越具獨特性。表達此種真摯的感情越近乎自然流露，則該作品越多獨創的成分。虛假的感情來自偷龍轉鳳，來自順手牽羊，來自模擬與假借，此種複製出來的感情，必然欠缺獨創性。好比電影女明星點些眼藥水在眼睛裏，「複製」流淚，任她如何逼真，總抵不過一個小孩子哭著喊媽媽。好比鏡中之火，雖火燄熊熊，活靈活現，但畢竟是冰冷冷的。縱有感染力，也不過是浮光掠影，微不足道。

內心的要求也因人而異。因個性、教養、交遊、信仰、社會、時代、身分、地位與生活狀態而千變萬化，只要作家下筆時真有內心的要求，永遠不憂沒有藝術的衝動，也永遠不憂兩個人的內心要求，有雷同或巧合的可能。蓋閒愁萬種，牢騷千斛，縱令是同一內心的要求，在程度上也會出現很大的差距，問題是把別人的內心要求，當作自己的寫作動機，這種不怎麼體面的輾轉抄襲，當然無獨創性，明眼人一看便知，固毋待煩言。故一作品在寫作動機上，有沒有原始的藝術衝動，有沒有內心的要求，乃成為該作品有沒有獨創性的第二大鮮明標誌。

生活經驗尤其千差萬別。但親聞不如親見，親見不如在生活中掙扎圖存，竭智盡力，艱苦支撐。生活經驗儘管有相同的一面，但細微末節之間，總可以找出其差異。因此，越是真實的生活經驗，越具有獨特之點。寫入作品，越能見其獨創性。

總而言之：真摯的感情，強烈的內心要求與真實的生活經驗，共同決定了作品獨創性之有無。真摯的感情乃作品感染力之泉源；強烈的內心要求，乃作品思想與主題之所本；真實的生活經驗，乃作品素材的堆棧。三位一體，缺一不可。

第二章　十九世紀的文學批評

第一節　鑑賞批評

鑑賞批評是十九世紀文評縱深的源頭，所謂鑑賞即品味（taste）。

文學批評經常有三種誤解：把快感認為是美感，把聯想誤認是美感，把考證和批評誤認是欣賞。部分人士認為文學研究就是國故整理，使吾人對於文學的研究著重其來源、版本和作者生平，注意傳記和歷史材料，熱切尋找證據。事實上，它們只是考據學，最大的成就也只是國故整理，不見得正巧落在文學研究上。例如《淮南子校釋》所得者是歷史和傳記知識，而且知識雖或能幫助欣賞，但不是欣賞本身，傳記對欣賞的關係，誰也無法確定。對印象批評而言，欣賞的工作首先是了解，這是欣賞的預備工作，真正欣賞時，是了解的成熟。中國傳統文學批評方法是考據知識為工具，包括版本學、校讎學、作者生平之傳記知識和作品產生的背景知識（多半是寓言和神話式的擬說），但此考據知識有兩大限制：㈠所得的歷史知識對作品本身的好壞並無幫助㈡對古典作品或然有用，對當代作品而言，則其用處微乎其微。因此追溯來源，參訂字句，解釋意義，妄加比附，此四者當作批評誠然是十三世紀以前的產物。

鑑賞批評可幫助印象批評之用，從鑑賞批評到印象批評的過程，即十九世紀到二十世紀初的四個批評主流之一，從安諾德到佛蘭茲，故吾人視鑑賞批評為印象批評縱深的歷史配備，鑑賞批評可謂之藝術批評的前衛批評，主要人物是馬修．安諾德（Mathew Arnold），羅斯金（John Ruskin），裴德（Walte Pater）。當介紹過托爾斯泰的《什麼叫做藝術》後，便可區分藝術的真偽，認識作品的感染性，乃是印象批評的真正標準，便可拋開理性的知識，道德的標準，而到傑作中神遊，憑藉主觀而直接的見解，自由地化為批評；因此鑑賞批評訓練是合乎專家批評與業餘批評之間的作法。

馬修．安諾德

他的主要思想是，認為所有的文學是「人生的批評」。透過此可見出他整個的批評活動。他在《批評論集III》中，說明其批評方法，即批評態度，讀完批評對象後，將之放在枕頭下三個月，「在這三個月的淘汰中，仍被記憶所吸收保存的，是全書精華所在」。換言之，他的鑑賞批評是以「最好的部分」為批評中心的方法。因此安諾德所倡導的鑑賞批評在十九世紀的流派中自然地與裁判批評打對臺，無論如何，這總是十九世紀的方法。安諾德的「三個月以後的記憶」，跟托爾斯泰的感染力論有異曲同工之妙。安諾德派的批評家，均不主張對批評對象嚴厲的批判，換言之，作鑑賞批評者經常春風滿面，而作裁判批評者經常冷若冰霜。安諾德的《文學批評要略》：

「鑑賞批評只把被批評的對象，當作一個有生命的、自足的整體來欣賞玩味。這些都是比較保守，講究均衡、適度、和諧與節制的。英國人對文學批評的態度，乃因裁判批評每易陷於偏見，而走人極端，偏離了中庸之道，舊的裁判批評以古希臘人的標準為標準，死守他們的範式，期望作家變為古人，讀者變為化石。」由此可見安諾德的期望，鑑賞批評之出，乃為與裁判批評的古代標準相對立的，吾人尊重其態度的原始精神。安諾德還批評了「倫理批評」，這是在鑑賞批評興起時的新批評流派，又謂「新裁判批評」，死抱住道德的教條不放，把修身的規律和基督教義作為文學標準，它會把有生命的、自足的藝術作品弄得死氣沈沈，表示了文學批評的真諦。「文可以載道，也可以不載道，吾人當以鑑賞的態度一視同仁。」

安諾德曾替文評下定義：「文學是一種利害兩忘（disinterested）的觀念，批評家專心致志地努力研究世界上最精美的知識和思想，然後再把這種精美的知識或思想傳播到人人的腦海中去，這種精神活動就叫做『文學批評』。」故批評家所要求的是「是非」而不是「利害」觀念。利害兩忘的觀念，泯除偏見，或不服從先入為主之見（don't anticipate your appreciative works），批評家當採取的態度和法則，就是所謂「利害兩忘」。獲此態度的方法是，不外乎遠離所謂「事物的實用觀點」，一切現象隨心所觸而呈現，也只追隨著心之所觸而勇往前進，因此一個批評家最基本的要求，乃是拋棄外在的政治實用的考察（對於批評對象的考察），而使批評家的心靈成為心靈的自由遊戲（free play of mind）。吾人的知識有大部分落在名實之間，前者是知識論，後者屬本體論，名實不符便生是非觀念。是非觀念是人類精神的主要部分。其次是利害觀念，來自生存競爭，它經常妨礙是非觀念。人有是非觀念是不會錯的，有利害觀念也不算錯，錯在太輕視是非而重利害，人生之大錯在於只重利害觀念。

安諾德以「世界上」(the world) 指泯除國界，認為批評家是沒有國界的，因為文學不像歷史（十九世紀的歷史課本是為君國主義之用的）。在安諾德的批評生涯中，只作了米爾頓、約翰孫等三個英國作家，而作了七倍人數的外國作家的作品批評，包括了有名的《荷馬翻譯研究之尾聲》、《論莫泊桑》、《法國文學之研究》、《聖佩甫論》、《托爾斯泰論》……。故安諾德在〈當代批評的職能〉一文中說：「批評的職能乃在乎了解這世界上所能知道、所能思考的最好的東西，而使之普及到大眾中去，藉此創造世界上一種新的思潮」，由此吾人看出他批評的態度是：同情地了解作品的內容，尊重批評的對象。這與當時科學批評的泰納與布倫退爾（Bruntiere）不同。故在安諾德批評下，經常稱道作家的功績、價值、美，和被批評對象的內涵，此即鑑賞批評的態度。吾人誠可以肯定，這種謙沖無私的態度，對初入文評的新手是可取的。雖然一個批評家謙遜太過，有時也不免出現一些流弊，例如〈批評的職能〉中說：「批評的能力比創作的才能為低」，其實它們至少是相等的。

安諾德的公式說：「詩是生命的批評」，進而發展為「文學是生命的批評，藝術是生命的批評」。在此顯示了批評也要忠於且受制於批評對象。在此安諾德與同時代的王爾德有一相同之處，稱批評為藝術。由此公式，吾人界定安諾德為「新人文主義」的批評，此可與當時的「社會主義的寫實主義」的文評相對立。安諾德認為「藝術家有力量再造真實或現實，……批評家創造了時代的知識氣氛。」王爾德在〈作為藝術家的批評家〉中進一步談到批評創造知識氣氛的問題是：「是批評把人的頭腦變為敏銳的工具」。兩人都視藝術與藝術批評是自由的活動，能把人從哲學與宗教的領域拯救出來。

安諾德的基本思想有兩個來源。其一是法國的約瑟夫・赫拔特（Joseph Herbert），他主張「行文清晰」是真理的許多重要本質之一，有時就被認為是真理本身；其次，「無知在道德行為中可減輕罪行，但在文學中就是第一等大罪。」「在文學中，藝術的唯一目標是美，在人類習於享受，既不依靠肉體也不依靠金錢的樂趣，使他可以欣賞心智方面的東西，是大自然給文學作品的正常效果。」其二是德國詩人海涅（Heinrich Heine），菲利斯丁主義（Philistinism）本是海涅詩中追求物質享受、沈迷靡爛酒色的主人公名字，此人反對樸實高尚、風趣優美文化的市民階級，此名詞經常出現在安諾德的批評中，以指摘當時時代風氣。安諾德說：「要產生一部傑作，兩種力量必須同時出現，即人的力量和時代的力量；若時代不合，單有人是不夠的。」安諾德提出：「智力的敏感性」應當聽命「權威」。權威的意義，在其論文中並未界定，有時指文化，有時又說是宗教，別處又指稱文化比宗教更高。比較研究後，權威可說是「文化」。安諾德於一八五七年任牛津詩學講座，是古典文學最堅強的磐石，他渴望將古典法國文學的安靜與英國擇善固執的保守，變成一切文學批評的準繩。通觀安諾德一生，他熱愛文學事業，堅信文學必須有崇高的目標，因此他特別標明了他對詩內容的兩大要求：真理和高度的嚴肅性。他斷言缺乏任一項就不會變成好詩人。

裴德

他是個孤獨傲慢的業餘哲學家和業餘藝術家，主要著作是：《文藝復興史研究》（一八二一），結論中有兩個論點。第一：百年春夢，萬事秋毫，人生當及時行樂。「健康美的願望融合著死的恐怖，因此死的恐怖因美的願望而緊張，美的願望因死的感覺而加強，因此越感到死，人便越要求美。」第二：在其序言中說：「正確地說，一切批評的真正目的是弄清對象的實質。」影響了後來的唯美批評將認識對象的實相，視為批評的第一步。如何認識對象的實相，要從獲得的印象著手，將從實相上獲得的印象明白區分並感知該印象。「音樂、詩歌及各種人生藝術所展示的諸象，都是美的諸象，現實的存在是藏有許多影響力的倉庫；從書籍、繪畫所獲者與這些倉庫差別的判別標準在於快感。」

裴德的主要方法在於：「區分快感的種類和程度」，對象使欣賞者性格所生之變化，正是關係到唯美批評的根本事實之處。他受安諾德新人文主義道德觀的影響甚大，同時也受聖木茲貝利另一個命題的影響，即快樂的施予性（pleasure giving quality）。因此他的批評取向和態度是：「藝術批評家的任務在乎把人生和書籍中的繪畫、風景、美人……所給予的美和快樂所生的特殊印象和價值予以分析，並加以識別，使其與附加物分離，宣示什麼是那印象的原因，以及在什麼條件下那印象可以經驗到。為達此目的，關於美的定義之類的正確而充實的具體知識，並非批評家所必須具有的，但他必須具備一種氣質（temperament）：當他一碰到美的對象時，就有深切感動的能力。批評家該記住，美的存在是採取種種不同姿態的，對於美而言，一切時期、形式、趣味上的流派，批評家都該有一視同仁的雅量，無論何時都曾留下優越的藝術家和作品，因此批評家所提出的問題不拘何時，不論何地，該是：那個時代，那個地域所生的運動，天才和情操，可以從何人身上看出來，何人代表那種高雅與趣味。」裴德引威廉．布萊克（William Blake）語：「時代相同，而天才常超越時代。」

因此裴德論文學批評家的功能，在於感知詩人或畫家的價值，而予以解釋彰顯是批評家的本務，而批評家的三階段就是：感知，解釋，彰顯。

羅斯金

羅斯金著有《現代繪畫家》（*Modern Painters*）及《威尼斯之石》（*The Stone of Venice*, 1851–1853）。其中有一主要論點：藝術有顯著的道德和宗教的價值。他也是個出色的大眾宣傳家，在十九世紀當代其宣傳本領，只有威廉．摩理斯（William Morris）可比。威廉．摩理斯是社會主義者的祭司，也是文學批評家，強烈倡導真、善、美一體。羅斯金特別標明：美的鑑賞是完美社會中不可或缺的，美也不可以缺真，也和善分不開。美不能單獨存在，且是攀附真和善而生的。羅斯金在牛津講座時，有個學生王爾德是屬於唯美學派，受羅斯金的影響很大，故有人也將羅斯金放在唯美批評家中。其實他更重道德，而王爾德反對羅斯金有三點：文學藝術的道德價值，生命和藝術的對照，真和美的對照。

羅斯金是鑑賞派的批評家，一面強調藝術批評，並在繪畫上有特別的見解，把繪畫分為荷蘭派及意大利派。荷蘭派是低級的機械模倣，就相當於文學中的自然主義，「頭腦遲鈍的，也可以在其中得到自個兒的滿足」。意大利派是高級的、輕靈的，相當於文學上理想及想像的風格，相當於浪漫派文學。鑑賞批評的特色帶有相當浪漫的色彩，羅斯金說：「即使模倣自然，也需賦之以生命。」他期許荷蘭派畫家能捕捉「瞬間雲的消散，陰影的輕移……使水面消而復起的泡沫永遠存在，使無上的陽光永遠不滅，藝術的終極目的，是要表現永遠代表生命的陽光。」

羅斯金認為，用想像力來暗示高尚情緒的謂之詩。詩人的情緒固須高尚，寫作的動機尤須高尚，例如讚美的情緒是高尚的，但須視其動機為何，如動機不高尚，即使情緒高尚也無用。見了美麗的火花或整齊街道，有人會大加讚美，但若動機是虛浮卑下的，則寫成的也不能算作「詩」。見了含苞的花綻放開來，而興起讚美之情，才是屬於詩的；因為這種詩的感情產生心靈之力與生動之美，不論如何都是讚賞不盡的。

《現代繪畫家》主要的論點有四。㈠闡明上帝事業的光榮與完全，以及其永恆的美，而把人間的一切勞累放在上帝事業的完美及永恆中予以檢查。㈡偉大的藝術都是讚美的。㈢藝術的真正批評，必然以對於人生世相所具有的本能和無數對人世努力的同情為基礎，吾人對上帝所造之美的自然和所賦予的對萬物的永愛，來當作文學批評的指導原則，才是找到了批評的原則（這種謙虛的態度也是鑑賞批評的態度和特色之一）。㈣道德的藝術理論，本質上都與其題材發生關聯。

第二節 唯美批評

一八〇四到一八一四年，法國大革命（一七八九－一七九三年）浪潮已過，當時流亡到德國的法國知識分子，都漸返巴黎，後二十年間，巴黎出現了「康德的美學主義時代」，當時文藝批評以康德美學馬首是瞻。而康德美學的中心人物是史兌爾夫人（Madame de Stäel, 1776–1814）、奧古斯都、威廉兄弟等。當時旗幟是「康德美學」而非「為藝術而藝術」。當時流行的術語是：「德國美學」、「康德美學」、「自由」、「善惡兩忘」、「純粹藝術」、「純粹美」、「形式」、「天才」……就一步步確定甚為流行，最後出現「為藝術而藝術」。

一八三三年「為人生而藝術」與「為藝術而藝術」開始論戰。進行三十年而得結論，也就是：「為藝術而藝術」，它的哲學基礎是──唯美主義（Aestheticism），厭惡功利主義思想，厭惡唯物主義，極力避開庸俗生活。特別強調為藝術而藝術，因此特別堅持「美是人生追求的焦點」，最後掌大旗的是王爾德，當時並肩的是史雲朋（Swimburne）和摩理斯（Morris），為藝術而藝術，至唯美主義時期已達到顛峰，包括有康德《判斷力批判》和《理想批評》的推波助瀾。

唯美主義最初起源於法國頹廢主義（decadantism），到了英國後才大盛為唯美主義。最初引頹廢主義入英國的是史雲朋和摩理斯，脫離了庸俗生活，高喊出勇於藝術之宮和象牙之塔，其最後目的是臆造出人工的新世界，徹底貪圖肉感的刺激和官能的歡樂。要利用一切機會去享受詩的人生，故其生活是經常超出常軌的。他們鄙視一切道德主張，審美高乎道德，因它居心靈世界，故美的鑑賞是人能達到的最高點，即使是色彩的感覺在個性的發展上比高貴觀念更多意義。他們的生活態度名之曰：「美的生活」，以美為生活的基調，其見解與內容因人而殊，但以感覺美為中心生活，則是大家一致的。他們不抑制本能、不阻遏感情的自然流露，以求取生活的滿足，因此所謂的唯美主義實可視為頹廢主義之理論和延伸。

主張為藝術而藝術的共有三大發言人：裴德、惠斯勒、王爾德。而當時代的主要爭論是藝術與美的問題，究竟是「為人生而藝術」抑是「為藝術而藝術」？

十九世紀認為美是非常純粹的，而與其他一切東西不相同，而藝術也是如此，於是有清教徒般的趨勢追求純粹。

王爾德說：「美是象徵之象徵，美揭示一切，因為美不表達什麼。」惠斯勒說：「藝術只揭示自身的美，沒有教導的願望，只在一切情況與一切時間裏尋找和發現美。」然而在英國，純藝術的論爭源於激情（passion）而非源於感覺（sensation），也不能理解為柏拉圖的「理型」（Idea），事實在一八八八年它已經綜合了感覺、激情、理性在內。裴德在《文藝復興史》結論中強烈要求：「批評家燃燒起狂喜的火焰，那堅如鑽石的火焰閃爍著激情主義。」「文藝的目的不在乎經驗的結果而在乎經驗本身，在這五光十色充滿戲劇性的人生裏，我們只有為數有限的脈搏跳動，如何運用最敏銳的感官而看盡天下一切該看的東西呢？如何由一點游向另一點而始終不離透視人生的焦點呢？在那焦點位置上最大量活生生的力量集合了人生最純粹的力量。因此若要理解 Rater

的文評，則須握住他的基礎——激情。」「偉大的激情包括詩的激情、美的欲望，為藝術而藝術的愛好，激情中具有最多的智慧。」他解釋激情「為情感而情感，正如同為愛而愛，而不是為了別的，為情感而情感就是藝術的目的，為行為而動情感，不過是生命的目的而已」。

⑴康德（Immanuel Kant）的《判斷力批判》：「美是不通過欲望而生快樂，不經思想而生判斷。」他首先將各種美的類似活動加以綜合，而給予純粹的美為主觀，同時也給予藝術一權威的形上學基礎。在德國另有一理想主義之批評流派，特別標榜神話與象徵的原理，此二者逐步加強了藝術的地步，也即後來跟著興起的藝術中的反說教的運動之先河與基礎。

⑵法國班傑明・康斯坦（Benjemen Constant）十九世紀初，在其日記中說過：「最近老想到為藝術而藝術的問題，我關心如何在康德的理論中建立它。」「席勒來訪，在他的藝術中，他是個頭腦敏銳的人，但幾乎是完全的詩人，他與學生羅賓生有完全不同之處，羅賓生研究康德之美學有些很值得重視的觀點：為藝術而藝術沒有別的目的，乃是因為一切的目的都是反藝術的，但藝術能達成它自個兒所沒有的目的。」

王爾德

他與安諾德的批評態度針鋒相對，認為批評不是低於創作而是高於創作，是比普通創作更精確的創作，因此宣稱：最高的批評是比創作更具創作性的，而創作常落在時代之後，而引導創作的卻是批評。若吾人不採取十九世紀的看法，視唯美與鑑賞批評結合的較廣解釋（那太籠統），但吾人最好也不把唯美視為一種美學至上的觀念（它太狹窄）；我們認為真正能代表唯美主義的前有Pater，後有Wilde，至Wilde有許多不健康的藝術見解，如：藝術只為少數人而存在，達爾文的原則：粗鄙者生存……而他所主張的「為藝術而藝術」可從正反兩面予以說明：

消極方面，是反對當時流行的三種寫作態度：㈠寫實主義、自然主義：因為藝術的主要目的是改善生命而非模倣生命，而寫實及自然主義視藝術為人生之鏡子的模倣。㈡功利主義：因藝術不宣揚道德教諭，也不宣揚真理，不帶有任何實用問題，藝術之完美，建立於藝術本身之內，而一切藝術均是無用的。㈢自我中心說（藝術表現自我），反對從藝術作品中去追尋作者所表現的意義，Wilde說：「任何一種美麗的事物，對於主觀者心中所具有的意義，並不在於原作者心中所具有的意義。」雖二者不見得相同，但其價值是不相上下的，假使沒有藝術技巧，再多的感情對於藝術家也沒什麼好處。

積極方面，見於*Intentions—An Authology of Oscar Wilde*：㈠指責Zola是美學的罪人，一個人即令是販毒，但並不是不能成為文學家，而Zola主張好的人品。㈡愛倫坡強調藝術之形式而非感情為藝術。真正藝術家的創作過程是從形式→思想→感情，他並非無事先蘊育的思想，然後才自言自語的說：「我要把我的思想用十四行詩的複雜韻律將其寫出。」而是他必須充分了解商籟的結構美，他所構思的是某種音樂形式及韻律的設計，然後才想到用什麼內容去填充其架式，而使得作品在情感知識都顯得完美。㈢唯美主義帶有高蹈派（Rannarsion）的色彩，故(a)反對靈感或自然表現的迷信，(b)詩人的任務不是透露其自己的心靈感受，而是要使事物變得更美，(c)〈作為藝術家的批評家〉(*A Critics as an Artist*) 中批評他的同行:「以 Arnold為例,他指出批評能創造出一時代的知識氣氛,除了假道學外別無用處」;「Ruskin 的散文壯麗莊嚴,詩句明暢,音韻相應,用字整當;其成就至少就像美術館中的不朽藝術品(指假古董而言)」;「Rater 的玄妙散文,音韻繞耳,就像 Gioconda 微笑吹洞簫一般。」但王爾德極端推崇想像,當有人批評他的《Porian Gray 之畫像》一小說時,說其中人物全是死人,他答道:「我所描寫的人物實合乎人生,誠如諸君所論,但僅屬虛妄的模擬,若那些人物果然是在人生中可發現的,那也就不值得我來描寫了。藝術家的任務在乎創造我描寫世上沒有的人物,若有,我又何必再描寫?人生的寫實永遠摧殘藝術,藝術之美妙在使不存在者生存。」「批評的要義,在使表現批評家自己。」認清實相是裴德要批評家做的工作,而王爾德乃是「把作品當作一個新的創作之出發點,其旨趣不在乎揭示作家的心理狀態,或作品最後的結論,而這種批評同樣是對的。因藝術作品的意義雖說寄託在作家的心靈之中,但實在的說要使一作品發生許多意義全靠觀賞的人。因為只有人才能領悟這東西的奇奧,使它與我們現在發生關係,成為吾人生活之重要的一部分,作為吾人之願望,生命的象徵。

王爾德談批評的功能有五:⑴練習思想——讓人有分析的態度和綜合的組織能力。⑵提要鈎玄——疏而不漏、簡而不錯。⑶發現新事——在最熟悉之處發現從未想到之處。⑷不從庸俗——藝術的死敵就是庸俗。⑸泯除國界——具有比較文學的眼光須有多國語文之取材力,談文學理論的人必須有國際眼光。

第三章 印象批評

印象批評乃當代文評舞臺上十九世紀的舊遺風之一，當然不算是新的。它以置評快速見長，但精確度偏低；它勇於判斷，而疏於解釋，本質上是一種為作家自個兒的方便而進行的批評活動，這種批評方式有長有短，我們對待它的基本態度，既不宜過於維護，也不宜過於鄙薄。能同情地了解這種富浪漫氣質的文評方式，未始不是一種情趣。能把托爾斯泰《藝術論》的某些部分，特別是有關作品的感染性的部分，跟印象批評結合起來，使單憑閱讀印象與感受發而為評論的傳統印象批評，稍微帶點主導的方向和批評的基準，也未始不是一種改進。

第一節 兩種基本態度

為什麼我們對印象批評不宜過於維護呢？

印象批評獨尊個性，特別注重批評家的氣質，主張用「活尺度」來評估作品，主張一個好批評家，是敘述著靈魂在傑作裏邊冒險的人；這些跟當代文評的基本精神——好批評以批評家自身的參與為主，不必過於依賴理論體系與公式，致陷牽強附會之弊，也並無不合。但有三事仍值得一提：

運用印象主義的鑑賞、描述，以及任意的趣味判斷，在作者與一般大眾之間扮演著中間人的角色，畢竟是條老路子，多少總嫌缺乏認真的氣氛和研究的誠意。而且就品評的周至與幫助讀者對作品的了解而言，它的說服力也比較薄弱。例如英人西門茲是繼裴德與史雲朋之後的印象派批評家，他寫的《法國象徵派運動》一書，談論魏爾倫、拉法格與藍波等的詩作甚詳，可是如果我們按圖索驥，跟原作一一比對、研讀、欣賞，我們可以發現跟他所指稱的並不相同。此事艾略特在《聖木》中，早已概乎言之。而批評可以創造時代的知識氣氛，雖是安諾德的一句老話，究竟仍然是可信的。

其次，印象批評本為作家自己的方便而設，故該批評的主要提倡人之一勒美特（Jules Lemaitre, 1853–1914），就不承認自己是批評家。話雖如此說，倘遇批評家為真正的行家，如詩人評詩，小說家評小說，戲劇家評戲劇之類；又倘遇批評家聰明秀異，反應水平甚高，其心靈素質博學而具敏感性，有強大的概括力與判斷力，則看人幽深，評來得心應手；評文亦清新俊逸，當然不乏上乘之作。但話得說回來。從事文評工作的人，中等資稟者也不少，基礎訓練又不那麼紮實，一旦假印象批評之名，率爾操觚，則容易看走了眼色，看不清批評對象的實質，誤認第三流作品為傑作。以讀後感與雜感權充印象批評。文學批評之濫，適足以助長許多不成熟的庸俗看法，和製造一代阿其私好的歪風。目前有多少貌似批評其實不算批評的批評，何嘗不是由印象批評的濫用而來？

第三，我們雖沒有十九世紀人的悲壯自信，認文評是書中之書，文評家是作家中之作家。但文學批評至少是門手藝。才須學，學須「用」，熟能生巧，道理究竟不差。上等資稟的批評家，把文評視同創作；中等資稟的批評家，則「修道而保法，亦可以為攻守之政」。批評家假如無法接受專業訓練，至少也得從事業餘訓練，這樣才不致使批評這門手藝荒腔走板。不幸「印象批評」這個詞兒，在我們的概念裏邊幾乎跟「天生的」批評差不多，落進了不學而能的領域。他們引經據典強調：批評，就是表現批評家自己！（王爾德語）或批評者，批評家也！（亨利·詹姆士語）殊不知，批評活動不完全是本能活動，你要使自己先成為「批評家」，到底是需要那分氣質，需要博學深思的。

職是之故，我不主張過分維護印象批評。不過，為什麼我們一談到印象批評，會自然而然地產生某些歷史上和文化上的親和感呢？會在不知不覺之間，加意維護呢？這是不是一種穿青的偏護著黑漢的心理在作祟？

我國歷代的文學批評活動，構成一不對稱的「雙線平衡」傳統。一線是作品的外證部分。特別注重作者生平，時代背境與歷史考據，把批評的主體——作品，置於次要的地位；把傳記材料與歷史材料，置於首要的地位。我們經常把文學作品，當作變相的傳記與歷史去研究。一線是作品的內證部分。我們有訓詁與校勘之學，以求確定作品的真相；我們有印象式的裁判，以求評定作品的優劣。而我們的印象批評傳統，褒多於貶，例舉足資稱道的而對於不愜於心之作，多存而不論；綜述多於分析，對於為什麼有此論斷，盡量避而不談。我們的印象批評傳統，有時也部分使用歷史的與比較的方法，惜因偏重演繹，基本上仍然擺不脫印象式的純主觀色彩。歷代的詩話、詞話、曲話，固多屬印象批評的天下。而「旁採故實」的文評活動，如元辛文房的《唐才子傳》，清徐菊莊的《詞苑叢談》諸書；「體兼說部」的文評活動，如唐孟棨的《本事詩》，宋魏醇甫的《詩人玉屑》等，其寥寥數語的論斷，又何嘗不是來自作者的印象與感受？再擴而充之，「講陳法律」的文評之作，如唐司空表聖的《二十四詩品》，宋陳騤的《文則》，又何嘗擺脫了印象批評的餘習？而劉勰《文心雕龍》，究文體之源流，採用了歷史法，評文章之工拙，仍以主觀印象與個人感受為主。鍾嶸《詩品》，追溯作者的師承與品第作者的甲乙，也仍在印象式批評的籠罩之下。

總之，我們談美學，離不開生活，我們談批評，也離不開主觀印象。我們珍惜我們的生活方式與思想方式。我們崇尚心靈自由，雅不欲以思想體系與方法自縛。然客觀批評則究竟有文學理論為基準，有文學史為羽翼，有批評方法為進階，有其他知識為後援。故能亟力避免批評家一己的偏執。就批評的深度與精確度言，自較印象批評為高。故過於維護印象批評的態度屬於訴諸歷史感情的成分居多。在文學批評的活領域裏邊，讓新起的文評家，有更大的心量與識量，應該不算壞事。因此，我不主張過於維護印象批評。

但，為什麼我們對印象批評，又不必過於鄙薄呢？

古往今來全世界人們的文學批評活動，一本而萬殊，例舉的方式無法周全。惟就適應範圍之廣，時間綿延之久而言，也不過印象批評與客觀批評兩大主要類型而已。我們民族中沒有出過亞理士多德，也沒有出現過《詩論》性質的作品，因此我們的文評傳統偏向印象批評，究屬順理成章。

而二十世紀已經邁過了四分之三世紀。在世界各國的報章雜誌上，隱然跟各種學院式的當代文評分庭抗禮的批評，依然要數印象批評。試問此時此地的文評活動，有哪幾位真正掙脫了印象主義的鑑賞？又有哪幾位誠意秉持文學學術研究的基本態度，全盤放棄了任意的趣味判斷和印象的描述，不依個人感受與偏執而為評論？為什麼若干舊觀念依然在目前的文評界大行其道？假如我們有依循現象探索本質的興趣，那麼，我們會首先發現忙迫緊張的當代生活情調，事事追求效率與快速的現代心態，和報章雜誌要求適時適量的定期供稿，原是使印象批評不會絕種的三大保證。因此，印象批評具有野生的力量，野火燒不盡，春風吹又生，對它過於鄙薄，我看沒有這個必要。

第二節 十九世紀文評

關於印象主義的復辟問題，我也想順便在這兒說幾句話。

印象批評在十九世紀當時，只能算是主觀批評的一支，跟鑑賞批評、唯美批評同一系列。它雖在有意無意之間，帶有某種國際化的傾向，超越國界，貫串了東西文化領域，但究竟不是一種精確、合理且盡可能避免個人偏執的文評方式，因此從未成為一代文評的主流，則復辟不復辟的問題，根本談不上。又因為印象批評易學而難精，准許用「評介」的方式發抒個人感受和感想，而且容許有選擇的照錄原文，不必講究什麼批評基準，類屬區分，方案設計，與作品分析等等，置評容易。故當代的文評方式雖五花八門，印象批評在目前各國的文評界從未絕種，甚至連復活的問題也無從談起。故「復辟」兩字顯然過當。

要了解印象批評在十九世紀文評界的位分，我們不能不對該世紀批評家的心智活動，予以凌空鳥瞰。

本能的觀念，支配著歷代的活動。歷代的文學創作，都帶有為反抗定義而作戰的傾向。而歷代的文評活動，卻常在加強傳統與促進反抗的矛盾漩渦中混戰。十九世紀被當時人認定是一個「批評的時代」。他們崇尚科學與科學精神，認為科學發展到他們那一代，已經登峰造極，最後的發展，至多不過是在小數點六位以下，改變幾個數字。這種無可救藥的樂觀精神，就反映在文學批評上。他們肯定：文學批評就是以檢討文學作品的性質和形式為目標的科學和藝術。把文學批評視為科學時，乃指蒐集並構成批評的原則；把文學批評當作藝術時，則求應用這些原則於具體的作品。大概他們還沒有看清楚，科學和藝術有其本質上的區分，藝術的獨立自主性，是應當被尊重的。但由此也可以反證，以任意的趣味判斷為基礎的印象批評，並不算是當時文評活動的主流。——既未當時得令，何來「復辟」？

其次，在文評方法上，也映現了十九世紀文學研究的特色。當代的文學研究，區分為文學理論、文學批評與文學史三大部分，但三者之間有機地聯繫著。粗略言之，文學理論研究文學的原理、類型、標準、範疇等等，它回答的問題集中在「何謂文學」上。文學批評採靜態方式，對具體的文學作品從事研究；而文學史，則採動態方式，從縱的歷史關係與橫的類型結構關係來研究文學的遷流衍變之跡。十九世紀的文學研究，則以考證與藝術為兩大重心。前者包括目錄學、版本學、訓詁學、歷史與傳記研究等，以搜集事實為主。後者則包括對天才、人格、創造心靈的崇拜，兼及情感、善惡、生死、苦樂的研究，把文學當作藝術作品來研究。其文學理論共有的主題，一為「表現」，他們肯定文學作品的泉源，係來自作家的想像與獨特認識。他們推崇自我表現乃藝術的真正功能。如文學是社會的表現（史兌爾夫人），文學是最崇高的表現（寇松），文學是人格的表現（聖・佩甫），文學是種族、環境與時代的綜合表現（泰納），文學是生命的微妙與起伏的情緒，或印象的精美表現（王爾德）等。二為「批評」，這當然跟馬修・安諾德那個簡單的批評公式——人生的批評——有關。藝術是人生的批評，文學是人生的批評，詩是人生的批評，小說是人生的批評等，這一派把文藝創作與批評，都看作心靈的自由活動。他們指出：是批評，創造了時代的知識氣氛（安諾德），是批評，把人的頭腦，變成了銳敏的工具（王爾德）。

而以文學研究為基礎的文學批評，終十九世紀之世，仍然以下述六種方法，為文評的主體。

㈠歷史批評：從頭到尾，攝述該作品的流變，並於文學史的撰述中，有關縱的歷史關係的敘述時，加插評論。㈡語言批評（含字句批評）：著重作品中的語言部分，只論作品不及作家，兼及考據，版本和稿本的研究，乃煩瑣的考證工作。㈢審美批評：把手頭的作品當作一件藝術品來看待，過分強調文學藝術中的風格和形式，將作品的情操與精神置於文字之上。所走的路子跟印象批評較接近，但究竟不算印象批評。㈣科學批評：以種族、環境、時代等為批評基準，貌似客觀批評而實際上仍為主觀批評。影響十九世紀七十年代的青年思想頗大。㈤哲學批評：即思想在文學上的應用。特別著重什麼是作家所說的和所意味的？什麼是他的教訓和意義？該作品是獨創的呢，還是補充現存真理內容的？它的文學意義何在？當時所注意的是哪幾種原則？而且那時代如何影響其他的時代？㈥倫理批評：反對科學批評，同時也反對頹廢派文學。其批評的主要目標，不漠視人生，不遊戲人生，應積極面對人生；企圖引導人類進入道德圈子，不誤導人類進入社會主義的陷阱。由文評方法上來觀察，印象批評也顯然不是當時人所器重的批評方法。

如果我們就十九世紀文學批評的真實情況予以整體省察，我們將發現那一世紀的文評活動，綜合多於分析，建設性的鼓勵，多於破壞性的吹毛求疵。史惠夫特在《一隻桶的故事》裏邊，指出他們認為的一種較好的文評方法，乃是把作品中的優點放大；而把所有的缺點壓縮到極小的限度。故坎姆斯爵士的《批評入門》，認為批評的首要目的，實即情趣的表現和養成。都具有相當的代表性。而當時人認為批評家的基本修養與態度，應具有文學的和知識的透視力，應具有對作品中一切最好東西的深徹而精微的精神親和力，而且他們要求批評家對作品置評時，必須具備忠於事實和公道的良心。此種基本修養產生安諾德式的態度，以謙遜、寬大為懷，並自抑批評的才能低於創作的才能。——除最後一點主張仍待商榷外，老一輩人的修養和態度，並不是後生小子可以隨意輕薄的。

當時人認為「文評的目的，在於發現作品裏邊的真實和永恆的東西」(毛利斯)。故應依被批評對象本身的真實情形去看它，並進一步去學習和傳播世界上所知所想的最好的東西。此一觀念，使安諾德成為最好的文評宣傳家。而解釋、區分與裁判，乃文評的三大目的，不獨布倫退爾為然，許多當時的文評家，以此為文評界的三段論式。羅威爾就主張：批評的目的，不在批評而在理解。他把對一作家，一書，一文學運動之說明或闡釋，放在首要地位。批評家必先理解被批評的作品，然後才能使別人理解，才可以推廣人類知識和經驗的界限。另一論點偏移的例子是海奈昆，他以為文評的目的，在顯示任何作品對於其作者的關係。此中已經透露了一點消息，十九世紀下半紀，文評已由裁判的重點開始向研究的重點轉移。而當時的時代氣氛，成熟了一種鑑賞的好奇心。它終結了十九世紀，也開啟了本世紀的文評活動。它指出：批評的標準總是變動不居的。任何批評的典範都無法長久使用，而仍然保持公正和寬厚的態度。而批評家若不能秉持不斷提高的文學標準，則文學就不能後浪推前浪，新人勝舊人，繼續不斷向前進步。

由十九世紀文評的真實情況來省察，我們也可以發現，印象批評也只是當時文評潮流的一個旁枝，像「復辟」那一類的俏皮話，到底是不好浪用的。

第三節　談印象批評

一提到印象批評（impressionistic criticism），世人馬上會聯想到法朗士（Anatole Francois, 1844–1924）的那句名言：「好批評家只敘述著靈魂在傑作裏邊的冒險。」這話對印象批評而言，有某種程度的代表性和概括性。在我的印象中，早在法朗士之前，就有人說過類似的話。史惠夫特的《一隻桶的故事》，曾把批評家區分為三種，其中第三種批評家即最高尚的批評家，他們的使命是到廣漠的著作世界裏去遨遊，並且討論書的風格和作家的品格。當然，我無意在此作考據工作，證明法朗士曾受史惠夫特的影響。不過，可以順便帶及像印象批評這種批評方式，在有理論建設，系統化的明確主張之前，早已是一種不自覺或半自覺的批評方法了。運用區域之廣，涵蓋東西雙方的文評界，這一點恐怕是不爭的事實。

批評家如何敘述他遨遊在傑作裏邊的冒險？他在閱讀作品時所獲得的印象與感受性，就是敘述的張本。他的批評目的與其是對批評對象予以本質分析，毋寧是傳達他對該作品的一些看法和論斷。因此，置評時就採用一種印象的批評方式，告訴大眾一藝術作品如何被創作完成的，他的價值和意義究竟在什麼地方。印象批評少不免受批評家的才情、氣質、學養與興趣所影響，個人的主觀的偏執究屬難免，它離置評快速，但深度和精確度不夠，也是無可如何之事。

勒美特是提倡印象批評的主要人物之一。他跟別的批評家顯著的不同之處是，他從不以批評家自居。這位筆路廣闊，寫詩、寫小說，也寫戲劇的作家，用印象批評寫下兩種文評著作：㈠《現代作家》七卷（*Les Contemporians*, 1886–1898），㈡《戲劇印象》十卷（*Impressions de Theatre*, 1888–1898）。他的文學批評，不從抽象的既定標準出發，只願真實地表達自個兒對批評對象——作品——的印象。他以為文學批評除了去分析此種真實的印象外，不會有什麼真實的批評活動。他反對用客觀的「尺」來量度作品。因為文學作品基本上是不能用「尺」來量的。他深切了解古典的法國文學傳統，他對於當時的作家群，有直觀的正確的鑑賞力。他敝屣科學的、理智的、道德的客觀標準，只憑藉批評家主觀的見解和直覺的方法，自由地發為批評。因此，印象批評自古迄今始終反對兩事：否認文學批評有所謂既定的確當的客觀標準；也否認文學批評有所謂放諸四海而皆準，百世以俟聖人而不惑的客觀的絕對真理。所以他們反對運用哲學、科學、心理學、社會學等學說，來作為批評作品的依據。

但話得說回來，印象批評表面上似乎否定了一切，然而它否定之中有肯定，仍獨尊個性。這一派人主張文評要運用「活的尺度」來評估作品。所謂活的尺度，是批評家的個性和讀者的感性共鳴之複合體。當時的布倫退爾就曾強化這一信念。而勒美特則強調，文評家對批評對象並沒有什麼確當不移的認識。所謂外在世界，所謂內心世界，都隨情緒反應而變動不居。這樣一來，文學批評要獨自構成一種學說、一種方法，不是偏執，就是獨斷。而一切的客觀批評，到了裁判的時候，都會變成變相的主觀批評。

勒美特曾把批評家的精神，比喻為一面鏡子。在鏡子的前面各式各樣的作品聯翩而過，鏡子裏邊便反映出各種姿態和影像，而留下印象。但鏡面本身也是變化的。即使重溫同一作品，而鏡中的映像是否一樣，卻屬疑問。不過，某些人由於資稟、天性或意志，又經過連續而長久的判斷訓練，他觀察作品的鏡子，變化較少，映像也比較穩定。而這面「鏡子」，在本質上，是比較缺乏創作才能的。

印象批評者否定文學批評是一種科學，只是一種藝術。所以批評經常超越理性而進入純粹感情。他們認為：若印象所引起的感情是純正的，真摯的，脫離了自我狀態，主客渾然一體，達到全一的境地，就可以獲得批評上的普遍意義。勒美特說：「印象批評雖由個人的感受性、生理、悟性等，接觸作品而記述出來，但它可以實際解釋跟自己的感受性相同的一切感受，所以也不能算是個人的。」

總之，印象批評僅憑批評家自己從作品的研讀中所接受的印象，以主觀而直覺的見解，自由地發表批評。然這種批評本為作家自身的方便而設，故高度要求藝術氣質和文學素養。如無二者為基礎，則由過度主觀而偏執，由偏執而陷入獨斷，它的可信性和精確性就成問題了。

另一提倡印象批評的主要人物是法朗士，原名Jacques Anatole François Thibault。他也是位筆路廣闊，心量和識量深遠的人。他早歲浸沈於民間傳說與童話故事之中，晚年的著作則以機智與諷刺見稱。他既是諷刺作家，又是小說家和批評家；既是古典學者，又是社會改革者。他博學多能，有「二十世紀的伏爾泰」之譽。曾贏得一九二一年的諾貝爾文學獎。

法朗士寫的小說不少。我看過的只有《泰綺思》（一八九〇）與《企鵝島》（一九〇八）。前者諷刺宗教和苦修生涯，但將智慧與快樂的理念予以象徵化，文字中迸射著曄曄靈采。後者尖銳地諷刺著社會及社教機構（學校、教會、醫院等），看入幽深，讀來令人心癢。他從事批評工作為時甚早。早在一八六八年他二十五歲時，就寫過一本有關第・維尼（Alfred de Vigny）的批評研究的書。他正式執起衡文玉尺，做印象式批評，始於一八八六年他在*Le Temps*寫文學專欄時。收集這些專欄文字整理結集為《巴黎生活》（*La Lie á Paris*）與《文學生涯》（*La Vie Litterature*）。他認為：文學批評並不是科學，乃是藝術，一切客觀的信條都不能作為萬應靈丹。批評的活動，應以批評家自己的享樂或受用為惟一目的，它既不排除個人的選擇，也珍惜個人的情趣，並無通用的公式可循。

文學作品的本身，不過是作家記述他在某些特定時空的印象而已；而印象批評，在本質上只是寫出某特定時空之內，某特定作品給予我們怎樣的印象。所以印象批評可以隨研究對象，隨批評家的心理狀態及其精神立場，而千變萬化。只要批評家對自己的感情保持忠實，具藝術良心與藝術誠意就行。若干對批評的庸俗見解，都是印象批評所淡然擱置的。批評家不應以大宗師的地位自居，動不動就祭起理論「權威」的法寶，發號施令。批評家不應以「法官」的面貌唬人，以判案的手段品第甲乙。批評家不應以「舌人」的地位自滿，以自然科學方法去研究作者和作品，並跟個性、時代、環境、民族性等相牽合，找出其中的對應關係，如聖・佩甫、泰納、布倫退爾等。批評家也不應以追溯來源，考訂字句，和解釋意義為作品研究的主要工作，如各國的考據家與箋注家所幹的事。而印象批評家卻以「大食佬」自居。嗜美味，胃納奇佳，嘗到美味便把品嘗的印象描寫出來。法朗士說：「依我看來，批評跟哲學與歷史一樣，只是一種給好學深思者的小說；而一切小說，精確地說，都是一種自傳。凡是真批評家都只敘述他的靈魂在傑作裏邊的冒險。」他們既不相信美醜有普遍的標準，也不相信科學的、客觀的批評是可能的。——事實上，美的主觀的成分，非理性的成分，遠多於美的客觀的成分，理性的成分；而我認為是美的事物，同時認為他人也有同樣的直覺，那只是一種普遍而荒謬的迷信。故印象批評，實際上即欣賞批評。它強調批評活動中的藝術態度，因此，在十九世紀的文學批評裏邊，跟鑑賞批評，唯美批評路數相近，也跟它們同一系列。

這兒也存在著印象批評的若干基本論點。批評家的氣質對印象批評而言，佔首要的地位。這種氣質，裴德解釋為「被美麗的事物深深感動的反應能力」。王爾德解釋為「一種敏於感受美的氣質」，乃批評家的第一要件。其次，他們肯定只有藝術家自己最容易感受美的印象，所以推論出，只有藝術家自己，才是惟一有能力的合格的批評家。反過來說，一個好批評家，由於他的批評本身，才變成真藝術家，或最真的藝術家。這一推論，可說把「為藝術而藝術」的邏輯推到了盡頭。他們把批評家與藝術家混同。王爾德就寫過一篇〈作為藝術家的批評家〉的大文。指出「批評的正當目的，是看清批評對象的真相」，不過是個最嚴重的錯誤。批評家必須了解批評的最完美的形式。這種形式本質上是純粹主觀的；是它自己的秘密，而不是身外的秘密。因為，最高的文學批評，把藝術視為純粹的印象，而不視為表達。

第四節 改進的途徑

由於前面的綜述，印象批評在古今中外文評界的地位，頗類野草。有頑強的生命，具野生的力量，和廣大的適應彈性。它雖沒有大系統解釋的能耐，寬角度掃描的視野，精確度偏低，但入手較易，置評迅速，又不必為「為什麼」作冗長的說明，故古今中外的文評活動，賴以綿延。即令到了今天，各國的印象批評舊傳統，迄未破滅，隱然成為對抗當代客觀批評的大本營。本能的觀念支配著歷代的活動，惰性使我們選擇阻力最少的途徑。印象批評仍有某種程度的元氣與活力。John W. Gassner 把古今中外的文評活動，區分為印象批評與客觀批評這兩種主要類型，到目前為止，仍然是一個有效的二分法。

不過，我頗擔心印象批評這種任意的趣味判斷，一旦過於性格，或批評時過於受情緒反應的控制，致喪失公平、合理、穩定的目光；高下由乎偏嗜，出入由於好惡。致各愛其所好，而惡其所不好；各是其是，各非其非。文評的公道性和準確性，為黨同伐異的利害關係所破壞，流於濫捧瞎罵，致喪失批評的普遍意義。而且，這種黨同伐異的文評風氣，如進一步強化，就有許多「特殊小圈子」和自封為藝術貴族的惡漢，假借印象批評之名在那兒興風作浪。編出一套豬悟能式的理論，把第八流的作品狂捧為傑作，並對它們唱自己都臉紅的讚美詩。因此，把印象批評作若干改進，以應目前的文評需要，想來也是必要的。問題是這項改進，是否合理而有效。以下是我個人的幾點不成熟的看法，希望在自由討論中，能獲得修正補充。

就防止任意的趣味判斷，使印象批評有墜入過於主觀的獨斷批評而言，我主張在選擇批評對象（作品）時，酌量採用托爾斯泰《藝術論》裏邊的若干樸素論點，作為主導的觀點。讓我們感受到真正的藝術印象，而不是某些批評家所執著的癡愚和狂妄。

二十世紀人們有一種普遍的迷信：凡神秘的都是神聖的。藝術的含糊曖昧，神秘難解，受這種普遍的迷信催眠之處不少。其實，藝術既不神秘，也不神聖，它最原始的功能，只是「傳達感情」的工具而已。托爾斯泰是位老實人，他對藝術與藝術活動的解釋，比較平實而合理。他說：

藝術活動建立在人們能夠受別人感情的感染這一基礎上。而藝術，也不過是這樣的一項人類活動：一個人用某種外在的標誌（如動作、線條、色彩、聲音以及言詞等所表現的形象），有意識地把自己曾經一度體驗過的感情傳達給別人；只要別人為這種感情所感染，也體驗到藝術家的這種感情，就算是藝術。托爾斯泰特別強調，文學家藝術家的各種各樣的感情，不管是強烈的或微弱的，有意義的或微不足道的，只要它們感染了觀眾、聽眾、讀者，都是藝術的對象。藝術家所體驗過的感情，感染了觀眾、聽眾或讀者，都叫做藝術。因為，藝術起源於一個人為了要把自己體驗過的感情傳達給別人，於是，在自己心裏重新喚起這種感情，並且用某種外在的標誌表現出來。在這項平實的陳述裏邊，是找不到不懂裝懂的神仙鬼怪論調，以及用含混的語文，濫用的形容詞，來掩蓋自己的癡愚的。了解產生忠誠，老實人不說沒有鼻子的話。

正因為藝術只是傳達感情的工具，所以托爾斯泰特別指出：藝術的感染性，是區分真假藝術的一個肯定無疑的標誌。不寧唯是，他還特別指出：藝術的感染程度，是衡量藝術價值高低的惟一標準。感染越深，藝術越優秀。而感染的深淺決定於下列三條件：㈠藝術家所傳達的感情具有多大的獨特性？㈡這種感情的傳達有多麼清晰；㈢藝術家的真摯程度如何？換言之，藝術家自己體驗他所傳達的那種感情的力量如何？這一點最重要。關鍵在乎藝術家內心有一個要求，要表達出自己的感情。故真摯決定感染力；而獨特與清晰幫助加深感染力。

因此，我堅決主張，印象批評家應斷然以受作品感動的強弱大小，作為選擇批評對象的自我依據。樸實真摯的人，往往具有正常的心態去接受藝術的感染。那些自負博學，喜歡無話找話說的批評權威，感受藝術的能力不是已經衰退，就是變得不正常。假如您讀完一作品，發現作品歸作品，你歸你，一點都沒有受到感動，那麼，不管那些互相吹捧的批評家如何高喊該作品好得上了天，你最好堅持，該作品對我而言，根本是無意義的，所以不必跟著他們吠影吠聲窮嚷。這樣至少使印象批評活動，有一丁點制約。這是我改進印象批評的第一點建議。

其次，從印象批評發展的歷史線索著眼，我們可以從鑑賞批評與唯美批評裏邊，吸取一部分養料，沖淡印象批評過於主觀的獨斷論調。鑑賞批評反對死抱住亞氏《詩論》不放的舊裁判批評，以及謹守道德信條和基督教教義的新裁判批評。其中如安諾德主張以利害兩忘和謙遜無私的態度，對作品有正常的理解與同情，嘉獎多而指摘少，不逾越，不失當，對作品的內涵、功績、價值與美，予以稱道。而裴德將一切真正批評的目的，歸結為「認清批評對象的實質」；他指出：認清對象的實相的第一步，就是審知實相的印象，明白地識別並且感知這個印象。但批評家必須具有一種氣質，當他一碰到美的對象時，就有深切感動的能力。這兒的「認清對象的實質」，「批評家氣質」與「對美的對象，有深切感動的能力」，可以吸進當代的印象批評，消化而成營養料。王爾德有句話：「最高的批評，是比創作更具創作性的。」對印象批評家有激勵士氣的作用。他主張批評就是表現批評家自己。因為，藝術作品的意義雖寄託在作家心靈之中，同樣也寄託在鑑賞者心靈之中。實在說，要使一美物發生萬千的意義，全在乎觀賞的人。他能領悟這件東西的奇奧，使它跟我們現代發生關係，成為我們生活的重要組成部分，作為我們的願望。故批評應擺脫庸俗，泯除國界，才可以發現新事，重估價值。這些地方，對印象批評家的慧敏反應，多少總有點兒幫助。

結　語

本來只想寫一篇三千字左右的短文，藉抒胸中鬱積。當我平實地把對印象批評的態度表白後，發現必須要在十九世紀當時，找到該批評的位分，當時那些創導印象批評的人，說過一些什麼，做過一些什麼。這樣一展開，任你有多大的思想概括力和思想組織力，勢非寥寥數語所能盡；而筆勢至此，已難於遏抑，索性把若干改進的想法寫出來，遂成這篇印象式的文章。

我當然明白，克羅齊說的那句「詩人一旦變成批評家，他就不再是詩人了」的重要涵義。——作家過問批評家的事，縱然不算管閒事，總多少有點不守本分之感。但反過來說，如果一代的文評，放置到一群癡愚之輩的手裏，他們好像什麼都能談，其實樣樣都皮毛，甚至連皮毛都沾不上邊，那如何創造一代的認真風氣？

病後健忘。始悟一個人最自恃的，往往是最要老命的。不過，記得最牢的，定然是書中最精粹的部分。老安諾德閱讀後擱置三個月以後再置評的話，我倒認為是經驗之談。記憶原是我們最常見的一種想像活動，猶之乎語言是我們最常見的一種意象一樣。記憶時常會錯，理性時常會迷路，信仰時常會誤置，人到老年，不能不在這三方面儆醒。因此，我以真摯心情，虛靜心境，渴望指教。

第四章　型構批評

第一節　談型構批評

溫索夫（Prof. W. K. Wimsaff）的《關於一首詩要說什麼？》（*What to Say About a Poem?*）中，認為詩可以解釋為四個層面：解釋（explanation）、描述（description）、分析（explication）、欣賞或評估（appreciation or evaluation）。解釋是求了解作品文字的意義，包括查字典，作箋注，主要是作類屬區分的工作，包括對作品類型的辨識。分析上可使用型構主義的批評，主要指向探討作品表達的模式，探討作品遣詞命句的技巧，探討作品字裏行間的意義。欣賞或評估主要作出結論說出好壞的理由，顯出價值的高低。

如在文學批評史上追蹤二十世紀初到三〇年代（1900–1930），三十年間有三種勢力鼎立。首先是印象批評，代表人物是勒美特和法朗士，印象批評是文學家自己來批評，是文學家從事文學批評的工作，在這方式下，批評家就是文學家；否則只是雜感評介。而其所以被後人詬病，因其所使用的印象式的描寫方式和任意的趣味鑑定，經常發生嚴重的錯誤（因各作家有主觀印象）；

而印象批評家所扮演的角色只是作者與讀者的中間人。但至今為止，印象批評方式仍為世界普遍採用；它是最易從事的文評方式，雖然在學術上沒有再論的方式。其次是馬列主義批評（Maxism Leninism Criticism），其歷史根源是十九世紀寫實主義的文藝批評所引起，其批評眼與批評基準集中於社會問題和人生問題上，狹隘而嚴格地集中於階級性、民族性、地域性三個標準上下評，至今有半個世界從事這種批評並把它當作黨紀的工具。再來是新批評（New Criticism），實際上是從一九三〇年至一九五〇年分為前後兩期，而以一九三五年左右為界，型構主義即後期的新批評主調。新批評流派可溯及亞理斯多德《詩論》、康德、柯律瑞治、克羅齊，可以說新批評是由柯律瑞治開山，而前期的新批評到艾略特（T. S. Eliot）集大成。新批評在文學中大力討論非文學的素質，集中注意於對文學作品本體與原貌的探索，是為管閒事的批評；故在轉入後期新批評時，矯枉過正地專談作品本身，集中於字的象徵。

前期的新批評是二十世紀四〇年代最盛行的批評方式。韋勒克（Rene Wellek）在《現代文學批評史》（*A History of Modern Literary Criticism*, London, 1955）中，認為在新批評背後的雙重動機構成了新批評的兩個流派：淵博派、心理學派或實質派。就淵博派而言，主張在文評中廣泛地容納各種知識，如精神分析學、文化人類學……。就心理派或實質派而言，把文學視為心理實驗室或是美學的實質來研究。艾略特說：「十全十美的批評家必須博學深思；但在真正的批評中，他卻應精細透闢地剖解內容整體。」這句話可說是分割了十九世紀與二十世紀的定言，使批評視作品分析為必要，而脫離不落實於文學本身的十九世紀的文評：「我們更當從剖解內容整體中推動整個文學運動。」但從歷史上看，不論代表人物艾略特或李察茲，他們均缺少個性而包容性太大，而批評家應有個性；他們的精神特徵就如當代思潮的容受器而缺乏選擇，並意料之外地發現，他們在理論基礎上很奇怪地結合二種相對的力量：藝術與科學，具體而言是結合了美學論和科學方法，實際上這是似是而非的。吾人不可忽略新批評是藝術與科學的綜合這一概念，其結合之結果出現的現象嚴肅而悖理，慧美而錯誤；徒看評文常覺可信，一看原作常發現批評的錯誤。新批評潛在的精神動力是想要繼續從西方文藝復興以來被打斷的文學傳統，前期的二大代表人物中，艾略特關心的是語文的神聖，屬於藝術派，認為藝術的感情是極神聖的，要求主觀熱情，李察茲關心文學中所傳達的精神病理學的影響，是心理學家，要求客觀冷靜。吾人可將前期的新批評的圖解方程式決定之，前期新批評＝修辭學＋語意學＋二十世紀的哲學基礎＋二十世紀的科技發展＋精神分析學。其顯然的破綻是使批評家真正涉入文學的力量減至極低，因此至三十年代，人們發現新批評可能一無成就而轉入後期的新批評——型構主義批評。

型構批評發源於英語世界，先驅者是美國的斯賓干（Spingun），他在一九〇〇年寫《批評的新天地》，成為新批評的濫觴。

型構批評的流派眾多，並無統一的理論，雖然型構批評家都堅信「文學類型論」，並以之為理論基礎。他們在理論上有三種特徵：強調文學作品的組織結構，忽略或至少不重視創作的過程與作品的影響，這種批評的作品本身為評論焦點，最注重本文分析。他們看重的是作品，而非作家和讀者，他們認為，作家「製造」和「消費」的過程，對於作家—作品—讀者，單單只留下作品。他們的理由是作家的思想感情應該在作品中表現，讀者的反應應該在作品中找到根源；反過來說，沒有完滿表現的作品是失敗的作品，沒有偉大人格和真摯情感表現在其中的作品，屬於未盡到「客體相關」（objective correlative）的作品（艾略特語），也是失敗的作品。

如此，型構批評似乎解決了歷史批評有時難以解決的資料困難，因為他們認為任何一個作品背後總已有一個人，不必再花費力氣去考證作者。而以時代背景來解釋作品，最終的效果也是以作品解釋作品，不管歷史資料如何豐富，最後評定作品價值的，還是作品本身。從深一層看，即使有獨立的外緣資料，可以形成文學批評家的概念，但這些概念只是一些假想，他們還是得在手邊的資料求印證，從作品的本文分析中去找說明。因此型構批評家認為花費力氣在作者身上，不過白費力氣，而每首詩、小說、戲劇都自成整體，都具獨立自主的生命，必須從作品的內在型構著手，從它的組織結構著眼，才能找出該作品的藝術特徵（art notes），而批評家才能根據這種研究下優劣判斷。其次，型構批評家把每一作品都當作獨立的藝術文獻（artistic document），他們確定藝術知識是特殊知識，藝術經驗是種特殊經驗，用科學、道德或其他非藝術的眼光來處理這種知識，就會使之變質、走樣，減低作品的力量，失去作品的原味。因為文學是時間的藝術，作品中的情節需在時間中展開，作品中的人物需在時間中成長，而讀者也唯有在時間中咀嚼，消化，去享受，才能使作品發生同體感、同情感，而批評家假如是批評一部小說或一齣戲劇時，他所運用的正是全部時間的過程，也是開端、中腰、結尾的每一步驟。文學作品所以不與社會科學、自然科學乃至哲學、歷史相同，乃因文學作品不能提煉、不能濃縮，文學作品所以成為藝術，就因為它乃傳達情感的工具，很多有系統的知識均可使用亞理斯多德的刪除原則，唯有文學作品例外。文學作品的主要表達工具是文字，因此型構批評家既要強調作品的本身，它也必然注重文字的旋律、意象、音調、對照（confront），以及透過文字所呈現的故事或者情景（situation），正因為型構批評有上述一些特徵，因此型構批評長於短篇的分析，對長篇鉅製就無能為力。

型構批評者忽視對作家，文學類型，歷史相關資料以及作品在文學傳統上的位分，以及對讀者產生的影響，那麼對研究一篇特殊的作品，它的批評程序及角度如何？布魯克斯（Keneath Brooks）在《文學形式的哲學》（*The Philosophy of Literary Form*）中曾提出四種批評的觀察角度，根據四種角度就可以觀察文學的象徵意義，這些角度都強調作品的內在要素，強調內在批評。第一個角度稱為「戲劇性聯繫」，即作品中對立原理的聯繫。次則是一部作品由開端到運轉到結束，顯示作品發展的路線與階段，也就是什麼經過什麼，達到什麼，如果線索在人物中的話，就可以分出正派、反派或配角等，以及其間的關係。第三種是新觀點的引進或素材的轉移，可以構成作品批評觀點的轉捩契機。第四種則是傳達作品中衝突的弦外之意象或者傳達作品中一連串的心象可以使批評家的批評高潮起伏、氣勢不凡。但就理論特徵，型構批評的理論並非統一的，在美國各學校間也非全然一致，我們只能說型構批評的理論是相互關聯的附合體，迄今為止，他們的理論仍是活的，也未定為一尊。再就型構批評的美學基礎言，根本就是古典的，與當代美學有格格不入之處，就其政治與社會態度來說，型構批評乃是貴族而非平民，就宗教態度而言，型構批評經常是非常保守的，但所有從事型構批評的人都同意一項顛撲不破的基本原理，就是作品本身的權威性（the primacy of literary works itself）。布魯克斯在《詩與詩論》中說：「把我們當代批評重新敘述一下，當屬可能。我們已經證實集中注意力於詩的本身，遠勝於集中在讀者或作者上，這種不屈不撓的企圖是可行的。而緊接著把詩當作本身自足的結構來強調，我們必須就詩的範疇以及詩的限制加以肯定，如果當代批評家把詩當作藝術文獻來看待時，他們要問的是詩具有什麼意義，其次要探討的是詩具備的特殊結構以及詩要探討的特殊知識，這知識不必與科學或歷史的知識相爭，可以與之並存，故可以相輔相成。」布魯克斯所謂的詩，與亞理斯多德相同，是包含了整個文學。華倫與韋勒克的《文學論》（*Theory of Literature*）中說：「在文學術語中，對作品的自然而有靈性的首要觀點是解釋與分析作品本身，歸根究底地說，只有文學作品本身才足以使我們對作者生平，他的社會處境以及文學過程的一切興趣顯得合理——作品的這個反常和非常奇特的現象，是由於文學史總是充斥著文學作品的背景知識（傳統知識與歷史知識），因此想對作品本身加以分析的企圖，與花在背景研究上的努力相比，便顯得微不足道了。」

型構批評在心理習慣上有幾個步驟：解釋、注釋（explanation）、說明、描述（description），引申解釋（explication）——型構批評的分析，最後是欣賞（appreciation）和評估（evaluation）。它在分析上有幾種長處：一是為分析的工作提供一套由文字到結構面面俱到的方法。二是它也提供了一群意義相當明確的批評語彙：反諷（irony）、矛盾（paradox）、結構（texture）、張力（tension）、曖昧性（ambiguity）、複雜性（complexity）。三是型構批評憑這些術語，就可以入乎其內地指出作品的特性，而且恆可以言之有據地品評作品的優劣。四是文學批評的重要目的。原只是拓展和加深讀者們原來就有的美感經驗，而型構批評能恰如其分地滿足這項要求。但型構批評也有幾項缺點。一是它固然言之有據，但未必就言之有物。有時死死地迷信一項標準，經常會言之無物，同樣，它雖能入乎其內但往往不能出乎其外。換句話說，型構批評縱然千言萬語不離作品的內容結構，但往往不能和人生世態和生活經驗相結合。二是型構批評雖然在字質、意象、結構上下過很多工夫，對短詩、短篇小說、獨幕劇能收到指臂之效，但對大篇巨製如史詩、敘事詩、長篇小說、多幕劇等，常有力不從心之感。三是型構批評注重理性分析而忽略主觀的欣賞，與真正的批評家所要求的完全批評（complete critic）有其分別。艾略特說：「欣賞是一回事，理性批評又是一回事，這是一種麻木的迷信。」而恰相反，批評家的概括力（generalization）是建築在知識的累積之上，知識累積成一種構造，而批評就是這種構造的陳述，這種陳述就有所謂敏感力的發展。壞的批評家就有所謂情緒的表現（sensibility of emotion），批評家如忽略欣賞，則他們的概括力、欣賞力，都會變得遲鈍。

因此，真正從事型構批評的人，不要走單純批評的路線，更要有豐富的學養與個人的才具，也因為如此，型構批評家在基本理論上更變得日益溫和，比較能兼容並蓄。例如型構批評對歷史批評充滿敵意，但在一九七〇年終於攜手合作。芝加哥派代表人物歐森（Elder Olson）在一九五七年於芝加哥大學出版《批評方法與批評》（*An Outline of Poetic Theory: Critics and Criticism*），就主張批評方法應走向多元化，他說：「既然作品能離開作者而獨立存在，既然作品是一種客觀的精神，那麼觀賞者應該站在各種角度以獲得不同的印象。這些角度儘管見仁見智且有差異，但它們可能都對，且能幫助讀者了解作品。」布魯克斯的《文學批評方法》（*Literary Criticism*）中就主張：「型構批評與歷史批評不應互相排斥，在某些方面可互相合作。」合作的基礎在於「入乎其內」和「言之有據」，型構批評的基本精神也在這八字彰顯出來。

第二節　型構批評原理及運用（例一）

——析劉禹錫〈烏衣巷〉

《全唐詩》留下四萬八千九百餘首詩，二千二百餘位詩人。依個人的趣味判斷，我偏愛劉禹錫的七絕。至少有四點理由支持我的偏執。

夢得少年得意，恃才而廢，以詩文自適；而風塵歷練，感慨遂深。故以抒情的表現形諸篇章，兼具詩人襟懷與史家識見；用永恆者的目光歌詠滄桑世變，由久觀暫，一切皆過眼雲煙，所悟獨多；且逐漸形成劉禹錫世界中的「樂觀的悲觀態度」。雖生命中充滿了挫折感，但仍能保持旺盛的創造活力。其作品風格，就藝術特徵言，善抒無可奈何的輕愁而不作激情沖擊，浸潤心靈而不震撼心靈，基調蒼涼而不沈鬱，輕諷而不尖刻，有一種富吸引力的中和態度。使千載以下的讀者群，在詩人含淚的微笑中見到美。就思想特徵言，詩才與史才融合，能從世界的背後觀察世界，從事象的深層認識事物的本質，在可知覺的範圍指陳真相，饒「放縱」情趣。例如他寫的〈望夫石〉：「終日望夫夫不歸，化為孤石苦相思。望來已是幾千載，只似當時初望時。」又如〈寄李表臣二首〉之二：「世間人事有何窮？過後思量盡是空。早晚同歸洛陽陌，卜鄰須近祝雞翁。」可為例證。

其次，夢得醉心民間歌謠，也深懂民間作品具自然而鮮活的野生力量。這對唐絕句之衍化為唐代新樂府，至少有「催化」作用。史載王叔文失敗後，劉禹錫貶郎州司馬，作〈竹枝詞〉十餘篇，武陵夷悉歌之，就值得注意。現存他的〈竹枝詞〉十一首，〈楊柳枝詞〉十一首，〈浪淘沙詞〉九首，〈踏歌詞〉四首，以短小精練七絕形式，裝載淡遠的情感和精純的印象，委婉傳達了民眾的生活經驗與情緒反應，成為流傳在民眾口頭上的新歌謠。這些都可以略窺詩人的心量與識量，及其詩創作的部分活力來源。如「山桃紅花滿上頭，蜀江春水拍山流；花紅易衰似儂意，水流無限似儂愁」（〈竹枝詞〉十一首之二）。「楊柳青青江水平，聞郎江上唱歌聲；東邊日出西邊雨，道是無晴還有晴。」（〈竹枝詞〉十一首之十）口語入詩，通體白描，具體表現了詩語不過是日常口語的變形。這種認識與創作心態，這種作風與創作實踐，後代那些詩必盛唐的假骨董詩人，就無法望其項背。

第三，夢得詩多「視覺意象」，故圖畫性濃；而聲音的連綴所捎帶的情緒基調，所呈現的諧音與韻律，從音的高低、長短、強弱以及頻率的大小展現出來，已組構成其七絕的重要審美效果，故音樂性亦濃。所謂「飽霜孤竹聲偏切，帶火焦桐韵不悲」（〈答楊敬之時亦謫居〉）。所謂「侯家故吏歌聲發，逸處能高怨處低」（〈和人憶江西故吏歌〉）。表述的賞音經驗就很內行。大概夢得是真知音者，故集中贈送當時歌手樂手的篇什也不少。如〈與歌者米嘉榮〉：「唱得涼州意外聲，舊人唯數米嘉榮。近來時世輕先輩，好染髭鬚事後生。」又〈聽舊宮人穆氏唱歌〉：「曾隨織女渡天河，記得雲間第一歌；休唱正元供奉曲，當時朝士已無多。」再如〈與歌者何戡〉：「二十餘年別帝京，重聞天樂不勝情；舊人唯有何戡在，更與殷勤唱渭城。」其四，〈與歌童田順郎〉：「天下能歌御史娘，花前月底奉君王。九重深處無人見，分付新聲與順郎。」其五，〈曹剛〉：「大絃嘈囋小絃清，噴雪含風意思生；一聽曹剛彈薄媚，人生不合出京城。」

而夢得登臨攬勝，懷古思人之作，粗看只是以眼前景，抒心底情，在情感與意象默然交融之際，簡潔地表現個人的感受。細看則不然。他詩中那些「不算譬喻的譬喻」（unbildliche Bildlichkeit），卻包含著比眼見更深入的沈潛意象與擴充意象。——詩人以美感心靈捕捉美，因此，他的眼睛只是心靈的一部分；他的耳朵亦然。我們正可經由此一途徑，體認夢得詩中的無限性（Unendlichkeit）與擴散作用（die Verbreitung）。而夢得七絕裏邊的意象群（Cluster of imageries）所集中表現的隱喻，正是詩人的感覺特性與詩表現的象徵活動所在。假如我們願以古老當時髦，則英語世界龐德（Ezra Loomis Pound）等現代派詩人，所倡導的寫象主義，把自己局限於外在世界的圖畫裏，反對神秘曖昧，特別注重心象的鮮明表現者，應從劉禹錫詩篇中找到悠悠千載前歷史的範例。如〈金陵五題〉之二——〈烏衣巷〉：「朱雀橋邊野草花，烏衣巷口夕陽斜；舊時王謝堂前燕，飛入尋常百姓家。」就是這樣的一首詩。

意象群的戲劇性結合

我其所以要分析〈烏衣巷〉，正因為它可以綜合地解釋上面四個觀察角度。此詩由久觀暫，寫得自然而鮮活；而全詩合律，是首律絕；下平聲六麻韻，音域蒼勁壯闊。這些傳統方面的解釋，大家都耳熟能詳。但一個層面到另一個層面的深層解析，卻會使〈烏衣巷〉出現全新的面貌。絕句一名截句，孤立絕緣的精簡形式裏邊燦現著一個封閉的世界。詩人在此種形式裏，用三種方式表達他的情意直覺與創作活力。那就是在尋常事物之中發現不尋常事理的能力；把局限性的象徵，普遍化為無限性的象徵能力；在雜亂無章中找到秩序感，在淺顯的現象界找到深沈的本質的能力。而讀者，憑感受作品的感染力之大小強弱，及產生的情感作用，可以直覺到該作品是否為真藝術或藝術的贋品。因此，以「本文分析」為主，就作品言作品，不老在傳記資料與歷史上跑野馬，才成為「新批評」的主要精神。

出現於〈烏衣巷〉的意象群，不過是暮春三月，江南野花鋪地，燕子飛翔的尋常景色，全由視覺意象所組成。但詩中揭示的，卻是古今的對照，興衰的對比，世事的無常而又有常，和世相的實存中的空無，遂具體抒發了他那「樂觀的悲觀主義」人生觀。詩人以蒼鷹之眼，看入幽深，在尋常事物中看出迥異尋常的意義；把只屬於烏衣子弟的象徵普遍化為歷史的象徵；在一堆零亂景物中找到了人間的秩序。這就創作了作品裏邊的絃外意象。——所謂意象，即運用心能，組構成的心靈圖畫，簡名之曰心象。雖然它不一定只是屬於視覺的。凡過去的感覺或已被知解的經驗，在心靈上的重現，或詩人的自我表露，我們都謂之意象。由各別意象組構成的一整幅人生的圖畫，或燦現的一個封閉的世界，我們就叫它們為意象群。

這首抒情詩，從畫面上看來闃無一人，但畫幅外卻有一個最主要的人物，而且是惟一的，那就是詩人自己。通過這位主要人物的眼睛，一系列的視覺意象，由遠景、中景、近中景到大特寫，由遠到近，按秩序進入視界：朱雀橋，開花的野草；烏衣巷，斜照的夕陽；王謝堂，燕子，尋常百姓家；都在能見度之內，且越來越清晰。而以「飛入」這個動態意象，把前面那一系列遠近排列的靜態意象組合起來，凸現出一整幅夕陽殘照下，蒼涼空寂的廢墟圖畫。詩人有含淚的微笑，含蘊著同情的悲憫。詩境有春天的秋意，表現了幽異的悲劇感。全詩用矛盾與對照手法一路寫來，處處微帶反諷，也處處呈現詩的精密質地和張力。必須指出：這些都是「戲劇性結合」所收的效果。所謂戲劇性結合（dramatic alignment），依據柏爾克（Keneath Burke）《文學形式之原理》（*The Philosophy of Literary Form*）的解釋，係指對立事物之間的聯繫而言，故又叫做「對立原理的結合」。

本詩首句，朱雀橋與野草花兩個意象對立地結合著，看來只是一片風景，其實卻是詩人的心境。看來像是實景實寫，筆無藏鋒；但朝深一層觀察，這兩個意象之戲劇性結合，卻產生了古今、興衰、世變的對照，在互相衝突的情境下，暗示著某些言外之意，其中的反諷意味就不少；詩語介乎語意直尋與語意曲達之間，我們可以直覺到它的張力。按朱雀橋建於東晉咸康二年（西元三三六年），對朱雀門，南渡秦淮，是六朝京都南門外的橋，在歷史的當時，乃六朝形勢之地的樞紐。人文薈萃，曾活躍過王導謝安的烏衣子弟，有南來北往的頻繁行人，如今在詩人的憑弔裏，但見橋邊蔓草叢生，草上開滿了花，隱喻著這兒已人跡稀少，繁華消歇。兩個意象巧妙而自然地結合起來，遂使景語與情語相關，意象、隱喻、象徵相聯，使不算譬喻的意象詞，有了譬喻的實質。詩人傳達的似是實景，讀者感受的卻是從可感覺的文字「記號」，捕捉到那些超越感覺的事實，或只能用思想把握住的精神事物。由實感而激動情緒而有所開悟，這正是意象群的戲劇性結合，所產生的感染力，所收的效果。

而烏衣巷與夕陽斜兩個意象對立地結合著，在藝術特徵上，除了效果累積與點題之外，跟首句並無二致。詩人為了加強本詩的單一印象，把視線移向烏衣巷。烏衣巷是東晉都建業時王謝家族聚居之地。當年是鐘鳴鼎食的家族，有令人豔羨的榮華富貴，有炙手可熱的威權，有懾人的興旺氣象。蓋王導歷事三朝（元帝、明帝、成帝），出將入相，為「戮力王室，克復神京」而活，是東晉頭號顯赫人物。而謝安，神識沈敏，風宇條暢，東晉孝武帝太元八年（西元三八三年）冬十一月，安為征討大都督，以八萬晉軍大破苻堅百萬雄師於淝水，創下了以寡擊眾，以弱敵強的典型殲滅戰的戰例。他繼王導之後也屬當年頭號顯赫人物。而五百年後，詩人眼裏的朱雀橋與烏衣巷，前者耀眼的只是春風中盛開的野花，後者在淚光裏呈現的只是夕陽斜照下的窮巷。前者空寂，後者蒼涼。而空寂與蒼涼的連接，詩的境界遂有了悲劇性的情緒基調。這些視覺意象群，共同顯示了歷史發展的常數與變數。昭示著無常中的有常。我們從意象群的戲劇性結合中，發現了變動中的歷史規律——物極必反，盛極必衰。

此詩的三四兩句，將王導謝安的府第，跟尋常百姓家戲劇性的結合在一道，應屬表現的頂點。所謂千里來龍，到此結穴。燕子的飛入飛出，是自然記號，暗示著春花三月，點綴著陽春煙景；

而燕子在詩中只是文字記號，牠的飛入飛出，只表述著牠的活動。當我們透過文字的聯想，想像詩中的燕子，我們竟然直覺到牠的存在及其活動，卻介乎自然記號與文字記號之間。這就使詩裏邊的燕子，帶有十分濃厚的象徵意味。燕子秋去春歸，歸來尋舊巢再築新窩，正是此種候鳥的習性。過去的舊巢，是王謝府第的雕梁，多神氣的呢喃；如今的新巢，是敗瓦頹垣梁摧棟壞的破落戶！五百年間的世運推移，人事代謝，權勢消長，當年的王謝家門，如今已淪落為尋常百姓。燕子尋舊窩，再飛入破敗的王謝堂，實際上飛入的只是普通老百姓的家而已。這情景髣髴林家花園。林家花園的名稱依舊，區域位置並無改變。不過當年的盛況已不可復睹，氣象萬千的建築物衰敗零落，後代子孫已淪為窮戶。百年春夢，萬事秋毫，由久觀暫，人生世相的真際原是如此。

詩人運用視覺意象群的戲劇性結合，描繪了這樣一幅孤立絕緣的外在世界圖畫，每一事物都是清晰可見的。然而因為對立景物之間的巧妙結合，使畫面顯得如此幽異，如此空寂而蒼涼。而燕子的飛入，進入了詩人抒情表現的頂點，含蓄著無限溫婉的感慨。讀者通過詩語的聯想，卻可以神秘地偷窺到詩人的內心世界。他的情緒反應原較自然景物的素樸描繪，複雜得多，深沈得多。他那些即景生情的白描，確是些「不算譬喻的譬喻」。假如我們運用完形心理學（Gestalt Psychologie）的基本原理，先掃描整體，後注意構成整體的各別因子，則本詩的藝術傳達途徑將可分層次予以說明：本詩的隱喻部分與象徵部分，將在我們的意識活動中閃爍，遂使詩人表現在作品中的意象，帶有沈潛意象與擴充意象的性質，它導引我們觀察入微，走向幽深。

隱喻到象徵

我們試看劉禹錫筆下的這個封閉世界。作品裏邊的氣氛是江南春晚，渲染著遲暮的情懷，以及空寂、蒼涼的況味。這些不規則的結合，顯然可以產生「怪麗」的美感經驗。故以莊嚴氣氛和沈雄氣概勝。這幅怪麗的江南陽春煙景圖畫，主景凡三，由遠至近是：朱雀橋、烏衣巷、王謝堂；它們共同構成歷史光輝的焦點。相對應的配景是：野草花、夕陽斜、百姓家；它們共同構成今日的黯淡焦點。其中以燕子的「飛入」，作為大特寫，於是靜態的景物，有了動感，有了聯繫，分散的景物，構成了整體的形象。這突出的形象對讀者而言，原不是陌生的。它是江南三月相當普遍的景色。我們的生活經驗跟詩人的生活經驗，有相同的地方也有相異的地方，我們可以承認確有這樣的景色。我們對它具有實感。我們願意信以為真。在此情況下，詩人的美感經驗，才能傳達給我們，也才有傳達的必要。而實感產生藝術的說服性；它的穩定明朗而有秩序的感覺印象，大大增強了此詩的感覺效果。讀者的感覺反應全來自視覺，則詩的集中表現當然會凝聚成單一印象，其感染力因而加大。這是作品效果的第一個層面之分析。所謂作品效果，係指詩人處理素材，最後給予讀者的印象而言。故讀者的感覺印象能引起感覺反應者，即為感覺效果；情感印象能引起情緒反應者，即為情緒效果；理智印象能引起理性反應者，即為理性效果。

然本詩不僅止於表象。它因「實感」的深化，其感染力可以進一步激動我們的情感，使我們的情緒受到波動，我們被感動，我們直覺到它的煽動性。這時，我們欣賞這首詩，我們的心態可能分為兩種：一種是對作品所傳達的真摯情感，給予同情，我們的情緒反應偏向詩人所提供的情感印象，導致對詩的抒情表現之同情，此即艾略特所謂的客體相關（objective correlative）。換句話說：我們欣賞劉禹錫這首〈烏衣巷〉，我們感受到作品的煽動，我們因同情而受到感動，於是，渾然忘我，超脫於現實世界之外，而進入詩人虛構的意象世界之中；我們分享了詩人創作時的美感經驗。另一種是對詩中惟一的人物發生強烈共鳴，髣髴你自己就是寫〈烏衣巷〉的劉禹錫，詩的煽動性此時好像具有催眠作用；賞析入微時，讀者於不知不覺之間，在心理上跟詩人凝合為一，我們「感同身受」，遂產生所謂「同體感」。而〈烏衣巷〉之高妙，就在讀者們含淚的微笑中彰顯出來。我們在主觀客觀合一的心境下，產生了輕愁與微諷的情緒反應，我們也分享了詩人的這些情緒。我們會斷然承認，此詩具有優異的情緒效果。

如果再作深層分析，就會知道一件具感覺效果與情緒效果的作品，通常都存在著或大或小的啟示性，使讀者在理性上產生反應，覺得自己讀完了該作品，或許改變了對人生世相的某些看法，或許豐富了某些生活經驗，或許增長了某些識見。而〈烏衣巷〉啟示我們的，幾乎這三方面全有。它揭示：以永恆者的目光，悲憫地平視人生世相，就會領悟到世事看似無常，其實有常；世相看似實存，其實空無。這樣，我們的心靈極深處，才會產生那種幽異的悲劇感，以及那種樂觀的悲觀態度。像朱雀橋那麼行旅頻繁的交通要道，五百年後橋邊已鞠為茂草，盛開著野花；而烏衣子弟聚居的烏衣巷，那麼豪門氣象，那麼活躍興旺，如今只剩下一片破敗陋居，在夕陽殘照下浸淪。好像命運總是無常的，風從其所欲而吹，有誰知道它究竟會吹向何處？但從永恆者的目光看來，五百年不過地球遶日公轉五百匝；而地球的自轉規律，使我們確知日出日落的地點與時間。物極必反，盛極必衰，歷史究竟是有常的。舊時的王謝堂，富貴榮華，固極一時之盛，巍峨府第，象徵權勢，它是有目共睹的，也是實存的；而五百年後，王謝堂舊址依然，名稱未改，但居住在這破敗的深宅大院裏的子孫，都只是些平頭百姓。故春天的燕子歸來尋舊窩，飛入的不過是尋常百姓家罷了。今日的王謝堂不比舊時的王謝堂，早已有名無實，實存中遂出現一片空無，假如我們讀完了〈烏衣巷〉，能領悟到這些，我們已收到了理性效果。但必須指出，上述三種效果在解析與說明時可以分別指陳，實際的情形，很可能是一齊湧至，集合而成整體的感受。

現在，我們應當進一步追索，何以這樣一首全憑視覺意象組構成的短詩，又表現得如此鮮明簡潔，怎麼會有如此眾多的意趣？怎麼會引發如此強勁的沈思之回味？那些不算譬喻的譬喻所形成的隱喻（metaphor），那些把有形的意象配搭另一有形的意象，以代替外在世界與內心世界的雙重構想而創發新解的隱喻，可以當作本問題第一層次的解答。

〈烏衣巷〉無明喻或直喻，粗看也似無隱喻或暗喻。因為明喻是對兩相異事物進行類比時，加插「如」或「似」之類的詞兒，以表述這種直接比喻的方式。「芙蓉如面柳如眉」，使用的就是明喻。〈烏衣巷〉當然找不到這種樣子的比喻法。隱喻則不然。隱喻雖也是一種比喻詞，它經常以類推的方式，把一事物轉寫成另一事物，但又苦無恰切的聯繫時方運用之。例如「關關雎鳩，在河之洲；窈窕淑女，君子好逑。」其中的「雎鳩」就隱喻「淑女」和「君子」。當我們從一事物「轉義」為另一事物時，就會從雙重世界的構想中產生雙重的幻想，它往往啟示著無從感知的事象。例如〈烏衣巷〉裏邊，朱雀橋故意配搭野草花，烏衣巷故意配搭夕陽斜，王謝堂故意配搭尋常百姓家，這所有的配景部分，都棲息著詩人的隱喻。因為此三組意象詞之戲劇性結合，實際上就是三組不同觀念（古今、興衰、成敗）的聯合。而這種外在世界與內心世界雞尾酒式的調和，不獨加強了我們對本詩的新印象，同時還可使我們直覺到該詩的新氣氛。本詩無半字明敘是非成敗，今古興亡，但詩篇中所隱喻的「是非成敗轉頭空，今古興亡一夢中」，卻完全閃耀在我們的意識裏邊。——隱喻的內容，介乎真相與虛構之間，既非全部真切，也非全屬子虛。故虛實相參，乃能追索出詩的隱喻。〈烏衣巷〉的賞析，此路可通。克羅齊主張歷史應由哲學家撰寫，哲學應由歷史家記述，觀〈烏衣巷〉將具會心。劉禹錫不愧史才。

而第二層次的解答，卻屬於本詩的象徵部分。隱喻與象徵這兩個詞兒，很有點跟我們的「比」與「興」密接。劉勰《文心雕龍》卷八〈比興第三十六〉：「故比者，附也；興者，起也。附理者切類以指事，起情者依微以擬義。起情故興體以立，附理故比例以生。」黃侃《文心雕龍札記》一六三面：「題云比興，實側注論『比』，蓋以『興』義罕用，故難得而繁稱。原夫『興』之為用，觸物以起情，節取以託意，故有物同而感異者，亦有事異而情同者。」其實，以某事物代替另外的事物，仍是象徵的共同意義。故廣義言之，「寓理於象」的象徵，與「擬人和託物」的隱喻，差別甚微。但狹義言之，「寫物以附意，颺言以切事」的比喻，只算修辭學上的局部事體；而憑依兩物之間的微妙關係，凸現的「依微擬義」的象徵，卻可應用於作品的整體。

蓋象徵（symbol）一詞，源自希臘文動詞symballein，意即湊合一起，且湊合得天衣無縫。

當我們用可感覺的記號，來代替超感覺的事實，且使兩者契合無間時；或我們用可感覺的事物，來闡明那些本身僅能用抽象思想把握住的精神事物，且解釋得含蓄而富暗示性時，我們就叫這種意識活動為象徵。在〈烏衣巷〉裏邊，這種雙重的表現可算達到了集中表現的顛峰。

本詩的視覺意象群，不管是朱雀橋邊蔓生著開花的野草也好，烏衣巷口斜掛著將落的夕陽也好，破敗的王謝堂前燕子飛來飛去也好，都是用可感覺的事物，來代替說明超感覺的事實。所以是「寓理於象」，也所以是「依微擬義」。都是用有形之象來替代無形之理。此即梁宗岱所謂的「藉有形寓無形」（見《詩與真》八十五面）。現在要追問的是：這即景生情的抒情詩裏邊，到底棲息著一個什麼理？由實存中見空無，象徵的畢竟是人間盛衰之理。

而本詩由朱雀橋「邊」，到烏衣巷「口」，到王謝堂「前」，直至百姓家「裏」，在直接的認知層面，好像是四次空間轉換，進一步思索，燕子飛入的舊時王謝堂，隨時間的衰敗過程，已淪落為普通百姓的家。故過去的王謝堂跟現在的百姓家，實質上合而為一，空間的轉換不過三次而已。但不管怎麼樣，這兒畢竟存在著時間與空間的相對性原理。時間不過是空間的位移。空間的轉動，實際上表示時間的綿延。五百年就在花開花謝，日升日落，燕子飛來飛去中靜悄悄消逝，詩人就運用這種以有限表無限的象徵手法，含蓄而富暗示性地，把心靈中的一個渺不可見的實在——歷史有變數也有常數，歷史永遠在這變數的二重奏中運轉，其中永遠象徵著無限興亡之感。

而最妙的，卻是以燕子象徵烏衣巷的烏衣子弟。燕子這個「記號」（由已知者引人認識未知者，叫記號），介乎自然記號與約定記號之間，本身就是個十足的象徵。燕子的飛入是可見的事物，反映出來的卻是王謝家族的式微；前者是可以直觀的，後者則只有用抽象思想才能把握住的精神事物，根本是無法作形相直觀的。但象徵可以補充這方面的不足，因為象徵是可以直觀的。如果更進一步分析，象徵不是概念思想，因此象徵就無法運用類比手法，把超感覺事物的本身表達出來。但象徵在運用暗示手法上，卻斷然優於概念思想，因為它一方面足以顯示出精神世界的廣大精深，另一方面又更容易直接扣人心弦。燕子這個象徵，加上「飛入」這個動態意象，綜合象徵了人間盛衰之理與歷史無限興亡之感，顯示了詩人的精神世界，並以情感之力，動人心弦，而作出了本詩最後的效果集中。歷史必然征服一切；惟有時間，必然征服歷史。詩人具有永恆者的目光，燕子的象徵，應算直接的證據。

字質與結構

詩人表現在〈烏衣巷〉中的封閉世界，原是幅廢墟的圖畫。詩人的心境與此密合，偉大的心靈裏邊有著空寂的回響。仍是「山圍故國周遭在，潮打空城寂寞回」的遺韻。而這種空寂，隨年事的增長而增長，隨精神世界之廣大高遠而愈益精深，但因此也格外難於下筆。我們既經確定〈烏衣巷〉意象的表現焦點是空寂，那麼，字質分析就有了指歸。凡用字能恰切表現空寂者，我們可以承認詩人用字精當；凡用字不能恰切表現空寂者，我們就可以指出詩人用字空疏。

雖然，文字不就是詩，但詩究竟是用文字寫成的。而字質的精粗，就在簡樸、自然、生動與獨特上彰顯出來。雖然意象也並不等於詩，但詩通過意象的表現，會顯得更凝聚和更突出，更具張力，暗示和透視的焦距。現在，讓我們先展開字質的分析。

詩人以永恆者的目光，掃視著夕陽殘照中廢墟的圖景，他看出「世間人事有何窮？過後思量總是空」。心靈上回響著空寂，心靈之眼捕捉到了那抹若隱若現、若即若離的幽異的悲劇感。於是，在這情感與意象默然相契的一剎那，就想用詩語把它完滿地表達出來。他先在零亂景物中尋找表達的秩序感與統一感；然後進行情緒醞釀；然後尋找表現的單一意象或固定意象；再然後在七言絕句這個精簡的形式裏邊，寫下他的詩行。就這樣，詩人完成了他的傳達。而讀者誦讀欣賞這首詩，卻反其道而行，先從集字成句，集句成篇開始閱讀，直到找出詩人所傳達的真摯情感為止。兩者綜合而成美學傳達論。

〈烏衣巷〉中出現的固定意象，久已存在的景物與偶然存在的景物相配，虛實相關。實中有虛，而虛中有實，這兒有眼前景，心底情，可以直抒；這兒也容許藝術的虛構作用，讓詩人馳騁遐思，發揮想像，自由地組合印象。詩中的朱雀橋，本屬實景部分，但詩人的表達重心，卻落在橋邊開花的野草上面。此一六朝名勝之地，不獨已無復舊觀，而且已沒入荒煙蔓草之間，幽異的悲劇感遂與內心世界的空寂感共棲。故朱雀橋邊野草花，看來好像是句實景實描的詩，衝口而出，似不經意；其實，一個「邊」字把空間位置偏轉，把時間從過去拉到目前，一個「花」字，名詞作動詞用，都屬我國傳統詩論中所謂的「響字」。這兩個「響字」密切了詩境的空寂蒼涼，同時也鮮活地表現了它，表現得又如此簡樸、獨特，且富暗示性，詩語用字的精當，字質的精致貼切，至少我個人就心服口服。反過來說，朱雀橋邊野草花，七個字凝聚成句，要想掉換其中的任何一字，都會減損詩的成功的表現，詩句的張力也就可想而知了。

緊接而來的另一行詩——烏衣巷口夕陽斜，烏衣巷直接點題，但「詩眼」仍潛藏在更深層，仍只算陪襯，增添詩的效果累積。詩人的詩筆僅從巷口掠過，這「巷口」兩字下得自然。巷口寂然，所見者惟夕陽斜照而已。假如此景此情，出現在孤村窮巷，在我們的印象組合裏邊，很可能出現空寂的情緒反應，但無蒼涼感。因此也不可能出現悲劇式的情緒反應。惟有談到烏衣巷的昔盛今衰，特別是接近黃昏時刻，炊煙未起，人跡杳然的景況，生動地暴露了詩人心靈最裏層的空寂。詩不直接寫入烏衣巷，而逗留在巷口，證明破敗的王謝家族聚居的場所，已滿目荒涼，不值得觀賞，而夕陽已斜，則暗示著繁華衰竭，白晝的光影行將淪落於歷史的黃昏中了。故斜字在表現詩人的空寂感上，具千鈞之力。既加強了感覺效果，又加強了情緒效果。

本詩的第三個詩行，王謝堂實景實寫，惟「舊時」二字，把眼前景拉回歷史的年代。詩人運用回溯（flashback）手法，暗示出眼前的王謝堂，不復是過去的王謝堂；才能把整首詩的重心，移植到燕子的身上。燕子因曾築窩在舊時的王謝堂，所以身分特殊，不再是尋常的燕子。這王謝堂前的「燕子」，乃成為全詩的結構中心，也即是「詩眼」所在。燕子在此詩中，至少涉及三方面：⑴燕子的飛翔，範圍廣闊，可以籠罩全景。使彼此分列的意象群，有了凝聚的共同因子，也有了整體的表現。⑵燕子與王謝子弟，在「烏衣」這一點上「形似」，可構成相似的聯想。燕子與烏衣巷，名稱相連接，又可構成相接的聯想。⑶燕子飛入王謝堂，而王謝堂今日不比舊時，不過是普通平頭百姓的家。故藉燕子的「飛入」，暗示過去的王謝堂，就是今天的尋常百姓家。所以「舊時王謝堂前燕，飛入尋常百姓家」，乃湧現幽異的悲劇感。

至於〈烏衣巷〉的結構，並非七絕的一般結構形式，有起承轉合的軌跡可循。它的結構只有兩部，第一部從景物的描寫中提出問題；第二部則從尋常景物中看出不尋常的意義作結。因此，〈烏衣巷〉是先提出問題後作出答案的兩部式結構。這種結構方式顯然打破了絕句起承轉合的常規，一起一結，使本詩的構成顯得更為簡捷有力，節奏明快，也更為生動、自然。而「舊時王謝堂前燕」這一個詩行，收束「朱雀橋邊野草花，烏衣巷口夕陽斜」；開啟「飛入尋常百姓家」，居樞紐地位，乃全詩之軸。它為詩的效果累積與最後的進展提供了準備，使由遠至近的配景部分，因燕子的活動，遶著這根軸有機地組構為全詩不可或缺的分子，蓄勢待發，氣勢強勁。並且因燕子的「飛入」這個動態意象，逼出最後一個詩行，使我們可以神秘偷窺詩人的悲憫情懷，含淚的微笑，以及詩人對人生世相的態度——樂觀的悲觀態度。樂觀的人生態度有活力；悲觀的人生態度顯深沈；而樂觀的悲觀態度則揭示活潑而不膚淺，深沈而不遲鈍。就性格言，頭腦簡單之輩，往往性格堅強；頭腦複雜之人，往往性格猶豫；惟有對人生持樂觀的悲觀態度者，既能擇善固執，又有敏慧反應，面對人生這一閃一閃的風前的火花，心靈永不麻木。真詩人的心態，大抵如此。

結語

從廣大的視野看當代的文學批評活動，它已擺脫了單憑趣味判斷的印象式批評方式，它也不再站在作家與讀者之間，扮演中間人的角色。很少的批評家只把作品與生活作對照式的說明，以為這就是批評。今天的文學批評，已與文學理論、文學史，鼎足而三，共同擔負起文學學術研究的責任。雖然今天的文學學術研究，路向跟文字、聲韻、訓詁歧趨，也跟校讎版本之學不一樣，不過這些項目在文學學術研究上，並非全無必要。

當代的文學批評，有四點主導趨勢，可以提出來談一談：由於能量相對擴大，時空相對縮小，發生在任何一個語言世界的文評方法，只要它是精確、合理而有效的，不久即將穿越國界，克服語言的隔閡，而開始國際化。反過來說，凡無國際化可能傾向的文評方式，大部分是些行之無效的空論。其次，當代文評方法，各有所長，亦各有所短，如神話基型批評，不宜用於寫實主義的作品；型構批評，對長篇巨製莫奈其何；社會文化批評與歷史批評，不適用於浪漫派作品等等。但截長補短，當代文評在方法上有互用互補現象。此不獨心理批評與神話基型批評如此，社會文化批評與歷史批評亦然。甚至型構批評與歷史批評這兩種極不相容的文評方式，還有人高喊「兄弟般攜起手來」哩。

但共同象中也有差別象。那就是民族性。不管文化背景如何接近，不管文字語言如何接近，也不管文評方式如何互相參證影響，不同的民族性就反映在不同的文評活動中。這到底是無可如何之事。何況文評活動，本質上是一種容許變異的精神活動。而文評家並非語錄家，不能把別人的眼睛當作自己的眼睛，把別人的嘴巴當作自己的嘴巴。他必須以自身的參與為主，藉自身的參與來實證自己；而不是借別人的光，來照亮自己。所以強大的概括力，豐富的知識累積，深入的洞矚力與慧敏的理性反應，是從事當代文評的人，所應具備的共同基礎。這樣才不致使文學批評，流於情緒的表現，或以任意的趣味判斷為滿足。

我聽過某些開口閉口要治國平天下的人士說：中國古典文學作品，萬不可用西方文評的方法予以評析。這些人士忘了一事，假如是真正的文學作品，就必然是藝術的，它必然是抒情的表現，也必然來自情意的直覺，它們之間的共同性，遠超過它們的相異性，那麼，為什麼不能從已經國際化了的文評方法借鏡？「析〈烏衣巷〉」也許就是一個例子。只要我們不以先入為主的成見，確定「不會的就是不好的，不知道的就是不存在的」就行。

「析〈烏衣巷〉」，按方案設計進行。有提綱式的前言，把主要的批評論點提出；然後進行深層分析，談意象群的戲劇性結合，談隱喻與象徵，談字質與結構。看來比傳統的方式——集註、考據的方式——析詩，在傳記資料與歷史資料上苦用工夫，要有效得多。

我們承認新批評並無統一的理論，他們彼此之間的解釋也並不完全一致。但他們卻有一項共同的信念：文學作品本身具完整的獨立的生命。故除本文分析之外，既不必管作者，也不必管讀者，他們一致尊重文學作品本身的權威性。因此，新批評家把每一作品都當作獨立的「藝術文獻」來處理。並進一步確認藝術知識是一種特殊的知識，藝術經驗是一種特殊的經驗，用科學的、道德的或任何非藝術的眼光來處理這種知識和經驗，便會變質、走樣，失去原味，減低力量；文學作品本身，究竟是不能濃縮、提煉，變成情感的維他命的！

劉禹錫的個性跟我的個性較為接近，他那種樂觀的悲觀態度，以及對人生世相的觀察角度，我也能夠同樣的了解，我愛上了他的七絕。寫這篇分析的短文，表達我對他的永憶。

第三節　型構批評原理及運用（例二）

——析李白〈下江陵〉

唐人李白七絕〈下江陵〉原詩如下：「朝辭白帝彩雲間，千里江陵一日還；兩岸猿聲啼不住，輕舟已過萬重山。」但這首詩有經人篡改的痕跡，在唐影刻本和宋洪邁《唐人萬首絕句》的面目是這樣的：「朝辭白帝彩雲間，千里江陵一日還；兩岸猿聲啼不盡，輕舟過卻萬重山。」在「啼不住」與「啼不盡」，在「輕舟已過」和「輕舟過卻」之間，應該有一藝術價值的評定；究竟是篡改者高於原作者，或是原作者高於篡改者，總得給予一個合理的解釋。版本學家能為這首詩求得歷史事實的真，而批評家應當完成的，乃是說明哪一種詩的表現更完美、更成功。

抒情詩的藝術特徵

唐代的抒情詩，一般可以五絕或七絕作為代表，具有幾樣特徵：㈠用最簡短的形式裝載最淡遠的感情；用最少的字量表達由直覺所捕獲的印象。㈡唐代的抒情詩，圖畫性和音樂性同樣濃厚。㈢一般抒情詩，最主要表現個性的單獨狀態，是外在世界的事象經過心靈的折射，而成為完整透出的美感經驗。唐代詩人對於這一點可說是獨擅勝場。㈣抒情詩下筆時都是目前即景；寫萬里之景，千古之情如在目前。因此，讀到「泣把李陵衣，相看淚成血」的詩句時，不能問李白何以見得此景此情，因為他在表現獨特的感受及個性。就藝術而言，抒情詩人可說「一切都是我的」。抒情詩只講詩人個性的單獨狀態，而且不再發展，縱然出現很多人物，並無人物之間的相關狀態。

㈤唐代抒情詩帶有以「中和」為美的特性，跟希臘時代的抒情詩瞬間招致各種複雜的感情是不同的，所以亞理斯多德《詩論》對抒情詩採存而不論的態度，他認為抒情詩過於霸道，有壓迫讀者感情的傾向。準此而言，亞氏心目中的抒情詩，應更接近唐代抒情詩的。因為唐代抒情詩的主要形式以小巧見長，最適合裝載單純的感情及表達精純的思緒。唐代詩人在寫作抒情詩章的時候有兩大特點，我國文學史上的前後朝代幾乎無人能及，而蔚成所謂的「唐音」。唐代詩人所以做到這兩點，在於他們能自由的組合印象內容，毫不勉強的產生苦樂感情，而且他們的創造的想像高於聯想的想像。

創造的想像是詩人主觀的選擇並集中印象內容，李白在這方面是極高妙的。船過三峽，可寫的景物極多，水聲可寫，明暗對比可寫，水色變化可寫，風急天高可寫，而我們的詩人卻只寫猿聲；舟人搖櫓、拉縴之聲概付闕如，只因「兩岸猿聲」一出，把萬事萬物都打掉。故知李白只寫兩岸猿聲，正能指出唐代詩人的大手筆，即「萬象歸一」，亦即司空圖《詩品》所云「萬取一收」。本詩讀者能看出兩岸猿聲的重要，就一定能欣賞本詩，因兩岸猿聲帶有相當程度的玄學意味，所以「啼不盡」要比「啼不住」來得高明。

時空轉換

詩人對時間、空間並無明確的意義，在詩人寫詩的當時，時間是時間，空間是空間，都是一種先驗的經驗，兩者都是絕對的。但是能把時間當作空間的位移，成為長寬高三度空間外的第四度空間。

本詩首句將活動場合定在白帝，晚上就到宜昌，這在當時，是詩人所能經驗的最高速度。細味全詩，可見詩人是以空間轉換來量度時間，其一，從夔州到宜昌；其二，輕舟已過萬重山，四句詩中有三句是談空間的。在意義層次上，第一是快速的景物變換，第二是空間的擴大再擴大，第三是活動圈子與內容，不但顯得單調，也顯得不調和，第四可以因犯的暴躁脾氣為其寫照；李白坐在輕舟上，那麼多的山光水色都視而不見，只聽到兩岸猿聲是可以想像的，因為活動雖發散，感情卻靜止，則感情必有深厚的累積，而李白「輕舟自危，無暇分心」的苦況更可想而知了。小舟固然輕快，心情卻很沈重，首先怕的是翻船餵魚，所以詩人深深盼望時空轉換快點過去，於是本詩便成為唐代在最高速度下寫成的詩。也因時空轉換帶來幾樣東西：新鮮的感覺，不斷發生的驚奇感，發現生命無常而人生苦短及詩人在高速運轉時，心底的濃愁，乃因外界猿聲折射到心靈所產生的一種複雜感情。在絕句的極短形式下，做有效的表現，最經濟的運用即「兩岸猿聲」，既是寫實，也是象徵，帶有不是比喻的比喻。

千里尺幅——人生的圖畫

文學作品在表現上通常有兩大特徵，一是抒情的表現，二是形象的表現。前者使得文學運用的工具帶有詩的語言的性質，讓讀者動之以情。文學的世界是情緒語言的世界，跟科學語言是不同的，跟邏輯語言也大相逕庭。文學語言以表情為主，達意為副，這種語言經常在一般意義外加上作者的意義。科學語言和邏輯語言則是字典上的意義，「江南」一詞，如屬科學語言，則指長江下游五省，如屬文學語言，則「杏花、春雨、江南」遠非字典意義所能概括。每一民族，在文學上都有極普遍的語言，而其意義很難確定，我們的「鴻雁」、「雪山」、「寒林」、「蕭寺」等因為加入作家個人的意義，都不是字典意義所能概括，所以文學語言經常是雙軌的，一方面有通用的意義存在，一方面又有作者個人附加的意義。所以將文學置於藝術中是不算外行的，因為文學係從感覺入手，最初收到的是感覺效果，在其中會引起情緒的作用。真正好作品在產生情緒效果時會「感同身受」，讀者群跟作者會產生同體感，而不再是同情感。只要產生同體感就會同時發生深刻的精神內省，此時作品產生另外一種效果，即理性效果，使讀者改變人生軌道，甚至改變人生觀。

抒情表現和形象的表現在作品裏所共同描繪出的一幅人生圖畫，主要由三個部分構成：㈠過去經驗的集中，在藝術哲學裏名之曰虛構的作用。㈡自由的組合印象內容的心靈能力，在藝術哲學裏名之曰想像作用。㈢作家對心靈的圖畫發生客體關聯，在藝術哲學裏叫感情的投射作用或移情作用。而一幅人生圖畫形象化的出現，經常有五個步驟：㈠使用單一形象式，追求作品的具體生動。㈡使用綜合形象式，追求作品的雄偉高遠。㈢能激動感情而產生美感經驗。㈣有完整的組合。㈤能夠帶給作者，也能帶給讀者群沈思的回味。不管單獨使用或混合使用單一形象式及綜合形象式，都須循此步驟。

本詩以描繪動態為主，屬綜合形象式，追求作品的雄偉高遠，帶有不是比喻的比喻，全詩的表現集中在這上面。李白從夔州上船到宜昌停泊，在詩中表現的是「突圍的感覺」，這種感覺極其複雜，驚奇，驚險，出生入死，出死入生，在千里中經常變換發生，高速度即為其產生的因素。沈重的心情，使注意力集中，所以詩人要表達的感情是一種非常難以表達的感情，是出死入生後所留下的印象，是在千里長江突圍中最顯著的印象。其他印象雖然存在，並不重要，可在詩中表現，也可不表現，因此，詩人在突圍成功後，留在他記憶裏的是兩岸猿猴無盡的叫聲，明朝人將之改成「啼不住」，最先改掉的是「突圍的感覺」。

再者所謂「線形運動」，指的是一度空間運動。一度空間運動，不管有沒有定點，也不管有沒有起點、終點，基本上是比較安全的。但是線形運動如果彎度過大、曲折過多，在任何情況下都名之曰「險段」。本詩的旅程呈現在人生的圖畫裏也是險段。在自由操縱的速度下隨時可減速慢行，但在非能力所能操縱的速度下，唯一投下的賭注是生命，這時聽不到水聲，看不見山光雲影，詩人在詩中的表現純是寫實的，突圍而出後，留下的印象只有猿猴的叫聲。

同時，批評者應該指出一點，線形運動的另一現象是，坐在船上的詩人飽嘗的是驚心動魄，充滿濃愁；儘管外在是個輕快的世界，內心卻很緊張，所以船抵宜昌後，詩人記得的還只是「兩岸猿聲」。

字質與結構

本詩出現了一幅人生圖畫，用千里尺幅來形象人生的險段。而在這險段中，留給驚悸過度的詩人最強烈的印象就是兩岸猿聲，所以字質的好壞便決定在兩點上：㈠形容險段。㈡形容兩岸猿聲。

起首一句，「彩雲間」三字在字質上是非常貼切的，因為不必明說海拔之高，就能描述出「白帝」與「江陵」的水位差而形成險段，造成危險又快速的印象。兩地相距千里，卻在一日可達，由此可見其快速。猿聲亦不稀奇，兩岸猿聲之所以稀奇，是因為線形運動受到兩岸萬重山的束縛。輕舟增加了這一次人生險段的驚奇感，在字質上也證明其危險性超乎一般人生現象。

中國詩素來有起承轉合的說法，然而起承轉合並不可能包括所有的詩作，因為詩的結構也有可能是正反合三段而已。本詩表現動感的起點是「辭」，終點是「還」，其他「啼」和「過」都是具有動感的字。「白帝」、「江陵」、「兩岸」、「萬重山」為其空間，可見本詩並無起承轉合的結構，所以要另外找出其結構中心，也就是旋轉軸。

本詩表現千里尺幅，在高速度線形運動下進行，因彎度太大，曲折太多，顯出人生的險段，遊山玩水的情調在詩中不只不出現，反而有重重危險。人在極度危險下，注意力是高度集中的，詩人在三峽中的行船經驗，保留下來的只有兩岸猿聲。在千里路程中，前後發生關聯的也只有兩岸猿聲。抵達終點後，留存下來的印象，還只是兩岸猿聲。

反過來說，如果沒有兩岸猿聲遮蓋驚恐，則詩人在行船中所留下的特出印象絕不只一個，所以兩岸猿聲事實上其有雙重意義：一是現場實景，一是詩人的共振和共鳴。兩岸猿聲同時也具備雙重象徵：一是人生險段上的惶恐，一是人生本質上的淒涼。即是用可感覺的記號（猿聲）表達超感覺的事實（惶恐、淒涼）。而猿啼在我民族文化裏，不是一種快樂的情緒，而是帶有悲苦的情緒，如杜甫〈登高〉詩云「風急天高猿嘯哀」，水經江水注引謠諺「巴東三峽巫峽長，猿鳴三聲淚沾裳」等俱為寫照。

兩岸猿聲千里行程中，至少關聯著以下的事實：㈠高處的白帝城。㈡低處的江陵。㈢兩岸的山，兩岸聯綿不斷的山。㈣因關聯到兩岸所以也密切的關聯到輕舟。㈤突破人生險段，突圍而出的感覺，詩句中並未明說，只有依靠兩岸猿聲表現出來。本詩在第一、二句間已完整的表現首尾，所以「啼不盡」是到江陵以後，保留「兩岸猿聲」突出，完整的經驗而得。

結語

兩岸猿聲有完整、突出、鮮明的特色，因為萬重山不斷，槳聲、篙聲、水聲仍在，輕舟的地位於是提高。若在陸上行走，則只有一岸，唯有舟行江中才能聆聽兩岸猿聲。兩岸猿聲的縱深在結構上連接白帝、江陵，本詩的好筆在於有向心（結構中心）力。

〈下江陵〉的「密度」並不大，但詩的「張力」極大。其張力來自兩方面，一方面是順流快速而下所產生的輕快感，跟詩人在危險臨頭的時候，心裏鬱積的危險感組合而成極大的張力，即外界的輕快和凝重愈拉愈緊。第二方面的張力發生乃因詩人處於險段，而險段的縱深太長，在這情況下，就發生「過場」與「險段」的張力。同時，突圍而出與詩人心靈上所留下的「印象」與「情感」發生張力；「印象」與「情感」的內心儲留的合成即「詩」，所以就下江陵而言，李白所得的印象及付出的情感確實符合大詩人的心思。

第四節　型構批評原理及運用（例三）
——釋柳宗元〈江雪〉

江雪　柳宗元

千山鳥飛絕，萬徑人蹤滅，
孤舟蓑笠翁，獨釣寒江雪。

當代批評家有四種專業訓練，即(a)批評基準（criterion and standard），(b)類型與類屬區分（categories），(c)方案設計（scheme），(d)作品分析（analyzing literary work）。在此，方案設計全部落在藝術範疇之內，才智有多懸殊，結果就有多少差別。而作品分析是文學批評準備的技術條件；在作品分析範圍內，上智下愚，只要程式安排得當，所得結果大致相同，因為這有如電腦操作。這些得到的概念，有一定程式可以達到，是相當機械的，可歸入科學範圍。作品分析中好多程式是固定的且經常運用；而方案設計則是當一作品批評完畢，該方案設計死亡。一個熟練的批評家在讀完作品半小時內，可作完方案設計，方案設計的條文是批評的小標題，這是方案設計的妙處，它可大可小。此詩的方案設計，即可「兼論〈江雪〉的形象構成」，而分：前言、意象辭與結構、字質與詩素分析、〈江雪〉的形象構成、〈江雪〉的美學基礎、結論。

這首詩表現了詩人清亮孤節的心境，詩中肯定了價值和意義，以及在詩人潛意識中所追求的，都可以轉化為人生的理想和藝術的美。在《全唐詩》四萬九百多首詩中，當屬第一流好詩。而考據既非鑑賞，鑑賞也非批評。事實上，任何一件已完成的作品，如果詩人的情趣與意象能默然相契，且能有成功的表現，那麼此詩在讀者的情緒反應中，應當可以引起比較清晰的情緒反應，我們能感覺到詩人所傳達的情感是真摯的，而非虛假，則不難捕捉到這首詩的意象與詩思。進一步言，假如批評家對原詩能給予同情的了解，達到心靈的契合，那麼睜開一隻眼睛的詩人在作品中所完成的幻想與夢，便能在詩中表現出來。我們在單一、具體的印象中就會獲得一些前人無法獲得的東西（真正的詩是表現詩人的幻想與夢的）。除非我們能夠在單一具體的印象中，獲得一些前人無法獲得的東西，否則批評家只變成語錄家。

意象辭與結構

當我們唸完〈江雪〉之後，複印在我們腦海中的是山是路，是千山萬路這麼一個廣大的空間所留下的孤舟（僅有一個活動於其間的對象）。山、鳥、徑、人、孤舟、簑笠翁、寒江雪，這些都是意象辭，當我們回憶或記憶某一椿事情時，那些就是我們日常使用的意象辭，最平常的解釋是：我們的語言就是意象。既有一組意象辭呈現了，那麼本詩的意象辭聯結中心，即結構中心，是簑笠翁。首先他連接著本詩靜態的廣大風景，簑笠翁也是詩中唯一的人物，也是詩中人物動作的焦點，這個焦點也就是所謂意象中心，也就是詩的結構中心。假如沒有簑笠翁，則廣大的風景，只是一片天惆地悵，一片死寂，就會喪失詩要求表現人生、批評人生的原始意義。而獨釣寒江雪這麼一種無限追求心靈自由的要求，就只是一種概念名詞，而詩人所真正要表現的莊嚴穩定的人格，將無從表現。

唸完〈江雪〉一詩，閉上眼睛作沈思的回味，這些意象辭就會在我們腦膜上構成一幅一幅的圖畫，這圖畫帶有兩種藝術特徵，一種是雄渾的，一種是逼真的。在廣大的空間中安排一小孤舟，有一簑笠翁獨釣，其中大的空間見出雄渾，小的景物見出逼真。因此這幅圖畫，一部分是由莊嚴偉大的風景所構成的，我們腦膜上所出現的是晶瑩而又完整的幻影，在廣大的風景而言，是沒有生命的，看來似乎完全靜止。因此本詩的前兩句不過是為人物安排活動的圈子，詩中所展示的，不過是詩人所見到的最大的活動圈子的輪廓。此輪廓看來迷濛、淡遠，但顯得荒涼、雄偉。此即詩人印象的再現，因此這印象再現時，詩人本身就包含很濃厚的創造的想像。此創造的想像在藝術的虛構下完成，假如沒有虛構、沒有想像，文學不成其為文學，藝術也不成其為藝術，故就前二句言，只是為人物安排活動空間，它本身即比較模糊，不清晰的一面。而另一面是寒江中的小舟，一簑笠翁垂釣其中。此所呈現的形象就變成整幅人生圖畫的構成中心，它在我們的印象呈現時，保留了具體而獨特的畫面，最要緊的，它很靈動的勾勒出人物在活動中的精神面貌。從詩的意象辭開始追蹤，可以進入詩人深邃的詩思，可以感染到詩人真摯的情緒，可以進一步捕捉到詩人在生活中所嚮往所追求的，可以偷窺到詩人深處的幻影，綜合以上，可以捕捉到詩人要完成心靈自由的意象。文學的特質是通過形象來映現人生，文學的形象是在文字中形成的形象，必須通過文字的聯想才能傳達。所以文學表現的美可以直觀，因此文學必須通過聯想而後才能出現形象，文字則是聯想的羽翼。文學中的美，經常指向價值判斷與價值抉擇，故美的共通性比藝術（其他的）更少；在文學中，人生的理想就是文學的美。〈江雪〉一詩不獨結構完整、均衡，有其藝術的完整性和有機性，無論調換那一字，都將破壞之。前兩句綜合的形象過程走向雄渾，後兩句單一的形象過程走向逼真，在高遠的理想籠罩之下，所燭照的偉大、人生自由（接近中國的自由理想是freedom，十五世紀以後西方人把自由當作個人的自由來享用，中國讀書人對心靈自由的追求是高超的）。

字質與詩素分析

在字質分析上，應先有一觀念，即：詩的語言是日常語言的變形。因為日常口語過於粗糙，所謂變形即把它變為精鍊。而詩不管到什麼程度，總有其內在格律，故有其音韻存在，詩人只是創造詩的節奏。千山、鳥、飛絕，是三個音組，因為詩受格律、音韻、節奏、音組、音群等的限制，故不能不變形。而真正的好詩都是日常口語變形而來的。寫詩的人應由口語變形而寫，作詩的人才賣文弄字。

〈江雪〉究竟是口語變形而寫的，詩人在口語變形時，音韻的要求十分講究。如千山鳥飛絕，而不用千山飛鳥絕，音調較有起伏。而前句的意象是鳥根本無法飛起，而後句則感覺鳥依然能飛起（此詩的中心是冷峭的）。如作完詩的字質分析，應可獲得詩的密度。今再試擇幾字說明：千山鳥飛絕，萬徑人蹤滅，孤舟簑笠翁，獨釣寒江雪。這首詩利用鳥飛絕、人蹤滅、孤舟、獨釣等，無不是喚醒我們一種冰天雪地，萬物傾於停頓的感覺，柳宗元寫此詩時，最先出現的是情趣，而後與所出現的是意象默然相契，於是想要找出一個表現的舞臺——五言絕句。詩人所運用的形式，如物理學家的三度空間，在此三度空間中，情趣意象可以表現出來。

在字質分析的第三層次中，指出此詩沒有一字使人發生熱感，而是一步一步的指向冷峭之感，孤獨也加深此種感覺。在詩的創作心理學上，是先有情趣後與意象配合產生，但在欣賞時則反其道，是先由字質分析獲得意象，然後才能了解詩人的情趣。元好問《論詩絕句》中有：「縱橫詩筆見高情，何物能澆塊壘平，老阮不狂誰省得，去門一笑大江橫。」從此可見出欣賞者偶有會意的神態。但讀〈江雪〉時，偶有另一種神態出現，並非「去門一笑大江橫」，而是沈思，莊嚴肅穆的神態，有一種接近偉大人物的謙沖之感。面對此一謙沖的神態，我們的態度是中和的。因為此一意象可使我們意會到〈江雪〉的境界，更大於詩思。而詩人表現在〈江雪〉中的情感更真誠，由此可直覺到江雪的詩素出現在獨釣上。假如沒有「獨釣寒江雪」，前面三句就一無是處了，此句使前三句充滿了活力。因此在此詩中出現了四種精神面貌：⑴不同流俗；⑵獨來獨往的精神；⑶為反抗生存環境，而進行堅苦作戰；⑷頑強的生命力。此使得全詩表現了詩人所堅持的生命理想，而懂得為何而活。在詩中，老漁翁也採取了有效的步驟——頑強的活下去。在詩中高遠的理想，詩人已將其化為隱晦的一面，而追求心靈自由，卻是我們可以用直覺捕捉得到的。因此一個批評家對於這位寒江上從事獨釣的老漁翁，所釣的東西可以不論，他所表現的高遠理想就使詩具有無限性，這是「雪」字所賦予的。由此可引出另一意義，即詩中所表現的人之意志力是十分超絕的。「獨釣寒江雪」使詩素存在，表現了詩的無限性，而在完全靜態的詩裏，我們可以看到詩的擴散作用。在世界上大部分有深度、有無限性、有內涵的好詩均具擴散作用，凡是在有限裏蘊藏無限，能經久玩而覺有餘味不盡之感，那必是一首具有擴散作用的好詩。詩素部分——「獨釣寒江雪」——的重要性並非傳統的點題，乃具有無限性及擴散作用。進一步言，如此一首自然的好詩，即令安放一個不相干的題目，它仍然是首純詩。愛倫坡對純詩下定義時，謂距離詩題越遠的詩，越接近純詩。如無「獨釣寒江雪」這樣一種超然的理想境界存在，此詩便會失去價值。

現在利用鏡頭來看此詩。鏡頭一開始，出現的是千山萬徑的全景，而後初步把鏡頭推近，全景之外出現了中景（孤舟上的人），最後到達詩素的部分運用了大特寫，不獨看見人在活動，而且看見釣竿很清晰地垂在江中，而且正因為釣竿上沒有東西，故而超然的境界全都美感畢露無遺，故「雪」應是全詩的中心。就意象辭與結構可以看出在孤舟上獨釣的一位漁翁，是廣大場景中唯一出現的人物，他的垂釣是詩中人物唯一的活動，故詩的組合似乎是很單純的。然而由字質分析，此單純的組合卻出現了象徵的意義，即由當前事物的背後去解釋之，因有了象徵意義，顯得此詩不單純。此詩的外在景物所呈現的是藝術部分，而「獨釣寒江雪」所含蘊的象徵意義是指向詩的完整性。此可解釋為：詩的創作同其他的創作，皆源於情意的直覺，此情意的直覺就決定了詩人內心的要求。而最高雅的藝術也同時感動理性，因為吾人在理性上所能感受的快樂，是最高的喜悅。「獨釣寒江雪」表現了詩人趨向心靈自由的理想，在字質上顯現了清絕、孤寂、雋遠、幽峭。趨向心靈的自由是人生一大生活目標，無論我們生活在何等背景下，我們都擺脫不了許多繁瑣的欲望，以及憂鬱、焦躁，因此不管生活在那一個時代的人，都有空虛感和挫折感，柳宗元所要反映的即此。我們經常說作家有大作家、小作家，詩有大作品、小作品。凡是借別人的光來照亮自己的，全是小玩意。偉大的作家與偉大的作品有一特徵，即用自己頑強的生命力來實證自己，〈江雪〉即是如此。

形象構成

湯瑪斯・阿奎那（St. Thomas Aquinas）在其《神學論》（*Summe Theologies*）中談論美，就美而言，有三個基本因素，一是完整性，二是均衡性，三是晶瑩性。此批評基本上是中古時代的，但在美的感受上就覺得吸引人，至少吾人能感受在心靈上綜合的態度與快感（舒適的感覺）。〈江雪〉一詩具有此三特性，乃是談形象論時一首最典型的詩。

形象構成，一是走向綜合的道路，當讀者的情感加入時，含有雄偉的感覺。二是走向分析的道路，此乃通向逼真的感覺。在第一個層次上，可以看出詩人的思想組織力，把他在生活經驗上所得的印象，綜合的表現出來；在第二個層次上（美學的層面上）則指詩人的情趣與意象默然相契，在心靈的舞臺上表現。當〈江雪〉開始時，「千山鳥飛絕，萬徑人蹤滅」，是走向綜合的道路，畫面上所表現的東西是雄偉感，這時必須把握到現象的本質（事物的本質）。本詩的本質部分在於：寒冷是其形象構成綜合的本質，人在此情境下所表現的反抗的意志，即此詩所要表達的，作者把本質的東西拉進來，而把非必然的、偶然的東西排斥掉。

〈江雪〉一開始，在一個廣大的風景中穿插千山萬徑，而沒有鳥、沒有人，使場面顯得十分孤寂。在走向分析的道路時，通向逼真，乃是通過詩人心靈的感受而出現的形象，在此感受中有一種美學上的特徵，就是他的眼、耳，只是心靈的一部分。因此在第二部分出現的形象有三個特徵：⑴具體的，⑵獨特的，⑶生動的。在此條道路上，形象構成的藝術特徵是盡量具體的呈現生活經驗的印象，他保留了實際生活中最具代表意義的事物（〈江雪〉最具代表的是人），因此第二條路所出現的是具體的形象。必須指出：文學描寫的具體化，能夠使被描寫的對象有個性，使在千頭萬緒中顯現均衡中的突出，這是一種心靈直覺的選擇，均衡中的突出乃美感的要件之一，這種使描寫對象具有個性的文字，往往能使讀者有身歷其境、親見其人的感覺。這種形象構成個體性的例子，可以在〈江雪〉後面兩行詩中找到，把在廣大空間中的簑笠翁的個性突出，其反抗大自然冷峭的態度，乃是利用中和的態度。關於表現具體性的形象構成，它不但清晰而且逼真，它具體的呈現了生活現象，同時還保留實際生活裏主要的個體特徵（單一的特徵），所以假如使文字表現具有個體性，此第二條道路是值得深思的。

在第一條路上，詩人通過想像而出現雄偉，但是形象比較模糊，在第二條路上，詩人必須通過自己的感官而出現逼真。因此在第二條路上，具有個體性的文字，必須保留單一而具體的東西，也就是我們經常解釋為特殊的東西的。而這些特殊的東西，當我們解釋時經常會產生一種情感的作用，這種面對作品產生情感的作用，我們稱之為「直覺」。當面對著具體單一的形象而產生情感作用時，我們的神經系統，可以發覺處於不是緊張即是鬆弛的狀態，否則該作品就沒有產生任何作用。反而言之，作品能使我們產生情感作用，那麼我們必能發現此作品是非常生動活潑的，在〈江雪〉中，「孤舟簑笠翁」的存在，必通過詩人的人格出現，而詩人所表現有二：⑴偉大的人格，⑵獨特的個性。

無論是逼真的形象或雄偉的形象，是形象構成的綜合表現，或形象構成的個體性，兩者皆有其共感的基礎，此共同的基礎是我們談形象論時要特別提出的，那就是藝術的虛構作用。所以克羅齊說：「假如詩人或藝術家面對著所要表現的題材，一開始就使用想像，那麼他就是藝術家。如果詩人沒有運用虛構的能力，那麼他就根本缺乏想像力，於是任何形象的構成，在他心裏都變成不可能，他根本不可能成為一個藝術家。」虛構作用與文學情感因素同等重要，而⑴虛構作用是在實際生活經驗基礎上所從事的想像作用；⑵虛構作用就是詩人生活經驗的集中；⑶虛構作用也是一種藝術的媒介和手段，作家或詩人經常憑藉虛構作用選擇對生活最具代表性的東西，因此在這一層次來談虛構作用時，它是詩人對其材料的綜合；⑷虛構作用和實際生活是血肉相關的，虛構只有用實際生活作底子時，才有藝術價值可言，因此「藝術虛構的基礎就是生活經驗」。〈江雪〉就有藝術虛構存在，要不然形象構成就會變得不可能。在本文分析上，有幾樣東西不應被排斥。⑴風雪的途中，他必然跋涉過；⑵在他的生活經驗中，他很可能看過倔強的老人，因此老人的性格很可能吸引他；⑶他有在河裏釣過魚的經驗。在這些沒有被詩的選擇所排斥過的經驗裏，他進行整幅圖畫的結構，為要把如此眾多的材料集中起來，他使用的想像便是「創造的想像」。即顯示生活經驗中屬於本質的，而把不必要的排斥掉了，於是在其詩篇中綜合了千山萬徑的形象，便安排了孤舟簑笠翁去獨釣，釣什麼？詩是應當神秘偷窺的，讀者可以自行想像。

關於創造的想像，有一句話是：我們的回憶就是創造的想像，記憶的重現就是創造的想像。正因為如此，柳宗元把許多材料「看落」，然後再在所選擇出來的材料上加以排列，加以組合、剪裁，便成為我們所面對的這一首千古絕唱——〈江雪〉。

簡單在此提出形象的意義，所謂形象是一種既雄偉又逼真的人生圖畫，由虛構作用與想像作用所形成，而具有美學意義在。

結語

前面一再指明，〈江雪〉是要追求心靈自由，但是假如只是追求心靈自由，此詩不會成為千古絕唱，它另具體地表現了：⑴人在有限中追求無限的人生意義；⑵寫漁翁也正是想寫柳宗元的心境，在那麼惡劣的環境底下，他還能保持知、情、意三者的平衡，而且他對待人生的態度以及面對人生所抒發的情感，都是中和的。

第五章 歷史批評

第一節 歷史批評原理及運用

——評梁容若《文學十家傳》

《文學十家傳》，梁容若著，哈佛燕京學社資助印行，東海大學出版。全書四〇六面。除摭拾史料，編年排列，自稱「務求語語有根據」的十家評傳外，餘為鈔錄並分段標點的墓誌銘、行狀、先公事跡、自傳、自述、私人傳記、軼事遺聞、筆記雜感，與《舊唐書》、《新唐書》、《宋史》、《清史稿》等列傳。抓到籃裏就是菜，深得「不著一字，進退百家，各造紛論，是非並見」之趣；也深通「寫傳記本來是鈔書，鈔書而希望成為一家言」之竅。儘管我們對這位文學史家的史法，無法苟同；也對那堆未經消化的斷爛朝報式史料，並不滿意；但作者在序言中的坦率和大膽，我個人倒頗為欣賞。而且，我對於作者埋首故紙堆中窮年累月的工夫，也表示同情。

不過，這部書既然是一間大學的出版物，照常情推斷，就應該維持相當的學術水準；這部書既然是第二屆中山學術文化基金董事會的文學創作與文藝史類的得獎作品，照一般人的想法，經過文獎會諸位審查委員評審通過的作品，必然具備學術公道。學者專家們的評審意見，總是值得重視的。然而細讀全書，不免失望。

文學史家在挑揀史料，排比史料之際，最能表現他對文學的素養，也最能看出他的史識和史法。以下是梁容若教授的《文學十家傳》，所選中的中國十大文學家：㈠杜甫，㈡白居易，㈢韓愈，㈣柳宗元，㈤歐陽修，㈥蘇軾，㈦陸游，㈧袁枚，㈨黃遵憲，㈩梁啟超。姑且撇開上列十家在中國文學史上的成就和代表性不談，單就此十家並列而言，已令人有不倫不類之感。

任公先生的識見、議論、文采，素所欽佩。雖然筆端常帶情感，政論文章踔厲風發，開一代風氣，但他畢竟是位史學家。他的「革新戲曲」如《新羅馬傳奇》，如《劫灰夢傳奇》，他的「革新小說」如《新中國未來記》，如《世界末日記》，以及若干詩詞，大抵為一時遣興之作，距離成熟的階段尚遠，在文學上絕不足以名家，更絕對不能躋於中國十大文學家之列。把任公先生厠十家之後，根本找不出任何的理由。這種地方不獨見作者的體例不嚴，選樣草率，而且可以看出作者對文學史的認識，實在不夠。當代人談文學史，是擺在文學原理裏邊去談的。文學原理析分為文學理論、文學批評與文學史三大部門，這就指明文學史家多少應帶點兒哲學氣息才行。

從文學史料排列的密度，可以反證文學史的深度。蓋文學史的主要目的，乃從作家與作品的編年體排列組合中，發現他們的相互影響，相互遞嬗的關係，藉明各時代、各地域的文學潮流與文學派別，及其遷流衍變之跡，進而指陳文體與文風不得不變的內在原因。換句話說：文學史乃就文學發展歷程，予以整體觀察，並深入探討文學家對文學的諸般活動，歸納出文學發展的軌跡，以期獲致文學發展的縱的歷史法則，和橫的類型結構的法則。職是之故，真正的文學史，不獨真實地記錄下文學家的生平、行事、思想、譜系與交遊，而且也真實地記錄下他的生活環境、時代風貌和社會變遷。它保存了各時代文體的菁華，將意味雋永，元氣淋漓，富有活力與創造力的代表作品，傳遞給後世天才，成為他們的文學傳統與創作生命的源泉。真正的文學史兼具雙重使命，一方面希風前秀，一方面啟迪後學。現在我們且看梁容若教授的《文學十家傳》。從陸放翁一下跳到袁子才，這兩人的內在關聯何在？縱的歷史關係和橫的類型結構的關係是什麼？能不能在這兩位文學代表人物身上，找到六百年間中國文學的演進痕跡？且六百年間中國文學上的異才秀出，體製翻新，代有傳世之作，代有名世之家；而元代的戲曲，明代的小說，均號稱鼎盛，且自成風會。何以六百年間，獨獨標舉一個袁子才？接下去，何以又突然冒出一個舊瓶裝新酒的黃公度？作者的史識和史法，殊令人費解。

文學史家的史識，可為其著作客觀評價的主要標準。文學史家如對文學發展過程一無看法，餖飣成篇，拉雜成書，絕對不能修成一部像樣的文學史。而文學史家的史法，乃貫徹並強化其史識的手段。史識提出論點，找出來龍去脈，史法提供論據，並圍繞論點嚴密排比史料，逐步展開論證。史識有高低，視界有大小，賢者識其大，不賢者識其小，各憑才情氣分與功力而選擇著述的範圍，原不必強求苟同。作者撰《文學十家傳》的史識，見於其序言。他其所以要選擇這十位文學家，「是以文學史上的重要性來決定，不以正史文苑傳有無名字來決定。這所謂重要性是客觀的，歷史的群眾性的選擇，影響力的大小，來定去取。」那麼，我們要問：屈原、陶潛、李白等，在中國文學史上的重要性，難道不如袁枚、黃遵憲與梁啟超嗎？他們的影響力的大小，和歷史的群眾性的選擇，難道不如《文學十家傳》中的任何一家嗎？何以薄彼厚此？何以選擇如此不精當？真令人大惑不解。我懷疑作者的文學觀，還停滯在先秦時代的「文章博學」階段，這樣的史識，是不夠修文學史的。同樣，我也懷疑作者的史法，是有聞必錄，見材料就鈔，卻缺少判斷力的史法。只見樹木，不見森林，做的全是些蒐集工作。

決定文學史家史識的高低者，一為對文學本身有廣博的知識，湛深而精到的研究，這樣才有資格追蹤文學發展的軌道，予以通識通觀，高瞻遠矚。其次為不帶偏見，不帶愛憎，公正而平和的心理習慣，這樣才能培養準確的目光和客觀的態度，不為流派與偏私所左右。第三為對文學具備整體的觀念。蓋文學雖展露萬殊，然其源仍本乎心靈的外攝，以創造性想像力與虛構，來表現感情，傳達思想。第四為史料鑑別之精粗。在史料中，自傳未必可靠。諛墓之文最無價值。「文章自傳道，不藉史筆垂」，從作家的作品中發掘文學史的史料，乃第一手的史料。從作品的夾縫中，找到該文學家的生活狀況、思想情趣、社會關係，與時代風貌等，乃最上乘的傳記史料。此四者剛好是梁容若教授在此書中所不具備的。

《文學十家傳》可說大體是鈔書工作。作者的鈔書工作，可以解析為三個層次：一為標點舊作，全文照鈔者，在四〇六面煌煌巨著中，佔了一六九面。關於〈杜甫傳〉者，他鈔錄了元稹的〈唐故工部員外郎杜君墓誌銘並序〉，《舊唐書》〈杜甫傳〉，《新唐書》〈杜甫傳〉。三者合計共佔八面。關於〈白居易傳〉者，他鈔錄了李商隱的〈刑部尚書右僕射太原白公墓碑銘〉，白居易的

〈醉吟先生傳〉，《舊唐書》〈白居易傳〉，《新唐書》〈白居易傳〉。另外又插上一篇附錄——〈白居易與韓愈〉。五者合計共佔三十面。在〈韓愈傳〉中，他又雜鈔了李翺的〈故吏部侍郎上柱國贈禮部尚書韓公行狀〉，皇甫湜的〈韓文公墓誌銘〉，《舊唐書》〈韓愈傳〉，《新唐書》〈韓愈傳〉。四者共佔十七面。〈柳宗元傳〉中，他照錄了韓愈的〈柳子厚墓誌銘〉，《舊唐書》〈柳宗元傳〉，《新唐書》〈柳宗元傳〉。三者合計共佔六面。〈歐陽修傳〉中，作者全文謄錄了歐陽棐等的〈先公事迹〉，吳充的〈歐陽公行狀〉，《宋史》〈歐陽修傳〉。三者合計共佔三十二面。在〈蘇軾傳〉中，作者又分段標點鈔錄了蘇轍的〈亡兄子瞻端明墓誌銘〉，《宋史》〈蘇軾傳〉，二者合計共佔二十九面。關於〈陸游傳〉，作者越鈔越離譜，除《宋史》〈陸游傳〉外，還附上一篇〈陸放翁與韓侂冑〉；這還不打緊，連他的學生林惠珍寫的〈陸放翁的離婚〉，也一字不易照錄如儀。三者合計共佔十三面。在〈袁枚傳〉裏邊，作者鈔錄了孫星衍的〈故江寧縣知縣前翰林院庶吉士袁枚傳〉，姚鼐的〈袁隨園君墓誌銘〉，另附錄了一篇〈記隨園〉，三者合計共佔十二面。在〈黃遵憲傳〉中，湊合了梁啟超的〈嘉應黃先生墓誌銘〉，《清史稿》〈黃遵憲傳〉，二者合計佔五面。最後是〈梁啟超傳〉，作者不獨謄錄了梁啟超的〈三十自述〉，錢基博的〈梁啟超傳〉，也附錄了一篇〈梁任公先生印象記〉。三者合計佔二十七面。不著一字，居然成卷，全書附錄之文，多達一六九面。再加上三十面的插圖，作者在第一個層次中的鈔書工作，約佔全書一半。這樣的書是不能稱之為「著」的。

第二個層次的鈔書工作，乃摭拾舊聞，百家雜鈔，另附各家作品的版本源流，共計一三三五面。

大概作者為了貫徹其「不著一字，進退百家，各造紛論，是非並見」的宗旨，並沒有對前人一鱗半爪的雜感，予以比較研究，鑑賞批評。拾人牙慧而無所裁判，紛論永遠是紛論，是非依舊是是非，這種樣子的「文學史家」，難道不愧對古人嗎？不讀完一文學家的全部著作，不配妄議該文學家，這是治文學史者的最基本的認識。不誠無物。文學史的工作也是一個蘿蔔一個坑的工作，怎好投機取巧，盡玩假的？

第三個層次的鈔書工作，那就是所謂梁容若著的十篇評傳了。這十篇所謂評傳，仍然是走的「寫傳記本來是鈔書」的老路；而且所鈔的書，範圍又窄狹得可憐，所依據的仍然是前述兩個層次的材料，編年排列，略加整理與貫串而已。這樣的書居然受到了文獎會評審委員的上賞，我們覺得評審標準，實有提高之必要。

最後，我想對《文學十家傳》，做點分類工作。

分類工作決非小道。真正有價值的文學史，和地攤上的文學史料的區別，就彰顯在能不能歸類這一「判別式」中。

我們其所以想把《文學十家傳》歸入「文學史」這一類型之中，是根據兩個標準：一是作者在「序言」中說的，「我所寫的文學家傳，是想作為和一部中國文學通史並行的參考書」。雖然其語意曖昧，但作者想把《文學十家傳》，作為中國文學通史，總去事實不遠。另一標準是中山文獎會諸位評審委員的公斷，認為這部書是本年度最佳的「文藝史」著作，因此我只好暫時把它擺進「文學史」範疇，予以分類。

文學史的分類標準，足以顯示文學史家的史識與史法，也足以顯示文學史家對文學認識的深淺。若依文學發展的縱的關係，為外在的分類標準，則文學史所涵蓋的空間大小，與文學史所截取的時間長短，乃通常運用的兩大分類標準。前者如世界文學史，亞洲文學史，歐洲文學史等；後者如中國文學通史，唐代文學史等。若依文學發展的橫的關係，為內在的分類標準，則類型結構，文學流派，與對特定作家或特定作品，作歷史的研究，乃通常運用的三大分類標準。關於類型結構者，如中國小說史，英國戲劇史等；關於文學流派者，如狂飆運動史，浪漫主義文學史等；關於特定作家或特定作品者，如近二百年對曹雪芹之研究史，《詩經》研究史等。當然，一切列舉皆有遺漏，而且信手拈來，以備分類模式說明之用，不必實有其書。然文學史的範圍與輪廓，大致具備。蓋文學史料浩如煙海，若不分門別類，精挑細揀，由博返約，必然漫汗無所依歸。而文學無窮，時不我待，著述文學史的人，若無一定對象一定範圍，東抓一把，西抓一把，縱然窮畢生之力胼手胝足鈔書，依然白耗精力，一無是處。《文學十家傳》的抽樣，顯然不是根據某一地域，如江西詩派，公安竟陵派，陽湖派，乃至桐城派等，將某一特定空間的文學家，排列在一起，藉以指陳某一地區的文學家，在文學流派，作家風格，作品的類型結構之同異，進一步探討作品在風格中，風格在潮流中，潮流在方法中的各別地位。因此，空間分類的模式，不能將《文學十家傳》歸類。

第二類依時間長短分為文學通史與文學斷代史。《文學十家傳》由唐代到民國，與斷代史的體例不合。絕對無法歸入斷代史一類。如果想要作為文學通史，則無頭無尾，無內在的關聯，無相互遞嬗的闡釋，支離破碎，不忍卒讀，根本不夠文學通史的條件，當然也不能歸入文學通史一類。

內在的三個分類標準，梁容若教授此書皆未能符合，因此不能把這本文學史料，歸進這三類裏邊。一本不能歸類的文學史料雜鈔，居然是一間大學的出版物，而且公然獲得「文藝史」獎，如何會使人口服心服？又何以杜悠悠之口？《春秋》責備賢者，一人作偽而累及眾賢，一人鈔書而有損學術水準與學術公道，心裏實在難過。

第二節　歷史批評原理及型構批評原理混合運用

——釋張若虛〈春江花月夜〉

春江花月夜　　張若虛

春江潮水連海平，海上明月共潮生。
灩灩隨波千萬里，何處春江無月明。
江流宛轉遶芳甸，月照花林皆似霰；
空裏流霜不覺飛，江上白沙看不見。
江天一色無纖塵，皎皎空中孤月輪。
江畔何人初見月？江月何年初照人？

人生代代無窮已，江月年年秖相似。
不知江月待何人？但見長江送流水。
白雲一片去悠悠，青楓浦上不勝愁；
誰家今夜扁舟子？何處相思明月樓？
可憐樓上月徘徊，應照離人妝鏡臺。
玉戶簾中捲不去，擣衣砧上拂還來。
此時相望不相聞，願逐月華流照君；
鴻雁長飛光不度，魚龍潛躍水成紋。
昨夜閑潭夢落花，可憐春半不還家；
江水流春去欲盡，江潭落月復西斜。
斜月沈沈藏海霧，碣石瀟湘無限路；
不知乘月幾人歸，落月搖情滿江樹。

作者張若虛的有關資料並不多，僅有《全唐詩》載：張若虛，揚州人，兗州兵曹。與賀知章、張旭、包融，號為吳中四士。而吳中四士資料皆不完備，《全唐詩》計輯有賀知章詩八首、張旭八首、包融六首、張若虛兩首。由於其傳記材料與歷史材料兩缺，故無法建立批評對象之外部研究關係，因此談這首詩不得不就作品言作品。也不得不承認一文學作品之本身就具備有獨立自主之生命，而且若該文學作品若屬真正藝術，它必有其自身的完整性和統一性。也必須承認須把文學作品視為一獨立存在，從其意象與字質結構中考量其生命力。也同時強調作品分析之基礎，不論在什麼文學類型中皆是必須的。

時代氣息（歷史批評在文學批評中的運用）

歷史批評的取材必須合於論據的要件，先要有強大的思想組織力，才能驅使材料。歷史批評完全使用生物發生學的方法交待其本源。

〈春〉詩本是樂府詩體，是後主陳叔寶所首創。共計六個「吳聲歌」，是樂府（宋郭茂倩《樂府詩集》），其中第四首亦名〈春江花月夜〉。《舊唐書》卷二九，〈音樂志〉二：「〈春江花月夜〉，〈玉樹後庭花〉……並陳後主所作，常與宮中女學士及朝臣相和為詩，太樂令何胥又善於文詠，採其尤艷者化為此曲。」陳後主前樂府之首，至今傳有一〈玉樹後庭花〉，其餘是否五言、七言或三、五、七言之雜體詩不得而知，惟一可斷定的是：陳後主手上的樂府可能是水平很低的，否則當有流傳。如果是七言，水準至少低於〈玉樹後庭花〉，當時文字工具並未成熟。僅觀〈玉樹後庭花〉詩：「麗宇芳林對高閣，新粧豔質本傾城。映戶凝嬌乍不進，出帷含態笑相逢。妖姬臉似花含露，玉樹流光照後庭」（郭茂倩《樂府詩集》〈清商曲辭吳聲歌曲〉卷四七）。就這首詩本身論：是不足以傳千年的作品。陳後主另有七言詩例如下：「陌頭新花歷亂生，葉裏春鳥送春情。長安遊俠無數伴，白馬驪珂路中滿。」「金鞍向暝便相連，玉面俱要來帳前。含態眼語懸相解，翠帶羅裙入為解。」（〈清商曲辭倚聲為歌〉卷四八）俱可見陳叔寶本人並非詩才。

若估斷他〈玉〉詩前的是五言詩，則陳叔寶留下的五言詩同樣不高明。歷代以「春江花月夜」為題的在張若虛之後才變為七言的，故很可能起先是五言的。陳叔寶五言詩的樣例〈前有一尊酒行〉：「殿高絲炊滿，日落綺羅解，莫論朝漏促，傾巵待夕筵。」（卷六五〈雜曲歌辭〉）同樣也不高明。另張若虛之前的〈春江花月夜〉全是五言詩，但因陳後主所作皆已喪失，故推斷隋煬帝〈春江花月夜〉二首，可見出其離樂府已遠，是最初以該題為詩的，可能並非按樂府之系統而作。如第一首：「暮江平不動，春花滿正開。流波將月去，明水帶星來。」是齊梁體的詩，僅使用樂府詩題而作，與唐詩絕句的不同是在於，齊梁體皆謂為半格詩，只有一半須押律，本詩後半是押格律的。第二首是：「夜露含花氣，春潭瀁月暉。漢水逢遊女，湘川值兩妃。」雖亦有色情意味，但比陳叔寶高明。由此可推測陳叔寶之〈春江花月夜〉是五言詩。隋諸葛穎〈春江花月夜〉：「花帆渡柳浦，結纜隱梅州。月色含江樹，花影覆船樓。」也是齊梁體，也是艷體詩，已有唐五言絕句之風味。唐較張若虛為早的張子容的〈春江花月夜〉有二首，其一為：「林花發岸口，氣色動江新。此夜江中月，流光花上春，分明石潭裏，宜照浣花人。」六句是保留樂府的形構，此一步一步地接近張若虛的風格了。其二為：「交甫憐瑤珮，仙姬難重期。沈沈綠江晚，惆悵碧雲姿。初逢花上月，言是弄珠時。」由於本詩題在樂府時即含色情意味，故歷來未脫其格。接著是張若虛的〈春江花月夜〉，由於藝術性太高，故直到晚唐才有人再作，已是第七首了。至唐溫庭筠時，形式上已完全是張若虛的方式而非淫詩了，但此詩之境界終究不能超越張若虛。「玉樹歌闌海雲黑，花庭忽作青蕪國，秦淮有水水無情，還向金陵漾春色。（註：倣張若虛之寫景極明，繼而倣其言情〉楊家二世安九重，不御華芝嫌六龍。百幅錦帆風力滿，連天展盡金芙蓉。珠翠丁星復明滅，龍頭劈浪哀笳發（是隋煬帝遊運河的情景）。千里涵空照水魂，萬枝破鼻團香雪。漏轉霞高滄海西，頗黎枕上聞天雞，鸞弦玳雁曲如語，一醉昏昏天下迷，四方傾動煙塵起。猶在濃香夢魂裏，後主荒唐有曉鶯，飛來只隔西江水。」這首是以「春江花月夜」為題的最後一首。以上所述七首中，當以張若虛之作為最佳。

由於此歷史發展，可知該創作斷然受到時代氣息之影響。〈春江花月夜〉是以口語入詩，故生動自然，而節奏很快。雖不能說它沒有原創性，但它並非潮流的創造者；只是該時代潮流下的奇葩。因為從初唐七言詩之詩體與詩風作文學史的觀察，可以見出七言詩遷演的痕跡，七言詩在鮑照手上已有相當水準，經庾信，七言詩已能適用於許多詩題，經隋之醞釀，至初唐已相當成熟。將張若虛〈春〉詩之前的作品展示如下，可得知該詩風是早已存在的。劉希夷〈春日行歌〉（五言）之詩體與詩風很接近張若虛〈春〉詩，由於時代已變，故五言難臻勝境。劉希夷少有才華，落魄不拘常格；亦正是張若虛等人之性格。「山樹落梅花，飛落野人家。野人何所有，滿甕陽春酒。攜酒上春臺，行歌伴落梅。醉罷臥明月，乘夢遊天臺。」這完全是口語率直的詩風，節奏明快，自由換韻，是當時五言詩的浪漫詩風。〈代悲白頭翁〉（七言）相似之處就更多了。「洛陽城東桃李花，飛來飛去落誰家，洛陽兒女惜顏色，坐見落花長歎息。今年花落顏色改，明年花開復誰在，已見松柏催為薪，更聞滄田變成海。古人無復洛城東，今年還對落花風，年年歲歲花相似，歲歲年年人不同。寄言全盛紅顏子，應憐半死白頭翁。此翁白頭真可憐，伊昔紅顏美少年，公子王孫芳樹下，清歌妙舞落花前。光祿池臺文錦繡，將軍樓閣畫神仙，一朝臥病無人識；三春行樂在誰邊，宛轉蛾眉能幾時，須臾白髮亂如絲，但看舊來歌舞地，惟有黃昏鳥雀悲。」此詩淺近明白、自然生動，充滿浪漫詩的感傷意味。唐詩根本就有個白話詩運動，由於受七言之限，故將口語變形使用。另賈曾〈有所思〉：「洛陽城東桃李花，飛來飛去落誰家，幽閨兒女愛顏色，坐見落花長歎息，今歲花開君不待，明年花開復誰在？故人不共洛陽東，今來空對落花風。年年歲歲花相似，歲歲年年人不同。」此首與〈代悲白頭翁〉相距十七、八年，相似處何其多。另武則天時代喬知之〈綠珠篇〉：「石家金谷重新聲，明珠十斛買娉婷，此日可憐君自許，此時可喜得人情。君家閨閣不曾離，常將歌舞借人看，意氣雄豪非分理，驕矜勢力橫相干，辭君去君終不忍，徒勞掩袂傷鉛粉，百年離別在高樓，一代紅顏為君盡。」此詩亦以口語入詩。另賀知章〈望人家桃李花〉：「山源夜語度仙家，朝發東園桃李花。桃花紅兮李花白，照灼城隅復南陌。南陌青樓十二重，春風桃李為誰容？棄置千金輕不顧，踟躕五馬謝相逢。徒言南國容華晚，遂歎西家飄落遠。的皪長奉明光殿，氛氳半入披香苑。苑中珍木元自奇，黃金作葉白銀枝；千年萬歲不凋落，還將桃李更相宜。桃李從來露井傍，成蹊結影矜豔陽，莫道春花不可樹，會持仙實薦君王。」此首前面家、花、白、陌兩句就轉韻，文學中的自由主義創作就是自立規矩。而此詩自然生動與〈春〉詩同，惟一不同是後面有向君王獻媚的意味在。武則天時代許多人作過與〈春〉詩風格相同之詩，張若虛之〈春江花月夜〉至少是第六首。

由這一系列之詩來作整體觀察，大致可確定：初唐詩進入武則天時代時，已出現一種浪漫抒情的詩風，成為武則天時代到唐玄宗時代的時代氣息（德語為Eeit-Geist，時代精神），表現了幾項特徵：⑴援口語入詩，而詩語乃是口語的變形。⑵出語容易，曉暢明白，寫來不像苦吟而出，同時見出音調鏗鏘、節奏明白。⑶詩人以創造的直覺來抒寫詩篇。馬里旦（Juequer Maritain）界定創造的直覺（creative intuition）為：指進入人類心靈最深處的特殊個性、能力與氣質。創造（creation）在希臘文的原義就相當於詩，詩的希臘文原義第一個即創造。

而這一系列詩的共同之處在於：⑴它們在源流上同屬漢魏六朝樂府的接枝，加以唐之口語和情感寫成詩篇，而開出一朵奇花——張若虛的〈春江花月夜〉。文學史上說它受六朝歌行的影響，在事實上是有距離的。⑵它們在風格上都呈現浪漫詩的精神面貌，具有抒情詩的氣息，詩語就是口語的變形，自然而生動，且都以節奏明快、音調鏗鏘見長。⑶它們的抒情對象多半是明月雪風歸情離恨，是即景生情或即物起興之作，它們與魏晉之田園詩講究恬靜簡樸，在風格上不相同，證明其在歷史的線索上，受田園詩的影響不大。⑷它們在五言詩的凝重簡樸，七言詩的豪放氣息中，同時增加了風流（在唐代是好字眼）的情調和輕快的字句，完全跳出初唐時代言志派的範圍，開始了抒情詩的無限美景。⑸它們的詩素和字質均以貼切見長，且多婉約哀愁之作，往往情深於淚，達到了中國詩的奇妙境地，且有詩的無限性。⑹韻律纖巧諧和，諧音字佔極大多數，刺耳的非諧音（non-Euphony），引起特殊效果的噪音）很少。⑺張若虛的〈春〉詩，遣詞美而動情，和諧而通俗，它包含富玄遠之思的自然現象但絕不晦澀，頭緒紛繁但詩行的各部分與全詩的關係位置卻整齊有序，在美學上達到了「繁複中的統一」（多樣的統一）。⑻詩看來整體均勻，能閃閃發光而生一片朦朧之美。

論抒情詩

抒情詩（lyric）在字源上的解釋，其希臘原義是「七弦琴」，可見在古希臘時它指可用七弦琴伴奏的詩，其特徵為「簡潔地表現個人的感受」，至今依然。故其可以結合為「簡潔地表現個人感受而能披之弦管的詩」。由於其特徵，故在其中無論時間多長多短，都可以見到不同的個性描寫，抒情詩通過個人之感受所現出的一切，就像發生在眼前似的，它直接把事件偶然表現在吾人眼前：抒萬古之情如在現在，狀萬里之景如在目前。這是抒情詩的特權：把時空揉合在一起。如唐詩：「此地別燕丹，壯士髮衝冠，昔時人已歿，今日水猶寒。」全不用過去式，所寫皆如在目前，李白：「西還沙塞遠，東愴河梁別，泣把李陵衣，相看淚成血……」其實也是相隔千年的事了。

詩人憑藉描繪個性的狀態（包括感受、思想、情感……）以反映人生。故抒情詩的藝術基本特徵：不僅只是描寫人的內心世界，也反映出整體人生的多樣性，一面它反映人的內心整體，一面也反映生活於人的特殊折射（有人覺得快樂；有人則覺悲傷……各人對同樣事物有不同折射）。故抒情詩之藝術基本特徵有三：⑴抒情詩簡潔主觀地表現個人感受。⑵抒情詩藉描繪個性的單獨狀態來描繪人生。⑶抒情詩是詩人切身感受個體化，是使之鮮明的要素，表現於切合詩人個性的語言結構中。（如：吳中四士的意象語皆很明朗，而李商隱的〈錦瑟〉詩，則是晦澀的象徵）抒情詩描繪個人的感受，獨立而有其內在的完整性，不需以別的條件、故事、情節、解釋、說明……以助其開展；由此觀，抒情詩具有形象地反映生活的特徵，而非以概念化的邏輯語言來說明生活。這理由在於：抒情詩的主要作用在於表情而非達意，其有時雖也需達意，但不過是順便地在抒情中帶出罷了。

在抒情詩中經常可見出內心世界的與外在世界的人生圖畫。雖然其中以內心世界的圖畫重要得多，在抒情詩中吾人可感覺到具體描繪的力量（即形象的描繪的力量），也包含三因素：⑴語言的具體性，而非玄學的闡說。⑵語言結構方式之力求配合詩人的感覺。⑶詩人思想的組織力或詩的綜合性。詩人之感覺在內心是單純的感覺，它往往不具藝術性或美學意義，它可能不能成功傳達；惟其變為複合感覺時才有藝術和美學意義。如康德說：「在我頭上者群星的天宇，在我心中者道德的律則。」一是普天下古今人皆然擁有的感覺，一是詩人個別的；詩人要能把他的單一感覺變成複合感覺。

想像

雪萊（A. P. Shilley）：詩是想像的表現。雪萊是浪漫詩人。華茲華斯（Wordsworth）也是十九世紀的浪漫詩人。他說：「詩是人對自然的印象。」若吾人要使印象具有藝術或美學意義，則必須使該印象產生量化作用，要使印象生量化作用，則非想像不可。「凡生幻象者皆美」，在此是適用的。約翰生（Sammuel Johnson）說：「詩是把快樂和真理混合在一起的藝術，詩的方法是以想像來幫助理性。」雖想像與象徵都是詩的間接表現方式，但十九世紀浪漫詩人都只重想像。薛勒（A. D. Sherler）說：「詩是偉大的心靈藉美的型式和音樂的語言表現現實生活中所能領悟到的最微妙最高尚的情感。」最微妙這三字就關聯到詩的想像作用。

想像的本質微妙難明，但日常生活中使用想像之處甚多，最普通的便是回憶，因在回憶之時突出最主要的部分，次要的都篩掉了。

十七世紀以前的哲學家把想像與幻想混同，其實想像是一種「相似而不相同的心理活動」。把床前月光看作地上霜便是如此；若把它看作雪，則光度過強，視作女粉則太暗，不如霜之恰切。想像是相似而不相同的心理活動，以茶杯形容茶杯則非想像。因它有相似而不相同的現象，故某種印象在吾人心靈上浮現，則吾人會由此而聯想成另一物。幻想的活動過於自由，不受理性的約束，它既無秩序感又無方向感，夢中情境多半如此。

想像分三種典型，惟有千萬層次。

(1)創造的想像（creative imagination）：是寫實主義者常用的想像。基本性質與吾人之記憶差不多，其本質特點與主要之處，實際上只是選擇與組合生活素材途徑過程，乃A→A。故它本是生活經驗的一部分，想像在予以挑選中綜合概括而成一種新的事物。

(2)聯想的想像（associative imagination）：是浪漫主義者常用的想像。把某一事物或某一觀念和其類似的情緒聯合起來，這種心理活動通謂之「聯想的想像」。也可以從相反的途徑去發生聯想，乃A→B。聯想的想像出現的東西與現實生活之實際事物並不相同。往往表達為對於事物之直接的快感，而非事物的本質。

(3)解釋的想像（interpretative imagination）：是象徵主義者常用的想像。繞過字面所造成的意象，而在意象背面尋求其意義，即「體物入微」之想入非非的想像，能洞見想像對象的價值意義，抉擇其主要精神所在而予以表現之，謂之解釋的想像，是A←C。其藝術特徵即是「象徵」。廣義的象徵為把無形的觀念表現在有形的具體形象中。有二基礎，即通過暗示（suggestion）及召喚（evocation）；也有二途徑，即以有限表無限，以有形召無形，以剎那捕捉永恆。

諧音、押韻、節奏

每一文學作品皆有一套語言系列（a series of sounds），是鑑別作者風格之主要項目之一。該語言系統是作品之意義產生的本源；雖然若干文學類型的文字好像散文，如傳記文學、新聞特寫……等，看來其中的聲音的層次是不太重要的，近代文學亦然。但聲音的結構（structure of sounds）畢竟是一作品之意義系統的充分且必要條件，在這意義下，吾人可說：小說與詩就聲音的序列而言，它們本質上的區別僅止於數量而已。非文學性散文(non-fictioned prose)之聲音層次當然不太清楚，但就文學散文（fictioned prose）而言，其聲音層次就很令人注意，如培根（Francise Bacon）散文及尼采的《蘇魯支語錄》。聲音層次具有文學的美學效果，是文學效果的一部分。吾人可把許多美文以不真正的詩歌，界定為語言的聲音系統之組織化(an organization of a language's sound system)，其聲音系統斷然與文學有密切關係。

當我們分析聲音效果時，吾人心理上有雙重準備。⑴聲韻學的研究不能僅以私人之朗誦為基準，因為當吾人高聲朗誦一作品，就很難避免參與私人的情感好惡。因此吾人在聲韻學中所包括的節奏學和韻律學之研究中就不能以私人朗誦作為實驗基礎，將朗誦和聲音效果聯在一起往往是錯誤之源。單字不生情感作用，但朗誦作品就不同了。⑵西方有人認為聲音的分析當與其意義隔離，是錯誤的，因為純粹聲音的本身並沒有或只有極少的美學效果。當吾人捨棄語言系統中某些一般性概念，則必定會毀掉該作品的許多情緒基調（emotional tones），而詩歌的音樂性就談不上了。西方的詩歌研究中，特別指出：純粹的聲音若非出之杜撰，便是極其簡單和極其粗糙的關係系列。以純粹聲音作為研究標準，很接近中國聲韻學中所謂審音、正聲、明辨、旁徵之道理。在西方這樣作，且有無數組科學試驗的是畢克霍夫（Birkhoff）的美學蠡測（Aesthetic Measure），實際上是從語言學中談聲韻，而非真正落實在美學的工夫。在此他無法解釋聲音層次的變化及其在詩歌中的重要性。

西方人所謂「固有和相關的聲音成分」，就是指「聲音的固有特質」，如A、O、P、L……等單獨特殊的聲音。因為聲音之固有的特質區分，吾人通常稱之為「音樂性」（musicality）或諧音（euphony）的基礎。但這種聲音成分也指可能成為節奏或韻律的基礎之東西，包括：音調、聲音、震音、頻率及其他的聲音之素質。音調或高或低，頻率或大或小，這種素質區分在音樂與文學的關係上佔很重要的位置，其最主要原因是它能夠分解整群之語言現象。雖然在現代詩中曾出現非諧音（acophony），所要求的是製造刺耳富有表現力的聲音效果；但在任何傳統詩中，非諧音的製造是不多的，且很難找到。

押韻通常分為字尾押韻，如 character 及 register；字根押韻，如 drink 及think；字根字尾押韻，passion及fashion。研究押韻可證明：⑴聲音是極其複雜的現象，包括單純的諧音作用，如聲音的重複。⑵在美學上可見出聲音的韻律作用，西方詩中它往往可構成詩節的類型。⑶在西方聲韻學中，聲音是有含義的，它的意義就深藏於整個詩的作品中的，聲音用對比或連鎖將一個個單字結合在一起，此即聲韻的語意功能。

西方聲韻學講究音格的效果（sound figure），而這是各種語言系統都不相同的效果，因各語言系統皆有其音素系統（system of phoneme），故其母音的對立或平行及子音的相似都有自己的系統。但這種聲音效果和詩歌的一般含意也極其相關而不可分割；在西方詩中，浪漫和象徵派曾一度將詩與音樂相混，但吾人見出其混合的途徑是不能完全達成的，因音樂和詩在聲音的類比和明晰上與聲音的類型上究竟有若干區別。因此，我國格律詩、詞、樂府若入樂，則可發現我國的詩是過於平板，往往與曲體不合，因能譜成曲的詩歌常包含三個條件：⑴聲調必須和諧，⑵句度必須長短相間，⑶押韻必須符合詞情。

吾人可確定：⑴如象徵派詩人馬拉梅說：「詩不是用觀念寫成的，而是用語言寫成的。」⑵受詩之句式的限制（在西方受音步限制，在中國受句型限制），追求比較整齊的表現。受句度的限制（在中國，若詩要有音樂性則句度必須是長短相間的；在古詩中，五言七言是最長的句式，其中使用聲調的辦法多半兩平兩仄相間；若違此則稱為拗體，如「……萬徑人蹤滅……」是單拗；但五、七言詩不論分成三或四個音組，在這種句式下究竟是以平板見長而缺乏節奏的；故為追求句度上的長短相間就發展為詞，傳統謂之「詩餘」。但今看來，詩詞曲在音樂性上是三種根本不同的發展途徑，因為由詩變詞，或由詞變曲，其四聲之協調也根本起了變化。如李白〈憶秦娥〉之「……西風殘照，漢家陵闕……」，完全打破詩的規則的拗句，而王國維盛讚之。另如溫庭筠〈河傳〉：「夢魂繞晚潮，不聞郎馬嘶」，第二句平仄亦拗）。(3)古典詩需要押韻（在西方詩學中，押韻普通的功能有二：①詩人情緒的轉變而為相應的節拍。②押韻之處多半是情緒凝聚之處。押韻若無此二功能則僅為打油詩，為便於記憶而已。就情緒功能言，四聲可以「曲律」之言說明：平聲押韻正如同馬拉梅之母音子音之變動：平聲柔而長，上聲厲而舉，去聲清而遠，入聲急而促；上母音e,ai象徵光明和向上而積極具有春春和活力，下母音o, u象徵黑暗、寒冷、沮喪的感傷意味）。(4)詩即是日常語言之有意變形，故有時強調詩中的模稜（ambiguity）意味。詩無達詁，如「落月搖情滿江樹」翻成日常口語是很難的，但讀來令人輕鬆愉快，詩語本身即有其曖昧性。

如何捕捉詩中的音樂性，是批評家必須要唸得出的，如詩中音樂性很高，諧音比重很大，批評家要找出其證據，尋找的途徑有三方向：(1)強調詩的連貫意義，(2)強調詩的整體性，(3)強調詩的有機性。如是則可見出該詩是否整體地和諧，以及每個詩行、音組、音群，對於詩的整體，達成如何的關係位置。在美感經驗中可充分地發現：(1)神經最先是由緊張，續而鬆弛——由興奮走向寧靜，(2)精神心態在寧靜後由輕鬆走向愉快。桑塔耶那（Santayana）的《美感》一書中說：

「雖然美是主觀的，同時也是非理性的，但是它畢竟可以還原成快樂。」以上兩點是可以把握音樂性的憑藉。

聲音的象徵和意義在各民族皆有其不同的習慣和類型。例如Rock，英文意義是石頭，德文裏是夾克，俄語是命運。且若象徵與譬喻離開了該特定語言之意義系統時，也可以構成聲音模式（patterns of sound），例如，「去年今日此門中，人面桃花相映紅，人面至今何處去，桃花依舊笑春風。」在音律上一無瑕失，但離其意義系統，如《笑林廣記》中：「去年今日此門過，人面麻花相對搓，人面不知何處去，麻花依舊下油鍋！」同樣有其音律效果，但構成笑話詩，可以完全是篇空文而一無所指，全無意象。如〈二郎廣記〉：「夫百善莫如修廟，修廟莫如修二郎廟，二郎者大郎之弟三郎之兄而志郎之子也。廟前有大樹二柱，人皆曰樹在廟前，我獨曰樹在廟後……鐘聲噹噹，鼓聲咚咚。」亦是如此。

周期性（periodicity）是節奏的基本要素。節奏的基本單位，在詩中是詩行，俄國人最先如此訂立。將節奏表現在詩中就是韻律（meter）。節奏是自然界普遍存在的現象，春、夏、秋、冬是大自然的一種節奏，高山淵谷大聲小音亦是，凡自然界出現高低長短，大小強弱的對比之處，全是大自然的一種節奏；在人生理上也有，餓與食，倦與睡也是；心理上興奮與寧靜、痛苦與快樂皆是，當其交互出現即成為節奏感。因而全同全異皆不能出現節奏感。主觀的節奏，是適應吾人生理及心理需要，而出現周期性的變動，是可變的。客觀的節奏，是大自然在運行中所呈現的一種節拍，有一定的時距和周期，如鬧鐘顯示不同的周期，當失意心煩時秒聲高促愈急而致有如火車突過，同樣是一種客觀節奏有不同的主觀感受。

形象（form）、意象（imagery）、幻象（vision）

形象是生活的圖畫，由二種途徑構成。綜合的途徑，見出其雄渾；單一的途徑，見出其具體。綜合途徑如清詞家陳見鑨的十六字令：「清，萬里關山見月明。最難禁，夜夜擣衣聲。」是從綜合性途徑構成形象：組合最主要的因素，在此是「月」，排除掉次要的。單一途徑是突出事物最主要的特徵，如丁瑋〈南歌子〉：「坐對白鷺香餌垂，一桿春水碧琉璃。雲淡淡，日遲遲，閒看蜻蜓立釣絲。」就非常具體鮮活。形象的構成是經由想像與虛構之作用，選擇是必須通過此二作用的，必須有美學和藝術上的意義，而能夠引人注意者，否則就是最原始的作夢之形態。

文學的特質之一，是形象地映現生活。對「形象」一詞最普通的誤解，即以為形象是文學中具體的描寫，或以為是文學作品中美麗的詞藻。其實形象是一整幅逼真而又雄渾的人生圖畫，由虛構作用和想像作用完成，而具有美學意義（由興奮到寧靜，由賞心悅目到心曠神怡，由吸引注意力到感覺輕鬆愉快）和藝術價值。形象構成的途徑有綜合途徑，如「千山鳥飛絕，萬徑人蹤滅」；單一途徑如「孤舟簑笠翁，獨釣寒江雪」。綜合途徑是通過詩人的心靈組織力將詩人的印象表現出來，是具現生活現象的特質，並給予某種綜合。如此即超越了生活經驗的各別事實，如千山只取鳥飛絕，而剔除了個別的東西，故出現非常雄渾的圖畫。當揚棄偶然和次要的因素，而保留綜合即特殊和本質的因素，心靈的組織力就與心靈的概括力在語意上相近。而心靈的組織力或概括力，若使用詩人用語來說，即一種「具體而微的虛構作用」。所謂虛構作用，是在生活經驗實底子上所從事的想像，允許空間位移，時間可以倒錯，實際經驗的折射與擴大（日月潭可擴大為洞庭湖），實際生活的倒影和縮小（縮小經驗以使用之），實際生活的直接且綜合的表現，這是虛構的五種途徑。在文學原理中，綜合途徑又稱「形象構成的綜合性」。單一途徑所出現的形象經常是逼真的形象，如「皎皎空中孤月輪，白雲一片去悠悠」，此途徑是詩人通過創造的直覺（詩人的感受），而出現的形象，它具體、獨特且生動。其特質是具體地呈現生活經驗的印象，且保留了形象在實際生活中所有的個體特質，並選擇了實際生活中最具代表性的事物。因此文學描寫的個體性能夠使作品描寫的對象具有個性，同時也能讓讀者具備同體感（使人有身臨其境之感）。

克羅齊《美學》中，將所有藝術視為情意的直覺，包括了美感經驗的同一，在其中，他把形象與意象等於同情。但吾人應稍加以區分：意象是在寫或說之中的，印象的具體化。作家在從事文學創作時，經常把他的新鮮而又生動的印象集中表現出來，且特別清晰豐富，而出現所謂「意象辭」。因此暫粗略界定意象為：外界的存在經過心靈的選擇與折射所出現的內心世界或心靈圖畫。由形象到意象的橋樑是隱喻與巧喻，例如「勸君莫惜金縷衣，勸君惜取少年時，花開堪折直須折，莫待無花空折枝」。其基本道理是在毫不相關的事物中找到他們的相似之處。金縷衣與少年時是不相關的，但各與花枝及空枝相對待，但空枝與金縷衣有實際相通之處，花枝與少年時亦然，如此成巧喻即有其相關，綜合所得的意象是應當行樂及時。一九四二年，波特（Porter）論巧喻時，認為最好不用此調為宜，在十七世紀前，巧喻等於思想（thought），十七世紀時巧喻等於概念（conception）或觀念（idea）。十九世紀則視巧喻為詼諧機伶的玩笑言辭，十九世紀後，巧喻與機智（wit）相近。巧喻（conceit）轉譯自意大利語“concett”，也是個模糊不清的字，指觀念、意念、意象。當代詩中它的意義是：通常用一個譬喻，主要目的是使該首詩增加更多的意義，而非憑巧喻來達成說明該詩的意義；即是使詩增加意義，而非解說意義。亞理斯多德將巧喻和隱喻混同使用，後來米爾頓（Milton）認為所謂分歧（disjunct）和類似（similitude）雖然表面上看來風馬牛不相及，但本質上相近，有其共同基礎，即可說明巧喻的根據。另外使用譬喻若在哲理詩中，使用認知性的隱喻，如「月印萬川」、「人人一太極」；浪漫詩或象徵詩則有喚起性的隱喻，如「蜘蛛愛情能轉變一切，能化甘露為膽汁」，就愛情與甘苦言，有其相通的基礎。

亞理斯多德論隱喻，認為是一種創造的過程而非成品，認為是一種感受性的模式，是屬感性的類型，根本否認隱喻只是一種裝飾品，與今見不同。「隱喻巧喻是從相反和渾亂的性質中，把不同的意象聯成一道，則經常可發現在完全不同的事物中，有其相似之處，是一種形而上機智的獲得。」詩人者不失其赤子之心者也，故其思想方式和邏輯，與古代人有相近之處，如好打譬喻及使用矛盾語（paradox）。

風格鑑定

蒲豐（Buffon）認定「風格即人」，即風格乃作家人格之反映，乃由詩人的個性（於意象、字質中看出）及詩人的創作方法決定。文學作品由於內容和形式之統一，其所組成含語言、結構、情節……，必然也受到創作方法所決定，就張若虛之個性而言，在本詩中並非表現吳中四士的恬淡境界，而是光明鮮潔、氣質高雅，雖有淡淡的鄉愁和無可奈何的遐思，但「磊落胸襟，灼然可見」。其獨特之個性包括：獨來獨往之強硬態度和自得其樂的生活情調，這也確定了作品之媒介（包括語言結構的特性在內）。

在結構上，善於運用強烈的對照，如「江畔何人初見月，江月何時初照人」。也善於運用例外之事件和個性，例外事件如「昨夜閒談夢落花，可憐春半不還家」，而例外個性如「不知明月待何人？但見長江送流水」。浪漫主義者構造情節，自覺不必與生活實事相關聯，為透視風格與事件之理想特徵，可將人物放置於任何想像的場合中，也可以把次要事件丟棄不用，而把主要的、本質的事件綜合起來。因不必與生活實事相關聯，故可以一下春江、一下明月地跳躍，顯現出浪漫主義處理事件之明快跳躍。這種無定自如的想像，正是詩人的感覺不必與生活事實相關聯之明證。只有生活事實中才有秩序感、過程、層次，故浪漫主義作品中常可全無這些特徵而處理其題材。在語言上，到處可見敘述之主觀性，在〈春〉詩中，只是按詩人心中應有的樣子寫其景其情，只要求「自得其樂，自適其性」。

〈春江花月夜〉的抒情特質，在乎其想像（imagination）。此詩中不獨有想像，而且有象徵。象徵派詩人的象徵為間接表現方式，浪漫派詩人以想像為方式。但〈春〉詩是中國以想像為其間接表現方式的佳例。在近代，象徵派詩人經常輕視浪漫派詩人，而說「他們寫的詩往往是一覽無餘，過於清晰明白」，以為浪漫派詩經常是情感的直接宣洩。象徵派詩人強調詩之朦朧之美，主張在詩中表現出一種似真非真、似幻非幻的境界。主張詩人不僅有想像和音樂性，也要有弦外之音、言外之意、味外之味的所謂「詩素」。〈春〉詩是以想像出詩，但在心靈上的形象效果是一片朦朧之美的道理，就在其中不僅有想像而且有象徵，不獨使用意象（imageries）且有很多巧喻（conceit），因此它在浪漫派的詩路中並未傷及淺陋，其中也包含深不可測的象徵意義。它不像象徵派之強調詩即是謎，但其中也有千年無解的迷津，如「江畔何人初見月……」等，而能以有限表無限、以瞬間而捕永恆、以有形喻無形。就感情之表露言，正是浪漫的抒情詩；而就背面意義言，它是象徵派詩的效果。〈春〉詩之高妙，就在此處。

〈春江花月夜〉中，從頭至尾皆可見到「創造的想像」，作者選擇了「春」、「江」、「花」、「月」、「夜」，而篩去其餘不相干者，並組合之，而達到繁複中之統一的美學目的，它能讓讀者產生無欲的沈思及無欲的快樂，是高尚的情感。而所謂藝術，本質上還是情意的直覺，既指形式與內容的有機統一，也指直覺就是表現，另外也指表現與美。將此三者予以先驗地綜合，便會成為藝術的，故克羅齊認為當把文學置於藝術之外，是任意而無藝術哲學的根據，因為各種藝術的本質是相通的。〈春〉詩句句相承接，卻組成一片朦朧之美，其中許多看來很像獨白，實則巧妙地安排了戲劇性的對話，且經常是辯證的發展，是動態的，而非靜態的一問一答。本詩所以高妙，在乎能巧妙而適度地運用了象徵手法；是一首可以一覽無餘的浪漫詩，經由想像與抒情的雙重折射，而量化成一片朦朧之美。它具有哲理詩的玄遠，因為運用解釋的想像，但決無哲理詩的枯寂，如宋詩。因它具有浪漫詩的熱情想像，也具有象徵詩的幽異深邃。

鑑定詩之風格，即鑑定詩人之性格，除非該詩是應酬之作，徒只表面光鮮。㈠而本詩具浪漫情調，卻具有古典詩的均衡（equilibrium）、對稱（symmetry）、和諧（harmony），為七言句式，故調子柔和悠遠，而其懶散的個性躍然紙上。按其分為四音組：春江、潮水、連海、平，則變化很大（傳統之三音組則無大變化），分音組是應節奏及生理需要而分，並可在仄聲字底下分音組。可見張若虛內在音樂修養是很高明的。音辭（euphony）實指旋律，是類似的二者，第三十六句中間的「白雲一片去悠悠，青楓浦上不勝愁……何處相思明月樓」，是全詩的轉接，前面寫景，後面寫情；韻律亦然。這一首浪漫詩竟出現最古典的形式。這種不通過格律而自成格律的詩，自然天成，難以力強而致。

㈡寫詩和作詩有本質上的不同。「借問因何太瘦生，只為從來作詩苦」，寫詩的人必是心底有話要說，且是對準每一個人的心靈來說話，故他們情意的直覺就是藝術衝動。作詩則大大不然，因心中決無生之衝動，決無形而上的催迫，本詩決無如此，故深邃而無晦澀感。寫詩的人通過個性走向自我和內心世界，他經常將心境與詩境疊合為一，至情至性自然流露而無字面之工夫。作詩的人是通過格律走向傳統和庸俗，其總風格就如橄欖，只是差強人意，最好的與最壞的作品皆少。風格鑑定後，可知本詩是詩人寫的詩而非作的詩。

㈢田園詩人之作，多以恬淡簡樸見長，此是吳中四士之共同風格。因此內心世界的綿延（duration），不能自過去入於現在、擴及未來，以靜態處理為多。故雖有高作，但缺少自然生動的本質。本詩則否，它以口語入詩，但淡語有味；看來詩語淺近，但淺語有致是其特徵；有玄遠之思，而無晦澀之意；想像力豐富，但卻不能被一覽無餘；具有詩的擴散作用和詩的無限性，故讀後覺其有餘而不盡。性格雖恬淡，但在詩中浪漫色彩濃厚，具有多重矛盾之個性，是多重矛盾之統一體。

本詩風格獨特，表現了詩人自己多重矛盾的統一個性，故其詩能寓整齊於變化，能求得多樣中之統一。善於運用意象語與巧喻，善於運用獨白之戲劇性對話。這些對於吾人鑑定其為俊異的浪漫詩是極有用的。

詩素、字質、結構與密度——型構批評的運用

型構批評可上追到羅馬時代的霍拉斯（Horace），他追求文體、動詞安排的貼切，及聲音（音調）。由二十世紀初到四十年代，語言批評產生於德奧，轉入俄語世界和西班牙語世界，而入法語世界，再入英語世界而變成型構批評。因此型構批評在德語、西語系之地區不大被承認。

所謂詩素，是關係到結構的部分。如〈春〉詩的「何處相思明月樓」，是全詩意象語的中心連鎖，也是全詩的意象中心。從音群（sound-clusters）或旋律（melody）看，在音群中構成結構的部分是音組，就全詩中有旋律的部分是調音群，在英語中都是cluster。〈春〉詩分九個音群，三十六個詩行（詩行為偶數音群與單數音群，正合本國之奇正相生），前後各四個音群，十六個詩行，中間一個音群正是轉折之處。「白雲一片去悠悠……何處相思明月樓」是承上引下的一個樞紐，一面收受前面四音群，一面開啟後面四音群，居於結構中心的關鍵位置。前四音群多是自

然風景之靜態描寫，縱有人物活動也止於陳述當前之景物。如「江畔何人初見月？江月何年初照人？」是無我之境。後四音群為人物理想行動，情緒之動態描繪，是有我之境。前四音群以「何處相思明月樓」為歸宿，後四音群則以此為起點。因此抓緊「何處相思明月樓」就可提起全詩，是為詩素，是全詩重點。在此批評時當注意的標準，總得注意其統一、連貫與結構。一作品當是一複雜之整體，但吾人追究形式之完整和內容之有機，所謂內容之有機是：每一部分都適當地發生關聯，而致整體之統一結構又能清楚地呈現，如此對讀者而言便深具可讀性與可知性，觀者就憑之而自然得到樂趣。

在意象語「何處相思明月樓」中，「明月樓」才是該詩意象語之中心。全詩的意象在光感上，具體地表現了晶瑩之感，故本詩寫得明朗、光潔、鮮活，縱橫交錯而呈現一片朦朧之美。意象與詩人想像密不可分，使詩人想像凝固，並給讀者以美感印象的便謂之「意象」；意象乃詩的本質之義，外在世界的存在，通過詩人之直覺來呈現形象，而萬物的印象經詩人心靈的折射，使印象予以再現就叫做「意象」，故又謂之「再生的印象」(reproductive impression)，本詩之意象語從春江、潮水、明月、月明、江流、花林、山、薄紗、江畔、長江到明月樓，皆歸宿於明月樓。可見知其無物不明朗，無物不光潔，且無一不是鮮活的；但奇妙的效果一直存在，在縱橫交錯之後一直出現一片朦朧之美，是特別的藝術家效果，也是使之成為浪漫詩的緣故。其朦朧之美不像是李商隱〈錦瑟〉詩是有意為之的，而是自然而然的藝術效果，作者所著之力皆是明朗鮮明的。在「明月樓」之後出現的意象語，主要是以情入景，因此與前半的即景生情，有情景相生之妙。而後半比前半的光度減弱，明朗與光潔稍遜，而鮮度則加強。不論消極、積極之浪漫主義，皆向後或向前觀，而此〈春〉詩是根本只看目前的現在的，在世界文學史上有重大意義。吾人謂之「積極的感傷主義」，有感傷意味，但它是積極的。「何處相思明月樓」，詩素雖為第五音群之末句，但佔有全篇之中心位置，使全詩平衡、對稱、合乎比例，成為全詩之中心，因此謂之「詩素」。當詩人想像馳騁之際，而能有此佳構，確是可怪，可謂「孤篇例壓全唐」。

所謂字質，是關乎密度的部分。不論春、江、花、月、夜，就字質言，均給人以溫柔的感覺和晶瑩的感覺，為達此，故在字質上盡量選用明朗、光潔、鮮活的字眼，以求達到表現之貼切。此詩貼切地表現詩人感受，其選字綴詞較少「矛盾語」。若使用矛盾語，則詩生的效果是在表現上呈現不完整的感覺，使詩篇的感覺效果減低，因矛盾語是以思想見長，而〈春〉詩不注重思想性，另外使用矛盾語，則節奏不會如此輕快，因它使人必須停下來想一想。其次此詩也較少「相反語」。〈春〉詩不語玄妙，若使用相反語，則使讀者必須深思，而沖淡了具體鮮明的意象。矛盾語與相反語常是使詩具現思想深度的要素。而此詩為加強月的明朗，使用潮水、灩灩來形容它，始終呈現月明的氣氛。「月照花林皆似霰」、「江上白沙看不見」、「皎皎空中孤月輪」等，均密度極大地使用相同字質的用語。而後「月光」、「鏡光」（離人妝鏡臺）、「月華」等均加強了明朗的氣氛。「玉戶簾中捲不去，擣衣砧上拂還來」，使月光變得更可愛。而當月變成斜月時，詩篇也開始結束。而全詩分五個結構中心：春、江、花、月、夜。但在其中以「明月」為主要結構中心，意同主要結構線（main-plot-line），其他是次要結構線（sub-plot-line）。而主副結構線層次分明，副結構線均向主要結構線集中，顯得很貼切。字質上，界定名詞的形容詞，須注意其是否貼切及是否增強效果，而增強效果到何程度，均須一一解說。此詩為加強明月的明朗，則用「海上明月共潮生」以為襯托，為增強詩句鮮活，則用「灩灩隨波千萬里」以為配景；而詩中出現的「明月照花林」，可聯想到迦南之地以鮮奶和蜜織成的半透明意境，因此「月照花林皆似霰」就產生精美的字質，尤其是限制與明月同在，讀來彷彿見到金剛石的稜面。描寫江天一色而密集了「無纖塵」、「孤月輪」……皎皎……直到白雲，密度極大。而為敘離愁而集了白雲、青楓浦的即景生情，明月樓上相思，扁舟子之懷念，思家之情，春江流不盡的一點飄零，月夜之人的淡淡哀愁，落花之夢，及落月搖情滿江樹之惆悵心情和離離情意，均使人心動。從字質上析出：詩人確存在著許多情意的直覺，它本質上就是藝術。吾人之美感經驗可粗分為主觀及客觀兩面：就客觀而言，當某些物體或藝術品能給吾人無慾望的快樂時，吾人謂對象是美的，它們經常具備有美的單純性質（希臘時代認為是對稱、和諧、比例；中古時代是完整、均衡、晶瑩，在此中古時代標準之美的定義為：凡被吾人看見而取悅吾人的東西叫做美（亞克拉斯），此即與中國人之賞心悅目、心曠神怡很相近）。就字質觀，〈春〉詩確實使人賞心悅目、心曠神怡。

結語

〈春〉詩的節奏感，在唐朝已幾無超越其成就的作品。九個音組的節奏感很完全的顯露出來，每個詩行如區分為三個音組則平板，若分為四個音組則靈活，此詩在節奏上是唐詩第一流傑作。

故古代傳統批評家稱其「音調鏗鏘」。且本詩在相隨詩人情緒之變動，韻腳上有時促急有時柔和，在節奏與韻律中，它出現了唐詩罕有的現象，出現另一種不是屬節奏與韻律的整體感（sense of oneness），在九個節奏中重複又變化、變化又重複。

〈春〉詩「灩灩隨波千萬里，何處春江無月明」、「斜月沈沈藏海霧，碣石瀟湘無限路」都是綜合的形象構成。〈春〉詩也從單一途徑中出現逼真的形象，惟走綜合途徑較多。此即能指出，〈春〉詩以口語入詩，只呈現令人覺得美卻不可解的晶瑩形象與朦朧之美的原因。「春」、「江」、「花」、「月」、「夜」五大要素構成了春夜之美，結構成整幅的人生圖畫，意象語皆向明月集中。作者更以江流造成動態畫面的大動脈，雖使用了隱喻（metaphor）與巧喻（conceit），離開了江的意象，卻使之更有動感，如「白雲一片去悠悠」、「玉戶簾中捲不去，擣衣砧上拂還來」。當實際地面對此詩，可見出其佈局的均衡而相連貫；情緒的基調是統一的。其次在形象構成上，本詩是完整而複雜的整體，其中每一部分都相互關聯，向「明月樓」一意象辭集中。這種整體的統一結構，情景使人灼然可見；好處在於使作品具可知性，並使讀者感到真正的樂趣，呈現晶瑩完整的美感經驗。〈春〉詩有許多譬喻，又有許多矛盾語，故其構成巧喻（conceit）難於理解的部分，如「魚龍潛躍水成紋」、「願逐流花常照君」、「鴻雁長飛光不度」。凡使用巧喻弔詭（paradox），經常伴隨著一種靈視（vision）的創造心靈而存在，故使用此等隱喻矛盾語時，往往是詩中深不可測的部分，即所謂「詩無達詁」的部分。

〈春〉詩是一首浪漫的抒情詩，有許多表達方式，但能統一。首先它用敘事來抒情：「何處相思明月樓」之後，有許多敘事傾向的詩行，成為像敘事的詩章，如「可憐樓上月徘徊」、「魚龍潛躍水成紋」、（然後想像）「可憐春半不還家」（已有抒情成分）。然後它寫景中有言情的抒情成分，在前四音群中可清楚見出。另外在強烈抒情時能冷靜下來談問題：矛盾語如「人生代代無窮已，江月年年祇相似」，玄思也在詩中出現，「但見長江送流水」，用眼前景來抒心底情。

作者使用各種不同的抒情方式而能統一其情緒之基調，抒發情感顯得既不悲觀也非那麼樂觀，是一種「樂觀的悲觀主義」，直到「落月搖情滿江樹」，仍有淡淡哀愁，卻乏感傷意味，此與其表達方式及語言結構均有關聯。可謂本詩詩語與詩人之真摯感情之傳達頗為相契，差別極小。故本詩在感染力方面，能使讀者從興奮開始，而後逐漸輕鬆，而走向寧靜。並且能讓人一再把玩而不倦，真正的美是看不厭的美；而讀此詩時，情緒之波動有悲哀、深思、快樂，情緒之波動也證明其具感染力。對作品而言，有一確當而實際可行之批評標準，即作品之感染力大小，標示該作品藝術成就之高低。在批評的危機中，唯一可靠的是批評家的心靈當有如地震儀，受感強烈則對受感人而言是好的作品。文學藝術之成為可能在於：作家的感受也能令別人同樣感受到，真摯才是問題，而能否傳達是主要的憑藉。若一個人之感情不能傳達給另一人，則文學藝術不可能存在。傳達是文學藝術共同的基礎。而由此可以看出，為何此詩能「孤篇例壓全唐」之原因。

第六章 精神分析批評

第一節 談精神分析批評

精神分析批評

精神分析學派從一九〇〇年佛洛伊德（Sigmund Freud）寫《夢的解析》（*Interpretation of Dream*）開始，就已經向文學藝術進軍，他們喊出的口號是：「在文學的外表後面研究文學，在可見的意識層面找出人類潛意識活動的根源，以求顯出人性的本來面目。」在一九〇〇年以前，心理學家研究的對象僅限於意識層面。

佛洛伊德區分本我（Id），自我（ego），超我（super ego），為人格結構的三個層次。本我是Libido的貯藏室，一切精神能力的主要來源，其功能在滿足基本的生命原則，即動物本能的原始生命原則，是可由快樂原則驅使，不受任何制約的狂熱，完全落入潛意識的範圍，它的主要特徵是「但求滿足，不計後果」。自我是完全在意識範圍的特徵，是人面對外在世界產生了不協調的情緒反應及本能衝動，所謂自我是站在內在世界與外在世界之間從事調解的人類活動，代表理性與審慎。超我直接或透過自我，負責抑制或禁止本我的衝動，如同性戀、公然侵犯、戀母情節等，它將這些衝動阻斷或推回潛意識裏去。超我一半落入潛意識範圍，一半落入意識範圍，所以在超我的部分才出現道德標準與社會價值觀念，假如能順應此標準，其人格就產生「自尊感」，如不順應此觀念，其人格就產生「罪惡感」。總言之，本我由快樂原則驅使，是動物本能。自我由現實原則約束，可平衡本我與超我。超我由道德原則約束，有如天使。但當超我過強，就造成「面具」（persona），當本我過強，就趨向自我毀滅。

佛氏談性壓抑的心理分析主要有兩方面：罪惡情結與伊迪帕斯情結。罪惡情結是自我應付外在或內在世界的實際狀況，沒有受到適當的教育，即自我在本我與超我之間沒有達到制衡的功效，而飽受不安及懷疑之苦。另外由於本性的衝動所受禁制太嚴，使好奇變成著迷（執著），而終於產生類似戲劇性的反應，此乃「極端壓抑」所產生的典型後果。佛氏當年從希臘悲劇《伊迪帕斯王》創造了「伊迪帕斯情結」，而把他的精神分析用於文學學術上，如今這名辭依然很盛行，這名辭經常暗喻亂倫的愛與恨。佛氏在《自我與本我》（*The Ego and The Id*, 1962）說：「孩子與他的父親相處，讓他自己與他的父親混同，這兩種關係（孩子忠於其母，與其父混同）並駕齊驅了一段時期，直到孩子對於其母親的性慾變得越來越熱切，他父親被視作母子之間的一個障礙，就產生伊迪帕斯情結，接著他與父親混同的關係變成了好惡相剋……。」也就是孩童首先將父親視為各種形式的嚴厲權威，直到解除父親權威壓力時，才自己泛起權威之情。

佛氏曾用伊迪帕斯情結來解釋《哈姆雷特》、《卡拉馬助夫兄弟們》，但佛洛伊德自己也發現精神分析學用的文學藝術上是有條件限制的，適合於文學批評的條件遠比不適合用來批評的條件來得少。佛洛伊德其實對文學不太感興趣，也唯有他才能了解：精神分析學只能有限地用來解釋文學藝術；其所以在後世影響深遠，掀起狂瀾，主要是有門徒為他宣傳。例如伊美果（Imago）曾研究文學作品的潛意識意義，研究創造虛構人物的潛意識活動，作家的潛意識企圖。另一方面，也有門徒利用精神分析所提供的方法，作為當代批評家的工具。如威爾森（Edmund Wilson）曾用精神分析的方法分析狄更斯與吉卜齡；瑞德（Herbert Read）曾運用精神分析學為雪萊和華茲華斯辯護；菲利普・楊（Philip Young）曾用深層心理學來解釋海明威。

總括佛洛伊德對文學與藝術的看法有四。首先，藝術家是一精神病患者，藝術家的創作過程中，他使自己免於精神衰弱，也使自己不能接受治療。第二，詩人是一個作白日夢的人，他印行了自己的幻想，卻得到社會的公認。第三，這種幻想是基於兒童的經驗以及各種情結，尤其是戀母情結，同時這些幻想可以在夢裏，在神話裏，在神奇鬼怪的故事裏，在車廂的笑話中，都可以象徵地表現出來。第四，文學包含了一個豐富的儲藏室，裏面裝滿了潛意識生活的證據。（趙衛民紀錄）

科學心態的特色，在乎對相反的證據，能予以客觀的尊重；對附和的意見，能予以冷靜的分析。這種實事求是的實證精神，使我們追求真理時免於陷入「傳統的假設」的流沙。其次，二次大戰後，科學界把理論與實驗合套的科學，稱許為成熟的科學，如物理學、化學、生理學等就是這一類科學。把只有系統理論，卻無法在實驗室作控制試驗，距離觀測的科學，叫做尚未成熟的科學，偏偏精神分析學就屬於這一類的科學。而要真切了解佛氏理論，我們除碰到術語解釋十分分歧這一道道令人頭痛的難關外，還須對人類行為，作某方面的認可；而這些認可，經常是不合我們胃口的！另外，佛氏理論，直覺的知識與邏輯的知識雜揉，並非經由一般的科學方法，清晰地研究出來的，故倍增深入研究上的困難。所以我們面對佛氏談文學的幾個怪論點時，最好採取說不說由他，信不信歸我的知識民主的態度。

但閒話還不止此。佛氏的德語確具雄深雅健之長，但畢竟是老派人的德語。所以，當他確切談到文學時，只喜歡用 Kunst（藝術）來達意，不大使用 Literatur（文學）這個詞兒，甚至連富有表現力的方言Wortskunst（語言的藝術——意即文學）也罕見。同樣，他談到文學家與作家時，要不然就使用Dichter（詩人），要不然就用 Kunstler（藝術家），像Schrifts teller（作家）這類字眼，頗難得一見。因為，在佛氏心目中，文學屬於藝術的一個類型，談藝術，當然包括文學；談藝術家或詩人，也當然包括作家。這樣一來，如果我們不從上下文的關係上了解「本文」原意，往往有他明明在談藝術，怎麼會變成談文學的疑惑。此點交代清楚之後，誤把馮京作馬涼的地方，也許會減少些了。

再其次，佛氏這位浪漫的理性主義者，在許多系統理論的基構上，幾乎都可找到「雙重性」的烙印。以「三識」與「三我」解釋人類心靈，即為一例。所謂「三識」，係指意識、前意識與潛意識而言。所謂「三我」，即本我、自我與超我。他天生一副「陰陽眼」，善於追蹤表象直達本質。作寬角度的掃描時，人性的光明面與黑暗面同現。就這樣，他纔能大聲發言：「人類的驕傲，正是人類卑鄙的根源。」試想想，以權勢、財富驕人者，究竟要用多少卑鄙的手段纔能取得這些？所以優越感的背後老棲息著自卑情結。而優越感卻是我們常見的壞的驕傲。不過，驕傲也有好的一面，我們管它作自尊心。許由、巢父、伯夷、叔齊、屈原、陶潛，就具這種樣子的驕傲，我們真能找出他們「卑鄙的根源」嗎？所以我們對待佛氏的理論，不宜全信，也不宜全疑。

平心酌理而論，佛洛伊德具文學素養卻不具文學興趣。他對真理的熱忱，對理性的堅信，使他經常陷入「雙重性格」之中，發抒些「兩極化」議論。但他的後繼者，寧取其獨斷論調卻不願取其謙沖解說，以一隅之解而擬萬端之變，致活知識蛻化為死教條，佛氏「勇敢的認識」，遂僵化為狹隘的公式。事實上，文學作品未必是作家心理性神經病的表現；作家的內心要求，未必是性的補償、轉化、轉移與昇華，作家的創作動機，也未必是給作家受挫的欲望，找尋一種替代性的滿足，且藉「替代作用」(substitution)，把跟現實相反的幻覺，凝固而為文學作品。這樣一來，佛氏及佛氏學派的精神分析六大基本原理，如(1)性是決定我們思想、感覺與行動的唯一最具威力的力量；(2)性的感覺可以追溯到搖籃時代；(3)情緒問題由潛抑的影響所引起；(4)常人也帶有不正常的因素和性道德墮落的傾向；(5)潛意識是性慾、性記憶和性偏愛的儲藏庫；(6)潛抑的性感覺以社會允許的偽裝形式，如夢、神話、藝術、文學等方法進行；把它們硬套到作家和作品的頭上，總嫌有點扞格不入。

而佛氏的後繼者，受他「精神分析學家決不向詩人低頭」所鼓舞，把只能有效運用於浪漫派作品的精神分析方法，廣泛運用於自然主義與現實主義作品。有時不免徒勞無功。他們忘了，佛氏也有如下的一些謙遜論點：「在天才面前，精神分析學家必須默爾而息。」他坦率指出：世人對精神分析也許期望過高。「但我必須指出：精神分析對一般人最感興趣的問題，可能幫不上忙。第一、它無法說明藝術天才的本質。第二、它也無法解釋藝術的技巧問題。」然而精神分析對文學界的影響，如夢、性變態、意識流方式的描述，隱喻、象徵、神話的大量起用，可說是驚人而不幸的。「因為精神分析在方法上犯下的最大錯誤，乃是它在說明藝術創造時，傾向於抹去偉大藝術與低劣藝術之間的差別，把它們一律化為昇華的層次，而忽略其間的不同。」此一 Edgar Wind 的論斷，深刻有力。

還有幾個富獨斷論調的怪論點，一併交代於後：㈠文學包含了一個豐富的儲藏室，裏邊裝滿了人類潛意識的生活證據。㈡詩人是一個慣於作白日夢的人，他印行了自己的幻想，竟因此奇異地獲得社會的公認。㈢詩人的幻想，是基於兒童時期的經驗和各種情緒；同時，這些幻想可以在夢裏，在神話中，在神仙鬼怪故事裏頭，甚至在車廂的笑話中，象徵性地表現出來。㈣藝術家帶有自我陶醉的傾向。他們都是些發育不全，具孩提式及自戀特徵者。㈤藝術家是精神病患者，其藝術創作過程，使自己免於神經衰弱，同時也使自己不能得到真正治療。

精神分析有狹義的解釋，也有廣義的解釋。它既是科學的，也是藝術的。就狹義而言，它不過是一種特殊的心理治療方法，可以追溯到古希臘的 Oralor Antiphon；就廣義而言，它著重在潛意識深層心理的探討，故又稱「深層心理學」。其貢獻，開拓了潛意識的探討途徑；闡明行為的因果法則；主張從過去了解現在，並強調早期經驗的重要性。而佛洛伊德的精神分析，卻建立在兩個基本理論架構上。其一是他承認性在異常人格中，所扮演的重要角色。其二是他對情緒的關心，遠勝於對智力的注意。所以他強調真正推動我們生命者，是情緒和潛意識的動機，而非智慧；潛意識的心理生活，遠比意識生活來得重要。但人，畢竟是很複雜的動物。他思考、感覺、直覺、感情、希望、戰鬥、飲食、哭笑、作夢、苦樂，一天之中，他有種種不同的反應和行動。他是許多「碎片」的集合；而不是統一的整體。因此之故，精神分析萬語千言，原只是「人的了解」。

而文學，由口傳的文學到寫定的文學歷史演變的解說，由文體與形式分化成各種文學類型的藝術特徵，由古今中外對文學本質看法的歧異，對它所下的界說可說千奇百怪，彼此都以「各照隅隙，鮮觀衢路」來互相安慰。但萬語千言，文學也不過是「人的藝術」而已。此一定義賅括著人是一切文學的主體。人是一切文學的活材料。作家，是依靠著這些活材料而從事創作的。故人的描寫，居於文學創作的首要地位；人生也勢必成為文學表現的主要對象和核心問題。作家只有通過人的描寫，纔能彰顯整個的生活，刻劃人生的明面和暗影，動態和靜態，深度和廣度；使文學成為人類的偉大創造力之一，以及人與人之間情緒、心靈或知識溝通的普遍手段。所以，「人的了解」與「人的藝術」，正是精神分析學與文學因「人的」而構成共軛焦點。能朝這方面探索下去的，將進一步調和這兩個領域，進行科際整合。

神話基型批評

精神分析學的文評美學，是建立在象徵學的美學基礎上。發展到神話批評可說有三條路徑。首先是奧登（C. K. Ogden）和李察茲（I. A. Richards）在一九二三年合著《神話的意義》是關於語意學的。另一方面由於古典神話和原始神話不斷大量累積，而引起大眾對人類學的興趣，當時便將之視為科學來研究，而導出另一條探索藝術之路。即所謂象徵學的道路，特別是用在文學研究與分析之上。第二是在英國曾有一批古典文學學者在希臘悲劇、希臘神話與希臘的宗教儀式之間，寫下一系列的書而發展出新的理論，成立一種新的方法，即所謂神話基型批評的方法。第三是精神分析學用來解釋希臘悲劇後，也算成立了神話批評，哈里森（Gane Ellen Harrison）著《希臘宗教的社會根源研究》（*A Study of the Social Origin of Greek's Religion*），主要是討論希臘神話與戲劇，特別是關於風格與祭典的部分；另外榮格（Carl Gustav Jung）認為「神話批評」指文化人類學的基礎，用雍格精神分析學的理論加以解釋。榮格曾暗示：「一切文學的基本象徵要素都是原始印象（primary images），就叫做基型（archetype）。」而人類有許多經驗是共同的，所以人類有許多共同的象徵，共同的基型。他又把潛意識部分，分為許多層次。因此神話批評有兩種基本材料，即文化人類學與榮格的心理解釋。

榮格將心靈區分為五層面，即所謂「心靈之圖」（the map of mind），由外往內依序為意識，外在世界，個人潛意識層面，集體潛意識層面（collective unconscious layer）及基力（Libido）。

意識即十九世紀意識層面的心理學，個人潛意識層面源於個體發生的材料，諸如個人特殊的遭遇、感受，可能消失也可能潛藏於心，成為個人潛意識層面，成為個人的原始經驗或陰暗面，此即由佛洛伊德而發展的精神分析。集體潛意識層面源於種族的原始材料，是人類各種族的心理遺傳。例如：對潮濕與黑暗的恐懼、欺騙或自私……等，平日均潛藏在人類的潛意識裏，在遇到類似情境時，潛意識中的印象便不自覺且無須通過學習而自然出現，如文學創作中起用集體潛意識，造成一種普遍性的共同感動或恐懼，或起用「個人原始經驗」便可叫所有讀者有新奇感，同時也會感動。基力是潛藏於本能後面的基本力量，原型彷彿類似基督教義中的「原罪」，諸如自私、嫉妒、欺騙。

另外榮格有關「基型」（archetype）的研究，對於需要精神分析的批評家極其有效，因為他說得較佛洛伊德為精確。總括榮格對基型的理論有五：(a)人類行為在不斷反覆的心理作用的行為模式中顯現，榮格便將這些構成集體潛意識的材料，稱為原型（或基型）。(b)原型比人類的歷史還要古老，迄今仍是人類心靈的結構基礎。(c)基型在文學作品中提供了豐富的象徵與神話材料。(d)基型是屬於直覺的活動領域，是非理性的，基型代表著人類心靈的遺留型態；基型乃從人類的原始經驗中流出；基型是一種活生生的實體，能夠引起崇高的觀念和支配性的表現。(e)夢是個人的神話，神話是個人的夢。潛意識裏有許多預兆出現，在夢中變為直覺，注入感覺中；文學創作者在「夢」裏蒐集原始經驗的素材，夢的預示對作者而言，是一個訊號，將訊號置於「想像」中去從事創作，而達成夢與想像的結合。因此榮格所謂的「原始經驗」，與「原始想像」是分不開的。榮格認為文學的創造力源自原始意象，當原始意象擴大則成象徵，象徵的普遍化就變成「基型經驗」。當個人觸及這基型經驗時，就產生類似的想像，所以基型經驗是藝術創作的活水源頭。

似乎從文化史的立場，去界定神話基型批評在文學批評上的地位是必要的。在文學史上，文學後於神話而產生。神話是一種簡單而原始的想像；把人與非人的世界合而為一，最典型的結果就是神話的出現；神話在文學中的出現，乃成為說故事的原則。佛萊（North Frye）認為神話的基礎在於萬物有靈論，是不可見的，只有現象的存在；而魔術是可見卻不可解的。所謂「人的神話」、半人半神的神話（如希臘神話中的半人半馬座），是看不清而無法解釋的現象，經常是一種錯覺。另外有了寫定文學後，「神話學」才出現，神話也成為說故事的結構原則。神話的主題和形式會隨時代作者之不同而改變（個人所見問題不同之故）。而神話批評家將時間分為兩個層面：(1)神話存於記載的某一時代。(2)超越歷史時間而持續的存在，就產生基型的人物、意象、象徵、場景、情節等永恆而持續的表現。任何一個有文化傳統的民族，都會產生一組密電碼，只有該文化傳統的人，才會強烈感受某些關鍵字詞經常出現在某些關係位置上；而神話史所收集的人類原始印象及若干解釋不清的事實，乃是進入文學批評里程的適當出發點。

因此，在進入神話批評前，須有一些認識上的準備工作。(a)認可一種批評法，且這種方法常與美學方法相連。(b)對潛意識的認識要深刻。意識中心所出現的印象明顯而鮮明，例如：回憶、聯想……等引起的意識流。意識閾是意識由意識中心向四邊流動，印象由具體鮮明而模糊，通過意識閾邊緣後，即成潛意識的黑暗區域。潛意識若給予刺激，反應亦是空無，故常以為印象已消逝，不存在，實際上卻不然。潛意識又分個人潛意識和集體潛意識。(c)文學創作在深度心理學上及精神分析學中有三種解釋：佛洛伊德認為文學創作的原動力來自性，榮格則認為原動力來自原始經驗，到羅洛梅時已認為原動力是來自原始創造力。因此神話批評乃自人的普遍性開始著手批評，也探索人的本性及人類的處境，同時允許浪漫主義的高度想像，而方法上卻要求科學實證法。理想的神話批評家，當有廣博的經驗及分門別類的知識材料。(a)主要的知識綱目是文化人類學、心理學及深度心理學（精神分析學）、比較宗教學、史學、哲學及文學、藝術。(b)在神話批評中可從原始集體的潛意識的象徵中，找出文學的原創性及普遍性與永恆性，故此研究有提升文學的可能性。神話批評家肯定文學是文化的有效組成因素之一，且文學是文化的主要象徵；神話批評所面對的是人類五千年來的文化，而非文明。神話批評所使用的方法，並不限於一種特定的方法。

所謂神話基型批評是一種從文化人類學的廣大基層上而從事的潛意識的精神分析批評法。此批評法的長處有四：(1)將文學作品歸放於自身的世界，不再是對生活與現實的批評（只有在談到語言關係系統時，才談到生活與現實）。(2)肯定文學模倣人類的夢，故對夢的解釋也可作為對文學的解釋。(3)象徵與神話在批評上，至少可收執簡御繁之效。(4)想從創作與知識之間，藝術與科學之間，找出神話與想像之間的環結。從以上特色看，神話基型批評野心勃勃，但失敗之例極多。而其短處在於將文學批評的活動簡化為少數幾個神話，把每個被批評的對象定於一些名詞上。

第二節 精神分析的領域

——評介朱光潛《變態心理學》

從字面上看，變態心理學跟常態心理學好像是互相對立的。過去許多心理學家，也確實有過這種不合邏輯的區分；究其實，任何人的心理都不免帶有若干所謂「變態」的成分。比如說：作夢是常事，可受催眠暗示也是常事，而這些心理作用卻屬於變態心理學的範圍。又如白日夢(Day-dreams)乃文學作品的真正材料之一，文學家將自個兒的白日夢加以改造，化裝或刪削，以造成小說和戲劇中的情節。但白日夢也屬於幻想的產物，是很普遍的一種習慣，無論健康的人或者疾病的人都不免發生的心理現象，欲研究它，卻進入了變態心理學的領域。而十九世紀以前，所謂「心」跟「意識」是分不開的，兩者為同義字。從前所謂常態心理學專以研究意識作用為主。不過，近代學者研究的結果，意識只佔心理現象的一小部分；心理現象的廣大領域，卻屬於潛意識與隱意識。把較小的部分叫做常態，較大的部分叫做變態，未免輕重倒置。因此近代心理學家認定，心是完整一貫的東西，其中常態的部分和變態的部分互相依輔，我們無法把它們截然劃分。不懂常態心理決不會明白變態心理；不懂變態心理也決不能懂常態心理，兩者有機地結成一體，我們似不必囿於成見，強劃鴻溝。這一點必須預先聲明。

這本小書的第一個特色，乃以相當公正，相當客觀的態度，提供了變態心理學的發展過程，使初學者獲得一組索引式的背境知識，和一個史料性的參考系統。當代人介紹變態心理學，總不免以維也納學派為主流。好像除佛洛伊德（Sigmund Freud, 1856–1939）之外，別無變態心理之研究。其實佛氏之說，上承巴黎學派之夏柯（Charcot）與耶奈（Jante），平輩中又受布洛伊爾（Josef Breuer）之影響，而「禮拜三心理學會」諸年輕醫生，如Karl Abraham（1877–1925），Alfred Adler（1870–1937），Carl Gustav Jung（1875–1961），Sandor Ferenczi（1873–1933）等，或有新發現，或有補充修改，都曾對佛洛伊德的學說有所貢獻。此書卻從十八世紀奧國醫生麥斯魔（Friedrich Anton Mesmer, 1733–1815）的「通磁術」（Animal magnetism）敘起，展開了催眠術的研究。然後以「分裂作用」解釋潛意識現象，分述南錫派的般含，巴黎派之夏柯與耶奈，新南錫派的庫維與鮑都文，美國派的普林司與英國派的麥獨孤；簡明扼要地介紹了各家學說的精義，彼此間的遞嬗關係，影響與異同。使我們對精神分裂有一鳥瞰式了解。其次，以「壓抑作用」解釋隱意識現象，於是相接介紹了維也納派的佛洛伊德；柔芮西派的榮格；個別心理學派的愛德洛。要言不繁，眉目清楚，疏而不漏，簡而無誤，均能洞矚作者研究的心得。

本書的第二個特點，是對「催眠和暗示」的介紹，保留了許多有價值的史料。二十世紀初期，布洛伊爾曾運用催眠術（hypnotism）以助病人恢復業經遺忘之記憶。但佛洛伊德不久即放棄此一努力，代之以「自由聯想」的「精神分析」。此法在精神病治療上遂不為時尚。現在我們能源源本本了解催眠術發展的全過程，及其有關的各種學理根據，未始不是一大收穫。

本書的第三個特點，是根據壓抑作用解釋隱意識，而且深入淺出地將隱意識、潛意識與無意識予以劃分。食與色是人類兩大本能。食以保存個體，多根據「現實原則」而發展，色以綿延種族，多根據「快感原則」而發展。但社會對於性的表現制裁極嚴，自我本能又極力求迎合社會，馴致兩者發生激烈衝突，結果往往是社會的道德和法律的影響戰勝欲望，這就是所謂「壓抑作用」（repression）。被壓抑者是欲望，壓抑者是社會影響所造成的「自我理想」，即意識中的人格觀念。但欲望被壓抑之後，並非完全消滅，不過逃到隱意識中去了。蓋自我能察覺的心理活動叫做「意識」。意識是流動的，某一時間中意識之流裏的心理活動換一個時間就會落到意識之外。而意識的區域有中心也有邊緣；中心是注意的焦點，漸到邊緣，注意也漸淡薄，最後跨過了「意識閾」，就變成了「無意識」。所以無意識包括過去的記憶痕跡和現在未入意識閾的刺激。無意識並不是靜止的，它不僅有活動而且有連貫的活動。它有一種特殊的自覺，它其所以未入意識閾，並非由於沒有達到適當的強度，而是由於意識的分裂作用（dissociation）。這就是耶奈所說的「潛意識」。佛洛伊德把它界定為：「凡屬不知道自己知道的心理現象，便稱之為潛意識。」潛意識自成人格，自有知覺，或與主意識輪流出現，或與主意識同時並流。同時並流的就是普林司的「並存意識」。潛意識不能為主意識所察覺，所以仍是較廣義的無意識之一種，佛氏的隱意識雖然也是一種較廣義的無意識，但與潛意識微有不同。潛意識復現時，就要把主意識排擠出去；隱意識復現時，自己只露一部分，還需戴上假面具或經過化裝，而且並不把主意識排擠出去。至於無意識，有的可以召回意識之中，有的不可召回到意識之中，可召回的是「前意識」，即通常所謂記憶；不可召回的是「隱意識」，即被壓抑的欲望之全體。

本書談「夢的心理」和基力與文藝的關係，對於作家和藝術家有幫助。「夢」從意識經驗中，揀選一些零星斷片出來，拼湊成一個完整連貫的幻想，這種工作與詩人作詩，小說家寫小說，戲劇家撰劇本，初無二致。白日夢的功用，是用幻想彌補現實的缺陷，故文學作品往往以這種白日夢為材料。其主角常為白日夢者本人，人物描寫的方式，或直接出面，或暗以他人為自己寫照。而本能背後之力叫做基力（Libido）。榮格曾比擬為叔本華的「意志」，亞理斯多德的「動力」，或原素與原素之間的「引拒力」，柏格森的「生活力」者。基力有三條出路：㈠以異性為正當發洩對象；㈡退回幼稚時期所固結的情意綜；㈢昇華作用（sublimation），就是把基力從嬰兒期所固結的情意綜上游離出來，移到社會所容許的路徑去發洩，於是乃有文藝、宗教，以及其他有益於人類的事業。昇華作用是一種調和的辦法，它一方面免去過度的壓抑，使基力有所歸宿，使本能的要求可以得到相當的滿足；另一方面又與道德習慣風俗等不相違背。基力本是鼓動低級欲望的原動力，經過昇華作用，於是移為鼓動高尚情緒的原動力。

文藝就是昇華作用的結果。一切文藝作品和夢一樣，都是欲望的化裝，也都是現實生活中缺陷的補償。換言之：實際生活上有缺陷，在想像中求彌補，於是纔有文藝。比方說：嬰兒生來就有「露體癖」。這個習慣在成人社會裏是違反道德習俗的，所以被迫壓抑到隱意識裏去。但是畫家、雕刻家等創造形體美，就利用了這種「露體癖」。因為文藝的表現對於社會秩序沒有妨害，所以不受意識的壓抑，又因為各時代、各民族、各藝術家和文學家所感受的缺陷因人人殊，千差萬別，所以補償的方式也大不相同，表現方式也展露萬殊。最早的文藝作品要算神話。而神話，不過是民族的夢，不過是全社會共同欲望的象徵而已。伊迪帕斯情意綜（Oedipus Complex），在文藝上勢力很大，在神話中尤為突出。古雅典悲劇詩人索福克利斯（Sophocles, 495–406 B.C.）流傳至今的七大悲劇，就有兩種是敘述伊迪帕斯王的事跡者。

第三節 精神分析批評原理及運用

——笑談《西遊記》裏的豬八戒

病中重讀吳承恩的《西遊記》，讀得笑口常開，心花怒放；神遊於童話世界，饒有點返老還童的情趣。而這本十六世紀的奇書，從文化人類學與精神分析學的交叉觀點予以透視和評估，居然有許多意料之外的領悟，值得拈出來談談的東西確也不少。豬八戒情意綜或豬八戒情結，就是其中之一。

兩個活怪物

《西遊記》其所以不朽，成為我們民族文學遺產的瑰寶之一，原因當不止一端。然而，最主要的原因，應數它寫活了孫悟空和豬八戒。這是兩個完全不像人的人物。其中之一是那個身長不滿四尺，孤拐面，凹臉尖嘴，火眼金睛，毛手毛腳，一度自封「天生聖人」，再度要求「齊天大聖」封號的孫悟空。他是《西遊記》的中心人物。他自始至終，促進衝突，開展情節。他在沒有壓到五指山下之前，大鬧天宮，大鬧四海龍王，大鬧陰曹地府，一切行動，率性而發，但求滿足，不計後果，完全落在潛意識範圍以內，十足十是一副「本我」型態。他從五指山下被唐僧釋放出來以後，幫助他的師父往西天取經，行動有了目標，有了理想，出現了創造性自我。但猴子的野性難馴，八十一難中本我、自我、超我交替出現，《西遊記》的情節和情節組織，遂波瀾壯闊，曲折離奇，熱鬧非凡；而豐富的想像力和強大的藝術虛構作用，也各處可見。吳承恩寫活了孫悟空，實際上也使《西遊記》有了完整的形式和有機的內容。

而豬八戒，肥頭、小眼、蒲扇耳，有張人見人憎的豬嘴，作者的打油詩是這樣描寫的：「捲臟蓮蓬吊搭嘴，耳如蒲扇顯金睛，獠牙鋒利如鋼剉，長嘴張開似火盆。」這個集眾醜之大成的狼犺貨，貪吃懶做好色，又愚而好自用，喜歡出餿主意；見小便宜就佔，愛鑿短拳，說風涼話；遇困難就想散夥，回高家莊抱老婆。孫悟空罵他是個重色輕生，見利忘義的饢糟，不識好歹高低的蠢貨，是確有所見的（見八十回）。這個同樣不像人的配角，在八十一難中，地位也很重要。因為，假如缺少了這注寶貨，《西遊記》的一連故事串，就等於佳肴缺少作料，吃起來會走味的。何以故？

㈠孫悟空和豬八戒這一對老搭檔，對立的聯繫十分強韌。加上唐僧耳朵根子軟，處處迴護著外表老實卻喜歡偷懶使乖的老豬，處處壓抑著外表精靈卻喜歡奉承使氣的猴子。這是個解不開的繩結。小說家稱這個繩結叫對立的聯繫。孫悟空和豬八戒協同一致的時候少，互相齟齬，互相鑿蹩腳的時候多，但他們卻分不開，拆不散，在繩結上一直糾纏下去，這就使《西遊記》增加了無限曲折，無限情趣。例如第二十七回，白骨夫人三戲唐三藏，而豬八戒就一連叨唆了五次，結果是唐僧聽信了老豬的小話，寫立貶書為照，永不聽用，把孫悟空逐回花果山。拜別時，唐僧還說了這等重話：「猴頭！執此為照！再不要你做徒弟了！如果再與你相見，我就墮了阿鼻地獄！」後來在碗子山波月洞，八戒打不過黃袍老怪，只好硬著頭皮用激將法再央煩孫悟空出山擒妖，這一難雖是唐僧自找的，可也平添了許多曲折，增加了許多危機。而悟空批評八戒：「你凡事攛唆。」（第三十一回）這五個字最傳神，也不失公允。

例如第五十六回，唐僧因行者連誅數草寇，殺心太重，又受老豬「攛唆」，第二次趕走了孫悟空。孫悟空受到這麼沈重的壓抑，個人的欲望因有緊箍咒的約束，既不能作敵意的轉移，又找不到潛意識的避難所，終於引起了精神分裂。故第五十七回〈真行者落伽山訴苦，假猴王水簾洞謄文〉，與第五十八回〈二心攪亂大乾坤，一體難修真寂滅〉，實在是精神二重分裂的絕妙描寫，我們不好用看神話的眼光把它淡化了的。

除此之外，這兩個活怪物異常尖銳的個性矛盾，在協調上也充滿了戲劇性。而《西遊記》九九八十一難難難不同，這種自然靈動的協調工夫，實在有其獨到之處。

㈡孫悟空和豬八戒這一對老搭檔，其所以能離開作品，成為我們民族集體潛意識的兩個典型，活在我們的記憶和日常口語之中，就是因為他倆分別代表了我們民族的兩種性格。孫悟空是懷才不遇者的典型；豬八戒是破落戶鄉下子弟的典型。前者智、勇、辯、力，受環境的壓抑致成不穩定的反抗性格；後者有光榮的歷史（豬八戒本是天河裏天蓬元帥，只因帶酒戲弄嫦娥，玉帝把他打了二千鎚，貶下塵凡）；又生不逢辰，相貌醜陋（豬八戒一靈真性，奪舍投胎，不期錯了道路，投在個母豬胎裏，變得這般模樣）。本來是穩定的農民性格，但因為自慚形穢的自卑感要求補償，處處以一種強出頭的行為來證明自個兒的優越，所以也成了不穩定的獃子性格。必須指出：這兩種典型性格在我們民族性裏邊，雖不算常態，可是卻具異常的吸引力。無怪乎這兩個根本不像人的怪物，能離開作品，活在我們的記憶和口語之中。你讀過《西遊記》也罷，你沒讀過《西遊記》也罷，男女老少的腦幕上，總容易浮現這兩怪的形相。我們說孫猴子坐龍椅，一團毛手毛腳之相；或孫悟空的跟斗雲，翻不出如來佛的掌心。豬八戒照鏡子，裏外都不像人；或豬八戒吃人參果，食而不知其味等等，就證明這兩怪已活在大眾的記憶之中。《西遊記》其所以不朽，應該以這原因為最大。

情結漫談

西格蒙·佛洛伊德首創「伊迪帕斯情意綜」或「戀母情結」（Oedipus Complex），他確認「性」在異常人格中，所扮演的重要角色。而精神病象，源於兒童時期；本質上，以「性」問題為主。佛氏理論有一特色：他對情緒的關心遠勝於他對智力的注意。他認為人的智慧，對生命所構成的推動力，遠不及情緒和潛意識的動機。由此推論出潛意識的心理生活，遠比意識生活來得重要。他直接對人類是理性的動物這一幾千年來根深蒂固的傳統觀念挑戰，也被各式各樣的專家和非專家痛咒了幾十年。

Complex這個詞兒，我們的翻譯界並無統一的譯名。最初譯為「心組」與「情複」。朱孟實譯為「情意綜」，高覺敷譯《精神分析引論》時因之，並於譯序上有所說明。晚近，瞿海源、劉凱申合譯 J. R. Wilson 的 *The Mind* 時，譯為「情結」。譯名儘管不統一，但所指稱的對象究竟只有一個。它經常是指被壓抑到個人潛意識層的一組念頭和情感；而這些被壓抑的欲望，或因受社會道德標準、風俗習慣的約束，或與自身行事為人的標準不合致生厭惡感，遂把它壓抑到潛意識裏邊去，不讓它在意識層浮現。實際上，這些不可告人的念頭和情感，雖隱而不彰，但仍繼續蟠踞在潛意識內，經過固定作用而成一種情結，仍左右著我們的生命與行動。佛洛伊德的「戀母情結」，阿德勒的「自卑情結」、「優越情結」與「拿破崙情結」等，都算幾個很著名的例子。

然而這麼許多被壓抑在潛意識中的念頭和情感，仍不時掙扎著要求滿足，於是這股力量對人格便構成了長久而強有力的影響。而這種被壓抑到潛意識裏邊的欲望和衝動，就經常以各種化了裝的形式表現出來。我們的夢，日常口語的滑失現象，莫名其妙的錯誤記憶，都是它們的化裝表演。甚至有時形成反向行為。例如日本最大的浪人團體「黑龍會」的頭子頭山滿，是個惡貫滿盈的人，他信的是佛教，蓄一把銀色長鬚，面容「慈祥」，平生最愛玫瑰花，終年不願離開他的花園。《溥儀自傳》三一一面上，指證說：「就是這樣的一個佛教徒，在玫瑰花香氣的氤氳中，捋識銀鬚，面容『慈祥』地設計出駭人的陰謀和慘絕人寰的凶案。」這種把潛意識的罪惡感，在意著行為中表現為過度愷悌慈祥，生怕踹死螞蟻的佛門弟子，也是一種潛意識的衝動之化裝表演，這種東方式反向行為的形成，我們大可以稱之為「頭山滿情結」。

潛意識的欲望以完全相反的形式浮現到意識層來，以作為心理的防衛機構。除反向行為外，還有投射作用與轉化。為了否認自個兒潛意識裏邊見不得人的衝動，乃將它委之別人，叫做投射作用。將潛意識中久經壓抑的欲望和情緒，轉為想像的生理病痛，叫做轉化。投射作用和轉化，乃成「豬八戒情結」的有效組成分子。其重要性不減於性壓抑與醜八怪相貌的補償作用。

豬八戒情結

結構簡單，情節複雜，是《西遊記》的結構特徵。

小說的結構特徵，經常指小說人物的描寫方法。《西遊記》本為一人一事而作。此一人即孫悟空。此一事即往西天雷音寶剎取經。孫悟空外型單純，一副猴相，但個性複雜。《西遊記》的結構方式，也反映了這項特徵。但《西遊記》的主結構線，曾一度中斷，那就是孫猴子跟如來佛比法，被如來反掌壓在五指山下五百年，照理說，這五百年的中空，情節就無法開展。但吳承恩在主結構線與主結構線之間，架了一座工程浩大的橋。《西遊記》從第八回〈我佛造經傳極樂，觀音奉旨上長安〉開始，到第十二回〈唐王秉誠修大會，觀音顯聖化金蟬〉打止，就是這座「橋」的全部工程。小說家稱這座「橋」叫做「過場」。所以《西遊記》的真正開進點，在第十三回。必須指出：《西遊記》的過場處理，是古今中外小說名著的過場處理有數範例之一。而豬悟能（豬八戒）的出場，就在觀音奉旨上長安的路上開始介紹的。

豬悟能這個名字取得妙到毫巔，幽默到了家。前面說過，他本搏聚著我國鄉下人典型性格的一面——安分守已樂天知命的相反一面。但正反兩面農民典型性格，仍有其共通點，那就是保守成性，喜歡妥協，得饒人處且饒人。豬悟能為什麼會塑造成我國破落戶鄉下人典型性格的另一面？外表癡肥狼犺，相貌醜陋，人見人憎，要求補償他外型上的缺陷，於是他就以偷懶使乖說謊，委過於人，以證明自己的優越，他選擇的就是這種生活模式。故與忠厚老實，勤能補拙的典型農民性格全不一樣，然而，在破落戶的鄉下子弟中，這種典型性格也是隨時隨地可見的。內心不乾不淨，除一身蠻力氣以外並無特殊能耐，有支配別人的潛意識欲望，可沒有支配別人的真正能力。因此，出餿主意，成事不足，敗事有餘；性壓抑得不到滿足，碰到困難就想分財散夥，出家人卻滿腦門子在家人的念頭；凡事攛唆，喜歡背後鑿短拳；打得贏就打，打不贏就跑，一睡解千愁，人家當面嘻笑怒罵，他就裝作老豬的耳朵太大，聽不見。他自稱：「我又粗夯，無甚本事，走路扛風。」（七十五回）有自知之明。這在破落戶的鄉下子弟中，也是常見的典型性格。所以說，豬悟能這三個字，實在有畫龍點睛之妙。

分析豬八戒情結，仍以性壓抑而要求滿足的潛意識活動為其主要的線索。老豬是帶著惡罪而貶落塵凡的。他的好色本能應屬他從天河裏帶來的「真性」。他對西天取經的理想並不那麼熱中，但對散夥回高老莊，卻念念不忘。

《西遊記》十九回有一段，描述八戒辭別岳丈的情形，具現了八戒個性，凡事拖拖拉拉，留首尾賬，讀來捧腹不止。原文是這樣的：

那八戒搖搖擺擺，對高老唱個喏道：「上覆丈母、大姨、二姨，並姨夫姑舅諸親：我今日去做和尚了，不及面辭，休怪。丈人呵，你還好生看待我渾家：只怕我們取不成經時，好來還俗，照舊與你做女婿過活。」行者喝道：「夯貨！卻莫胡說！」八戒道：「哥呵，不是胡說，只恐一時間有些差池，卻不是和尚悞了做，老婆悞了娶，兩下裏耽擱了！」……

而老豬在迢迢萬里，長達十四年的取經途中，也以好色與散夥，這兩種情節出現的頻率為最多。製造的笑料，表現的獃子個性，也以這兩樁事最為熱鬧。你看他被黎山老母、南海觀音、文殊、普賢，化為丈母、真真、愛愛、憐憐，捉了一晚迷藏。「東撲抱著柱科，西撲摸著板壁。兩頭跑暈了，立站不穩，只是打跌。前來蹬著門扇，後去攛著磚牆。磕磕撞撞，跌得嘴腫頭青。坐在地上，喘氣呼呼的道：『娘呵，你女兒這等乖滑得緊，撈不著一個，奈何！奈何！』」就是這個獃子，他就想一吃三；後來頂著一方手帕，瞎摸了一晚，還銜著丈母娘說：「既是她們不肯招我呵，你招了我罷。」（二十三回）

這就是豬八戒情結的核心。他出盡洋相，吃盡苦頭，弄得半瘋半癲，笑料百出，究其實，性壓抑得不到滿足又處處要求滿足，這股本能背後的基本力量——基力，已強有力地左右著他的行動。我們看起來，豬八戒的信仰經常迷失，理性經常錯置，但他的活動卻是一貫的。他一遇困難與危險，就嚷著要分財、散夥、回家，仍是性壓抑要求滿足，化裝成思家的意識表現。他跟孫悟空一直面善心惡，得空就說小話，鑿冷拳，也就是一種潛意識欲望的投射作用。他經常裝癡裝獃，嚷痛嚷餓，無非是阻滯取經的理想，也不過是一種潛意識欲望的轉化。

必須指出，豬八戒情結的核心部分，是一直周延下去的。他揩白骨夫人的油，在嘴上求得變相的滿足，是二十七回的情節。他過子母河，入西梁女國，誤飲河水，致身懷六甲，胎動嚷痛，是一種轉化（五十三回）。而老豬看西梁國女王，「忍不住口嘴流涎，心頭撞鹿，一時間骨軟筋麻，好便似雪獅子向火，不覺的都化去也。」（五十四回）最能具體表現他的潛意識欲望。他在盤絲洞濯垢泉，變作一條鮎魚精，跟七個蜘蛛精混水摸魚，壓抑在潛意識裏邊的念頭和情感，算是獲得了一次緩解（七十二回）。一直到拋繡球招親的一幕，老豬還在跌腳搥胸怪嚷，坐失良機。他完全是個淫心不斷的夯貨！（九十三回）

由此豬八戒情結，派生出來的意識活動，以散夥回家抱老婆最為顯豁。打從第三十回〈把行李等老豬挑去高老莊，回爐做女婿去呀〉開始，豬八戒只要碰到機會，就從不諱言這樁心願。他在平頂山，就有兩次嚷著要散夥分行李，往高老莊上盼盼渾家（三十二回）。他再次嚷著「取經之事，且莫說了。……我兩個各尋道路散夥。」卻在二度逐走孫悟空之後（五十七回）。到了八百里獅駝嶺，孫行者鑽進了青毛獅子怪的肚裏，老豬立刻解了包袱，將行李搭分兒開始分起來，用行動表明分東西散夥。潛意識的衝動已進一步明朗化（七十六回）。一直到了鎮海禪林寺，唐僧感冒風寒，一病幾乎不起，老豬又在出餿主意，「趁早商量，先賣了馬，典了行囊，買棺木送終散火。」（八十一回）這些分行李、散火的話頭，以後重複出現於第八十一回。

總之，《西遊記》裏邊的那個配角豬八戒，形容醜陋，說話粗俗，喜歡扭頭揑頸，掏嘴巴，搖耳朵，說話半獃半瘋，應該是個成功的喜劇人物。他的一切活動，他在行動中所顯現的精神面貌，如果用精神分析的眼光來衡量，都是可以理解的。這個人物的塑造，其所以是活的，就在乎他能首尾一貫，通體相符。

而小說的人物，在創造過程中，經常先有原型，然後集合各種類似的個性到他身上，塑造成典型人物。換句話說，吳承恩寫《西遊記》時，很可能先發現了一個懷才不遇的猴相人物，然後逐漸典型化為孫悟空；宋人話本有《大唐三藏取經詩話》，孫悟空最初出現時是個「白衣秀士」，這一點是很值得玩味的。他也很可能同時發現了另一個相貌粗蠢，愚而好自用，使乖偷懶，貪財好色，重利輕義的鄉下人物，一臉豬相，認為值得下筆，於是為了加強他的鮮明個性，把類似的性格加在他的頭上，終於塑造了豬八戒這個典型。因此之故，這兩個典型人物，乃成為大眾所熟悉的怪物。終於脫離書本，活在我們民族的集體潛意識裏，成為我們記憶的貯藏室裏邊的兩大形相。——《西遊記》寫活了孫悟空和豬八戒，《西遊記》也成為不朽。

第七章　馬克斯、列寧主義批評

第一節　談馬克斯、列寧主義批評

馬克斯生前對文學藝術認識不深，言及文學與藝術的話語也十分少；恩格斯雖較馬克斯稍好，但亦淺薄。他們的文學批評理論，來自十九世紀的自然主義與寫實主義，他們所使用的模式，所謂寫實主義就是「在典型的環境裏邊寫下的典型事件」，此正與浪漫主義是「在特殊的環境裏邊寫下的特殊事件」相反。十九世紀當時，自然主義和寫實主義在文學藝術上具備破壞性，主張揭發社會的黑暗面，同情弱者，打敗強者，故出現了傷感的寫實主義和醜惡的寫實主義。而馬克斯、列寧主義的文學目標是指向暴露社會的黑暗面，在文學作品中表現煽動地反叛的意識型態。

馬克斯、列寧主義批評的功臣有二：馬林（1846–1916），著有《文學與社會》（1711）及普列漢諾夫（1856–1918），著有《文學與生活》（1912）。這兩個批評理論家曾為馬克斯、列寧主義批評立下汗馬功勞，但他們了解藝術不能全為政治服務，也了解文學藝術應該負起他們幾方面的道德責任，他們雖然也討論文學作品中社會要素的客觀規律，但反對這就是文學藝術的美學基礎，反給作家許多不必要的限制，因此變成非常不正統的馬克斯、列寧主義者。一九二〇年到一九三二年，俄國開始實施新經濟政策，正式在一九二五年推行，文學批評上出現所謂「無產階級文學藝術者聯盟」(R. A. P. P.)，喊出了三條口號：一切文學為社會服務，文學是黨的執行工具，文學批評應該是黨紀的執行工具。認為「我們文學批評應該百分之百反映新經濟政策，反映社會型態的」。而文學術語百分之九十使用了打內戰的名詞，於是在世界文學史上出現「拉甫派」的笑話。一九三二年，史達林組織「蘇維埃文學藝術者協會」，才明確規定「社會主義的現實主義」作為蘇俄文學藝術發展的指南針。必須指出，「社會主義的現實主義」是一矛盾的結合品，一方面要求作家要正確地反映現實（寫實主義的一面），另一方面規定只能描寫社會主義建設的光明面。它把過去十九世紀的感傷的寫實主義，專門描寫黑暗面區分開來，認為如今進入光明社會，故只允許描寫光明面。一方面要求作家成為藝術家，一方面又要求作家自律，實是互相矛盾的。他更嚴格規定：作家定是一個社會主義的現實主義者，嚴格禁止客觀地表現現實（在中國大陸更是變本加厲，如吳晗的《海瑞罷官》，田漢的《謝瑤環》，不過是藉古諷今之作，卻引起大騷動）。他鼓勵作家運用藝術創作來傳播社會主義，反映黨的精神和黨的路線，而說這是社會主義唯物辯證法的偉大表現，簡直自相矛盾。他們最後一個矛盾是認為文學家只是黨的工具，文學藝術是黨紀的工具，但史達林也說過「作家是人類心靈的工程師」，前後之不搭調令人噴飯。

本世紀三〇年代至現在，馬克斯、列寧主義批評曾一度泛濫，而至今仍是鐵幕世界文評的唯一標準。此標準下出現了人類兩大愚蠢。邏輯推理的愚蠢：當前提未提出來前，先有結論，於是一切推理活動均是為建立先有的結論而進行的。進化論的愚蠢：共產黨很自誇他們是進化的，自稱是科學的社會主義，說：「量度現在，要以過去為標準。」但不管如何說，在自由世界受這派影響的仍為數不少，受其蠱惑。馬克斯、列寧主義批評亦曾藉盧卡其（Georg Lukács）而旗幟大張，盧卡其是馬克斯、列寧主義的權威，他的理論包含了使用唯物的辯證法，黑格爾哲學，他對文學（德國）的真知識。他曾用寫實主義的理論重新解釋十九世紀文學的主要潮流與方法，他雖然強調社會與政治在文學上的作用，但此人對文學確然十分敏銳，具批評家慧敏的觀察力，一九四七年出版《歌德及其時代》，為代表作之一。即在自由世界，至今有「社會文化批評」的流派，就是以社會的、政治的、經濟的角度為重點而進行的批評。

蘇俄的文學批評已成「黨紀」的工具，批評的焦點放置在類型概念上，因為他們確認所謂類型是寫實主義和理想主義之間的橋樑。其次，類型之外尚有典型，普列漢諾夫所謂典型，是指在藝術中表現黨的精神的基本範圍，典型的問題永遠是一政治問題。因此蘇俄乃至鐵幕世界的文學批評幾乎全是有關「人物性格」與「典型」的問題。在第二次世界大戰以後，蘇俄的文學批評更加充滿國家性與地域性，極力排除外來的影響，絕不容外國近代作品介入，比較文學因而至今仍在黑名單內，嚴格禁止講授。

馬克斯、列寧主義批評的美學基礎有三：⑴勞動創造世界，勞動也創造文化與藝術。⑵馬克斯的《政治經濟學》書中說：「不是人的意識決定事物的存在，而是事物的存在決定人的意識。」⑶馬克斯只有一個唯物史觀，恩格斯寫《自然辯證法》，才真正替馬克斯的辯證法下了明確的論點。而馬克斯的唯物史觀是要證明強者剝削弱者，而弱者聯合起來把強者打倒。為了證明此道理，他肯定了兩項基本道理。首先，歷史的基本動力總是經濟的：包括分配財富的劃分與消費，雇主與雇員的關係，富者與貧者的階級鬥爭，這些問題最後決定了生活的每一方面，例如宗教、道德、哲學、科學、文學、藝術等，生產關係的總合構成了社會的經濟結構，因此，經濟結構才是社會結構的下層（基本）結構，而所謂法律的、政治的等等，都屬於社會的上層結構。次之，馬克斯說：「藝術的全盛時期，是在國家財富聚積之後產生的，文學藝術是國力的表現。」他指出，「在歷史中並無道德力量，經濟的因素潛伏在歷史的每一大事件的背後。」在此處，出現了他的美學基本原則之一，即是「藝術如同一切高級活動，屬於文化的上層建築，並且決定於社會歷史的條件，特別是指經濟的條件而言」。因此他們經常探索藝術作品與社會歷史條件的關係，肯定「就藝術作品的現實意義而言，藝術是社會觀念的反映」。這一條規則在蘇俄實業革命（一九一七年）之前，普列漢諾夫曾經在《藝術與社會生活》中提到，此書談美的論點，受到俄國十九世紀美學家車爾尼雪夫斯基的兩大論點影響，一是美即生活，二是生活即美。此書出版之後，曾在一九一七至一九二五年間，出現了自然討論的時期。第一個提出討論的問題是：在社會歷史的術語中，藝術是不是能夠完全被理解？討論的結果是：單憑唯物史觀，剩餘價值，利潤剝削，階級鬥爭等術語，不能充分了解。第二個討論的問題是，藝術是否有其獨特的法則呢？當時的結果是：如果有其獨特法則，那麼文學藝術顯然不能被社會歷史的術語所束縛，壓縮與扭曲；如果無其獨特的法則，與政治、經濟又有什麼分別呢？第三個問題是：藝術在階級鬥爭中，是否為武器（後來又改作工具）？但以上的這一些討論，到了史達林「社會主義的現實主義」時期以後，就禁止再加以討論了。

第二節　馬克斯、列寧主義批評與當代美學

——兼評陳繼法《美學的厄運》

美學家朱孟實未隨政府播遷來臺，致淪陷大陸，應該算是我們學術界的一大損失。朱光潛先生是一位富貴不能淫，貧賤不能移，威武不能屈的大丈夫，這點歷史上自會有他一個公道。有何事實根據？那就是大陸上那場長達五年之久的醜的「美學問題論爭」。朱先生頂戴著前國民黨中央監委，國民黨黨員，以白盔白甲，哀兵上陣，運起一枝禿筆（朱先生慣於剪毫寫字，是枝名副其實的禿筆），獨戰群妖，周旋到底，且獲得公認的勝利。此一論傳的全過程，政治作戰學校教授陳繼法的《美學的厄運》有翔實記述。

上篇共五章。有緒論、有結論，且對論爭的內容與難題，禁忌與死結，本質與目的，有重點闡釋和批評；客觀而系統地記述了一九五六年六月到一九六一年八月，發生在大陸的一場「美學問題論爭」。寫文章參加論爭的有七十餘人，前後共發表論文一百六十餘篇，出版了《美學問題討論集》四大卷。論爭的主陣地有《文藝報》、《人民日報》、《哲學研究》與《新建設》。副陣地有《光明日報》、《文匯報》、《文學評論》，以及部分大學的「學報」。論爭的一方是朱光潛，這位

國民黨黨員，前國民黨中央監委，自始至終獨力應戰，以其美學上的湛深學養雖陷重圍而反擊得有聲有色，使中共處心積慮推行的「意識型態全面專政」，迄未在美學領域裏邊得逞。論爭的另一方包括賀麟、宗白華、周谷城、黃藥眠、曹景元、蔡儀、李澤厚、洪毅然、周來祥、吳漢亭、葉耀祥、呂熒、蕭平、蔣孔周、姚文元等，大多數屬「見物不見人」，寫文章為了「表態」、「交心」的論客。雖狂喊什麼「照相館裏出美學」、「美學是黨性的科學」之類的咒語，但究屬臨陣磨槍，東鈔西襲之輩，看不出他們對美學真下過多少入門工夫。所以文章越寫越長，引文越引越多；而觀念與內容越說越貧乏，行文不能首尾一貫，通體相符的毛病也越扯越嚴重。甚至連例證也只能搬出梅花啦、五星旗啦、齊白石的喜鵲啦諸如此類的三幾樣玩意，反覆例舉，循環論證，思想的僵化，簡直到了可怕的程度。看樣子，在美學領域乃至任何學術領域內，不講究基礎訓練，專精研究，不講究方法、系統、客觀性陳述，一味以人多勢眾，盛氣凌人，專打「人海戰術」，還是斷然要吃敗仗的。

下篇包括了三篇獨立論文，分別批判了車爾尼雪夫斯基與普列漢諾夫的美學思想，闡釋了朱光潛換湯不換藥的美學「新觀點」，應可視為該書的附錄，故本文置評的重點，理應落在上篇——中共「美學問題論爭」批判——之上。只在集中批判馬列美學時，始側擊到車爾尼雪夫斯基與普列漢諾夫。

不過，上下兩篇對此時此地的美學研究者而言，因材料比較罕見而值得同等重視；因作者蒐集材料的耐心與毅力，且整理排比使成一系統化著述而值得稱道。它至少節省了我們研究的時間與精力。

文化作戰理想戰場

自由世界與鐵幕世界的文化作戰，美學既是前哨接戰的理想尖兵，又是陣地戰的理想戰場。這兒比的是活智慧而不是死知識，比的是思想組織力而不是權威加教條，比的是反應水平而不是條件反射，比的是自由人性而不是集權黨性。這兒進可以破「馬列美學」在意識型態上的專橫，退可以挖「社會主義現實主義」在藝術哲學上的毒根。我其所以樂於評《美學的厄運》，著眼點原在乎此。

下面四層次的解析，旨在具體說明何以美學領域是文化作戰的理想戰場。

㈠美學本屬直觀之學。故主觀多於客觀，非理性的成分多於理性的成分。

歷代的美學家對美與醜的哲學研究，只要成套，就有權利各說各話，但一般人也有權利採取可信可不信的態度。美學是古今培養心靈自由與知識民主的溫床。在美學的研究方法上，「一分為二」遠不及「合二為一」妥貼、合理而有效。蓋美學的基礎是相對的而非絕對的，任何絕對論調，全稱命題，一施展出來就可以被別人明確地指出漏洞。所以，儘管美的定義不斷出現，可是它從未被各方所一致首肯過；美感經常被發現，但最後還是被推翻。而美學研究裏邊，最不作興「黨性」，也最忌「唯」這「唯」那，這兒沒有「簡明教程」，當然也沒有權威、教條與獨斷。主要的難題就出現在直觀或直覺上。不管美來自形象的直觀也好，來自情感表現於形相也好，大概美都要經過心靈的創造。而直觀或直覺，原由我們的感官知覺接觸外物對象而生，由印象這種粗糙的感覺資料轉化而成，義近禪宗的頓悟。直觀的廣義解釋，乃直接的認知。此種憑感官知覺的直接認知有兩個特徵：只知個別事物的形相而不知其意義，不能喚起由經驗得來的聯想，在知識活動中屬最粗淺的層面。然而為什麼我們的美感、審美態度、審美判斷、美感經驗等等，可不通過理解而作出判斷？可不通過欲望而產生快樂？最粗淺的層面上就存在著原始的澀晦。美之謎竟然難倒過許多絕頂聰明的人。如哥德就曾坦率承認：「美是難於解釋的。它是一種飄浮而閃耀的影子，其輪廓不易用定義來說明。」法朗士也有類似的表白：「我相信我們永遠無法確切地了解，為什麼某種東西是美的。」

當我們把美學理解為物象的科學，而不是物的科學時，我們可能悟到：美不僅是存在之物，而且也是感官知覺之事；美不僅在心，也不僅在物；美不僅是客觀的，也不僅是主觀的；美只能存在於心與物，主觀與客觀的關係上面。此種主觀客觀合一，心物合一，正是我們民族文化與思想方式的精髓。破馬列唯物美學之偏執，確無待外求。這就是我對美學是文化作戰理想戰場的第一個層次的理解。

㈡迄今為止，美學的研究依然是個活的領域。任何研究的活領域都不可能有萬應靈丹，也不可能有放諸四海而皆準，百世以俟聖人而不惑的現存真理。

因此在研究態度上，美學也切忌以一隅之解擬萬端之變，死抱住某些教條當擋箭牌。譬如馬列美學論客死抱住不放的「存在決定意識」；而「美是客觀的存在，不隨人們的意識為轉移」，對馬克斯《經濟學哲學手稿》裏所說的：「最美的音樂，對於不能欣賞音樂的耳就沒有意義，就不是對象。」該如何自圓其說呢？

何況，任何美學問題都不算單一問題，而是由許多繼續擴展與變遷的難題糾結而成。例如大陸上那場長達五年多的「美學問題論爭」，最初的論爭焦點只是「美是物質的呢？」還是「美是物與我們的關係？」發展下去，就不能不加進心與物、主觀與客觀、形式與表現、性質與關係等一組又一組的問題，且互相糾結，互相關聯。因為美若是表現（偏向主觀心靈），便是對我們所生的關係；美若是形式（偏向客觀物質），就經常指物的各部所有的結構，如單一性，特殊方式等，便是物的性質。更要命的，兩組問題雖有關聯，卻非同一問題。理由是：美若是對我們所生的關係（如情人眼裏出西施），這關係本不必是表現的關係；美若是物的性質（如桃花顏色足千秋），但這性質又不必是各部分所有的結構。由此可見，美是物的實在性質呢？或美是物的基本存在呢？還是美是物對我們所有的關係呢？或美是物在我們身上所生的影響呢？只要有耐心逐次展開，就可以為慧敏心靈開闢層出不窮的理想戰場。

故在第二個層次的解析上，我們可以把美學聯想為古今來一堆堆散置的智慧語，尚未經過認真的整理包裝。我們也可以把美學研究當作許多互相衝刺的競爭理念，在相對的基礎上，以求彼此互相補充適應。因為美學研究，過程重於結論，自由探索重於任何權威與教條。也許，老蘇格拉底的想法是對的：美學只是真摯心情與真摯心靈之間的交談。美學不接納霸道與粗鄙，因為愛美是人的天性，追求和諧、秩序、恬適與心靈自由，也是人性分內之事。看來這些跟「意識型態全面專政」的論調，積不相容。在針鋒相對的論點上，提出論據，展開論證，這個理想的戰場，至少能增加我們的活力，開拓我們的精神遊蕩的領域。

㈢美學天寬地闊，但研究的重點卻指向藝術。它窮究不同時空不同歷史文化背景的一切藝術。

試圖以大系統的解釋，寬角度的掃描，給諸藝術打下哲學基礎，此即藝術哲學。它研究藝術家的創作過程與美感經驗，以及他們如何想像、創造，如何創作藝術作品，這些就組成文藝心理學的基本材料和問題。美學當然也研究人們對藝術的感受，對藝術的目的與價值判斷；研究藝術的功能，它如何跟社會生活，跟人類學、考古學、社會學，乃至跟宗教、科學、政治經濟活動等發生關聯；它還要深入研究藝術批評的原理與評價基準。美學價值論與美學傳達論就分司其事。另外還有審美形態學，以之研究藝術的形式與風格。還有審美語意學，以之研究我們表述藝術時的措詞與意義等等。絕頂聰明人幹結巴子事，看來就無過於美學研究啦。

在此一層次的解析上，自由世界的美學家們，大可以「千百年傳吾輩話，二三子繫斯文脈」（劉克莊〈滿江紅〉），在藝術哲學的原野上，痛擊「美學是黨性的科學，它為實行共產黨在藝術方面的政策，為社會主義現實主義的繁榮而鬪爭」。而這方面，卻是大陸那場「美學問題論爭」始終不敢碰的。把隱藏的問題攤開，使在可見的範圍內，把問題的真相弄明白，對於我們的文藝界未始沒有好處。——為什麼馬列論客要拼死拼命反對自然主義？這兒就映現出所謂「社會主義現實主義」的醜相。

㈣放眼曠觀本世紀美學進展，活躍而多變，不乏傑出人物和傑出的作品。就其脈絡言之，美學上的顯學凡六，其中自由世界佔五，鐵幕世界僅一。

例舉言之：㈠以直覺為中心理論的「直覺美學」，如克羅齊、柏格森。㈡特別注重心與物的關係，以及感官知覺之連鎖的「自然主義美學」，如杜威、桑塔耶那。㈢運用記號學成果於美學問題之解決的「記號學美學」，如瑞恰慈、哈里森、雅格、卡西勒。㈣特別強調藝術作品的獨立自主性，且與完形心理學結合而為完形特質（Gestalt Qualities）的現象客觀性（Phenomenal Objectivity）之「現象學與存在主義美學」，如因嘉登、杜佛朗、沙特、海德格。㈤以費希納《美學入門》與佛洛伊德《釋夢》結枝而成的「實驗美學」，如杜瑟爾、納羅、曼諾。看來五花八門，各有哲學基礎，各成一套。然而都只認為是互相衝刺的競爭理念，信不信由你，從不考慮要定於一尊。這就是當代美學研究的特色，那套粗鄙的獨斷論調壓根兒用不上。

鐵幕世界則以辯證法唯物論的「馬列美學」，一枝獨秀，惟我獨尊。必須指出：馬克斯、恩格斯與列寧生前，對美學、藝術與文藝批評本身，都只說過很少的話。馬列美學的核心原理只有一條：「藝術，如同一切高級活動，屬於文化的上層建築，並且決定於社會歷史的條件，特別是被經濟諸條件所決定。」就是這一條，馬克斯在〈政治經濟學批判導言〉中，也曾鄭重指出：「一社會的特徵與其藝術之間，並無一對一的簡單連繫。」但由此出發，諸馬列美學論客，為了充分理解藝術作品與社會歷史母體之間的關係，終於探索出藝術是「社會現實的反映」。終於獲致這麼一系列怪怪的結論：「美學是黨性的科學。」而「典型乃是在藝術中表現黨的精神，典型的問題，永遠是個政治問題」。至於文藝批評嘛，對不住得很，它就是「黨紀的工具」！凡具自由心靈的美學者、藝術家、文學家，而對這些粗鄙者的「橫」理，該作何感想，難道我們也該默爾而息嗎？

所以在第四層次的深層分析中，堅定了我們沈著的自信，要把美學問題當作文化接戰的理想戰場，跟馬列美學論客們見個高下。我仍然相信那句老話：真理愈辯愈明。

評《美學的厄運》

美學的園地，千古以來是睿智心靈的交戰之地。而美，遠在文明曙光初露之前，在歷代人類易感的心靈中，已展開召喚，激起回響。——此所以許多生物學家努力蒐集事實，證明動物也有美感，而藝術的起源，可追溯到原始人的紋身。古中國人在和諧、適度、勻稱與靜觀中發現美，他們從不忽視人體、自然與藝術這美的三層次。古希臘人在音樂的節奏，雕刻的對稱與均衡，建築物的美好力量中發現美，他們認為秩序、對稱與節制構成美的要素。古羅馬人則在秩序、崇高與權力中發現美。雄偉、高遠、莊嚴、肅穆的物象，能在他們心靈中激起回響，充滿驚異和喜悅。文藝復興時代之人，在色彩的溫柔中，在雕刻品的情慾光輝中發現美。現代人在音樂、舞蹈、流線型、動感中發現美。人們努力尋找心靈與物象的和諧關係，只要這關係合乎觀賞者的意願就可以產生美感，就成為審美對象。每一時代每一地域的人們，都可能為某種美所感動，甚至不惜犧牲生命去尋求它。Narcissus清溪顧影自憐終於化為水仙花的神話，原象徵著人類愛美的一個原型。美的追求，是歷代人類的本能活動，這裏邊有喜悅，有新奇，有幽異和魅力。至今我們仍然保持著這樣一個信念：假若我們的生活是美的，世俗的一切幸福於我如浮雲；假若我們的生活是幸福的，那我們就要對美作無限的追求了。

但為什麼大陸那場「美學問題論爭」，會弄得空前枯燥無味？會那麼劍拔弩張，而且有那麼強烈的壓迫感？為什麼會出現那麼多言不由衷的文字？說了那麼多東扯西拉的外行話？做了那麼多扔帽子的遊戲？為什麼有能力說話的人卻畏首畏尾不敢說話，無能力說話的人卻挺胸亮膊大放厥辭？為什麼有那麼些人爭著上場表演，又表演得如此笨蛋？為什麼論爭的文字，老是先有權威得不容懷疑的客觀標準，先有結論，然後填充些不相干的材料，予以合理化？為什麼美學討論中居然出現不能碰也不敢談的禁忌和死結？使一場原本富於吸引力與情趣的美學論爭，醜化成一場「階級鬥爭」的紛紜聚訟？思之思之，不免啞然失笑。

根本沒有學術自由，而發言者的頭上各有一道「紅五類」或「黑五類」的緊箍咒，既無說話的自由，又無不說話的自由，是上述困惑的總原因。

因為沒有學術自由，裁判論爭的是非曲直對錯的標準，是權力而不是理性和真理。是以力壓人而不是以理服人。是權威當道教條橫行，而不是實事求是止於至善。結果卻各人死守住片面的愚蠢，而看不見整體的智慧；討論態度上，多的是金剛怒目，臉紅脖子粗，板起面孔說話，而少菩薩低眉，和顏悅色指點開導。而且，被組織起來參加論爭的人，寫文章首先必唸動馬列符咒，一分為二，劃清界線，站穩階級立場，交心表態，然後大作政治表演。一定要把其獨立自主性的藝術，屈從政治的規律，遂行其意識型態全面專政的目的。這樣一來，焉得不枯燥無味，劍拔弩張？焉得不扔帽子，說外行話？又焉得不話到嘴邊留半句，不敢暢所欲言？

在大陸那場「美學問題論爭」的全過程中，以能說話的不敢說，不能說話而敢說，長久短視，東扯西拉說外行話表現得較為突出。

為了在政治上交心表態，某些馬列美學論客，平時不燒香，急時抱佛腳，為寫文章臨時亂翻資料。但因為對美學研究本沒有認真下過工夫，倉卒之間，很難從根子上了解問題。只好竊取若干論點，組合上陣。被對手方攔腰一擊，便潰不成軍。這些論客包括李澤厚、洪毅然、周來祥、吳漢亭、葉耀祥與姚文元等。

我說他們是「亂翻資料而不是整本覽書」，實際上是搞「文藝理論學習譯叢」之類裏邊收集的單篇文章。

像洪毅然在〈論美學的研究對象——美學與藝術學的區別〉一文中，引用的布羅夫「美學應當是美學」，就是一九五六年八月四日刊布於蘇俄《文學報》的一篇不成玩意的文章，由馮申、周若善迻譯。記得此文也談康德，也談馮特，可惜開口便錯；談藝術的部分也只是欠缺實際創作經驗者的紙上談兵，看不出有值得徵引的地方，尤其不可以用作理論根據。這種東抄西襲，抓到籃裏就是菜的怪現象，比比皆是。適足以證明他們對美學止於一知半解，談不上真正的研究。所以他們才必需依傍權威，靠摘錄別人的話吃飯。殊不知借別人的光采照亮自己的人，永遠只是思想上的侏儒；以自己的生命力量來實證自己存在的人，才算思想上的漢子。侏儒太多而漢子太少，這一場醜的「美學問題論爭」，給我們的第一個印象，原是如此。

第二個例子，要數朱光潛徵引馬克斯的那句「最美的音樂，對於不能欣賞音樂的耳就沒有意義，就不是對象」。

這根金箍棒，不獨維護他透出重圍，殺開一條血路，而且也使他在扔帽子的遊戲中，能振振有詞，訓得毛共老牌美學家如蔡儀之流，鼻黃唇青。其實這一論據，老早已在《美學與文藝問題論文集》裏也出現了。老牌法共理論家阿．列斐伏寫的《馬克斯恩格斯論美學》（高叔眉譯），於談完勞動與藝術之後，緊接著就談美感經驗的歷史發展過程，人們如何由「感覺的器官」漸成「文化的器官」，底下所徵引的就是這一句。論理，這批屎急抗茅坑，提筆亂翻資料的「美學家」，不可能見不到這一載於《論文集》第八面到第三十四面的單篇論文。雖然該論文立論粗糙，譯筆粗蠢，但像這麼重要的話，竟然被那批粗鄙的論客忽略掉了，頗令人費解。

可能的原因不出兩途：不懂得尊重相反的證據，只對相同的意見予以援引，對相異的看法故意予以忽略，致有效集合論點時，發生歸納不全的現象。這兒暴露的問題，是馬列黨徒的缺乏學術真誠的基本心態，以及迷信權威與教條，反科學精神的文化傳承。另一原因是他們美學修養的底子太薄，也許根本不知道它的重要性，致視而不見，聽若罔聞。只要看看這批人竭力稱頌的「美學的光輝著作」，竟然會是「黨的組織與黨的文學」，「在延安文藝座談會上的講話」，大概總有個七七八八的了解。難怪朱光潛在結束這場長達五年多之久的「論爭」時，曾慨乎言之的奉勸這批「說道理少，卻亂扣帽子」的論客，再花八年、十年時間，認真研究美學，來參加論爭不遲。如其不然，爭來論去，依然是一片紊亂，弄不清楚的。

第三個例子，是《馬克斯列寧主義美學原理》那本書。

《美學的厄運》作者有這樣一段敘述：「這本書是由蘇聯科學院的哲學研究所、藝術史研究所、高爾基世界文學研究所和蘇聯藝術研究院的研究人員，以及蘇俄的高等藝術院校執教美學及藝術理論課程的教員們集體編著成書，根據約三百多種參考資料，經過討論之後，才在一九六〇年定稿，由蘇聯國家政治書籍出版局出版，作為俄共及當時俄共集團國家的權威美學教科書。中共隨即由陸梅林、謝寧、張文煥、徐若木、高叔眉、宋書聲、楊啟潾等廿一人集體翻譯成中文，於一九六一年十月出版。因此，中共的「美學問題論爭」也就在這一年的八月底停息，也正是這個原因。因為一個巨大的壟斷企業的「產品」已經拋擲了出來，一群靠翻譯過來的馬列零篇斷章為資據的零售小販還有什麼好叫喊的呢？」（《美學的厄運》九—十面）

此書我未讀到，但在一九五六年六月，朱光潛發表〈我的文藝思想的反動性〉一文，導發這場醜的「美學問題論爭」以前，蘇俄高等教育部，已於一九五五年出版過《馬克斯列寧主義美學基本原理》的美學教科書。該書堅持兩點：㈠事物或現象的審美特性，不能脫離事物或現象所具有的自然的性質（即機械的、物理的和生物學的性質）而存在。㈡一種東西，如果沒有它特有的形式，它各部分的比例，它的顏色等等，那就不可能是美的。然而也絕對不能把事物的審美特性歸結為它們的機械的物理的和生物學的性質。因事物的審美特性和事物的某些規律性（如端正、節奏、均衡、和諧、合適）能對人產生美的影響。就在這堅持的兩點之間，架構起一條馬列美學的權威公式：「美就是現實現象對美學理想之吻合。」此一公式對自由世界的美學家而言，也只是「美是物象之合乎觀賞者意願的和諧關係」一樣稀鬆平常，有各種不同的駁論可以施展。但此一權威公式，卻是主觀與客觀、心與物辯證的統一，道道地地落入「關係美學」的範疇，它根本是站在朱光潛這邊的！

若馬列「懶蟲」們果真不是下筆時亂翻資料，果真事先整本唸過書，像李澤厚那樣要命的外行話，才不致受到洪毅然、姚文元者的吹捧；更明白點說，那場醜的論爭，要不然向深層轉進，要不然根本論爭不起來。談美學問題怎麼可以斬釘截鐵「一分為二」？吆喝什麼美「不在心，就在物，不在物，就在心，美是主觀的便不是客觀的，是客觀的便不是主觀的。這裏沒有中間的路，這裏不能有任何妥協、動搖或『折中調和』，任何中間的路或動搖調和就必然導致唯心主義」（李澤厚《論美感、美和藝術》）。像這種殺伐決斷論調，粗蠢有餘，而智慧不夠，甚至連粗糙的馬列美學規律也掌握不住，居然敢說瞎話唬人，這真是沒有學術自由的悲哀。

而這批慣於在框框條條裏邊活動的寶貝，雖所見不廣，所知有限，所思不深，卻配備有兩件自我催眠的法寶：凡我不知道的就是不存在的。凡我不會的就是不好的。碰到任何問題只要祭起這兩件法寶，就可以有睜開眼睛說瞎話的權力，一切問題就能不了自了。這兩件法寶祭起來確能收「立竿見影」之效，可惜原始、粗蠢、蠻橫兼而有之。

由此導入第四個例子。為什麼大陸那場長達五年多的美學論爭，始終會在唯心、唯物、主觀、客觀之類的框框裏耍猴兒戲？

讓人們好像看到七十多個「今之古人」在十九世紀的歷史背景上合演一場鬧劇。大家都只能在「存在決定意識」此一大前提下說話，乃問題的核心。所以他們解答何謂美或美是什麼，總離不開㈠美是客觀的存在。㈡物的形象是不依賴於鑑賞的人而存在的，物的形象的美也是不依賴於鑑賞的人而存在的。㈢美是事物實體的一種客觀屬性或性質。㈣美是第一性的、基元的、客觀的。㈤承認美是客觀的，承認客觀事物的美，承認美的觀念是客觀事物的美的反映，……這種論點就是唯物主義美學的根本論點。㈥美不在心，就在物，不在物，就在心，美是主觀的便不是客觀的，是客觀的便不是主觀的。這樣隔山推磨，遠打周折，繞來繞去兜了老半天圈子，到底美是什麼，誰也沒有回答出來。反不如小學作文中說的：這風景好美啊！看得我眼睛放亮，看得我心曠神怡。至少這種說法，當下即是，還比較切題。至少這種說法，比起上述六大笑話來，還有拙樸純真之美。

當然，確立美與不美的標準，早已不算當代美學的中心論題。但世界上一流的慧敏頭腦，確曾對此有所致力，而且表演過許多的絕對論調，將他們的美感經驗，作成過分自信的全稱命題。而這些下界說的遊戲可能談不上有多少美學研究的意義，不過，此三類區分卻可以看出古今來美學家對美所持的基本態度。第一類談到審美對象的本身，說物有內在的美。包括㈠凡有「美」的單純性質者皆美。㈡凡有特殊結構「方式」都皆美。第二類在審美者與審美對象之間，找出相關的東西，就說這些跟物有關係的東西是美的。如㈠凡模倣「自然」者皆美。㈡凡善於利用「資料」者皆美。㈢凡屬「天才」的作品皆美。㈣凡啟示「真理」、「大自然的精神」、「理想」、「普遍性」、

「類型」者皆美。㈤凡生「幻象」者皆美。㈥凡有好的「社會影響」者皆美。㈦凡屬「表現」者皆美。第三類說到物在我們身上所生的影響。這群美學家以為物的本身並沒有什麼內在的美，也沒有什麼內在價值，只當物的形象在我們心靈上產生美感經驗時，我們才認這種心理感受是美的。如㈠凡給「愉快」者皆美。㈡凡激動「情感」者皆美。㈢凡促進「特殊情感」者皆美。㈣凡有「投射」或「移情」作用者皆美。㈤凡使我們接近偉大「人格」者皆美。㈥凡提高「活力」者皆美。以及㈦凡使我們態度「中和」者皆美。

前面已經提過，美學領域是一研究的活領域。它尊崇真正的心靈自由。它甚至對「口之於味有同嗜焉」，「目之於色有同好焉」之類的話頭，都只看作「傳統的假設」。所以我愛吃辣椒，你愛吃大蒜，盡可以不必同嗜，而可各從其所好。所以桑泰耶拿才會帶著他那近乎苦笑的微笑，在《美感》一書裏邊說出如下的話：「假如我們說別人必能看到我們所看到的美，那是我們設想這些美都是客觀的，如同色彩、比例、大小之類。……但這種想法既是荒唐可笑的，又是十分矛盾的。」而「一物對某人而言是美的，理應對他人也是美的，此話了無意義可言」。其次，我其所以一口氣表演了這麼多全稱命題，除了借此說明美感是一種觀照，不算創造，它基本上容許自由心證；美感隨時可以有所發現，也隨時可以被否定。另外也得感謝阿格頓、瑞恰慈、武德合著的《美學的基礎》，在搜集、整理、排比、歸納美學家們關於美的定義，所下的苦工夫。這書印行於一九二二年，算舊書，倫敦出版。

大抵在美學研究中，多採說不說歸我，信不信由你的寬容態度，好讓美學研究者分享到寬容的智慧。這跟馬列信徒們動輒咬牙切齒的心態完全不合。因為真正的美學家從不要求別人依照他的想法去思索，也從不把人類史理解為階級鬥爭史。他們同情地了解萬事萬物，他們的美感活動，超乎實際利害之外，始自構想完整意象時所下的靜心工夫。他們經常把欣賞一件藝術品時所作的表情，就叫做直覺。他們的溫厚勸告只是：盡量揩拭你的靈魂之窗，好讓變化無窮，美麗多彩的景物，鮮活地呈現於你眼前。當年雪竇禪師有兩句詩：「堪對著雲還未合，遠山無限碧層層。」差可象徵美學家的心境。因此，千古以來美學不可能遭逢厄運，但「美學的厄運」又確實在大陸上發生過，其故安在？

毛澤東一直迷信天下的知識只有兩種：其一是生產鬥爭的知識；其二是階級鬥爭的知識。我不知道這個白癡到底要把美學擺進哪個格子裏。若擺進生產鬥爭的知識那個格子，這種既難於實證又不切實用的美學知識，恐怕對生產鬥爭派不上多少用場，顯然美學不屬於生產鬥爭的知識。現在，只好把美學擺進階級鬥爭的知識那個格子裏（事實上他們確是這樣區分的）。這樣一來，不獨能符合「美學是黨性的科學」的要求，而且也能使美學淪為無產階級意識型態全面專政的工具之一。他們的如意算盤不可謂打得不精，只可惜美學一旦成為階級鬥爭的知識，就好比小兒麻痺症患者拄著一根橡皮枴杖，若捨棄不用則行動不便，若用則包管你隨時跌跤。美學知識用之於階級鬥爭，是副作用最大而且最壞的一種知識。大陸上長達五年多的那場論爭，該是個現實教訓。

反過來說，在反共文化作戰中，如果用美學作前哨接戰的尖兵，逐步誘導他們進入我們的既設陣地，按照我們的鑼鼓點子，表演他們的粗蠢與蠻橫，則另一場美學論戰所能發揮的威力，很可能大大超出我們意料之外。主要的理由除前述四層次的分析外，還有人才的對比，還有學術研究風氣的對比，還有研究環境的對比，還有心量與識量的對比。把這些集合起來，我們可以預期某種程度的思想發酵。而思想的發酵，畢竟是一個有希望、信心、智慧與活力的新時代的觸媒。

談了許許多多，無非就《美學的厄運》裏邊，僅點到之處，予以深層分析；敘述而欠詳盡之處，予以補充說明；申論而稍嫌不足之處，加上自個兒的一點看法。始終未脫就書論書的評論範圍。但不管怎麼樣，《美學的厄運》究竟是一本花過心血，態度客觀嚴謹，值得一讀的好書。此書有一分證據說一分話。對時下流行的一些迷信，如誤認神秘的就是神聖的，如誤認耳聞的勝過目睹的之類，將有功於年輕的一代。而對破除馬列美學迷信，至少做到了臚列事實，扼要解說，使大家在可見的範圍以內，明白這場醜的「美學問題論爭」之真相。給我們的美學研究增加項目，也將有功於我們今後的文化作戰。

尾聲中的聯想

事物各有其限度。單篇文字切忌跑野馬。但結束本文時，我突然聯想到一九二八年到一九三四年發生在蘇俄的一場美學問題論爭。在此不妨約略提一提。

印象中，蘇俄那場美學問題論爭，偏於藝術哲學方面，特別是對文學方面著墨頗多。它把「塞拉皮翁兄弟會」及其同路人，以連續的壞球保送進入蘇俄當代文學史的顯著位置；而風雲際會，當時獨裁文壇的拉甫（R. A. P. P.）派人物，如「草包」亞弗巴赫（他就是當時特務頭子耶哥達的小舅子）等，經常遭到三振出局的厄運。他主持的「俄羅斯無產階級作家協會」（即簡稱「拉甫」者），也於一九三二年四月，由聯共中央委員會明令解散。此一有關美學問題的「自由討論」，到了一九三四年，乃經官方嚴令結束。

塞拉皮翁（Serapion）並非實有其人。他是德國小說家霍夫曼創造的一個隱士型人物，只因他說過：「藝術家必須有幻想的自由；而藝術創造也必須有獨立自主性。」大為尼古拉・尼基丁所垂青，於是就以這句話為理論核心，發起組織「塞拉皮翁兄弟會」，對抗滔滔赤潮。他們高喊：我們每個人都有自己的鼓。他們堅持：真正的文藝作品必須是有機的、真誠的；且各自形成其特殊方式。他們宣稱：作家、藝術家永不需要成為社會地震儀。藝術有它自己的目的，作家自己知道要說些什麼，而且也有其特殊表現。

論爭於是在「文學藝術的獨立自主性」上，重點展開。

㈠在社會歷史的術語中，藝術能不能完全被理解？換言之，單憑唯物史觀或歷史唯物論，剩餘價值、勞動成本、利潤剝削、階級鬥爭等術語，能不能夠充分說明、解釋文學與藝術的問題？假如能夠，請解釋給我們聽聽。例如達文奇畫的〈蒙娜麗莎〉，原只是婦人La Gioconda 的肖像畫。是不是可以解釋為她因欣賞無產階級在階級鬥爭中勝利而微笑？計算勞動成本低廉而微笑？等等。假如辦不到，那就反證藝術的規律跟社會歷史的規律並不一樣，藝術應有它的獨立自主性。不要把不相干的東西夾纏它。

㈡藝術是不是有它自己的獨特法則？如果有，則文學與藝術顯然不能被「社會歷史」的術語所束縛、壓縮與扭曲，而分道揚鑣。那就是說，美學依然可以說成是情感的哲學，藝術依然可以說成是抒情的表現，而意象、直覺、幻象、瞑想、幻想、想像力、範型、表現等諸如此類的詞兒，還是幾乎可以當作同義詞兒來使用。而形象的直覺也依然是我們美感經驗的一個活水源頭。如果沒有，文學家和藝術家只能被迫服從官定的理論：生產關係的總和構成了社會的經濟結構，歷史發展的基因總是經濟的，動力在乎階級鬥爭。經濟是社會的真實基礎，而文學、藝術、哲學、科學、宗教、道德、政治、法律等等，同屬社會的上層建築，因此解釋文學和藝術的法則，本質上跟解釋哲學、科學乃至政治、法律的法則「等同」。在這種魔術師的邏輯之下，文學藝術的「殊相」消失，融入政治、經濟、法律等文化因素的「共相」之中。於是出現這樣的「天方夜譚」：階級鬥爭之外無歷史，文化因素之外無文學與藝術的獨特法則。而許多扞格不入，無法適應的現象，只好以官方的解釋為合法的標準。可惜問題到此依舊還是問題，因任何樣式的邏輯都不足以證明：懂政治、經濟的就是懂文學藝術的，權威的就是有效的，合法的就是合理的。這兒反證出文學藝術還是有它自己的獨特法則。

㈢文學藝術既然被肯定都是階級鬥爭的武器，不過，這種武器是否只是社會歷史發展過程中的要件，為了階級鬥爭的需要而強行加上去的？抑或它原是文學藝術的本質，在草萊初闢，文明初啟，藝術活動剛告萌芽之際它就是一種武器？——這個傻傻的問題可把聯共官方理論家們整得頭如巴斗，眼似銅鈴。他們上窮碧落下黃泉，挖空心思蒐集到的證據絕大部分可以進《笑林廣記》。

㈣文學藝術與階級鬥爭的關係，到底是因果關係呢，還是函數關係？假如只是因果關係，何以階級鬥爭一定是因，文學藝術一定是果？那你們經常說文藝作品影響階級鬥爭，促進階級鬥爭，該作何解釋？假如是函數關係，把鬥爭與文藝看成一種合成力，那麼也得要追問，在固定聯繫的諸變量之間，除了高壓、恐怖與服從以外，是不是還有些別的呢？

病後健忘，這幾點印象比較深刻還殘留在記憶之中。如果要把蘇俄與毛共這兩場「論爭」作個比較，我有一蟹不如一蟹之感。因為，蘇俄那場美學論爭，上場的人物至少還不那麼猥瑣，爭論的問題，也至少不那麼雞毛蒜皮，爭論的結果至少還逼出了個官式的「社會主義現實主義」創作路線。而毛共這場論爭，除了哈哈一笑之外，各方面都能首肯的結論只有一個：用心研究十年八年美學之後再談。

大抵「權威」當道，「真理」潛蹤；「教條」橫行，「自由」瀕絕。秉持學術誠意的人，就該在此絕續之際，有所發揮才對。

第八章 小說與戲劇批評原理

第一節 小說批評原理及運用

——評蕭洛霍夫《靜靜的頓河》

自從瑞典文藝學院的秘書格羅，於十月十六日正式宣佈蘇俄名小說家蕭洛霍夫（Mikhail Aleksandrovich Sholokhov, 1905–1984），為一九六五年諾貝爾文學獎得獎人之後，許多年輕朋友要我談點蕭洛霍夫，並且希望我能夠跟一九五八年諾貝爾文學獎得獎人帕斯捷爾納克（Boris Pasternak, 1890–1960），作個比較。

比較是困難的。因為帕斯捷爾納克基本上是個詩人兼翻譯家。他雖然寫過《齊瓦哥醫生》（1958），以及散文集《盧佛斯的童年》（1925）與回憶錄《安全保證》（1931）等，但他的主要成就，仍然是屬於詩的。他是布洛克、葉遂寧，與馬耶闊夫斯基死後，碩果僅存的詩人。蕭洛霍夫則不然。他是名副其實的小說家。他的《靜靜的頓河》（*And Quiet Flows the Don*, 1928–1940），《被開墾的處女地》（*Virgin Soil Upturned*, 1932），以及《頓河的收穫》（*Harvest on the Don*），《大江東去》（*The Don Flows Home to Sea*, 1941）等，都曾在蘇俄產生過深遠的影響。尤其是《靜靜的頓河》，被認為是一部描寫蘇俄內戰的傑出的歷史小說。而他創造的《靜靜的頓河》的男主角格黎哥里．麥列霍夫，和「扶助蘇維埃，反對共產黨！」（麥列霍夫語）以及《被開墾的處女地》的男主角達維多夫，與「一切屬於我們，一切歸我們掌握！」（達維多夫語）都已進入俄國文學的「畫廊」；而且這幾句名言，迄今尚傳誦不衰。

蕭洛霍夫曾贏得一九四一年史達林文學獎。

此刻，我們來評論《靜靜的頓河》，仍然有其時代的意義。道理很簡單，因為自由世界評論這部作品，並不是要我們遷就「社會主義現實主義」的尺度，而是要他們俯從「具有理想主義特性的最傑出作品」這一尺度。因為瑞典卡洛林研究所下的評語，說該書是部具有「藝術的感染力與正直真誠」的作品，而在這部作品裏邊所展開的「頓河的史詩，已賦予創造的表現，給俄羅斯人民的歷史以本來面目」。另外，我們也不應忘記蕭洛霍夫是哥薩克人。《靜靜的頓河》雖贏得「心理現實主義」最高成就的讚頌，贏得史達林文學獎，且蕭洛霍夫曾一度為黑魯雪夫的密友，但他還是受過史達林的轄制糟蹋。《頓河的收穫》出版不久立刻由作者收回銷毀，即為明證。即使到了黑魯雪夫掌權的時代，《頓河的收穫》於冷藏了二十九年之後再度印行，還是要更改小說的結局，以求符合黑魯雪夫的意旨，其中酸楚，一言難盡。所以我們對蕭洛霍夫，多少應予以同情纔對。

《靜靜的頓河》描寫俄國革命前後，頓河流域的哥薩克人之動亂與變遷的歷史。全書四卷兩千頁，乃作者埋首頓河畔維辛斯卡雅村十四年的心血結晶。該書出版後，在俄國曾銷行四百五十萬冊，一九四〇年至一九五〇年間，曾增銷兩百萬冊，且有四十個國家的譯本問世。我們讀《靜靜的頓河》，得到的第一個印象，就是該書不論在結構、章法、筆法、人物生平與歷史的揉合，乃至頓河風貌、戰爭場面、群眾動態與家庭糾紛等等，無一不模倣列夫·托爾斯泰的《戰爭與和平》。惟其如此，取法乎上，得乎其中，故風格遒勁，氣魄沈雄，依然夠得上稱為名世之作。至少比起模倣爾高基的革拉特科夫之《士敏土》，與模倣托爾斯泰的法捷耶夫之《十九個》來，要結實得多。

《靜靜的頓河》以格黎哥里·麥列霍夫與已婚婦人（綽號哥薩克的安娜·卡列尼娜）阿克西尼亞的戀愛為經緯，縱橫交織遠近穿插，而構成一整幅動亂人生的圖畫。時代背境為一九二〇年至一九三〇年。書中描寫兩人的悲歡離合與激烈緊張的情慾，清晰逼真，讀來恍如身歷其境，感染力相當強。而書中次要的人物，也寫得栩栩如生。因此，當書裏邊的主人公和這批男女女接觸的時候，能充分表現多方面的利害、情況、個性、生活關係以及廣大的背景，同時圍繞著他描繪出整個時代。它在虛構的敘事體中展開了歷史，復活了歷史。它按照當時的哥薩克們的思想、信念和意識的模式去行動。而整個動亂的世界都為麥列霍夫與阿克西尼亞照耀起來了。所以說，這部「頓河的史詩」，具有「藝術的感染力與正直真誠」，是行家的評論，並非溢美之辭。

《靜靜的頓河》雖然有複雜的結構和豐富的生活題材，且情節與生活矛盾異常錯綜，故事發展的線索互相糾纏，但它還是容易欣賞的。此中最大的原因，就是作者並沒有在情節組織中強迫灌輸任何政治教條，加插任何咖啡館哲學，他從不利用情節去說明某些觀點。他筆下的大大小小的人物，差不多都有肉體與心理特徵。使讀者讀來，覺得確有其人，真有其事。而當麥列霍夫組織哥薩克的游擊隊時，喊出來的那句口號，也不過是「扶助蘇維埃，反對共產黨！」合情合理，一點都不顯得「灑狗血」，令人肉麻。這應當是《靜靜的頓河》主要長處之一。

對於自然與生命表現出強烈的愛好。情節的開展均勻、緩慢而莊嚴。筆意和筆法仍然秉承十九世紀俄羅斯小說的傳統。這些地方在當年那麼濃厚的肅殺氣氛下，也是難能可貴的。

在論斷此事時，我們不應遺忘當時的創作環境。二十世紀三十年代，正是蘇俄「拉甫派」(即「俄羅斯無產階級作家協會」)稱霸文壇的時代。領導人亞弗巴赫，即為特務頭子耶哥達的小舅子。這批草包正異口同聲吶喊，把文學和藝術生硬地納進五年計畫之內。他們正以兇惡的打手姿態抨擊秉性溫和，態度中庸的同路人。他們張脈僨興，口沫橫飛，反對「藝術中的新經濟政策觀念」。他們把打內戰的方法用之於文學批評，動不動運用「攻擊」、「追擊」、「攻城」、「攻勢」與「戰略戰術」等軍事術語於文學批評之中。他們嚴格要求，在詩、小說、戲劇、散文中，必須有「百分之百的共產主義意識型態」。他們硬性規定：「把形容五年計畫及此計畫所引起的階級鬥爭，當作蘇俄文學的惟一主題。」他們大量印行反映時事，傳播共產主義教條的作品。他們的文學批評的口頭禪，如「這部小說，是對階級敵人的突擊」等等，至今仍成為文學批評的笑話。就是在這樣一種荒謬可笑的高度壓力底下，蕭洛霍夫能完成《靜靜的頓河》這部兩千頁的巨著，我想，無論如何是難能可貴的。靈魂的受難使藝術成為必要。如今「拉甫派」諸打手早已隨風而逝；而一代魔頭史達林也死無葬身之地。但《靜靜的頓河》依舊巋然獨存。它記錄下一個冷酷無情的時代，人們活動的歷史。剪取並保留了血淚山河的一角。它的真摯是內心的，它的真實是外界的。

兩者交相投射出俄國動亂的十載艱辛！

用生命換回來的東西，總是值得珍惜的。《靜靜的頓河》其所以會成為俄國藝術的轉捩點，最基本的道理也就在此。

另外還有一點，在蕭洛霍夫筆下出現的人物，其所以性格鮮明，他對於意象與性格的創造，其所以顯得結實而簡樸，那得歸功於作者切實把握了一個主要特徵——激烈的情緒和不合理智傾向的哥薩克性格。就是這一「把握」與「堅持」，使他不理會「拉甫派」的教條戒律，使他有良好的機會掙脫政治教條的綑綁。作者的稜稜風骨挽救了自己的作品，也給蘇俄文壇樹立了一個剛毅木訥的典型。

在結束本文時，我想引用雨果（Victor Hugo, 1802–1885）在他的歷史小說《九三年》（*Gua-trevingt treize*）的一段話，為我國的作家和歷史小說家打氣：

「歷史有真實性，小說也有真實性。小說的真實和歷史的真實在性質上是不同的。小說的真實是在虛構中反映現實。但，歷史和小說卻有相同的目標：利用暫時的人來描繪永久的人。瞭解全局需要歷史，瞭解細節需要小說。」當我們的歷史小說乃至一切小說中，真正出現了「永久的人」時，第一流作品的出現，總為期不遠了。

第二節　戲劇批評原理及運用

——評白樺《苦戀》

幾句開場白

白樺、彭寧合作改編的電影劇本《苦戀》，因橫遭中共槍桿子文藝權貴有計劃的批判圍攻，突然引起了海內外人士的共鳴性關切，各方面報導與分析的文字不少，惜深刻的批評文字不多。

真正的原因可能有兩個：其一是屬於文評部分的；其二是屬於影評部分的。就文評言，聽說《苦戀》原是首敘事長詩，係以畫家黃永玉悲慘的「文革」遭遇為故事基型，發抒白樺在十年浩劫中的悲涼感受，以及心底的積鬱與忿恚。詩題作《路在他的腳下延伸》，刊登在香港《文匯報》上。該敘事詩經白樺、彭寧聯手改編成電影腳本，初名《太陽與人》。劇本經中共文化部電影局審查批准後，由上海海燕電影製片廠（一說東北長春電影製片廠）拍成電影。經毛片試映加以剪輯補鏡，到了正式內部試映時，卻被認為大有問題。但電影局因支持在先，不便公開出面干預，最後只好由文藝總管周揚祭起翻天印，用「污衊社會主義」的罪名將它封殺。

到了四月二十日《解放軍報》評論員專文：《四項基本原則不容違反——評電影劇本《苦戀》》，以及五月十五日該報另一專文：《《苦戀》的問題與教訓》之出現，已可隱聞「軍方」的磨刀之聲。但大陸文藝界至今仍按兵不動。且於五月二十三日，由「作協」出面公布白樺的〈春潮在望〉，獲頒詩人獎。此一尷尬場面使所謂白樺事件，出現了槍桿子與筆桿子之間的強大張力，至少讓我們嗅得到大陸高階層權力鬥爭中存在的濃烈火藥味。

《苦戀》的來龍去脈既然如此，所以文評家置評的對象，與進行「本文分析」的最後依據，理應是《路在他的腳下延伸》，而不是《苦戀》。《青年戰士報》四月二十七日到二十九日轉載的全文，卻是後者，不是前者。這就把文評家的主要興趣給打斷了。

就影評言，影評家置評的充分兼必要條件，應該先看完銀幕上的《苦戀》，然後下筆。單靠書齋作業，讓假想映象在腦幕上溶明溶暗，化入化出，旋開旋閉，切入切返，推近拉遠，搖來搖去，那也是不切實際的。這同樣把影評家的主要興趣也給打斷了。

但話雖如此說，詩作者與劇作者同屬白樺，仍為不爭的事實。他的敘事詩基本上由意象與情感複合而成，他的電影劇基本上也由映象與情感複合而成，在抒情表現的情感基調上很可能維持一貫，縱有出入，應該是出入不大。假如此一前設條件並不怎樣逾情悖理，那麼，我們在勢不能兩全其美時，仍不妨退而求其次，直接對劇本置評。

批評家是作品的公證人，應負的責任是社會的責任。他當然可以不必考慮別人的看法，以看入幽深，攄陳己意為基準。不過，像《解放軍報》〈評電影劇本《苦戀》〉一文中對該作品所定的罪：「它不僅違反四項基本原則，甚至到了實際上否定愛國主義的程度。《苦戀》的出現不是孤立的現象，它反映了存在於少數人中的無政府主義、極端個人主義、資產階級自由化，以至否定四項基本原則的錯誤思潮。」還有那篇專翻舊帳的〈《苦戀》的問題與教訓〉，遠離本文分析，卻在白樺過去說過的一些話上扣帽子，打棍子，如「新中國的現代封建主義，較辛亥革命以前的舊封建主義更厲害」。如「中國人民至今仍非常懷念民主主義時代的鬥爭，主張資產民主革命任務完了的是陰謀」。如「三十年高壓統治的舊航道，非加徹底疏浚不可」等，那也應當提出來談一談的。因為，對批評的批評，原是批評家基本職責之一。因為，鐵幕世界一向確認文藝批評乃「黨紀的工具」；而自由世界卻堅持文藝的獨立自主性（autonomy），文藝與文藝批評的規律，跟政治經濟學的規律無關；維護政黨利益的「基本原則」，不論是四項也好，八項也好，跟衡量文藝作品的好壞根本無涉。而且，文藝活動中永遠沒有「一言堂」，誰的解釋與判斷，在精確、合理、有效上能佔上風；在方法、系統、客觀化上能有所突破，誰就具備更大的說服力。所以，我們對用政治評論的方式，來對待文藝作品，對槍桿子替代筆桿子的粗蠢作風，多多少少我們總得齒及。

另外，在這個「開場白」裏邊，還要提到一事：一九七九年十月三十日至十一月十六日，大陸「文學藝術工作者第四次代表大會」上，白樺對當時流行的四個「一點」——思想再開放一點，膽子再大一點，辦法再多一點，步子再快一點，是有預感與餘悸的。所以他的發言，一則曰：「大多數知識分子根據切身體會的教訓是：當允許你放的時候，就潛伏著收的危機；當你放的時候，就為自己挨打、掙一頂帽子、坐牢，準備了條件。」再則曰：「別人好心提醒我，你很不安全！我感激同志的關心。不過，我也豁出去了，坐牢也有飯吃！」我當然也要為他這幾句看得見危險，但不怕危險的壯語，說幾句話。

批評以「人的形象」、「物的隱喻與象徵」、「思想・主題・情節」、「鏡頭分析」、「張力與鬆弛」為五個重點。現在，就逐次展開。

人的形象

默察百餘年來共產主義興衰軌跡，發現共產主義凡三變。而且越到東方變得越詭詐，變得越墮落，變得越瞧不起知識和知識分子。

馬、恩共產主義為第一代。雖犧牲高文化遷就低文化，凍結高創造活力遷就低勞動力，為階級仇恨而革命，以階級鬥爭為主要手段，但各盡所能，各取所需，仍不失追求平等的模糊目標。列寧共產主義為第二代。他拼合克勞塞維茨《戰爭論》而成軍事共產主義，創蘇維埃體制。工農兵高於知識分子，腦力勞動者遂低於體力勞動者。平時共產主義蛻化成戰時共產主義，深挖壍，廣儲糧，整軍經武戰備出擊，緊張著主要的國家目標；而人的存在，遂定位為整部國家機器的「螺絲釘」。毛式共產主義為第三代。在軍事共產主義基礎上，再加入東方兵經和資「亂」通鑑，合成「兵法政治的共產主義」。兵者詭道也與兵不厭詐，遂成毛共的最高指導原則。於是，臉不紅，心不跳，就能大喊大叫「共產黨員不說假話，不能成大事！」他們彼此心領神會的絕招是：以不擇手段為手段，以不講原則為原則。不管陰謀陽謀，能引蛇出洞，趕鴨子上架的，就是好謀。於是「螺絲釘」貶值為「玩具」，「腦力勞動者」貶值為「臭老九」，玩過一扔，誰管你死活？

這就關聯到《苦戀》裏邊的中心人物（自始至終，展開故事，促進衝突的主要人物）——畫家淩晨光，以及次要人物群，如淩晨光的妻子綠娘，女兒星星；淩晨光的青梅竹馬女友陳娟娟，陳先生和陳太太；前歷史研究所研究員、一級教授馮漢聲；詩人謝秋山及其太太雲英等的生存環境，以及生活實況問題。因為，這批活躍在銀幕上的人物群，絕大多數是在那個唯物世界，錯誤地選擇了腦力活動，因而找不到自己位分的臭老九！可是，劇作者的真摯同情，卻傾注在這批臭老九身上。他頑強地肯定：這些人才算真正的人！

人的形象及其飽含的隱喻和象徵，是劇作者用心最深，用力最勤，而且也最執著之處。我們可以這樣指認，假如真正的人，只因為要求活下去，要求活得像人一點，要求稍微自由一點，就是「污衊社會主義」，那這個社會主義也太不像個東西了！假如真正的人，只求對人的基本需要和人的基本情緒，能獲得某種程度的滿足，至少不讓他們有「會說話的牛馬」的感覺，就算是違反了四項基本原則，那麼，世人也可以提出合理的懷疑，所謂共產黨領導、無產階級專政、社會主義道路與馬、列、毛思想，你們堅持的這四項基本原則，實踐的結果最後必然是不把人當人！難道這樣的四項基本原則，還不該違反嗎？老實說，《苦戀》的感染力，它的思想性和藝術性，它的遭受批評圍攻，它能引起海內外人士的共鳴性關切，出現「一人被整，萬人援手」（北大大字報）的場面，全與人的形象有關。

真正的人，既為環境所創造，又能創造環境；既敢於堅持人的基本權利，也樂於負起人的基本義務；他們既嫌老得太快，又嫌乖得太遲，所以活得總是傻里瓜嘰的。劇作者在《苦戀》的畫面上，就對這些平平實實，一往情深，嘔盡苦頭卻從不回頭的人，旋律般映現了三層次的活法。在孤立無援，孑然一身時，真正的人就活得像狂風中的一枝蘆葦。晃動不停，卻堅強挺立；看似柔弱，其實強韌。這是第一層次的活法。決不以損腰折背的卑鄙形象換取生存的權利！當真正的人集合起來時，就像廣漠藍天上出現的雁陣，鋪天蓋地，把「人」字寫在天上。隱喻著天地間最高尚的形象，象徵著宇宙間最堅強的形象。這是第二層次的活法。自由人的自動集合，將激發最大活力，最大效率，創造歷史奇蹟。這個「象徵」裏邊也含蘊著「神話」的原始印象。要不然，秋水長天之上排成「人」字的雁陣，為什麼不可以用紛飛的和平鴿來取代？當真正的人孤雁失群，日暮途遠，找尋生命的歸宿時，漫漫天涯路，上下求索而了無所得；發現他全心全意苦戀的已成泡影，心靈深處永憶的已不存在；那些同志、戰友、同胞，只為他設下圈套；而且他們面帶笑容，好替他戴上鐐銬；親親蜜蜜擁抱，就為了方便背後插刀！他當然只好用餘生的力量在潔白的大地上畫了個「？」，問號的那一點就是畫家淩晨光那具冷卻了的身體。這是第三層次的活法。「方死方生」的活法。以身殉生命焦點的活法。這一「點」正是民族悲劇的頂點，也正是《苦戀》的終點。

人的形象告訴了我們一些什麼？畫面上旋律般一再重複的葦蕩、蘆葦、雁陣，直到大問號的出現，到底隱喻了些什麼？象徵了些什麼？它們對準觀眾的心靈，又會折射些什麼？一言以蔽之，真正的人是存在的！他們用傻傻一生，實證了一句話：在一切權利之上，還有人道；在一切主義之中，還有人心！

然而，真正的「人的形象」，在大陸文藝作品之中，好久以來，都被列為禁地與禁忌的。白樺在「第四次文代會」上的發言，就有這樣的話：「有一個時期作品中任何一個黨的幹部形象一定都要等於黨。任何一個工人的形象一定都要等於整個工人階級。最後，人，在文藝中消逝了。剩下來的當然是一些貧乏的概念。」這對於「文學是人的藝術」，簡直是種尖刻的諷刺！那麼，我們得追問：白樺為什麼寫《苦戀》？——讓真正的人，讓有血有肉有情思有智慧和理想，敢於說真話，肯對歷史負責的人，在文藝中復活起來，活躍下去。這是白樺寫《苦戀》的明確目標。他達成了，當然也算是對任何框框條條的突破。對「文學是人的藝術」此一定義，成功的固執！而《苦戀》的思想性和藝術性，理應擺在這麼一個比較的基礎上邊來談。

現在，留下的問題是為什麼大陸統治者的四項基本原則或四個堅持，跟真正的人，怎會弄得針鋒相對，出現對抗性矛盾的？主要的原因是：真正的人苦戀著自由與人權，理想與抱負，他們信心十足，熱情如火，迷信祖國一定會幫助他們達成這些願望，使他們活得像人！而在舊航道中沈浮的高壓統治者，為了擴大本身的安全感，醉心的卻是階級鬥爭和權力鬥爭！他們除了全心全意抓權以外，哪管人民的死活？誰把人當過人？而權力使人腐敗，絕對的權力使人絕對的腐敗。藝術家有良心，獨裁者只有如何整人的壞心眼。他們的四個堅持，歸納起來說，原只堅持兩條：權力就是真理；無知就是力量。這批自信不學有術的卑鄙傢伙，天生就跟知識分子不共戴天。一旦階級成分劃進「臭老九」，挨整挨鬥以及關、押、勞改、砍殺，可以任他們為所欲為。故高壓統治者所堅持的，也正是真正的人所反對的。這批十九世紀的專制頭腦中，幾時想過：憲法上規定的諸自由即諸人權。而人權是先於國家與政府而存在的。人權既不可讓渡，也絕非統治者的恩賜。人權不獨是屬於人的，而且是屬於每個人的，多數表決制根本不適用於人權，因為人權無多數少數之分。合法的統治必須是合理的統治。法律之前，人人平等，侵犯這些權利就叫做壓迫。諸如此類的觀念，這批迷信「無知即力量」的草包，有一丁點兒認識嗎？這應該可以說明：真正的人的形象，在大陸文藝作品裏邊出現，就是一樁值得重視的事。

物的隱喻與象徵

白樺在「第四次文代會」上發言：「我們想幹什麼？我們想在文藝領域裏恢復現實主義傳統！我們想恢復文藝反映社會生活這個起碼的職能！」可是他在《苦戀》裏邊，恢復的不是報喜不報憂的「社會主義的現實主義」傳統，他不是「歌德派」，他沒有寫「遵命文學」。而且，他恢復的也不是報憂不報喜的十九世紀「批判的現實主義」傳統。因為他並不算真正的「缺德派」，也未決心寫什麼「傷痕文學」。他在文藝反映社會現實生活的認識上，仍然是列寧「反映論」的信徒。問題就出在他的「反映」是「中性」的，是鏡子式的反映，社會生活中有什麼實際存在，就原式原樣反映出來，美中有醜，好中有壞，苦戀中有絕望，祝福中有咒詛，就是這種反映的方式，把那些施高壓於人民的統治者，反映成豬八戒照鏡子，裏外都不是人！而白樺卻近似當代批評家心目中的那批「現代文學家」——心靈上的撿破爛者！

《苦戀》中的明喻部分，如「欲曉的天邊飛來一隊人字形的大雁」；如「反饑餓！反內戰！

反迫害！」的標語在人群中閃動！如他（淩晨光）的瞳仁上疊印出他經歷過的故鄉、故國的美麗風光、風箏、美麗的河岸、飛起白鷺的水田、含霧的青山、林間月光、荷塘晚霞；如晨光和綠娘在天安門廣場張貼著「屈原〈天問〉」，如張大爺給綠娘和星星，帶來滿滿一籃子「既能寫生，又能吃」的新鮮的青菜、蘿蔔之類。單憑形象的直觀，我們可以捕捉到劇作者要告訴我們一些什麼。映象雖有點犯忌，但在藝術表現的遮掩下，總有辦法應付那些粗蠢的文藝權貴的。

《苦戀》中的隱喻部分，具耐人深思的象徵意味，那是三種動物。其一是「一個獨臂的沒戴領章帽徽的老年軍人」，在下放前送給星星一個松鼠籠子，裏邊裝著一隻松鼠；其二是「一個八歲的小女孩」提著一個鳥籠子送給星星，裏邊裝著一隻喜鵲；其三是詩人謝秋山從衣袋裏掏出個烏龜來，交給星星：「這是我的一個老朋友，介紹給你吧！」「牠咬人嗎？詩人伯伯！」星星問。底下的回答是：「不！但是牠比我有本領，牠懂得自衛，你這個伯伯無能到連自衛也不會！」這樣一連串的近中景、特寫、大特寫鏡頭，劇作家到底要表現些什麼？深層心理意識是什麼？假如這三種動物只是劇作者起用的三種可以感覺的記號，那麼，我們勢必要探索，這些可感覺的記號裏邊，到底表達了那些超感覺的事實？它們彼此的對應關係密切到何等程度？為什麼在如此緊要關頭，劇作者要採用象徵的手法？

前面提及過，《苦戀》的故事，係以畫家黃永玉悲慘的「文革」遭遇為基型的。遠在去年五月《勝利之光》第三〇五期上，古鋒劍先生就曾以〈黃永玉和他的「動物篇」〉為題，有如下的介紹：「黃永玉的畫，有相當大一部分是畫動物的，這些畫動物的畫，在『文革』中幾乎都成了託物寄諷的黑畫，北平地區先後舉行過三次黑畫展覽，每次黃永玉榜上都有名，而且是名列前茅。」該文又說：「黃永玉愛畫動物，說話談及動物，妙語橫生，聞者捧腹，有時還會笑出眼淚來。黃永玉所作《動物篇》，應該說是平常說話和作畫的部分記錄。」——《動物篇》共三十二條(三十二種動物)三十五款，以動物的習性和動物的口吻，發為三言兩語的寓言，冷語不露刺，熱語不露尖；含淚微笑著，不失魏晉人風格。如《螃蟹》：「也可怪，人怎麼是直着走的？」《蜈蚣》：「我原以為多添幾十對腳就可以走得快些。」《珍珠蚌》：「一個小麻煩，帶來一個大麻煩。」《麻雀》：「我喜歡靠別人的小事小非鍛鍊口才。」《蛾》：「記住我的話，別把一盞小油燈當作太陽。」看來都很像題畫的雋語。

那麼，《苦戀》裏邊的籠中松鼠，到底隱喻些什麼？又象徵些什麼？——對共產主義「勞動創造人類世界」這一神話的最尖刻諷刺！籠中松鼠被餵飽了，就翻輪子幫助消化；肚子餓了就下輪子進食。這樣忙得團團轉，其實叫做無事忙。忙得越起勁，也忙得越沒有意義。共產社會之所以是個勞力不值錢，時間不值錢的社會，說穿了，還不是松鼠在籠子裏翻輪子的真實寫照？勞動是勞動了，困頓也困頓了，無奈只是負面的消費性工作，而不是正面的生產性工作；是原地團團轉，愧無寸進；不是層創遞進，大步向前。全大陸各階層的人都忙得團團轉，工作效率卻一天比一天低落。橫直有了無事忙的領導幹部，就少不了磨洋工、殺時間，忙得團團轉的群眾。這籠中松鼠的隱喻與象徵，簡直擊中了中共這條懶蛇的七寸，要命之至，寫到這兒，我忽發奇想：假如黃永玉寫下這麼一幅《籠中松鼠翻輪子圖》，他的《動物篇》會不會添上這麼一句：「看嘛，我正在努力創造世界。」

其次，《苦戀》裏邊的籠中喜鵲，又到底隱喻了些什麼？象徵了些什麼？——鐵幕內安身立命混日子的法寶之一：心苦嘴甜開口笑，形勢大好各處叫。關在大陸這隻碩大無朋籠子裏邊的人，最懂得知白守黑，知雄守雌，知剛守柔的哲學；也最懂得見人說人話，見鬼說鬼話，反正不說自己心坎兒上的真話就成；此外，還要學會逆來順受，口是心非，以假當真那一套，當耳朵聽的跟眼睛看的並不一樣時，就佯裝眼睛沒有看見的樣子。面對著如此動輒得咎的生存環境，八面討好的籠中喜鵲性格，就這樣塑成了。橫直整個局勢糟到極點時，你就返過來猛叫形勢大好；苦徹心肝滿目瘡痍時，你就又甜又笑地大嚷：光明遠景在望。嚷統治者喜歡聽的，扮統治者喜歡看的，包管喜鵲們總不會在大陸絕種的！那麼，假如黃永玉寫下這麼一幅〈籠中喜鵲圖〉，他的〈動物篇〉裏也可能增添這麼一句：「我喜歡作個形勢大好，光明在望的播音員。」——由此可以看出，《苦戀》帶給人們的問題與教訓，遠在違反四項基本原則之外；但那批手持金棍子的瞎眼文藝權貴，對於劇作家皮裏陽秋式的反諷，真有半個能領略到嗎？難怪那個「照相館裏出美學」的姚文元，能胡來亂搞，風光十年。難怪那個大半輩子搞文藝運動，連文字的表情達意都成問題的周起應，牛欄裏一鑽出來又當上文藝總管。他們幾時想過，幹文藝批評的，除了慧敏反應這一資稟外，還需要理論修養，作品分析、方案設計以及批評基準、類屬區分等文批專業訓練這一整套的養成教育啊！

然則，那隻烏龜又隱喻了些什麼？象徵了些什麼？——鐵幕內安身立命混日子的法寶之二：擴大安全感就是自衛。方法是：近來學得烏龜法，得縮頭來且縮頭！這就是詩人謝秋山在下放之前，經過精神的深刻內省，決定把這個「老朋友」，介紹給天真稚嫩得不懂自衛的淩星星的真正原因。一個專講唯物論辯證法的世界，萬事萬物不獨通體相關，而且勾搭相聯。八桿子打不著的事兒，只要合乎高壓統治者的意願與需要，就可以辯證來，辯證去，依自我批評、批評、檢討、鬥爭的程序，一步一步深化，直到辯證得嚴絲合縫，赤裸裸領罪為止。這就是小麻煩帶來大麻煩，小不忍釀成大不忍的基本道理。化解之道，用「不敢為天下先」那種處亂世危邦的智慧，還是不夠的，必須效法烏龜！一遇風吹草動，氣候反常，或獸蹄雜遝，且不管外面的世界怎麼個變法，第一個本能反應就是唸動「煩惱皆因強出頭」那句真言，把腦袋縮進去，求取安全。一切紛紛擾擾，都變成了「事不關己，高高掛起」；你要「引蛇出洞」，我來個「懶龜冬眠」；你要「雙百」，我來個「雙修」；你要「突破」，我又對應個「突縮」；此之謂自衛。此之謂安全第一。這套玩意，可全是從烏龜身上學到的！為什麼大陸那批文評低手對這些地方全視而不見？為什麼他們只知用黨八股訓人？缺少文評的基礎訓練有以致之。為什麼劇作家要用這些灼然可見的記號，來表達超感覺的事實？換句話說，為什麼要用這三種動物的映象，來突徵不便明言，但觀眾都心裏有數的事實？應該是大陸高壓統治下，沒有言論自由、出版自由、集會結社自由、思想自由的直接結果；而文藝，才成為曲曲表達思想言論自由的最後庇護所，宣傳較高理想的有效工具。這些罵人不帶髒字眼的手法，粗蠢的文藝權貴也該見識見識才對！

思想·主題·情節

在文評術語中，思想、主題、情節，經常互用。思想深沈固與主題深刻語意相近，主題感人也與情節動人語意相去不遠。而不管是小說或戲劇，主題安排的方式大別凡二：一種叫做思想主題；一種叫做情節主題。那麼，什麼叫做主題？Theme 的字源，來自希臘文Thema。第一義為「被置放之物」；第二義為「言談或討論的題材」。則所謂思想主題，應是通過敘述人或人物的嘴，把作者亟欲告訴讀者或觀眾的話，要言不煩地說給他們聽的一種表達方式。這種方式多屬明言的（explicit）方式，其中「被置放之物」就是亟欲告訴他們的話。運用思想主題時如果不能自然、生動，硬梆梆塞入，則成標語口號；如果不能簡明樸實，要言不煩，則成說教。所謂情節主題，則是通過因果關係組織情節，讓人物在情節裏邊活動，把作者亟欲告訴讀者或觀眾的話，通過情節的衝突和解決，表演給他們看的一種表達方式。這種方式多屬隱含的（implicit）方式。視讀者或觀眾的反應水平，對主題的把握，呈對應性深淺程度之不同。雖然效果不大確定，但畢竟可以規避那些討厭的標語口號和說教。

《苦戀》中思想主題與情節主題並存。有明確說出的部分，也有隱含寓意的部分。用心苦而用意深，屬於技巧化的主題電影劇本之一。雖然就當代的語意來說，主題小說、主題戲劇、主題電影，都不算是怎麼好聽的詞兒。

《苦戀》的思想主題，在打片頭字幕與演職員表時，就以O. S.「畫外親切的獨白」明確地說出：「讓我們介紹一個人吧！一個畫家！一個我們的朋友！相信也會成為你們的朋友！」整部電影就為了重現畫家的不幸而不墮落的一生而拍攝。坎坷的人生，不幸的遭遇，往往是使人墮落的原因。但畫家淩晨光非但沒有墮落，他就用這些坎坷與不幸作燧石，敲擊出一次又一次的精神火花，使人生增添了許多意義和價值。活著的時候，像淩晨光那種既不甘心做松鼠，也無意於學喜鵲和烏龜的人，遭受打擊，領受排擠，白眼，輕蔑，指摘，享受沈哀默默，骨肉離散，餐風宿露，以及「二十世紀七十年代的文明人吃的是公元前兩千多年的伙食！」看來好像都是理所當然的。因為，他堅持任何個體的生命都是有限的，假如人的一生真有什麼意義和價值的話，就必須在有限的歲月裏邊，伸手向無限索取一點什麼。真、善、美、聖、愛，樣樣都可以，那是使人由有限邁向無限的大道。假、惡、醜、愚、恨，樣樣都不可以，那是使人由有限退化為家畜的道路。而棲息在「四個堅持」之下的「人」，首先痛感到一切價值被削平，識時務的軟骨頭，就盡量去學習磨坊裏的驢子，全心全意遶著權力去打磨旋。所以黃永玉在〈動物篇〉中對〈叫驢〉題了句值得徵引的話：「我不滿足人們對我的歌聲做出快樂的評價，我要更加努力。」

然而，讓真正的人椎心刺骨發痛的是：一切價值被顛倒。假、惡、醜、愚、恨佔領了真、善、美、聖、愛在歷史文化中，在是非標準中的原有位置。前五者當權，後五者定罪。偏偏那些二不怕死、二不信邪的「臭老九」，苦戀著後者；而堅決抗拒著前者。竟然引用〈離騷〉的話：「亦余心之所善兮，雖九死其猶未悔」來表態。竟然明言「塵世間有許多事情的結果和善良的願望往往相反」。又偏偏那個倒楣的畫家淩晨光，當其伸手向無限索取一點什麼時，他的明確的生命目標，卻是從藝術中對「美」作無限追求，以及對祖國母親的「愛」，作生死不逾的苦戀。這個既太不識時務，脊椎骨裏的石灰質又太多的凌晨光，伸向無限的手竟然要一下索取兩件，而結果只落得三大皆空。由「一輩子都在單戀、單相思」，「寧願過原始生活」的傻瓜蛋，到「死不悔改的情人」，最後「用已經冷卻了的身體，給潔白大地上最後出現的那個『？』」，如願完成了「問號的那一點」。

《苦戀》裏的情節主題遠比思想主題錯綜複雜。因為腦幕上的意象，已變成了銀幕上的映象，偶有過火之處，容易被文藝權貴們抓個正著，只好採用迂迴曲折，露尾藏頭，虛實相參，喧賓奪主等寫敘事詩的手法，來寫電影劇本。那一次又一次的葦浪起伏，雁陣橫空，帶進來的卻是凌晨光傳奇性的一生，從小到老，看來好像是零零星星，其實是話到嘴邊留半句。全劇只用一種「急轉」（flashback）重現憶念中的過去場面，勉勉強強達成繁複中的統一而已。奇怪的是：小說家和電影劇作家，理應自由運用四種時間，如今《苦戀》的編劇，除用上順序時間、回溯時間外，根本對轉接時間和同步時間沒有概念，這樣順過來、倒過去，一直拖拉到底，這種機械式反覆，肯定會厭死導演，悶死觀眾的。不過，此是後話，我們還是看它的情節主題吧。

《苦戀》的情節主題，從畫家黃永玉畫的〈雁陣圖〉直接獲得靈感。這幅畫虛白處的題詞是：「歡歌歷程的莊嚴，我們在天上寫出『人』這個字。」畫看來是富動力的，其影響跟富藝術的潛力相對應。具體的證據是《苦戀》劇終之際自豪的歌聲：「歡歌莊嚴的歷程，／我們飛翔著把人字寫在天上；／啊！多麼美麗！／她是天地間最高尚的形象。」還有另一對比設計：「一枝蘆葦在風中晃動著，堅強地挺立著……」而畫面上這兩組映象，是最後消失的，也是最先出現的，是自始至終連鎖「情節組織」的連結點。畫家凌晨光的一生，就以此為兩根主結構線，有時平行（蘆葦的形象），有時交叉（雁陣的形象）。平行時，我們看見了畫家的成長和成熟的歷程；交叉時，我們看見了畫家的喜悅與痛苦。只有兩根主結構線疊合為一時，我們才見到「？」的那一點！葦蕩中慘絕人寰的真實生活，使凌晨光靠生吞活魚維生——「二十世紀七十年代的文明人吃的是公元前兩千多年的伙食！」而長鬚、亂髮，「這簡直是一張原始人的臉」。另一方面，因患難朋友馮漢聲的撩撥，孤寂的心弦，有了往事的奏鳴。回憶、聯想、印象的組合，斷片的飄浮，惆悵情懷，默默依戀，兼而有之。遂成功為凌晨光悲歡離合，老像突圍而走的生命交響樂章。實生活始終定點於一九七六年，由雁陣北返至雁陣南來，為時半年。回憶裏邊的虛生活（憶影），卻以雁陣、葦蕩、蘆葦為「點追」，或以印象重現的方式，或以插曲的方式，或以組曲的方式，斷而又續，若即若離，「急轉」出來。

於是，在成長和成熟這根主結構線上出現的情節組織有：凌晨光十二歲時家庭生活的悲苦片斷。跟啞巴師傅學繪風箏。離家學習製作陶瓷。開始寫生。邂逅陳娟娟與弘一法師。浪跡天涯。碰到抓壯丁也碰到綠娘等等，全凸現了「一枝蘆葦」的形象。另一根動亂時代群眾運動的主結構線，因凌晨光的投入，而交叉成多變而混亂的狂飆樂章。其中有上海外灘的群眾示威。陳娟娟全家出國。逃亡往美洲。畫展中巧遇綠娘。乘「聖女貞德號」返國，遇詩人謝秋山和雲英。女兒凌星星誕生。十年的折磨。半年匿居葦蕩裏的野人生活。在這一連串閃爍而跳躍的情節裏邊，劇作家用「畫外獨白」的方式，放置在劇本裏邊的要命的話包括：

㈠「誰都會懷念五十年代的新中國，一切都是新的！堅定的！尤其是全民族奮發圖強的意志，那麼堅強！新中國！您有過多麼好的一個開端啊！」

㈡「這就是那時候中國文藝家的苦惱，是一種幸福而又甜蜜的苦惱，我們願意苦惱兩輩子。」

這兩段「畫外獨白」，勾起觀眾的今昔對比，幻象與現實對照，該多麼強烈。而其中濃濃的反諷意味，又該具有多麼尖新的感染力。

㈢「如果這只是一張畫布，只是一些顏料，只是一些畫家空想出來的線條、陰影和輪廓，我們可以撕掉、塗掉、扔掉！但不幸她是我們的祖國！她的江河裏流著我們的血液，她的樹林裏留著我們童年的夢想，在她的胸膛上有千萬條大路和小路，我們在這些路上吃過很多苦，丟掉過無數雙破爛的鞋子，但我們卻得到了一個神聖的權利，那就是：祖國！我愛你！」

這段「畫外獨白」打在觀眾的心坎上，激起的心靈回響，很可能是直覺的，條件反射式的回響，那就是：「您愛我們這個國家，苦苦地留戀這個國家，可是這個國家愛您嗎？」（凌星星語）

所以，當兩根主結構線疊合為一時，狂熱的冷卻，灰色的顫慄，活力的痲痺，群眾中的孤獨，紛至沓來，終至讓生命的絕望感吞噬了頑強的生命力！於是，一個大大的「？」出現；而凌晨光那具冷卻的身體，入情入理地，乃成為圓成那個大問號的「點」。在思想主題上，這就是劇作家要介紹的一個人，一個畫家。在情節主題上，它展開了這個畫家一生的三條奮戰的道路。——在有限歲月中向無限索取美和愛；在生存困境中，由平面的動物超越為立體的動物，飛翔著把「人」

字寫在天上！在一個要求同量等質，價值削平的時代，用自個兒生命實證真正的人是存在的，他們堅強地挺立著，今在永在！《苦戀》的思想主題和情節主題，被劇作家置放進去的東西，大概就是這些。因劇作家對「效果集中」的掌握，並不那麼老到，在沒有真正看到銀幕上的《苦戀》之前，我們很難遙斷。不過，白樺的內心要求和藝術衝動，總歸跟此比較接近吧！

鏡頭分析

如果我們把這個供書齋閱讀的電影劇本，改為供影棚拍攝的分場腳本，那種由「畫外獨白」渲染成的朗誦詩韻味隱退，美不美的「價值批評」遂讓位於巧不巧的「技術批評」。筆底下的詩情畫意如果無法變成鏡頭底下的映象，終屬徒然。筆底下的抒情表現如果不能具體組構成畫面，也只能空呼負負。情形可就兩樣啦。

試就《苦戀》這一電影劇本分場，一流高手充其量也達不到一百七十場。節奏太慢，描述過多；而頻頻出現的雁陣橫空、葦浪起伏，又把原本欠缺有機聯繫的散漫故事，被分割得更形支離破碎。劇作家原想寓繁複於統一之中，可惜因為詩人氣質過濃，感情的量化作用模糊了戲劇應有的時空架構。致對作品形式的完整性，內容的有機性，始終關顧不周。當其膠著於首尾一貫時，不免顯得單調；當其醉心於變化多端時，又不免顯得混亂。全劇枝葉太多而缺乏自然生動風致，要表現的東西紛繁而缺乏簡樸遒勁氣勢，這些缺失都不算微瑕。

有許多的「全景」與「遠攝」，如深遠無際藍天的雁陣，如翻滾的雲海，起伏的山巒，一條條宛若銀帶的河流，如蒼茫葦蕩，一再重複；而它們在銀幕上所起的作用，也不過是「換場」的預示而已。這就不獨顯得有些浪費，而且把電影應具的張力也拖得鬆鬆垮垮的。有許多的「大寫」和「特寫」，看來是不必要的。如雁陣飛著（現實世界），跟回憶中的「辰河高腔」，風笛聲與蘆笙聲之間（聯想世界），插入的那個「畫家含著熱淚的眼睛」特寫鏡頭，就顯得多餘。空間的視覺意象與時間的聽覺意象，在聯想規律中既非相似，也非相鄰，更談不上矛盾對照，互相轉化的可能性很小。而「特寫」齊肩，銀幕上莫名其妙地出現這麼一張怪怪的野人臉，所為何來？為什麼在處理時不以背景音樂、抒情音樂、劇情音樂等方式帶過？又如「十二歲的淩晨光站在喧鬧的南方山區市集上，向我們幽默地眨了一下眼睛……」真要如實地拍攝這兩句，由遠景（人像及踝）、中景（七分身人像）、近中景（人像齊膝），到近景（大寫齊胸），全用上了，攝影師忙得汗流浹背，把電影的快速節奏拉成舞臺劇的緩慢節奏，其作用不過是「鏡頭前出現了苗族的跳舞，嗚嗚的蘆笙，美麗的衣裙」。鏡頭的濫用等於創作時形容詞的濫用，簡樸、明快、精確、合理的藝術原素，全在鏡頭的濫用上消失了。為什麼不用「同步」（Timing and Pacing）時間，以化出化入或漸隱漸現，直接點出淩晨光心緒的轉變或意識的流動，把映象直截了當呈現出來？諸如此類的問題，都讓我們獲得一個綜合的結論，《苦戀》是寫給我們讀的紙上電影，並不是映給我們看的銀幕電影。而戲是演出來的，戲並不是說出來的。劇作家挖空心思的抒情表現，如果不能跟劇幕中演員的動作合拍，不能由演員表演出來，那也只算是情感的濫用。《苦戀》的缺失，應以此為最大。

張力與鬆弛

電影的張力，跟劇情的緊湊，氣氛的渲染，懸疑的布置，效果的獲致，都有內在關聯。而劇情的進展，衝突的安排，移轉的過程，以及危機與高潮的出現，尤其要緊。

就《苦戀》這個電影劇本來說，白樺所集中心力經營的，原是情緒效果。他在「第四次文代會」上的發言，有兩點可作旁證。㈠他指出：「共產黨長期以來『指鹿為馬』，一旦真馬出現時，就把指馬為馬的人當做異端。」㈡他指出：「共產黨員在黨的會議上不敢說真話，父子、兄弟、姐妹、朋友之間不能知心，作家不敢記筆記，公民不敢記日記，這算什麼社會主義國家呢？」於是，白樺就以《苦戀》為客觀投射的對象，以敢說真話，甘作異端，來進行情緒衝擊和鬱悶舒解。但影片的情緒效果不是單獨獲得的，它必須先由感覺效果著手，使觀眾感覺到劇情與畫面上的映象，入情入理，可以信以為真，然後觀眾才能受到感染，對劇中人物產生同情與關切，並且深化為感同身受。一方面激動觀眾的強烈情緒，另一方面在改變思想觀點上，產生深遠的理性效果。

因為白樺的詩人氣質遠多於劇人氣質，寫詩劇較易而寫電影劇較難，所以他就以編紙上電影劇的方式，集中心力追求情緒效果。運鏡如用筆，劇情安排幾乎是信筆縱橫，保持高度的想像自由，換句話說：任意組合印象內容，並以之為劇情的進展、衝突、移轉的基礎。而佈局則又幾乎是從心所欲的，想到哪兒，寫到哪兒，偶然的巧合遂替代了必然的發展。這樣一來，全劇入人於信的故事基礎，被連根拔起。同時，也削弱了情緒衝擊的力量。

常言道：世情忌巧，悲情忌疑。《苦戀》犯此「雙忌」。葦蕩中，凌晨光巧遇馮漢聲，把全劇的電源，就安置在「巧合」上。馮漢聲以七四高齡，腰纏手稿，但「雙手熟能生巧」，能跟鼓上蚤時遷一較高下，自行餬口之外還能養活凌晨光，也巧得無法令人置信。葦蕩不大，搜湖的船隻時見，逃亡者靠偷食漁翁竹竿掛鉤上的生魚為活，自夏至冬達半載，居然活得癤子不生，痱子不長，快活似神仙，難道不算無巧不成書嗎？還有，凌晨光因畫一幅號召鬥爭的宣傳畫而被追捕，「巧」上了一艘越洋輪船帶到美洲。而綠娘為了找尋晨光，也來到美洲，兩人又居然在晨光的畫展上巧相逢。這兒似乎可以看出：我們這位詩人劇作家，如果不是把太平洋看作小於洞庭湖，如果不忽略進出國門，有護照與簽證的手續，有移民局的限制，有語言的障礙，就決計安排不出這麼天真的巧合。最要命的巧合，是最後一次在葦蕩中搜尋凌晨光，出現在群眾性畫面裏的人物群，有獨臂將軍，有馮漢聲，有拄棍棒的詩人謝秋山，有綠娘，有已隨夫出國的女兒星星，這種近乎大團圓的場面，其隨興之所至，任意穿插，不可信的程度，已近隨意呼風喚雨的神話程度了。世情忌巧，過多的巧合，使劇情的可信度，當然會大打折扣的。

而悲情忌疑又作如何解釋呢？能讓觀眾信以為真的悲劇，必須以中心人物一生中最重要的事件作為起點，批評家通常叫它為開進點（point of attack）。而《苦戀》的開進點如果放置在凌晨光和綠娘張貼「屈原天問」，幾個便衣向晨光擠來，乃有半年葦蕩逃亡的野人生活。那麼，開進點過於鄰近尾聲，使劇情的進展、人物命運的轉變、衝突的安排，以及移轉的過程，都勢成強弩之末，英雄苦無用武之地。

白樺也許能寫像樣的詩劇，但改編的電影劇，紙上劇的成分比銀幕劇的成分要高得多。《苦戀》的悲劇氣氛是濃濃的。惜《苦戀》中出現的衝突，多的是靜態衝突，以淩晨光和馮漢聲的爭論為主，零星穿插淩晨光一生的憶影，這種衝突的發展，除偶爾上升外，絕大部分一直保持同一水平，讓觀眾對整部影片有原地踏步的沈悶感。次多的是突躍的衝突，觀眾會發現銀幕上人物情緒的變化，幾乎找不到合理的過程，喜怒無常，歌哭無端，愁傷萬感與盲目樂觀，看來都會讓觀眾興起歇斯底理情緒發洩的疑慮。而無論是在小說、戲劇或電影裏邊，靜態的衝突和突躍的衝突，最易招致無話找話說的錯覺，向為小說家戲劇家所亟力避免的！偏偏《苦戀》中卻以這兩種衝突方式最常見。在片頭字幕換場，切入「一九七六年，夏夜將近的南方葦蕩」補助字幕，是天造地設安排「預示的衝突」的大好時機，劇作者卻沒有好好把握，把未來的故事，未來的衝突，在開端處加以暗示。使全劇的「前提」顯豁起來，也使故事發展有某種程度的綱要。漸升的衝突，使人物的轉變，有起點、也有終點，有變化、具有方向，乃一切衝突中最合理的一種方式，惜詩人編劇家，幾乎全然不曾使用漸升的衝突，使全劇的進展，一方面顯得呆板，一方面又顯得混亂。這無論如何是可惜的。

結語

我們其所以看出《苦戀》的張力不夠，除了世情忌巧，悲情忌疑的解說外，我們還看出劇本中衝突的方式，安排得不合理。全劇中罕見「漸升的衝突」，也找不到「預示的衝突」的痕跡，使劇情的進展無驚心動魄、一氣呵成的氣勢。隨意著墨，散漫成篇，畢竟是詩人寫敘事詩的格局，而不是戲劇家編劇的規模。這些地方，張力不夠乃意料中事；而進展緩慢而鬆弛，也是勢所必至，理所當然的。

還有一點，同樣無法補救。那就是全劇中出現的人物群，縱然不全屬臭老九，但也只有一小部分如獨臂將軍、張老爹、八歲小女孩之類，階級成分或有不同，同情臭老九則一。這樣一來，在銀幕上活動的人物，事實上清一色是「腦力勞動者」。沒有反派角色，當然也不會有對立的聯繫網存在，衝突當然只是靜態的口頭上的爭辯，以及換場時出現的突躍的衝突。危機的累積，因沒有這根對立聯繫線，漫說會處理成相對變動的函數關係，連處理成因果關係都屬勉強。進入高潮或頂點，讓凌晨光那具冷卻的身體，成為大「?」的那一點，看來是富詩意的，其實就事實基礎推斷，是不合理的。因為，當凌晨光的妻子和女兒，過去的好友，以及成百的人，正以千百種善意的呼喚，找尋這個畫家的時候，就只有兩種情況，可以說服觀眾，讓他在雪地上死去。其一是凌晨光已經有了嚴重的精神分裂，患上了十分嚴重的被脅迫狂。其二是這千百種善意的呼喚，集合起來時，會變成搜捕逃亡者的可怕的吼聲。這兩者，在劇本中事實上都不存在。那末，對《苦戀》高潮的客觀解釋，仍然是敘事詩人的一種抒情表現，一旦把意象具體化為映象，就會讓觀眾看得滿頭煙霧，一點「必死」的痕跡也找不著了。

拖鬆《苦戀》張力的另一明顯因素，乃是劇作家任意安排人物進場。殊不知劇幕中每一人物，都有他們必要的作用，都有他們必不可少的功能。少了他，劇情的發展要不是中斷，就可能在效果上大打折扣。反過來說，可有可無的人物充場，結果會弄亂劇情發展的線索，致觀眾目迷五色，熱鬧有餘，門道不足。這種編劇方法，寫鬧劇、笑劇，或不必有演出腳本的即興劇，未嘗不可，若以之寫悲劇，既不莊嚴也不穩定，根本是失敗的。而《苦戀》，偏偏是個悲劇。悲劇必須要在緊湊中顯張力，在原始的生命力中顯頑強，在首尾一貫、通體相符中顯人生實相。東扯西拉的結果，縱然可以拉雜成戲，但那麼鬆垮垮的，軟綿綿的，畢竟走的是條歪路。一句話：《苦戀》所存在的情緒衝擊，究竟很難以映象具體映現出來，《苦戀》的抒情表現，究竟是敘事詩的而不是戲劇的。

批評家對批評對象的好好壞壞，在解說上總要講得出一個道理來。我對《苦戀》的批評，如僅以電影劇本為限，可說已言盡於此了。

第三節 小說、戲劇與電影

——兼評《大法師》

《大法師》（*The Exorcist*），威廉・布雷提（William P. Blatty）原著。

在進入批評以前，需了解當今文評的大趨勢，是把文評對象視為自足的生命，故當代批評一開始就指向內證（即作品本身），而不指向外證（包括作品之歷史關係和作家的傳記關係）；縱然講外證，亦只用三言兩語。

一九七〇年以後，當代在小說創作上追求三樣東西：宇宙秩序、道德秩序、題材的層次感。當代小說趨向於把概念分割成一連串的瞬間，而不把事件或情節作有效地推進，故當代小說並不一定要求一定的終點或真正的結局（denouement）。因為當代小說家的傾向，與其說是將他們的材料加以整理或綜合，不如說他們在進行探索（與十九世紀不同），他在探索問題，而非把答案在材料的整理之後展現給讀者。而當代小說家的安排，與其說是迅速的，不如說是隨意的。必須指出在比較舊的傳統中，一篇小說必然包括行動與反應，以及行動與反應的形式結構（直到一九五〇年），故這些行動與反應皆能隨著故事的終結而形成結局。今日則不然，當代小說並不需要顯示或揭露任何結局。有一位作曲家 Aron Copland 說：「年輕作曲家的音樂往往是不相關的音調的分裂，樂調宛如破片，過去音樂上所謂的連續性、題旨的關聯性都終結了。」面對一全新的作品當有一個全新的心態，傳統的方法變為無用。

文學批評兼具價值和技巧批評，是當代文評必具的條件。價值批評指向美不美，技術批評指向巧不巧；美與巧不必是同一的，而文評兼顧兩者之判斷。作品的選樣分析上，發現《大法師》最壞之處在於不美，在關乎其思想—主題，即問題方面的價值系統上，這是它最弱的一環。由於它想將其問題建築於精神分析和超感知學二方面，這是當代文學的指向精神現象是不錯的，但它顯示魔鬼附體現象，卻並未準確地指向精神分析與超感知覺，只抄襲了一些精神分析的名辭。重點的轉移，使本書雖能產生感覺效果和情緒效果，但不能產生理性效果，因為本書究竟不能啟示什麼東西。

但在技術批評部分言，可取部分極多，至少可歸納成五點。第一點，跳接（jumpering）手法高明，運用了電影的淡入（fade in）和淡出（fade out），以及溶入（dissolve in）和溶出（dissolve out），和圈入（iris in）、圈出（iris out）。其使用電影手法把行動過程的描述加以刪除，益處是故事發展快速和情節推進明確。第二點是：主情節（main-plot）與副情節（sub-plot）分明，主結構線和副結構線處置得宜，故事中心表現的是黎根（Riegan）的怪病以及其焦慮和憂傷，梅林和卡洛斯於行動中的精神風貌。主情節之外的追溯（flash-back）部分，多半採用意識流之手法，而情節發展的線索部分，採用很明快的敘述，例如克白絲在黎根房間內關窗，就想找個鎖匠，於是「克白絲回到廚房，在雪倫工廠的行事表上加上這件吩咐……」（頁一二四），許多日常事務僅寥寥數語，表現出當代人處理當代生活的一基本態度。第三點，此小說中使用電影搖鏡（pan）的部分很多，鏡頭不斷的變換，小說中用此處理三種場面：表現同一小空間的不同活動，表現同一個大的區域的人物活動。這方法能使小說畫面清晰合理，在一段一段之間使用空行（block）的方法。第四點，本書語言之抒情意味很濃，對白差不多有百分之八十是電影化了的，即善於表現印象，已不再是十九世紀長篇大論的對白傳統，對白所要把握的是說話人的印象，而非邏輯的承接轉合。本書對話自然包含印象，且破句、折句、重複句特別多，而顯得十分接近口語。第五點，關於本書的對立的聯繫（unity of the opposites）的部分，明暗分明而強烈。明的如黎根和梅林，卡洛斯同金德曼；暗的部分如梅林和老魔鬼。其中必有衝突，否則對立不起來，而批評家的批評眼，在此嚴格注意均衡中的突出面，如沙灘上的野花，萬綠叢中一點紅。

文學批評有可見的部分——寫成的文評，也有不可見的部分——寫文評前必備的學養和寫文評前必要的準備工作。故可見的部分僅佔六分之一，其與不可見部分的比例，猶如水面上的冰山。可見的部分精粹雅緻，風趣而具體，條理分明而具有強大的思想組織力，由此可見出批評家的天才。在不可見的部分，是零碎、嚕嗦、浮躁，材料雜陳，很難找到其連貫性，但這就是批評家功力所在，而非天才的部分。閱讀文評的人以六分之一來推想六分之五，在「如何產生」的猜測想像上，獲得驚奇感和晦澀；但真正學過文評的人，看文評是以六分之五來看六分之一，而知其文評寫成的必然性，故可活學活用，即學即用。

過去也有懂文評的人，但不講方法則不能舉一反三，知方法才可使用無竭。故此文先舉出文評的基本方式和文評的作業程序，雖古人說「詩無達詁，文無定評」，但反應水平與文評水準之高低與否，正成正比；而文評需做到「智者發意，慧者會心」。假定先讀得仔細，則作業程序有四：⑴作品分析：順便將小說、電影、戲劇的綜合分析程式排定。⑵建立批評眼：即選樣分析之運用，找出最好的與最壞的部分。⑶方案設計：是個完全活的領域，一個批評對象有其單獨與方案設計，當批評完成時，該單獨之方案設計即死亡，不可再用。已含批評標準（standard）之樹立，類型（categories）區分之辨別，方案（scheme）設計之程式安排。有方案設計的文評非常有秩序感和重點，並且大小不遺。方案設計之批評眼所找出的重點即文評的副標題。「評《大法師》——兼論小說的主題及表現」則為批評的重點；論其最好的與最壞的。方案設計中的條目是評文中的子題，使評文不致頭緒紛雜，不會筆在意先；則寫出的評文精密而有秩序。⑷文評與撰寫，是下筆的階段。

綜合分析程式

小說、戲劇、電影是三種不同的藝術程式，要別有六。(1)代言體的小說（作家可置身其中）與代言體的戲劇之間，在處理上有極大的不同，前者有很大的彈性自由，後者的彈性較少；故小說家可跳進故事指東指西，而戲劇家不能跳上舞臺為其故事說話。(2)小說家說故事可以使用作者的全知觀點；劇作家不能使用全知觀點，是由於它以人物在劇幕中的行動的依據，受到舞臺性的限制。(3)小說的表現媒介是文字，戲劇的表現媒介是語言。小說以情節的開展描繪人物的個性，以通過人物的感覺描繪事物；而戲劇以人物在劇幕中的行動，特別是對話來表現舞臺形象。(4)小說活在組織細密的文字之中，戲劇活在舞臺之上。戲劇的舞臺性使其顯得特別突出，是因為人物特別具體；但戲劇只能把形之於外的特徵演出，而內心許多部分是演不出來的。(5)小說對題材的處理限制較少，過去、現在、未來可打成一片；戲劇由於舞臺性的限制對題材處理的限制相當嚴格。(6)戲劇是動的，且是客觀的；小說家可以動也可以靜，可以主觀也可以客觀。

小說與戲劇的共同點，都合於人物、情節、對話、配景之中。即：前提（premise）、中心人物或樞紐人物(pivotal character)、人物(character)、對立的聯繫(unity of opposite)、成長(growth)、協調（orchestration）、開進點（point of attack）、衝突（conflict）、轉移過程（transition）、危機（crisis）、頂點或高潮（climax）、結局（denouement or resolution）。以下分點詳述，並兼評《大

法師》。

首先談到人物、情節、對話及配景。克勞福特（C. M. Krawford）的《小說是什麼》中指出：「我們可謂：人物在數百年來的努力中，已找出一個方法把舞臺揣進口袋中去，就是把戲劇變成小說。人類若能再保持其為人類，他們將會快快樂樂地摸出他口袋中的舞臺，欣賞排演的奇形怪狀，它們很像人類本身而遠較人類有趣，或者這就是何謂小說一問題的最好答案：小說是袋中的舞臺（stage in pocket）。」

前提是小說或戲劇家所要告訴讀者或觀眾的話，是劇作家或小說家所要表現的原因及表現到什麼程度，是故事演生的種子或故事未成形之前可能的故事綱要，往往包含著人物的性格、情節的衝突以及故事的結局。表現前提的，在小說中是人物，在戲劇中亦是人物。作品分析中不談主題（theme）的原因是：theme 源自 thema，作品分析中的前提有一部分相當於文學批評中的主題，因為兩者同樣是作家所要告訴讀者的東西，但就主題而言，有時可以用思想或問題的形式出現，它貫串整個故事成為情節組織的核心，也是作品表現的重心。《大法師》的前提根本存於楔子中，告訴讀者的話是超感知覺（Extrasensory Conception）。超感知覺研究精神感應和以心傳心的現象，故那卡其老人一開始就提出預感為其前提，預感兩點：他的心裏想著不久要再面對古老的仇敵（頁六、一一），和以魔道制魔道（頁四、一三）。其實古往今來以人類精神為主題的作品都具備莊嚴性，獨「以魔制魔」是最下的層次。指出故事的要領，是藉人物的感受與對話。在前提的發展中，前提包括人物之性格、情節的衝突和最後的結局。

中心人物即作者決定由「誰」來講故事的一種「觀點」（point of view），有兩種找尋方式。根據傳統方式有四種觀點：作者的全知觀點（author's omnisent point of views）；敘述者的第一人稱觀點（the first-person's viewpoint by narrator）——敘述人觀點不必由樞紐人物的口吻，它可以有幼稚觀點、病態觀點、動物觀點，他不必是中心人物也許只是個局外人；人物的第三人稱觀點（the third-person's viewpoint of character），說故事的人通常就是中心人物；人物的第三人稱限制觀點（the third–person's restricted or limited viewpoint of character），如意識流的小說，說故事的人必須在場才能說故事，他不在場則小說即終止。第一種經常有一組中心人物，十九世紀以前的作品如《復活》及《戰爭與和平》均如此；第二種處於傳統和現代方法之中，差別很大；在第三、四種上，傳統和現代方法則差不多。新的方式是根據主結構線找出中心人物。在小說或戲劇中自始至終促進衝突的人物，稱為中心人物，即是主角，不是這樣的就謂之副角或配角，配角在情節中也許不能確定自己需要些什麼或自己要做些什麼，不必問他在故事中可能位置；而中心人物在一開始便被當作他知道到底要做些什麼，是劇作中的原動，是構成衝突的主因：因此大人物不必是中心人物。《大法師》的中心人物依傳統方式所得，以克利絲和黎根為正的方面，梅林、卡洛斯是反的方面；而依新的方式所得，是根據主結構線，得單一中心人物——黎根，主要是他生了場怪病而形成主結構線，而第一圈人物是克利絲、卡洛斯、梅林；關鍵人物是赦華德、卡爾、魏白、丹寧斯、金德曼、瑪麗卡洛斯、雪倫、星象家瑪白喬、郝笛船長；背景人物是太空人、馬克醫生、克列醫生、參議員夫婦、國務院的中年女職員，以及許多未露面的如經紀人、戴爾等神父。

從事作品分析，人物是先小說而出現：人物的活動，人物間的關係，人物對環境的反應。所謂人物或性格（character）應記得人物等於選擇，亞理斯多德說：「人物就是性格的選擇。」性格刻劃有間接與直接，即動態與靜態描寫，每個人物都能由作家賦予與眾不同的性格，即是人物的個性。人物性格的創造是作家使用功力最深的部分。作家對性格的了解有三途：社會方面，心理方面，生理方面。社會方面是人物的出身、交遊、教育程度與興趣、信仰。心理方面是注意其遺傳因素與環境因素，以及在刺激與反應之間的緩衝地帶有多少，性格在環境中的反應謂之心理狀態。生理方面是從外部特徵到內心之間，故也注意其精神狀態在外的表現和身體狀況。小說是人的藝術，因此人物寫活與否，是評定其價值高低的一個確當標準。人物所以能活起來，有三層次：小說人物活在作家的頭腦中；將之移置紙上而活在字裏行間；活在讀者記憶中。只有在最後一層次，人物才真的活起來。真正活起來的人物有四種特色：形象具體；具有個性（作家為人物建立與眾不同的性格）；在活動中能顯露其精神面貌，特別是情感真摯的部分；顯得異常自然生動，並很清晰。在創作過程中是先有值得一寫的人物，然後為該人物安排故事。小說是以情節的開展來描繪人物的個性，通過人物的感覺來描繪景物，故小說不是先有值得一寫的故事，然後為之安排演出的人物。若先有人物謂之小說創造，若先有故事則謂之製造故事。作家創造人物是熟悉的陌生人物，因人物一面包含著獨特的個性，也包含著許多類似人物之性格綜合。此乃由於人物創造必須是由原型過渡到典型，由個體過渡到群體，由攝影過渡到繪畫。

《大法師》在人物性格描寫上缺乏綜合的創造力，在中心人物分析上，可以檢查黎根的精神組合上出現什麼面貌。在頁三到八，頁一五，頁四到一三，頁一八到二〇，使用許多徵兆，以加深黎根許多方面不平衡的發展。以十一到十二歲的小女孩而論，在上述這些頁數中，就死在文字裏並未活起來，只給人以一個奇怪故事的印象。小說中雖把克利絲塑造成紅髮、有雀斑、像電影明星般的，喜歡說「我老天」，愛扭手帕，卻並未顯出具體完美的形象，見不出清晰的精神面貌。梅林本作為中心人物，但被處理為次要人物，沒有推動情節的功效，自楔子後一直到頁三六九才出場，直到他死，不過是表現一個笨重的老年人。卡洛斯在第一圈人物中是半活的，在整個故事中處於副結構線中，是領袖副結構線的，一節一節與主結構線（黎根的病）交替出現；作者花了心血要寫活他卻不如理想。丹寧斯是側線人物，吃紙條，罵卡爾，「酒中有毛」的表現，酒鬼、老色鬼、單身漢……，究竟至少是活在紙上的人物。作者使用種種不同的描寫方法描寫金德曼，也只是側線的人物。頁一八八到二一〇是以情節的開展來描寫其個性，雖然活靈活現但無關大局，此人物寫活的地方即全書較精采而脫離流行小說的部分。此人也表現出「扮豬吃老虎」的性格。

再來談到「對立聯繫」。一本好的小說或一齣好戲，每個人物都有一定的作用，是整個結構不可分離的部分，若少一個人物，該作品就會趨於崩潰，這種關係稱為對立聯繫的關係。這就好比人物與人物之間的一根繩結，人物相結的地方就是對立聯繫點。在作品中人物與人物間儘可以敵對，但必須分不開、拆不散二大特性，同他們被一根共同的繩索聯繫，當某一方性格發動時，這繩索便告終止（如黎根病中與牧師神父之對立聯繫）。對立的聯繫不外兩點：找出人物與人物之間的繩結，找出什麼使他們聯結在一起。《大法師》之「繩結」決定於黎根之怪病，它出現於病症徵兆的療程以及怪病的痊癒，都使本書有好的對立聯繫並很堅強，是其優點。暗面的對立聯繫是黎根和梅林，此線自楔子到頁三六九才又出現；明面是克利絲與八五個精神病醫生的對立聯繫。二者均通過黎根之怪病而聯繫起來。又有金德曼與卡洛斯之對立的聯繫，梅林與卡洛斯之對立的聯繫……，實構成此書為一動人故事的原因，但因人物刻畫太壞，卻不能成為好小說。

所謂「成長」，在作品分析中的意義是轉變，即人物之成長，性格的轉變。人物之成長和性格的轉變有賴於衝突的製造（有無數方面包括內心的，人與人物的，人物與社會的，人與自然的）。衝突源於三種強烈的意志力互相抵觸，人物通過衝突，性格因此有所成長有所轉變。戲劇與小說並非人生之本身，而是人生之精髓，人生故事雖是散開的，但進入作品的是包裝過的情節，故事是情節的基礎，而非情節為故事的基礎。情節等於衝突加解決，在生活中經常見到衝突越強，性格之轉變亦越明顯。成就一個感人的故事，往往是該故事的成長過程，或是人物性格自一端到另一端的轉變。《大法師》的怪病進展情形，是人物性格一步步向病程深化，頁二八到二九，頁四五，已進入迷失狀態，頁六七，頁七一，已逼近故事的核心部分。然後分四個階段進入黎根的病，醞釀階段是頁八一，第二階段是頁八二，第三階段是頁八三到八四，第四階段是頁八四，而爆發點是頁八九，顯出作者寫故事的本領是不弱的。

所謂「協調」，在小說或戲劇發展中出現正反兩面的對立面，而到結論部分（解決）統一之而成。凡反義字皆可構成對立面。若作品無此性質，很難成為優秀的作品。我們應隨時隨地用十分敏銳的眼光去發現作品中很多的矛盾，文學批評者就著眼於其對立聯繫的設計上。《大法師》中協調的部分有優有劣。首先是丹寧斯與卡爾的對立面：吊兒郎當和忠於職守的對立，但其協調以死亡行之，是失敗的例子。金德曼與卡洛斯的對立中，警探是社會的安定力，其對立面產生於丹寧斯死得古怪，死亡與黑彌撒產生聯繫。故事情節發展需要協調時出現二特徵：確有衝突產生，縱使衝突不明顯，它也是引人注目的。黎根與二神父的對立中，是迷亂與信仰的對立，信仰中有虔誠的大法師和不太虔誠、常動搖的卡洛斯（在本書中的所有敘述時間內，沒有足夠證據顯示給批評家謂黑彌撒的領導人就是卡洛斯）。要知道，雖然故事與情節皆是小說中人物活動的結果，但故事究竟不是情節，因為：故事是按時間的順序對事件所做的紀錄，所以故事是散裝的情節，而情節是包裝的故事，為表現人物的個性而有作用地安排的，情節是故事的骨骼，故事才是情節的基礎素材；結構指文學作品中的構造，而不必有故事可說，也不必是個組成情節的故事。另外梅林與黎根的矛盾在於虔誠和狂亂，狂亂與懷疑（卡洛斯）也成對立，其協調亦是死亡，也是笨手段的簡單方法，而不是人格的變化，其手法異常笨拙。

任何一作品開端的部分（破題、開端……）總是很重要的，不論戲劇或小說都應以中心人物一生中的一個危機或一個重要事件作為小說的起點，這危機或事件即所謂「開進點」或「進攻點」。在開進點上，中心人物經常是對當前發生的重要事件必須有所決定並立刻採取行動，即是影響中心人物的最大危機，故批評家找到開進點時，經常也可找到批評的重要線索。《大法師》的開進點是頁五七，在此之前是此開進點的積聚力量，展現一些徵兆：如「以魔道制魔道」（頁四），「一個古老的仇敵」（頁七），奇怪的聲音（頁二五），衣服不見的問題（頁二七），桌子移位（頁二九），靈應盤事件（頁三八至三九），奇怪的噪音（頁四五），玩具鼠（頁四七），黎根的床在搖動（頁五〇），到頁五七後，很快地讓黎根當眾拉尿並說髒話，然後到焦味（頁六七），房裏的奇怪氣氛（頁七一）。

「衝突」出現的方式有四：⑴預示的（forshading）衝突，乃通過危機暗示未來的衝突，經常表現在戲劇的序幕和小說開端的部分，即「伏筆」。就此而言，《大法師》的伏筆在楔子中已有足夠的蘊含。⑵靜態的（static）衝突，指衝突的部分除偶爾上升外，其他部分一直保持同一水平線，最常見的靜態衝突是夫妻相罵、辯論。在真正小說中，此衝突雖可常見，除非處理高明，否則表現頑劣是低劣的作品。《大法師》的好，是在於很少有靜態衝突，沒有公理正義……等長篇大論。⑶突然跳躍的衝突中，人物性格的變化是從一階段到另一階段，並不經過一定的必要過程；這在一般小說中是少用的，因它不易使人看得明白並信以為真，且過於武斷，易使讀者發生錯誤的判斷。《大法師》之短處就在於使用這種衝突太多，許多打出徵兆後，在神怪與神經上沒有弄清楚，除了主線上的病外，並沒有好的表現。⑷漸升（slowing）的衝突，指出人物轉變的方向有起點也有終點。《大法師》起點處出現神怪加上神經意味，然後步步加深，病程深化，然後朝向對立面的死亡（協調），終於病無因地好了（終點）。

所謂「轉移過程」，主要在顯示情節的推展；顯示於人物性格的轉變中。《大法師》的轉移過程，必須從中心人物開始觀察。黎根最初只是十二歲健康甜蜜而美麗的標準小妞，然後逐漸沈默煩躁，然後玩靈應盤、自言自語，然後算術能力消退，處理異常事物的能力紊亂（推理能力減弱），到說髒話罵人，出現神經性動作，語言和語氣的怪異有人格分裂的象徵，終而魔鬼化（自此神經部分減弱，神秘部分增加，導出降魔儀式和大法師出現），此段是缺乏說服力的一段，最後復原。在魔鬼化的一段中，出現跳躍的衝突，足堪批評家摘議。

「危機」是一個轉捩點，緊接在它之後，小說的情勢或結局就有所改變，真正的作品只經常安排一連串的危機，使情節展開時波瀾壯闊。惟其危機將故事之情節推向高潮，其鬆弛也推向結局；小危機後有大危機，而至最大危機而高潮。

「頂點」或「高潮」是故事小說的決定點，就如生產之陣痛出現的頻率越近，陣痛就如危機，嬰孩於產門露頭即是頂點，嬰兒落地即是結局。戲劇的高潮出現時，經常把危機、高潮與結局很緊密地聯合在一起，它允許如此表現。小說中，浪漫主義的作法很接近戲劇的緊密將三者聯結；自然與寫實主義的作品經常把高潮與結局的距離拉得很長，如《父與子》的巴札洛夫死亡後仍有尾聲（exsode），又如開放式的小說《戰爭與和平》中，可以完全沒有結局，此即指戲劇的反高潮，立刻就要趨至劇終。《大法師》中的高潮是驅鬼儀式和梅林死在床邊。有宗教信仰者往往選驅鬼儀式為頂點，因他們最不願以上帝之大能竟與鬼同歸於盡；而文學批評家往往以梅林死在床邊為頂點，因為他們不論神鬼與道德。本書的高潮也很脆弱，建立在超心理學上。

故事經歷時間的發展，總有個「結局」，意味著高潮的鬆弛。在高潮之際，時空感覺發生張力，五分鐘比百年還長；到結局時，張力整個鬆弛下來。有結局的小說都是封閉式的小說，以悲劇收場即主要人物死亡，以喜劇收場即大團圓。死亡或大團圓的結局，廣泛用於戲劇和小說中，「大法師」（Exorcist）若翻為「除魔人」或「驅魔人」，則顯見其結局是母女要去旅行，以喜劇收場，小孩對該可怖的事一無所知。

論方案設計

文學批評家進入批評時，必須具備批評標準（standard），文學類型論的類型（categories）區分能力及方案設計（scheme）。

在批評標準的矗立上，可見出批評家的學養，顯出其受訓練的程度。有批評標準的批評，乃是面對單一批評對象矗立的，而非籠統的道德學、語言學……的觀點，從上述的觀點來批評，只是業餘訓練的批評基準。而專業訓練的基準是文學理論，美學基礎，文學史的知識，對被批評對象的專業知識——文學類型的專業知識，這使一面能肯切的批評，一面能引導創作的正途。

文學類型論的類型區分能力，是用各類型文學的批評方法批評對象；類型屬的肯定，是生物學分類法的運用，標定批評對象的類型屬而採取批評方法。

方案設計具體地說，是寫批評文字時條分縷析的綱要。方案設計完全是活的，沒有一個設計能運用於另一次的批評對象或使用第二次。當方案設計完成後，將之寫成批評文字就不再使用該方案了。不像作品分析是技術性的方案設計，而這是面對藝術作品的方案設計，它也必須是唯一的。方案設計定要找出設計重點，在方案設計中以副標題的方式出現，是為該批評的重點。方案設計不獨是活的，也可以有數個重點，對同一本書可有不同的重點加以設計批評。對同一作品之不同方案設計，在作文學研究時必須全部使用，但在作批評文學時可僅採取其一；全數使用並聯結就是文學研究的計畫。因此文學批評並不排斥文學研究。方案設計不成文的秘訣是讀過書後隔段時間再作方案設計，讓時間自然淘汰次要的部分，記憶中最清楚的部分就是進入方案的重點，就是自己認為最值得批評的最好最壞的部分。用最強勁有力的文字寫成方案，就是該批評文字的諸小標題。使批評內容具有簡練激動性並且具有層次感和秩序感，這是方案設計技術性安排的要訣。把重要的置於前，把不重要的置於後就產生了秩序感，另一方面藉小標題及段落顯出了層次感。

近代批評是在有層次有秩序有條不紊從事的批評；而不是東拉西扯的謾罵和成語。

談《大法師》的方案設計之前，應有兩種基本知識。即關於超心理學的和文體上的。超心理學的研究對象，即今所謂「精神感應術」，包含「超感知覺」（Extrasensory perception），「他心通」（Mental telepathy）——是知道他人所想，源於印度，及「天眼通」（Clairvoyance）——能知千里外之事，在實驗階段，錯誤僅百萬分之一。因此精神感應術，即「以心傳心」的心理感應，以及以精神力量移轉物體的「心能轉物」。當代有人說超心理學已接近成熟，有人說它是門偽的科學，在一九七四年十一月十一日以後，承認它是科學的已佔多數。十月份《英國自然科學雜誌》刊載兩組實驗：美國史丹佛大學雷射物理學家兩人，在極密封的實驗室中試驗二十歲的吉勒

（Wire Giler）和五十五歲的普拉斯（Plass，曾任加州警察局長）。在兩組實驗中，吉勒的差誤僅百萬分之一，試驗是將他鎖在隔音的控制密室中，畫下另一室中目標的模擬圖畫並標明秩序；畫下來的雖不如原圖精緻，但顯示圖象很接近。另一組在密封鋼筒中搖動豆子，結果出現的數字受其所說的數字控制。七個證人曾為此實驗簽字。普拉斯可記錄另一處放映的舊金山街道，差誤是二千分之一。從文體風格上看，《大法師》是一部從自然主義（寫實主義）冰水中冒浪漫主義熱氣的長篇小說，它集合了許多不自然素質以成風格。自然主義崇尚理性，要求冷靜而客觀，要求如實地描繪人生，把作品當作人生的一面鏡子；其人物描寫是在一般環境中描寫一般的性格。浪漫主義的文學批評意義是強調熱情，誇大非理性的成分，人物描寫指向特殊環境中的特殊性格。《大法師》集合了以下不自然的素質：表達了許多驚心動魄的事件，但並未傳達真摯的感情；作者的信念上以神魔對舉，結合了信仰上的黑暗面和光明面；前提與主題之間不自然素質的感覺很明顯，因「以魔制魔」並未訴諸說服讀者而使其了解；中心人物群中，沒有一個是全局的重心人物，完全是被動的，不能推動整個故事，推動力之不足，構成不自然的素質；只能刺激讀者的感官感覺，而不能融入作品，不能激盪讀者的心靈；人物面貌模糊，不能在行動中表現其精神風貌。因此批評基調是評一本通俗的流行小說。而《大法師》的寫作，可看出大部分是靠資料寫作，並未將氣氛帶入故事，而未使用實際生活經驗；而其寫作一開始，就有把它轉變為電影的企圖，已帶入寫作的原始設計中。

因此方案設計的重點，可以擺在電影與小說的區分中。嚴格說來，二者是不相同的藝術形式；在小說改編為電影中有兩種狀況：將小說中的兩個或三個主要情節重新組合、予以擴大，刪去所有其他次要情節；利用小說中人名、地名、時間，按故事可能發展的順序重新寫過。愈是藝術性和思想性高的小說，愈不易改編電影。小說表現手法的傳統是節奏莊嚴穩定，來龍去脈交待清楚。電影的表現節奏是快速輕伶，大部分是點到為止，小部分使用象徵做場景轉移。小說表現的秩序感主要來自時間，電影除時間外尚有空間，空間感的特性使用搖鏡之推移即可，小說常需「話分兩頭」。如果運用電影表現手法於小說中，將使故事進展快速。在跳樓時可省略掉許多小說交代的累贅，使用電影中剪輯（cutting and editing），將時間因素轉化為空間因素。也能使故事快速的變動，故事發展看似散漫，實質上卻能求得效果集中之效。《大法師》中，凡黎根怪病的部分皆細膩地集中表現，與病狀無關的就寫得粗略，是作者的意匠。同時能擺脫時間約束，而運用空間轉場，也是一項優點。使用電影手法於小說中，在對話中是優缺點參半，好在使用日常語言，劣在未將之加以精鍊——詩的語言是日常語言的變形，而小說的語言是日常語言的精鍊。《大法師》之語言接近日常語言，但未精鍊；寫對話的目標正游離而開。本書的對話功能在造出性格，推展情節，傳達故事發展的消息三者上，較欠缺最後一者；而表現說話人的情緒狀態上，無論選字或節奏上，獨能表現生動，常使用折句、破句及尖銳簡短的言語。但對於災難將臨的暗示，缺乏懸疑，在對話中也缺乏提示。寫對話的五大要素為自然、可信、風趣、經濟和富於暗示，在本書中則自然、可信度不夠，並未說出合乎人物性格的話，表現思想性的部分太欠缺。另外，使用電影表現手法於小說中，常見的缺點之一是為增加可讀性而加入太多簡短插入的話，本來可使用人物心理狀況來顯示。《大法師》的人物語言與敘述人語言的綜合，難以顯現深刻，可見作者思想程度不高。常見的缺點之二，是為增加節奏感，有的跳接之處顯得牽強；亦為本書常見。因此就寫作技巧言，本書可取之處即在運用電影手法於小說表現之中，畢竟當代是個節奏快速的時代。但本書遠離了一個主要的藝術旨趣：處理莊嚴崇高的人類精神。

《大法師》的主題有四。其一是魔性與人性的衝突。如魔性壓倒人性則小說走向神怪，如人性壓倒魔性則人由精神錯亂回到理性，如人魔兩性對等則僅給人一種感官感覺的刺激。本書不幸的是建立在人性與魔性對等，故作者告訴讀者的話不能令人滿意，那些話融入於情節，使情節也很古怪，只能刺激人的感官感覺。其二是由於人魔對等，本書成為一個很不自然的矛盾體。方案設計亦可專論其不自然的矛盾體——情節與結構，本書缺乏理性效果。其三是不自然性質的風格。在神魔關係的處理上，前提和論題皆顯得不自然，指向以魔道制魔道。在人物方面，可找出中心人物，但無英雄人物（code hero），人物皆是受魔支配，而無主動地推動情節的人物，故不具備自然性質的風格的人物表現。而所有人物的面貌模糊，不能在行動中透顯精神風貌。其四是關於特殊性與普遍性的問題。本書刺激讀者之處，皆在其特殊之處的怪異現象，致讀者與作者間有一不必要的距離，是作者的敗筆，諸如靈怪、超感知覺與精神分析；涉及普遍性的生活感受極少。致讓讀者只能遠望，不能近觀。而本書無法突破文化背景與歷史傳統，使無基督教心態的人讀來扞格不入。由於普遍性之不足，故是第三流作品，流行的作品。其五是本書有地方感而無空間感。地方感是指城市地點的名詞轉換，空間感是指地方氣氛的不同感受。其六是主題與情節：

如將以魔道制魔道的情節條條例舉來評判是否合理，可以見到批評家的力量。其七是主題與表現手法，可將寫作技巧的方案設計套入使用。

卷二 作家研究

——論寒山子

第一章　寒山子其人其詩

對這位從幽邈的歷史配景中踱出來的傳奇詩人，不免氤氳著帶醉的情意和量化的遐思。本文將以客觀分析的態度，謹慎地組織見諸載籍的傳聞材料，並大量起用寒山詩中自敘身世的傳記材料，初步解開寒山身世之謎。並用現代精神分析學，透視他的個性、生活態度、生活環境與交遊，藉以再生寒山的真面目和真精神，消除美國嬉皮們對寒山的誤解。讀其詩，想見其人，兼及其時代背景精神氣候，不獨是文學史家分內事，也是文學家批評家分內事。因此，緊接著〈寒山子其人其詩〉之後，我要動筆再寫一篇〈寒山詩評估〉。

〈寒山詩評估〉將以賞析態度，以整體觀察的心理習慣，寧靜而客觀地評估寒山詩的優異與缺失；並進一步指出何以在十三個世紀之後，寒山詩會構成「比較文學」上的一大特例，一大趣聞？寒山詩在我國文學傳統中被排拒的真正原因何在？被接納的真實情形到底怎麼樣？當代美國人和日本人，為什麼對寒山詩有這麼高的評價？為什麼他的詩，在我國正統派詩人的眼睛裏邊，不佔多少位置？這些當然都有妙趣橫生的小故事穿插其間。我們先看寒山詩的頑強生命力。

詩評所根據的底本，係揚州藏經院藏版，翻明永樂刻本《合訂天臺三聖二和詩集》。寒山、拾得、豐干三家詩皆備。其中寒山詩三〇七首（並楚石、石樹二和詩共九二二首），較康熙四十六年（一七〇七年）編成的《全唐詩》第十二函第一冊，刊載的《寒山集》三〇三首，多出四首；較雍正十一年（一七三三年）御選本寒山詩一二七首，實多一八〇首。在現存的寒山子集中，很可能是最完整的大字精刻精校本。然而跟寒山原來的詩創作相較，逸失幾達半數。此話不是憑空杜撰的，有寒山詩為證：

五言五百篇，七字七十九，三字二十一，都來六百首。
一例書巖石，自誇云好手。若能會我詩，真是如來母。

五言詩五百首，今存二八三首，在悠悠千載之下逸失二分一弱；七言詩七十九首，今存十八首，逸失四分三強；三言詩二十一首，今存六首，逸失三分二強。如果時間是一切作品的最後試金石，則寒山在唐代二千二百餘位詩人中，其作品所含蘊的頑強的生命力，確實驚人。我們只要想想，跟賀知章、張旭、包融齊名，號稱「吳中四士」的張若虛，能寫出〈春江花月夜〉那樣節奏明快，音樂性濃，密度大而詩質純，變化反覆，詭譎恢奇的浪漫詩篇，經時間淘汰的結果，在全唐五萬首詩中，僅僅剩下兩首！以〈題都城南莊〉七絕一詩，使人面桃花傳誦千古的崔護，現存詩也不過六首而已。由此可以看出：時間對於詩人是冷酷的，但在淘汰過程中也彰顯了它的嚴正。有許多詩人生時享有盛名，死後終歸寂寞；有許多詩人生前死後同樣光燄萬丈；又有許多詩人「死後方始出生」（尼采語）。寒山子這位遺世獨立，冷面熱心腸的半瘋半怪詩人，應屬後者。他的詩，經過千餘年的時間試煉，仍留下半數供後人吟詠欣賞，可以看出我國的文學傳統，確有其開放的心量和識量存在。

第一節　寒山身世之謎

讀其詩，想見其人，是文評家分內事。

但傳聞材料和根據傳聞所獲致的象徵意義，一般不進入現代文評家的評論範圍。因為傳聞可以異辭，象徵可以異義，它們所呈現的不穩定性（instability）與多度空間性（multidimensionality），常能導致題外的無謂爭辯。不過，為了復活像寒山那樣身世如謎、生涯若夢、行檢似禪的人物，也只好將部分傳聞材料和象徵意義，憑創造的直觀（creative intuition），審慎地拉進評論範圍，藉以再生詩人的生活環境與獨特的性格。因為任何人的所思、所感、所行，到底是個性和環境的綜合。像寒山那樣感情真摯，定力和智慧都足以玄覽萬有，從明心見性中遊戲人間，從淡漠悲憫中透視生命的終極意義和價值的詩人，尤其不能例外。雖然禪趣禪機所抒發的神秘主義，及由神秘感所派生的大宇宙與小個體之契合，而產生的高度空靈狀態，未必是文字表現媒介所能為力的。寒山子詩：「吾心似秋月，碧潭清皎潔。無物堪比倫，教我如何說？」我於此也有同感。

好啦，現在開始集中我們心靈的透視焦點於浙江天台山。

在回憶的光圈裏首先燦現著葱翠鬱勃的兩座高峰，南北對峙。天台居南，海拔一一三六公尺；四明座北，海拔一〇六五公尺。仙霞嶺蜿蜒東來，至天台山而奇峰突起。它西南接括蒼、雁蕩；西北接四明、金華；像少女柔曼的裙邊，斜拂過東海之濱。莽莽蒼蒼，矗立在廣大的風景裏邊，顯得那麼孤寂，那麼神秘而幽異。那是個在傳聞中生長過琪樹瑤花的童話世界。北邊兩峰之間，有宇宙洪荒時代留下的天然石橋，長達數十丈，鬼斧神工，蔚為壯觀。自古相傳有飛仙出沒。石橋畔蒼松成列，高矯撐天，取勢虬奇，可以入畫。與岑參同時代的景雲和尚，題〈畫松〉云：「畫松一似真松樹，且待尋思記得無？曾在天台山上見，石橋南畔第三株。」即係指此而言。早在漢明帝永平五年（西元六二年），郯縣劉晨與阮肇，因採藥入天台，就在那兒碰到過「言聲清婉，令人忘憂」的仙女，並且還上演過一齣仙凡眷戀、繾綣情深的浪漫喜劇。詩人對這個童話世界的神仙故事，天真的心靈，也曾有過特殊的折射：

我聞天台山，山中有琪樹。永言欲攀之，莫曉石橋路。
緣此生悲歎，幸居將已慕；今日觀鏡中，颯颯鬢垂素。

詩人對生活環境的切身感受與具體印象，他的恬適、自足、喜樂的心緒，見於下列三詩：

自見天台頂，孤高出眾群。風搖松竹韻，月現海潮頻。
下望青山際，談玄有白雲。野情便山水，本志慕道倫。

卜擇幽居地，天台更莫言。猿啼谿霧冷，嶽色草門連；
折葉覆松室，開地引澗泉。已甘休萬事，采蕨度殘年。

余家本住在天台，雲路烟深絕客來。千仞巖巒深可遯；萬重谿澗石樓臺。
樺巾木屐沿流步；布裘藜杖遶山回。自覺浮生幻化事，逍遙快樂實奇哉。

好箇「野情便山水」，好箇「已甘休萬事」，也好箇「逍遙快樂實奇哉」！這正是機械文明的浪潮沖擊下，所激起的複雜慾望與浮動不安的緊張生活，心嚮往之，而無法獲致的理想心境。寒山詩能與當代心靈相疊合，能滿足當代人的虛無感，豈是偶然？

打劉晨阮肇入天台起算，七個世紀來如流水，去若清風，在空無中運轉。歷史的鏡頭搖向天台國清寺。

那兒有一窩天真的靈魂。

其中一個是剪髮齊眉，布裘破弊，騎過老虎入松門，唯事舂穀供僧的怪和尚。一個是怪和尚從赤城道側撿回來的小沙彌；他老哥掌食堂香燈職司時，因登座與佛像對盤而餐，降充廚內滌器的雜役；又因為烏鴉偷食廚下食物，把廟門口的山王（護伽藍神），揍了一頓扁擔，弄得名聞遐邇。另外一個是容貌枯悴，布裘零落，以樺皮為冠，曳大木屐，隱居天台唐興縣西七十里寒巖，一度曾在國清寺庫院廚中執爨，僧不僧俗不俗，儒不儒道不道的天真漢。舂穀的怪和尚叫做豐干；撿來的小沙彌叫做拾得；不僧不俗，不儒不道的天真漢，就叫做寒山。他們有一個共同的身世——不知何許人。他們的生卒年月，籍貫里居，均無可考究。他們的活動時期，各家記載互有出入，大抵由貞觀中至開元天寶（642 A.D.–742 A.D.）之際，三人曾「相次垂跡於國清寺」。他們的忘年交誼，莫逆於心，三人各有吟詠，但同樣真摯感人。

……寒山特相訪，拾得常往來。論心話明月，太虛廓無礙。法界即無邊，一法普徧該。（豐干詩）

寒山自寒山。拾得自拾得。凡愚豈見知?豐干卻相識。
見時不可見，覓時何處覓。借問有何緣?卻道無為力。(拾得詩)
從來是拾得，不是偶然稱;別無親眷屬，寒山是我兄。
兩人心相似，誰能徇俗情?若問年多少，黃河幾度清!
慣居幽隱處，乍向國清中;時訪豐干老，仍來看拾公。
獨迴上寒巖，無人話合同。尋究無源水，源窮水不窮。(寒山詩)

豐干、寒山、拾得共同的身世雖然如謎，不過大同中仍有小異。那就是寒山詩篇中所含蘊的許多傳記材料，以及那些抒情詩章中所表達的精神狀態，很可能疏略地給他那富有浪漫氣質與傳奇色彩的一生，勾勒出比較不太晦澀的輪廓，尋覓出一些草蛇灰線。因為抒情詩的本質，是詩人通過他自個兒的感受，自個兒的思想和感情，來描繪個性，來映現人生。因為抒情詩的特徵，是詩人通過主觀的切身感受，用精微的感覺，情感的語言，來具現個性的單獨狀態。而且任何抒情詩裏邊，必然有「我自己」存在。不論抒情詩中是否標舉出「我」，抒情詩人總是把「自己」推置到觀察對象的前列，把往古來今一律凝縮到眼面前;這樣一來，抒情詩中出現的情感，才是最真摯的情感;抒情詩中出現的形象，才是最鮮明的形象;而抒情詩中描寫的內心世界，才是繁富多樣而能統一的內心生活圖畫。

如果從寒山詩來窺探寒山子的內心世界，我可以斷然認定寒山跟「疲弱一代」(the beat generation)，共通之處不多。因為他的心靈從未疲倦過，對生活的積極態度，對生命的意義和價值的追求，也是如此。他的真理意志也從未軟弱過，所以不必從麻醉中求解脫。他的詩，有那麼濃郁的牧歌氣息，有那麼明朗的田園風格，有那麼鮮活的口語，有那麼廣博的生活經驗和對新形式創作的夢想，在在都凸現出一股創造的活力，絕非疲倦軟弱的心靈，所產生的頹廢、感傷與晦澀的詩篇，所能比擬。我們別忘了，詩人只有在強烈的表現感集中照射之下，才會有重大的發現這一基本事象。

當寒山少壯之年，不獨有「男兒大丈夫，一刀兩段截」的堅強意志和沈著自信；而且也有陶潛那種「逸志猛四海」的豪情勝概。我們且欣賞下面的兩首詩：

尋思少年日，遊獵向平陵。國使職非願；神仙未足稱！
聯翩騎白馬，喝兔放蒼鷹。不覺今流落，皤皤誰見矜？

一為書劍客，三遇聖明君。東守文不賞；西征武不勳。
學文兼學武；學武兼學文。今日即老矣，餘生不足云。

這種「去家一萬里，提劍擊匈奴」的生猛氣象，這種「精神殊爽爽，形貌極堂堂；能射穿七札，讀書覽五行」的文武兼資的英雄氣質，豈是吃大麻精、蓄長頭髮、戴大耳環、腳跟喪失彈性、滿臉無可奈何的冷漠的嬉皮，所能奉為宗師的？換句話說：美國嬉皮們標榜寒山，其荒謬的程度，跟邱氏宗祠要求邱吉爾歸宗；或羅氏宗親會要求羅斯福入會，不相上下。當然，咱們的邱氏宗祠或羅氏宗親會壓根兒就不會如此傻幹的！

至於他因何因「流落」？為啥有「可惜棟梁材，拋之在幽谷」之歎？何以會「有才遺草澤，無藝閉蓬門」？何以會落魄得「甕裏長無飯，甑中屢生塵」，要靠拾得用竹筒收貯國清寺的殘齋冷飯度日？為什麼潦倒成「就貸一斗許，門外立踟躕」？又為什麼會困乏得「已甘休萬事，采蕨度殘年」？

兄弟不睦，室家不寧，是他的詩篇裏反映的可能原因之一。例如：「少小帶經鋤，本將兄共居。緣遭他輩責，剩被自妻疏。拋絕紅塵境，當遊好閱書。誰惜一斗水，活取轍中魚？」

勞塵草草，頓悟命運無常，生涯有限，而興煉藥求仙之想，是他的詩篇裏反映的可能原因之二。例如：「出生三十年，常遊千萬里。行江青艸合，入塞紅塵起。鍊藥空求仙，讀書兼詠史。今日歸寒山，枕流兼洗耳。」

其他的原因，想來還有好多，但因文獻不足，載籍蒼然，未便懸揣，只能存疑。

不過，寒山確有弟兄，在家鄉確娶過妻，在隱居地又確有妻有子（很可能是重婚），他還寫過辭意纏綿的憶妻之作，情真意摯的憶弟兄之作，以及描寫隱居地的天倫樂趣之作，這些都是無可置疑的。而且，他的故鄉似乎在咸陽，大致可以在他的詩裏邊找到一絲線索。

他的憶妻之作，感情溫煦而深厚，且情深於淚，哀溢於詞，跟一般耳聞者心目中的寒山——冷面冷心腸的怪物，斷乎不類！

昨夜夢還家，見婦機中織。駐梭若有思，擎梭似無力。
呼之回面視，況復不相識。應是別多年，鬢毛非舊色。

垂柳暗如烟，飛花飄似霰。夫居離婦州，婦在思夫縣。

各在天一涯，何時復相見？寄語明月樓，莫貯雙飛燕！

他在隱居地的天倫樂趣寫照，可以列舉下面一首詩：

茅棟野人居，門前車馬疏。林幽偏聚鳥，谿闊本藏魚。

山果携兒摘，皐田共婦鋤。家中何所有？唯有一床書。

此詩五六兩句，Burton Watson 英譯為：

"I pick wild fruit with my child,
Till the hillside fields with my wife."

跟我的看法，有不謀而合之處。

寒山眷懷兄弟之作，見於下列一詩。我推斷他的故鄉在咸陽，似可在同一詩篇中找到論據：

去年春鳥鳴，此時思弟兄；今年秋菊爛，此時思發生。

綠水千場咽，黃雲四面平。哀哉百年內，腸斷憶咸京。

寒山的生卒年月，雖無可考究，但他高壽逾百，所謂「老病殘年百有餘，面黃頭白好山居。布裘擁質隨緣過，豈羨人間巧樣模！」是一證明。他三十多歲隱居天台寒巖，多有詩篇記述其老去情懷，如「昔日經行處，今復七十年。故人無來往，埋在古塚間。余今頭已白，猶守片雲山；為報後來者，何人讀古言？」是他高壽的證明之二。

寒山的如謎身世，初步能找得的非傳聞材料，就是這麼一點點。這當然遠不足以再生寒山的真面目和真精神。以下，我們進一步來分析寒山的性格。

第二節　冷面熱心腸的傳奇詩人

世人把寒山看作冷面冷心腸的傳奇人物，實在是一大誤解。此項誤解，見於當年國清寺的僧眾，見於當年天台山上的鄉民，也見於寒山自己的吟詠。如「多少天台人，不識寒山子；莫知真意度，喚作閑言語」之類，不勝枚舉。然寒山行狀、事跡，正式載於篇章，使後人輾轉鈔襲，時間越久越擴大其傳奇性；空間越遠越增濃其神秘性者，臺州刺史閭丘胤與國清寺僧道翹，實為昉始。道原《景德傳燈錄》，徐靈府〈寒山集序〉，瞿汝稷《指月錄》，雍正〈御製寒山拾得詩序〉又從而推波助瀾，使一個生氣勃勃的天真漢子，卡通化為神經兮兮的怪漢。使一個「我語他不會，他語我不言」的真詩人，神話化為童話世界的「娃娃頭」。使一些可以捕捉的幽微韻律，可以心心相應的抒情詩篇，為「性實行空，性空行實；妄有真無，妄無真有；有空無實，念念不留；有實無空，如如不動」之類的口頭禪所誤，致黑屋子裏捉黑貓，可惜黑貓並不在黑屋子裏！

假如我們拿寒山詩來進行整體的觀察，同情的了解，寒山具有輕度的歇斯底里或迷狂症（hysteria），大致不成問題。他留存的三〇七首詩中，有三十四首提到「寒山」。有時是指詩人自己；有時是指天台唐興縣西七十里的寒巖，有時係指他心中的意象或心理狀態；有時卻是三者的混凝。但吟到寒山句便工，這種心理損傷（psychic trauma）後的凝固（fixation）與回歸（regression），只能從精神分析的角度，始能予以深刻的透視。

其次，他生性質直，不合時流，歇斯底里發作時，有些瘋態；而他的生活態度，通過他自個兒的價值標準，所產生的文化意義，除豐干、拾得外，不為同時代的人所欣賞，也是完全可以理解的。我們如果要真懂寒山的個性，抓牢這幾點，想來是雖不中不遠矣。但寒山畢竟是一位冷面熱心腸的詩人，他外表之冷，內心之熱，猶如被千年積雪覆蓋的一座活火山，儘管外表奇寒，內心卻熾熱如岩漿，這一點是美國的嬉皮們根本無法了解的。因此特別在此帶上一筆。

為什麼我指證寒山的心境中存在著輕度的迷狂狀態？這跟他的個性、生活經驗、生活態度與生活環境，有沒有密切的關係？又為什麼寒山的詩「吟到寒山句便工」？兩者有沒有內在的有機聯繫？四個層次的問題，應分四方面作答。

關於寒山的行狀，見於同時代人的記載者，首推閭丘胤的〈天台三聖詩集序〉，寒山拾得的詩，能夠不在竹木石壁、村墅人家廳壁或土地堂壁上滅沒，得以流傳後世，閭丘胤實居首功；而道翹也功不可沒。該序一開始直指寒山子為「貧人風狂之士」。其尋常行徑異於世俗者，有「時來國清寺。寺有拾得，知食堂，尋常收貯殘飯菜滓於竹筒內，寒山若來，即負之而去。或長廊徐行，叫喚快活，獨言獨笑。時僧捉罵打趁，乃駐立撫掌，呵呵大笑，良久而去」。又云：「或長廊唱詠，唯言『咄哉咄哉，三界輪迴！』或於村墅與牧牛子而歌笑。或逆或順，自樂其性，非哲者安可識之矣。」該序又曾轉述豐干的話：「見之不識，識之不見；若欲見之，不得取相，乃可見之。寒山文殊，遯跡國清；拾得普賢，狀如貧子，又似風狂。或去或來，在國清寺庫院走使，廚中著火。」該序最精彩的一段，是描述閭丘胤會晤寒山拾得的情狀，歷歷如繪，栩栩欲活。閭丘胤由實德與道翹等陪同，「遂至廚中竈前，見二人向火大笑。胤便禮拜。二人連聲喝胤，自相把手，呵呵大笑、叫喚。乃云：『豐干饒舌，饒舌！彌陀不識，禮我何為？』僧徒奔集，遞相驚訝：『何故尊官，禮二貧士？』二人乃把手走出寺。乃令逐之，急走而去，即歸寒巖。」這是歷史的目擊者所作的第一手紀錄與見證，其可信的程度，不應等閒視之。

寒山在別人的眼睛裏看到，或在半自覺狀態下感到的瘋態，也見於他自個兒的吟詠。如：

時人見寒山，各謂是風顛。貌不起人目，身唯布裘纏。
我語他不會，他語我不言。為報往來者，可來向寒山。

又如：

寒山出此語，復似顛狂漢。有事對面說，所以足人怨。心直出語直，直心無背面。臨死渡奈何，誰是嘍囉漢？冥冥泉臺路，被業相拘絆！

其三：

憶得二十年，徐步國清歸。國清寺中人，盡道寒山癡。癡人何用疑？疑不解尋思。我尚自不識，是伊爭得知？低頭不用問，問得復何為？有人來罵我，分明了了知。雖然不應對，卻是得便宜。

第三首詩展露的精神狀態，格外值得矚目。如拿道原的《景德傳燈錄》卷二七，以及志南的《天台山國清寺三隱集記》對勘，則閭丘胤的記載，尚漏掉有關寒山個性的一小節：「或時叫噪，望空謾罵。寺僧以杖逼逐，翻身拊掌大笑而去。雖出言如狂，而有理趣。」以及另外一個有研究價值的小故事：「一日（拾得）掃地。寺主問：『汝名拾得。豐干拾得汝歸。汝畢竟姓箇什麼？在何處住？』拾得放下掃箒，叉手而立。寺主罔測。寒山搥胸云：『蒼天蒼天！』拾得卻問：『汝作什麼？』曰：『豈不見東家人死，西家助哀！』二人作舞，哭笑而出。」這些記載裏邊共同構成的症兆（symptom），頗類歇斯底里。大致不算武斷。

輕度的迷狂症，以遺忘為主要的徵候之一。病人所遺忘者多為受傷的記憶或心理的損傷；把一部分帶有快感的經驗留在主意識境內，把另一部分帶有痛感的經驗壓抑到潛意識境內，於是產生意識的分裂。重度的迷狂症由夢遊症（somnambulism）之深化開始，到迷逃症（fugue）之出現，終於釀成人格的分裂。所以，心理的損傷往往就是帶有痛感而不願回憶的記憶。它們凝固而為情意綜，壓抑到潛意識裏邊之後，逐漸成為潛意識的結核。這種凝固的情意綜，一旦倒退到抵抗力最弱的幼年期的經驗上去，藉以適應新環境的壓力，則名為回歸作用。迷狂症患者的凝固作用與回歸作用之交替出現，猶之乎催眠狀態與清醒狀態的相互更迭。這就是寒山那種歌哭無端，噪罵無緒，哀樂無常，癡狂無定的個性與詩人氣質之內在原因。——我尚自不識，是伊爭得知？詩人的直言直語，實際上已洩漏了他心靈深處的秘密。

然而這些心理損傷之遺忘，對於助長詩人的創造性想像力，增益詩人的創造性直觀，卻有幫助。他對過去的遺忘，正足以促成他心靈的徹底自由。李白斗酒詩百篇，或迷幻藥刺激起的精神亢奮狀態，不過是麻醉劑對大腦皮質的刺激，加快腦激盪，要變相達成的意識分裂而已。事實上，天才與瘋子的關係，並非新命題，亞理斯多德老早已經提出過了。高度精神天賦，往往出現於病態人物身上，也不算稀奇。因此，精神病學家莫羅，才會斷然宣布：「傑出人物不只是病人，而且不得不是病人。」畫家梵谷，才誠實作證：「我病愈深，我藝愈進！」而宋巴特於《論人》一書中，轉引倫茲醫生的研究報告，力證歷史上的偉人，半屬「偉大的病人」。即以迷狂症患者為例，倫茲醫生在此一小小的項目下，就排列著保羅、謨罕默德、羅耀拉、馬丁路德、巴斯卡、盧梭、莫里哀、拿破崙、布呂歇爾、哥德、叔本華、瓦格勒、尼采與托爾斯泰。寒山之有輕度迷狂症，我們也該作如是觀。

其次，我要研究寒山的迷狂症，跟他的個性，跟他的生活經驗、生活環境、生活態度，有沒有密切關聯？其「相關度」高達什麼程度？

前面已經提過，寒山在三十歲之前，是位文武兼資，富浪漫氣質與英雄氣概的人物。但少年時的耕讀生涯與婚姻生活，並不美滿；青壯年時的功名勳賞，也非常不得意。所以才會寫出「書判全非弱，嫌身不得官。銓曹被拗折，洗垢覓瘡瘢。必也關天命，今冬更試看。盲兒射雀目，偶中亦非難」那麼坦率的牢騷話。所以才會於「東守文不賞，西征武不勳」之餘，憬悟到「死生原有命，富貴本由天。此是古人語，吾今非謬傳。聰明好短命，癡騃卻長年。鈍物豐財寶，醒醒漢無錢」。以及那種洋溢著宿命論氣息的詩：「二儀既開闢，人乃居其中。迷汝即吐霧，醒汝即吹風；惜汝即富貴，奪汝即貧窮。碌碌群漢子，萬事由天公！」這些地方，應是寒山的人生觀開始轉變的契機。又因他那「立身既質直，出語無諂諛」，加上「有事對面說，所以足人怨」的反抗個性，跟閉塞的生活環境的撞擊，所迸發的精神火花，很出現過一些意味深長，值得沈思的詩篇。

因為詩人心靈中的熱情，心弦上的振動，不在形式和表達中冷卻，不在詩句中寂滅，已屬不易；而這種熱情能強烈感染十三個世紀以後的人，並且還能引起心弦的共振，則詩篇中所潛藏的生命，該何等頑強！如：

新穀尚未熟，舊穀今已無；就貸一斗許，門外立踟躕。
夫出教問婦，婦出遣問夫。慳惜不救乏，財多為累愚！

寫人情世態之深刻，寫貧士心境之悲涼，都從實際生活中來，從真摯心靈中流出。他使用舊形式；而舊形式已在他筆下變形。他使用舊語言；而舊語言經過他心靈的發酵，已露出鮮活口語的端倪。這些地方，正是不容易學的地方。

又如有三首詩，直接觸及他心靈中的價值觀念，跟當時人迥然不同。千載以下，仍然可以照見其高傲而無怨言的憂鬱，謙遜而又孤貞的情操。

莊子說送終，天地為棺槨。吾歸此有時，唯須一幡箔。
死將餧青蠅；弔不勞白鶴。餓著首陽山，生廉死亦樂！

其二：

秉志不可卷，須知我匪席！浪造山林中，獨臥盤陀石。
辨士來勸余，速令受金璧；鑿牆植蓬蒿，若此非有益。

其三：

我見瞞人漢，如籃盛水走；一氣將歸家，籃裏何曾有？

我見被人瞞，一似園中韮。日日被刀傷，天生還自有！

如果說我們要再生近代詩頑強的生命，使詩真正成為簡樸、自然、生動的詩，真正成為冠冕諸文學類型的偉大藝術，突破詩人生活的局限，認識的局限，向廣博的生活經驗中去發掘詩材，向廣大的風景裏去開拓視野，想來仍是非常必要的。而小小室內樂的終結，像貝多芬英雄交響樂的四喇叭前奏，就會在這大時代開始奏鳴。我們讀寒山詩，讀「如籃盛水走」，讀「一似園中韮」，才有其意義。而史奈德之流，專門看中寒山子的玄理詩，仍未曾通透寒山詩的真價值、真精神，一個對寒山詩真正下過些工夫的人，大致可以作如此論斷。

寒山詩裏邊蘊藏的生活氣息，真摯感情，往往是它們中最富感染力的部分。然此亦由其反抗的個性，跟生活環境衝突而來。所謂「作事不諧和，觸途成倥偬」，正是詩人的自我寫照。然有兩詩描繪蕭索生涯，窮愁滋味，千古無人能寫得如此真摯，如此親切。人間的不幸對偉大的心靈，往往是有益的，問題要看這個偉大的心靈，有沒有真正的容受量。如：

寒山有一宅，宅中無闌隔；六門左右通，堂中見天碧。房房虛索索，東壁打西壁。其中一物無，免被人來惜。寒則燒輭火，飢來煮菜吃。不學田舍翁，廣置牛莊宅。盡作地獄業，一入何曾極？好好善思量，思量知軌則。

又如：

吁嗟貧復病，為人絕友親。甕裏長無飯，甑中屢生塵；蓬菴不免雨，漏榻劣容身。莫怪今憔悴，多愁定損人！

我讀寒山詩到「寒則燒輭火，飢來煮菜吃」，至「甕裏長無飯，甑中屢生塵」，我心靈裏的那具地震儀被強烈震撼的程度，只有讀太白吟詠李陵蘇武生離之際：「東還砂塞遠，北愴河梁別；泣把李陵衣，相看淚成血！」時，才能比擬。

當然寒山詩中也有非常憤世嫉俗之作，可以窺見其心底的悲憫。不過，他的反抗力一點也未削弱，他的堅強意志從未動搖。如：

我見世間人，箇箇爭意氣，一朝忽然死，只得一片地！
闊四尺，長丈二。汝若會出來爭意氣，我與汝立碑記！

又如：

我在村中住，眾推無比方；昨日到城中，卻被狗形相！
或嫌袴太窄，或說衫少長。撐卻鷂子眼，雀兒舞堂堂！

由寒山的質正、倔強、天真的個性出發，我們大致可以發現他少年時期，兄弟不睦，室家不寧的原因；也可以發現他青壯年時，功名事業非常失意的道理。他的生活態度永遠跟生活環境發生衝突，他的心理損傷潛伏期甚久；其受傷的記憶所凝固成的情意綜，本是他的潛意識裏邊的結核，不肯輕易洩漏的。不過，因為天台山的隱居生活，跟過去的生活過於懸殊，所謂「前回是富兒，今度成貧士」；從前「經眠虎頭枕，昔坐象牙床」，如今「寒則燒輭火，飢來煮菜吃」；這種強烈對比之下產生歇斯底里，是完全可以理解的。由此產生的意識分裂，也不算什麼希奇。但這麼一條忠肝義膽，四海無人識的好漢，在天台山生活環境裏邊，所遭受的尖銳刺激，使詩人的心靈，不斷向幼年期的值得紀念的生活倒退。此一回歸作用使深藏在詩人潛意識裏邊的東西，經常流洩於詩篇之中。無人能否認人類潛意識裏邊的東西是最真實的東西，因此他的詩篇所共同描繪成的複雜生活的圖畫，才是第一手的傳記材料。我們誤解寒山，是我們使用方法不當的必然結果。

第三節　吟到寒山句便工

現存寒山詩三〇七首，其中有三十四首提到「寒山」。在《寒山子集》裏邊，這三十四首詩至少有二十首左右，表現得相當優異，且與傳統詩格律相當接近。如：

自樂平生道，烟蘿石洞間。野情多放曠，長伴白雲閑。
有路不通世，無心孰可攀？石床孤夜坐，圓月上寒山。

又如：

碧澗泉水清，寒山月華白。默知神自明，觀空境逾寂。

其三：

鳥語情不堪，其時臥草菴。櫻桃紅爍爍；楊柳正毿毿。

其四：

旭日銜青嶂；晴雲洗碧潭。誰知出塵俗，馭上寒山南。

可笑寒山道，而無車馬蹤。聯谿難記曲，疊嶂不知重。
泣露千般草，吟風一樣松。此時迷徑處，形問影何從？

其五：

人問寒山道，寒山路不通。夏天冰未釋，日出霧朦朧。
似我何由屆？與君心不同；君心若似我，還得到其中。

其六：

久住寒山凡幾秋，獨吟歌曲絕無憂。蓬扉不掩常幽寂，泉湧甘漿長自流。
石室地鑪砂鼎沸；松黃柏茗乳香甌。饑餐一粒伽陀藥，心地調和倚石頭。

其他的詩篇還有二十八首，它們予人的共同印象是「吟到寒山句便工」。但何以有如此神秘現象？要解答此一神秘問題，還是要從精神分析著手。

外在世界的形象與內在世界的意象能密切疊合，且泯合為一，是心靈求得真正安頓的象徵，也是受傷的記憶求得癒合，心理的損傷得到慰藉，意識的分裂得到凝固的契機。此類多樣中的統一，在形式運用上往往緊湊而不鬆懈，在內容的表達上往往密度甚大；而在詩的風格上，往往出現萬物靜觀皆自得的樂趣。詩的內容畸輕畸重，時疏時密，虎頭蛇尾，腳小頭大等不均勻現象之避免，或如寒山詩所謂「有個王秀才，笑我詩多失：云不識蜂腰，仍不會鶴膝；平側不解壓，凡言取次出。我笑你作詩，如盲徒詠日」的排除，正是寒山詩跟傳統詩接近的地方。

在這樣的寧靜心境下，才會出現「高高峰頂上，四顧極無邊；獨坐無人知，孤月照寒泉。泉中且無月，月自在青天。吟此一曲歌，歌終不是禪」的禪趣。也才能得到「陽燄虛空花，豈得免生死。不如百不解，靜坐絕憂惱」的禪機和定慮。誠如元好問〈論詩集句〉：「詩為禪客添花錦，禪是詩家切玉刀。」兩者相映成趣，相得益彰。此種由形相的直觀到移情入物，原是慧敏心靈的審美經驗，所應追躡的過程。一位輕度迷狂症患者，於意識分裂之後，一旦得到凝固與回歸，其在藝術上的優異表現，迥異尋常，也是可以意會的。因為當心象與物象泯合，內心世界的意象跟外在世界的形象密疊之際，則塵俗盡滌，雜念皆消，身心得到安頓，禪定中見智慧；而寧靜的心緒中當然詩思泉湧。所以詩人才有「一住寒山萬事休，更無雜念掛心頭。閑於石壁題詩句，任運還同不繫舟」的情趣與理趣。所以詩人才能領悟到生存的荒謬，命運的無常，以及人生悲劇之無可逃避。寫進抒情詩章，就成為和穆恬靜的田園風格。如：「一自遁寒山，養命餐山果。平生何所憂？此世隨緣過。日月如逝川，光陰石中火。任你天地移，我暢巖中坐。」

必須指出：詩與禪都屬於直覺世界，一切純藝術也是如此。人的複雜生態，往往落於邏輯實證之外，那是科學和科學方法所不能窮究的部分。科學只能燦現我們部分的經驗，同時也使廣博經驗的其他部分，顯得更暗更深。例如本能的衝動，情緒的激動，非理性的行為，感情的突然發作，這些人類的經驗，都是科學方法照射不到，因而顯得更暗更深的界域。我們如果要了解一個活生生的寒山，用解剖的方式是不行的。我們不獨要有通識；而且還要善於運用通觀。昔釋達觀撰〈志洪石門文字禪序〉：「禪如春也，文字則花也。春在於花，全花是春；花在於春，全春是花。」我們如果要真正了解寒山子其人，和寒山子的詩，也該有這種詩和人交融的觀察方式和欣賞態度。

文如其人，千古不移。所以有人肯定風格即人。寒山子在性格上是怪人；在風格上是怪詩。怪人部分此文已略作交代；怪詩部分的賞析，只好俟諸〈寒山詩評估〉。

第二章　寒山詩評估

睜開一隻眼睛作夢，大概是古今來一切偉大的藝術靈才，共通的精神素質之一。詩人寒山——Jack Kerouac夢想中的Gary Snyder的真實化身；從孤絕中獨發獅子吼，喝退「這群心賊」的「東方聖人」；就是這樣一位睜開一隻眼睛作夢的詩人。他的物質生活環境，貧窮得無以名狀；他的精神生活環境，富足得無法形容。他帶著即將醒轉的心境，作著永恆的夢。一夢悠悠千載，實證了堅強的藝術，能了解永恆；具有野生力量和頑強生命的詩篇，能戰勝死亡。而Cold Mountain，遂成為機械文明亂流洶湧中，從世界的另一邊穩靜昇起的救贖象徵。

夢對於古今靈才，有同樣豐盈的祝福。我們姑且撇開夢象實驗中的超感知覺（extrasensory perception）部分，如他心通（Mental telepathy）與天眼通（Clairvoyance）等精神感應，以心傳心現象不談，但夢的研究和解釋，究竟是通達精神分析的捷徑；而最近的夢象實驗報告顯示：人類對思想傳導與精神感應，已越來越具備客觀的可能性。因為，照佛洛伊德氏的解釋，凡夢都是有意義的，並不像表面那麼怪誕荒唐；而且凡夢都是象徵的，它的意義和它的幻象雖不必盡同，卻能吻合。詩人的想像力或幻想力，正是詩的精神所在，它潛藏在心靈深處而不容易釋放出來，但睜開一隻眼睛作夢，卻是詩人釋出精靈的方法。詩歌的要素是強烈的情緒和真摯的感情，把它們簡樸、自然、生動地表現出來，詩人的心靈才會感到一種解脫。這種解脫對詩人自己而言，是個人救贖的基礎；對廣大的讀者而言，才是群眾救贖的象徵。只有睜開一隻眼睛作夢的詩人，才會真切地感到此種解脫，詩人欲揭掉「熟悉的面紗」（雪萊語），重新發現我們失去的真實，使詩的內容和形式運用渾融一體；使詩具有高度的原創性，因洗鍊而勁健，既自然又含蓄；不落言筌，不由恆蹊，不襲舊調；則詩人非有睜開一隻眼睛作夢的能耐不可。王荊公〈擬寒山拾得二十首〉之五：「若言夢是空，覺後應無記；若言夢非空，應有真實事。燔燒陽自招，沈溺陰自致。令汝嘗驚魘，豈知安穩睡！」 在空幻真實之間，就棲息著那批睜開一隻眼睛作夢的藝術靈才！

寒山子是一位睜開一隻眼睛作夢的傳奇詩人。他在儒、釋、道三個傳統中，找不到確當的位置，固足以證明其個性之怪與口徑之大。無論如何我們可以稱他為怪人。這個怪人在思想上爍現著異端精神。他能於十三個世紀之後，跟近代精神銲接，在悠悠千載的歷史迷霧中，搏聚了太平洋彼岸遙遙萬里的心靈透視。它矗立著。偉大，冷峭而剛健。它叫做寒山。富象徵意義、詩思、幻想和夢的容受性。他寫的詩，我們也可以稱它為怪詩。這些怪詩，部分為「半格詩」，綜合古體詩、古樂府調與齊梁體詩，另創一格；且一律沒有詩題。他的詩，通過個性，走向自我和內心世界，致夢境與禪境交融；而非通過格律，走向傳統和庸俗。他在藝術上洋溢著反抗精神。他寫的詩是活生生的，具有野生力量的詩；清新而明朗，是它們的優異處。曠放而缺乏藝術的圓熟，是它們的缺點。我們先論「詩無題」。

第一節　論「詩無題」

詩無題非無題詩。

無題詩雖與有題詩對舉，但詩篇之首，既冠以「無題」，仍屬有題詩之一類。猶之乎我們談「自然數」，由1到9，固可各成一類，但0也必須獨成一類。無題詩實可比擬為有題詩之0類。

就傳統格律詩而言，詩題可以大別為四大類：㈠仕宦：包括記述、諷諫、上投、功德諸題。㈡往來：包括慶賀、尋訪、逢友、贈示、嘲戲、留別、夢思、寄遠、送別、酬答、酬謝、哭挽諸題。㈢當身：包括考試、譏刺、志喜、登臨、即事、憑弔、征行、旅寓、題記、閨情、邊塞、詠物、詠史諸題。除應制待詔之作外，格律詩的詩題所展示之內容與吟詠對象，大體不逾越此一範圍。但玉谿生李商隱與玉樵山人韓偓等的無題詩，仍應別列為一類，成㈣無題。何以故？他們也寫閨情離怨，也寫風月相思，但筆下抒寫的脈脈情懷，依稀往事，或為當時的道德規範所不容，或為自己的價值觀念所不許，有難言之隱，又不欲諱莫如深，不便留下指證的痕跡，只好隱約其詞，以「無題」名篇。如李商隱〈無題二首〉：「鳳尾香羅薄幾重，碧文圓頂夜深縫。扇裁月魄羞難掩，車走雷聲語未通。曾是寂寥金燼暗，斷無消息石榴紅！斑騅只繫垂楊岸，何處西南任好風？」其二：「重幃深下莫愁堂，臥後清宵細細長；神女生涯原是夢，小姑居處本無郎。風波不信菱枝弱，月露誰教桂葉香？直道相思了無益，未妨惆悵是清狂！」我們韻味這兩首詩，只能肯定是愛情詩。吟韻的對象到底是誰？因文字表達過於隱晦閃爍，恐怕不容易確切考證出來。但由此也可以反證出無題詩的具體內容之一。

自傷身世，自悲淪落，歎生不逢辰，命途多舛，感遇懷人，有怨艾之意，而因為政治環境不便於發露，故以「無題」名篇者。如義山〈無題〉：「白道縈迴入暮霞，斑騅嘶斷七香車。春風自共何人笑？枉破陽城十萬家！」又如：「昨夜星辰昨夜風，畫樓西畔桂堂東。身無綵鳳雙飛翼；心有靈犀一點通。隔座送鉤春酒暖；分曹射覆蠟燈紅。嗟余聽鼓應官去，走馬蘭臺類斷蓬。」我們雖能欣賞其為好詩，但詩中究何所指？有些什麼意義？可能言人人殊，莫衷一是，但這卻是無題詩的具體內容之二。其他還有懷古思鄉，隱射時人時事之作等，一概以「無題」名之。可以想見無題詩雖宣洩了詩人心靈深處的秘密，但明言招忌，貽人口實，只能曲筆傳隱情。所以無題詩應屬有題詩之一類。

而《寒山子集》不著一題，直承《詩經》時代之流風餘韻，看來好像是件小事，其實是件大事。因為詩題之真實意義，頗與物理學的簡單定位觀念相類似。題以定意，有一題必有一定之意。詩題大致能界定詩的表現範圍；使情景交映，意有所託。作詩固意在詩先；而立意必須知審題。詩雖變化無方，展露萬殊，但因為有詩題作為想像力的集合中心，作為詩思集中表現的標竿，有題詩跑野馬的機會就大為減少；言之無物，漫汗無所依歸的情況，也大為削弱。這當然是好的一面。但由此也可能生出壞影響。

把心中活潑潑一片詩思，拘牽成為苦吟；把寫詩僵化成作詩，乃壞影響之一。寫詩之人捕捉的美和價值觀念，大多數是主觀的，而且有時還是不太合理的，但詩句一旦從筆底流瀉到紙上，卻可以具體化為快樂，確保詩人向無限追求的心靈自由。而作詩之人常與苦吟同在。他們得到的是「兩句三年得，一吟雙淚流」的快樂，這歷盡艱辛之後的快樂雖也是真快樂，但在創作過程中卻疏離了愉悅的心境和遊戲的情趣。因此也無法抓住創作過程中的那種迸發精神火花的瞬間快活。故作詩之苦，雖詩聖杜甫亦不能全免。李白詩：「飯顆山頭逢杜甫，頭戴笠子日卓午。借問因何太瘦生？只為從來作詩苦。」實意直陳，何必定要目為譏諷？而「一切藝術創作之目的，在乎攫得剎那間恍然即逝的愉快，並按其本質給以製作，使之時時刻刻能引人入勝，能令人歡悅；並且這種引人入勝的愉快是無止境的，一件藝術品就是用以積聚或滋榮這種愉快的工具」（Paul Valery語）。寒山寫詩，是寫心中的真言實語；而這些真言實語，又是對準真實的心靈而傾訴的。故有時卒然而就，自得其樂；有時開門見山，自適其性；有時語帶煙霞，恍無定處，表現了夢境和禪趣。這些都不好用題旨相限的。如：

桃花欲經夏，風月催不待。訪覓漢時人，能無一個在！
朝朝花遷落，歲歲人移改。今日揚塵處，昔時為大海。

我們承認這是一首「純詩」。因它在我們心靈中所喚起的一致與和諧，可以締造成一優美的詩境。因它憑情感與意象的直覺下筆，在意象和表現之間，密合無間。但如果我們要給它安上一個詩題，就會有蛇足之嫌。不遶著詩題作詩，原也有此等好處。

又如：

時人尋雲路，雲路杳無蹤。山高多險峻，澗闊少玲瓏。
碧嶂前兼後，白雲西復東，欲知雲路處，雲路在虛空。

再如：

隱士遁人間，多向山中眠。青蘿疎麓麓，碧澗響聯聯。
騰騰且安樂，悠悠自清閒。免有染世事，心靜如白蓮。

實境與心境構成「共軛焦點」，詩人的心靈跟讀者的心靈，不獨有共鳴，而且在沈思靜慮中還能共享這和穆寧靜的片刻。如果用詩題相拘牽，情感的表現很可能就不會如此自然。

不用題目寫詩，看似遼闊，其實有邊，往往跟夢境相通。如功力不夠，很可能使詩寫成不是詩；如詩才富贍，使詩在自由表現中煥發著生命，兩個極端的現象可以同時存在。

昔Herbert Read曾痛詆韻律學，詩體論，詩節構造，以及作詩法等，為「英詩的猴兒戲」。寒山詩一律沒有詩題，一方面把格律詩所訂下的律法摧陷廓清；一方面卻在蜂腰、鶴膝、平仄、韻律這些猴兒戲之外，再生了部分詩的生命，且充分突出了詩人的反抗個性。

寒山詩之跟夢境相通者，如：

獨臥重巖下，蒸雲晝不消。室中雖暡靉，心裏絕喧囂。
夢去遊金闕，魂歸度石橋。拋除鬧我者，歷歷樹間瓢。

其二：

杳杳寒山道，落落冷澗濱，啾啾常有鳥，寂寂更無人，磧磧風吹面，紛紛雪積身，朝朝不見日，歲歲不知春。

大抵能表現一種平淡的愉悅，給讀者留下沈思的印象。

第三首詩通篇用疊字，表現夢境之閃爍不定，允稱一絕。單只領悟其遣詞命句之怪，仍未搔到癢處。但此類不由恆蹊的表現，得力於不用詩題之處甚多。

然寒山於傳統格律詩並非無造詣者。他其所以不願意因襲傳統，走上探險者和前驅者的道路，跟他的反抗的個性，似無法分離。我們且欣賞下面的幾首詩，藉以印證寒山對傳統詩「非不能也」的說法：

閒自訪高僧，煙山萬萬層。師親指歸路，月掛一輪燈。

閒遊華頂上，日朗晝光輝。四顧晴空裏，白雲同鶴飛。

千年石上古人蹤，萬丈巖前一點空。明月照時常皎潔，不勞尋討問西東。

我向前谿照碧流，或向巖邊坐磐石。心似孤雲無所依，悠悠世事何須覓？

五絕、七絕所呈現的氣韻與理趣，置身於唐代諸大家之中，何遑多讓？而五律屬對之工整，描摹景物之鮮活，亦屬上乘。如：

歲去換愁年，春來物色鮮。山花笑綠水，巖岫舞青煙。

蜂蝶自云樂，禽魚更可憐。朋遊情未已，徹曉不能眠。

憶昔遇逢處，人間逐勝遊。樂山登萬仞，愛水泛千舟。

送客琵琶谷，携琴鸚鵡洲。焉知松樹下，抱膝冷颼颼。

由此我突然聯想到杜工部〈春日憶李白〉：「何時一尊酒，重與細論文」的詩句，以及孟棨〈本事詩〉所載李白論詩：「興寄深微，五言不如四言，七言又其靡也；況使束於聲調俳優哉？」的議論。故李白集中律詩不多。〈本事詩〉記載李白醉後應玄宗召，由二內臣掖扶，命研墨濡筆以授白，二人張朱絲欄於其前。白取筆抒思，略不停綴，十篇立就，律度對屬，無不精絕。其〈宮中行樂詞〉首篇云：「柳色黃金嫩，梨花白雪香。玉樓巢翡翠，金殿鎖鴛鴦。選妓隨雕輦，徵歌出洞房。宮中誰第一？飛燕在昭陽。」其次：「盧橘為秦樹，葡萄出漢宮。煙光宜落日，絲管醉春風。笛奏龍吟水，簫鳴鳳不空。君王多樂事，還與萬方同。」由此可以證明，太白亦精於律度，但不願意屈己從律。而真正的詩人寫詩，總以適情適意為主，其沉著的自信和獨特的性格，就表現在詩篇裏邊。笑自由他笑，詩還是我詩，這一點是我們判別真假詩人的標準之一。如其不然，「你作品中那些優美處不是你的，那些拙劣處方是你的。」（梵樂希語）詩人在作品上雖然簽上了大名，但模倣因襲之作，卻使詩人對自個兒的作品，不能負完全的責任，想來究竟不是味道。

寒山詩沒有一個詩題，應該是使他的詩思得到徹底自由的契機。四個世紀後，在波斯，《魯拜集》的作者可與後先輝映。——「八風吹不動，萬古人傳妙！」寫詩不用詩題，單靠詩的內容來映現詩式，寒山給現代詩人的啟示和影響，大概不算很小。

已逝的年代，已逝的詩人，仍可預見其將來的生命。寒山子在十三個世紀以後，再度成為西方通達東方的一座小小板橋，那些完全沒有題目的詩，首應受到注意。其次，他所創作的故事詩，雖錯落在我國傳統詩之外，但用現代眼光來評估，也有其存在的意義和價值。

第二節 值得珍惜的故事詩

樂府〈雜曲〉，給我們的文學史留下了相當豐富的敘事詩或詩體的中、短篇小說，如〈孔雀東南飛〉、〈木蘭辭〉、〈陌上桑〉、〈上山採蘼蕪〉之類。但我們的文學傳統裏邊，卻欠缺真正的史詩。我們的文學傳統雖接納過那麼多的歌謠、諷刺詩、頌詩、遊仙詩、玄理詩、禪偈和證道歌之類的作品，但極少注意故事詩，這也是件頗為費解的事。

故事詩屬兒童文學的範疇，它跟兒歌、寓言詩、童話詩性質上頗為接近。但在「文學類型論」上，敘事詩與故事詩同屬「抒情—史詩類」。即將抒情詩的原則接枝到史詩的原則上，發展出來的一類新詩體。這類作品，一方面通過完整的個性，通過故事情節，去描寫生活；另一方面又抒寫出跟故事情節不發生關聯的、主觀的感覺。這種既通過詩人的主觀感覺，又通過故事情節來映現生活的作品，就把抒情詩和史詩的原則結合起來了。而這種結合，賦予作品以特殊的性質，使它具有特殊的結構和特殊的描繪個性的方法——既藉助於敘事詩中人物的活動，又藉助於詩人對人物個性的感覺，有時詩人還可以用他自個兒的感覺，來取代情節的鏈鎖和人物的行動。而在史詩類的作品中，我們只能以人物的行動，作為評價該人物的依據。

「抒情—史詩類」，一般包括敘事詩、敘事民歌、寓言詩與英雄頌詩等四「型」。其中的寓言詩，頗與我國諷刺詩的內容相似。以充滿隱喻的詩句，表現具有諷刺性的短小情節，白樂天對此就獨擅勝場。而故事詩，不過是把禽獸和物的關係，來取代人的關係，或者把人物的個性，簡化為最單純的假定的樣式。所以寒山的故事詩，如依照當代「文學類型論」來分類，則為抒情—史詩「類」，寓言詩「型」，故事詩「屬」。

在十三個世紀以前，我國的文學史上出現過這麼純粹的故事詩，不獨是我國文學史上一件大事，在世界文學史上也有其真意義和真價值。若以比較文學為參考系統來評估寒山詩，如果還要忽略這種地方，那我們這些後輩也未免太愧對先賢了！

寒山的故事詩，可以分為上述的兩大類。其一，以禽獸和物的關係，來取代人的關係者。如：

白鶴銜苦桃，千里作一息。欲往蓬萊山，將此充糧食。
未達毛摧落，離群心慘惻；卻歸舊來巢，妻子不相識。
兩龜乘犢車，驀出路頭戲。一蟲從傍來，苦死欲求寄。
不載爽人情，始載被沈累。彈指不可論，行恩卻遭刺！
我見百十狗，個個毛鬡鬡。臥者渠自臥，行者渠自行。
投之一塊骨，相與啀喍爭。良由為骨少，狗多分不平。
止宿鴛鴦鳥，一雄兼一雌；銜花相共食，刷羽每相隨；
戲入煙雲裏，富歸沙岸湄。自憐生處樂，不奪鳳凰池。
鹿生深林中，飲水而食草，伸腳樹下眠，可憐無煩惱。
繫之在華堂，餚膳極肥好，終日不肯嘗，形容轉枯槁。

這兒例舉的五首詩，第一首大抵為詩人自況的寓言，而出之以故事詩的形式。為理想的追求，而付出如此慘重的代價，在禪定或靜慮之餘，不免潸然照見詩人的象外之影。然一切文學作品，在本質上到底是心靈秘密的流洩與記錄。故文學乃人心的歷史（Balzac語）。雖然一切文學作品，必須有想像作用和虛構作用，方足以集中表達感情，傳達思想，方足以彰顯文學作品的結構特徵；但它們畢竟可以映現幽邃而廣闊的生活內容。因為文學原理上所指稱的虛構作用，乃指在生活經驗的實底子上進行的綜合，斷非荒謬的臆造；而所謂想像作用，乃指一種創造性的想像，或自由地組合印象內容的能力，是擴張或誇大實際生活經驗之後的產物，故意象常與形象相鉤連。故虛構作用與想像作用，可以抽離時空的局限，將東西南北各處發生的事件，頃刻間捏合；把上下幾十年的生活經驗，頃刻間融會。故文學的虛構作用和想像作用，必須有實際生活經驗做基礎，並且在此基礎上馳騁想像。我們原不必望文生義，強作解人。

第二首詩和第三首詩，乃詩人對人情世故，道德規範，與社會價值標準，進行整體的觀察與合理的省察之後，所抒發的忿忿不平。故事詩中出現的關係，雖是兩隻烏龜與一條蟲蟲的關係；或百來隻狗跟一塊肉骨頭的關係，但詩中所表現的世態，卻完全可以在人類社會中找到標本。此種含淚的微笑和溫厚的冷語，真是故事詩人的絕招。當我們揭掉文學傳統的「熟悉的面紗」，用天真的心靈跟詩人的天真心靈發生精神感應的時候，我們將會發現這些故事詩的原創性和野生的力量，究竟是十分強大的。寒山詩在十三個世紀之後，突然在東方和西方的文學界流佈；寒山子本人其所以有死後的生命，難道真是時來運轉，十分偶然的現象嗎？為什麼世有伯樂而後有千里馬？為什麼千里馬常有而伯樂不常有？我真為這個時代欠缺真正的文學批評憂心！

而「相與喱嗹爭」詩句中的「喱嗹」兩字，以口語入詩，雖不合典雅，但仍含蘊著十分頑強的生命力。此兩字形聲切義，表現得十分傳神，十分鮮活，斷乎不是「無一字無來歷」的傳統詩人，所能出沒毫端的。思想與語言同時發生。當我們能說出某事時，同時也想到了所述說的東西。喱嗹兩字在湖南湖北的民間口語中，迄今仍算是非常普遍的活語言。兩湖人說別人愛啃樓板，齟齬不休，就叫：「你這人好喱嗹！」而廣東廣西人口語中的「牙擦」，實際上乃「喱嗹」的音轉。悠悠千載掛在中國人嘴巴上的活語言並未死去，為什麼必須融經鑄史，才合典雅？為什麼古人未言者今人不敢用？又為什麼用口語入詩會遭人白眼？想來想去，恐怕是懶漢們的哲學在作祟。因為在詩中因襲傳統的語言到底不太難；在詩中獵取活在人們口頭上的語言，不獨要有廣博的生活，要懂得挑揀與錘鍊，同時還要對生活有濃厚的興趣，對同時代的人有一視同仁的愛心。我們讀寒山詩，假如看落了這些地方，說不定是白讀了！

前面例舉的第四第五首故事詩，是借鴛鴦和鹿，來表達詩人的怡情適性的樂趣，抒寫詩人的順其自然的理想。然其天真的詩思和童心，沈思的印象和悲憫的天性，卻淡淡地流洩在詩句之中，我可以肯定，這些詩都算上乘之作。因為它們在格律詩的傳統內容之外，閃現了金剛石的稜面，展露了我國詩的新天新地。因為它們在傳統詩的雅言上，恰如其分地引進過俚語。詩人有時不免要扮演先知的角色，所以《英雄與英雄崇拜》的作者卡萊爾，才推論出一切具有原創性的文學作品，都含蘊著「啟示錄」的成分。我想寒山在故事詩方面的嘗試與創造，應該值得珍惜。

把人物的個性簡化為單純的假定樣式的故事詩，我們姑且也例舉兩首。

其一：

我住在村鄉，無爺亦無娘；無名無姓第，人喚作張王。
並無人教我，貧賤也尋常。自憐心的實，堅固等金剛。

其二：

貧驢欠一尺，富狗剩三寸；若分貧不平，中半富與困。
始取驢飽足，卻令狗饑頓。為汝熟思量，令我也愁悶。

前一首詩抒寫一位天生天長，睥睨世情的硬漢。將個性單純化為篤實堅強，我行我素的性格，大有天變不足畏，人言不足惜，祖宗之法不足守的氣概。這個童話世界的理想人物，大概是寒山詩所謂：「身著空花衣，足躡龜毛履，手把兔角弓，擬射無名鬼。」之類的人物化身。詩人欣賞這種生活態度，也嚮往這種獨特的氣質，用簡短的情節，結構成詩篇，則成為故事詩。

第二首寫貧驢富狗分配不均，但又不能強為分配，致詩人夾在這個「二難式」中，找不到分配的辦法，但詩人的個性，能為這種無可奈何之事下工夫仔細思量，且發生愁悶的情緒，其個性的單純狀態，已灼然呈現。雖然就詩論詩，這兩首詩都不能跟前五首詩相比。過於看重詩中所含蘊的意義，會使我們對詩的品賞，減弱其被感染的力量。詩必須是詩，然後才可進一步搜索其內涵和象徵意義。想來 Richards 和 Mac Leish 的看法，還是合情合理的。

我在〈寒山子其人其詩〉一文中，曾描述寒山子隱居的天台山，是個在傳統中有過仙凡眷戀，生長過琪樹瑤花的童話世界。那是個閉塞的生存環境。但也顯得特別孤絕和幽異。寒山子是位耿介的天真漢，他在那麼一個貧困不堪的生活狀況下，活到高齡，國清寺那一窩天真的靈魂，送給他的人間溫暖，真情實意，實不容忽視。人的生活和適應環境的能力，固然有相當的彈性，但畢竟是有限度的。長期的貧困生活和孤獨環境中，又遭遇那麼多的挫折，如果沒有真正的溫厚友情相滋潤，相慰藉，相啟迪，他能活到高齡，且有這麼多的詩篇遺贈後人，頗難令人置信。至少，他的活力很可能在貧困而孤獨的生活中耗損殆盡；而他活下去的意義和價值，也會大打折扣。

時間不夠，是古今來藝術靈才最感頭痛之事。詩人寒山的隱居生活情趣，棄絕世俗的生活態度，卻使他有足夠的時間來從事創作，這一點是他的精神生活環境給他的祝福，無論如何他擁有心靈的豐盈。他覺得有詩要寫時才寫詩。有某種東西——如價值觀念，強烈情緒與真摯情感等——在作形而上的催迫時，才用詩的形式予以表現。因此，他的詩能揭掉「熟悉的面紗」，而作本質的發現。他的詩所用的句法或語法，都能映現他自個兒的個性。這些地方，使他的詩在十三個世紀之後，跟西方現代詩的精神相契合。

然而夢境，禪意和沒有詩題的詩，所共同呈現的精神狀態，是一種不穩定的平衡。寒山詩之出現兩極化現象，應與此發生密切關係。以下，我們論寒山詩的極化現象。

第三節 寒山詩的極化現象

就現存的寒山詩來分析，有許多詩篇十分出色，放置在有唐一代五萬首詩中，或並列在世界各國第一流詩作中，毫無遜色之處。又有許多詩篇，頗類勸學文、勸世文、格言詩、禪偈詩，有的還表現了輕度迷狂症發作時的病態，如「施家有兩兒，以藝干齊楚；文武各自備，託身為所得。孟公問我術，我子親教汝。秦衛兩不成，失時成齟齬。」之類。雖也開門見山，不事雕琢，純任自然，但敘事抒情兩不可解。形式像詩，從詩素和詩質上品味，其實不是詩。又如：「養女畏太多，已生須訓誘。捺頭遣小心，鞭背令緘口。未解秉機杼，那堪事箕箒！張婆語驢駒，汝大不如母。」詩人對婦女的成見，已足與叔本華、尼采鼎足而三，此點姑且撇開不談。但使詩成為真詩的要素，或組成詩的價值的東西，如同詩句中的音樂性，詩句中所顯示的意象，與詩篇中所表現的概念或意義，都不能證明這首詩是好詩。故寒山詩的極化現象，頗耐人尋味。此大體跟寒山的輕度迷狂症，以及他那不用詩題寫詩的創作態度與創作方式有關。

一詩人如通過傳統的格律寫詩，其存留下來的詩篇往往有趨中的趨勢。即頂優異的詩篇和頂蹩腳的詩篇佔少數；過得去的詩篇佔多數。此現象頗類橄欖。兩端尖而中間特大。詩人所崇尚的溫柔敦厚的均勻性格，表現在形式上，則為圓熟精緻，中規中式的詩體。真正的激情和非凡的想像力，在傳統格律詩裏邊比較少見。雖然格律詩裏邊有變體也有變格。如裴迪〈孟城坳〉：「結盧古城下，時登古城上；古城非疇昔，今人自來往。」乃四句全拗體詩，應算格律詩的變體。又如李白〈憶東山〉：「不見東山久，薔薇幾度花？白雲還自散，明月落誰家？」四句皆散，平韻，而起句仄聲，當然也算五絕的變體。而岑參〈入關先寄秦中故人〉：「秦山數點似青黛，渭水一條如白練。京師故人不可見，寄將兩眼看飛雁。」七絕起二句對，末二句散；而起句仄聲，又不押韻，說來總算七言變體。而所謂一意格、折腰格、續腰格、聯珠格、分應格、各應格、錯應格、雙尾格、單尾格、到頭結穴格、翹首青雲格、下答上格，與下翻上格等，已略備絕句變格。不過，傳統格律詩之能窺見詩人的真精神者，能以十分客觀的存在，發抒詩人主觀的反應或情感者，往往見於這些變格體詩中。這些詩往往又是上乘之作。在傳統格律的基調上求變求新，到底不是椿什麼壞事。因為詩的部分變奏，正是部分再生詩的生命之處；而適度的晦澀，我個人以為對於詩是無害的。因為它不會在俗艷和爛熟中磨損掉詩句的音樂性與旋律之美。因為它不完全依靠記憶寫詩，不完全遵循前人的規式作詩，在無形中可能導引讀者走向回味與沈思。

寒山詩大部分通過詩人的個性，走向自我和內心世界；粉碎了傳統詩的格律，藉以適應詩人的內心要求，因此，他的詩出現了參差不齊的狀況。有些詩表現優異；又有些詩，表現相當蹩腳。就整體觀察而言，他的詩呈啞鈴狀態的分佈。好詩和壞詩佔的比例大，過得去的詩佔的比例反而小，這跟格律詩人的諸作品呈橄欖狀者，迥然不同。寒山其所以不被我國的文學史接納，他的詩作呈極化現象，也許是主要的原因之一。因為寒山子的性格，永遠洋溢著頑強反抗的個性；他的詩創作，也永遠彰顯著異端色彩。人們要向異端撲擊，總是誇大其不好的一面，隱藏其好的一面；人們只有在攻擊的時候，才最容易暴露自個兒的立場與態度。而攻擊時，要做到公平的價值判斷，能具備整體觀察的心理習慣，有客觀寧靜的襟度與合理的省察者，究竟不多。職是之故，他的詩篇得以通過悠悠千載的時間淘汰，仍有半數以上留傳至今，我個人認為是壞詩連帶保留了好詩，並不是他的好詩之流傳，附帶保存了壞詩。此一論斷顯然違反了常識，但我仍願「小心」假設，「大膽」求證。

審美對象的三層次，首為人體美，其次為自然美，再其次為藝術美。藝術美因表現的媒介不同，一般區分為純粹的美（Pure Beauty）與有依賴的美（Dependent Beauty）。前者單憑直覺即能產生美感，如色彩、線條之於繪畫，音符、旋律之於音樂；後者則必須通過觀察者的聯想作用，對審美對象予以補充與量化，了解其語言所產生的意象與意義，明白其思想與語言對於主題所產生的巧妙適合，以及通過語言文字的表現媒介，找尋其新精神與藝術本質。語言文字之於詩歌，應屬有依賴的美。可惜這種表現媒介，總是難期十分確切的。詩人必須遷就這種普通流行的實用工具，表現其特殊的非實用的詩篇；而文字的本質又是抽象的，且歧義疊出；循風俗習慣而演進，在上下文的組合上，並無十分精確的標準可言。這些都是詩人在心境重現上所遭遇的特殊困難。

而美的感受，往往遠離實用價值。故廣告畫難躋於藝術作品之林。廟裏的神籤，醫書上的湯頭歌訣，很難被認作詩。《寒山子集》中許多作品，實用價值很高，一點不類「純詩」（Pure Poetry），但卻流佈廣遠。如乾隆十三年（一七四八年）梓行的《西方公據》，於〈普勸修行文〉的夾注裏邊，就徵引過兩首今存《寒山子集》中未收的寒山詩。

其一：

雀啄鴉餐皮肉盡，風吹日炙髑髏乾。目前試問傍觀者，自把形骸仔細看。

其二：

胭脂畫面嬌千樣，龍麝薰衣俏百般；今日風流都不見，綠楊芳草髑髏寒。

這兒徵引的兩首寒山詩，表面光滑，風格卑弱，跟初唐氣象大不類；跟晚唐詩卻相當接近。故這些劣詩，很可能是後人偽作。然贗品代真，居然廣遠流傳於民間，使寒山子在各個歷史階段，留下印象。這不能不說是劣詩保存好詩的地方。我們如果拿這兩首贗詩，跟真詩並列在一起，不獨真贗立見，而且也可以在優劣判斷中，實證《寒山子集》中諸詩篇的極化現象，往往是劣詩連帶保存了好詩。如：

眾星羅列夜明深，巖點孤燈月未沈；圓滿光華不磨瑩，掛在青天是我心。

又如：

自從到此天台境，經今早度幾冬春。山水不移人自老，見卻多少後生人。

前兩詩意在言內，詩思短淺，雖有很濃厚的傳教意味，但很難在讀者的心靈中召喚起一種靜寂而玄秘的沈思境界。後兩詩能夠達到一種音樂的和諧境地。詩人用文字創造的音樂調子，給人以愉悅的感受。

寒山有許多詩帶勸世的腔調，實用性高而非純詩。如：

讀書豈免死？讀書豈免貧？何以好識字？識字勝他人。
丈夫不識字，無處可安身。黃連搵蒜醬，忘計是苦辛。

又如：

養子不經師，不及都亭鼠。何曾見好人？豈聞長者語。
為染在薰蕕，應須擇朋侶？五月販鮮魚，莫教人笑汝！

這分明是勸學韻文。讀來既不能欣然若有所悟，又不能默然沈思忘我；既不能帶來真正醒悟，又不能帶來深長回想。如與他那感時傷逝之作並列，則極化現象乃呈鮮明對照。詩云：「四時無止息，年去又年來。萬物有代謝，九天無朽摧；東明又西暗，花落復花開。唯有黃泉客，冥冥去不迴。」又如：「聞道愁難遣，斯言謂不真。昨朝曾趁卻，今日又纏身。月盡愁難盡，年新愁更新。誰知席帽下，元是昔愁人。」則後兩首詩所含蘊的「擴散作用」（Verbreitung）——菲希特心目中的詩素之一——以及由擴散作用在讀者心靈中創造的幻象，理解和風格的魔力，乃至詩的純度，豈可同日而語？

西方的純詩，實由愛倫坡揚其清芬，在法國，則馬拉梅繼其遺緒，梵樂希集其大成。此派的理論，認定詩之純不純，在乎詩的表現內容，跟詩題絕對獨立；純詩不過是文詞的音樂而已。換言之，純粹的詩人寫詩，可以完全不顧題目，傾其全力自覺而特意地創造一種文字的音樂調子；而這種調子是能給人以愉快的。寒山子既然完全不用詩題寫詩，詩題的束縛已完全廓清，所以隨意揮灑，自樂其性；自由自在，了無窒礙。故詩的純度理應很高，純詩在全集中所佔的比重，應該是相當大的。惟大醇不掩小疵，他那些具實用價值的詩篇，往往為一項實際的用途而作，在沒有詩題的詩中，往往能發現題旨。這就要在藝術成就上打一些折扣了。例如《寒山子集》中那些勸世詩，就算不得是什麼好詩：

其一：

我見世間人，堂堂好儀相。不報父母恩，方寸底模樣？
欠負他人錢，蹄穿始惆悵！箇箇惜妻兒，爺娘不供養；
兄弟似冤家，心中長悵怏。憶昔少年時，求神願成長；
今為不孝子，世間多此樣！買肉自家噇，抹嘴道我暢；
自逞說嘍囉，聰明無益當。牛頭努目瞋，始覺時已晚。
擇拂燒好香，揀僧歸供養；羅漢門前乞，趁卻閒和尚！
不悟無為人，從來無相狀。封疏請名僧，䞋錢兩三樣；
雲光好法師，安角在頭上！汝無平等心，聖賢俱不降；
凡聖皆混然，勸君休取相。我法妙難思，天龍盡迴向。
我今稽首禮，無上法中王。慈悲大喜捨，名稱滿十方。
眾生作依怙，智慧身金剛。頂禮無所着，我師大法王。

其二：

勸你三界子，莫作勿道理。理短被他欺，理長不奈你。世間濁濫人，恰似黍粘子。不見無事人，獨脫無能比。早須返本源，三界任緣起；清淨入如流，莫飲無明水。

簡直是一些拙樸的勸世文之韻文化。有詩的形式，談不上有詩的內容。既不能接引讀者走向靜寂的境界，也無法通過玄秘的沈思，進入音樂的世界，進入永恆祈禱的內心世界。因此，有人堅持「藝術如果能增加一種用途，就能增加一種美」的論調，如雨果；在詩的品嘗與鑑賞上，到底還有若干輕率概括之處。然而此類勸世詩，在《寒山子集》中並不止此。現在隨意再舉性質相近的兩首詩，好加強我們的印象。前一首詩係勸富而吝者；後一首係勸貴而驕者。其一云：「我見凡愚人，多畜資財穀；飲酒食生命，謂言我富足。莫知他獄深，唯求上天福；罪業如毘富，豈得免災毒？財主忽然死，爭共當頭哭！供僧讀文疏，空是鬼神祿；福田一箇無，虛設一群禿！不如早覺悟，莫作黑暗獄。狂風不動樹，心真無罪福。寄語兀兀人，叮嚀再三讀。」其二云：「常聞國大臣，朱紫簪纓祿；富貴百千般，貪榮不知辱！奴馬滿宅舍，金錢盈帑屋，癡福暫時扶，埋頭作地獄。忽死萬事休，男女當頭哭；不知有禍殃，前路何疾速。家破冷颼颼，食無一粒粟！凍餓苦悽悽，良由不覺觸。」這些詩實用價值都很高，為勸善規惡而下筆，當然不算是純詩。不過，一旦寒山的創作方式與創作態度，趨向內心的召喚，間接宣洩悲憫的熱情，他的詩卻有從壞詩轉化為好詩的可能。詩人寒山的性格，往往在這些地方閃爍著不均勻的靈光，其不穩定的情況一如深黑背景上爍現的「光量子」，粗粗看來是神秘的，深一層研究卻到底可以理解。因為，一切睜開一隻眼睛作夢的藝術靈才，大半都有這種不均勻的、不穩定的性格。

同樣寓勸世之意，但創作態度與創作方式的改變，卻使詩的純度大為提高，例如：「傳調諸公子，聽說石齊奴，僮僕八百人，水碓三十區；舍下養魚鳥，樓上吹笙竽。伸頭臨白刃，癡心為綠珠！」其勸世警俗的詩旨，跟前面那些詩有什麼兩樣？然而由此產生的風格的魔力，卻轉移了勸世韻文的惡劣趣味，突然如此光采照人，其故安在？

明借歷史事象以抒情，暗寓勸世警頑以達意，使人在回憶的世界裏邊，發現自個兒的朦朧影像，託體比興，寄慨遙深。此一明暗交替運用所輝閃的心靈折射，對詩人寫詩時的心靈自由，可能大有幫助。就詩論詩，此詩如同速寫或素描，必須心裏有話要說，且不吐不快，才能實大聲宏，作獅子吼。才能將詩思和心象，凝聚為歷史的焦點，這種電花火石般的印象，確實是彌足珍貴的。又如：「寄語諸仁者，復以何為懷？達道即自性；自性即如來。天真元足具，修證轉差迴；棄本卻逐末，只守一場獃！」詩的本質，仍未脫勸善修持的氣息。然而詩中閃爍的宗教象徵與秩序感，卻賦予了詩篇以暖色和深度。

我在〈寒山子其人其詩〉一文中，曾力證他那「吟到寒山句便工」的神秘現象，很可能是他的心靈，在長久的挫折感（frustration）與孤獨感（anomia）之後，重回可以安身立命的生存環境，復返可以安頓心靈的寧靜空間，所燦現的精神火花或瞬間欣慰，有以致之。他的輕度迷狂症，在回歸寒巖之後從事詩創作之際，喪失的回憶的世界，逐漸召回；分裂的意識，重趨愈合。他睜開一隻眼睛作著永恆的夢，但在此精神高度集中狀態之下，他那閉著的另一隻靈眼，突然盪漾著生命的光采，這時寫的詩格外具有音樂感，對詩旨和詩思的表達，也格外自然，生動且富韻律的美。如：「可笑寒山道，而無車馬蹤。聯谿難記曲；疊幛不知重。泣露千般草；吟風一樣松。此時迷徑處，形問影何從？」又如：「欲得安身處，寒山可長保；微風吹幽松，近聽聲逾好。下有斑白人，喃喃讀黃老。十年歸不得，忘卻來時道。」諸如此類的詩篇，在《寒山子集》中，都算是代表寒山風格的上乘之作。而描寫隱居地的幽奇，隱居生活之閒適者，亦為形成寒山風格之力作。如：

寒山多幽奇，登者皆恆懾。月照水澄澄，風吹草獵獵。凋梅雪作花，杌木雲充葉。觸雨轉鮮靈，非晴不可涉。

其二：

家住綠巖下，庭蕪更不芟，新藤垂繚繞，古石豎巉巖。山果獼猴摘，池魚白鷺銜。仙書一兩卷，樹下讀喃喃。

其三：

吾家好隱淪，居處絕囂塵。踐草成三徑，瞻雲作四鄰；助歌聲有鳥，問法語無人。今日娑婆樹，幾年為一春？

都可以幫助說明，吟到寒山句便工，也是使寒山詩呈極化現象的內在原因之一。

而寒山詩其所以在世間廣泛流行，其勸學詩、勸世詩、格言詩等具宣傳意味與實用價值的詩篇，實較其藝術價值甚高的詩篇，更受到世俗的注意和利用。歷代禪師們道士們口頭上徵引的寒山詩，也大半是淺近俚俗的禪偈詩和證道歌之類的作品。所以使寒山詩在悠悠千載之下得以保存的機率，仍以壞詩在口頭上乃至各種勸世文章中之流佈為契機。俗話說：語須通俗方行遠，話不投機半句多。寒山詩之流佈，應該可以為這俗話作證。

第四節 談寒山的半格詩

寒山在獲得自己的風格之前，確實經過了一個宏大深邃背境的薰陶。那就是綜合了古體（包括古詩與樂府）之醇厚簡樸，生動活潑，遣詞用字的音樂感和節奏感；以及齊梁體詩之華采豐贍，清新俊逸。兩者共同構成寒山「半格詩」的特殊風格。

文學理論大半來自我們對文學發展的合理省察與歸納說明。故無文學的歷史觀察，即無文學理論。此處，我得掉轉筆鋒，談談形成寒山詩特殊風格的歷史背境。

清趙執信（王士禛甥婿）嘗問古詩聲調於士禛，士禛譏之。因發唐人諸集，究得其法，為《聲調譜》一卷。其中謂半格詩者，即一詩而兼具古體與齊梁體之謂。如白居易〈小閣閒坐〉：「閣前竹蕭蕭，閣下水潺潺，拂簟捲簾坐，清風生其間，靜聞新蟬鳴，遠見飛鳥還。但有巾掛壁，而無客叩關，二疎返故里，四老歸舊山。吾亦適所願，求閒而得閒。」其詩共十二句，前六句古體，後六句齊梁體，各得其半，故謂之半格詩。秋谷乃以之為詩之創境。其實他看落了一個基本事實，首創半格詩，並以此形成特殊風格者，應為寒山子。不過後繼無人，也無「明眼人」特為拈出，致其詩千載隱淪，真有「寒山深，稱我心。純白石，勿黃金。泉聲響，撫伯琴；有子期，辨此音。」之歎。

大凡原創活力十分強勁，擴散著田園風格與牧歌氣息的詩篇，多尊崇自然境界，不尚藻飾。故司空表聖《二十四詩品》論〈自然〉時謂：「俯拾即是，不取諸鄰。俱道適往，着手成春。如逢花開，如瞻歲新；真與不奪，強得易貧。幽人空山，過雨采蘋；薄言情悟，悠悠天鈞。」若歸納陶潛、鮑照、王績、王梵志、寒山與拾得諸人的作品，即可得其梗概。而寒山詩遙接淵明的沖淡閒遠，放曠野情；近承王績王梵志樸質淺顯，真情實意的白描手法，有所法而後能，有所變而後大。其變化的痕跡，我們可以在他的半格詩中，具體地找出來。

例如陶潛的〈歸田園居〉二首之三：

種豆南山下，草盛豆苗稀。晨興理荒穢，帶月荷鋤歸。道狹草木長，夕露沾我衣。衣沾不足惜，但使願無違。

又如陶潛的〈飲酒〉十首之二：

積善云有報，夷叔在西山。善惡茍不應，何事立空言？九十行帶索，飢寒況當年；不賴固窮節，百世當誰傳？

在形式上，這些詩都是五言八句，或一韻到底，或用二韻，完全是短篇古詩的體製。雖然鍾嶸《詩品》說它們「文體省淨，殆無長語。篤意真古，辭興婉愜。」但其規格精神究竟是短篇古詩。仍然是《古詩十九首》如：「涉江採芙蓉，蘭澤多芳草。采之欲遺誰？所思在遠道。還顧望舊鄉，長路漫浩浩。同心而離居，憂傷以終老。」形式上的反覆運用。我們暫且類別為五言八句詩的「原型」。

到了王績的筆下，這一類型的詩已完全是唐律的格調，簡直就是王維、孟浩然作品的先聲。如〈野望〉：

東皋薄暮望，徙倚欲何依。樹樹皆秋色，山山唯落暉。
牧人驅犢返，獵馬帶禽歸。相顧無相識，長歌懷采薇。

又如〈贈程處士〉：

百年長擾擾，萬事悉悠悠。日光隨意落，河水任情流。
禮樂囚姬旦，詩書縛孔丘。不如高枕臥，時取醉消愁。

但薪盡火傳，再見諸王梵志的吟詠，則已具現了寒山詩的部分面貌。如：

吾有十畝田，種在南山坡。青松四五樹，綠豆兩三窠。
熱即池中浴，涼便岸上歌。遨遊自取足，誰能奈我何！

其二：

共受虛假身，共稟太虛氣。死去雖更生，迴來盡不記。
以此好尋思，萬事淡無味。不如慰俗心，時時一倒醉。

前一首描摹田園景色，閒適生活，通體白描，雖形式運用較半格詩工整，但放置在《寒山子集》中，幾可亂真。後一詩亦偈亦詩，詩偈難分，已隱含著寒山詩的部分精神。但綜合古體與齊梁體，成一新形式，在現存全唐詩篇中，此新形式出現的頻率最多者，卻以寒山詩居首。而寒山較梵志更富詩人氣質。所以作品情韻不匱，較之梵志的枯淡，已大異其趣。寒山的生活範圍，也遠較梵志豐富，故寒山詩的廣度，也不是梵志所能望其項背的。

半格詩到寒山手裏，乃成為一獨特的主要的新形式運用，逐漸成熟為穩妥可靠的藝術表現，且使寒山詩獲致了自己的風格。他把五言八句打成兩橛。這種前四句為古體，後四句為齊梁體的作品，在《寒山子集》中佔半數以上，絕對不是偶然的嘗試。我們不妨隨意例舉幾首：

人問寒山道，寒山路不通。夏天冰未釋；日出霧朦朧。
似我何由屆？與君心不同。君心若似我，還得到其中。

文學批評方法之一，是用同類型作品兩兩比較。我們徵引兩首詩，姑且作為比較的張本。

(1)孟郊〈送別〉：「丈夫未得意，行行且低眉。素琴彈復彈，會有知音知。」此詩模倣古絕句得其神似。跟前詩上四句較，當可意會古體詩之風貌與節奏。

(2)孟郊〈古怨〉：「試妾與君淚，兩處滴池水。看取芙蓉花，今年為誰死？」此詩效齊梁體已深入堂奧。跟前詩後四句較，亦可概見齊梁體之風貌與節奏。

故兩者之複合，乃成一全新的體製。而半格詩是寒山詩的獨特形式與藝術風格所寄，似不宜等閒視之。

又如：

玉堂掛珠簾，中有嬋娟子。其貌勝神仙，容華若桃李。
東家春霧合，西舍秋風起，更過三十年，還成甘蔗滓！

再如：

手筆太橫橫，身材極瓌瑋。生為有限身，死作無名鬼。
自古如此多，君今爭奈何？可來白雲裏，教爾紫芝歌。

後二者雖是半格詩的變體，然清新俊逸，形象鮮活處，所留下的沈思的印象，殊堪回味。倘若詩人沒有如此強烈的表現感，在心靈深處作形而上的催迫，要在形式上和語言上有重要的發現，幾乎是不可能的。康敏思（E. E. Cummings）在〈一個詩人對學生的建議〉一文中說：「詩人自己在重新發現我們所失去的真實時，就會寫出詩來。真實被矇蔽的原因，照詩人雪萊的說法，是由於蓋上了一層『熟悉的面紗』的緣故。詩的本身是重新發現的一部分。詩人在寫詩的時候，才能領悟他重新發現的是什麼。」而寒山，在他特創的半格詩中，首先發現了傳統形式之綜合，絕非因襲，而是開新。他以曠野深心，洞矚反抗時代潮流所必須付出的寂寞，不獨是四海無人識，而且很可能贏回一片噓聲。但他確有沈著的自信。所謂：「下愚讀我詩，不解卻嗤誚；中庸讀我詩，思量云甚要；上賢讀我詩，把着滿面笑。楊修見幼婦，一覽便知妙！」正是「沈著的自信」的自然發露。他也確知：「有人笑我詩，我詩合典雅。不煩鄭氏箋，豈用毛公解？不恨會人稀，只為知音寡！若遣趁宮商，余病莫能罷。忽遇明眼人，即自流天下。」頗為可惜者，是詩人心靈裏期待的「明眼人」與「上賢」，在詩人的故國和鄉土中空待了十三個世紀，其人其詩，在我國的文學傳統裏邊，始終未受到恰如其分的接納。面對著此一終古蒼涼之寂寞，我們怎麼沒有蕭條異代不同時的感覺呢？

一位睜開一隻眼睛作夢的詩人，心靈上必然深刻感受到雙重痛苦。他活在當代，但渴望未來；他懇摯地接納他生存的時代影響，卻在創作上展現了反抗傳統，突破時代錮蔽的頑強個性。他想在未來的預示中尋覓已逝的生命。天才之不見容於故國和鄉土，不見容於他生存的時代，大概是古今中外無可逃避的永恆悲劇！詩人寒山對此也不免顰眉蹙額：「三五癡後生，作事不真實。未讀十卷書，強把雌黃筆！將他儒行篇，喚作賊盜律。脫體似蟫蟲，齩破他書帙！」然而當他的強烈情緒，一旦轉化為詩人對其生存環境與大千世界的注釋和批評時，自我平衡與寧靜心境開始回歸，智慧語和開悟語從靜慮中源源湧出。他對於這個世界必然看得比別人通透，比別人深遠，也容易為他所感動。所以他的筆底下，才會自然流露這些平格詩篇。

(一)千雲萬水間，中有一閒士。白日遊青山，夜歸巖下睡。
倏爾過春秋，寂然無塵累。快哉何所依，靜若秋江水。

(二)高高峰頂上，四顧極無邊；獨坐無人知，孤月照寒泉。
泉中且無月，月自在青天。吟此一曲歌，歌終不是禪。

(三)寒巖深更好，無人行此道。白雲高岫閒，青嶂孤猿嘯。
我更何所親，暢志自宜老；形容寒暑遷，心珠甚可保。

(四)巖前獨靜坐，圓月當天耀，萬象影現中，一輪本無照。
廓然神自清，含虛洞玄妙；因指見其月，月是心樞要。

諸如此類的詩，在《寒山子集》中，均為具現其沖淡高遠的心象或意象之作，也應該是好的詩。

另有一些悟生死之無常，哀樂之無端，直證心源，自求解脫的半格詩，在全集中都有高的評價。如：

㈠誰家長不死，死事舊來均；始憶八尺漢，俄成一聚塵。
黃泉無曉日，青草有時春，行到傷心處，松風愁殺人。

㈡少年何所愁？愁見鬢色白；白更何所愁？愁見日逼迫。
移向東岱居，配守白邙宅。何忍出此言，此言傷老客。

㈢有一餐霞子，其居諱俗遊，論時實蕭爽，在夏亦如秋。
幽澗常瀝瀝，高松風颼颼，其中半日坐，忘卻百年愁。

㈣一向寒山坐，淹留三十年，昨來訪親友，太半入黃泉。
漸減如殘燭，長流似逝川，今朝對孤影，不覺淚雙懸。

徵引到此為止。半格詩使寒山獲得自己的風格。半格詩由寒山創格，在寒山手裏成熟。他的詩思，通過這個新形式，表達得圓融、洗鍊，繁複中能求得統一；而且此新形式，給寒山帶來了較大的自由表達的幅度，使詩的語言，不致在舊格律中磨損其音樂性或感性。欲評估寒山詩，這種地方總不好掉以輕心的。

結語

此文我首論「詩無題」，藉以證明寒山詩大半為純詩。其次談到詩人的故事詩，這在近代的童話詩或寓言詩中，各國都有第一流的作手，如德詩人謝勒，俄詩人普式庚和萊蒙托夫等，曾以此留下不朽的詩創作。然此皆為十九世紀之事。詩人寒山的故事詩，出現於十三個世紀以前，可以說是詩域中開天闢地的大手筆。惜千古無人道及，想來不免悲愁。寒山之不朽，寒山精神之能流佈東方與西方，我想絕非偶然之事。他的原創活力，強韌地支持了詩人的死後的生命。故事詩僅是許多例子之一。若論其詩體的密度，他的詩材所表現的生活內容之廣博，口語入詩所表現的自然生動，形象之鮮活與意象之深遠，他的詩對當代所產生的影響，所激發的人生態度等，都應有專文論列。如其不然，一篇詩論的長度，恐怕要寫成一本專書。因此，這兒只好存而不論。也許，〈寒山詩重估〉之類的寫作，將有其必要。稍後，勢必開始這項更精密，更深微的工作。

然寒山詩並非全是好詩。他的詩有優異處也有缺失處。他的不穩定的精神狀態，和不均勻的反抗個性，全映現於其詩篇中。他的詩呈極化現象。但壞詩的流傳卻連帶保存了好詩。十三個世紀以來，我國文學傳統排拒寒山的詩，我國民間歡迎寒山的詩，真正的原因可能在這兒。然此非作歷史的整體觀察，不易求得精確的結論。這工作也只好俟諸異日。至於他的半格詩，使他在表達上獲致較大的自由，在風格上獲致獨創性的形式，當然值得重視。

總之，寒山詩在東方和西方的風行，確在「比較文學」上創下一個奇怪的特例。過去，在本國得到定評，且在本國文學傳統中獲得一定位置的作家和作品，才能進入「比較文學」的界域。現在，在本國並無定評，在本國文學傳統中並未獲致定位的詩人寒山，卻已昂然踱進「比較文學」的殿堂，假如我們要踵武前修，復興文化，對寒山詩的評估，對寒山詩的研究和研究之後的大聲發言，應該是我國詩人，我國文學批評家共同的責任。當仁不讓，我們並不缺乏這種沈著的自信和謙沖的傲兀。但願這篇論文能收到拋磚引玉之效，也但願它能引起大家研究的興趣。

附錄

文學與時代

第一章　文學與時代

第一節　港九文藝戰鬥十五年

欲了解香港文壇，必先了解香港社會。因為，那是一切藝術與文學活動真正的土壤。瘠土是不能有好收成的。

香港是個自由港。香港社會是個工商業社會。過去，它靠轉口貿易而生存；它之有消費品工業基礎，乃近十五年的事。工商業社會往往是笑貧不笑娼的，加之以殖民地政府的那一整套羈縻籠絡辦法，以及文化教育政策之巧妙運用，使本來已夠稀薄的文化氣息，窒息在灰色的迷霧裏。

香港社會的結構，有如沖積期化石，一共五層，層次分明。但始終予人以一種荒寒的印象。

歷史要回溯到一八四一年以前。「底棲」在香港九龍的原住民共分五種：赤柱的漁民，香港仔的蛋民，大嶼山的鹽梟，西營盤一帶的海盜，官富場的農民。剩水殘山，一片荒漠，中原文化無法穿透這個山陬海隅。所以香港社會的底層是塊石田，文藝的種子不能生根，更談不上發芽茁長了。

一八四一年二月十日，英國海軍大佐義律乘旗艦「修化號」佔領香港，展開了香港歷史之新頁。香港社會出現了第二個層面，那就是從洋行練習生提昇起來的買辦階級，鹹水妹洋水兵結合而成的「二毛子」。兩者共同構成香港社會的上層結構——殷商富戶與太平紳士就是這麼產生的。他們有沒有文化？沒有！他們要不要文藝？不要！對於這一階層的展望與透視，仍不免令人慘然而又黯然。

到了一九一一年以後，兩三年之內，香港突然增加過四萬多人，那就是滿清的遺老遺少。他們帶來的是「大清律例」（如妾侍之合法存在）與「師爺文化」（如「沿步路過」以及「如要停車，乃可在此」的公告之類）。當然他們也廣結詩社，作詩填詞打詩鐘猜謎語等消遣。這批人應當算是香港的風雅之士，主持香港文壇垂五十年。世界日新月異，他們卻抱殘守闕，充耳不聞。

一九三七年七七抗戰開始，至一九四一年十二月二十五日，香港淪陷為止，香港人口由不足百萬驟然膨脹至一百七十萬。這構成了香港社會結構的第四層。其成員包括失意政客，過氣軍閥，漢奸和共產黨。當然，他們的家屬和親友也應當包括在內。這班人要的是權力。有時也利用文化做幌子，骨子裏幹的都是些狗皮倒灶的勾當。

一九四九年至一九五一年之間，香港人口又開始直線上昇。人口統計由戰後的一百四十萬人驟躍至二百七十萬人，其中包括軍公教人員、教授、專家、青年、老幼婦孺等等。他們間關萬里，歷盡艱辛，為追求自由與生存，背井離鄉，拋妻棄子，瑣尾流離，形形色色的遭遇，可謂慘絕人寰。照道理說：這批人應該可以掀起一個波瀾壯闊的文藝運動；而事實卻大謬不然。箇中理由，且聽我慢慢道來。

韓戰前後與香港文壇

廣州於民國三十八年十月陷匪，至翌年六月二十五日，韓戰猝然爆發，我們可以把這段時期，叫做「香港文壇的原型期」。

舊時代的屍布，並不能成為新時代的襁褓。整個大陸，正天翻地覆；整個時代，正糾纏在子夜深處。但香港文壇仍然以不變應萬變，原封不動。

當時的武俠說部並不流行。鴛鴦蝴蝶派言情之作仍然充斥各大報的版面。用廣東話寫的方言小說，用文言文寫的「鹹濕」短篇，俯拾即是。

黃天石（傑克）先生似為當年文壇祭酒。張恨水馮玉奇的小說，仍擁有廣大讀者。「小生姓高」的方言小說與鹹濕短篇，嶄然顯露頭角。舊詩詞在報章雜誌上偶然能夠找到，大都為模擬之作，缺乏真正的生命力，已成過去時代的遺響。

斯賓格勒在《西方的沒落》中所列舉的「文化末造」之諸現象，幾乎全部反射在香港文壇之上。可怕的二元的分裂的局面，足以瓦解心智，粉碎鬥志。文人們一方面渴望不安的刺激；另一方面卻在追蹤逸樂，滿足於刺激。一方面力求藉外物以忘卻自己；另一方面卻祈求內心統一之回復。一方面想欲超越舊傳統，有所作為；另一方面卻充滿著厭世倦怠的情緒。這種時代精神再朝前發展，必然對一切都抱持冰冷的態度，奉一切神秘的思想為神聖的思想。大概這種樣子的群眾心理狀態，應該是名副其實的 Finde Siécle（世紀末）了！

黃仲則的〈梅花影〉，很足以具體描述大陸淪陷初期，香港文壇實況與文人悒鬱悲涼、嗟怨哀愁的心理。現在引在下面，聊以長歌當哭：

「厭厭悶，沈沈病，寓樓深閉誰相訊。冷多時，煖多時，可憐冷煖，如今只自知。一身常寄愁難寄，獨夜淒涼何限事。住難留，去難收，問君如此，天涯愁麼愁？」

江山搖落，瘦骨難撐。一代之去，寂寞無聲。就在這萬方多難之際，一批冒失鬼青年，偏偏信邪，大舉輕騎突擊。主要的文學形式是報告文學。如岑樵的《桃李劫》、萬愚的《血淚山河》、王旦的《赤裸裸的年代》，都生氣鬱勃，激情如湧。其次是散文和新詩。秋貞理於平凡的散文清麗可喜。吳梅貞、力匡的小詩尖新可愛。小說比較後出，但後來居上，收穫最為豐盈。黃思騁的《落月湖》、《靜靜的嫩溪》，齊桓的《八排徭之戀》、《罌粟花》都富有生命力，可以一新耳目。

當年香港的三大報——《華僑》、《星島》、《工商》——的副刊，還把持在「廣幫」的手裏。除《工商》外，其他兩大報嚴守中立，態度灰色。青年朋友們雖「異軍蒼頭突起」，但地盤究竟有限，一時展佈不開。《香港時報》、《工商日報》、《自然日報》與《呼聲報》，當時號為「四大金剛」。稍微大一點的東西都裝不下。可以投稿的雜誌，前有《大道》，後有《前途》，刊載的盡是學院派的狼犺論文。《自由陣線》闢有青年之聲一類的專欄，也選載小說、散文、詩歌，每週一期，比較能容量文藝創作。《人生》當時為月刊，宏揚儒學，作品中除舊詩詞外，只偶爾出現幾篇雜文，不能自成風會。《民主評論》著重在「匪情研究」，有錢穆、唐君毅、張丕介、徐復觀、劉百閔諸先生的論文，對文藝雖有若干譯介，屬理論性質，不刊載創作的作品。《再生》月刊是民社黨的機關刊物，頭兩篇照例為張君勱先生的大塊文章，後邊再添幾篇政治性論文，根本嗅不到文藝氣息。——雖然他們擡出來的大招牌是「文藝復興」(Renaissance)。

從上邊那些報章雜誌的敘述中，可以想見當年那批青年朋友，「篳路藍縷，以啟山林」的拓荒精神。

文壇寂寥，並不意會著政壇落寞。那段時期，雖說是文藝的冬天，可是，卻醞釀著政治的蜜月。人們的主要興趣，集中於轟轟烈烈的政治運動，對冷冷清清的文化運動，撇在一邊，置若罔聞。

將文化運動掛鉤在政治列車之後，使文藝運動的發展方向，一開始就拉進岔道，這應當拜吉賓甫巡迴大使之賜。他於一九五〇年春抵達香港，旋即假半島酒店公開招待記者，除重申「白皮書」的要旨外，還附帶提出了敝國人民希望貴國出現什麼之類的話。這在當時的人聽來，不啻注射了一針強有力的興奮劑。

大大小小的政治團體上百。而俱樂部、座談會、研究會、討論會，名目繁多，不勝枚舉。因此，「自由出版社」一枝獨秀，撐起自由民主大旗，揚播文藝的種子。不過，小團體究竟抵擋不住大環境的衝擊。在香港文壇的原型期，佔優勢的仍然是那些「殺盜淫妄，光怪陸離」的作品。

韓戰既起，香港由「難民城」成為「民主櫥窗」與「大陸觀察站」。戰爭的需要刺激了頹廢的香港文壇，慢慢展露了新的曙光。我們通常稱呼這段時期為香港文壇的轉形期。

就報紙副刊而言：「江浙幫」與「廣東幫」差不多已平分秋色。鴛鴦蝴蝶派的小說雖仍行其道，但已不若前一時期之具有吸引力。所謂「鹹濕」短篇，漸漸拉長，終於發展成為《黃公館》、《鹹肉莊》之類的東西。另外，又新興了一門「七彩古裝故事」，諸如《張君瑞情殺賈寶玉》、《生包公夜審光緒皇》、《七屍八命九人頭》之類，極怪誕不經之能事。還有，各式各類專吃名女人的死人骨頭者，已應當劃入「七彩古裝故事」類。劉彥和有言：「競今疏古，風末氣衰。」他們的製作，共同恢復了中國歷史的一面，那就是一部二十四史，無非是「樂而淫」的歷史。換句話說：「樂而淫」史觀，是這班七彩古裝故事敘述者的不佻之宗。職是之故，當代之新聲，無非濫調；古人之舊式，轉屬新聲。復古而名以通變，這調調兒就是這麼來的！

七彩古裝故事之外，間諜鬥智小說、偵探小說，已漸萌芽茁長。而〈豬八戒大鬧香江〉、〈呂洞賓遊香港〉、〈呂洞賓再遊香港〉、〈石狗公日記〉之類的作品，充斥各報副刊版面。真是百家颺駭，洋洋大觀。

這是轉形期香港文壇的一個面相。

另一面是新生的一面。

徐訏挾其《風蕭蕭》、《荒謬的英倫海峽》、《精神病患者的悲歌》之餘威，開始在《星島晚報》上發表作品。他以東方既白的筆名，在「中國之聲」發表的一系列批判中共文藝政策的論文，總名稱叫做「在皇冠下」，當時甚為引起廣大的讀者之共鳴。

李輝英已復役，開始在《香港時報》露面。司馬文森、黃谷柳、端木蕻良等北上，聶紺弩、曹聚仁等南下。曹某偽裝中立，在林靄民主持下的《星島日報》發表小罵大幫忙的「南來篇」。

友聯出版社已從自由出版社的旗下游離出來，終於又脫離了「中國自由民主戰鬥同盟」（簡稱「戰盟」）的卵翼，別樹一幟。萁歸來小姐的《紅旗下的大學生活》（報告文學），與《謝謝您！雲、海、山！》（散文），成為創業出品。

亞洲出版社，於一九五一年成立。先後設立出版社、「通訊社」、畫報社與影業公司。標榜「中國的文藝復興」運動，設置保險版稅制度，大量出版文藝創作，一時成為香港文壇的重鎮。司馬璐的《鬪爭十八年》，許瑾女士的《毛澤東殺了我的丈夫》，繼承了報告文學的餘緒。小說方面，林適存的《駝鳥》，易文的《恩人》，趙滋蕃的《半下流社會》，格林女士的《白鳥之歌》，黃競之的《白熱的海洋》，南宮搏的《江南的憂鬱》，以及沙千夢女士的《長巷》（短篇小說集）等等，都是值得一顧的作品。思果的散文，沙千夢的散文，吳鐵翼的戲劇，在那個時代，都起了一定的作用，發生了一些影響。

詩歌方面，已經由力匡的《高原的牧鈴》抒情詩集，發展而成趙滋蕃的八千行劇詩——《旋風交響曲》。

「中國青年民主同盟」（簡稱Y.U.D.C.）解體。陳濯生、徐東濱等創辦「友聯出版社」，出版《祖國》週刊，《學生週報》、《兒童樂園》半月刊，《大學生活》月刊。出版中共問題叢書，並有少量的文學創作出版。史誠之在洪水橋開辦友聯資料室，後擴展為友聯研究所。

許雅禮、孫述憲、王禹九等，從友聯發祥地——鑽石山的「半山別墅」分裂出來，出版了平凡叢書，節譯了許多種有關民主自由的書籍。他們的創作作品，數量雖不多，但多精悍之作，別創一格。

徐直平、柳惠、余英時、鄭力匡，從自由出版社分出，創辦高原出版社。出版《海瀾月刊》。以純文學刊物相尚。徐速的《星星、月亮、太陽》、《第一片落葉》，都是此一時期的作品。

吳世燾、吳劍英、羅一之等離開Y.U.D.C.後，與丁中江結合，開辦華夏書局。而司馬璐的「自聯出版社」，已展開活動。

此期有三場論戰，值得在這兒順便提一提：

第一場論戰是《自然日報》與《工商日報》對壘，雙方的主帥一為馬兒（李燄生），一為南蠻（任畢明），論戰的導火線此刻已記不真切了。

第二場論戰是《自由人》與《主流》月刊的爭持，雙方的主帥是趙滋蕃與羅夢州和王怡。論戰的導火線是「福利宣言」。

第三場論戰是《中國之聲》週刊、《獨立論壇》月刊，與《香港時報》、《工商日報》、《自然日報》、《自由人》三日刊、《天文臺》雙日刊的接戰。雙方的主帥一方為李微塵、黃如今；一方為任畢明、胡秋原、左舜生、李秋生、雷嘯岑等，論戰的導火線是《中國之聲》第一卷第七期上，李微塵撰述的〈我們對臺灣的態度〉。

在文化運動的潛流上，正轟鳴著政治的風暴。

雷××跨海東征，他來自臺灣，章士釗奉命南下，代表了大陸方面的文化活動。張君勱離開印度，經由印尼、馬來亞，輾轉抵港，代表了第三勢力方面活動的高潮。縱橫交錯，局勢異常複雜。

接著，發佈了「中國自由民主戰鬪同盟宣言」。

調景嶺的集體中毒案與大火案，正象徵了那個動盪不安的時代。

而我們的敵人，對文化統戰與文化滲透是不遺餘力進行的。童星彰事件是個典型的例子。

廣州淪陷之初，嶺南大學校長湘雅各氏，取道香港返美，曾往藍塘道拜訪張向華將軍有所商洽。惟返美後杳無訊息。韓戰爆發後，不久，共匪志願軍正式參戰。哈德門偕助手抵港，假淺水灣黃宅磋商細節。「戰盟」開始醞釀成立。先有六人領導小組的集會，後擴充為十二人領導小組，後又成立二十五人團。正在磋商之際，張將軍以消息經常外洩，撇開黃某，易地商談。此時，由青年黨某鉅公之介，起用了其姨甥童某為通譯。

有一次商談時，顧博士在座。這位保定大江，慣性不喜歡開口說話。竟一時大意，把他淡吃了。結果是：張將軍說的是一套，通譯員翻的是另一套，牛頭不對馬嘴，顧博士大表詫異。毅然停止繼續商談。後來查出，童某在華西大學時，已是一職業學生。重慶淪陷後，充任重慶市匪公安局外事科科長之職，韓戰爆發後，匪方利用關係，由西南局轉移關係至華南局，化裝派遣抵港，充任通譯之職。故「戰盟」的活動，事無鉅細，對方均能瞭如指掌。我們的敵人是沒有禮拜天的，我們應該提高警惕纔對。

由板門店到奠邊府

由板門店和談，到奠邊府潰敗，至日內瓦十四國會議結束，短短兩三年之內，一般稱為香港文壇的平衡期。三方面都在整補狀態下，結集力量，徐圖大舉反擊。

此時，「戰盟」解體，盟員星散。

林靄民、曹聚仁等逐離星系報業，另行恢復《循環報》。後以銷路欠佳，改出《正午報》繼續掙扎。《晶報》、《商報》、《明報》等，以灰色姿態陸續出籠。連以前的《文匯》、《大公》、《新晚報》與《週末報》，合組成「八路軍」。自由出版社由絢爛歸於平淡。亞洲出版社轉移出版目標於少年兒童叢書之出版。間有一二值得注意的作品，如：魏希文的《我永遠存在》，黃競之的《大風起兮》與齊桓的《鑿空三萬里》，創作路線已轉趨於歷史小說，致君在友聯出版的《紅軍劫》、《恨斷今生》，張慶玲的《赤地》，桑簡流的《香妃》等，都是比較突出的作品。

報告文學已漸趨式微。武俠小說開始獨步香港文壇。

先是，有劉彙臣大舉印刷《金錢十二鏢》、《江湖奇俠傳》等作品，開了武俠小說的先河。

接著，梁羽生、金庸，大量創作武俠作品。而張夢還等踵步跟進，一時蔚為風氣，文風不變。與此針鋒相對者，只莊世燾、勞思光等創辦的「武俠週刊」，尋根問底，對梁羽生、還珠樓主等的創作，多所論列。

《武俠週刊》因經費不繼停刊。但風氣已開，陸續刊行的武俠雜誌一時竟達十多種。其中佼佼者有：環球出版社的《武俠世界》，新武俠出版社的《新武俠》雜誌，金庸等主辦的《武俠與歷史》，以及另一出版社印行的《武俠天地》等。

亞洲出版社與今日世界出版社大量創作譯述的少年故事與通俗科學叢書，也是為抵消武俠傳奇的影響而出版的。其中如《飛碟征空》、《太空歷險記》與《月亮上看地球》之類的作品，在那一階段都起過相當大的影響。

此階段文藝作品的另一特色，是愛情傳奇取代了鴛鴦蝴蝶派小說。香港人稱這些愛情故事，叫做「三毫子小說」。

三毫子小說，以霓虹出版社印行的《小說報》為濫觴。他們的口號是：一張報紙的價錢，一本名作家的小說。大概價廉是真的，物美卻不見得。

學《小說報》的樣，先後成立的「三毫子小說」出版社，不下百家。有的「一氣化三清」，巧立名目，虛張聲勢。有的結束一個，另辦一個。隨生隨滅，莫知其挫。真是琳瑯滿目，記不勝記。其中如「環球文庫」、「家庭文庫」、「新文藝文庫」、「近代文學叢刊」等，是比較打眼的幾類「三毫子小說」。由此可見香港出版界的一窩蜂現象，比起臺灣的出版界來，並不遜色。

研究「文化形態學」的人，想必能夠指出：「和平相持的階段，是文明的末期，是每一個文明的冬天。」大戰已完全終止了。創作中出現的熱情開始冷卻衰竭。一種僵化的冷漠狀態支配著香港文壇。冷淡、僵化、自我滿足，籠罩著平靜的文壇。表現於作品中的是：抄襲舊形式，因襲之風甚熾。大家捲入政治與社會衝突的大漩渦中，個人的精神和肉體也陷入衝突和絕望的深淵。愈要求振拔，愈無法自拔。就這樣，香港文壇進入了第四個時期。

衰變期與復興期

從民國四十四年春至民國四十九年冬，這一段時期，應當命名為香港文壇的衰變期。

共匪的統戰活動，展開了淩厲攻勢。在文化戰線上，雙方正積極準備一場會戰。

會戰以前雙方態勢是：

對方以《文匯》、《大公》、《新晚》、《週末》、《晶報》、《商報》為主，而以《商報》掛帥，統一調度指揮。

我方卻以《時報》、《工商》、《自由人》、《新生晚報》、《中聲晚報》、《真報》為主，各自為戰。

出版社方面，亞洲、友聯自由結成一體，並倉卒組成了「出版人發行人協會」，準備應戰，對方卻以三聯、商務、中華為主，大舉出擊。

當年還有一大家注意不到的現象，就是凡有我方門市部的地方，總有對方的門市部前後環伺或正面對壘。佈署區分，一絲不紊。當然，報館的佈置，更不在話下了。

從北角起算：香港書店的左右有文通出版社，海光出版社。亞洲門市部斜對面是學術書店與商務印書館銅鑼灣分館。友聯門市部與三聯、商務、中華對峙。九龍方面，介乎平安書店（自由出版社門市部）與集成圖書公司之間，有三育圖書公司、三聯書店分店，左邊有學生書店，右邊有中華書店彌敦道分店，幾個和尚挾一個禿子，當面鑼，對面鼓，真可以說是虎視眈眈。

前哨接戰，由曹聚仁施放和談煙幕而展開，當時，有王某儲某遙相呼應，但如訴如泣，有點像鬼叫，沒有引起大家的注意。

章士釗接踵南下，開始了各個擊破策略。程思遠、郭增愷、羅夢州、衛立煌、周一志、宋宜山等相率北上。我方陣腳漸呈動搖。

接上來，是《文匯》、《大公》、《新晚》的記者傾巢而出，分進合擊，訪問伍憲子、李璜、左舜生、張發奎等等，故意徵求對「和談」的意見。匪報上連篇累牘，發表了他們的談話。而且極盡造謠污蔑，挑撥中傷，譸張為幻之能事。譬如左舜生先生的遭遇，就是個典型的例子。

有一天，《大公報》記者到鑽石山惠和園，遞名片來訪。左先生當即吩咐他的女工，轉告一句話：「先生在家，但不見客。」結果，第二天的《大公報》仍然刊佈了他的長篇大論。左大為惱火，分別在《時報》與《中聲晚報》上，親自撰文，嚴予駁斥。這場文化會戰的最後一階段戰鬥，就是這麼猝然爆發的。

假如我的記憶無誤，在香港時報與中聲晚報上嚴詞譴責匪方的，有伍憲子、毛以亨；李璜、左舜生；張發奎等諸位先生。

這場會戰不絕如縷，前後擾攘達半年之久。

跟著，來了由「大團結運動」，變質為「各行其是」，終於成為「大分裂運動」的另一事件。簽名的有所謂「七十二烈士」。而毛以亨博士，是這次拒絕簽名的第一人，他首先發難，得到多數人的喝采。

大團結運動，是張君勱先生從史丹福大學寄出來的一封信所提出的主張。他號召海內外反共人士，在民主憲政下團結一致，共赴國難。等到此信在《自由陣線》上公開刊布之後，李璜先生認為事不可行，最好「各行其是」。張發奎先生也以短文贊同李先生的主張，於是事情就鬧開了頭。接著，各式各樣攻擊的文章相繼湧出。最後以「七十二烈士」發表宣言告個結束。事情雖不大，可是風風雨雨，頗令親痛仇快。此處也不必詳細敘述。但必須指出：這是文風「衰變」的第一個因素。

另外一個因素是美援漸漸枯竭。自由出版社首先遭受困難，漸形無法維持。亞洲的業務，也開始收縮，形勢逆轉。友聯因有研究所的經費可資挹注，勉強維持原狀。

三大出版社書籍之出版，差不多都告停頓。

與此同時，老成逐一凋謝。丁文淵先生走在前面。伍憲子先生繼之。丁廷標先生也相繼殂謝。自由出版社喪失了最後一根支柱關門大吉。

亞洲出版社也因為美援中輟，緊縮業務，苟延殘喘。

友聯出版社因有研究所支撐，在當時可謂一枝獨秀。

此一階段惟一令人興奮之事，是自由祖國大舉文化支援。起先是國內外文化交流，書刊交換，以後漸漸加強文化出擊的攻勢，整補原有文化作戰單位，重新結集力量，使衰退中的文化戰鬥，又進入一個新的歷史階段。

民國四十九年至五十三年十一月，我們可以暫時名之為香港文壇的復興期。

讓我們先分析此一歷史階段的幾個特徵：

四十九年夏，孫揚的《諜海四壯士》出版，銷路很暢。一窩蜂式的小型出版商和發行商，開始對偵探小說，間諜鬥智故事，黑社會龍爭虎鬥的故事，大感興趣。於是，東一部「偵探」，西一部「間諜」，南一部「敵後」，北一部「內幕」，陳陳相因，層出不窮。滿紙煙雲，騰騰殺氣，槍聲卜卜，真是集「殺」字頭小說之大成。

沈悶的局勢，麻木的人心，在在需要找尋感官感覺上的刺激。「殺字頭」小說適逢其會，因而大行其道。

另一心理特徵是懷舊傷逝。於是專刊歷史掌故的雜誌，如「春秋」，如「天下」，居然一紙風行。最奇怪的是「汪政權內幕」之流的書籍，居然異軍突起，六版七版大量出書，由一集至八集、九集，愈拉愈長；且現身說法，為漢奸群醜辯護、開脫。真是怪現象。

這是香港文壇的陰暗面。

武俠小說漸趨疲罷。但神怪妄誕之作方興未艾。

作品由於輾轉抄襲，而千篇一律，而腐朽，而衰老，而冷卻。所有的作品有一共通的缺點——效果不能集中。而感情的微弱衰竭，使作品只存外殼，缺少生氣和靈魂。

另一方面，卻出現了朝氣蓬勃的作品。

周鯨文的《風暴十年》在此一階段，曾起過積極的主導作用。而一序列的新作家，如黎明、倪匡、雷健等等，從大陸投奔自由。他們以報告文學、雜文、散文等形式，在報章雜誌上發表作品，以親見親聞的事實，揭露暴戾政權的黑幕。指陳精當，筆端洋溢著感情，使讀者們耳目一新。

緊接著出現了震撼世界的五月大逃亡潮。

在綿延百里的中英邊界上，近三十萬青年學生與壯漢，冒九死一生之險，翻越梧桐山，麕集於麻雀嶺、打鼓嶺、文錦渡、羅湖橋，乃至元朗一帶，浩浩蕩蕩而來。千山振響，萬壑含悲。反映此一歷史事件的力作，有張海山的小說——《血淚斑斑》。

五月大逃亡潮，使香港增加了十五萬以上的人口。他們大部為青年學生和工人。這使香港的人心大為振奮。認定毛記政權的麻醉欺騙，連基層幹部、青年學生和工人，也蒙蔽隱瞞不住了。

大陸連續三年，空前嚴重的人為的饑荒，使敏感的香港居民，身受其苦，同仇敵愾之心油然而生。那時，無論大街小巷，代寄救濟郵包的商店林立，觸目驚心。在郵政局投寄兩磅裝小型包裹的人，大擺長龍。小型包裹堆積如山，單靠廣九路火車，根本無法疏運。迫得香港郵政當局，臨時加開郵艇，取道澳門運送。

事實是最好的教訓。所有匪方設在香港的報紙刊物，發行數字一落千丈，完全打回原形。

《新晚報》由最高發行數七萬份，猛跌至六千份。

《大公報》由五千份，降至一千二百份。

《文匯報》由四千份，跌到七百份左右。

人們對他們的宣傳，嗤之以鼻。嘲笑、怒罵、鼓噪、唾棄，不遺餘力。報攤上賣「拍拖」報紙的（即兩份或三份報紙，折疊一起，賣一毫子之謂），全成了《新晚報》、《大公報》、《文匯報》、《商報》、《晶報》等的天下，但苦就苦在無人問津。

自由祖國方面的文化出擊，就是在此種態勢下展開戰鬥的。

大量的文學作品，交流到了海外。

大量的期刊畫報，在報攤上書店裏出現。

除中國文化協會外，支援了「中國評論」週刊之出版。而《大眾報》也是這一時期開辦的。

民國五十年與五十一年，是我們乘勝追擊，擴大戰果的年頭。直到目前為止，我方在文化上的影響力仍佔優勢。

結語

回顧十五年來香港文壇遞嬗的情況，以及文化作戰開展的各階段，不免有老兵話舊，世事滄桑之感。文學根本是社會的產物。產生文學的第一要素是社會環境。所以泰納（H. Taine）在他寫的《藝術哲學》中一再強調：「藝術作品是由社會環境、風尚、習俗，及精神的一般狀態之總體所決定的。」香港的社會結構，上文已作了一個簡明扼要的分析。在這種的環境裏邊，不能產生震鑠一世的偉大作品，我想是理所當然的。

但我們在有為之年，居有為之地，而任令時機流逝，人謀之不臧，也是一大重要的原因。即以美援而論，其施與對象多半是些不通文墨的活寶貝，西瓜大的中國字，大概認得一籮筐。在中國人眼睛裏邊他們是假洋鬼子；在外國人眼睛裏邊，卻又是些唯命是從的中國人。這批人，夤緣時會，躋身於文化活動的圈子中間；而處處自以為是，高居領導地位，滿肚子青草，對文化的認識幾近白癡，他們幹不出一點像樣的事來，也是理所當然的。

還有，文藝運動一開始，就捲入政治性鬥爭的漩渦，就要為戰爭的需要服務，扎根未穩，頭重腳輕，也給香港十五年來的文壇，罩上一厚層陰霾迷霧，這也是值得我們反省的。

但話雖如此說，香港這一塊文化短兵相接的前哨陣地，我們仍需積極加強出擊力量，再接再厲，擴大文化的影響力。努力發掘新的作家，結集具有創作潛力的青年，群策群力，分進合擊，為反攻復國吹響起文化號角。

第二節　三十年代文藝縱橫談

本屆（民國六十四年）國建會已曲終人散。但我對文化組十四項結論之六：「建議政府適度的開放三十年代的文學作品及學術著作。每一個時代都具有其代表性的著作，不宜中斷。三十年代的作家並非完全左傾，其作品也並非都含有共產毒素。宜邀請有關專家學者，組成委員會，加以分析，選擇並寫序言，逐步開放為宜。」仍不免打心坎兒上有話要說。雖然，各抒所見，未必構成辯論的焦點。雖然，對相反的證據，予以客觀的尊重；對相似的看法，予以審慎的省察；也未見得不是一種老老實實的科學態度。

顏文門在「今年國建會的收穫與改進之道」專訪中，特別指出：文化組在國建會顯得比較突出。因為，「參加人士，本於對文化工作的熱情與知識，努力在國建會盡言責；其次是參與人士事前曾作研討，妥為準備，部分較為熱心的與會人士在開會前夕，先把第二天應該提出的問題交換意見，反覆研究，俾在會中提出時，能作深入、有系統的研討。」這也許對是否開放三十年代文藝作品，曾有過「熱烈討論」的報導，有些關係。

為了避免輕率概括，只好把參加討論的與會人士的高見綜述出來。

持正面意見，主張有選擇地開放五四之後到三十八年之文學、學術、音樂、戲劇者，有李歐梵、鄭清茂、白先勇、許文雄、姜成濤、曾祥鐸等。他們發言盈庭，論點、論證與論據部分，配合得宜，至少在「熱烈討論」中，分進合擊，能發揮說服的力量，收到預期的效果。他們的幾個主要論點是：

㈠「每一時代之文學均有其價值與特色」，因此不能基於任何理由，將三十年代切斷。

㈡一般人以為三十年代作品是共產黨的和左派的，都是鴕鳥式的態度，把頭埋入沙中，看不到外面的世界，這是對文學創作有使命感者所不能接受的。事實上，三十年代文學不如想像之左傾，可以由許多角度來觀察，這些作品不屬於中共，就算中共想吃也吃不下！

㈢固然三十年代中有些作家是充滿幻想性與理想性，對現實不滿，而採取批評的態度，但這是中國文學自五四以來的重要傳統。而其不滿是對傳統社會不滿，並非指向任何政權。

㈣由於社會政治環境的改變，像曹禺的《日出》，巴金的《家》，現在看起來毫無震撼力。而且這些作家目前已遭受有史以來的最大苦難，基於人道及文化的理由，實應予以有選擇性的開放。更進一步說，有些三十年代的作家如沈從文、戴望舒、新月派等，本質上為反左傾的作家，但亦被一併查禁，實不合理。

㈤開放五四以來中國人的學術著作（包括出土文獻與陷身大陸學者的學術著作），因為這是中國人民的成果，而不是共產黨的。因為中國人研究自己的文化資財，卻必須到海外去看，豈不是一項絕大的諷刺？

持反面意見者，共有兩人。認為大敵當前，應以國家安全為重，不能輕言開放者，有熊鈍生；主張審慎地處理三十年代作品，既能顧及國策，又能劃清敵我界線者，有楚崧秋。

持折中態度，認為不開放三十年代的文學固然不好，但開放了也許問題更多。所以政府應加強心理建設，然後再研究開放及不開放的優劣者，有胡金銓。

綜合跟這場「熱烈討論」有關的報導並予以客觀分析，我能組合出來的印象內容就是這幾點。老實說，一個身在會外的人確實想像不出，這場「討論」會「熱烈」到什麼程度？單憑直覺，它就好比剃頭師傅的擔子，一頭熱一頭冷也說不定。所以文化組的「結論之六」，依然值得進行一場會外的大規模討論，暢所欲言，藉以創造真正的群眾性智慧。

寫到這兒，我想插述一個小小的故事。

一九五四年三月，我應邀參加香港亞洲出版社有限公司的編輯工作，承乏文藝創作與文藝理論的編務。當時擬定的編輯計畫裏邊，就有分批選擇重印三十年代文學作品的項目。每批十種，由各類型作品搭配組合而成。記得第一批書目中就有黃震遐的《黃人之血》（兩千行劇詩，以蒙古拔都元帥西征俄羅斯為主結構線）。震遐時任亞洲出版社總編輯，對重印之事思考了一晝夜，他寫信回答的幾句話，今天看來，仍有參考價值。他說：

> 李杜文章萬口傳，如今已覺不新鮮。我們總得注意時間是一切作品最後的試金石這句老話。一代有一代的需要，一代也有一代的興趣，它們可以是連續的也可以是不連續的。變數多而常數少，關乎運會；常數多而變數少，則關乎傳承。能穿透時空，不隨時空崩解，長久吸引讀者群與趣的作品，任何民族，任何時代，都只剩下寥寥可數的幾部進入古典作品之林，其他成千累萬的作品，都在時間的長流中殘酷地被淘汰掉了。
>
> 而被淘汰掉的作品往往在歷史當時生機已絕（大天才超時代經真慧眼復活的極少數力作例外），縱有人想要大力扶持，也必然回天乏術的。例如香港書商重印的《家》、《春》、《秋》、《子夜》等，丟在廉價書堆中，到底有幾個人問津？又如「黃人之血」，於一九三○年十二月在《前鋒》月刊一卷七期刊出時，確也熱鬧過一大陣子。譽之者多以氣勢磅礴，意象高遠沈雄，允為震撼一代之作相推許，如朱應鵬、傅彥長、王平陵、徐蔚南等的評論。因此也招致魯迅的刻毒謾罵和「左聯」的圍攻。相激相盪，浪濤澎湃。如今時移勢易，往事化為泡影。即令把它重印出來，恐怕真正有興趣的讀者不多。所以，我們與其化大力氣對三十年代的作品去整理鉤沈，不如把目光朝向前面，努力開拓未來。從此刻開始，昂頭挺胸，向前舉步。

這當然只算老一輩人的某些看法，持平之論難於動聽；也許不如時下文藝新銳的論調，那麼富有張力和衝勁。但不管怎麼說，這幾句話仍值得我們予以同情的考慮。

插敘完畢，現在讓我們心平氣和地分析一下開放三十年代文藝作品的兩大理由之一：「每一個時代都具有其代表性的著作，不宜中斷。」我們只想在可見的範圍以內，把事實的真相弄明白。所以既不願推論過遠，也不願語涉意氣，只願置討論重點於三十年代代表作品的價值與特色上。

在這個層面上，重點當然是作品。讓我們看看究竟那些文學作品，可以算作三十年代的代表性作品？若以文學批評家的眼光來解析評斷，它們的真價值究竟在哪裏？是否非重印不可？若以文學家的眼光來組合安排，它們在中國文學史發展的長流中，究竟應佔什麼位分？有什麼特色？它們在縱的歷史關係中，對我國文學的遷流衍變，到底發生過什麼影響？——是正面的還是負面的？是建設性的還是破壞性的？是助長的還是壓抑的？——它們在橫的類型結構關係上，對我國文學的內涵又到底增添了些什麼？(哪些作品是原創性多於因襲模仿？哪些作品能光大傳統？等等)

歷史本是事實的科學。三十年代的文學作品，在歷史的當時已經創造完成，而且早已「簡單定位」。時間、空間、作者、作品，都已在歷史背境上固定下來，誰也無法籌張為幻，亂動手腳。不過，平心而論，從北伐到抗戰這段時間，換句話說，從本世紀二十年代中期到三十年代中期，本是個行動火辣而思想並不成熟的時期。但求近效不尚遠功，但求喊得熱鬧不求做得踏實，是那段時期時代精神的兩個特徵。於是一大批「革命青年」，被各式各樣美麗動聽的情緒語言所激動，在全國各處橫衝直闖，就好比牯牛闖進瓷器店，當者披靡。

這種時代精神反映進文學界，於是，主義不少，口號很多，襯托並實證這些主義和口號的作品，反而少得不成比例，較具普遍性和永久性的作品，尤屬寥寥。當時執筆之士(包括文藝理論研究者與創作者)，大部分的力氣用於筆戰；而筆戰又往往是些忽左忽右，時前(進)時後(退)，最後論據又擺脫不了那些唬人的三句半咒語。還有兩點是我們最看不慣的，那就是論戰雙方都喜歡運用全稱命題和絕對論調，也都喜歡運用跑野馬、燒野火、放冷槍的戰術，不扣緊論旨，力圖用尖酸刻薄的謾罵罵倒對方。一句話：這場長達十年的文藝混戰，確實是場缺乏真知灼見的浪戰！帶點學術氣味的方法、系統與客觀性，當時仍屬罕見。至於知識、悟性、心態、智慧以及藝術氣質等等，恐怕更談不上了。而二十年代中期至末期，在「革命文學」與「大眾文藝」籠罩之下，公式加概念的作品不算太少，真正像樣的創作卻如鳳毛麟角。那時的創作公式看來有點怪怪的：生硬的情節拼湊，填充些生吞活剝的馬列理論，再加上一條「光明的尾巴」，即成作品。若問「革命文學」與「大眾文藝」有些什麼成就？舉來舉去，不是樓適夷的《鹽場》，就是龔冰廬的《炭礦夫》這兩個樣板作品。為了揭掉這頁爛賬，有兩個人的話可供客觀研究之用。

㈠一九三〇年三月，瞿秋白（易嘉）在討論文藝大眾化問題的座談會上發言：「大眾化的口號始終只是空談，始終沒有深刻的切實的討論，始終不去解決實行大眾化的現實問題。為什麼弄成這樣子？為什麼兩三年來，除去空談之外什麼成績也沒有？最主要的原因自然是普羅文學運動，還沒有跳出知識分子的研究會的階段，還只是知識分子的小團體，而不是群眾運動。」（參考丁易編：《大眾文藝論集》。北師大出版部，一九五一年。）——易嘉這段話對當年文學創作界的現象，不獨概括力強，而且一針見血，但對本質的探索卻偏了。文學藝術的規律原不同於政治經濟的規律。任何群眾運動對只宜於單幹的文學藝術而言，總歸是害多利少的。

㈡沈雁冰（茅盾）〈讀「倪煥之」〉：「我簡直不贊成他們熱心的無產文藝。既不能表現無產階級的意識，也不能讓無產階級看得懂，只是「賣膏藥式」的十八句江湖口訣那樣的標語口號式，或廣告式的無產文藝。」（轉引自伏志英編：《茅盾評傳》。上海現代書局，民國二十年。）

這兒展現的，是徘徊在三十年代大門前的黯淡景象。

底下，按時間順序，就三十年代作品中比較具有代表性者，排出一張清單，並就其價值與特色，略加評論。看看到底有沒有「逐步開放」予以重印的必要？

一九三〇年，葉紹鈞（聖陶）的《倪煥之》這個長篇，寫我國新文學運動初期十年間知識分子生活的變化，就以他自己早年在江蘇吳縣鄉村小學教書的經驗做實底子。他的作品，向以文字清新流利，結構謹嚴見稱，有中國的莫泊桑之目。茅盾在〈讀「倪煥之」〉一文中，就曾「讚美」它為「扛鼎的工作」。似乎是比較具有代表性的了。可是這位謹小慎微的老實人，長於寫短篇，卻短於寫長篇。真內行人當能深切了解，短篇與長篇在結構特徵和處理手法上，根本是兩種藝術。他用寫短篇的手法來處理長篇，於是越往後邊寫越顯得零亂，全書約有三分之一的情節發展，連主結構線與副結構線也主次不分。內容的有機性與形式的完整性都沒有辦到。因此這部三十年代的代表作之一，在藝術表現上是不成功的。到抗戰初期已呈生機枯萎之象，逐漸走上絕版之路。但平心而論，他寫的兩本童話集——《稻草人》與《古代英雄的石像》，寫得還真不賴，至少比張天翼和陳伯吹要高明，可惜已經逸出了三十年代文藝縱橫談的範圍，只好就此打住。

一九三三年，有兩本頗具代表性的小說。那就是：茅盾的《子夜》，和李芾甘（巴金）的《家》。

本世紀二十年代到三十年代，我國文壇尚殘存著一種十九世紀歐陸遺風，那就是用連鎖結構的組織形式，把一部大書分成幾冊來寫，像當時流行的「三部曲」之類。更大的如左拉的《麥加爾貢家乘》，包括《酒店》、《屠槌》、《娜娜》等等二十多本，而茅盾在二十年代中期的長篇《蝕》，就由《幻滅》、《動搖》、《追求》三個中篇連鎖而成，當時稱之為《茅盾三部曲》。故「左聯」叫他為中國的左拉。即係一例。

必須指出：《子夜》是在「茅盾三部曲」遭受左派圍攻，對文學可以減輕生活的緊張，增加人間的善意，而文學必具有藝術的魅力，必須反映時代的精神，文學絕不是任何教條的宣傳工具，這些基本信念破滅之後，向中共「白區地下黨」樹白旗，交心表態之作。完全依照中共當時的政治路線加以小說化的作品。不獨增強了茅盾在左聯的政治地位，也增大了左翼文壇的聲勢。

雖然，《蝕》和《子夜》都可算大時代的縮影。但有一段歷史公案必須指明：一九三〇年三月二日，「左聯」

成立不久，茅盾由東京返上海，擔任左聯行政書記。這時，李立三遭清算下臺，瞿秋白繼任總書記，次年，陳紹禹（王明）鬥倒瞿秋白，瞿就住在茅盾家裏，親自校改《子夜》的底稿。這就是外傳《子夜》這本政治性小說為「集體創作」的由來。但由此可以反證一事，《子夜》中複製的「大時代的縮影」工作，在其選樣上是喪失藝術良心的，態度上是很不公正的。小說切取的「時間」，是一九三〇年，世界性經濟大恐慌正進入頂點，全球的經濟衰退導致各國通貨膨脹、停滯膨脹、蕭條膨脹，要誇張黑暗面，實在易如反掌。故事發生的地點，以上海及四郊農村為「活動的圈子」，寫工廠的工運，農村的農運與兵運，重點卻擺在上海民族資本家們的工商業活動與股票市場的投機買賣上。其中吳老太爺的死，象徵著遺老們在歷史背境上的消失；地主們的破落，甚至不惜犧牲女兒的色相去摸清股票行情的走勢，尖酸地諷刺著地主階層的無可救藥。書中寫上海交易所的形形色色，不論做多頭的也罷，做空頭的也罷，看來都缺少現實的經濟基礎，顯得空疏淺薄。明眼人可以看出諸如此類的情節，不過是為了達成政治宣傳的目的，霸王硬上弓湊合上去的。尤其過火的，是吳蓀甫在老太爺大殮日，臨喪發弔，麻衣如雪之際，大談關稅公債、裁兵公債、編遣公債之事，諷刺得不獨太不近情理，而且連一點中國人的人味也沒有了。由此突出那兩句政治口號：「如果要堅持著幹下去，就必須國家像個國家，政府像個政府。」看來卻一點也不類李歐梵所指陳的：「其不滿是對傳統社會的不滿，並非指向任何政權。」這種樣子的三十年代文學作品，真有「逐步開放」重新印行的必要嗎？

同年，巴金出版了《家》。這個長篇是白先勇在國建會中指名例舉的一部三十年代代表作品。

巴金成名於三十年代之前。處女作《滅亡》，續篇《新生》，這兩個中篇，均發表於《小說月報》。進入三十年代之後，陸續出版了《死去的太陽》、《海底夢》、《砂丁》、《萌芽》、《春天裏的秋天》，以及《愛情三部曲》——《霧》、《雨》、《雪》等。而排印中的長篇《激流》底稿，不幸毀於民國二十一年「一二八淞滬戰役」戰火，乃決心把《激流》擴大重寫為「激流三部曲」——《家》、《春》、《秋》。但這一年僅出版了《家》，《春》和《秋》

都在戰後完成，已經逸出三十年代文藝的範圍了。另外，巴金揚言擬寫的《激流》續篇《群》，直到目前還未脫稿；而屈指算來，他已屆七六高齡，看樣子可能胎死腹中，抱著未完成的心願以歿的。

《家》，以巴金成都老家為背境寫成。故事中自始至終促進衝突，展開情節的「中心人物群」，有覺新、梅表妹；覺民、琴表妹；覺慧、婢女鳴鳳。人物刻畫，間接多於直接，對話有時冗長，但很少出現死話。而這位以巴枯寧為頭，克魯泡特金為足的安那其主義者，在主題意識上，集中抨擊了舊式婚姻不自由，舊式家庭制度不合理，所造成的悲劇。在反抗行為上，他卻起用了帝俄時代「民意社」的主要精神——到民間去！年輕的一代受新思潮的衝擊，時時刻刻想衝破「象牙的監牢」，終於做了家的「叛逆」。全書有親身經驗做藝術虛構的實底子，真摯的情意和感傷的氣氛交織，具藝術的感染力。筆力雖欠簡樸遒勁，倒也不失自然生動，故在當年大中學生和家庭婦女之間廣為流傳，銷行達二十三版。一九五七年，上海文藝出版社曾將巴金的小說、文藝論著、散文、譯述，彙印成十四厚冊，書名叫做《巴金文集》。

談「美學傳達論」的人，有一簡要原則：經驗全同，則不必傳達；經驗全異，則不能傳達；故只有經驗部分相同部分相異時，才構成傳達論的要件。在目前的臺灣，我雖不敢保證婚姻是絕對自由的，但單憑父母之命，媒妁之言，或單憑長輩好惡，有情人便成陌路，無情人便結連理，甚至逼死人（鳴鳳便是投水自殺的）之事，總歸罕見。而臺灣的社會，已由農業社會向工商業社會蛻變，小家庭制正逐步取代舊式的大家庭制。像巴金那樣的「家」，有將近二十個長輩，三十個兄弟姐妹，四五十個男女僕人的，恐怕打起燈籠去找，也很難找到一家兩家樣品了吧？在經驗全異的基礎上，情感的傳達幾乎成為不可能，讀者群的興趣有所改變，作品的感染力也會衰變的。在此種情況下，這部帶無政府主義與虛無色彩的小說，真有「逐步開放」重新印行的必要嗎？

當然，三十年代小說的代表作，也許還不止這幾本。像劉均（蕭軍）的《八月的鄉村》，張迺瑩（蕭紅）的《生死場》與《呼蘭河畔》等，也該進入討論之列。不過，一篇文章原不必包羅萬有。而此文的主旨，也只是帶個頭而已。

現在，我們來看看萬家寶（曹禺）的《雷雨》和《日出》。其中的《日出》，也正是白先勇在國建會中指名例舉的一部三十年代代表作品。

《雷雨》初版於一九三四年，這年曹禺剛從清華畢業。活動在這四幕長劇劇幕裏的人物，有專橫奸滑的家長周樸園，跟繼母通姦而生性懦弱的大兒子周萍，剛健婀娜的繼母繁漪，少不更事的二兒子周沖，再加上魯貴一家子，魯媽、魯四鳳和魯大海，總共八個演員，來象徵地「暴露大家庭的罪惡」！引用曹禺自己在民國二十五年再版本上寫的「序」來說：「我在發洩著被壓抑的憤懣，毀謗著中國的家庭和社會。」

那麼，究竟如何毀謗法？劇作者把所有戲劇性衝突，全集中到了不正常的男女關係上。首先是長子與繼母的戀情，當周萍移情別戀魯四鳳時，不獨遭到剛強火爆的魯大海之反對，而且也意外地遭到魯媽的阻攔，其中還羼雜繁漪的暗中破壞。這四角關係中展開的是兩代人過去的一筆爛污賬。周樸園與魯媽的肉體關係，周萍與魯四鳳同父異母的兄妹關係。把活動於《雷雨》劇幕中的人物，全刻畫成壞人。

就戲論戲，《雷雨》有成功之處，也有敗筆。編劇手法是傳統的五部式佈局，有序幕、有發展、衝突、頂點，也有尾聲。暴露的是舊式家庭的罪惡（一個父母兩子的家，縱令外加魯貴夫婦，魯大海魯四鳳兄妹這個僕人的家，充其量也不過八人而已，至少我看不出這是個「大」家庭）。毀謗的是中國的家庭和社會。臺上腳色的個性鮮明，各人的戲分分配尚稱平均，衝突場面重疊交叉，層層湧現，一步一步邁向高潮，使全劇具張力，而劇作者在表現上，能在「戲劇性瞬間」上收到集中表現的效果。這是該劇第一個成功之處。劇作者認定「普通觀眾的趣味」才是「劇場的生命」，也是一劇上演時叫不叫座的「迫切的需要」。他就從迎合並滿足「普通觀眾的興趣」上下工夫，而且確也做到了，這是該劇第二個成功之處。但思想的淺薄，以及序幕和尾聲的鬆懈，卻是敗筆。所以上演時，《雷雨》被砍去了「序幕」和「尾聲」，無頭無尾，直挺挺一段軀幹擺在人們面前（曹禺語）。另一敗筆，卻在結局時把八個腳色一齊拉上前臺，湊合得實在過於生硬了。而《雷雨》裏的魯大海，「工人」不像工人；正如同《日出》裏的方達生，「革命分子」不像革命分子一樣，一看就知是迎合「左聯」口味而安排上去的。劇作者忘了藝術即經驗那句話，所以才會出現這種敗筆。此刻的問題是：如果我們適度的開放三十年代的文學作品，《雷雨》有沒有資格入選？如果入選之後把它重印出來，對我們全民推行的中國文化復興運動，是不是會產生一種負面的破壞性的影響？這些因素，是否值得予以審慎的省察？謹願就教高明。

《日出》初版於民國二十五年，也是個四幕長劇。此劇對鼓動觀眾不滿現實的情緒，以舞臺形象強化觀眾以偏概全的傾向，以劇場心理盡量擴大社會的黑暗面，所達成的政治宣傳目的，還比《雷雨》強。該劇扉頁上引錄了三段話：老子《道德經》，《新約》《羅馬書》，和《新約》《帖撒羅尼迦後書》。請看老子的這段話：「天之道其猶張弓與？高者抑之，下者舉之；有餘者損之，不足者補之。天之道損有餘而補不足；人之道則不然，損不足以奉有餘。」言下之意，《日出》就隱然要扯杏黃旗替天行道。

關於《日出》，我有兩種聯想。

第一，我聯想到果戈里給《欽差大臣》一劇所寫的序：「說來有點臉紅，活躍在《欽差大臣》劇幕裏的大大小小人物，竟然沒有半個好人。」——諷刺有時比毒罵來得更深刻更入腦的！「日出」大體上也是如此。

第二，我會不期然而然，聯想到小仲馬自己改編的《茶花女》一劇跟《日出》的對應關係，其中包括人物的對應關係，與劇情的對應關係。名妓茶花女瑪格麗特—名交際花陳白露（長夜放蕩，風塵中討生活的兩個女主角），亞芒—方達生（富夢想的兩個癡狂青年），老伯爵—潘月亭（一為富豪，一為銀行經理），普于當斯—顧八奶奶（富孀），加斯東—胡四（面首），N伯爵—張喬治（俗氣薰人的兩個青年）。加進去的人物，只有可憐的「小東西」，「人渣」黃省三，茶房王福生，地痞黑三，以及遇事忍氣吞聲的小職員李石清等人而已。他們連次要人物也夠不上，僅略高於活動佈景罷了。其中小東西在第三幕的戲分較重。當年的若干導演就採用「挖心」的辦法，把第三幕率性刪去不演，理由是小東西的一段故事和主要的動作沒有關聯，不如割愛。但沒有這些「鑲邊」人物的加入，《日出》希望達成的戲劇宣傳效果——醜化社會和亟力擴大社會的黑暗面——就無法達成。頂多也只是用長夜和黎明，黑暗與光明的對照，預示著「社會的發展」；或用陳白露服安眠藥淒然死去，跟打樁工人在日出時的沈雄「夯歌」對比，象徵著「歷史的明天」。但有了小東西和李石清的存在，觀眾才具體看到「損不足以奉有餘」；有了黃省三、王福生、黑三的存在，才越發襯托得起顧八奶奶、胡四這一夥的醉生夢死，張喬治的厚顏無恥。還有一個永未出場的人物——高利盤剝的金八爺，他卻是全劇的總提調，其神通甚至能逼死潘月亭。至於劇情的對應關係，由陳白露的意態、神情、抒情語調，以及浪漫女詩人的氣質，幾乎可以讓我們聯想到她就是瑪格麗特的化身。《茶花女》一劇中亞芒說：「你這種高興太使我難過了。」瑪格麗特答：「那麼，我發愁好嘞。——可惜你的愛養不活我。我們該懂得這種愛情是怎麼回事。」類似這種樣子的對話，陳白露跟方達生之間的對話還少嗎？還有，瑪格麗特的愛情紀念品是一本《曼儂．勒斯戈》，陳白露的愛情紀念品則是一本《日出》，這也可說是無巧不成書了。

當然，舊瓶裝新酒，也可以算作具某種原創性的，但原創與因襲的成分我們總得掂一掂才對。所以白先勇大聲說：「像曹禺的《日出》……基於人道及文化的理由，實應予以有選擇性的開放。」看來一言堂不如群言堂，也「實應」讓大家來討論討論才好。

白先勇還「更進一步說，有些三十年代的作家如沈從文、戴望舒、新月派等，本質上為反左傾的作家，但亦被一併查禁，實不合理」。話雖只這麼一句，卻出現了雙重誤解：一是屬於歷史事實的，一是屬於邏輯論證的。而歷史層面關涉到史實的真假；邏輯層面卻關涉到論證的對錯。

詩人戴望舒在三十年代詩壇中，是不是光度最強的？他在徐志摩、聞一多、王統照、王獨清、陳夢家、孫大雨、卞之琳、楊騷、臧克家、穆木天、鍾敬文、艾青、田間諸詩人中，是否真具代表性？他真是「反左傾的」

嗎？他的詩作，是否真具價值和特色？必須把這一系列問題逐步澄清之後，我們才能客觀地確定，這位列名「左聯」成立大會的作家，作品被「一併查禁」，是否「實不合理」。

戴望舒的詩作不少，但名篇不多。他以詩人身分躋身詩壇，是民國十八年出版的第一本詩集《我的記憶》。走的是李金髮的路子，醉心的卻是魏爾倫・波特萊爾等的理論，亦詩亦禪亦謎，詩風駁雜；而詩語淺露，詩素淡薄。想追求朦朧的美，惜情感與意象未經暈化；想擺脫韻律與音樂的束縛，惜詩境與詩情兩缺。民國二十二年出版了《望舒草》，以後又出版了《望舒詩稿》，《災難的歲月》等集子。情況也並未改善。他說：「詩是一種吞吞吐吐的東西，動機在於表現自己跟隱藏自己之間。」（見《望舒詩稿》附錄：〈論詩零札〉）他的詩確乎吞吞吐吐得有點令人不耐。至少我這個急性子就看得經常抓頭髮。像這樣的詩作我也始終弄不明白，如何會被文藝新銳「封」為三十年代代表作品的？這樣的作品真能經得起半個時間單位的淘汰嗎？出版者恐怕出版這樣的詩作會弄得血本無歸，所以袖手不出書，怎麼可以叫做「一併查禁，實不合理」？另一相反的證據是：今天商務印書館編的「人人文庫」裏邊，就收有 Paul van Tieghem 的《比較文學論》，譯者的大名，堂而皇之的印著「戴望舒」！可見有銷路的書就有出版商印。無銷路的書你向出版商求爺爺拜奶奶，甚至喊他們為祖宗，他們也不印。這也許粗粗看來有點「實不合理」，可是跟「一併查禁」卻也無關。我們總盼望大家能在可見的範圍以內，把事實的真相弄清楚才好。

關於沈從文的部分，白先勇的發言卻出現了雙重誤解。——邏輯的混亂和史實的模糊。因為「新月派」是個大名詞，新月派的重要成員就包括胡適、梁實秋、徐志摩、沈從文等。就邏輯言，新月派包括沈從文；就史實言，沈從文也不能自外於新月派。所以白先勇「更進一步說，有些三十年代的作家如沈從文、戴望舒、新月派等，本質上為反左傾的作家，但亦被一併查禁，實不合理」。總覺得這話欠缺考慮。

擺在眼面前的事實是：新月派健將徐志摩的全集，在書店的廉價書堆中，一索便得。精裝而便宜，要多少有多少，不知「一併查禁」，從何說起？新月派另一健將梁實秋的書，他愛怎麼出就怎麼出，看來也沒有「一併查禁」的跡象。新月派主將胡適名下，除《胡適文存》、《中國白話文學史》、《中國哲學史上古篇》等以外，有關手稿的影印，有南港中央研究院胡適紀念館有計畫地成套印行。可見這個「新月派」也未被「一併查禁」。但有一書是易滋誤解的，那就是大東版的《嘗試集》，市面上我始終沒有找到。這本詩集既無書商原版影印，也無書商重排出版，看來至少有「一併查禁」的嫌疑，其實骨子裏還是書商的算盤打不通，他們就害怕書印出來後成為壓倉貨，蝕了血本。同樣的情形也出現在新月派另一員健將沈從文的身上。沈從文的成名作《邊城》，寫他家鄉湖南鳳凰茶峒一帶的故事，又有多年當小兵的實際經驗，確也是靈才筆下出現的最熟悉的生活，故能一鳴驚人。但這個長篇早在三十年代以前已經印行，根本無法列進三十年代代表作品的書目。而進入三十年代之後，這位曾經寫過《邊城》、《阿麗思中國遊記》、《篁君日記》、《山鬼》、《長夏》、《舊夢》、《一個天才的通信》與《神巫之愛》等許多長篇的作家，主要興趣已轉變為短篇創作。短篇結集出版的，一九三〇年有《雨後》、《好管閒事的人》、《沈從文甲集》；一九三一年有《石子船》、《沈從文子集》；一九三二年有《虎雛》、《老實人》等。說句十分惋惜的話，這位堅持「一個作家的成就要看他拿出來的作品，而不是依靠幫派活動」而倒楣了一輩子的作家，眾多作品中經得起時間淘汰的，還只能算到《邊城》。他的作品沒有出版商重印，也許不會是「一併查禁」的結果。一九七五年時，臺北長歌出版社出版了一本《作家寫作家》，其中一篇題名〈詩人孫大雨〉的，作者沈從文的大名，就端端正正印在書上，到今天還沒有「查禁」啊！

這樁「公案」，我想暫時討論到這兒為止。現在，讓我們把討論向第二個層面推進，客觀地分析一下「開放三十年代文藝作品」的第二大理由——「三十年代的作家並非完全左傾，其作品也並非都含有共產毒素。宜邀請有關專家學者，組成委員會，加以分析，選擇並寫序言，逐步開放為宜。」這兩句話重點落在第一句。第二句是談「逐步開放」的技術性問題。

在這個層面上，重點已逐步偏轉到三十年代作家的身上。三十年代的作家並非完全左傾，這句話十分正確；三十年代的作品也並非都含有共產毒素，這句話也十分有理。問題卻出在百分比的大小上。如果把具「代表性」的作家和作品，這一條件限制作為選樣的標準，問題恐怕更大；如果把「白區地下黨」推動「左聯」，形成「左聯」獨霸上海文壇的歷史因素加進去；如果把三十年代初期至中期所謂「地工三寶」（指中共地下工作者奉行的馬列「思想」，民主集中的「組織」，與「聯合戰線」而言），問題恐怕不是用「否定全稱命題」這樣的「方法學」，所能矇混過去的。因為「三寶」的後邊，有「批評與自我批評」做原動力；還有一些黑良心的話做行動的指導原則，如「不說假話不能成大事」，如「以不擇手段為手段，以不講原則為原則」之類。或許，這些沈埋在歷史縱深裏的事實，「是對文學創作有使命感者所不能接受的」（李歐梵語）。但把真相說得清清楚楚，總比說得含含糊糊好些。

為了簡述如此詭異多變的三十年代，不妨暫時用泰納（Hippolyte Adolphe Taine 1828–1893）那個粗略的文藝批評三因素：時代精神、民族性與環境狀況。其對應關係是：民族性相當於種子，時代精神相當於氣候，環境狀況相當於土壤，三者相互配合，文學藝術發芽滋長，欣欣向榮。三十年代一開始，全球性的經濟衰退，內憂外患交侵；國事紛亂如麻，社會的安全穩固基礎日削，民不聊生。大家都能感受到肅殺氣候的沈重壓力。而當時的土壤條件，卻缺水缺肥。社會欠缺安穩之道，民少閒暇，故曰缺水；產業蕭條，社會的財富無法累積，故曰缺肥。而任何文學與藝術創造精神昂揚的時期，或文學與藝術的全盛期，經歷史的歸納證明之後，都跟社會財富累積日厚，民多閒暇發生密切關係。因此，就當時的土壤條件而言，也不大能創作震驚一代，流傳後世的不朽作品，既具普遍性與永久性，又具真價值與真特色的文藝。再說當時的種子。「左翼作家聯盟」那一夥，由魯迅、茅盾領銜，聲勢較浩大。以《世界文化》為機關刊物。與之對抗者有「民族主義文學派」，由朱應鵬、傅彥長領銜，以《前鋒月刊》為機關刊物，聲勢較弱。當時的黨同伐異，「吹噓同夥的文章」（魯迅語）之風很盛，像蘇汶（戴杜衡）那樣的「第三種人」確實不少，惜在「左聯」有計畫有步驟的圍攻之下，自由主義文藝始終被制壓得擡不起頭來，故當時那批種子，屬於偏激的居大多數。在這樣的精神氣候，這樣的土壤條件，以及這樣選擇的種子湊合之下，於是三十年代文藝就在歷史舞臺上拉開了序幕。

一九三〇年元月，經中共「白區地下黨」策動，由魯迅、田漢、沈端先（夏衍）、郁達夫、鄭伯奇等發起成立「中國自由大同盟」。二月十六日，「自盟」舉行討論會，會上表決通過「左翼作家聯盟籌備會」。三月二日，假上海北四川路實樂安路中華藝術大學開「中國左翼作家聯盟」成立大會，大會上並通過「左聯的理論綱領」。明確地指出：㈠「社會變革期中的藝術」，應「作為解放鬥爭的武器」。㈡在階級鬥爭中，要「站在無產階級的解放鬥爭的戰線上」，「將藝術呈獻給『勝利，不然就死』的血腥鬥爭」。㈢「對現實社會的態度，不能不參加世界無產階級的解放運動，向國際反無產階級的反動勢力鬥爭」。

參加「左聯」成立大會的，歷史的記載一直是「五十餘人」，數字的精確性變成文學語言的含糊，已經是怪怪的了。而當時的原始記載，僅見於一九三〇年三月《拓荒者》月刊一卷三期，「國內外文壇消息」欄的「中國左翼作家聯盟的成立」報導（按：這個僅出五期的短命雜誌，跟《太陽月刊》與《新流月報》一脈相承，均由蔣光慈所創刊，係左聯機關刊物之一）。參加成立大會的有：馮乃超、華漢（陽翰笙）、龔冰廬、孟超、莞爾、丘韻鐸、沈端先（夏衍）、周全平、洪靈菲、戴平萬、錢杏邨（阿英）、魯迅、畫室（馮雪峯）、黃素、鄭伯奇、田漢、蔣光慈、郁達夫、陶晶蓀、李初梨、彭康、徐殷夫、朱鏡吾、柔石（趙平復）、林伯修、王一榴、沈葉沉（沈西苓）、馮憲章、許幸之等「五十餘人」。——當時蔣光慈是現場參與者，也應當是歷史的證人。名單中無茅盾，因開會的當時他在東京，這是可信的。為什麼「五十餘人」數來數去只有二十九個？少掉的二十餘人到底又是些什麼人呢？

但「五十餘人」總歸是一個謎；而歷史的記載總歸要接近這個數目才對。於是在今天的上海「魯迅紀念館」

中，陳列了一張左聯成立大會的四十七人名單，比對歷史事件的證據。它比「拓荒者」的原始名單多出十八名，比對之下，多出的人是：王潔予、顧鳳城、王任叔（巴人）、許哦、馮艦、杜衡、傅衍、吳實中、魯史、劉錫五、葉靈鳳、戴望舒、徐迅雪、程少懷、陳望道、郭沫若、沈起予、俞懷。其中「戴望舒」這位麻子詩人，正是白先勇指稱的「本質上為反左傾的作家」—戴望舒，說來也多少讓人起雞皮疙瘩的。

當然，「五十餘人」不過是一個小數目，可是一旦土壤與氣候適宜，這些個種子的滋蔓發展，以及陸續加入的力量，實也不容低估，而且，在中共統戰運用之下，有時還可以產生連鎖反應。例如，當初開左聯成立大會時，魯迅和馮雪峯套進去了，那麼，胡風、巴金、黃源、蕭軍等，從感性到理性，就或多或少受到影響，至少從被「圍剿」的對象，拉成了朋友。例如，茅盾當上了左聯的行政書記之後，有他作橋樑，文學研究會那批穩健派作家，如葉紹鈞、朱自清、趙景深、謝冰心、黃廬隱、鄭振鐸、王統照、郭紹虞、許地山等，有什麼法子能夠完全置身事外，一點也不受到牽連？又如，在成立大會名單中，創造社前期的主要分子有郭沫若與郁達夫，後期的主要份子有周全平、葉靈鳳，而那時的「小夥計」李初梨、馮乃超、陶晶蓀、朱鏡吾，幾乎全數列名。故創造社實為左聯的組織骨架。關於這些連鎖反應所造成的影響，恐怕要抵消李歐梵「三十年代文學不如想像之左傾」那句話的論斷。已故蔣廷黻博士於民國四十二年由美返臺時，曾作公開演講：二十年來國民黨握到的是軍權和政權，共產黨握到的是筆權，而結果是筆權打垮了軍權和政權。史家看到了歷史舞臺的幕後，所以發言中肯而深刻。我願意把蔣博士這句話轉送給本屆國建會文化組，建議逐步開放三十年代文學作品的諸君子，作為客觀參考之用。

在結束本文時，我突然想起「結論之六」那兩句：「三十年代的作家並非完全左傾，其作品也並非都含有共產毒素。」這種「否定全稱命題」，實際上只是一種「經驗命題」，運用的人，只要它能構成相當普遍的情況，在心理上就可以當作「全稱命題」來使用。例如，中國人並非完全用筷子吃飯的，其主食也並非都是米飯。兩者都帶有含含糊糊的性質，都把呆板而機械的、絕不容許例外的「全稱命題」，改為「否定全稱命題」；而前者一駁即倒，後者則幾乎無可反駁。國建會文化組諸君子為了「不能基於任何理由，將三十年代切斷」（李歐梵語），用心之苦，可以同情的了解；因此，不管怎麼樣，我甚願看到他們的答覆。

第三節　談抗戰文學

七七抗戰已過去四五十年。在中華民族五千年歷史文化傳統中，人無分老幼男女，地無分東西南北，一致奮起抗禦外侮，這是頭一次。用劣勢裝備抵抗日本軍閥的優勢裝備，以空間換取時間，軍民死傷數以千萬計，一寸山河一寸血，終於打得敵人無條件投降，這也是頭一次。然而，極目此一歷史舞臺，蕭條寂寞。當年領導抗戰的人物，絕大多數已經作古；次要的角色，也大半到了坐七望八的高齡；參戰的龍套，少說點已在花甲左右。戲已散，演員和觀眾猶在，但深感時不我待！

當年浴血苦戰的將士若不留下苦戰的第一手紀錄，死生之際的獨特經驗；當年飽受日寇蹂躪，嘗盡國破家亡，顛沛流離之苦的民眾，若不留下刻骨銘心的慘痛回憶，則八年抗戰，在歷史長流中依舊是過眼煙雲。一代人的奮鬥、犧牲和努力，結果都成了時間和空間的附屬物。時過境遷，後世子孫在模糊的史影中所能找到的，只是一堆篡改歷史者的謊言，只是一連串生命財產損失的統計數字，只是一代之去，寂寞無聲；而一代人的努力未留痕跡的浩歎而已。

人人老境，越來越相信人是歷史的動物。我們誰都活在歷史之中。離開了人所歸屬的歷史，我們畢竟無法了解我們的存在意義，同時也找不到我們在文化層創遞進中的位分。假如我們這一代人不僅是時空附屬物，甘願隨時空崩解，要證明我們在創造價值、傳遞價值與保存價值上，確曾有所致力，要證明這一代人在有限的歲月裏，確實勇敢地伸出手來，向無限索取過一點什麼，證明這一代有人！因為我們留下的，除了骨骼化石外，還有精神的創造物，我們的存在，斷然不是動物性存在。那麼，我抱病延年的深心大願是：㈠就健在的穿草鞋朋友之中，鼓舞他們的創造活力與歷史使命感，集中心力完成一部或若干部類似《西線無戰事》的作品，讓八年抗戰的歷史活在後代人的心靈裏邊。㈡集合我們這代人的記憶力，在可見的範圍以內把事實的真相弄明白，讓未來的大作手完成一部類似《戰爭與和平》那樣的雄偉高遠之作，突出於一切時代之上，使這場仗不致白打，使這一代人的血不致白流。

這是一項大工程。此刻動手稍遲，但比不動手要強得多。時間將成熟一切。

為什麼在八年抗戰之中，沒有類似雷馬克《西線無戰事》之流的作品出現？分析個中原因，約有兩端。

真正的歷史性大作品，很少是在火辣辣事件中寫成的。因為在事件中寫該事件，態度過於主觀，精確、客觀、合理、有效的觀察，不容易出現；設身處地去想，推己及人去思，機會也不多。這時的情緒經驗往往未經醇化，感情過於粗糙，作抒情表現時也嫌口號標語化，感人不深；而且往往還有思慮未周，推論過遠，視界窄狹，片面理解的毛病。此所以《戰爭與和平》成書於一八六二到一八六九年之間，上距拿破崙侵俄戰爭半個世紀出頭；而《西線無戰事》成書於一九二九年，也在第一次大戰之後十一年，描繪一場歷史大事件，若要激發讀者群同情的了解，有共同參與的樂趣，收到感覺效果、情緒效果與理性效果，敘述客觀性是必要的條件之一。而這是需要時間的。

其次，藝術就是經驗，經驗的累積是一切文藝創作頭等重要之事。

八年抗戰是偉大的時代，必有陽剛之筆為之表裏襯映，必有一手持槍一手執筆的雙重戰士作大氣魄的揮灑，方能有名世之作留傳後世。

譬如說：雷馬克在火線上曾數度掛彩，出生入死，饒實戰經驗，且深通「兵性」。他纔真正曉得將軍們高貴的回憶錄，跟火線上野獸般困鬥大兵的實際感受全不一樣。因此他就有能耐集合這些戰鬥列兵的個別經驗，以一個連隊的戰鬥活動，複製出第一次大戰的慘況。可惜這種一手持槍一手執筆的雙重戰士，在八年抗戰的當時，卻是十分之罕見的。當然，從八一三到武江撤守前後，作家上前線曾經蔚為時尚。而筆部隊上前線，慰勞團代表上前線也時有所聞。可是這種走馬看花式的體驗戰鬥生活，對真正的經驗累積，收效不大。此種情形，反映在作品的永久性和普遍性上，也最為清楚。當時劇作家們集體創作的三幕劇《保衛盧溝橋》，在抗戰中期已隨風而逝；當時廣為演出的劇目，如《三江好》、《最後一計》、《放下你的鞭子》、《八百壯士》、《警號》、《打鬼子去》、《死亡線上》、《烙痕》、《榮譽大隊》與《民族公敵》等，也早被時間所淘汰，戲劇方面我們並沒有留下這偉大的時代。

報告文學方面，像《行進太行山》、《黃河北岸》、《軍民之間》、《中華兒女》、《北運河上》、《凱歌》、《長子風景線》等，試問四十二年之後，有誰能記得一點毛譜？還活在誰的記憶之中？由此可以看出大概是繳了白卷。

跟抗戰有關的小說，如《戎馬戀》、《春暖花開的時候》，如《山洪》，如《夜襲》、《火花》（短篇），如《奴隸的花朵》、《風砂之戀》，如《火葬》、《四世同堂》，如《荷花淀》、《新兒女英雄傳》、《呂梁英雄傳》等，哪一部書有半個時間單位的存在價值？而以戰鬥題材直接寫成的小說，如《李勇大擺地雷陣》、《平原烈火》、《洋鐵桶的故事》，以及《腹地》等，情況更糟。我們在痛定思痛之餘，期望真有實際經驗，又有能耐駕馭文字，把人物寫活，把空氣帶進故事現場的作家，為八年抗戰留下不朽的紀錄。

為什麼集合大家的心血，可以完成一部或若干部劃時代的作品，使八年抗戰永遠活在後代子孫的記憶之中？

《戰爭與和平》雖是托爾斯泰獨力完成的大作品，是天才、耐力與深心大願的結晶，然而有關三帝會戰，有關尼古拉一世、庫圖索夫，乃至當年將校士兵的紀錄成噸，且有翔實的法俄戰爭史料足資取材。集眾人的心力成為作家筆底下不竭的泉源，方寫下這部不朽的作品，使成為一切時代戰爭小說的典範。托氏於一八五一年即置身軍旅，在克里米亞戰爭中取得類似的實戰經驗，佈置經營大戰場面，有實生活作底子，一點都不顯得外行。而下筆之先，沿奧斯特里茲到莫斯科四次大會戰的戰場，又往復踏勘測量，致《戰爭與和平》寫得那麼具體、生動而深刻，任何歷史的黑手，都無法把它遮掩。

我相信江山代有才人出。我也相信中華民族的創作活力，終究會逼出具深心大願的作家，秉持其歷史文化責任感，秉持其對苦難同胞的偉大同情，寫下類似《戰爭與和平》那種夠分量的作品。

因為，我們若用永恆者的眼光來看歷史，我們會真切地體認到：歷史上還沒有誰真正打過勝仗！誰取得記錄歷史、描繪歷史的權力，誰才算勝利者。我們也會真的體認到：歷史越多變化，越像是沒有變化。我們今天所面對的，確像這種情境。

天下無難事，只怕有心人。假如此刻開始，我們就下定決心，著手進行有關八年抗戰戰場小故事的寫作，將軍有將軍的寫法，小兵有小兵的寫法，各人留下一生中只此一次，以後永遠不再重複的回憶，單篇刊載之後，結集成書，對未來的大作手，也許大有幫助。而抗戰戰史、專史等的編撰，使我們對這場全民戰爭，有通識通觀，有整體觀照的機會，也希望史家能積極著手進行，而且多多益善。小說家能取精用宏，大作品纔能涵蓋廣遠。我們這一代人，有幫助一部不朽作品誕生的責任。

第二章　文藝與國運

第一節　文藝與國家建設

這兒所指稱的文藝，採廣義的解釋，包括文學與藝術。但例舉的事實，卻比較偏重文學。

一般人對文藝的看法，認為是饑不能食，寒不能衣，無裨國計民生實用的東西。其實，文藝是文化的有效組成因素之一，它必能參與生活，改變生活，增進生活。好的文學作品，能堅定我們的生活目標；好的音樂，能鼓舞我們的意志；好的繪畫，能讓我們賞心悅目，心曠神怡；好的雕塑和建築，能讓我們獲得心靈的平穩，精神的安頓。只要我們的反應水平是慧敏的，我們從文藝中所接受的，是真正的「人的教育」。

反過來說：假如我們的文藝欠缺創作活力，沒有真具「代表性」的作品產生，則我們的色彩要求，非黑即白，甚至是灰撲撲的。我們的廣告與廣告詞，那麼俗不可耐，我們的美學基礎，只能在「流線型」與「化粧品」上停滯。我們的電影和電視，不是哭臉片就是中國功夫。我們的櫥窗陳設，我們的室內設計，甚至我們的髮式，都那麼粗俗。當這一代隨風而逝，我們也只是時空的附屬者。因此，黑格爾學派的人和泰納學派的人，談到文學與藝術時，肯定了歷史和社會的偉大，完全等於藝術的偉大。藝術家傳達真理，同時也傳達了歷史和社會的真理。不朽的藝術作品提供了不朽的歷史和社會的文獻。天才和時代之間的某種和諧，被認為是可能的。而「代表性」與「社會真理」，是藝術價值的結果也是它的原因。而文學，事實上不是社會過程的一種反映，而是它的精髓，是整個歷史的縮影和摘要。我們得承認，這些強調的話也有合情合理的成分存在。

文藝的社會功能

文學和藝術，既然都是文化的一部分；它們跟生活環境的關係，就好比魚與水的關係。真正的文藝必具社會的關聯性，也必然有其民族特性和時代精神；真正的作家，不僅受社會的影響，同時也影響社會；偉大的作品不僅止於複製人生，同時也鼓鑄人生。所以，文藝的社會功能，也是顯而易見的。雖然它分有形無形兩方面。雖然它有時指向心理建設，有時又指向物質建設。

文藝的社會功能，見於對生活的改善；而文化的意義，也不過是人類為改善生活所作的努力而已。故凡由粗俗之物，改進為精雅之物；由惡劣的生存環境，改進為美好的生存環境；由雜亂的感官感覺，改進為和諧的感官感覺，都算是文化活動。德人宋巴特把文化歸劃「客觀精神」。因這些人為的創造物一旦創造完成，都能離開人而自存。此所以文學、藝術、哲學、宗教、科學、技術、語言、文字、國家、政府、建築、工具、風俗、習慣等等，皆屬於文化的有效組成部分之原因。其中特別是文學和藝術，它們不獨在有形之處，善盡其社會功能，美化人生，反映人生，批評人生，使文藝成為社會的表現。而且在無形之處，減輕了當代生活的緊張情調，增長了人與人之間的善意，安撫了受難的靈魂，發散了現代人的焦慮與不安，最後達成的，卻是團結人類為一體。

文藝在現實生活之外，自成天地。文藝的天地，半來自過去的生活經驗，半來自未來的生活理想。現實與虛構雜揉，存有與想像融合，虛虛實實，幻幻真真，而以抒情的表現出之，導引出讀者群的情緒反應，這樣一來，讀者群在文藝天地裏遨遊，社會生活的緊張漸趨鬆弛，現實環境的壓力漸趨減弱，這是文藝的無形的社會功能之一。

而靈魂的吃苦受難，使文藝成為必要。當代人精神上的焦慮不安，經文藝的淨化，因目標的轉移和情感的浸潤，而求得化解。文藝的影響力，觸及靈魂的底層，但影響的方式卻是間接的迂迴曲折的，不崇尚直接說教。不過，讀者群一旦經過自己的推斷與選擇，相信了作家所描述的，他就有了自身參與的興趣，在不知不覺之間，很可能將深藏在個人潛意識裏邊的焦慮和不安化為烏有。因此，我們可以這樣說：文藝的感染力，是評估作品高低的客觀基準，而且是單一的。感染力強，作品價值高；感染力弱，作品價值低；一無感染力的作品，不論文評家怎麼吹捧，這作品對於該讀者而言，根本是沒有意義的。這也應該是文藝的無形的社會功能之二。

而文藝作品流傳到社會之後，即能獨立存在，作家的主觀投射，此時成為客觀精神。它對讀者群而言，構成「客體關聯」的對象，成為讀者與讀者心靈溝通的橋樑，也成為讀者情感融合的接觸劑。它變成讀者群共同的生活目標。因此，文藝才由同情的了解，而增進人與人間的善意，而增進社會的安全與穩固。文藝的終極目標，止於愛人如己，以兄弟般的友愛團結人類成為一體。這當然算作文藝的無形的社會功能之三。

文藝與國家現代化

文藝與國家現代化的關係，間接的也遠多於直接的。當我們驚奇地發現，社會已經開始現代化了，而社會裏邊的個人卻遺留那麼多無法適應的障礙，我們才警覺到文藝沒有負起它應負的社會責任。

速度的變動，使歷代的觀念為之改觀。能量的相對擴大使速度加快，使時空相對縮小，加上人口增殖這個頭痛的「變數」，使現代化成為當務之急。故現代化只是一種適應當代生活方式所作的種種變革，它是一種無形的動力，也是一種求新求變的觀念。認識自己，認識社會；適應人群，適應社會；然後進一步透視未來，將未來的理想當作爭取的目標，促進現代化社會之實現，這些都是「現代化」應有的含義。

然則，文藝在國家現代化的過程中，究竟能扮演什麼樣子的角色呢？或者說，文藝對國民心理建設，究竟有多少幫助呢？

精神的主題，是一切文藝表現的永恆主題。樹立新觀念，充實新知識，以適應快速變化、成長率高的現代化社會，使人們對變革中的社會，有新的量度標準，這雖然不必直接要求文藝擔負起此項重責，但間接的幫助總該有的。而近代化社會的人際關係，本質上是矛盾的。一方面，交通頻繁，大眾傳播事業發達，縮短了人與人間的距離；另一方面，「自我中心」的交際方式，又使人際關係陷於「疏離」，陷於「群眾中的寂寞」。結果是：當代的人際關係，確實是平凡而又膚淺的。職業的分工，知識的格子化專業化，阻礙了人際的「溝通」，使情感與心靈的交融，成為難能可貴之事。我們越來越不能了解別人，難於至誠待人，真摯愛人。惟有文藝能破除群眾中的孤寂，化疏離感為親切感，能進行簡潔的溝通，傾聽的溝通，使平凡膚淺的人際關係，為兄弟般的友愛所籠罩。當許多人聚在一起討論同一作品的時候，我們可以奇蹟似的發現這種現象。此足以說明，文藝對國民心理建設，有實質上的助力。

其次，當代的焦慮和不安，往往深化成精神憂鬱症和精神鬆懈症。因此也突出當代人的精神生活，在現代化社會中所佔的特殊地位。各人所鑽研的專業知識，固然可以轉化為「知識的財富」，但幹一行怨一行，日久生厭，也是人之常情。知識過於專門化的結果，不獨使專家們得不到知識與生活交融時的情趣，而且使他們釘牢在一組又一組的抽象公式裏，稍一逾越格子，就容易失察闖禍，成為文明的野蠻人。而文學的第一個好處，就是將系統化的概念知識，還原為日常現象，將抽象的觀念具體化，將專門知識常識化，保持他們的趣味性，而且動之以情。這樣一來，文學作品不啻是學術格子化後的公眾讀物，它提供了大眾的精神遊蕩園地，使人們的個性復歸於深厚。使人們的精神生活，能順應個性與興趣，而得到合理的安頓。使當代人日趨嚴重的精神憂鬱症和精神鬆懈症，能因生活目標的轉移，生活規範的建立，而獲致有實質意義的減輕。

好了，文藝與國家現代化的關係，就談到這兒打止。以下，擬分三個層次，展開文藝與國家建設的關係。

文藝與國家建設

國家建設，經緯萬端。從內政到外交，從教育到國防，從財政到經濟，從農林漁牧到郵電交通，從科學研究到技術發展，從立法司法到民主憲政的推行，從社區發展到十大建設，從中央與地方政府的職權劃分到三民主義的徹底實現，由開發中國家邁向已開發國家等等，諸如此類大大小小的政策性問題，都可以括入國家建設之列。

然就「能見度」來區分，則能見度低者為心理建設，能見度高者為物質建設，介乎心理建設與物質建設之間者，為文化建設。這三層次的國家建設都植根於同一動力，那就叫做立國精神。有立國精神在，建國方略與建國大綱自然規模宏遠，有原創活力而切實可行。若無立國精神，則東拼西湊，俯仰由人，建國方針把握不住，建國藍圖本末不辨，有計畫而欠缺研究與實施的步驟。康德有句老話：「精神是人身上活的原素。」我們可以引申：「立國精神是國家建設中活的原素。」而此活的原素之培養，文學和藝術實居重要的地位。

從史塔爾夫人到狄．波納，都以「社會的表現」來界定文學，他們都直認「文學是社會的表現」。這在人類危機尚未深化，人類生存環境尚未嚴重污染，人類生存競爭也尚未十分激烈的世代，這種說法是可以同意的。不過，到了今天，人類所面臨的生死存亡問題，遠非過去的智者所能夢想。諸如人口爆炸的問題，能源枯竭的問題，糧食不足的問題，環境污染的問題，核戰陰影的問題，世界均勢的問題等等，任何一個問題，處理失當，都足以釀成全球性的大災難。今天的生存競爭，已不再是個人的問題，它早已昇級為國家的問題。故有遠見的理論家，勢必提出「文藝是國力的表現」這麼一個命題。

文藝既然是國力的表現，則在創作實踐中所崇尚的精神，應該是朝氣蓬勃，奮發有為的精神，而不是暮氣沈沈，衰敗呆滯的精神，我們所需要的，是活的精神，而不是死的精神。過多的形容詞容易攪混，其實此四種精神亦各有內涵。當人的心靈生活，表現為宏健、輝煌與高尚時，則為奮發有為的精神。當人的心靈生活，表現為公式化、概念化、數字化，且反應遲鈍時，則為衰敗呆滯的精神。當一精神還能發揮、浸透，並鼓勵他人的時候，這種植根於心靈的精神叫做活的精神。當一種精神從心靈分裂出來，對人性、人道與人權有所壓縮、歪曲、奴役和毀滅時，我們就叫它為死的精神。我們的「國力表現」，表現的是立國精神。正面的表現能鼓舞大眾積極奮發向上，負面的表現會沮喪大眾消極灰心向下。這應該是文藝與國家建設息息相通之處。

關於文藝與心理建設，已於〈文藝與國家現代化〉之中，加以論列。這兒擬補充的，是如何強化時代精神，憂患意識，以及歷史文化使命感；旨在使這一代的中國人，受文藝的感染與浸潤之後，有理想，有抱負，有愛國情操與知情意三者平衡的心態。其實這三者的重心，端賴作家們有憂患意識，樂以天下，憂以天下，有存亡續絕的志氣，有救亡圖存的決心。不以即興之作抒寫身邊瑣事為滿足；不以太平萬年耽於逸樂，助長社會的腐化墮落風氣為能事。時代精神如氣候，歷史文化使命感如土壤；而憂患意識則如種子，有此則生機蓬勃，茁壯以生。無此，縱然風調雨順，土壤肥沃，亦只能生長雜草而已。

文化建設是國家建設的重點，文學與藝術又是文化的有效組成部分，故文藝也必然關聯到國家建設。我並不太相信湯瑪士·華爾頓在《英國詩史》裏說的：「文學具有忠實地記錄時代的特徵，以及保存最優美習俗的功用。」但當文學在表現國力時，這一代人盡其在我，行所當行的努力，當在作品中留下深刻的痕跡。文學未見得能保存最優美的習俗，卻可以增加人們心智的適應彈性，以開放的心智衡量快速變動的開放社會。至少不致為傳統與現代的雙重標準所困擾。讓國民在文學中把握到人類史的縮影和摘要，人的基本需要和人的基本情緒，如何被綜合而成人性？人的尊嚴在什麼情況下才獲得保全？人的社會責任與社會興趣，在什麼情況下才會出現人道精神？人的是非觀念為什麼必須信守？人的利害關係為什麼可以放棄？為什麼「自由」係指向人們的內心生活，任何權力不容干涉？為什麼「人權」係指向人們的外部行為，應當由憲法予以保障，而人不能享受自由與人權，即喪失人之所以為人的基本權利。歷代的變革，總是以觀念的變革開始。我們的文化建設，由創造、累積、傳播到應用，創造了價值，同時也保存了價值；而每一個步驟，文藝都能參與，有時還兼負起推動的作用。

物質建設是國家建設裏邊灼然可見的部分。大煉鋼廠、大造船廠、高速公路、鐵路電氣化、南迴鐵路、臺中港工程等，工程進度，斑斑可見。對國家的生產力和民眾生活的提高，對技術的革新，均有具體的績效。

泰納的《藝術哲學》：「一切藝術，最後可歸結成一句話，集中而表現之。」這個集中表現的道理，正是我們的國家建設，在許多有價值的計畫中，明智地選定跟國計民生最有關的項目，把力量集中起來，以爭取優先所需時間的道理。

一點願望

我們要用文藝來表現國力，鼓舞民心士氣，就需要像「國家文藝院」這樣的一個機構，來培養「創作群」。環顧國內，只有一所「國立藝術專科學校」，而且並未設立「文藝科」，看來頗擔當不起這一大任。希望第二次文藝會談，能在會談中創造群眾性智慧，促其實現。

第二節 文藝登陸作戰方案設計

際茲文藝節前夜，順就文藝作品配合《三民主義》大陸版，登陸反攻作戰問題，說幾句話。

這兒指稱的「文藝」，相當於 belles lettres，或稱「純文藝」或稱「純文學」，均無不可。較中國文藝協會包括各文學各藝術團體者，範圍要小得多；甚至較正規的中國文學系有關文學基礎訓練部分，範圍也已收窄。

因本方案為爭取時效，追求效果集中，只涉及「創造的文學」部分，對「解釋的文學」部分，如文學理論、文學批評、文學史之類，暫時也存而不論。這樣作，當然有不得已的苦心。要捕捉戰機，掌握主動與機動，進行一點突破，影響全面，一種考慮周詳，包羅萬有的設計，反而不如撇開枝節，徹底形成重點的設計，來得更為有效。

作文如作戰，下第一筆開第一槍同樣需要決心和勇氣的。我們的思想組織力和我們的生命銳氣，構成我們的心靈圖象，導引我們預見未來。而筆部隊亦如槍部隊，都要在「用在一朝」上見真章。都需戰志與戰意的培養，主動與機動的靈活運用，人力、火力、速度與後勤的算計，拉得動、聯得上、打得準的訓練，各種有形無形的力量，通通要作有效集合，一方面追求多算勝少算，一方面追求「效果集中」。而效果集中一詞，雖由藝術哲學轉用而來，但在本方案內，卻孳乳了另一種「以長擊短」的戰鬥意義。

戰火總是逐漸蔓延擴大的。戰力也總是逐次投入的。不過，攻擊是最好的防禦，在此時此地，仍屬有用。筆部隊先槍部隊動員，在心戰上進行敵前登陸，敲開硬殼，批亢搗虛，向軟下腹延伸，在此時此地，依然是七分政治、三分軍事的最好註腳。假如我們有整體觀察的心理習慣，那麼，由前哨接戰發展為小戰役，由分進合擊的序戰發展為大會戰，過程既曲折又複雜，其中的變數遠多於常數。所以此一文藝登陸作戰方案，範圍壓縮得很小；不周延之處，正有虛位以待之意，好跟其他各組方案合套。

為了使本方案一目了然，只好比照工程計畫書的方式，把全方案區分為：⑴可行性研究，⑵決策要點，⑶設計深心，⑷創作與組合，⑸印刷與傳遞，⑹紙上作業評估等六個部分來加以說明。現在，我們且看可行性研究。

可行性研究

人性由人的基本需要與基本情緒所合成。凡涉及基本需要之處也最易鼓動基本情緒。好宣傳其所以要求事不離實，標榜事實標準和理性實證，淺近的道理原不過如此。好宣傳必對準人們的迫切需要下手，才不致於放言高論而不著邊際。而全世界行之有效的科學方法凡六，歸納法、演繹法、分析法、綜合法、比較法與生物學發生法是也。其中民眾最常使用者是比較法，其次是生物學發生法（或歷史法）。蓋不怕不識貨，只怕貨比貨。是非好歹優劣，一比之下，真相立見。文藝作品以抒情的表現深入人們的基本需要，用生活裏邊的常見形象複製出生活現實，不獨提供了比較觀察與歷史理解的材料，而且能喚醒讀者群，他們肉體與心靈雙重的喫苦受難，原是被許多不合理的現實沖積而成的。文藝作品其所以為受難的靈魂所悅納，其所以在吃苦的人群中能引起共鳴性關切，以理服人的成分遠不及以情感人的成分。拿文藝作品配合大陸版《三民主義》登陸反攻作戰，可收情理兼顧，軟硬兼施之效。

而民國七十年代是三民主義徹底粉碎共產主義統一全國的年代。這是全民的熱烈要求，也是中國國民黨全黨的中心任務。在要求與任務之間，存在著客觀形勢與主觀努力。客觀形勢導引我們選擇時間、選擇戰場、發起文化作戰、主動展開攻擊。主觀努力讓我們發揮團隊精神，忠勇氣概，組織後續力量，打贏這攻心第一仗。

就客觀形勢而言：海峽兩邊兩種主義長達三十一年的競賽，經全體中國人的評鑑，此刻勝敗優劣已屬顯然。誰都會直覺到：十九世紀的破爛思想，絕對不是衡量二十世紀新生事物的標準。相信進化論的人，怎麼可以在思想上相信退化論？要解決當代叢生的問題，怎可施展那些過時失效的老辦法？於是，比較法就大大派上了用場。

放眼海峽的一邊，正高舉著三民主義的旗幟，以民有、民治、民享為明確目標，以解決民生問題，提高民眾的生活品質，發揮民眾的創造活力為具體手段，黨與民眾永遠在一起，萬眾一心，全民同德，朝著此一明確目標悉力以赴。結果成功了一個安和樂利奮鬥自強的均富社會。我們每人的國際貿易額，跟大陸同胞相比，高達七十倍。我們的平均國民所得，跟大陸同胞相比，高逾九倍。

放眼海峽的另一邊，高舉的卻是共產主義旗幟。以黨有、黨治、黨享為明確目標，以階級鬥爭對準全民，以權力鬥爭鑿垮同夥為具體手段，致黨的需要與民眾的需要永遠尖銳對立，他們對民眾的情緒反應永遠充耳不聞。在長期對抗性的矛盾中，黨員遂質變為新階級。他們捧著一個愚而好自用的「毛豬圖騰」當神明。那個毛豬講過一句「共產黨員不說假話，就不能成大事」，於是全黨就辯證地發展為四大教條：和平就是戰爭；自由就是奴役；權力就是真理；愚昧就是力量！那個毛豬絕對不相信「大道之行也，天下為公」，只相信「霸道之行也，天下為黨派之私」，所以新舊獨裁者異口同聲喊出四大堅持：堅持走社會主義路線，堅持共產黨領導，堅持無產階級專政，堅持馬、列、毛思想。平心而論，一個奠基在四大教條和四大堅持上邊的政權，要它不腐化、墮落、詐騙、愚蠢、貧窮、落後，其可得乎？

大概具濃厚自卑感的人，總是以強烈誇大狂為補償的。生存在毛豬圖騰權威下的那批奴種，既看不起知識，又特別仇視擁有專門知識的人，但口口聲聲卻科學長，科學短，好像那些十九世紀科技破爛，今天還可以古老當時興似的。而那個打著「人民共和國」、「人民政府」旗號的政權，開口「人民」，閉口「人民」，究其實，最不懂得尊重民意的就是這個政權！最不把人當人，蹂躪自由與人權最徹底的就是這個政權！最無法滿足人的基本需要與基本情緒的也就是這個政權！一批十九世紀的陳腐頭腦，死死抱住他們迷信的共產制度，癡心妄想；凡事錯到底，就會出奇蹟。結果，正是這荒謬可笑的制度，弄得大陸十億同胞勞力不值錢，時間也不值錢，大家的活力都被「制度」壓榨得乾癟癟的，致三十一年來愧無寸進，製造成今天這個一窮二白「共慘」的均貧社會。

客觀形勢的對比，在十億大陸同胞的心目中，意外地把鄧矮子那句「實踐是考驗真理的唯一標準」，成為一句帶反諷意味的名言。於是，我們的大陸同胞就以「事實標準」來評鑑海峽兩邊兩種主義的競賽，他們的抉擇是理性抉擇，他們的心態是實證心態。任何瞎三話四的宣傳鼓勵，此刻再也起不了多大作用。他們但求在可見的範圍以內，把事實的真相弄明白。他們所嚮往的，總希望能親眼目睹；他們所渴望的，總希望能感同身受。這就具體說明了，靈魂的喫苦受難，使文藝成為必要的基本道理。這也就具體說明了，為什麼文藝登陸作戰，必先於文化登陸作戰的邏輯秩序。

不過，大好的客觀形勢，必須有積極進取的主觀努力相配合，才能收到預期的效果。敵人雖糟，不打不倒，要打才倒。如何打法？攻心為上。攻心之戰以思想的醱酵，觀念的改變與內省的加深為「臨界點」，本質上是無形的。也只有無形力量才會產生心靈的連鎖反應，引發心靈的共振與共鳴，歷史上，無形的往往就是無窮的。但攻心之戰，在在需要時間的栽培，故文化作戰發動得越早，軍事作戰的勝算越多。惟文化作戰經緯萬端，又要有相當程度的學術水準，又要考慮對方可能接受的上限和下限。傳播的知識，過深過淺，兩非所宜；傳播的思想，過新過舊，收效不大。倉卒之間，確實不容易「定點」。正因為這樣，文藝才成為文化登陸作戰的尖兵，文藝登陸作戰，才成為文化會戰的序戰。何以故？「定點」簡單，「開進」容易故。

文藝登陸作戰包含深淺程度不同的三層次意義。就淺層次而言，文藝作戰是文化作戰的前哨接戰。首先帶進的是敵我雙方火線的接觸感。然後把絕對時空轉化為相對時空，把和平期文藝創作轉化為戰時文藝創作。使自願參戰的義勇軍作家，有確定目標，選擇手段，區分步驟的餘裕。就中等層次而言，文藝作戰是文化會戰的序戰，任何樣式的戰火一旦點燃，都不會是靜止的。伴隨著接觸面的擴大，文化作戰的深度和廣度也時時在變，作戰方式的複雜程度，時時在變。文藝作品肩負起序戰的任務，在情緒世界誘發並滋生讀者群的基本情緒，作品就成為「客體關聯」的對象。文藝作品一方面跟大陸同胞進行簡潔的溝通，傾訴的溝通，使他們化陌生感為同情的了解，化疏離感為同胞愛。另一方面又可成為讀者與讀者心靈溝通的橋樑，讀者與讀者情感融合的接觸劑。他們因被作品的真情摯意所感動而結為一體，他們正是文化主力戰的後續力量。就深層次而言：文藝作品崇尚抒情的表現，追求動之以情；這跟理論著作崇尚邏輯的嚴整、論點、論證、論據分明，追求服之以理者顯然不同。但文藝作品在讀者群心靈中留下的深遠影響，往往是理論性著作所不及的。因為好文藝作品，最先雖是訴諸人們的感覺，收到感覺效果，使讀者產生同情感。而感覺效果經常跟情緒效果相連，使讀者感同身受之餘，產生同體感。一旦引發精神的深刻內省，則可在讀者心靈中深化為理性效果，可以改變他的生活態度與人生觀。所以文藝必能參與生活，改變生活，增進生活；而好文藝作品，必具社會的關聯性，能突出民族特性和時代精神。真作家不僅受社會的影響，同時也影響社會；真作品不僅複製人生，同時也鼓舞人生，所以一場文藝登陸作戰，如果放置在歷史的縱深裏邊去觀察，我們很可能聽到許多偉大心靈的回響，以及全民團結的雄偉和聲。

文藝登陸作戰基本上是一場無形的戰爭，戰場開在大陸讀者群的心靈深處，經常是看不見、摸不著的。但戰爭觀念與敵情觀念之確立，卻是決策者的首要之圖。

大少爺打仗，打有限度戰爭，打不求勝主義，是他們的消遣方式。我們可玩不起這一套。作戰求勝。集合作家們的智力、活力、精力，開展攻心的前哨接戰，由序戰打到三民主義統一全中國，高奏凱歌，我們的「限度」原則上是己方能力的邊際。而敵情觀念之加入，一方面強化了我們知己知彼的心理需要，用靈活的函數關係替代呆板的因果關係；一方面把捕捉戰機，掌握戰爭的主動性與機動性，施展到攻心之戰的領域裏邊來。

因此，具敵情觀念的指揮所，就應有當機立斷，主動處置文藝登陸作戰的全權。坐而論道，議而不決，決而不行的座談會方式，在文藝登陸作戰中，徒然耽誤有效時間，起不了多大作用。指揮所由威望素孚，各方面都呼應靈活之士主持之。下面可以分成兩個組。一組負責實際作業，以有關機構派出的聯絡人員為成員。一組負責參謀策劃，源源提供登陸作戰的砲彈。這一組的人選頗費周章，蓋又要精通文藝，又要深悉敵情；某些知名度所言的大陸問題專家和某些作家，看來都派不上很大的用場。因此，號召義勇軍，讓兩者兼備的自由人自動集合，發揮最大的效率，確有必要。聞鼙鼓而思良將，此刻偶然想到的義勇軍，就有胡秋原、鄭學稼、任卓宣、古鋒劍、孫陵、李廉、孝明、宗奎、林適存、王集叢、查顯琳等諸位先生。基於民族大義，重振國魂，只要文藝登陸作戰開打，他們很可能會聞風而集的。

而我們的文藝作品，要配合大陸版《三民主義》敵前登陸，第一批攻上去的作品，應具備如下四個要素：

㈠能表現國力的作品。這兒不排除新聞文學或報導文學，如十項建設、十二項建設、古寧頭戰役、臺海戰役之類。以具體的事實、生動的描寫、鮮活的形象，實證《三民主義》的優越性。這也許要比冷冰冰的說理，空洞洞的數字舉證，收效更大。而大陸讀者群，真心實意渴望曉得的，恐怕對表現國力的作品，要列入優先考慮。當然，表現國力的作品從各種角度取材都成，它可以是內政的，也可以是外交的，可以是軍事的，也可以是工、礦、林、漁、牧生產線上的，可以是郵政、電訊、交通、運輸的，也可以是教育、文化、科學、技術的。形式上，詩、小說、戲劇、抒情散文，各展所長就好。事實上，後者才算主力。我們的「國力表現」，表現的是立國精神、建國活力、衛國決心。只有正面的表現才有鼓舞奮發的素質，負面的表現導致灰心喪志，故不予考慮。我們可以這樣說，十九世紀有人主張文學是社會的表現，我們要把這項主張，放置在第二層次上來考慮。際此文藝登陸作戰前夕，我們首先強調：文藝是國力的表現！

㈡能表現和諧社會的作品。這兒也並不排除文學素描與文學傳記之類的作品，精選精撰歷年好人好事的範例，彙編成書，對那個以殘酷鬥爭倫常乖變為常態的讀者群而言，可收對比之後的強烈效果，可搖醒被長期催眠的文化意識，可激起思苦憶甜的心靈回響。真正的文藝，必具社會的關聯性。文藝跟生活環境的關係，就好比魚與水的關係。文藝植根於社會現實生活之中，卻發展於社會現實之外。文藝作品，多來自過去的生活經驗，而過去經驗的集中，就叫藝術的虛構作用；多來自未來的生活理想，而未來理想與印象內容的自由組合，就叫做藝術的想像作用。就這樣，現實與虛構雜揉，存有與想像融合，虛虛實實，幻幻真真，而以抒情的表現出之，導引出讀者群的情緒反應，使讀者群由信以為真，到感同身受，就這樣完成苦樂感情的傳達。當我們攻上去的作品是表現和諧社會的文藝作品，而他們的社會現實卻是刀光血影，殺氣騰騰的現實，這條作戰的間接路線，很可能比揭發大陸黑暗面的直接路線有效。——大陸同胞對我們社會的嚮往，在兩相對照，思想醞酵之後，將會倍增。所以，表現和諧社會的好文藝作品，理應優先考慮。

㈢揭發共產社會瘡疤，具沈思回味的作品。如大陸目下正暗地傳出的抗議文藝，傷痕文藝，訴苦文藝之類。我們不妨把它們廣泛蒐集，精選精編，分類混合編印成書，使大陸以及流亡海外苦難作家的心血結晶，共同參加文藝登陸作戰的行列。此之謂「借力出招」。能完成歷史性大業者，首先就應有寬容的智慧。

㈣三十多年中，經過時間淘汰，活力健在，光度未減，具頑強生命力的文藝作品。這是一千八百萬人的公意與公決，較少偏私。拿這樣的作品敵前登陸作戰，在作品的藝術性和思想性上，跟敵方作品相較，永無相形見絀之虞。這是我中華民國創造力的結晶與舉證，總得讓敵人捧讀之餘，甘拜下風；讓大陸讀者群「寒夜閉門讀禁書」，縱然砍頭，還是有值得之感才對。

設計深心

關於文藝登陸作戰方案，設計者希望達到三點實效。即：⑴過去三十多年的文藝創作努力，跟目前的文藝登陸作戰，牢牢地銲接起來。⑵認真檢討，有效集合現存的力量；實心策劃，厚植文藝作戰的再生力量。⑶找出比較精確、合理、切實可行的方法，使老年作家成熟的智慧和青年作家奔放的熱情，深相結合，蔚為國用。

——人爭一口氣，樹爭一塊皮，我們總得用自己的力量打垮敵人！

必須鄭重指出：此一方案設計，純係紙上作業。決策者有任何增減，設計者就得有對應的變動。但在發起攻擊之前，先檢查一下自己的作戰準備，究竟是必要的。三十一年來這兒也曾經塗染過黃色、黑色、灰色、赤色的色彩，在文藝創作的道路上，走了多少冤枉的彎路、岔路、錯路。原因安在？要不要諱疾忌醫？有多少作品是經得起時間考驗的？我們珍惜它們到什麼程度？

一人計短，二人計長。少數人難免耳目未周，所見有限；多數人則可創造群眾性智慧，彌補耳目未周的缺陷。此刻，可供設計者進入分析程序的作品群，理應加緊搜集。第一類表現國力的作品有多少種？經評鑑之後能作文藝登陸之用的有多少種？如何標定運用的秩序？如何跟第二類表現和諧社會的作品，第三類控訴大陸痛苦生活的作品，以及第四類藝術性和思想性均佳的作品，有效組合成套，以適應大陸讀者的不同需要。第一仗登陸的作品跟第二仗登陸的作品，也許數量相同，但組合中形成的重點就不會一樣，它們應當跟得上大陸局勢的發展，產生高效率的配合作用。這些，說來容易做來難，非有強大的思想組織、精確的計算、過人的悟性和智慧，才不致出紕漏，給敵人以逆襲的機會，受制於人。

一本一本的作品，依作戰意圖與需要組合成套之後，就能把過去留下的心血結晶，跟現在的任務銲接起來，開始前哨接戰。

而文藝登陸作戰，是場攻心之戰，不像威力震撼的實戰，可以速戰速決。忍耐加上時間，對人們的內心深處慢慢浸潤，漸漸逼近，要等待思想的醱酵自然成熟，精神的內省日趨深刻，我們才能看到積雪覆蓋的火山口，突然岩漿翻滾，迸流噴射！攻心之戰的醞釀期長，曠日持久，勢所難免。而戰力的耗損，必須整補；在現存的創作力量之外，尚需繼續開發新的創作力量，厚植再生力量，使後繼有人。使我們的文藝創作，維持活力與銳氣，表現最頑強的生命力。

切實簡明，合理有效的文藝創作教育，因應這場攻心之戰的需要，勢在必行。把上一代作家累積的經驗和成熟的智慧，保存起來，傳遞下去，是此項教育的基本任務。但教育決非單行道。青年們從老年人身上能夠得到多少，同樣，老年人從青年人身上也能夠得到多少。青年的勇氣與決心，青年奔放的熱情，就是對老年人的回饋。所以此項教育的更大任務，是上一代作家跟下一代作家心靈的契合，熱情與智慧的交流，互通有無的結果，既可以刺激老一代作家日趨老化的創作慾，又可以提前成熟新一代作家作品的深度。大匠雖不能示人以巧，但確可示人以規矩繩墨。正是這規矩繩墨，新一代作家，往往要經多年的摸索，方可得到。能有人把它們傳授出來，有方法，有系統，而且還有許多客觀的舉證，豈不事半功倍？我們千萬不宜迷信「文藝不能教育」的這樣一句蠢話。

獨木不能成林。文藝登陸作戰，需要個別的作品，也需要把個別的作品，組合而成叢書，這樣才有威猛的氣勢。

組合的原則，可以按文藝的類與型，就作品的形式與結構特徵，區分為小說、戲劇、抒情詩、敘事詩、報導文學、散文，各從其類，便於集合。

也可以按文藝登陸作戰作品的主要內容，區分為表現國力的作品，表現社會的作品，表現大陸上反抗精神與描寫悲苦生活的作品，以及經得起時間考驗、活力長在、表現特別優異的作品，各從其類，便於集合。

每組作品，就橫的關係而言，各擇一種排列組合，以免偏枯，盡量擴大作品與讀者之間的接觸面，盡量適應讀者的不同興趣。就直的關係而言，則將歷次登陸作戰的作品，按類型或按性質，彙編而成叢書，如小說叢書、戲劇叢書之類。組合上，總期做到分合自如，靈活運用；在創作上，總期發揮到攻心作戰的極致。有良心也有血性的作家，面對兇狠的敵人，必有意料之外的優異表現。只要生命的潛力在，好作品真藝術，總會源源湧現的。

這方面關涉到實際作業，自有專家負責進行。

但字體的繁簡，我們不宜固執。橫排直排，我們也不宜用成見對待。文藝登陸作戰以大陸讀者為主，順應他們已經成為習慣的東西，收到我們作戰的實效，我看也沒有什麼不好。

至於傳遞的方式，或海漂、或空飄、或分散夾帶，或由接應人員利用微米膠片影印，都可以進行。能作到讓大陸的讀者群，構成地下傳遞網路，又有地下印刷機構印刷，大量廣傳，則這場文藝登陸作戰，就已勝券在握了。

凡事未經實際考驗，很難作出定評。邏輯上沒有錯誤的事，並不一定行之有效，因為事實的原因往往超越邏輯的原因。不過，值此文藝登陸作戰前夕，明確目標已定，各有關機構，召開出發之前的研討會議，確有必要。國軍文藝大會，文工會的文藝座談會，文藝協會，青年寫作協會，婦女寫作協會等，此時也正可相繼座談，評論這項紙上作業。集思而廣益，既可提振創作精神，又可鼓舞民心士氣，會中個個有話要說，遠非只是要說話可比，大家又何樂不為？

本書編後及其他

滋蕃師出生於德國柏林，七歲喪母，繼母是德國人。抗日戰爭爆發，他不顧父親反對，隻身返回祖國。他父親由柏林經維也納，直追到巴黎、馬賽，攔阻不住，乃蒐集了近百本小說，供他在船上排遣寂寥。

他回到家鄉湖南益陽，族人送他至村子裏一位老舉人處讀國學，也學了一口標準湖南土話。中學畢業，就讀湖南大學數學系，從軍，從二等兵升到少校翻譯官。勝利後，重回湖南大學，此時他勤學不輟，除另研究經濟學外，也不斷研讀哲學著作，進行癡狂的哲學思辯。後來他曾考上外交官特考，因友人勸說脾氣耿介直率，或不適於官場，終於堅持文學為其一生的志業。

大陸變色，他落難香江，居住在調景嶺。作過挑麵粉的腳夫、挑石子的小工、礦工、小販等工作。他曾以六百分滿分通過數學教師筆試，卻以不諳廣東話而在口試遭淘汰。蒿目時艱，滿腹幽騷，使他從冰冷抽象的符號世界，躍向熱情具體的人文世界。催成《半下流社會》一書，也獲邀入亞洲出版社擔任編輯。這段時間是他生命中的黃金歲月，熱情播揚、才氣橫溢，先後完成劇詩《旋風交響曲》及許多中、短篇小說，並參加文藝論戰。曾擔任三家電影公司技術顧問，並任新亞書院數學講師。薪資的豐厚，抵不住他大庇寒士的耗費，美援中輟，亞洲出版社業務緊縮、停頓，生活也就開始不寬裕。後因《重生島》一書抗議英人治下的香港政府，把中國人〈輕型罪犯〉遞解出中國土地，而任其滅亡的不人道行為，致獲罪於香港政府。一時風聲鶴唳，他經由救總的安排協助，來到臺灣。

他鬻文為生，艱辛度日，靠微薄的稿費及版稅維生。後獲聘入《中央日報》任主筆，生活才得改善。也陸續寫了《半上流社會》、《子午線上》及《海笑》三部長篇小說。民國五十八年應聘擔任文化大學中文系文藝組教授，兼任東海大學中文研究所課程；民國六十年，他因高血壓差點一病不起，醫生囑咐不要再寫長篇鉅製，以免損耗心力過多；民國六十七年因採訪十大建設，再得糖尿病；民國六十八年擔任東海大學中文系主任；民國七十五年三月再度腦溢血逝於系主任任內。

滋蕃師生命的各個階段，均有其努力的目標。而《文學原理》正是他逝世前念茲在茲的一樁心願。他去得匆促，在病床上不曾留下隻字片語，就驟歸道山。他自民國七十一年起，帶著高血壓、糖尿病，動手著述，第一部〈文學原理〉中的〈形象與意象〉、〈論隱喻〉、〈論象徵〉、〈論反諷〉幾篇，均為此時新寫。他曾發願要完成一部屬於中國人的「文學原理」，盡量採用中國文學材料。帶著數十年來的研究卡片數萬張到東海寓所，焚膏繼晷，挑燈夜戰。前去探望時，他揶揄自己是「最用功的學生」，因為從前讀書但求自娛，不為著述立說，讀書卡片並未仔細註明頁數，現則為注腳大費周章，常為一則注腳再重讀一本書，而有些書早已不知散落何方。當我們嘗試整理遺作，面對的是散亂的文稿，在日記、便條、日曆上的零亂札記，而他的讀書卡片竟也謎般散失，只餘一千多張。思慮不禁蹇頓阻滯，焦慮難安。

幸好他發表的理論篇章有的已出書。未成書的，則有剪報。我們決定先從可見的編起，先整理出他的散文集，先後編成八冊。然後我們追索他在日曆上抄錄許多文學理論著作的章節名稱，憑著對他文學理念的了解，來推想他的著書計畫。由於〈緒論〉已經完成，是逝世前的遺稿，猜想他全書綱目粗稿或已完成，但在殘亂的手稿卡片中，全書章節編目也杳杳無蹤，在反覆討論推敲後，決定先分頭謄寫整理課堂筆記，尋找梗概，裁枝汰葉，彙編整理後，終於有了初步結論。滋蕃師的《文學原理》已完成，不過當他決意新寫部分章節及重新編定前後次序時，他的生命力已近衰竭，而感力不從心。他腦中風住院前半年，即已為眼疾所苦，只能見黃綠二色，匆匆寫出〈緒論〉，已準備揮手作別，暮色與寒意已蝟集在他的瞳孔裏邊，而我們無知不察，只當是偶然的病變，未能審細請示如何協助整編工作。至今追悔，已是惘然。

根據我們彙編而成的《文學原理》，與滋蕃師〈緒論〉所言「有系統的計畫」，稍有些距離。但此書已大致完成，第一部中各篇，應是在計畫之內。我們也努力朝向「有系統的計畫」這個角度著手，如果最後竟如「文學論集」，滋蕃師與我們均要各負一半責任，這個結果恐也難以倖免。於〈緒論〉中考覈源流，於魏勒克和華倫合著的《文學論》(René Wellek & Austin Warren, *Theory of Literature*, N.Y. & London, 1977) 中抉其理則，這部在學術界享譽流行的著作，也是出之以文學論集的方式；另外發現長歌版《文學原理》，可能出自滋蕃師手，因該書是為學生奠定基礎而入門教材，故代名「趙影深」。再經反覆討論後，參考上述二書章節，終於決定了本書的條理次序。卷三第一章，是根據所遺下三份同樣題目的殘稿改寫。滋蕃師三易其稿，乃有感於〈文學與意識〉題目過大，故轉而先將「形象」與「意象」兩個概念釐清分際，致成〈形象與意象〉一章，也為全書註解最清楚的一章，故決定存其全貌。〈文學與意識〉殘稿可作基礎導論，彙整編理出來，不知是否有違滋蕃師本意？

第二部〈文學批評〉中，就滋蕃師已定稿者言，除〈印象批評〉一章外，並無批評流派的專門介紹，其餘發表過的篇章均融入作品的實際批評中，抉隱探微，顯其體要。為使初學能略窺門徑，特抄錄整理課堂講義以顯明概念編為〈談文學批評〉、〈十九世紀的文學批評〉兩章，及〈談型構批評〉、〈談精神分析批評〉、〈談馬克斯、列寧主義批評〉三節。十九世紀部分半取材自亨特《文學原理》(Theodore W. Hunt, *Literature: It's Principles and Problem*, 1896)，二十世紀部分，半取材自魏勒克《現代批評史》(René Wellek, *A History of Modern Criticism*, London, 1955)；另外，格瑞伯斯坦的《當代批評透視》(Grebster, *Perspectives in Contemporary Criticism*, 1968)，也一向在課堂上被列為重要參考書。為充實範例，便於了解運用，也從課堂講義鈔錄出——析李白〈下江陵〉、釋柳宗元〈江雪〉、釋張若虛〈春江花月夜〉、兼評《大法師》四節，供作參考。釋張若虛〈春江花月夜〉中談諧音、押韻、節奏部分，材料多參考魏勒克和華倫合著的《文學論》。這些本為講課材料，我們多事鈔錄，或不合滋蕃師本意，但求綱舉目張，使後來者少事摸索，如此心思，或不致遭責吧。另外，編入無意間偶得的剪報〈評「文學十家傳」〉，據知另有〈再評「文學十家傳」〉一文，惟發表時日既久，剪報無存，自已無知去向，乃成殘卷，僅得上篇而已。〈附錄〉中各篇，均代表滋蕃師一生的見證，洞見灼然，雖力求持平客觀，洞見也不免於視域的局限。滋蕃師雖無意於文學史，然所見應可提供民國文學史一些基要的材料和認識，以了解民國以來的文學現象。〈文藝與國運〉一章，最能見出他凜烈的民族夢魂，於縈心迴念中，獷野深心中埋藏著向暴秦進行文藝作戰的願力。

這位「風暴的靈魂」走完了他的一生。當我們編完了具世界性眼光的《文學原理》，離整理他全集的目標尚還遙遠。他素無剪報的習慣，他在香港度過了意氣風發的青年時代，所寫的新詩，僅餘一首〈宋王臺畔〉，其餘皆缺佚；散文，存留者可能僅及十分之一；短篇小說也散佚過半，這些只有留待來日。他的文學理論，在已編成的散文全集八冊中，有四冊可以作為重要的參照應證之材料。課堂講義中，目前可以確定將再整理出《小說原理》一冊。

滋蕃師聰悟穎達，涉獵多方，發憤為學，樂以忘憂，如天假數年，當可消融更新的文學流派，含英咀華，洞燭其奧，以教示我們。然重病之軀，日暮途遠，他已走完該走的路，打完該打的仗。作為文學家，他有豐富的創作經驗和理論基礎。作為批評家，他有精銳的眼力，將隱而不顯的，披顯幽微。深刻的洞見才使文學亙古常新，可大可久。滋蕃師從人性出發，在可見的層面弄清事情的真相，把話說清楚，大巧若拙、木訥若愚，語言簡樸，思想清晰，但求文學能成為全人類的文學。這種托爾斯泰式的心懷，原不必以一時風尚為貴，炫露學養為高，進而辯之以相示耳。在

〈緒論〉中，就可見其「為人類而藝術」的宏願。

我們精力、學力有限，愧未遑一一校正訂明，本書容有錯誤之處，責任該當體承擔。三民書局劉振強先生慨允出書，完成故友深心大願，應特別致謝，真所謂一死一生，乃見交情。邢光祖老師與滋蕃師平生風義，相互欽遲敬慕，一本學人光明磊落的胸襟，書中英文資料，多所助益補遺。韓濤老師性情耿介，不拘於時，不囿於教，獨能會心欣賞滋蕃師淵深的學養，誼兼師友，澹然忘機，是他促成此書付梓面世。李作模先生為滋蕃師生前摯友，仰慕風懷，其多方聯絡奔走，誠篤沉默，功成弗居，亦使我們惻然動心勠力以赴。三民書局編輯部全力配合支援、清除障礙，亦應致謝。門生趙衛民、吳健、周芬伶、蔡淑妠、呂俊德、賴素媚等不揣淺陋，心懷虛歉，含慽彙謄，戒慎謹懼，旁徵少注則憂有辱師名，闡發多言，則恐有違師意；祈學界師友，惠賜高明，不吝指正，是為編後記。

《文學原理》編輯委員會

七十七年三月十四日於滋蕃師逝世二週年紀念

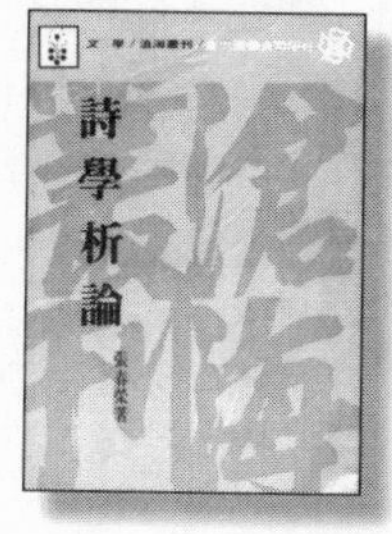

詩學析論

張春榮

本書收錄作者有關詩學論述計十九篇。本諸實際創作經驗及學養，由古典走向現代，一則闡釋古典詩的抒情傳統，一則企圖捕捉現代詩獨特的風貌；進而溝通今古，展現詩歷來浩瀚璀璨的天空。

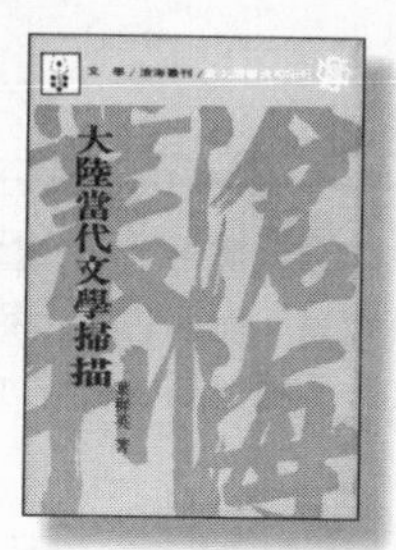

大陸當代文學掃描

葉穉英

文革後的大陸文學，特別是小說作品可以「傷痕文學」、「反思文學」、「尋根文學」三個進程來概括。本書的內容即是針對這三大主題的概述或個別作家作品的分析。

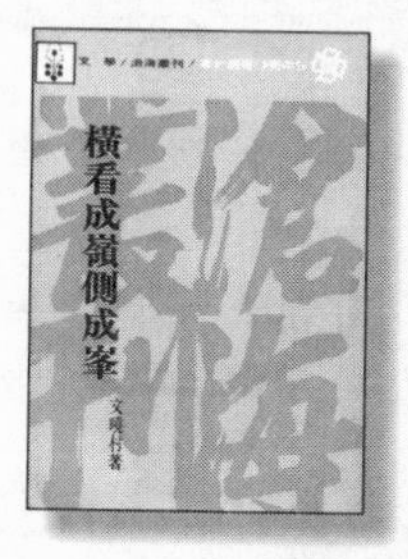

橫看成嶺側成峰

文曉村

本書包括詩評、書評、詩序、書序三十篇，作者以其一貫忠誠認真的態度，透過比較分析的方法，以才情橫溢的筆觸，在浩瀚的書海中，為讀者尋覓文學的寶藏，也為嘔心瀝血的詩人作家給予應得的尊榮、掌聲、鼓勵和鞭策。

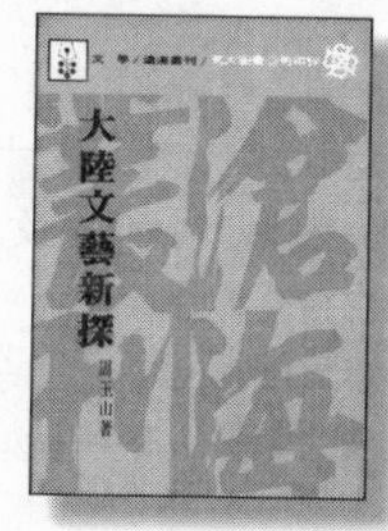

大陸文藝新探

周玉山

本書主要在探討四人幫以後的大陸文藝，期能顯現其真貌。本書立論持平，言必有據，以多角度析述大陸文藝。全書反映了作者對文學的關懷，對國族的熱愛。

現代散文新風貌

楊昌年

筆者將現代散文歸納成詩化、意識流、寓言體、揉合式、連綴體、新釀式、靜觀體、手記式、小說體、譯述及論評共十一種新風貌。並為每一種分別列出特色和表現重點，例舉作家作品分析介紹，提供參考書篇。

詩美學

李元洛

本書具有獨立的理論體系，又大量吸收臺、港兩地詩學成果，內容豐富，融匯古今，精分細析，貫通兩岸，行文富於文彩，絕無枯澀之弊。

現代詩學

蕭蕭

本書是民國建國以來，新文學運動之後，第一本對現代詩做完整檢視、全面探討的文學理論書籍。全書近三十萬字，皇皇巨構，分為「現象論」、「方法論」、「人物論」三大部分，足堪詩人學者參佐。

現代散文欣賞

鄭明娳

本書目的，即在嘗試對當代散文作品作抽樣分析，期能進一步建立完整的理論系統。對於現代名家或新秀之作，本書均有涉獵。舉凡作者思想情感與作品字質結構，皆在批評中剖現應有的光度。

小說創作論

羅 盤

本書首從小說家之修養談起，次及小說的世界、小說的主題、小說的人物、小說的故事、小說的結構、小說寫作技巧、小說的對話、小說的基本型態、小說寫作計畫、小說的欣賞及小說的批評等。

情愛與文學

周伯乃

本書以評論當代作家的小說為主，另外有關於詩的評論和文學批評。最重要的一篇是〈中國古典文學中的情愛觀〉，從諸多中國古典文學名篇中找尋出情愛的觀念，這種觀念，事實上也代表了中國人的情愛觀。

文學因緣

鄭樹森

本書內容包括對多位諾貝爾文學獎得主的論述，翻譯與創作之關係的探討，通過朱光潛、白先勇、《飄》及偵探小說等層次不同之作家和作品對西方文學理論之闡發，用史識實證來追溯東西文學因緣。

鏡花水月

陳國球

本集收錄作者有關文學理論與文學批評研究的論文多篇，內容以中國傳統文論為主，兼及現代西方理論及批評方法。並有〈司空圖研究論著目錄〉等附錄三篇，從不同角度補充正文的有關論題。

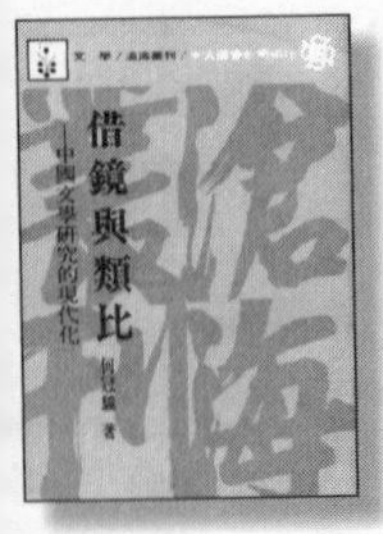

借鏡與類比

何冠驥

本書是作者近年來應用比較文學的觀點和方法研究中國文學的部分成果。其「借鏡」部分有專論四篇，「類比」部分有論文三篇。希望能為中西比較文學尋找一條出路。

清靜的熱鬧——白馬湖作家群論

張堂錡

本書內容一方面以「人」為主體，討論這群作家所代表的文人型態與思想特質，另一方面以「作品」為中心，討論其文學藝術、特別是散文方面的表現，力求展現這群作家在思想上與文學上的集體風貌。

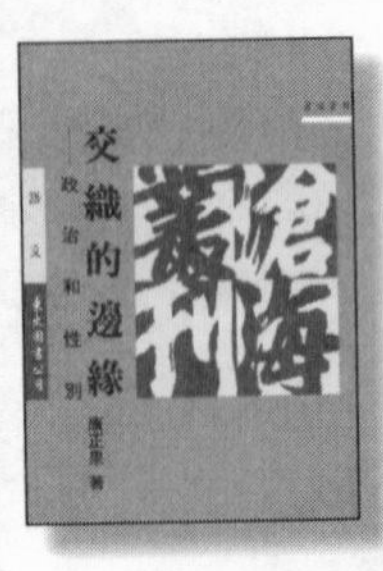

交織的邊緣

康正果

長論短評，二十八篇，大都是讀書引發的思考和議論。性別和政治兩條主線貫串始終，既有指向思想專制的尖銳批判，又有專注女性問題的獨特視角。慣於通過改寫或重構的嘗試，力圖把個人的閱讀反應提高到再創作的層面上。

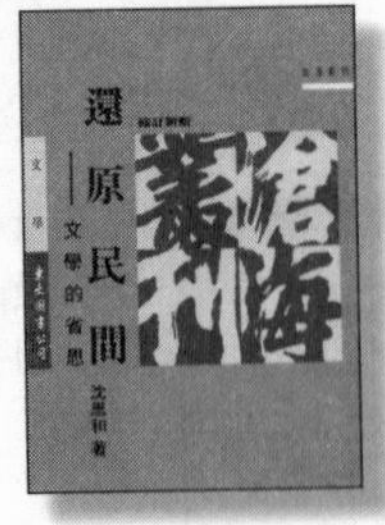

還原民間——文學的省思

陳思和

本書匯集了作者自八十年代末期首倡「重寫文學史」以來的主要學術成果，所收十六篇論文束為三輯，分別集中於「人文精神尋思」、「還原民間」和「重寫文學史個案研判」三大主題之上。